U0452974

国家社科基金
后期资助项目

商务印书馆
《说部丛书》叙录

The Descriptive Catalogue of "Novel Series"
Published by Commercial Press

付建舟 著

中国社会科学出版社

图书在版编目(CIP)数据

商务印书馆《说部丛书》叙录 / 付建舟著. —北京：中国社会科学出版社，2019.8
ISBN 978-7-5203-3795-3

Ⅰ.①商… Ⅱ.①付… Ⅲ.①中国文学—古典文学研究—清代 Ⅳ.①I206.49

中国版本图书馆 CIP 数据核字(2019)第 000253 号

出 版 人	赵剑英
责任编辑	安　芳
责任校对	张爱华
责任印制	王　超

出　　版	中国社会科学出版社
社　　址	北京鼓楼西大街甲 158 号
邮　　编	100720
网　　址	http://www.csspw.cn
发 行 部	010-84083685
门 市 部	010-84029450
经　　销	新华书店及其他书店
印　　刷	北京明恒达印务有限公司
装　　订	廊坊市广阳区广增装订厂
版　　次	2019 年 8 月第 1 版
印　　次	2019 年 8 月第 1 次印刷
开　　本	710×1000　1/16
印　　张	34.75
插　　页	2
字　　数	623 千字
定　　价	158.00 元

凡购买中国社会科学出版社图书，如有质量问题请与本社营销中心联系调换
电话：010-84083683
版权所有　侵权必究

国家社科基金后期资助项目

出 版 说 明

后期资助项目是国家社科基金设立的一类重要项目,旨在鼓励广大社科研究者潜心治学,支持基础研究多出优秀成果。它是经过严格评审,从接近完成的科研成果中遴选立项的。为扩大后期资助项目的影响,更好地推动学术发展,促进成果转化,全国哲学社会科学工作办公室按照"统一设计、统一标识、统一版式、形成系列"的总体要求,组织出版国家社科基金后期资助项目成果。

全国哲学社会科学工作办公室

序

〔日〕樽本照雄

在清朝末期有几家出版社出版过各种《说部丛书》。特别有名的是上海商务印书馆所刊行的《说部丛书》。以外国小说的翻译为主，规模特别大，受到了读书人的热烈欢迎。

关于商务版《说部丛书》写过论文的人几乎都没有。中村忠行先生1981年发表相关论文，成为研究《说部丛书》的世界第一人。论文题目是《关于商务版〈说部丛书〉》[（日文）日本杂志《野草》1981年第27期]。

中村忠行先生（1915—1993）是研究日本文学的专家。他的专业领域是日本古代文学和近代日中比较文学。他以日本文学为基础主要研究日本和汉译小说的影响关系。梁启超的创作、政治小说、演剧改良运动、春柳社史等都说明日本文艺对中国文艺的影响。他还发表过研究清末侦探小说史、商务印书馆和日本金港堂的合作的文章。特别值得注意的就是商务版《说部丛书》研究。《说部丛书》第一集第一编是日本原作的《佳人奇遇》；第二编也是日本原作的《经国美谈》。对于《说部丛书》来说，中日两国之间本来就有深刻的关系。

中村先生发表他的论文以前可能说大家都不太了解整个《说部丛书》的实际出版情况。原因之一是商务印书馆并没有说明过《说部丛书》的具体历史。

商务出版的图书目录（《商务印书馆图书目录（1897—1949）》1981）没有记载每本刊物的发行日期，不免令人觉得可惜。有人说这是本有问题的出版目录，所以研究者都不能把握实际刊行的历史。连商务印书馆内部也没说明过《说部丛书》的出版情况。《商务印书馆120年大事记》（2017年）在1906年的项目有如下说明：出版《说部丛书》第一、二、三集。现在看来这并不十分准确。

《说部丛书》一共收录三百二十二编（正确地说一共有三百二十四编）。确认实物对现在的研究者来说也相当困难。到21世纪之后中国研究者才发表相关文章。

直到20世纪80年代日本也只有中村先生一个人公布了他那篇很详细的《说部丛书》论文。基于他对《说部丛书》半个世纪以来的关注，搜集资料，多年来积累的成果，终于在1981年完成了那篇论文。

中村先生强调了《说部丛书》有两个系列，"元版"和"初集本"。

《说部丛书》的"元版"，是于清朝末期出版的。封面后来统一用蒲公英图案。一集是十篇（编）构成，而全十集一共有一百编，但是，在某个时期改组，两篇（部）作品被替换了。准确地说一共有一百零二编。

"初集本"是在民国时期出版的。封面变更为众所周知的丝带图案，且改称为初集了。

初集所有的作品重新排列为第一编到第一百编的序列号。既然是从一开始就已交换作品，所以一共有一百编。

读了中村先生的论文后，我才知道《说部丛书》有两种类型。所以我在编辑《清末民初小说目录》第一版（1988年）时，我想办法使它们能够被区分出来。在中国出版的《新编增补清末民初小说目录》第三版（2002年）也是一样。

"元版"共十集，第一集到第十集使用的是汉字数字。改称后则使用阿拉伯数字表示，初集是"1"、第二集是"2"、第三集是"3"、第四集是"4"，以区别两者。

中村先生的文章已经明确地定义了两个系列。在此无须赘述。事实上，自1988年樽目录第一版问世以来，没有人询问我这个区别的意思。

有例外，就是付建舟先生。他的《谈谈〈说部丛书〉》（《明清小说研究》2009年第3期），如下：

> 《新编［增补］清末民初小说目录》（日本学者樽本照雄编，齐鲁书社2002年版）多年前就对此作了明确区别。在该目录的"阅读方法"中，樽本照雄用两种不同的符号分别表示"说部丛书"的两种系列，但没有进一步对这两种系列做出解释与说明。

付建舟先生注意到了樽目录上的细小区别。正因为他完全理解《说部丛书》有两个系列（付先生的用语是"十集系列"和"四集系列"），才会提及。

从付建舟、朱秀梅《清末民初小说版本经眼录》（2010年）一书开始，该（"经眼录"）系列不断出版。它们可以做研究的参考资料。

付建舟先生在他的著作上登载当时出版的书籍的封面和版权页照片，这是很大的特色。因为显示了照片，我们可以了解到，他切实地研究、查阅了每一本书。付先生的研究功底扎实，掌握的材料真实可靠，对研究有很大的帮助。

有一个事实是在《说部丛书》的元版内部作品的构成被改变了。《佳人奇遇》被换成了《天际落花》；《经国美谈》被《剧场奇案》代替了。这就是"改组"。

改组是个事实。不过是什么时候改组的？我还不能确定具体的时间。

当然，我见到的是丝带图案初集本的《天际落花》和《剧场奇案》（1914.4再版）。但是，在初集本版权页上记载的初版出版时间〔戊申年（1908）五月初版和光绪三十四年（1908）六月出版〕未必是正确的，不能否认有排错的可能。只有在蒲公英图案的初版确认，才能够确定改组的日期。

付建舟先生的《经眼录二集》（2013年）一书中收录了封面为蒲公英图案的初版《剧场奇案》〔光绪三十四年（1908）六月〕的版权页，我一看就确认了：改组的日期是光绪三十四年（1908）。改组同时完成了元版的十集全一百编。

1913年《说部丛书》把封面更新成丝带图案且改称"初集"。这是另一个大变化。

商务印书馆和日本金港堂从清末到民初的约十年间组成合资公司。1914年商务印书馆为了纪念取消合资决定再版了整个"初集本"。

还有另一种刊物，1913—1914年出版过的。这可以说是继承元版的试行本。

《说部丛书》是翻译系列，所以寻找原创作品和原作者是必不可少的。但是，这项检索工作有着很大的困难。还有很多作品没有确定原作品和原作者。

《说部丛书》元版第一集第八编是林纾和魏易译的《英国诗人吟边燕语》（1904/1906年三版）。只标示英国莎士比亚著，没有说明它的底本是兰姆姐弟的《莎士比亚故事集》。

钱玄同和刘半农都知道底本是兰姆书，但他们自导自演（双簧戏）。只依靠没有兰姆姐弟的名字的事实，批评林纾不能辨明戏曲和小说的区别。他们从最开始就不太诚实。胡适追认他们而批评林纾"这真是

Shakespear 的大罪人"（Shakespear 这不是写错的，也有这样拼法）。

有很多中国读书人都知道《吟边燕语》是据兰姆书翻译的，但是一旦被决定了的误解很难消除。不认识误解，所以探索原作的工作从最初就被放弃。

探索原作，只是口头说的话谁都会。如果真的试图自己来识别原作的话，并非那么容易。

我要举一个例子。一确定原作，文学史上的某个定论就被颠覆的实例。

《说部丛书》第3集第1编是〔英〕莎士比亚原著，林纾、陈家麟翻译的《亨利第六遗事》（1916）。《说部丛书》第4集第13编是（德〔挪威〕）伊卜森原著，林纾、毛文锺同译的《梅孽》（1921）。

郑振铎根据这些作品，批评林纾把戏剧翻译成小说。郑振铎《林琴南先生》（1924）如下。

> 还有一件事，也是林先生为他的口译者所误的：小说与戏曲，性质本大不同。但林先生却把许多的极好的剧本，译成了小说——添进了许多叙事，删减了许多对话，简直变成与原本完全不同的一部书了。如莎士比亚的剧本，亨利第四〔纪〕，雷差得纪，亨利第六〔遗事〕，恺撒遗事以及易卜生的群鬼（梅孽）都是被他译得变成了另外一部书了——原文的美与风格及重要的对话完全消灭不见，这简直是步武却尔斯·兰在做莎氏乐府本事，又何必写上了"原著者莎士比亚"及"原著者易卜生"呢？林先生大约是不大明白小说与戏曲的分别的。

一直到现在还有很多专家都相信这个观点，有点奇怪。

林纾把戏曲翻译成了小说。我把这个说法称为"分不清戏曲与小说的看法"。多年以来，这就是个批评林纾的根据。但是，这个批评并不能成立，因为林纾使用的底本不是戏曲而是小说。

《亨利第六遗事》的底本不是莎剧。林纾翻译的底本是亚瑟·托马斯·奎勒-库奇（Arthur Thomas Quiller-Couch）"King Henry VI"（"Historical Tales From Shakespeare" 1899）。把戏曲翻译成小说的看法是错误的。奎勒-库奇的书原来是根据莎剧而改写成小说的。林纾根据小说而翻成小说是理所当然的。

《梅孽》也是同样。林纾的底本是戴尔（Draycot M. Dell）"Ibsen's

'Ghosts' Adapted as a Story"（1917）。本来有戴尔的小说，说把易卜生的戏曲翻译成小说也是错误的。

钱玄同、刘半农、胡适、郑振铎、阿英他们都批评林纾"分不清戏曲与小说"。但这个批评不能成立，因为根本没有根据，应该说林纾蒙受了"冤罪"。这在中国现代文学上也是非常罕见的一件"冤案"。

这是一个好例子，显示探索底本的重要性。

我相信付建舟先生的这本书也对清末民初翻译小说研究一定有很大的帮助。

例　　言

一、清末民初，商务印书馆出版的《说部丛书》有两种，一种是十集系列，共十集，每集10编，合计100编（后来，有两种被替换，总计102编）；另一种是四集系列，共四集，前三集100编，第四集22编，合计322编。四集系列初集的前身是十集系列，若加上被替换的两种，总计324编。本叙录以这324编作品为对象，全面展开。

二、清末民初，商务印书馆出版的"小说丛书"除《说部丛书》外，还有《林译小说丛书》、《欧美名家小说》系列、《小本小说》系列等，后三者与前者有很多作品重复，因此，在叙录时，对后者一并叙录。

三、本叙录除"绪论"外，分五个部分：第一部分　英国作品叙录、第二部分　法国作品叙录、第三部分　美国作品叙录、第四部分　俄日作品叙录、第五部分　其他诸国与地区作品叙录。前四部分排序是以作品多少为依据，多者在前，少者在后。第五部分是暂时难以辨别国别的作品。

四、每一个部分叙录的作品顺序，依其在原来次序的先后。

五、本叙录以笔者所见的作品版本为基础，同时参考学界相关研究成果加以补充，使叙录的内容更加丰富全面。

六、每部作品叙录的内容包括作品名称、原著者与译者、所属丛书及其编号、出版时间、章节要目、序跋摘录，以及其他相关文献的摘录如作品广告。对作品原著者与原著的考证，是本叙录的一个重点，这种考证广泛吸收学界现有的研究成果。

七、叙录中，原稿汉字脱落或漫漶，难以辨识者，以符号"□"代替。

目 录

第一章 英国作品叙录 …………………………………… (1)
《剧场奇案》…………………………………………… (1)
《(补译)华生包探案》………………………………… (3)
《案中案》……………………………………………… (5)
《吟边燕语》…………………………………………… (7)
《金银岛》……………………………………………… (10)
《迦茵小传》…………………………………………… (17)
《降妖记》……………………………………………… (19)
《埃及金塔剖尸记》…………………………………… (21)
《英孝子火山报仇录》………………………………… (24)
《双指印》……………………………………………… (27)
《鬼山狼侠传》………………………………………… (29)
《斐洲烟水愁城录》…………………………………… (32)
《撒克逊劫后英雄略》………………………………… (35)
《一柬缘》……………………………………………… (37)
《车中毒针》…………………………………………… (39)
《玉雪留痕》…………………………………………… (41)
《鲁滨孙飘流记》(二编) ……………………………… (44)
《洪罕女郎传》………………………………………… (46)
《白巾人》……………………………………………… (48)
《蛮荒志异》…………………………………………… (50)
《阱中花》……………………………………………… (52)
《香囊记》……………………………………………… (54)
《三字狱》……………………………………………… (56)
《红礁画桨录》………………………………………… (57)
《海外轩渠录》………………………………………… (59)

《帘外人》…………………………………（64）
《炼才炉》…………………………………（65）
《七星宝石》………………………………（68）
《铁锚手》…………………………………（68）
《雾中人》…………………………………（70）
《蛮陬奋迹记》……………………………（72）
《橡湖仙影》………………………………（73）
《波乃茵传》………………………………（75）
《尸楑记》…………………………………（77）
《二俑案》…………………………………（77）
《神枢鬼藏录》……………………………（79）
《空谷佳人》………………………………（82）
《秘密地窟》………………………………（83）
《双孝子噀血酬恩记》……………………（85）
《真偶然》…………………………………（87）
《指中秘录》………………………………（89）
《圆室案》…………………………………（90）
《宝石城》…………………………………（91）
《双冠玺》…………………………………（93）
《画灵》……………………………………（95）
《多那文包探案》…………………………（97）
《一万九千镑》……………………………（98）
《红星佚史》………………………………（100）
《金丝发》…………………………………（102）
《朽木舟》…………………………………（104）
《冢中人》…………………………………（105）
《盗窟奇缘》………………………………（106）
《苦海余生录》……………………………（108）
《复国轶闻》………………………………（109）
《情侠》……………………………………（110）
《媒孽奇谈》………………………………（112）
《冰天渔乐记》……………………………（113）
《铁血痕》…………………………………（115）
《化身奇谈》………………………………（116）

《新天方夜谭》················(118)
《双鸳侣》····················(120)
《海卫侦探案》················(121)
《孝女耐儿传》················(123)
《块肉余生述》（二编）········(126)
《电影楼台》··················(130)
《冰雪因缘》··················(133)
《蛇女士传》··················(135)
《芦花余孽》··················(138)
《歇洛克奇案开场》············(140)
《髯刺客传》··················(142)
《黑太子南征录》··············(143)
《金风铁雨录》················(145)
《西奴林娜小传》··············(147)
《贼史》······················(148)
《西利亚郡主别传》············(150)
《玑司刺虎记》················(152)
《剑底鸳鸯》··················(154)
《三千年艳尸记》··············(157)
《滑稽外史》··················(158)
《天囚忏悔录》················(163)
《脂粉议员》··················(165)
《藕孔避兵录》················(167)
《贝克侦探谈》（二编）········(168)
《十字军英雄记》··············(170)
《恨绮愁罗记》················(173)
《大侠红蘩蕗传》··············(176)
《彗星夺婿录》················(178)
《双雄较剑录》················(179)
《薄倖郎》····················(180)
《残蝉曳声录》················(182)
《罗刹雌风》··················(185)
《血泊鸳鸯》··················(186)
《露惜传》····················(187)

《亚媚女士别传》……………………………………（189）
《笑里刀》（二编）…………………………………（191）
《黑楼情孽》…………………………………………（193）
《博徒别传》…………………………………………（194）
《遮那德自伐八事》（二编）………………………（196）
《钟乳骷髅》…………………………………………（199）
《卢宫秘史》…………………………………………（200）
《劫花小影》…………………………………………（201）
《白头少年》…………………………………………（203）
《青衣记》……………………………………………（204）
《青藜影》……………………………………………（205）
《海外拾遗》…………………………………………（207）
《洪荒鸟兽记》………………………………………（209）
《错中错》……………………………………………（210）
《雪市孤踪》…………………………………………（211）
《堕泪碑》……………………………………………（212）
《飞将军》……………………………………………（213）
《合欢草》……………………………………………（214）
《玉楼惨语》…………………………………………（215）
《侠女破奸记》………………………………………（217）
《娜兰小传》…………………………………………（219）
《亨利第六遗事》……………………………………（221）
《情窝》………………………………………………（222）
《海天情孽》…………………………………………（223）
《奇女格露枝小传》…………………………………（224）
《慧劫》………………………………………………（225）
《天女离魂记》………………………………………（226）
《烟火马》……………………………………………（227）
《毒菌学者》…………………………………………（228）
《蓬门画眉录》………………………………………（229）
《贤妮小传》（三编）………………………………（230）
《女师饮剑记》………………………………………（233）
《历劫恩仇》…………………………………………（234）
《墨沼疑云录》………………………………………（235）

《围炉琐谈》……………………………………………（236）
《拉哥比在校记》………………………………………（238）
《绿光》…………………………………………………（239）
《贼博士》………………………………………………（239）
《孤露佳人》（二编）…………………………………（240）
《痴郎幻影》……………………………………………（242）
《模范家庭》（二编）…………………………………（243）
《牝贼情丝记》…………………………………………（245）
《桃大王因果录》………………………………………（245）
《玫瑰花》（二编）……………………………………（246）
《再世为人》……………………………………………（249）
《赝爵案》………………………………………………（250）
《鬼窟藏娇》……………………………………………（251）
《西楼鬼语》……………………………………………（252）
《明眼人》………………………………………………（253）
《莲心藕缕缘》…………………………………………（254）
《铁匣头颅》（二编）…………………………………（255）
《金梭神女再生缘》……………………………………（257）
《欧战春闺梦》（二编）………………………………（258）
《戎马书生》……………………………………………（260）
《泰西古剧》……………………………………………（262）
《妄言妄听》……………………………………………（263）
《洞冥记》………………………………………………（264）
《炸鬼记》………………………………………………（266）
《厉鬼犯跸记》…………………………………………（268）
《鬼悟》…………………………………………………（269）
《情海疑波》……………………………………………（269）
《沧波淹谍记》…………………………………………（270）
《马妒》…………………………………………………（271）
《埃及异闻录》…………………………………………（272）
《沙利沙女王小纪》……………………………………（273）
《天仇记》………………………………………………（274）
《情天补恨录》…………………………………………（276）

第二章　法国作品叙录 …………………………………（278）

　　《天际落花》 …………………………………………（278）
　　《环游月球》 …………………………………………（281）
　　《珊瑚美人》 …………………………………………（283）
　　《忏情记》 ……………………………………………（285）
　　《夺嫡奇冤》 …………………………………………（287）
　　《指环党》 ……………………………………………（290）
　　《巴黎繁华记》 ………………………………………（292）
　　《寒桃记》 ……………………………………………（294）
　　《毒药罇》 ……………………………………………（295）
　　《爱国二童子传》 ……………………………………（296）
　　《离恨天》 ……………………………………………（300）
　　《玉楼花劫》（二编） ………………………………（303）
　　《蟹莲郡主传》 ………………………………………（304）
　　《涧中花》 ……………………………………………（306）
　　《鱼海泪波》 …………………………………………（308）
　　《漫郎摄实戈》 ………………………………………（309）
　　《哀吹录》 ……………………………………………（311）
　　《义黑》 ………………………………………………（313）
　　《侠隐记》（二编） …………………………………（314）
　　《八十日》 ……………………………………………（320）
　　《孤星泪》 ……………………………………………（323）
　　《美人磁》 ……………………………………………（325）
　　《拿破仑忠臣传》 ……………………………………（327）
　　《苦儿流浪记》 ………………………………………（328）
　　《法宫秘史》（二编） ………………………………（330）
　　《爱儿小传》 …………………………………………（332）
　　《壁上血书》 …………………………………………（333）
　　《冰蘖余生记》 ………………………………………（334）
　　《香钩情眼》 …………………………………………（335）
　　《大荒归客记》 ………………………………………（337）
　　《名优遇盗记》 ………………………………………（338）
　　《铜圜雪恨录》 ………………………………………（339）
　　《鹦鹉缘》（三编） …………………………………（340）

《金台春梦录》……………………………………（343）
《情天异彩》……………………………………（344）
《重臣倾国记》…………………………………（345）
《赇史》…………………………………………（347）
《双雄义死录》…………………………………（348）
《矅目英雄》……………………………………（350）
《地亚小传》……………………………………（351）

第三章　美国作品叙录………………………（353）
《美洲童子万里寻亲记》………………………（353）
《黄金血》………………………………………（356）
《回头看》………………………………………（358）
《红柳娃》………………………………………（361）
《旧金山》………………………………………（363）
《一仇三怨》……………………………………（365）
《三人影》………………………………………（366）
《双乔记》………………………………………（368）
《拊掌录》………………………………………（369）
《大食故宫余载》………………………………（372）
《旅行述异》……………………………………（374）
《假跛人》………………………………………（377）
《希腊兴亡记》…………………………………（378）
《城中鬼蜮记》…………………………………（380）
《秘密室》………………………………………（381）
《孤士影》………………………………………（382）
《稗苑琳琅》……………………………………（383）
《橄榄仙》………………………………………（384）
《魔冠浪影》……………………………………（385）
《乡里善人》……………………………………（386）
《蛇首党》………………………………………（386）
《黑伟人》………………………………………（387）
《荒村奇遇》……………………………………（388）
《还珠艳史》……………………………………（389）
《焦头烂额》……………………………………（390）

《怪董》………………………………………（392）
《僵桃记》……………………………………（393）
《以德报怨》…………………………………（394）
《情嚮》………………………………………（395）

第四章　俄日作品叙录 ……………………（396）
《昙花梦》……………………………………（396）
《罗刹因果录》………………………………（399）
《雪花围》……………………………………（401）
《骠骑父子》…………………………………（402）
《不测之威》…………………………………（404）
《社会声影录》………………………………（407）
《现身说法》…………………………………（408）
《恨缕情丝》…………………………………（411）
《俄宫秘史》…………………………………（415）
《佳人奇遇》…………………………………（416）
《经国美谈》…………………………………（422）
《秘密电光艇》………………………………（427）
《寒牡丹》……………………………………（428）
《血蓑衣》……………………………………（431）
《美人烟草》…………………………………（434）
《世界一周》…………………………………（436）
《鬼士官》……………………………………（437）
《鸳盟离合记》………………………………（438）
《橘英男》……………………………………（439）
《不如归》……………………………………（441）
《侠女郎》……………………………………（446）
《模范町村》…………………………………（447）
《秘密怪洞》…………………………………（449）
《外交秘事》…………………………………（450）
《后不如归》…………………………………（451）

第五章　其他诸国与地区作品叙录 …………（453）
《梦游二十一世纪》…………………………（453）

《小仙源》………………………………………………（457）
《卖国奴》………………………………………………（460）
《桑伯勒包探案》………………………………………（463）
《澳洲历险记》…………………………………………（465）
《侠黑奴》………………………………………………（467）
《天方夜谭》……………………………………………（469）
《希腊神话》……………………………………………（474）
《航海少年》……………………………………………（475）
《新飞艇》………………………………………………（478）
《匈奴奇士录》…………………………………………（480）
《清宫二年记》…………………………………………（482）
《西班牙宫闱琐语》……………………………………（483）
《断雁哀弦记》…………………………………………（485）
《时谐》…………………………………………………（486）
《名优遇盗记》…………………………………………（488）
《真爱情》………………………………………………（489）
《战场情话》……………………………………………（489）
《树穴金》………………………………………………（490）
《冰原探险记》…………………………………………（491）
《血痕》…………………………………………………（492）
《蛮花情果》……………………………………………（493）
《诗人解颐语》…………………………………………（493）
《怪手印》………………………………………………（495）
《奇婚记》………………………………………………（495）
《地狱礁》………………………………………………（496）
《古国幽情记》…………………………………………（497）
《秘密军港》……………………………………………（498）
《红粉歼仇记》…………………………………………（499）
《妒妇遗毒》……………………………………………（500）
《孝友镜》………………………………………………（500）
《当炉女》………………………………………………（502）
《傀儡家庭》……………………………………………（503）
《科学家庭》……………………………………………（505）
《双雏泪》………………………………………………（506）

《俄罗斯宫闱秘记》……………………………………………(507)
《白羽记》(三编)………………………………………………(508)
《凤岛女杰》……………………………………………………(510)
《蜘蛛毒》………………………………………………………(510)
《碧玉串》………………………………………………………(511)
《四字狱》………………………………………………………(512)
《菱镜秋痕》……………………………………………………(513)
《苦海双星》……………………………………………………(514)
《童子侦探队》…………………………………………………(514)
《鹩巢记》(三编)………………………………………………(515)
《红鸳艳牒》……………………………………………………(516)
《隅屋》…………………………………………………………(517)
《恩怨》…………………………………………………………(517)
《社会柱石》……………………………………………………(518)
《梅孽》…………………………………………………………(521)
《魔侠传》………………………………………………………(523)

附录　商务印书馆《说部丛书》作品一览 ……………………(526)

参考文献 ……………………………………………………………(530)

后　记 ………………………………………………………………(534)

第一章 英国作品叙录

《剧场奇案》

《剧场奇案》，侦探小说，英国福尔奇斯休姆原著，商务印书馆编译所译，上海商务印书馆发行。该作被编入两种"小说丛书"系列，一为《说部丛书》十集系列第一集第二编，光绪三十四年（1908）六月初版。二为《说部丛书》四集系列初集第二编。戊申年（1908）六月初版、民国三年（1914）四月再版。二者内容完全相同。一册，172页，每册定价大洋肆角。

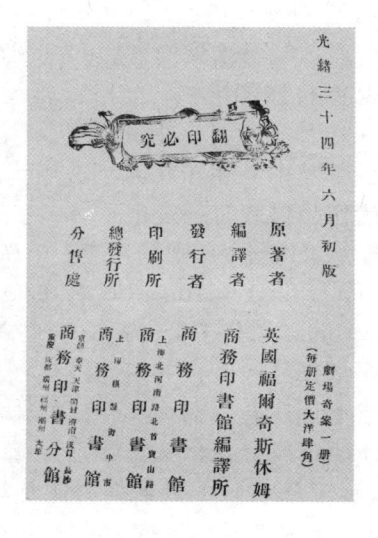

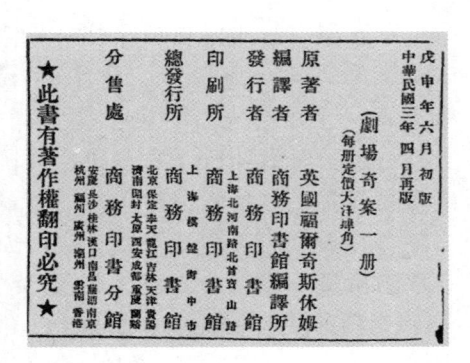

该作的主要内容为：有孪生姊妹二人，承袭一份不菲的遗产。有不法之徒虎视眈眈，窥伺掠取，先谋杀姐姐，并准备谋害妹妹。妹有未婚夫，历尽艰辛，侦得真相而获凶手。

日本樽本照雄《清末民初小说目录》（日本清末小说研究会2014年，以下简称《樽氏目录》）第1748页记述，《剧场奇案》为《说部丛书》十集系列第一集第二编，光绪三十四年（1908）八月出版。《说部丛书》由十集系列改组为四集系列时，把相应的第二编《经国美谈》替换为《剧场奇案》。然而，《说部丛书》十集系列第一集第二编有两种，即《经国美谈》与《剧场奇案》，《经国美谈》出版应该在前，大约在癸卯年（1903）四月前后，笔者已见两种版次（见付建舟《清末民初小说版本经眼录·日语小说卷》，第16—17页）；《剧场奇案》出版在后，初版时间为光绪三十四年（1908）六月。由此可见，《剧场奇案》替换《经国美谈》不是发生于《说部丛书》由十集系列改组为四集系列之时，而在《说部丛书》十集系列诸作品再版时就发生了。

据笔者考证，《剧场奇案》（*The Fatal Song*，1905年），原著者为Fergus Hume，Fergus Hume 原名 Fergusson Wright Hume（1859—1932），以Fergus Hume 闻名于世，是英国多产小说家。从1886—1932年间，有一百三十多部作品问世，其中尤以长篇通俗小说为最。除《剧场奇案》，其长篇通俗小说还有三部被汉译，具体如下：

侦探小说《白巾人》2册，署〔英〕歇福克著；商务印书馆编译所译，《说部丛书》十集系列第四集第五编，商务印书馆1906年3月/11月二版，《小本小说》系列之一，商务印书馆光绪三十二年（1906），《说部丛书》四集系列初集第三十六编，上海商务印书馆丙午年（1906）三月初版/1913年12月三版/1914年4月再版。

侦探小说《二桶案》，署许复古著、商务印书馆编译所译，《说部丛书》十集系列第七集第一编，中国商务印书馆 1906 年 11 月出版。《说部丛书》四集系列初集第六十一编，上海商务印书馆丙午年（1906）11 月初版/1913 年 12 月再版。

侦探小说《秘密隧道》2 册，署〔英〕和米著、奚若译，小说林社 光绪丙午（1906）四月初版［笔者认为，其原作可能为 The Secret Passage（1905）］。

《（补译）华生包探案》

《（补译）华生包探案》，侦探小说，未署原著者，商务印书馆编译所译，原载《绣像小说》第 4—10 期，癸卯闰五月十五日至六月一日（1903 年 7 月 9—24 日）。后由上海商务印书馆出版发行，编入三种"小说丛书"系列，即一为《说部丛书》十集系列第一集第四编，二为《说部丛书》四集系列初编第四编，三为《小本小说》系列之一。

十集系列版本，署书名"补译华生包探案"，商务印书馆光绪三十二年岁次丙午（1906）孟夏（四月）初版，光绪三十三年岁次丁未（1907）春月二版。全一册，120 页，定价每本大洋二角。四集系列版本，署书名"华生包探案"，封面题"侦探小说"。丙午年（1906）四月初版，民国三年（1914）四月再版。全一册，120 页。每册定价大洋贰角。"小本小说"版本，署书名"华生包探案"，辛亥年（1911）四月初版，中华民国六年（1917）四月四版。一册，118 页，每部定价大洋壹角。三者内容相同，收入短篇小说《哥利亚司考得船案》《银光马案》《孀妇匿女案》《墨斯格

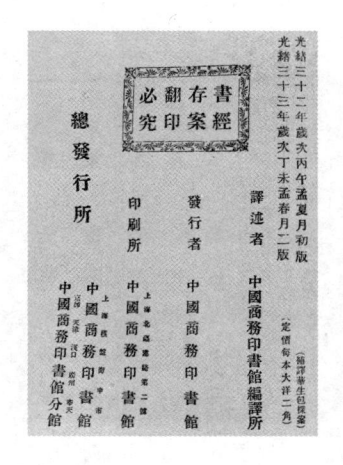

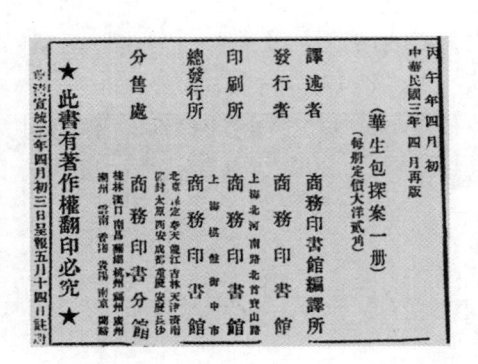

力夫礼典案》《书记被骗案》《旅居病夫案》，凡六案。英文名分别为：The Gloria Scott（1893）、Silver Blaze（1892）、The Yellow Face（1893）、The Musgrave Ritual（1893）、The Stockbroker's Clerk（1893）、The Resident Patient（1893）。原著名为 The Memoirs of Sherlock Holmes（1894）。

原著者格离痕（柯南达利），即 Sir Arthur Ignatius Conan Doyle（1859—1930），今译为柯南·道尔。苏格兰作家、内科医生，以塑造侦探福尔摩斯而闻名。其关于福尔摩斯的侦探故事被视为犯罪小说的里程碑。他也以冒险小说著名，在这类小说中，他塑造了第二个人物形象查林杰教授（Professor Challenger）。他是个多产作家，其作品包括幻想小说、科学小说、故事、戏剧、传奇小说、诗歌、非虚构性作品和历史小说等。

卷首有上海商务印书馆主人于光绪二十九年癸卯仲冬（1903）撰写的序，兹录如下：

最先译包探案者，为上海《时务报》馆，即所谓《歇洛克·呵尔唔斯笔记》是也。"呵尔唔斯"即"福而摩斯"，"滑震"即"华生"，"盖译写殊耳。嗣上海启明社续译凡六则，上海文明书局复选择之凡七则，顾华生自言尝辑福生平所侦奇案多至七十件，然则此不过三分之一耳。时人多以未睹全书为憾。本馆乃先取 The Memoirs of Skerlock Holmes 中所遗六则补译之。或曰：是不过茶余酒罢遣兴之助，何裨学界，奚补译为？虽然，是固可见彼文明人之情伪。异日舟车大通，东西往来益密，未始不可资鉴戒；且引而伸之，亦可使当事者学为精审，免卤莽灭裂之害，然则又未必无益也。本馆将持此意，衷集华生所记，以赓续之。世之人，其必有匙余言者"。

柯南·道尔的福尔摩斯侦探故事一经汉译，就引起时人的关注。顾燮光在《小说经眼录》中指出，关于汉译福尔摩斯侦探案，有上海时务报馆出版的《歇洛克唔斯笔记》、嗣后上海启明社续译凡六则，上海文明书局复选译七则。《（补译）华生包探案》所译凡六节，"情迹离奇，令人目眩。而《礼典》一案，尤为神妙。机械变诈，今胜于古，环球交通，智慧愈开，而人愈不可测。得此书，怅触之事变纷乘，或可免卤莽灭裂之害乎？"①

《案中案》

《案中案》，侦探小说，英国亚柯能多尔原著，商务印书馆编译所译述，上海商务印书馆出版发行。被编入两种"小说丛书"系列，即一为十集系列第十集第六编，二为《说部丛书》四集系列初编第六编。十集系列载版本，光绪三十年（1904）五月首版，光绪三十一年（1905）三月再版。全一册，84页，定价每本大洋贰角。四集系列版本，署书名"英国屠哀尔士"，封面题"侦探小说"。甲辰年（1904）十一月初版，民国三年（1914）四月再版。全一册，83页。每册定价大洋贰角。

---

① 顾燮光：《小说经眼录》，阿英编：《晚清文学丛钞：小说戏曲研究卷》，中华书局1960年版，第536页。

《案中案》（*The Sign of Four*，1890年），或译为《四名案》，或《四签名》。其原著者亚柯能多尔今译为柯南·道尔。书记述"英国一女子，父官印度，既归，忽不见。岁后由邮局寄来明珠一颗，后又得一匿名信，邀往戏园。女约福尔摩斯同往。至，有车相迎。福与女登车至乡，晤某甲，知女父已死，且知女父与甲父同在印度共获珍宝甚夥。又往晤甲兄，至则甲兄适死。断为一木足人及印度蛮人所刺。后于江上侦获凶手，而此案原委遂明。"时人寅半生在《小说闲评》中指出，《四名案》属于《福尔摩斯包探案》之一种。"惟此书奇情壮采，于离奇变幻中，更寓一段美满姻缘，巧为作合，实为探案中生一特色。……书凡十二章，叙一英国女子名梅丽莫敦，父由印度归，忽不见，自后岁岁由邮局寄来明珠一颗，凡六次。又得一匿名信，招之使去。女遂约福尔摩斯与华生同往。至则晤主人名腮杜罅丢，备言女父实死其家，历年寄珠之由，出自伊父遗命，尚有珍宝一箱，价值五十万镑，在兄盘沙路姆处，亦女应分之物，其他语多不解。乃共至其兄处，兄已于是夜被人刺死，宝箱亦失去。经福严密访探，始知该贼思麻得宝后，已乘汽船远遁，并力穷追及之，仅存空箱，珍宝已为思麻抛入海中。据思麻供：'此宝得之非义，四人共之，实以性命相易，后被腮杜父麦乔及女父甲必丹谋攫，饮恨多年，必有以报，不甘为人所有，故抛诸海。'案既破，华生遂与女结婚云。"①

---

① 阿英：《晚清文学丛钞：小说戏曲研究卷》，中华书局1960年版，第476页。

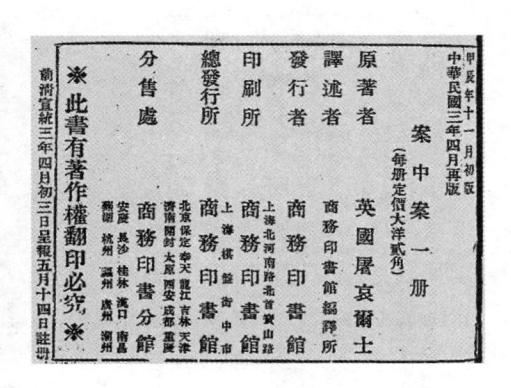

《吟边燕语》

《吟边燕语》，神怪小说，英国散文家查理士·兰姆和他的姐姐玛丽·兰姆根据莎士比亚戏剧故事改编的短篇小说集（但没有署兰姆的名字），林纾、魏易译述，上海商务印书馆出版发行。被编入三种"小说丛书"系列，即一为《说部丛书》十集系列第一集第八编，二为《说部丛书》四集系列初编第八编，三为《林译小说丛书》第一集第一编，四为《小本小说》系列之一。

十集系列再版本，署光绪三十年（1904）七月首版，光绪三十一年（1905）三月再版，一册，156页，每部定价洋三角五分。四集系列版本，甲辰（1904）十月初版，光绪三十一年（1905）三月再版，光绪三十二年（1906）四月三版，民国二年（1913）六月四版，民国三年（1914）四月再版。全一册，156页，每部定价洋三角五分。《林译小说丛书》版本，民国三年（1914）六月出版。上海商务印书馆1931年5月九版，1934年九月国难后一版，1935年4月国难后二版。"小本小说"初版本，署"原著者 英国莎士比"，民国三年（1914）二月初版。全一册，153页，每册定价大洋壹角伍分。六版本，版权页署中华民国三年五月初版（"五月"有误，初版本署"二月"），民国十二年（1923）七月六版，外埠分售处有商务印书馆分馆四十五家，比初版时增加十七家。一册，153页，每册定价大洋壹角伍分。四者内容相同，内收《肉券》《驯悍》《李误》《铸情》《仇金》《神合》《医徵》《医谐》《狱配》《鬼诏》《环证》《女变》《林集》《礼哄》《仙狯》《珠还》《黑瞀》《婚诡》《情惑》《飓风》，凡20篇。

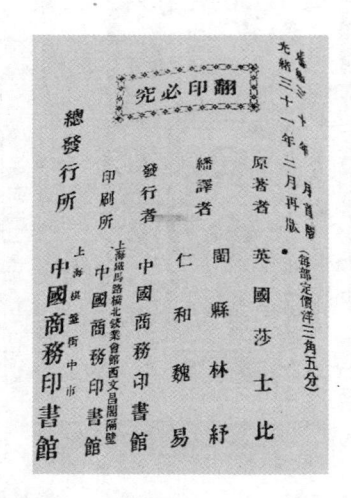

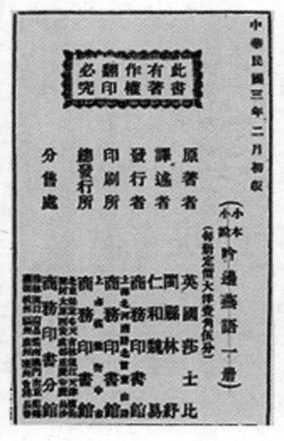

《吟边燕语》原著者查尔斯·兰姆（Charles Lamb，1775—1834）、玛丽·兰姆（Mary Lamb，1764—1847），即兰姆姐弟。查尔斯·兰姆为18、19世纪之交的著名散文家。早年受法国大革命影响，思想激进，后因为政治形势的变化渐趋保守，对于社会下层的穷困者、弱小者、妇女、儿童和残疾人始终怀着真挚的同情。他一生写过诗歌、传奇、剧本、莎剧论文。1798年，由查尔斯·劳埃德和查尔斯·兰姆合著的《无韵诗》问世，1802年出版了《约翰·伍德维尔》，1807年兰姆与姐姐玛丽·兰姆合写了《莎士比亚故事集》，1809年写下了《莱斯特夫人的学校》，1820—1823年期间，兰姆定期为《伦敦杂志》撰稿，1823年以《伊利亚散文集》为名单独结集出版，1833年第二部《伊利亚散文集》出版。同样是浪漫派文学作家，他与华兹华斯存在很大的区别，一个爱好自然，一个爱好人间社会。其笔法是叙事、抒情、议论互相穿插，白话之中夹杂文言，亦庄亦谐、寓庄于谐，从而使其随笔具有强烈的吸引力。①

原著英文名为 Tales from Shakespeare（1807）。共收莎士比亚戏剧本事二十篇，英文名称依次为：Merchant of Venice, Taming of the Shrew, The Comedy of Errors, Romeo and Juliet, Tim on of Athens, Pericles, Macbeth, All's Well That Ends Well, Measure for Measure, Hamlet, Cymbeline, King Lear, As You Like It, Much Ado About Nothing, A Midsummer Night's Dream, The Winter's Tale, Othello, Twelfth Night, The Two Gentlemen of Verona, The Tempest。②著名作家萧乾指出："把深奥的古典文学作品加以通俗化，让本来没有可能接近原著的广大群众得以分享人类艺术宝库中的珍品，打破古典文学为少数人所垄断的局面，并在继承文学遗产方面，为孩子们肋一些启蒙性的工作，这是多么重要而有意义的事啊！"③ 这就使得兰姆姐弟这部著作在英国文学史上占有一个独特的位置了。

卷首有林纾于光绪三十年（1904）撰写的"序"，表达了译者的见解，其中云："欧人之倾我国也，必曰：识见局，思想旧，泥古骇今，好言神怪，因之日就沦弱，渐即颓运。而吾国少年强济之士，遂一力求新，丑诋其故老，放弃其前载，惟新之从。余谓从之诚是也，顾必谓西人之凤行凤言，悉新于中国者，则亦誉人增其义，毁人益其恶耳。英文家之哈葛得，诗家之莎士比，非文明大国英特之士耶？顾吾尝译哈氏之书矣，禁蛇役鬼，累累而见。莎氏之诗，直抗吾国之杜甫，乃立义遣词，往往托象于神怪。西人而果文明，则宜焚弃禁绝，不令湍世知识。……盖政教两事，与文章无属，政教即美，宜泽以文章；文章徒美，无益于政教。故西人惟政教是务，赡国利兵，外侮不乘，始以余闲用文章家娱悦其心目，虽哈氏、莎氏，思想之旧，神怪之托，而文明之士，坦然不以为病也。余老矣！即无哈、莎之通涉，特喜译哈、莎之书。"

该译作受到时人的关注，还有人特意题诗，如汪笑侬撰写的"题英国

---

① 金东雷：《英国文学史纲》，《民国丛书 第三编 57 文学类》，商务印书馆1937年初版，上海书店影印，第287页。
② 马泰来：《林纾翻译作品全目》，载钱钟书等《林纾的翻译》，商务印书馆1981年版，第71—72页。其他引用不再一一注明，只随标页码。
③ 萧乾：《莎士比亚戏剧故事集·译者前言》，《莎士比亚戏剧故事集》，太白文艺出版社2005年版，第1页。

诗人《吟边燕语》廿首",前两首为:"肉券一:不知流血原无价,犹太安能免灭亡!未许先生割肉去,慢云条约误东方。驯悍二:凡百季常应愧死,司晨何待牝鸡鸣。降魔不恃金刚杵,好仗雄狮吼数声。"①

《金银岛》

《金银岛》有多种汉译本。就笔者所知,其最早的汉译本是上海商务印书馆编译所译述本（以下简称"商务汉译本"）。这一汉译本有多种版次,首版时间是光绪三十年（1904）九月。全一册,94页,定价每本大洋二角。版权页署"原著者:英国司的反生""翻译者:商务印书馆编译所""发行者:商务印书馆""印刷所:商务印书馆""总发行所:商务印书馆"。其封面、扉页与版权页分别如下图。

扉页题"说部丛书第一集第八编"字样,而封面无此字样,这不符合商务版《说部丛书》封面与扉页题字的惯例。其解释有三:一是笔者所见的电子图书有误,可能是在制作电子图书时封面产生张冠李戴的情况;二是若电子图书无误,可能是实物图书在原装时封面产生张冠李戴的情况;三是若实物图书无误,可能首版封面、扉页和版权页就是如此。根据我们对商务版《说部丛书》的认识,首版本属于商务版《说部丛书》十集系列,即该丛书共十集,每集十编。此外,商务版《说部丛书》还有四集系列,即共四集,前三集每集一百编,第四集二十二编。初集（即第一集）

---

① 汪笑侬:《题英国诗人吟边燕语廿首》,《大陆》第3年1905年第1期。

的一百编除两编外，其余九十八编出自《说部丛书》十集系列。

值得注意的是，扉页题"说部丛书第一集第八编"字样的还有《吟边燕语》，也属于商务版《说部丛书》十集系列。《吟边燕语》，英国散文家查理士·兰姆和他的姐姐玛丽·兰姆根据莎士比亚戏剧故事改编的短篇小说集，林纾、魏易译述，由上海商务印书馆出版发行。根据樽本照雄所编《清末民初小说目录第九版》（清末小说研究会2017年，以下简称《樽目第九版》）第5468—5471页可知，《吟边燕语》被编入四种"小说丛书"系列，即一为《说部丛书》十集系列第一集第八编，二为《说部丛书》四集系列初编第八编，三为《林译小说丛书》第一集第一编，四为《小本小说》系列之一。

卷首有林纾于光绪三十年（1904）撰写的"序"，从略。该序文见《吟边燕语》。

商务汉译本的第二版本或者说再版本，笔者未见。

商务汉译本的第三版本，出版时间为光绪三十二年（1906）四月。其版权页信息与"首版"基本相同。《樽目第九版》第2190页关于《金银岛》记载："上海·商务印书馆1904.9，说部丛书一＝8"这里的"说部丛书"是指十集系列。《樽目第九版》第2191页关于《金银岛》还记载："中国商务印书馆1906.4 三版　说部丛书二＝1。"这一版本就是笔者所见的第三版本，其封面、扉页与版权页分别如下图。

《说部丛书》四集系列初集第十一编版本，封面题"冒险小说"，上海商务印书馆甲辰（1904）九月初版，民国三年（1914）四月再版。全一册，85页，每册定价大洋贰角。与前者不同的是，从1904—1914年，商务印书馆在全国各地乃至海外已经建立起自己的营业网络，版权页上增加了商务印书馆的分售处,具体为:北京、保定、奉天、龙江、吉林、天津、贵阳、济南、开封、太原、西安、成都、重庆、兰豀、安庆、长沙、桂林、汉口、南昌、芜湖、南京、杭州、福州、广州、潮州、云南、香港等。

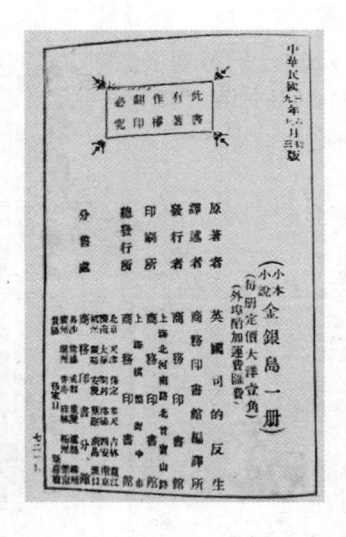

顾均正汉译本,译名为《宝岛》。上海开明书店1930年11月初版,1933年9月三版。初版未见,第三版为《世界少年文学丛刊:小说3》,正文350页,附页28页。书中有三幅图片,史蒂文森像、史蒂文森坟墓、史蒂文森墓碑。另外还有十三幅插图。卷首有译者的《付印题记》、徐调孚的《史蒂文生小传》及《史蒂文生重要作品》。全书凡六部三十四章,有部章目录。章目从略,部目依次为:老海盗、船上厨夫、我的海岸冒险、木寨、我的海上冒险、雪儿福船长。卷首有"小引",对作者略作介绍。1947年3月第七版,1948年3月第八版,二者内容与第三版相同。

何梦雷译述本,译名也为《金银岛》。《世界文学名著》丛书之一,上海启明书局1936年5月初版,1947年9月第三版。162页,实价贰元。全书凡六章三十四节,有章节目录。节目从略,章目依次为:老海盗、海上厨子、我在岸上的冒险、木篱防地、我在海上的险遭、锡儿浮船长。卷首有"小引",对作者略作介绍。

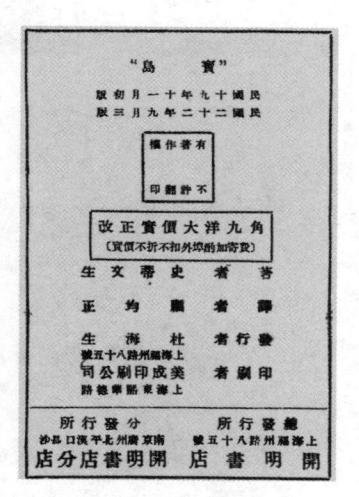

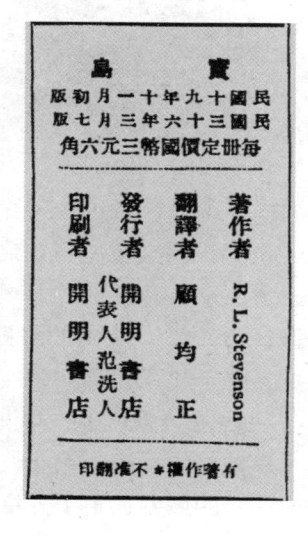

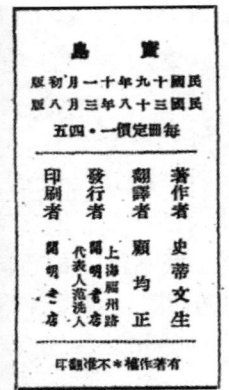

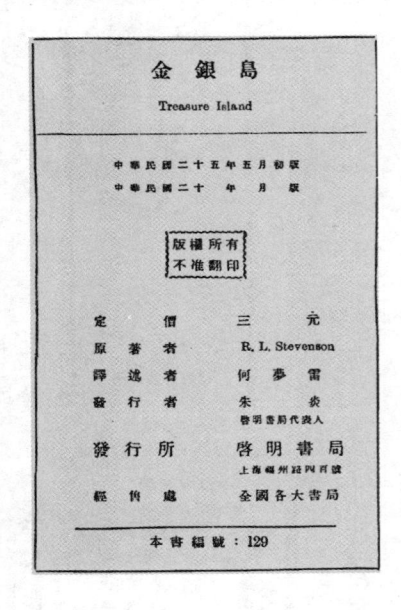

黄海鹤汉译本，译名也为《金银岛》，不过扉页误印为《金银鸟》。张梦麟主编《世界少年文学丛书》之一，昆明中华书局1940年8月初版，254页。全书三十四章，有章目，无序跋。章目分别为：第一章 "斑豹"旅馆里的老海盗；第二章 乌狗的来踪去迹；第三章 黑牒；第四章 航行衣箱；第五章 瞎子之死；第六章 船长的文件；第七章 行抵白利斯托；第八章 在"望远镜"旅馆中；第九章 弹药和枪械；第十章 海中经历；第十一章 苹果桶外的秘密；第十二章 作战计划；第十三章 登岸的经过；第十四章 战机的爆发；第十五章 岛人；第十六章 离船的情形——医生代述；第十七章 小艇的最后航行——医生代述；第十八章 第一天战斗的

第一章 英国作品叙录　15

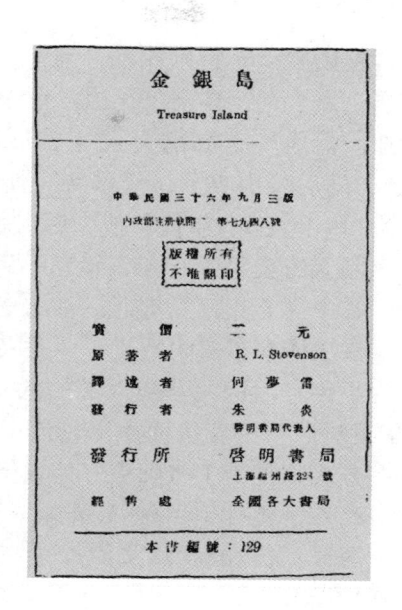

结果——医生代述；第十九章　在木寨中；第二十章　雪佛的使命；第二十一章　袭击；第二十二章　班根的小艇；第二十三章　风和潮；第二十四章　小艇的厄运；第二十五章　卸下海盗旗；第二十六章　意思雷儿·韩兹；第二十七章　"西班牙银元"；第二十八章　在敌营中；第二十九章　第二次的黑牒；第三十章　被囚；第三十一章　探宝：傅灵德的指针；第三十二章　探宝：林中怪声；第三十三章　盗首之死；第三十四章　结局。

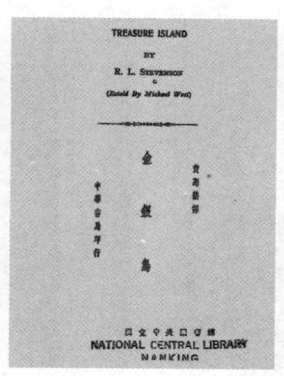

奚识之译注本，1949年6月由三民图书公司出版。该译注本卷首有《史蒂文生小传》，该小传云，史蒂文森出生于英格兰的爱丁堡，是19世纪后半期的小说家，大诗人，新浪漫主义的杰出代表。其祖父与父亲都是有名的灯塔工程师，母亲是举止优雅的女子。史蒂文森的体格虽然不强壮，但读中学时特别用功，意志坚强。后来为了健康起见，他游历英国、法国、意大利、瑞士、德国。他学过土木工程、法律，并正式从事过法律行业。但他从小就酷爱文学，1878 年，他出版了第一本书《内地旅行记》，随后又出版了《沃尔特·斯科特爵士》《骑驴漫游记》《人与书散论》。19 世纪 80 年代，他先后出版了《少男少女》（1881 年）、短篇小说集《新天方夜谭》（1882 年）、《金银岛》（1883）、《化身博士》（1886）等。其中《金银岛》是他一生最著名，最畅销的作品。

该注译本有两大特点，一是英汉对照；二是为英文生词加注。《史蒂文生小传》后的《华英对照的意义——写给教师学生及自修者》说，当时"华英对照"的英语读本比较流行，学生的进步也快。采用英汉对照并加注的方式，是为了教师更好地教，学生或自修者更好地学。

此外，还有丁留馀汉译本与董芝汉译本，前者译名也为《金银岛》。上下两册，《世界少年文库》之三十三，上海世界书局 1933 年 3 月初版，包括插图共 410 页。卷首有"序论"。后者译名为《宝岛》。《世界文学名著丛书》之一，上海晓光书局，初版时间不详，1940 年 3 月再版，199 页。卷首有林荫序，作序时间为 1939 年 3 月。

值得注意的是，上海育才书局印行的《金银岛》与《宝岛》一样，卷首也有林荫序，作序时间为 1939 年 3 月 29 日，全书也是 199 页。封面题"世界名著 文学丛书"字样，未见版权页。译者不详。共分六编三十四章，有编目与章目，措词与顾均正汉译本和何梦雷汉译本十分接近。

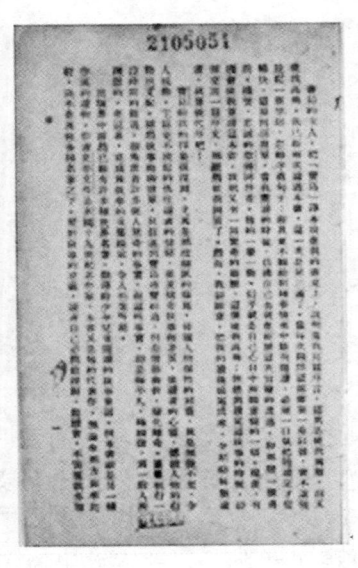

原著者 Robert Louis Stevenson（1859—1894），今译为罗伯特·路易斯·史蒂文森。

《金银岛》（*Treasure Island*）讲述航海发掘藏金之事。霍根司哲姆者，得海盗弗令脱地图，偕医士利弗山等前往海岛，审知同舟中盗党密谋，旋相攻杀，卒能以寡胜众，而桀骜如锡尔福卒受其制，可谓智矣。作为世界文学名著，《金银岛》在中国的影响甚大，时间甚久，成为数代中国读者喜爱的文学杰作。该作的影响，从最初冒险精神的提倡，到后来借助于这一文学名著学习英文，反映了近现代中国社会的巨大变迁。

《迦茵小传》

《迦茵小传》，英国哈葛得〔德〕原著，闽县林纾，仁和魏易同译，上海商务印书馆出版发行。被编入三种"小说丛书"系列，即一为《说部丛书》十集系列第二集第三编，二为《说部丛书》四集系列初编第十三编，三为《小本小说》系列之一。

十集系列版本，封面署"足本迦茵小传""英国哈葛得原著"。光绪三十一年岁次乙巳（1905）二月初版，光绪三十二年岁次丙午（1906）九月三版。全一册，160 页，定价每部大洋壹元。四集系列版本，封面题"言情小说"。乙巳年（1905）二月初版，民国三年（1914）四月再版。全一册，159 页。每册定价大洋壹元。二者内容相同，上卷二十章，下卷二十章，合计四十章，无章目。

原著者哈葛得〔德〕（Henry Rider Haggard，1856—1925），英国小说家。英国维多利亚时代受欢迎的小说家，以浪漫的爱情与惊险的冒险故事为题材，代表作为《所罗门王的宝藏》。林纾最常翻译哈葛德的小说。哈葛德常年住在非洲，担任过南非纳塔尔省省长秘书。哈葛德一共写了数十部小说，最著名的为《所罗门王的宝藏》（*King Solomon's Mines*）及续集《艾伦·夸特梅因》（*Allan Quatermain*），和《她》（*She*，旧译《三千年艳尸记》）以及续集《阿霞》（*Ayesha*），霸道冒险小说设置在争夺非洲的背景下。其他的作品还包括《百合娜达》（*Nada the Lily*，旧译《鬼山狼侠传》）和《埃司兰情侠传》（*Eric Brighteyes*）。哈葛德在家中排行第六，在南非服役六年，创作了大量以非洲为背景的小说，十分畅销。[①] 其汉译小

---

① 〔英〕德拉布尔（M. Derabbe）编：《牛津英国文学辞典（第 6 版）》（英文版），外语教学与研究出版社 2005 年版（2011 年重印），第 443 页。

说作品有三十多种。据马泰来先生先生考证,《迦茵小传》原著英文名为 (*Joan Haste*, 1895 年)。(第 62 页)

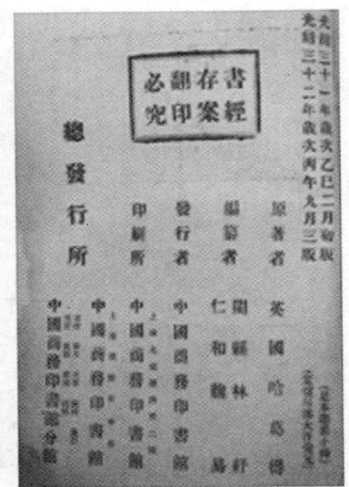

首有林纾撰写的"小引",兹录如下为:

  余客杭州时,即得海上蟠溪子所译《迦茵小传》,译笔丽赡,雅有辞况。追来京师,再购而读之,有天笑生一序,悲健作楚声,此《汉书·扬雄传》所谓"抗词幽说,闲意眇旨"者也。书佚其前半篇,至以为憾。甲辰岁译哈葛德所著《埃司兰情侠传》及《金塔剖尸记》二书,则《迦茵全传》赫然在《哈氏丛书》中也,即欲邮致蟠溪子,请足成之,顾莫审所在。魏子冲叔告余曰:"小说固小道,而西人通称之曰文家,为品最贵,如福禄特尔、司各德、洛加德及仲马父子,均用此名世,未尝用外号自隐。蟠溪子通赡如此,至令人莫详其里居姓氏,殊可惜也。"因请余补译其书。嗟夫!向秀犹生,郭象岂容窜稿;崔灏在上,李白奚用题诗!特哈书精美无伦,不忍听其沦没,遂以七旬之力译成,都十三万二千言;于蟠溪子原译,一字未敢轻犯,示不掠美也。佛头著粪,狗尾续貂。想二君都在英年,当不嗤老朽之妄诞也。畏庐林纾书于京师春觉斋。

时人对这部言情小说十分喜爱,阅读后不免题诗做词,如钱塘夏曾佑撰写的《积雨卧病读琴南〈迦茵小传〉有感》:"万书堆里垂垂老,悔向人前说古今。薄病最宜残烛下,暮云应作九洲阴。旁行幸有伽娄笔,发喜难窥大梵心。会得言情头已白,捻髭想见独沈吟。"林纾撰写的词《买陂塘并序》:"倚风前,一襟幽恨,盈盈珠泪成癭,红瘢腥点鸳鸯翅。苔际月明交颈,魂半定。倩药雾荼云,融得春痕凝。红窗梦醒,甚恨海波翻。愁台路近,换却乍来景。 楼阴里,长分红幽翠屏,消除当日情性。篆纹死后依然活,无奈画簾中梗。乡试省,碧潭水,阿娘曾蘸桃花影。商声又警,正芦叶飘萧,秋魂一缕,印上画中镜。"

《足本迦茵小传》有则广告:"是书为英国文豪英哈葛得所著,下卷旧有蟠溪子译本,惜阙其上帙,致草蛇灰迹,羌无所属,阅者知其果而莫知其因,未免闷损。闽县林君琴南得是书足本于哈氏丛书中,特为口译,以曲折生动之笔,达渺绵佳侠之情,不媿旷代奇构。于蟠溪子直译,未尝轻犯一字。纤悉详尽,足补原译之不及,想能餍阅者之意也。(每部二册,大洋壹元)"

《降妖记》

《降妖记》,未署原著者,闽侯陆康华、永福黄大钧编译,上海商务印书馆出版发行,编入三种"小说丛书"系列,即一为《说部丛书》十集系列第二集第四编,二为《说部丛书》四集系列初编第十四编,三为《小本小说》系列之一。

說部叢書
第二集第四編
降妖記
英國亞柯能多爾原著
中國商務印書館
譯印

說部叢書 第二集第四編
降妖記
中國商務印書館印行

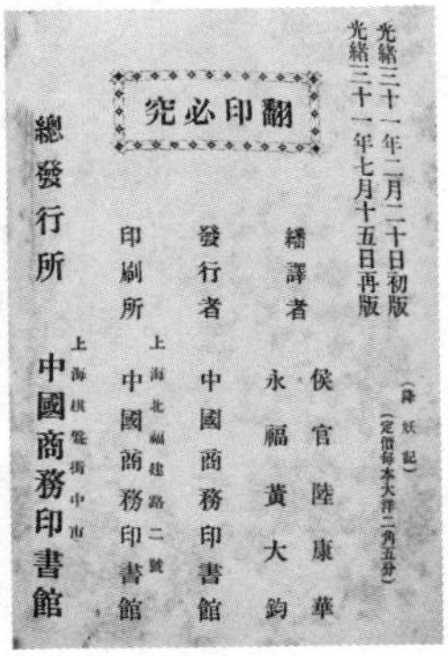
光緒三十一年二月二十日初版
光緒三十一年七月十五日再版
(降妖記)
(定價每本大洋二角五分)
翻印必究
繙譯者 侯官 陸康華 永福 黃大鈞
發行者 中國商務印書館
印刷所 上海北福建路二號 中國商務印書館
總發行所 上海棋盤街中市 中國商務印書館

說部叢書
降妖記
中國商務印書館

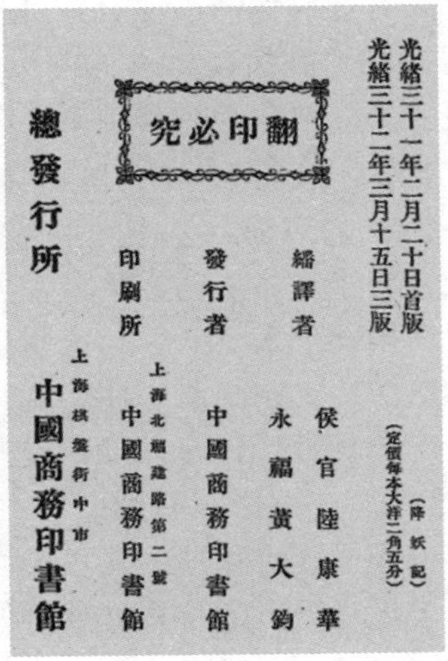
光緒三十一年二月二十日首版
光緒三十二年三月十五日三版
(降妖記)
(定價每本大洋二角五分)
翻印必究
繙譯者 侯官 陸康華 永福 黃大鈞
發行者 中國商務印書館
印刷所 上海北福建路第二號 中國商務印書館
總發行所 上海棋盤街中市 中國商務印書館

說部叢書
初集 第十四編
降妖記
偵探小說
上海商務印書館發行

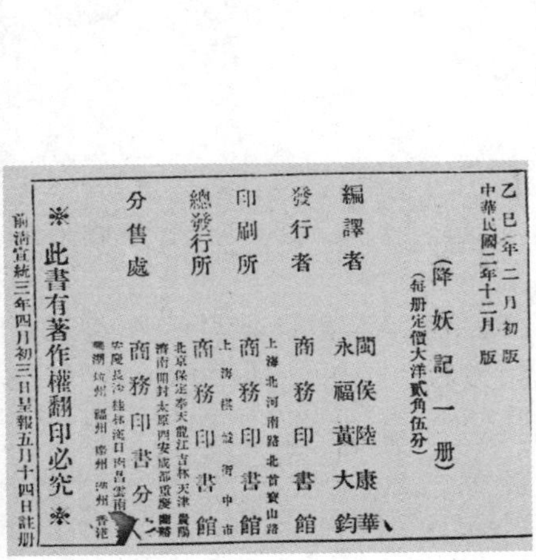
乙巳年二月初版
中華民國二年十二月 版
(降妖記一冊)
(每冊定價大洋貳角伍分)
編譯者 閩侯 陸康華 永福 黃大鈞
發行者 商務印書館
印刷所 上海北河南路北首寶山路 商務印書館
總發行所 上海棋盤街中市 商務印書館
分售處 商務印書分館
※此書有著作權翻印必究※
前清宣統三年四月初三日呈報五月十四日註冊

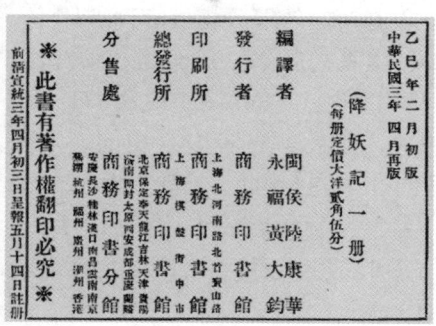

十集系列版本，封面署"英国亚柯能多尔原著"。光绪三十一年（1905）二月二十日初版，光绪三十一年（1905）七月十五日再版，光绪三十二年（1906）三月十五日三版。发行者、印刷所与总发行所均为中国商务印书馆。全一册，111 页，定价每本大洋二角五分。四集系列版本，封面题"侦探小说"，未署原著者。乙巳年（1905）二月初版、民国三年（1914）四月再版。全一册，111 页。每册定价大洋贰角伍分。《小本小说》系列版本，商务印书馆民国三年（1914）六月出版。三者内容相同，共十五章，无章目。

原著者为柯南·道尔，其简介《（补译）华生包探案》(*The Hound of the Baskervilles*，1901 年）。编译者陆康华与黄大钧，都不详，待考。

《降妖记》为福尔摩斯侦探案之一，讲述"奸人谋人遗产，借妖狗为名陷杀多人，用术极巧，侦探福尔摩斯屡为所愚，卒用全力破其奸伪。其中有狗魅、有逃犯、有剪报寄信，有旅店失靴，有仆人黑夜馈食，有凶人饰妻为妹，有误伤逃犯，有乞资离婚，种种情节，纷纭缕辐，而福尔摩斯独能一一窥破，如理乱丝，使案情大白，一无遁饰。展读一过，真益人神智不浅。"

《埃及金塔剖尸记》

《埃及金塔剖尸记》，署英国哈葛德原著，闽县林纾，长乐曾宗巩译，上海商务印书馆出版发行。编入三种"小说丛书"系列，即一为《说部丛书》四集系列编为初集第十七编，二为《说部丛书》四集系列编为初集第十七编，三为《林译小说丛书》编为第四编。

十集系列三版本，版权页署光绪三十一年岁次乙巳（1905）季春初版，光绪三十三年岁次丁未（1907）季春三版，发行者、印刷所与总发行所均为中国商务印书馆，外埠分售处有商务印书馆分馆十二家。三册，每部定价大洋壹元。四集系列版本，封面题"侦探小说"。乙巳年三月初版，民国三年（1914）四月再版。《林译小说丛书》版本，民国三年（1914）六月初版。每部定价大洋壹元。三者内容相同，均分为上、中、下三卷，上卷 67 页、中卷 173 页，下卷 86 页。上卷七章，中卷十六章，下卷十章，凡三十三章，有章目，卷首有哈葛德原序，林纾译序。

据马泰来先生先生考证，《埃及金塔剖尸记》（*Cleopatra*，1889 年）。（第 62 页）

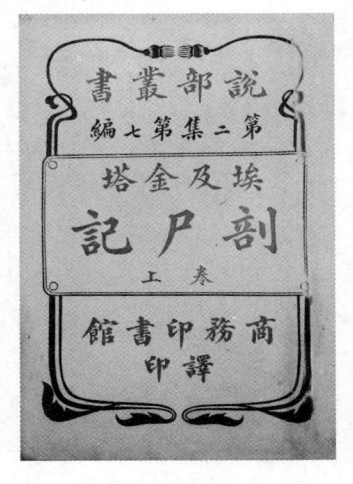

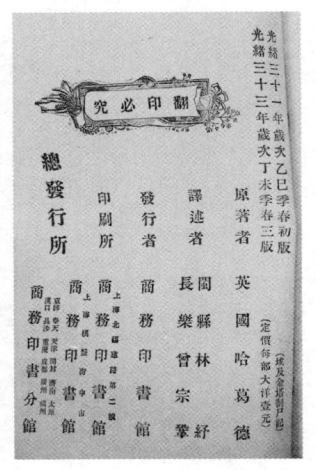

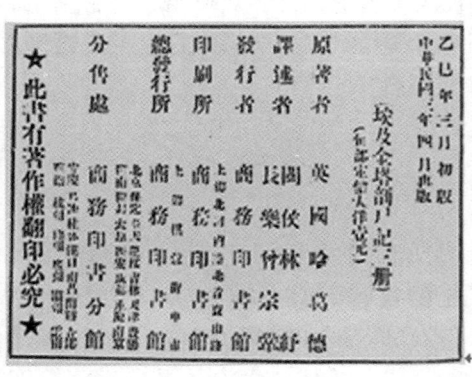

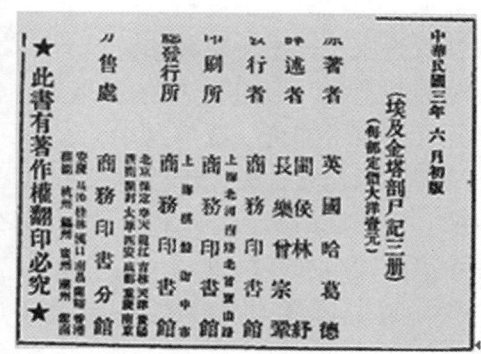

上卷七章，有章目，前三章章目分别为：第一章　记夏马之诞生　哈梭预言　杀无辜童子；第二章　夏马之背庭训　以力搏狮　阿度那至狮所宣言；第三章　阿猛尼亨训迪夏马之　入塔祷天　神降塔上。中卷十六章，有章目，前三章章目分别为：第一章　阿猛尼亨遗子　夏马之至亚力山大　西伯忠告　格鲁巴亚僭意昔司冠服出游　夏马之角力仆勇士；第二章　查美莺省父　西伯斥查美莺；第三章　夏马之入宫掖　城下以术愚门者　格鲁巴亚退息寝殿　夏马之进术女王。下卷十章，有章目，前三章章目分别为：第一章　夏马之从特产斯逸出　船人坠夏马之于海中　夏马之出险岛居　夏马之归阿幡司山　阿猛尼亨圆寂；第二章　叙夏马之末次之悲戚　夏马之号援于神母意昔司及神母许可之言　阿度那述遗言；第三章　叙阿利巴夏马之改名以学问自名于时　阿利巴屏居达毗大师古塚　金谋进图格鲁巴亚　寓书查美莺　阿利巴复经亚力山大。

上卷书首有哈氏原序，突出了著者的哀婉之情，其中云："凡莺吞礼、格鲁巴亚轶事，见诸正史者，哀惋之情，读者怆然天下悲愁之感动力，与怨恨之感动力，败家亡国，从是胚胎。是二力者，能自吮其国本之腴沃俾之消屻，物事陈列，而目力瞖，隐妍娸以涵，此有识者感觉之矣。格鲁巴亚从两军尘扑中，御舟遽移，而莺吞礼身悬万军之命，乃并弃水陆二军，追逐美人内逝。余至莫测其故，久乃虚拘其象，成此稗史，大开大阖，状其事理之所必有，复旁摭遗事，佐证已说，蔚然颇有条理。读吾书者，必谓此种思想，在文明眼中，已成陈旧，然当时埃及亡国之余，臣宗德老，痛故国崩敝，言言发诸哀吻，颇可念也。或又谓书中崇礼妖神，事迹多涉不经，似皆为余臆造。讵知神道设教，当时高座夏马之，实具有道力，为浅人所莫测。高座自信仰叨神贶以生，并能隐接鬼神，发宣幽扃，洞彻未来，预决生死。阿施利者，埃及大神也。高座神与之通，且能践彼冥迹，划为深隐渺冥之界。若严设帷幕，猝搴之亦莫即其堂奥。今且勿问神情鬼趣，何者属实，但以高座夏马之事迹，凡大宗教中陈籍，咸有其名。……凡具国民思想，能不遏其志气，以伸冤穷，顾遍览古史，于此事又不恒见焉。余书中意昔司歌，及格鲁巴亚曲，则安度阑所为，取而施之吾书之上。查美莺所歌调，亦安度阑翻译希腊大师马利格稿也。"

哈氏原序后有林纾于光绪三十一年（1905）在京师春觉斋所作的《译余剩语》，表达了译者的家国之思，作者痛心地指出："埃及不国久矣。始奴于希腊，再奴于罗马，再奴于亚刺伯，再奴于土耳其，再奴于拿破仑，终乃奴英。人民降伏归仰，无所拂逆，若具奴性。哈氏者，古之振奇人也，雅不欲人种中有此久奴之种，且悯其亡而不知恤，忽构奇想，为埃及遗老大张其楦。呜呼！埃及蠢蠢，又宁知所谓亡国耶。"还表达了通过神怪小说言宗教的观点。其中云："是书好言神怪之事，读者将不责哈氏，而责畏庐作野蛮语矣。不知野蛮之反面，即为文明，知野蛮流弊之所及，即知文明程度之所及。虽然，神怪亦何害于文明耶！古书之最古者，宁如四韦陀，四韦陀之书，哲学家不能驳诘而焚弃之，其书固专言鬼神也。余曾论造物之所始，宗教家恒归功于上帝，虽达尔文犹不敢力辩其非，然则宜道、释、耶教至今存矣。"

《英孝子火山报仇录》

《英孝子火山报仇录》，署英国哈葛德原著，闽县林纾、仁和魏易同译，上海商务印书馆出版发行。被编入三种"小说丛书"系列，即一为《说部丛书》十集系列第一集第四编，二为《说部丛书》四集系列初编第四编，三为《林译小说丛书》系列之一。

十集系列版本，封面题"伦理小说"。光绪三十一年（1905）六月首版，光绪三十二年（1906）闰四月再版。发行者、印刷所与总发行所均为中国商务印书馆。全书二册，上册154页，下册148页。每部定价大洋九角。四集系列版本，封面题"伦理小说"。乙巳年（1905）六月初版,民国三年(1914)四月再版。全书二册,上册154页,下册148页。每部定价大洋玖角。《林译小说丛书》版本,封面题"伦理小说"。民国三年(1914)六月初版。全书二册,上册154页,下册148页。每部定价大洋玖角。三者内容相同,均分上下两卷,上卷二十章,下卷二十章,凡四十章,无章目。上卷首有林纾撰写的"序"和"译余剩语"。

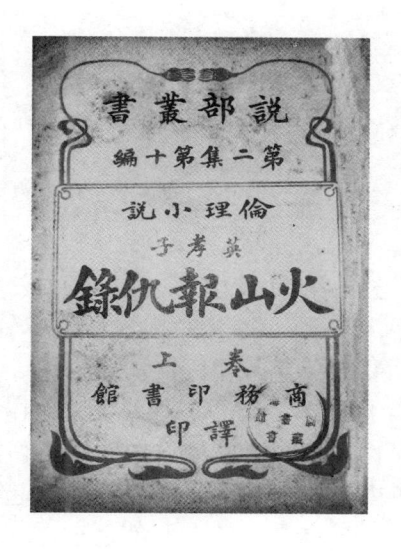

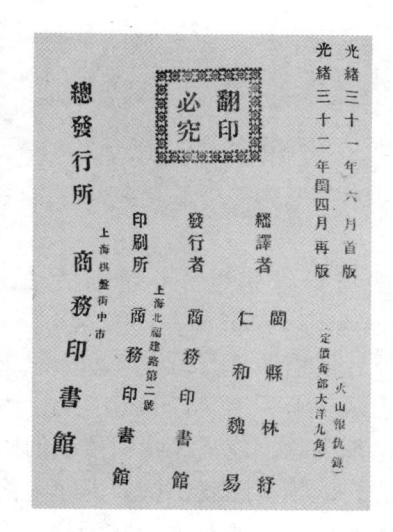

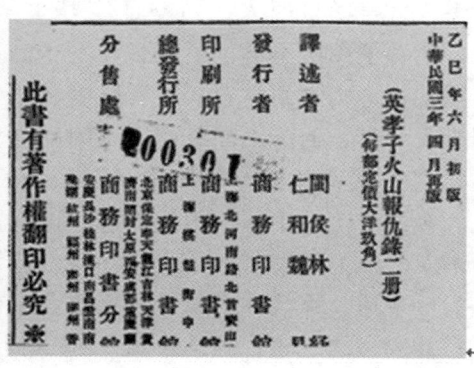

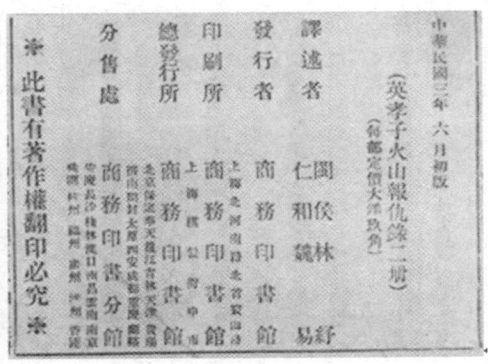

据马泰来先生先生考证，《英孝子火山报仇录》原著英文名为(*Montezuma's Daughter*，1893 年)。马氏还指出，寒光、朱羲胄、曾锦漳、韩迪厚皆误谓原著为 *Maiwa's Revenge*（第 62 页）。

光绪三十一年（1905）四月，林纾撰写了"序"，序文反映了林纾一贯的伦理观念，他坚守我国传统的儒家伦理，在这篇译作中发现类似的伦理观念，他颇有感慨，认为遵守人伦，中外皆然，这与此后不久兴起的非儒浪潮形成鲜明的对比。林纾说："吾先哲有言，圣人人伦之至也。林纾曰：人伦之至归圣人，安得言一圣人外无人伦。宋儒严中外畛域，几秘惜伦理为儒者之私产。其貌为儒者，则曰：'欧人多无父，恒不孝于其亲。'辗转而讹，几以欧州为不父之国，间有不率子弟，稍行其自由于父母教诲之下，冒言学自西人，乃益证实其事。于是吾国父兄，始疾首痛心于西学，谓吾子弟宁不学，不可令其不子。五伦者，吾中国独秉之懿好，不与万国共也，则学西学者，宜皆屏诸名教外矣。呜呼，何所见之不广耶！彼国果无父母，何久不闻有商臣元凶劭之事，吾国果自束于名教，何以《春秋》之书弑者踵接？须知孝子与叛子，实杂生于世界，不能右中而左外也。今西学流布中国，不复周遍，正以吾国父兄斥其人为无父，并以其学为不孝之学，故勋阀子弟，有终身不近西学，宁钻求于故纸者。顾勋阀子弟为仕至速，秉政亦至易。若秉政者斥西学，西学又乌能昌！余非西学人也，甚悯宗国之蹙；独念小说一道，尚足感人，及既得此书，乃大欣悦，谓足以告吾国之父兄矣。……忠孝之道一也，知行孝而复母仇，则必知矢忠以报国耻。若云天下孝子之母，皆当遇不幸之事，吾望其斤斤于复仇，以增广国史孝义之传,为吾国光,则吾书不既俱乎。盖愿世士图雪国耻,一如孝子汤麦司之圉报亲仇者,则吾中国人为有志矣!"

光绪三十一年(1905)四月,林纾在都下望瀛楼撰写了"译余剩语",对译作的内容多加评点,如,写墨西哥亡国,他说:"是书本叙墨西哥亡国事。墨之亡,亡于君权尊,巫风盛,残民以逞,不恤附庸,恃祝宗以媚神,用人祭淫昏之鬼;又贵族用事,民逾贱而贵族逾贵。外兵一临,属国先叛,以同种攻同种,犹之用爪以伤股,张齿以啮臂,外兵坐而指麾,国泯然亡矣。呜呼!不教之国,自尊其尊,又宁有弗亡者耶!"又如小说描写美人之道,云:"小说一道,不着以美人,则索然如嚼蜡。然汤麦司身为孝子,使俪之以荡妇,则作者必不至有此文心。哈先生不知作何幻想,乃觅取节烈二妇为孝子偶。王章殊有妻矣,丽榴以藁砧之故,作二十年单栖,后乃圆其破镜。倭土米情钟客卿,出百死相卫,国破家亡,始以身殉。一烈一节,在吾国烈女传中,犹铮铮然,顾一得之野蛮,一得之文明,彼此若合符节,性恶之说,吾又不能信荀矣。"

《英孝子火山报仇录》有则广告,其文为:"此书叙一英人母氏为西班牙人,少时与一浪子名若望者定姻。及长,母不愿事其人,另嫁英孝子之父。若望赴英刺死孝子之母,孝子大愤,历千辛万苦,沿途寻仇。至墨西哥,正值墨西哥亡国之日。其间叙此孝子为祭师,待赴天坛,取心沥血祭神,妖异之事百出,而卒得救。尚墨西哥公主,起兵复国仇,公主、亲王慷慨捐生。状英孝子弃富贵不取,卒得仇人于火山之上。复仇归国,就其原配丽榴,中年花烛,传为美谈。又其中叙天主教处置违背教律者之惨状,及西班牙人禽(擒)取黑奴转相售,贬与野蛮信鬼之俗,多系史书所有,演为奇谈,至为有趣。"每部二册,大洋九角。

《双指印》

《双指印》,侦探小说,英国培福台兰拿原著,商务印书馆编译所编译。光绪三十一年乙巳(1905)二月二十八日,《东方杂志》第二年第一期开始连载,至第二年第五期毕。标"侦探小说",署"〔英〕培福台兰拿著"。后上海商务印书馆出版发行,编入三种"小说丛书"系列,即一为《说部丛书》十集系列第三集第一编,二为四集系列初集第二十一编,三为《小本小说》系列之一。

十集系列首版本,封面题"侦探小说",光绪三十一年(1905)六月首版。发行者、印刷所与总发行所均为中国商务印书馆。一册，100 页，定价每本大洋二角五分。四集系列四版本，民国二年（1913）十二月三版，民国三年（1914）四版全书一册，100 页。每册定价大洋贰角伍分。"小本小说"版本，"译述者商务印书馆编译所"，民国二年（1913）六月初版，每册定价大洋壹角。三者内容相同，凡十四章，有章目，无序跋，章目依次为：第一章　麦监脱案之缘起；第二章　宝兰自述；第三章　约翰生述；第四章　赖华述；第五章　及格里末述；第六章　买来述；第七章　马太述；第八章　买来复述；第九章　志买来遭戕；第十章　志拨藤侦探事；第十一章　志约翰生捕犯事；第十二章　里末自述；第十三章　英领事证文；第十四章　查尔士首罪文。

原著者英国 H. Burford Delannoy，不详，待考；原著为（*The Margate Mystery*，1901 年）。（参见《樽本目录》第 3236 页）

《双指印》有则广告，文云："是书系英国女子路山初昵惠廉，继昵查尔士。比归查，昵于惠，为查扼死，而警署则误捕惠廉下狱。小说家赖华知其冤，犯险营救不得。赖妻贾来忽遭刃毙，其凶犯经侦者以摄影法摹审指印，竟得踪迹，知摄影之深有裨于侦务也。书凡十四章，有叙有述，极离合错综之妙，译笔复跌宕曲折，诚小说中之佼佼者。"洋装一册，定价大洋二角五分。

《鬼山狼侠传》

《鬼山狼侠传》，神怪小说，英国哈葛德原著，闽侯林纾、长乐曾宗巩译述，上海商务印书馆出版发行。被编入三种"小说丛书"系列，即一为《说部丛书》十集系列第三集第二编，乙巳年（1905）七月初版，光绪三十一年（1905）十月二版。二为《说部丛书》四集系列初集第二十二编，民国二年（1913）十二月再版。民国三年（1914）四月再版。三为《林译小说丛书》第六编，民国三年（1914）六月出版。

三种版本内容相同，分上下两卷，各十八章，有章目。卷首有哈葛德原叙、次译序，次《缘起》，次题词。章目依次为：第一章 童子查革语言；第二章 摩波入否运；第三章 摩波冒险宁家；第四章 摩波与巴利格夜遁；第五章 摩波为神巫领袖；第六章 纪洛巴革生；第七章 洛巴革以语答霸王；第八章 见尸；第九章 误认；第十章 妇遁；第十一章 复仇；第十二章 秘谈；第十三章 情话；第十四章 系轮；第十五章 鼠援；第十六章 园遇；第十七章 吐实；第十八章 巴利格叫天无辜；第十九章 自荐；第二十章 得书；第二十一章 摄影；第二十二章 葛侦；第二十三章 访医；第二十四章 设计；第二十五章 献金；第二十六章 投井；第二十七章 三猫；第二十八章 掘穴；第二十九章 获救；第三十章 暴卒；第三十一章 见叟；第三十二章 欢晤；第三十三章 启裹；第三十四章 易容；第三十五章 攫金；第三十六章 摩波叙收局。

30　商务印书馆《说部丛书》叙录

据马泰来先生先生考证，《鬼山狼侠传》（*Nada the Lily*，1892年）。马氏还指出，寒光、朱羲冑、曾锦漳、韩迪厚皆误谓原著为 *Cetywayo and His White Neighbours*。（第62页）

哈葛德有在非洲工作的经历，目睹了那里土著的野蛮状态，颇有感慨。其"原叙"说："余手著此书，固挟勇敢之心，编野人之史，飨诸当世嗜吾书者之眼。此书为余前十七年，在南亚斐利加时之著作。吾年尚稚，客中侍数长德之后，均年五十以外。寄居苏噜，习其土著如朋侪。因得询其历史，审是中壮士风概与其古俗，闻所创闻，付诸人口，万众一辞。顾彼国亡人殒，后来亦无倔起之人。今残黎寥寥，恐过此以往，亦无能言者矣。方吾辈来时，苏噜尚为影国，今则声影皆寂。白种人蟠据其地，蠹蚀其根，至于糜烂无余。而前此尚武之精神，则凛凛莫之过焉。顾白种乃以平和之醖酿，积渐消磨之，令彼垂尽，可哀也哉！苏噜刚敢无敌之风概，赫然为天下奇观者，竟瞥眼如飘风焉。盖安阔地一战，倾覆无余矣。然兵制之备，士气之勇，经营鼓励，均肇自查革一人。"这种野蛮状态同时表现了两种精神，即尚武精神和自由精神，"虽纤细必举，使有位者生其尚武之精神，尤不能不少加点染，令观者爽目，代亚斐利加之外史。然吾书所言，半多轶事，为他书所无，非纯史之家，仓卒中亦不详斐洲之事，故吾书必历历言之，以备阅者简择，第著笔至难耳！……今约言之，苏噜之人，崇祀者惟其先祖，自祖考上追崇所始，至于天帝而止。摩波者，非微贱人也，生有倏才，能记故事，历历如贯珠，实以专制为宗旨。吾书但撷采精华，期振作国民精神而止，且倍增其色，使观者神动，其事宁易易哉！书中图画详赡，而皆有凭证。又多从文法中出，临时取证，靡不符合。即言故事之摩波，虽报仇杀人，有干天律，不能使其部民自由，而方寸之中，则夷然无忤，方知自由之至可乐也"。

林纾对译作有自己独特的认识，如非洲的风俗、非洲人的品性等。他在光绪三十一年（1905）撰写的"译叙"中指出："余前译《孝子火山报仇录》，自以为于社会至有益也。若是书奇谲不伦，大弗类于今日之社会，译之又似无益。不知世界中事，轻重恒相资为用。极柔，无济也，然善用之，则足以药刚；过刚，取祸也，然善用之，又足以振柔。此书多虐贼事，然盗侠气概，吾民苟用以御外侮，则于社会又未尝无益，且足以印证古今之风俗。……是书精神，在狼侠洛巴革。洛巴革者，终始独立，不因人以苟生者也。大凡野蛮之国，不具奴性，即具贼性。奴性者，大酋一斥以死，则顿首俯伏，哀鸣如牛狗，既不得生，始匍匐就刑，至于凌践蹴踏，惨无人理，亦甘受之，此奴性然也。至于贼性，则无论势力不敌，亦必起角，百死无馁，千败无怯，必复其自由而后已。虽贼性至厉，然用以振作积弱之社会，颇足鼓动其死气。故西人说部，舍言情外，探险及尚武两门，有曾偏右奴性之人否？……若夫安于奴，习于奴，惗惗若无气者，吾其何取于是？则谓是书之仍有益于今日之社会可也。"

《小说闲评》视《鬼山狼侠传》为历史小说，其评述为"叙苏噜酋长查革事。查革幼年，曾随其母乞食于蓝靖尼族摩波之母，乞牛乳不与，乞水又不与，摩波怜之，乃与以水。……卒如其言，甚至弑母，杀妻，戮子，惨无人理，盖所杀者不下一百兆云。摩波一族，尽为查革所歼，而查革卒死于摩波之手。子洛巴革，初生时，查革即命杀之，为摩波潜易。后入鬼山，与革拉氏如兄弟，驱使狼族，雄踞一方。爱莲花娘，卒以致败。全书所叙，野蛮残酷，达于极点。……然笔力之显豁雄伟，则查革之枭雄，摩波之诡谲，洛巴革之果敢，革拉氏之侠烈，莲花娘之情爱，均活现于纸上云。"①

《鬼山狼侠传》有则广告，文云："是书为闽县林琴南先生所译。叙斐洲未经英人占领以前苏噜霸王查革杀人状，英人称曰小拿坡仑。其所屠戮至数十万，众黑族为墟。查革生子，不举，必尽杀之，防其长成，与彼争权，至为子故，手刃其母。摩波不忍，力救其子洛巴革育为己子。后因搏狮，为狮衔去。遇他族一英雄，从狮吻中救出。为王于斧头族，杀人如麻。其中夹叙以神巫屠人惨状，妖狐奇鬼杂出其间。野蛮风族（俗），闻所未闻、见所未见，于小说界别开生面，亦一伟观。中间有莲花娘情事一段，情节颇奇，可见男女之情，虽野蛮亦不免也。"装两厚册，定价大洋一元。

《斐洲烟水愁城录》

《斐洲烟水愁城录》，冒险小说，英国哈葛德原著，闽侯林纾、长乐曾宗巩译述，上海商务印书馆出版发行。被编入三种"小说丛书"系列，即一为《说部丛书》十集系列第三集第六编，二为《说部丛书》四集系列初集第二十六编，三为《林译小说丛书》第七编。

十集系列版本，封面题"侦探小说"。乙巳年（1905）十月初版。四集系列三版本，封面题"冒险小说"。乙巳年（1905）十月初版，民国二年十二月三版，民国三年（1914）四月再版。发行者、印刷所、总发行所均为商务印书馆，分售处为全国各地乃至海外的商务印书分馆二十五家。全书分上下卷，每卷一册，上册106页，下册130页，每部定价大洋捌

---

① 阿英：《晚清文学丛钞：小说戏曲研究卷》，中华书局1960年版，第494—495页。

第一章 英国作品叙录 33

角。《林译小说丛书》版本，民国三年（1914）六月初版。

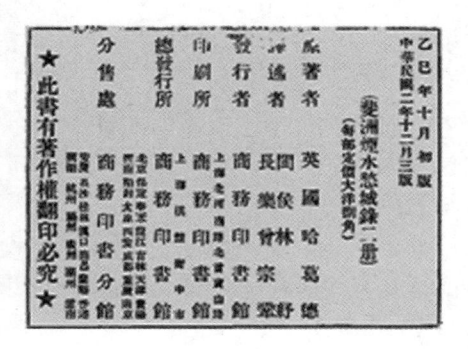

三者内容相同，分上下两卷，上卷十一章，下卷十三章，凡二十四章，有章目。卷首有林纾译序。章目依次为：第一章 领事闲谈；第二章 记黑手；第三章 纪教堂；第四章 晏丰司自叙逃亡；第五章 洛巴革画策诛马撒；第六章 消磨长夜；第七章 纪恶战；第八章 晏丰司自白；第九章 舟经未辟之世界；第十章 舟行遇火；第十一章 众入愁城；第十二章 纪女弟兄同王一国；第十三章 纪苏伟地国俗；第十四章 叙太阳庙庙状；第十五章 素丽士作歌；第十六章 王礼石像；第十七章 风飓大至；第十八章 叙血战；第十九章 纪诡异之婚礼；第二十章 山峡之战；第二十一章 记戈德门途况；第二十二章 记洛巴革守门之勇；第二十三章 戈德门遗言；第二十四章 高德补记戈德门身后事。

据马泰来先生先生考证，《斐洲烟水愁城录》（Allan Quatermain，1887年）。（第 62 页）

林纾十分关注哈葛德小说，除了言情小说外，还有探险小说。他于光绪三十一年（1905）七月在京师望瀛楼所作的序文认为，"哈氏所遭蹇涩，往往为伤心哀感之词以写其悲。又好言亡国事，令观者无欢。此篇则易其体为探险派，言穷斐洲之北，出火山穴底，得白种人部落，其迹亦桃源类也。复盛写女王妡（妒）状，遂兆兵戈，语极诙谲。且因游历斐洲之故，取洛巴革为导引之人。书中语语写洛巴革之勇，实则语语自描白种人之智。书与《鬼山狼侠传》似联非联，斩然复立一境界，然处处无不以洛巴革为针线也。"在艺术上，他注意到哈葛德的这部探险小说的文体类似司马迁的《事迹·大宛传》，他赞叹道："余译既，叹曰：西人文体，何乃甚类我史迁也！史迁传大宛，其中杂沓十余国，而归氏本乃联而为一贯而下。归氏为有明文章巨子，明于体例，何以不分别部落，以清眉目，乃合诸传为一传？不知文章之道，凡长篇巨制，苟得一贯串精意，即无虑委散。《大宛传》固极绵褵，然前半用博望侯为之引线，随处均着一张骞，则随处均联络。至半道张骞卒，则直接入汗血马。可见汉之通大宛诸国，一意专在马；而绵褵之局，又用马以联络矣。哈氏此书，写白人一身胆勇，百险无惮，而与野蛮并命之事，则仍委之黑人，白人则居中调度之，可谓自占胜著矣。然观其着眼，必描写洛巴革为全篇之枢纽，此即史迁联络法也。"

《斐洲烟水愁城录》有则广告，其文为："此书亦哈氏丛书中之一种，与《鬼山狼侠传》似联非联，处处以洛巴革为线索，言其伴数白人探险，穷斐洲，北穿火山穴而出，得白种人国，国有二女王因争婿一客卿，故乃肇兵祸，取迳绝新，构境尤幻。译笔仍出闽县林君琴南之手，备极俶诡绵丽之妙。"洋装二册，定价大洋二册八角。

《撒克逊劫后英雄略》

　　《撒克逊劫后英雄略》，英国司各德原著，林纾、魏易译，题"国民小说"。《说部丛书》十集系列首版本，光绪三十一年（1905）十月首版，发行者、印刷所与总发行所均为中国商务印书馆。全书分上下卷，二册，上卷161页，下卷144页，定价每部大洋一元。四集系列初集第二十七编，上海商务印书馆民国三年（1914）四月再版。全书分上下卷，二册，上卷161页，下卷144页。上卷二十六章，下卷十九章，合计四十五章，无章目。《林译小说丛书》版本，民国三年（1914）六月初版。

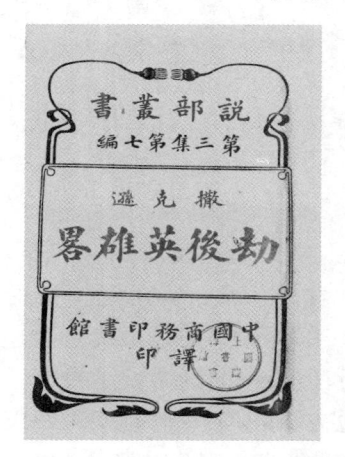

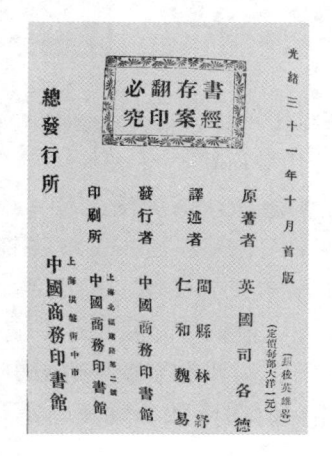

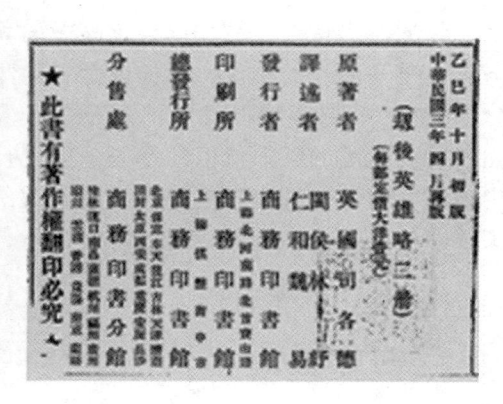

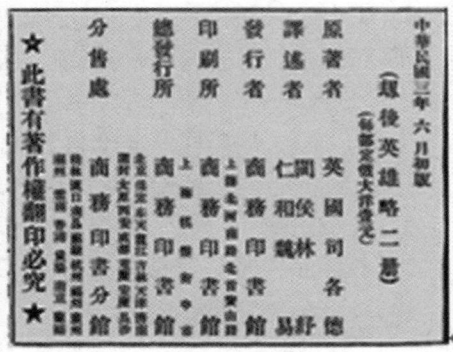

据马泰来先生先生考证，《撒克逊劫后英雄略》（Ivanhoe，1820年）。（第68页）今译为《艾凡赫》。

原著者英国司各德（今译为沃尔特·司各特，1771—1832），英国著名的历史小说家和诗人，是浪漫主义的先锋，英语历史文学的一代鼻祖。生于苏格兰的爱丁堡市，其父是一位公平正直的律师，其母是一位有道德、有教育的贵妇人。他童年时就跛足多病，深受母亲与外祖母所讲述的丰富多彩的故事熏陶，尤其是苏格兰的历史和遗迹，渐渐激发了自己关于文学和历史的热忱。他在诗歌、散文与小说方面均有杰出成就，如长诗《玛密恩》（1808）、《湖上夫人》（1810），小说《威弗利》（1814）、《清教徒》（1816）、《罗布·罗伊》（1817）和《米德洛西恩的监狱》（1818）、《艾凡赫》（1819）、《昆丁·达沃德》（1823）等。写英雄史诗是其创作的突出特点，往往取材于浪漫的和封建制度的苏格兰，其历史小说与其说是写品性的小说，不如说是冒险小说，既具有历史化，又具有传奇化的特点。① 司各特不仅是"多产"作家，也是个"流行"作家。"但是司各特的作品的巨大价值却远非一般流行小说家所能比拟的。他的历史小说充满能力，一百多年来一直吸引着大量的读者，同时也成为后代许多作家学习的典范。在欧洲，司各特被认为是历史小说的创始者，在文学史

---

① 金东雷：《英国文学史纲》，《民国丛书 第三编 57 文学类》，商务印书馆1937年初版，上海书店影印，第240—242页。

上占据着重要的位置。欧美一些风格迥异的作家，如英国的狄更斯、萨克雷、史蒂文生；法国的维尼、巴尔扎克、大仲马、雨果、梅里美；意大利的曼佐尼；丹麦的英格曼；俄国的普希金；美国的库柏，在创作中都曾受到司各特的启发和影响。"①

林纾在译序中把司各特与司马迁相提并论。他说："伍昭扆太守至京师，访余于春觉斋。相见道故，纵谈英伦文家，则盛推司各德，以为可侪吾国之史迁。顾司氏出语隽妙，凡史莫之或逮矣。"尤其是叙事技巧，与司马迁的史传叙事技巧有异曲同工之妙，"纾不通西文，然每听述者叙传中事，往往于伏线、接笋、变调、过脉处，大类吾古文家言"。他还一一指出这部小说的八大妙处，"综此数妙，太守乃大赇余论。惜余年已五十有四，不能抱书从学生之后，请业于西帅之门；凡诸译著，均恃耳而屏目，则真吾生之大不幸矣。西国文章大老，在法吾知仲马父子，在英吾知司各德、哈葛德两先生；而司氏之书，涂术尤别。顾以中西文异，虽欲私淑，亦莫得所从。嗟夫！青年学生，安可不以余老悖为鉴哉！"

《撒克逊劫后英雄略》有则广告，其文为："此书为英伦大文豪司各德手笔，亦闽县林君所译。叙英国撒克逊种人亡国之余，美人情愫，武士精神，勃勃有生气，其中老英雄恪守祖国伏腊，小英雄力争本种权利，卒能驱去脑门异种，再立英京。此种小说与我国最有关系，即以文论，亦复细针密缕，绘影绘声，真奇构也。"洋装二册，定价大洋一元。

《一束缘》

《一束缘》，英国孛来姆原著，商务印书馆编译所译述，上海商务印书馆出版。《说部丛书》十集系列第三集第九编，光绪三十二年（1906）二月首版，光绪三十二年丙午（1906）八月二版，发行者、印刷所与总发行所均为商务印书馆。全一册，108页，每册定价大洋二角五分。四集系列初集第二十九编，民国二年（1913）十二月再版。全一册，108页。每册定价大洋贰角伍分。

---

① 文美惠编选：《司各特研究》，外语教学与研究出版社1982年版，"前言"第1页。

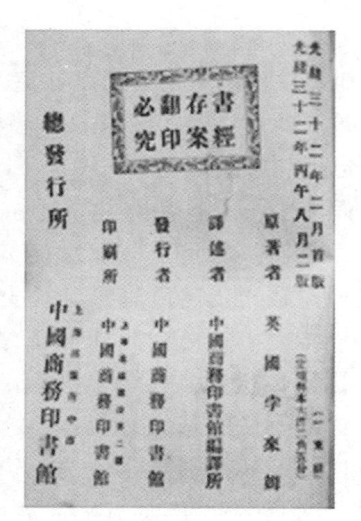

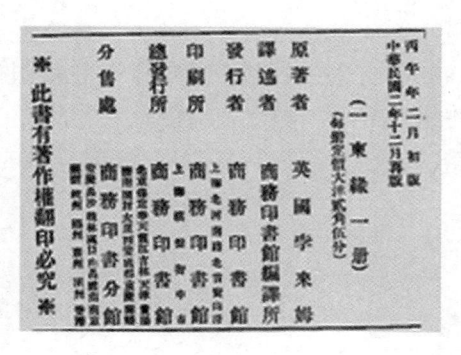

凡二十回，有回目，卷首有序，回目依次为：第一回　投村讬荫；第二回　航海飘蓬；第三回　旧巢卜宅；第四回　孽海生波；第五回　指石寻盟；第六回　背灯变卦；第七回　赠书漏机；第八回　返斾惊耗；第九回　寻女得音；第十回　巧言饰伪；第十一回　鱼目混珠；第十二回　蛾眉用意；第十三回　床前一诺；第十四回　镜下尺书；第十五回　徙居图脱；第十六回　发简烛奸；第十七回　杀机日逼；第十八回　魔障冰消；第十九回　香埋玉玷；第二十回　花好月圆。

江东老钝于甲辰（1904）十二月二十四日作于海上的"译序"，

通过这部译作对社会上的"正直"与"欺诈"现象做了评析,"正直者,社会之美质也;欺诈者,世界之变相也。世道日坏,人心日偷,欺诈之术百出,蝇营狗苟,惟富贵之是贪,遑计乎义不义?虽身败名裂,亦所不惜。攘往熙来,猎取富贵者,莫不肆其欺诈,以与正直者战。于戏!小人道长,君子道消,遂酿成一欺诈之世界。于是乎舆论雷同,变其名曰权术,而目正直者曰拙、曰钝、曰迂腐。然则世道人心,颠倒缪盭,至此极矣,尚可救乎?兰言主人慨然叹,瞿然起,欲提倡而改良焉。特注意于小说,大开帏幪,以欧美日本之可师、可法者,尽献于同胞。或有憾其入人未深,导流未畅,乃以文言道俗,烛世态而牖乡愚,惜乎道德一门,犹阙如也。乃取英人所著之《伯爵之女》一书,口译而嘱老钝演其义。病其名晦,易之曰《一束缘》,藉此警戒妇女贪憎妒嫉之心,则庶几乎讲求家庭教育,母仪妇德,群焉日臻。他日夺社会欺诈之机械,树以正直之旗帜,骎骎乎一国道德之风,从小说发端,即从《一束缘》滥觞矣。嗟乎!或有讥今日之过渡时代,谓西方之公德未吸,东方之私德反漓,故导虎作伥,引狼入室者有之;惟外是媚,惟利是图者有之;狐假虎威者有之;甘为鹰犬者有之;猎取浮名,借为捷径方式者有之;不恤人言,纵客压主者有之。甚至杀同胞之身命,攘同胞之衣食,而后甘心者有之,得非世人所谓权术耶?而何以沉溺于富贵之中,颠倒缪盭,一至于斯耶?是书之出,其能唤醒此黑闇(暗)世界之欺诈社会否耶?我不禁戚然悲,翠然望已。"

《一束缘》讲述"英国女子列德先与赖虚登订有婚约,后复心艳富贵,伪为亚脱之女与李飞力袭爵结婚,卒以一束破露,为赖虚登枪毙,足为女子慕势堕德者戒。其中情节描摹逼肖,且处处隐寓劝惩,诚小说中之正而能奇,醇而不腐者"。

《车中毒针》

《车中毒针》,侦探小说,未署原著者,商务印书馆编译所译述。上海商务印书馆出版。该译作编入三种系列,即一为《说部丛书》十集系列第三集第十编,二为《说部丛书》四集系列初集第三十编,三为《小本小说》系列之一。

十集系列，光绪三十一年（1905）岁次乙巳季冬初版，光绪三十三年（1907）岁次丁未仲春三版。还署原著者英国勃拉锡克，译述者钱塘吴梼。全一册，142页，每册定价大洋贰角伍分。四集系列，民国二年（1913）十二月四版，原著者英国勃拉锡克，译述者钱塘吴梼。一册，142页，每册定价大洋贰角伍分。"小本小说"版本，1912年版，1914年9月三版。三者内容相同，全书凡十四回，有回目，无序跋。回目依次为：暴亡、毒针、逐空、私侦、义葬、要金、妒妹、吊墓、悔约、赚妹、访女、探路、巧侦、定案。从这二十八个字的回目可以略知故事大意。

原著者英国勃拉锡克，生平待考。汉译者吴梼，曾留学日本，清末曾任爱国学社教员。

《樽氏目录》第320页记载，（石井）ブラック（HENRY JAMES BLACK 快乐亭ブラック）演述、今村次郎速记《（探侦小说）车中の毒针》，三友社 1891.10.19。

《车中毒针》有则广告，其文为："此书叙一人觊得兄产，托人代为之侦。侦者知其兄遗有一女分应承产，终不得归乃弟。遂阴遣己妻伺女于马车中，用毒针刺杀之。取其死据，以邀索觊产者之重酬。继又侦得女尚有一妹，复出恶计，欲诱而害之，而案已破。其中情节变幻离奇，致足骇心娱目。摹写奸人之凶险、弱女之伶仃、侦探之巧妙，尤为特色。"每部洋装一册，定价大洋二角五分。

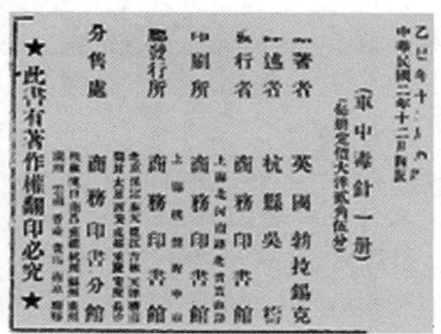

《玉雪留痕》

　　《玉雪留痕》，言情小说，英国哈葛德原著，闽侯林纾、仁和魏易译述，上海商务印书馆出版。该译作编入三种系列，即一为《说部丛书》十集系列第四集第二编，二为《说部丛书》四集系列初集第三十二编，三为《林译小说丛书》第九编。

　　十集系列，据《樽氏目录》，该系列曾于乙巳年（1905）十二月初版，光绪三十二年（1906）闰四月再版，光绪三十三（1907）三月三版。原著为 Mr. Meeson's Will（1888）。四集系列，民国三年四月再版。全一册，132页，每册定价大洋肆角伍分。几种版本内容相同。凡二十三章，无章目。据马泰来先生先生考证，《玉雪留痕》（Mr. Meeson's Will，1888年）。（第62页）

　　《玉雪留痕》讲述英国才女名奥古司德，善著书，曾与大书肆主米仁者订约，五年之内，不得售稿他处。"会女弟绍美病剧，医生令其移居，费无所出，走商米仁，大为所辱，妹遂死。米仁有侄曰幼司透司悯之，与叔力争。叔愤甚，逐之出，意犹未足，至律师处立嘱，身后遗产二百万镑，悉付同事爱迭生、露司哥两家平分，侄分文无所得。奥古司德闻之，感甚，因思僻居穷巷，青眼无人，且欲脱五年之约，忆有从兄客于新西兰，拟往依之，附轮而往。米仁适与同舟，误触鲸船，舟立碎，全船之人尽沉没。奥与米仁及二舵工，由救生船飘至克尔格冷荒岛。米仁病剧，垂死，甚悔所为，奥力劝重立遗嘱，将遗产付侄，苦无笔墨，欲刺血书，并无寸帛，计穷力竭。奥念幼司透司为己故而失产，今事迫矣，此老一死，无可为力，□然请黥背以代血书。翌日，米仁遂死。未几有船过岛，载以归，乃与幼司透司请一律师雅各布讼之。两家广延律师至二十三人，卒翻前嘱。幼司透司遂与奥古司德合婚。奇事奇情，古今罕见。前半叙米仁之骄踞，令人生怒，叙奥古司德之穷窘，令人生怜，叙幼司透司之义愤，令人生敬。中间叙米仁之结局，令人生快，叙奥古司德之受黥，令人生爱，末后叙公堂之涉讼，令人生急，叙二人之合婚，令人生羡生妒。"①

林纾对这部小说中"黥"的情景印象深刻，并通过"黥刑"联想到与之相关的方方面面。他在光绪三十一年（1905）撰写的"序"中指出："黥，墨刑也。汉之以黥王者，英布也，欧之以黥富者，奥古司德也。古者黥刑不上女子，西人尤无其事。奥古司德美人而有才者，胡得黥？其黥，为义黥也。余观段柯古《酉阳杂俎》，叙黥至十数，奇骇可怖，殆皆自黥，而黥者又皆男子。若《赤雅》及《桂海虞衡志》，记?僮之属，或并妇女而黥之。余翻《民种学》一书，上古野蛮，黥涅亦不分男女。然则天下受黥之人，或以罪，或以国俗，断无为义而黥者矣。是书言奥古司德善著书，为一书贾所困，将逃于纽西兰，而书贾适与同舟，舟碎于海，又同栖于荒岛。初，贾与其从子弗协，推巨产与其同人，至是且死而悔，将易其遗嘱，无所得纸，至用鲫墨镌诸奥古司德背上。而贾之从子，固与奥古司德雅有情愫，至是遂有大贾之产，成夫妇。事至离奇，皆哈葛德无聊不平，幻此空际楼阁，以骇观听耳。天下著书之业，与商业本分二道，商业以得财为上烈；若著书之家，安有致富之日。虽仲马父子，以笔墨拥资巨万，又卒皆以好客罄之。即哈氏亦为书二十六种，得酬定不赀，乃忽辟奇想，欲以著书之家，奄有印刷家之产，则哈氏黩货之心，亦至可笑矣。惟此节非书中正意，可略勿论。但以奥古司德义心侠骨，为义自陷于黥，此万古美人所不能至者，译而出之，特为小说界开一别径。"

---

① 阿英：《晚清文学丛钞：小说戏曲研究卷》，中华书局1960年版，第472—473页。

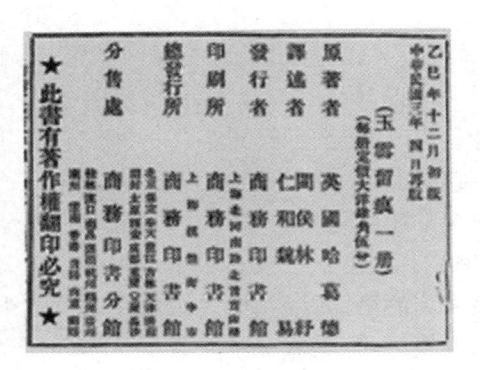

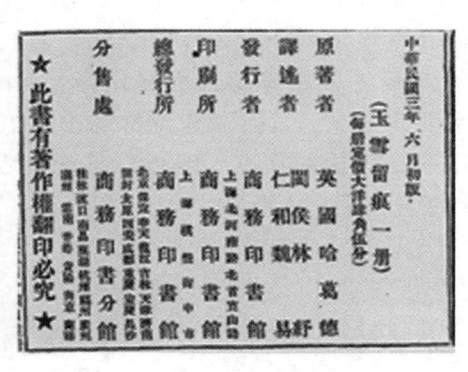

《玉雪留痕》有则广告，其文为："此书亦哈氏丛书之一，闽县林君琴南所译。书叙一女子为书贾所困，贾之犹子雅怜女，弗善其世父之所为，贾怒逐之，易传产之遗嘱，悉以畀其同人。已而女航海之纽西兰，贾适与同舟。舟沉，共栖荒岛，贾濒死，与女语而悔，将复易遗嘱，苦无从得文具，至用鲫墨镌诸女背。寻女归，助贾犹子讼，得直，遂有贾产，成夫妇，为巨富。事至离奇，文笔尤曲折生动，栩栩欲活。"每部洋装一册，定价大洋四角五分。

《鲁滨孙飘流记》（二编）

《鲁滨孙飘流记》，署英国达孚原著，闽侯林纾、长乐曾宗巩译述。该作编入《说部丛书》十集系列第四集第三编，光绪三十一年（1905）十二月首版、光绪三十二年（1906）闰四月再版。该作编入《说部丛书》四集系列，作为初集第三十三编，民国二年（1913）十月五版，民国三年（1914）四月再版。编入《林译小说丛书》，作为第十编，民国三年（1914）六月出版。编入商务印书馆《小本小说》系列，其上下卷分别作为该系列的第25、26册，民国十二年（1923）出版。编入万有文库，作为第一集第857编，1933年12月版，1939年12月简编版。编入《汉译世界名著》，重庆商务印书馆1945年3月渝一版。

《鲁滨孙飘流续记》，题"冒险小说"，英国达孚原著，闽侯林纾、长乐曾宗巩译述。上海商务印书馆出版发行。该作编入《说部丛书》四集系列，作为初集第三十四编。全书分上、下卷，上册117页，下册97页。该书不分章节。又编入《林译小说丛书》，全书仍分上、下卷，上册117页，下册97页。每部定价大洋伍角伍分。民国三年（1914）六月初版。十集系列首版本，封面题"说部丛书第五集第三编""英国达孚原著"，光绪三十二年岁次丙午（1906）孟夏首版。二册，每部定价大洋五角五分。该书不分章节，无序跋。

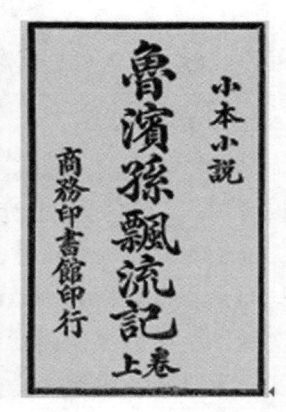

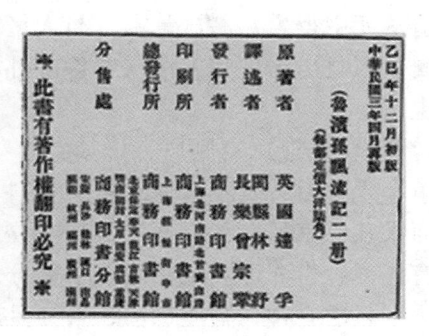

据马泰来先生考证，《鲁滨孙飘流记》（*Life and Strange Surprisii ig Adventures of Robinson Crusoe*，1719 年）。（第 69 页）

原著者今译为丹尼尔·笛福（Daniel Defoe，1660—1730）。出生于伦敦一个中下层阶级家庭，为了提高自己的地位，把原名为"福"（foe）改为"笛福"。1665 年的大瘟疫和 1666 年的大火使伦敦笼罩在一片凄惨与惊恐之中。笛福一家不仅幸运地逃过了这两场厄运的袭击，还让笛福从小知道生活的不易、艰辛与危险，使他树立起敢于在生活中不断冒险和进取的精神。大学毕业后，他一边经商一边从政，以犀利的笔锋写下了一篇篇脍炙人口的政论文。59 岁那年，笛福开始文学创作，不经意间写出的第一部小说《鲁滨孙飘流记》，一经出版即大获成功，不到六个月便重印四次。接着他又写了几部有关历险、犯罪等的小说，都受到人民的普遍欢迎。晚年债台高筑，死时身无分文，但其著作成为人类宝贵的精神财富。①

这部冒险小说使林纾对传统的"中庸"思想产生了新的看法。他在光绪三十一年（1905）撰写的"序"中指出："吾国圣人，以中庸立人之极。于是训者，以中为不偏，以庸为不易。不偏云者，凡过中失正，皆偏也。不易云者，夷犹巧避，皆易也。据义而争，当义而发，抱义而死，中也，亦庸也。若夫洞洞属属，自恤其命，无所可否，日对妻子娱乐，处人未尝有过，是云中庸，特中人之中，庸人之庸耳。英国鲁滨孙者，惟不为中人之中，庸人之庸，故单舸猝出，侮狎风涛，濒绝地而处，独行独坐，兼羲、轩、巢、燧诸氏之所为而为之，独居二十七年始返，其事盖亘古所不经见者也。然其父之诏之也，则固愿其为中人之中，庸人之庸。而鲁滨

---

① 侯维瑞、李维屏：《英国小说史》（上册），译林出版社 2005 年版，第 82—83 页。

孙乃大悖其旨，而成此奇诡之事业，因之天下探险之夫，几以性命与鲨鳄狎，则皆鲁滨孙有以启之耳。然吾观鲁滨孙氏之宗旨，初亦无他，特好为浪游。迨从死中得生，岛居萧寥，与人境隔，乃稍稍入宗教思想，忽大悟天意有属，因之历历作学人语。然鲁滨孙氏初非有学，亦阅历所得，稍近于学者也。"

《鲁滨孙飘流记》有则广告，其文为："丛书故泰西名构，振冒险之精神，勖争存之道力，直不啻探险家之教科书，不当仅作小说读。行世之本极多，而人几于家置一编，虽妇孺亦耳熟能详，而惟英国达孚所著尤善。我国旧有译本，惜浑译大意不及全书十分之二。今此编译笔仍出闽县林君琴南之手。叙次有神，写生欲活，吾知足餍观者之望矣。"每部洋装二册，定价大洋七角。

《鲁滨孙飘流续记》有则广告，其文为："此书仍系英国达孚原著，闽县林君琴南所译，与前记盖出一手。书叙鲁滨孙返国后第二次复出航海，重莅前岛，询知西班牙人督众与生番鏖战，获男妇凡数辈。又舟行抵马达加斯岛，舟人因挑少妇启衅，袭击土人，焚毁村舍等事。摹写战时情状，均极生动酣烈，有声有色。其后兼叙鲁滨孙游历至我国，采风纪俗，语含讽刺，虽多失实，亦未始不可借为针砭。外此琐事，旁见侧出，亦俱点染有致。"全部洋装二册，定价大洋五角五分。

此外，此前《鲁滨孙飘流记》还有另一译本，连载于《大陆报》第1—12期，光绪二十八年十一月十日至光绪二十九年九月十日（1902年12月9日至1903年10月29日），署英国德福著，译者不详。其《译者识语》云："著者德富（Defoe），英国伦敦人，生于一千六百六十一年。德氏自二十二岁始发愤著书，及其死时，共著书二百五十巨册。其最有大名者，即《鲁滨孙漂流记》也。当一千七百零四年，英国有一水手名Alexander Selkirk舍尔克，在Juan Fernondez真福兰得海岛为船主所弃，独居孤岛者四年，后乃得乘经过此岛之船以达英伦。此事大动英伦之人心，传为美谭。"

《洪罕女郎传》

《洪罕女郎传》，署英国哈葛德原著，闽侯林纾、仁和魏易译述，上海商务印书馆出版发行。被编入三种"小说丛书"系列，即一为《说部丛书》十集系列第四集第四编，二为四集系列初集第三十五编，三为《林译小说丛书》之一。

十集系列三版本,光绪三十二年(1906)岁次丙午孟春首版,光绪三十三年(1907)岁次丁未仲春三版。发行者、印刷所与总发行所均为商务印书馆,外埠分售处有商务印书馆分馆十一家。全书分上、下卷,上册124页,下册136页。定价每部大洋柒角。四集系列三版本,封面题"言情小说",丙午年(1906)正月初版、民国二年(1913)十二月第三版,民国三年(1914)四月再版。全书分上、下卷,每卷一册,上册124页,下册136页,每部定价大洋柒角。此外,该系列还有民国三年(1914)四月再版本。《林译小说丛书》版本,据《樽氏目录》,1914年6月出版,编为第一集第十二编。这三种版本内容相同,上卷二十二章,下卷二十二章,凡四十四章,无章目。

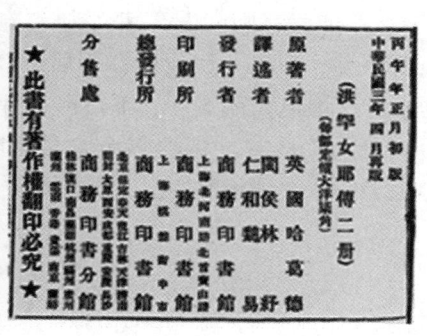

据马泰来先生考证,《洪罕女郎传》原著英文名为 *Colonel Quaritch, V. C*,1888年。(第62页)

这是一部言情小说，颇有特色。林纾在序言中把洪罕女郎与摩登伽女相比较，"昔者波斯匿王请佛宫掖，自迎如来，时阿难执持应器，因乞食次，径历媱室，遭大幻术。摩登伽女以娑毘迦罗，先梵天咒，摄入媱室。媱躬抚摩，将毁戒体。于是世尊宣说神咒，勅文殊师利将咒往护，恶咒销灭。阿难顶礼悲泣，启请妙奢摩他、三摩、禅那最初方便，而楞严大定，乃为学者所闻。畏庐居士曰：嗟夫！所谓奢摩他者，寂静之义也；三摩者，观照之义也；禅那者，寂照不二之义也；此皆发心见相之根源。实则一名为相，即复非相；一名为心，即复非心。盖澄寂者，空也；摇动者，尘也。既落尘义，则念念生灭，遂成轮回。轮回之成，心自成之。且不名为心，何名为相？彼摩登伽者，又安为摩登伽？阿难之过，在以眼色为缘耳。虽然，眼色为缘者，世界中宁一摩登伽耶？一触于尘，尘尘皆摩登伽；因尘成相，相相又皆摩登伽。故眼色之缘，易生幻妄。阿难为世尊爱弟，不惮屡舒其金色臂，放其胸前卍字百千之宝光，使之得寂照之义，而十方善男子又何从得此无量之受持！居士且老，不能自造于寂照，顾尘义则微知之矣。"林纾还在"跋语"概括了哈葛德言情小说的特点，"哈葛德之为书，可二十六种。言男女事，机轴衹有两法，非两女争一男者，则两男争一女。若《情侠传》《烟水愁城录》《迦茵传》，则两女争一男者也。若《蛮荒志异》，若《金塔剖尸记》，若《洪罕女郎传》，则两男争一女者也。机轴一耳，而读之使人作异观者，亦有数法。或以金宝为眼目，或以刀盾为眼目。叙文明，则必以金宝为归；叙野蛮，则以刀盾为用。舍此二者，无他法矣。然其文心之细，调度有方，非出诸空中楼阁，故思路亦因之弗窘。大抵西人之为小说，多半叙其风俗，后杂人以实事。风俗者不同者也，因其不同，而加以点染之方，出以运动之法，等一事也，赫然观听异矣。"

《洪罕女郎传》有则广告，其文为："此书亦哈氏丛书中之一种，闽县林君琴南所译者。书叙一女子意有所属，欲委身于一贫士，两情雅相悦甚。中间女为家计所困迫，欲毁产，不得已变计，许嫁一硕腹贾，藉纾厥难。贾故伦父后旋负约，适贫士偶获多金，足相呴沫，女遂卒归之，其中情节恢奇，文笔优美，令人娱目快心，允推写情绝构。"每部洋装二册，价洋七角。

《白巾人》

《白巾人》，署英国歇复克原著，商务印书馆编译所译述，上海商务印书馆出版发行。该作被编入三种"小说丛书"系列，一为《说部丛书》十集系列第四集第五编，二为《说部丛书》四集系列初集第三十六编，三为《小本小说》系列之一种，光绪三十二年（1907）版（《樽目第九版》第270页）。

十集系列二版本，光绪三十二年（1906）三月首版，光绪三十二年（1906）岁次丙午仲冬二版。发行者、印刷所与总发行所均为中国商务印书馆。二册，上册120页，下册88页，定价国币九角。四集系列再版本，封面题"侦探小说"。丙午年（1906）三月初版、民国三年（1914）四月再版。二册，上册120页，下册88页，每部定价大洋肆角伍分。二者内容相同。上下卷各十七节，有节目，无序跋。节目依次为：命案、讯供、检报、探寓、遇慕、争婚、说尸、追踪、访费、拘费、索隐、探监、搜书、敌探、入巷、觅证、大审、得证、雪冤、（原缺）、问名、求婚、简讯、验病、述疑、诉真、错认、索诈、闻讣、获状、议证、读状、破案、总结。

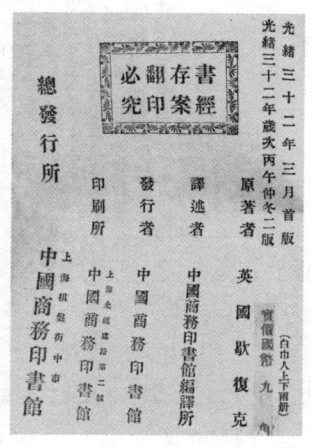

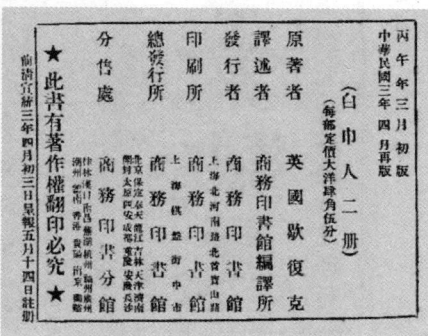

据《樽氏目录》，原著者为英国的 Fergus Hume，原著名为 The Mystery of a Hansom Cab（1886）。（参见《剧场奇案》）

《白巾人》有则广告，其文为："此书叙澳洲某富翁女，有甲、乙二人争婚，既而乙死车中，侦者疑甲谋害，遂见逮捕。甲则疑富翁因乙强迫许婚，故刺死之。恐伤女心，不敢自明。迨女多方见证，甲始获释。其后死者之友以白巾围项诣富翁，许持阴事，诈五千镑，又得富翁垂死认状，案乃破，知乙实为其友所杀。于是疑团始释，女与甲成嘉礼。其中情节离奇，神出鬼没，不可思议。推原其故，皆由富翁少时不谨，浪狎女优，致生种种幻相。阅者统观前后，可以领其微旨于言外，实有益社会之书也。今体用白话，其中书报文件，各具体裁，以文言出之。译笔委屈夷犹，极尽其妙。"每部洋装二册，定价大洋四角五分。

《蛮荒志异》

《蛮荒志异》，神怪小说，英国哈葛德著，闽侯林纾、长乐曾宗巩译述，上海商务印书馆出版发行。编入《说部丛书》四集系列，作为初集第三十九编，分上下卷，二册，上册 56 页，下册 158 页。又编入《林译小说丛书》，作为第十三编，全一册，214 页，每册定价大洋陆角。二者版权页的出版时间均为"丙午年二月初版""中华民国三年六月初版"。

十集系列二版本，版权页署光绪三十二年（1906）四月首版，光绪三十二年（1906）丙午八月二版，发行者、印刷所与总发行所均为商务印书馆。卷上 56 页，卷下 158 页，合订一册，每册定价大洋六角。

第一章 英国作品叙录

書叢部說
編八第集四第
蠻荒誌異
商務印書館印譯

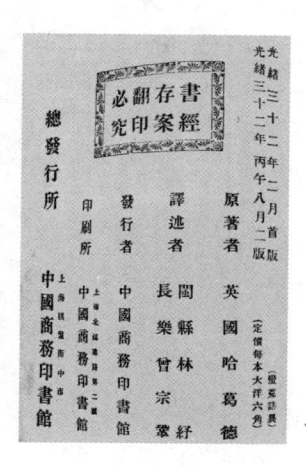

光緒三十二年十一月首版
光緒三十二年丙午八月二版
（蠻誌異 定價每本大洋六角）
原著者 英國哈葛德
譯述者 閩縣林紓
發行者 長樂曾宗鞏
印刷所 中國商務印書館
總發行所 上海棋盤街中市 中國商務印書館
書經存案 翻印必究

書叢部說
集初
編九十三第
蠻荒誌異
神怪小說
上海商務印書館發行

丙午年二月初版
中華民國三年四月再版
（蠻荒誌異 一冊）
（每冊定價大洋壹角）
原著者 英國哈葛德
譯述者 長樂侯官林紓曾宗鞏
發行者 商務印書館
印刷所 上海北河南路北首寶山路 商務印書館
總發行所 上海棋盤街中市 商務印書館
分售處 北京 保定 奉天 吉林 天津 開封 太原 西安 成都 重慶 漢口 長沙 雲南 桂林 南昌 杭州 福州 廣州 汕頭 香港 登州 南寧 商務印書分館
★此書有著作權翻印必究★
前湖宣統三年四月初三日呈報五月十四日註册

林譯
書叢說小
編三十第
神怪小說
蠻荒誌異
上海
商務印書館發行

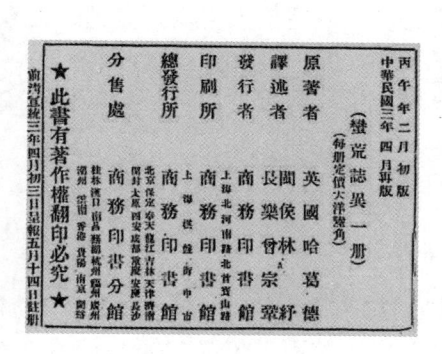

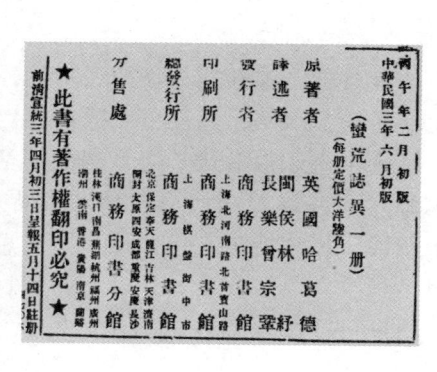

丙午年二月初版
中華民國三年六月初版
（蠻荒誌異 一冊）
（每冊定價大洋壹角）
原著者 英國哈葛德
譯述者 長樂侯官林紓曾宗鞏
發行者 商務印書館
印刷所 上海北河南路北首寶山路 商務印書館
總發行所 上海棋盤街中市 商務印書館
分售處 北京 保定 奉天 吉林 天津 開封 太原 西安 成都 重慶 漢口 長沙 雲南 桂林 南昌 杭州 福州 廣州 汕頭 香港 登州 南寧 商務印書分館
★此書有著作權翻印必究★
前湖宣統三年四月初三日呈報五月十四日註册

凡二十三章，上卷六章，有章目。

据马泰来先生考证，《蛮荒志异》原著英文名为 *Black Heart and White Heart, and Other Stories*，1900 年问世。共收中篇小说两篇：上卷 *Black Heart and White Heart*，下卷 *Elissa*。原著尚包括 *The Wizard* 一篇，未译出。马氏还指出，寒光、朱羲胄、曾锦漳、韩迪厚皆误谓原著为 *The Witch's Head*。（第 62—63 页）

林纾把这部著作与我国传统的"志异"著作相提并论，他在光绪三十一年（1905）撰写的"跋"中指出："长安大雪三日，扃户不能出。此编誊缮适成，临窗校勘，指为之僵。是书无他长，但描写蛮俗，亦自有其耸目者。留仙之《志异》，志狐鬼也；葛书之《志异》，则多志巫术。南荒信巫，其说或不为讹谬也。雪止酒熟，梅花向人欲笑，引酒呵笔，书此数语，邮致张菊生先生为我政之。"

《蛮荒志异》有则广告，其文为："此书仍英国哈葛德原著，闽县林君琴南所译。书分上下两卷，上卷叙近时斐洲黑人所擅之巫术，纵云怪诞，亦间有奇验，兼写黑人男女之爱情，白人凶狡之伎俩。下卷叙古时腓尼基人崇祀妖神之风俗典礼，以色列亲王与圣堡女冠之相悦，蛮王之迫胁和亲。异彩奇情，致足耸目。"洋装一册，定价大洋六角。

《阱中花》

《阱中花》，言情小说，英国巴尔勒斯原著，商务印书馆编译所译述。上海商务印书馆丙午年（1906）四月初版、民国三年（1914）四月再版。《说部丛书》十集系列本，光绪三十二年岁次丙午（1906）四月初版、光绪三十二年十一月再版。二册，定价每部大洋五角。四集系列初集第四十编。全书分上、下卷，共二册，上册 98 页，下册 99 页。每部定价大洋伍角。

原著者英国巴尔勒斯与汉译者不详，待考。

上下卷各十六回，凡三十二回，有回目，无序跋。前五回回目为：第一回　胜会争妍妒根潜伏　他乡遇故情话缠绵；第二回　入戏楼娇娃讥虐政　惊御驾刺客逞奸谋；第三回　奴界沦摧残悲薄命　债台上逼迫蹈危机；第四回　擅才情美人作侦探　漏消息县主讯丫鬟；第五回　感暮年悔靡好爵　惜娇女语触权臣。最后五回回目为：第二十八回　狭路穷途驱駊并命　回灯对镜邢尹忘仇；第二十九回　见影魂飞命悬眉睫　盖棺论定生

第一章 英国作品叙录 53

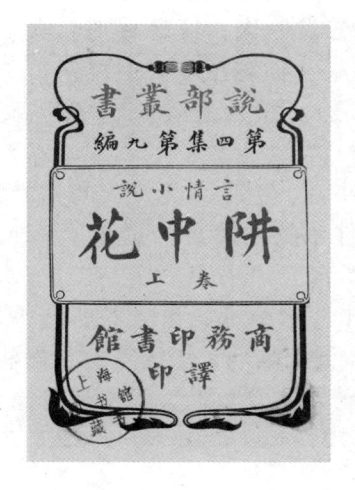

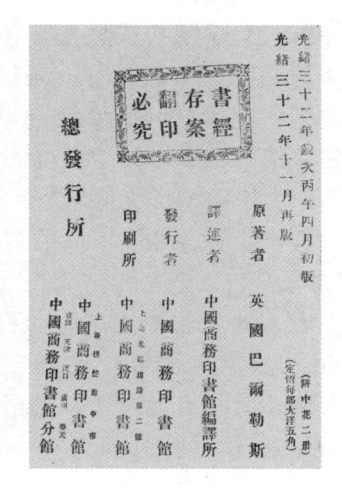

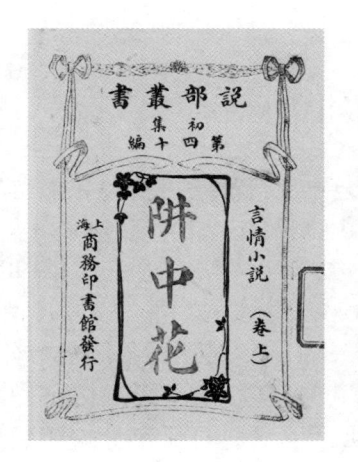

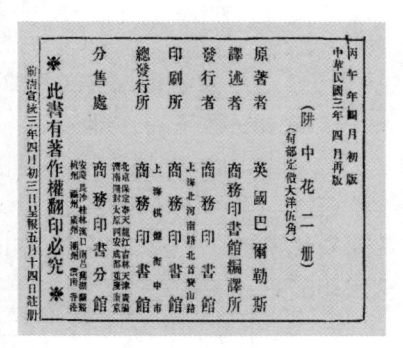

入丧车；第三十回　惜余生深宵书罪状　遂目的片语快雄心；第三十一回　全局忽翻天威咫尺　请君入瓮雪窖荒寒；第三十二回　金屋人归姻缘美满　鼎湖龙去弓剑飘零。

《阱中花》讲述俄国船政大臣巴尔得之女爱德，"本英人而入俄籍者，与英公使随员贾尔登互结爱情，为俄宗室贵女亚娥所妬。时警察大臣佳尔阁专制横行，威权炙手，谋弑俄皇于戏园之中，卸其罪于爱德。适爱德为避祸计归国，为佳所侦知，截以去。巴尔得争之，不释，欲诉于皇，佳遣人于朝房中毒毙之。时亚娥亦入佳党，入密室，见爱德，纵之。爱德不知亚娥之将害己也，甚德之。佳知之，恐为亚娥所挟制，乃阳与亚娥谋，遗之毒药，使毙之，实则将借杀人罪并除亚娥也。为虚无党魁乐纳福破其奸，亚娥乃悟，与爱德共谋见皇。佳先发制人，使警兵捕二女，定其罪，连夜充发西伯利亚。车已备矣，乐纳福复面陈俄皇，引之来，尽得其隐，即以所备之车，充发佳于西伯利亚，送亚娥入道院，使终其身。携爱德去，与贾尔登结婚，书遂结"。①

这是一部关于俄国虚无党题材的小说，突出虚无党人与横暴的警察之间的斗争。寅半生评论说，"该书写佳尔阁之横暴，觉自古奸雄，无此机警，无此残酷，令人发指目裂"。著者自云"书中事实，亲见亲闻，毫无虚构，宜乎虚无党之遍地皆是"。后半写警察部与虚无党各施手段，为自来小说中所仅见。《水浒传》写宋江、戴宗临刑，语语着急，然法场之劫，倘属意想得到，此书自见影魂，飞至请君入瓮数回，无不出自意外，耐庵有知，亦当退避三舍。②

《香囊记》

《香囊记》，侦探小说，署英国斯旦来威门原著，商务印书馆编译所译述。该译作编入三种系列，即一为《说部丛书》十集系列第五集第一编，光绪三十二年（1906）岁次丙午四月初版，光绪三十三年（1907）岁次丁未孟秋三版。全一册，100 页，每册定价大洋二角。二为《说部丛书》四集系列初集第四十二编，民国三年（1914）四月再版。全书分上下卷，全一册，100 页。每部定价大洋贰角。三为《小本小说》之一，民国二年（1913）十二月十九日出版发行。一册，96 页，每册定价大洋壹角。三者内容完全相同，凡十五章，无章目，无序跋。

原著为 My Lady Rotha（1894），原著者为英国的 Stanley John Weyman（1855—1928），英国小说家。他因自己的历史小说《法国绅士》而赢得名声。随后是一系列富有浪漫色彩的人物形象，包括作 The Red Cockade（1895）、Under the Red Robe（1896）、Count Hannibal（1901），以及 Chippinge（1906）等。③

---

① 阿英：《晚清文学丛钞：小说戏曲研究卷》，中华书局 1960 年版，第 486—487 页。
② 同上。
③ 〔英〕德拉布尔（M. Derabbe）编：《牛津英国文学辞典》（第 6 版）（英文版），外语教学与研究出版社 2005 年版（2011 年重印），第 1091 页。

第一章 英国作品叙录 55

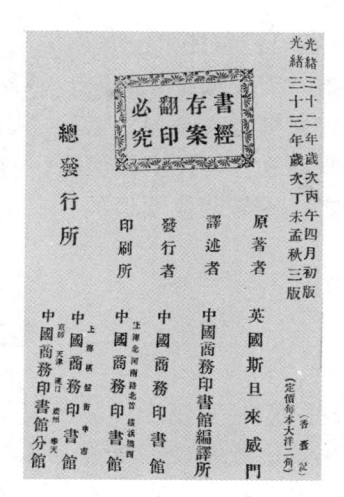

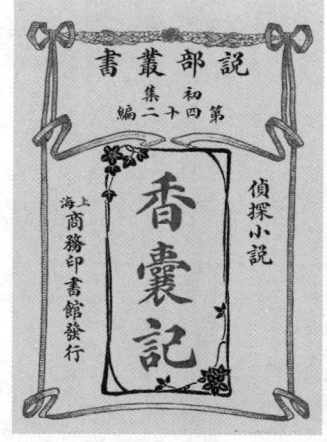

说部丛书
第五集第一编
侦探小说
香囊记
商务印书馆印译

光绪三十二年岁次丙午四月初版
光绪三十三年岁次丁未孟秋三版

書經
存案
翻印
必究

原著者　英國斯旦來威門
譯述者　中國商務印書館編譯所
發行者　中國商務印書館
印刷所　中國商務印書館
總發行所　中國商務印書館
　　　　　　　　　　分館
（上海、北京、天津、漢口、奉天）

（《香囊記》定價每本大洋一角）

说部丛书
初集
第四十二编
侦探小说
香囊记
上海商务印书馆发行

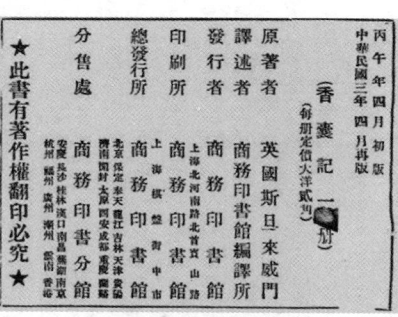

丙午年四月初版
中華民國三年四月再版

原著者　英國斯旦來威門
譯述者　商務印書館編譯所
發行者　商務印書館
印刷所　商務印書館
總發行所　上海商務印書館
分售處　商務印書館分館
北京 保定 奉天 龍江 吉林 天津 濟南
漢口 開封 太原 西安 成都 重慶 南京
杭州 福州 桂林 漢口 長沙 廣州 香港
安慶 南昌 貴陽 雲南

★ 此書有著作權翻印必究 ★

（《香囊記》每冊定價大洋貳角）

小本小说
香囊记
商务印书馆印行

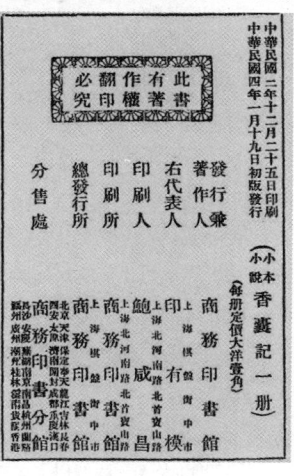

中華民國二年十二月二十五日印刷
中華民國四年一月十九日初版發行

此書著作權
翻印必究

發行人兼著作人　商務印書館
右代表人　鮑咸昌
印刷人　商務印書館
印刷所　上海北河南路北首寶山路商務印書館
總發行所　商務印書館
分售處　商務印書館分館
北京 上海 漢口 天津 奉天 濟南 開封
太原 西安 成都 重慶 南京 杭州 福州
桂林 長沙 廣州 香港 安慶 南昌 貴陽 雲南

（《小本香囊記》每冊定價大洋壹角）

《香囊记》叙述"一法人因犯斗杀人案,主教待其暴,使侦捕法之国事犯麦第。于麦家获香囊一,中实金刚宝石累累,既踪迹得麦。其潜麦家时,见麦眷属待人甚厚,心良不忍。后官兵捕者又至,麦与眷属行山中,其人慷慨释之,自投主教伏刑,麦眷属亦投主教所陈其义,主教免之。后麦夫人之妹遂与谐伉俪焉"。

《三字狱》

《三字狱》,言情小说,英国赫穆原著,商务印书馆编译所编译,上海商务印书馆出版发行。该译作编入二种系列,即一为《说部丛书》十集系列第五集第二编,光绪三十二年岁次丙午(1906)四月初版。全一册,82页,每册定价大洋二角。二为《说部丛书》四集系列初集第四十三编,民国三年(1914)四月再版。全一册,81页。二者内容相同,凡二十六章,无章目,无序跋。

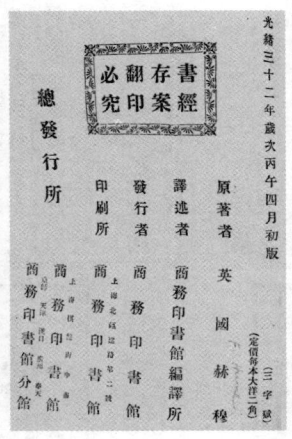

原著者赫穆(Fergus Hume,1859—1932),高产小说家,有几个不同的译名,《二俑案》作"许复古"、《白巾人》作"歇复克"、《剧场奇案》则作"福尔奇斯休姆"。汉译者不详。[①]

《三字狱》有则广告,其文为:"此书叙一医生为案中妇人多方辩获,有

[①] 张治:《再谈商务印书馆"说部丛书"里的原作——中西文学交流琐谈之五》,《南方都市报》,2017年9月17日,AA13版。以下简注为,张治:《再谈商务印书馆"说部丛书"里的原作》。

一往情深，始终不惑之概（慨），而女子琴妮以妹代姊，同胞谊重，不避艰危。读之尤令人气厚，诚有益社会之作也。至于叙事节目，波澜层出，不可端倪，足以启迪灵府，破除睡魔，犹为余事。"每部一册，定价二角。

《红礁画桨录》

《红礁画桨录》，英国哈葛德著，闽县林纾、仁和魏易译述，上海商务印书馆出版发行。该译作编入三种系列，即一为《说部丛书》十集系列第五集第五编，二为《说部丛书》四集系列初集第四十五编，三为《林译小说丛书》第十四编。十集系列再版本，光绪三十二年（1906）岁次丙午孟夏月首版，光绪三十三年（1907）岁次丁未孟夏月再版。上下两卷，每卷一册，上册118页，下册96页。每部定价大洋八角。四集系列再版本，题"言情小说"。版权页署丙午年（1906）四月初版、民国三年（1914）四月再版。全书分上下卷，各一册，上册134页，下册126页。每部定价大洋捌角。《林译小说丛书》版本，封面均题"言情小说"，全书也分上下卷，二册，上册134页，下册126页。缺版权页，定价不详。所见三者内容相同，上卷十六章，下卷十五章，凡三十一章，无章目。卷首有林纾译序，此林纾撰写的"译者剩语"，次题词。

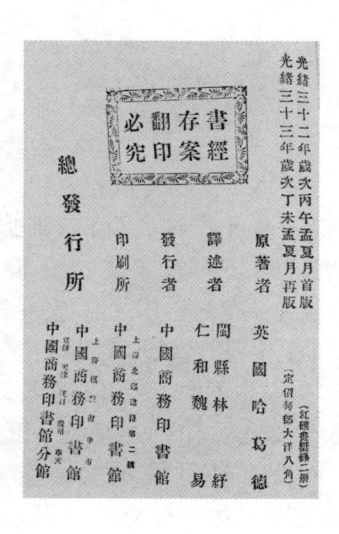

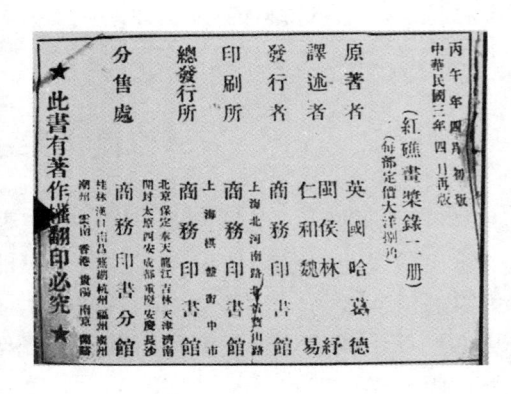

据马泰来先生考证，《红礁画桨录》（*Beatrice*，1890 年）。（第 63 页）

《红礁画桨录》叙述"一女子美而才，博雅知书，妙解名理。偶于大雾中独棹小舟游海上，邂逅一律师，律师亦少年，英特雅负经济才者。既觏面，因其清淡，颇相得。适遇大风雨，舟复，二人胥溺。女垂死力握律师之发不释，卒俱遇救，由是遂订死生交。爱好之私甚于伉俪，而终不及乱。律师之妻奢而奇妒，会有一伧父家富饶，谋欲娶女，女不愿。而女有姊欲嫁伧父，伧父意亦不属。姊因以嫉女，谋发其阴事，三憾交构，女卒投海死，既以殉情，且以保全律师之令名，洵可谓奇女子矣"。

《红礁画桨录》是林纾联想起当时逐渐发展的人权与女权思想，以及婚姻自由。他在光绪三十二年（1906）撰写的序中指出："女权之倡，其为女界之益乎？畏庐曰：是中仍分淑慝。如其未有权时，不能均谓之益也。西人之论妇人，恒喻之以啤酒，其上白沫涌溃，但泡泡作声耳，其中清澄，其下始滓。白沫之涌溃，贵族命妇之侈肆罄产，恣其挥霍者也；清澄之液，则名家才媛，力以学问自见者也；滓则淫秽之行，无取焉。故欧西专使，或贵为五等，年鬓垂四十而犹鳏，即以不堪其妇之侈纵，宁鳏以静寂其身，而专于外交。吾人但仪西俗之有学，倡为女权之说，而振作睡呓，此有志君子之所为，余甚伟之，特谓女权伸而举国之妇人皆淑，则余又未敢以为是也。欧西开化几三百年，而其中犹有守旧之士，不以女权为可。若哈葛德之书，论说往往斥弃其国中之骄妇人，如书中所述婀娜利亚是也。……呜呼！婚姻自由，仁政也，苟从之，女子终身无菀枯之叹矣。要当律之以礼。律之以礼，必先济之以学；积学而守礼，轶去者或十之二三，则亦无惜尔。……综言之：倡女权，兴女学，大纲也；轶出之事，间有也。今救国之计，亦惟急图其大者尔。若挈取细微之数，指为政体之癥痏，而力窒其开化之源，则为不知政体者矣。余恐此书出，人将指为西俗之淫乱，而遏绝女学不讲，仍以女子无才为德者，则非畏庐之夙心矣，不可不表而出之。"

　　林纾在《译者剩语》中对当时为数不多的小说创作，如对《孽海花》《文明小史》《官场现形记》略加评论。他认为，"《孽海花》非小说也，鼓荡国民英气之书也"；《文明小史》《官场现形记》二书，亦佳绝。"天下至刻毒之笔，非至忠恳者不能出。忠恳者综览世变，怆然于心，无拳无勇，不能制小人之死命，而行其彰瘅，乃曲绘物状，用作秦台之镜。观者嬉笑，不知作此者搵几许伤心之泪而成耳。吾清天下之爱其子弟者，必令读此二书，又当一一指示其受病之处，用自鉴戒。亦反观内鉴之一助也。"同时把西人小说与中国小说进行对比，"西人小说，即奇恣荒眇，其中非寓以哲理，即参以阅历，无苟然之作。西小说之荒眇无稽，至噶利佛极矣，然其言小人国、大人国之风土，亦必兼言其政治之得失，用讽其祖国。此得谓之无关系之书乎？若《封神传》《西游记》者，则真谓之无关系矣。"

《海外轩渠录》

　　《海外轩渠录》，署英国狂生斯威佛特所著，闽县林纾、仁和魏易译述,上海商务印书馆出版发行。该译作编入三种系列,即一为《说部丛书》十集系列第五集第六编,二为《说部丛书》四集系列初集第四十六编,三为《林译小说丛书》之一。

十集系列初版本,丙午年(1906)四月初版,发行者中国商务印书馆,印刷所中国商务印书馆(上海北福建路第二号),总发行所中国商务印书馆(上海棋盘街中市)。全书分上下卷,上卷56页,下卷64页,合一册。每册定价大洋叁角伍分。四集系列版本,封面题"寓言小说",丙午年(1906)四月初版,民国三年(1914)四月再版。全书分上下卷,上卷56页,下卷64页,合一册。每册定价大洋叁角伍分。丙午四年(1906)、民国二年(1913)十二月三版。《林译小说丛书》初版本,封面题"寓言小说"。民国三年(1914)六月初版。全书分上下卷,上卷56页,下卷64页,合一册。每册定价仍大洋叁角伍分。《说部丛书》四集系列初集第四十六编,又编入《林译小说丛书》,作为第十五编。全书也分上下卷,合一册,共119页。该书还作为王云五主编的"万有文库"之一种,也是商务印书馆出版发行,民国二十二年(1933)十二月初版,定价不详。

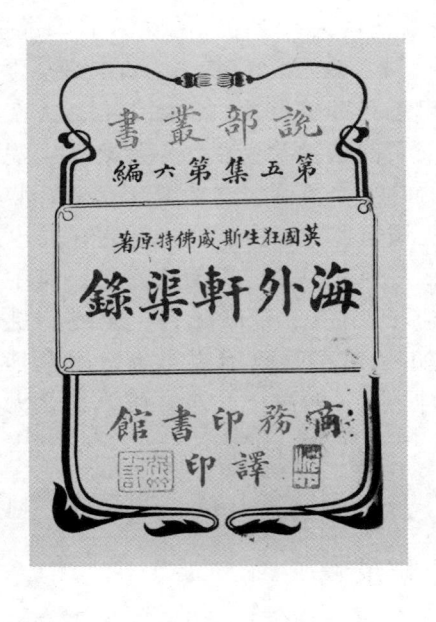

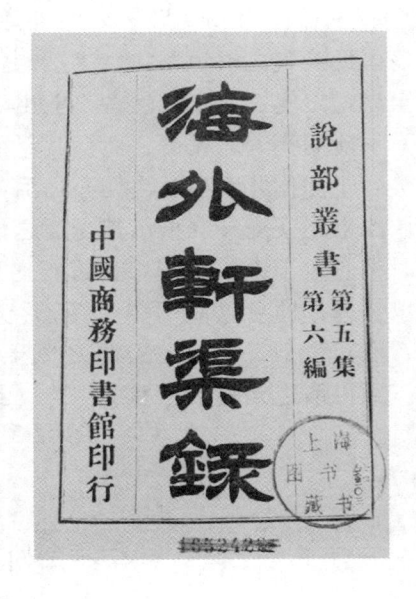

第一章 英国作品叙录

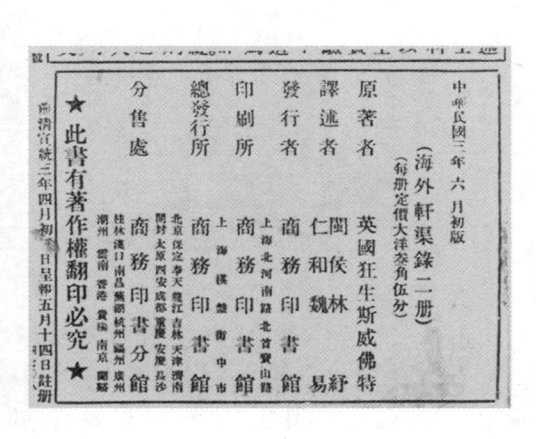

【書影及版權頁】

《海外軒渠錄》（初版）
說部叢書第四集第十六編
寓言小說
海外軒渠錄
上海商務印書館發行
前清宣統三年四月初三日呈部五月十四日註冊

丙午年四月初版
中華民國三年四月再版
（海外軒渠錄一冊）
（每冊定價大洋柒角伍分）
原著者　英國狂生斯威佛特
譯述者　閩侯林紓　仁和魏易
發行者　商務印書館
印刷所　上海北河南路北首寶山路商務印書館
總發行所　上海棋盤街中市商務印書館
分售處　北京　保定　奉天　吉林　天津　濟南　開封　太原　西安　成都　重慶　安慶　長沙　桂林　漢口　南昌　蕪湖　杭州　福州　廣州　潮州　雲南　香港　貴陽　南京　開封
★此書有著作權翻印必究

《海外軒渠錄》（再版）
林譯小說叢書第十五編
寓言小說
海外軒渠錄
上海商務印書館發行
前清宣統三年四月初一日呈部五月十四日註冊

中華民國三年六月初版
（海外軒渠錄二冊）
（每冊定價大洋柒角伍分）
原著者　英國狂生斯威佛特
譯述者　閩侯林紓　仁和魏易
發行者　商務印書館
印刷所　上海北河南路北首寶山路商務印書館
總發行所　上海棋盤街中市商務印書館
分售處　北京　保定　奉天　吉林　天津　濟南　開封　太原　西安　成都　重慶　安慶　長沙　桂林　漢口　南昌　蕪湖　杭州　福州　廣州　潮州　雲南　香港　貴陽　南京　開封
★此書有著作權翻印必究

据马泰来先生考证,《海外轩渠录》原著者为英国作家 Jonathan Swift（1667—1745），原著英文名为 *Gulliver's Travels*（1726）。（第 72 页）马氏指出，卷首云："闽县林纾、长乐曾宗巩同译。"版权页则云："译述者闽县林纾、仁和魏易。"未知孰是。原著包括四游记，林译为小人国（Lilliput）及大人国（Brobdingnag）部分。

凡两卷，每卷一章，每章若干节，节目略，章目为依次为：第一章 记苗黎葛利佛至利里北达；第二章 葛利佛至坡罗丁纳。

原著者乔纳森·斯威夫特（Jonathan Swift，1667—1745），爱尔兰裔英国人，讽刺作家、散文家、诗人、政论家、牧师。出生于都柏林。家境贫寒，由伯父抚养。都柏林教会学校三一学院毕业。厌恶神学和烦琐哲学，对秘书工作也不感兴趣，热衷于写作。他以著名的《格列佛游记》和《一只桶的故事》等作品闻名于世。他是多产作家，以讽刺著称。

林纾在光绪三十二年（1906）撰写的"序言"中把《海外轩渠录》与我国的寓言以及其他相关的志异故事联系起来，颇有意味，他指出：

> 余粗有知觉时，即闻长老言，人之至小者，无若焦侥国民，最长者，无如巨无霸，则受而识之。稍长，读《列子》，乃知东北极有人，名曰诤，九寸。郭璞图赞："焦侥极么，竫人惟小，"其证也。《洞冥记》："末多国，人长四寸。"《独异记》："李子昂长七寸。"《广志》："东方有小人，如蝼蛄，撮之满手，得二十枚。"则较焦侥小而又小矣。《河图玉版》："昆仑以北九万里，得龙伯国，人长三十丈。"《洞冥记》："支提国，人皆三丈三尺。"又佛长一丈六尺，小弟阿难，与从弟调达，俱长一丈四尺五寸，至防风国人，则身横九亩矣。余不知较之长狄侨如何似？侨如长五丈，然则富父以戈椿其喉，富父之高，亦将二丈有半矣。是均荒渺不根之谈。惟余在浙西时，所见之小人，则确二尺，须蓬蓬然。林迪臣先生方守杭州，疑术者以药缩之，将加审讯，寻亦弗果。而徐清惠抚闽时，曾携长人，可丈许，短后荷载，汗浃其背。余方十岁，亲见之于南台市上。合是二者，则焦侥与长狄之说，又不为无据矣。

林纾发现该著中的讽刺艺术，他说："吾国之书，叙是怪诞，特数语错见而已，葛利佛所言，长篇累牍，竟若确有其事。嗟夫，葛利佛其殆有缴而言乎！葛著书时，叙记年月，为一千七百余年，去今将二百年，当时英政，不能如今美备，葛利佛傺侘孤愤，拓为奇想，以讽宗国。言小人者，刺执政也。试观论利里北达事，咸历历斥其弊端，至谓贵要大臣，咸以绳技自进，盖可悲也！其言大人，则一味称其浑朴，且述大人诋毁欧西语，自明己之弗胜，又极称己之爱国，以掩其迹。然则当时英国言论，固亦未能自由耳。嗟夫！屈原之悲，宁独葛氏？葛氏痛斥英国，而英国卒兴。而后人抱屈原之悲者，果见楚之以三户亡秦乎？则不敢知矣！"

《海外轩渠录》有则广告，其文为："此书亦闽县林君琴南所译，原著者为英国狂生斯威佛特。书系游说体裁，中多寓言。叙苗黎葛利佛出游探险，亲历小人国、大人国之事。葛利佛盖即作者所托名，考其著书，时在一千七百余年，英政体未尽美备，作者心有所慊，故托寓言以致讽。各历斥小人国之弊端，至谓贵臣咸由绳技进身；其于大人国则一味称其浑朴，且述其诋欧西语，以明己国之弗如，均有微言存乎其间，而非徒为钓奇眩俗者。至其摹写生动，尤兼有大言小言二赋之书，洵奇构也。"洋装一册，大洋三角半。

此外还有三种译本，一是徐蔚森译本，名为《格列佛游记》，上海启明书局，民国二十五年（1936）四月初版。《世界文学名著》丛书之一。二是李宗汉译注本，名为《海外轩渠录》，华英对照本，上海：三民图书公司，民国三十六年（1947）二月新一版。三是范泉缩写本，名为《格列佛游记》，上海永祥图书馆，民国三十七年（1948）九月再版（四月初版）。

《帘外人》

《帘外人》，侦探小说，英国格利吾原著，商务印书馆编译所译述，上海商务印书馆出版。该译作编入二种系列，即一为《说部丛书》十集系列第五集第七编，光绪三十二年（1906）岁次丙午仲夏首版，光绪三十三年（1907）岁次丁未孟春二版。全一册，154 页，每本定价大洋三角五分。二为《说部丛书》四集系列初集第四十七编，民国三年（1914）四月再版。全一册，154 页，每册定价大洋叁角伍分。二者内容相同，凡三十三章，无章目，无序跋。

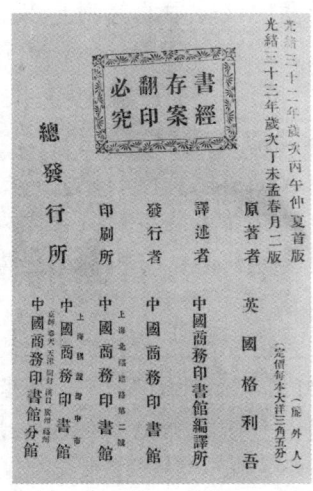

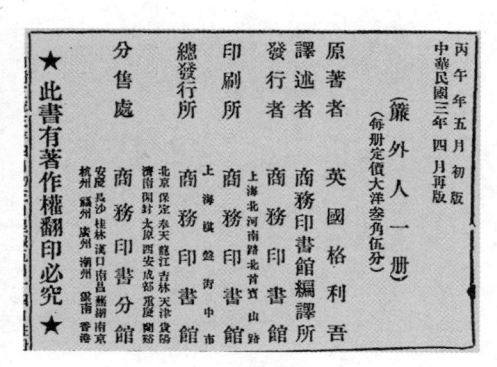

《帘外人》有则广告，其文为："此书系伊乌孙设计毒死其主人奇来伯，奇子莱登几陷大辟。经侦者甘泉于印字机推勘得据，伊始伏辜。其间疑阵迭布，未易揣测，比发覆，则令人拍案叫绝。译笔曲而达，直而有致，侦案小说中最耐寻绎者。"洋装一册，大洋三角五分。

寅半生从家庭伦理的角度对此书略加批评，其《小说闲评》指出："天性至亲，何来大逆？亚尔夫之言，自是正理。顾莱登之被疑，实缘于奇来伯授花薛之信。窃不解彼时伊乌孙虽障其面，独不能辨其声耶？因其冒呼我父，遂疑及三子之一，平日家庭之间，必有不堪设想者。不然，此老临死尚细心如是，何当夜竟漫不加察也耶？"①

《炼才炉》

《炼才炉》，政治小说，署英国亚力杜梅原著，平湖甘永龙译述，上海商务印书馆出版。该译作编入二种系列，即一为《说部丛书》十集系列第五集第八编，光绪三十二年（1906）岁次丙午孟夏首版，光绪三十二年（1906）岁次丙午季冬二版。全一册，78 页，每本定价大洋二角。二为《说部丛书》四集系列初集第四十八编，民国二年（1913）十二月三版。全一册，77 页。每册定价大洋贰角。二者内容相同，凡十八

---

① 阿英：《晚清文学丛钞：小说戏曲研究卷》，中华书局 1960 年版，第 495—496 页。

章，无章目。

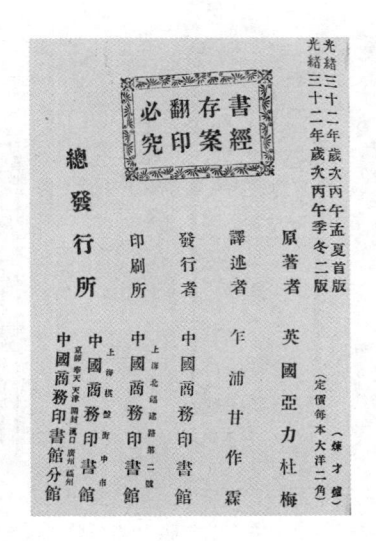

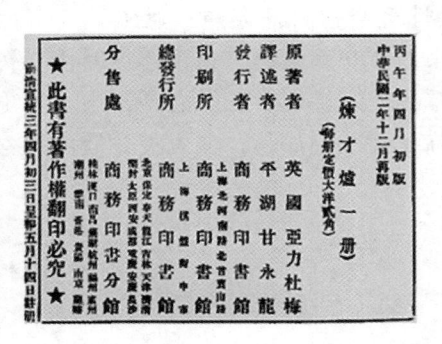

原著者为法国作家大仲马，《炼才炉》（Comte de Monte-Cristo）。樽本照雄先生所编的《清末民初小说目录第九版》（以下简称《樽目第九版》）记载，（Alexandre Dumas père "Comte de Monte-Cristo" 1844－1846）（第2587页）。

《炼才炉》叙述"法国番乱，船主谭德斯为仇家所陷，系区都狱，遇僧番兰授以诸学于犴室中，讲诵弗辍。历十四稔番兰病殁，谭德斯卒以智出狱，忍苦历险，成就益奇，读之益以奋发志气。至文之惊心动魄，特余事耳"。

金为鹤从励志教育的角度，在商务印书馆总编译所撰写的"序"中评论道："孔子曰：才难不其然乎？孟子曰：天将降大任于是人也，必先苦其心志，劳其筋骨，饿其体肤，空乏其身。行拂乱其所为，所以动心忍性，增益其所不能，人恒过，然后能改。困于心，衡于虑而后作；徵于色，发于声，而后喻。又曰：人之有德慧术知者，恒存乎疢疾。独孤臣孽子，其操心也危，其虑患也深，故达于虖，岂不然哉！岂不然哉！方谭德斯少年气盛，既见知于居停，复乘顺于境遇，欣欣然自以为得此已足，几不复知人世间有艰难困苦之事，而其居恒，固亦惟是长日孳孳，勤敏以务本业。外此辄直情径行，孤立无与，而于世路之崎岖，人情之险诈，漠不加察，一切以度外置之。心目中了无复有名誉之想，与党派之见存。使终其身安常处顺，晏然而为番龙船主，则亦长为庸人，以没世焉已尔。惟不幸而见陷于仇家，长击于狴犴，乃获邂逅番兰，传授心法，藉以开拓心胸，增长学识。迹其槩，与我国汉书所载黄霸系狱，从夏侯胜受尚书事颇相类，而尤诙诡可喜，由是而险阻艰难备尝之，人之情伪尽知之。千辟万灌，艰苦卓绝，始锻炼而成有用之才。古所谓晏安鸩毒，忧患玉成者，其信有之乎？不然何其遇之奇也。方今我国志士，居恒无为，辄相聚慷慨而谈天下事，徒观其指天画地，轩眉搤腕，忠义奋发，几若虽临刀锯鼎镬，曾不足以动其心，馁其志者。洎小有摧折，其痛苦固常人所能忍受，非有所谓创巨痛深者。而已摇手裹足，动色相戒，响之客气，遽尔然一泄无余。后此迄委顿不可复振。于虖，若而人者，以视番兰与谭德斯，其贤不肖为何如也？至获窖金一事，特此书之线索与其结穴，而非正意，故不具论。第为之揭其要恉，而定名为炼才炉，以谂观者，庶几我国之志士仁人，相与借鉴于斯，资为法戒，无才者勉之，有才者益加奋焉，虽然，番兰其尤不可及也夫。"

寅半生也评述说："是书凡十八章。叙法国谭德斯为番龙船副主，时正拿破仑潜谋返国，谭受船主李克来遗命，投递书函，为仇家所陷，下入区都狱。狱中先有一僧番兰，学识过人，在狱数年，制造笔墨，著书数十万言。谭于是事之以师，悉心受教。不数年，学业大成，僧且以秘密窖金相授。后僧死于狱，谭潜逃得出。在狱凡十四年，前后判若两人，殆《孟子》所谓动心忍性，增益其所不能者欤！不愧称为《炼才炉》云。"①

---

① 阿英：《晚清文学丛钞：小说戏曲研究卷》，中华书局1960年版，第494页。

《七星宝石》

《七星宝石》，署英国勃兰姆司道格原著，商务印书馆编译所译述，上海商务印书馆出版。该译作编入二种系列，即一为《说部丛书》十集系列第五集第九编，丙午年（1906）五月初版。发行者、印刷所、总发行所均为中国商务印书馆，外埠发行所有商务印书馆分馆七家。全一册，86 页。每册定价大洋贰角。二为《说部丛书》四集系列初集第四十九编。封面题"探险小说"。丙午年（1906）五月初版，民国三年（1914）四月再版。全一册，86 页。每册定价大洋贰角。二者内容相同，凡二十章，无章目，无序跋。

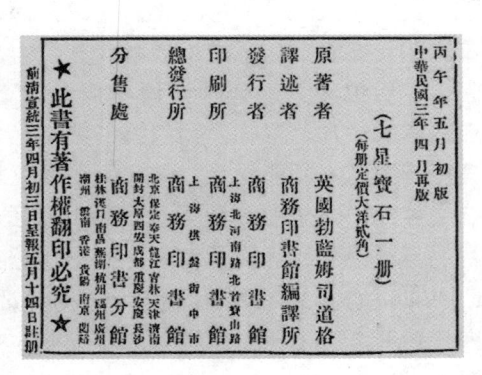

根据《樽目第九版》第 3381 页记载，渡边浩司考证，《七星宝石》的原著者与原作分别为 Bram Stoker, *The Jewel of Seven Stars*（1903）。

《七星宝石》叙述"惴劳来喜欢收藏古物，得到一颗七星宝石。该宝石是女王棺中之物，女王有奇术，竟杀惴劳来，事颇奇诡"。

《铁锚手》

《铁锚手》，侦探小说，英国般福德伦纳原著，商务印书馆编译所译述，上海商务印书馆出版发行。该译作被编入两种"小说丛书"系列，一为《说部丛书》十集系列第六集第五编,光绪三十二年岁次丙午(1906)季秋初版。发行者、印刷所、总发行所均为中国商务印书馆,外埠发行所有商务印书馆分馆七家。全一册,94页,每本定价大洋二角。二为《说部丛书》四集系列初集第五十五编,民国三年(1914)四月再版。全一册,94页,每册定价大洋贰角。二者内容相同,凡四十二章,无章目,无序跋。

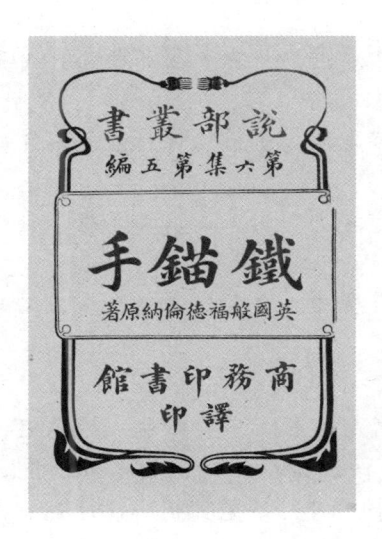

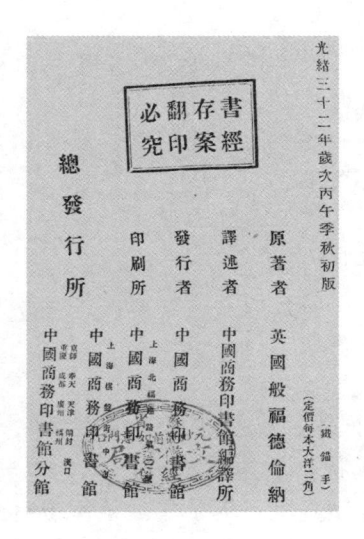

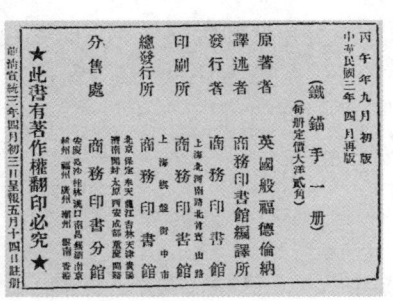

原著者生平事迹不详,待考。
卷首有山阴鹤笙金为的题辞,题辞为:

南北东西此浑圆，好生同戴有情天。草菅人命缘财色，如彼文明亦可怜。

　　爱种频操同室戈，良医寿世办多多。吾华不解西来意，痴黠相遭奈尔何。

　　领略卿言亦复佳，男儿若个不风怀。怪地绝代枭雄手，也有闲情泥燕钗。

　　幻境何如实事奇，死生一发两迷离。诸天非想非非想，不信歧中又有歧。

　　合作阎摩变相看，刓心怵目惨无欢。杀机往往悬眉睫，怪底人间行路难。

　　犷者作奸终抵法，懦夫远色亦湛身。国工进退都无据，翻羡庸医剧可人。

　　取将远势巧纡回，盘马弯弓苦费才。至竟机心徒自毙，始知天网故恢恢。

　　《铁锚手》叙述"一医生谋取一富翁财产，乘其妇病，酖杀之，而矫为自戕状。事为看护妇所觉，以胁诈医，方与争辩，为富翁所闻，将杀医。医趁其不备扼杀之。适室中有穿窬二人，备见其状，窃尸归。诣医家诈取重资。医又放毒气杀此盗，化其尸，余一手。某既侦探侦得此盗踪迹，与盗妻共诣医家搜之，得一手，上刺铁锚，盗妻识为其夫。会当富翁亦为人救苏，乃诣官讼之，罪人斯得"。

　　通过《铁锚手》一案，寅半生用"贪婪"一词概括诸多命案的关节点。其《小说闲评》云："高侦探谓自古命案，皆因财色而起，诚哉是言。惟凶狠如马亘，实为世界所仅见。无时不起杀心，即无时不欲逞毒手。总之不外一'贪'字，'色'字一关尚在其次。甚矣，利之害人也，如是如是。"[①]

《雾中人》

　　《雾中人》，冒险小说，英国哈葛得原著，闽县林纾，仁和魏易同译，上海商务印书馆出版发行。该译作被编入两种"小说丛书"系列，一为

---

　　① 阿英：《晚清文学丛钞：小说戏曲研究卷》，中华书局1960年版，第502页。

《说部丛书》十集系列第六集第六编,光绪三十二年岁次丙午(1906)十一月初版。发行者、印刷所、总发行所均为中国商务印书馆,外埠发行所有商务印书馆分馆七家。全书上、中、下三册,每部定价大洋壹元。二为《说部丛书》四集系列初集第五十六编,民国二年(1913)十二月再版,缺版权页,出版时间与定价不详。二者内容相同,分上、中、下卷,每卷一册。上册116页,中册108页,下册126页。上卷十三章,中卷十二章,下卷十五章,均无章目。

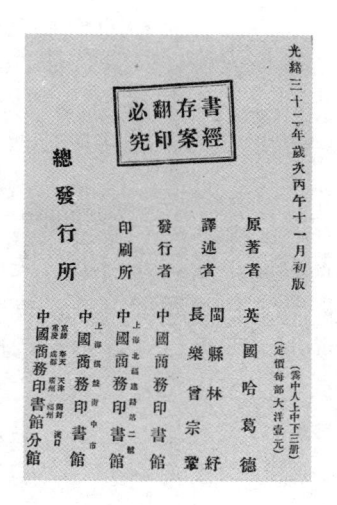

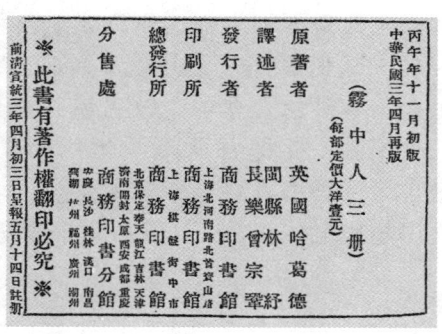

据马泰来先生考证,《雾中人》(*People of the Mist*,1894年)问世。(第63页)

林纾在光绪三十二年（1906）撰写的"序言"中，对古今中外诸多英雄概括出一个特点，即"行劫"，他又把"行劫"分为"大劫"与"小劫"，他指出："古今中外英雄之士，其造端均行劫者也。大者劫人之天下与国，次亦劫产，至无可劫，西人始创为探险之说。先以侦，后仍以劫。独劫弗行，且啸引国众以劫之。自哥伦布出，遂劫美洲，其赃获盖至巨也。若鲁滨孙者，特鼠窃之尤，身犯霜露而出，陷落于无可行窃之地，而亦得赉以归。西人遂争羡其事，奉为探险之渠魁，因之纵舟四出，吾支那之被其劫掠，未必非哥伦布、鲁滨孙之流之有以导之也。顾西人之称为英雄而实行劫者，亦不自哥伦布始。当十五世纪时，英所称为杰烈之士，如理察古利弥、何鉴士、阿森亨、阿美士者，非英雄耶？乃夷考所为，则以累劫西班牙为能事，且慷慨引导其后辈之子弟，以西土多金，宜海行攫取之，则又明明以劫掠世其家矣。今之阸我、吭我、挟我、辱我者，非犹五百年前之劫西班牙耶？然西班牙固不为强，尚幸而自立，我又如何者？美洲之失也，红人无慧，故受劫于白人。今黄人之慧，乃不后于白种，将甘为红人之逊美洲乎？……须知白人可以并吞斐洲，即可以并吞中亚。即如此书所言雾中人者，尚在于可知不可知之间，而黎恩那乃以赤玉之故，三月行瘴疠中，跨千寻之峰，踏万年之雪，冒众矢之丛，犯数百年妖鳄之吻，临百仞之渊，九死一生，一无所悔，志在得玉而后止。然其地犹有瘴也、峰也、雪也、矢也、鳄也、渊也，而西人以得宝之故，一无所惧。今吾支那则金也、银也、丝也、茶也、矿也、路也，不涉一险，不冒一镞，不犯一寒，而大利丛焉，虽西人至愚，亦断断然舍斐洲之寠且危，而即中亚之富且安矣。吾恒语学生曰：彼盗之以劫自鸣，吾不能效也，当求备盗之方。备胠箧之盗，则以刃、以枪；备灭种之盗，则以学。学盗之所学，不为盗而但备盗，而盗力穷矣。试观拿破仑之勇擅天下，追摩罗卑那度即学拿破仑兵法，以御拿破仑，拿破仑乃立蹶。彼惠灵吞亦正步武其法，不求倖胜，但务严屯，胡得不胜？此即吾所谓学盗之所学，不为盗而但备盗，而盗力穷矣。敬告诸读吾书者之青年挚爱学生，当知畏庐居士之翻此书，非羡黎恩那之得超瑛尼，正欲吾中国严防行劫及灭种者之盗也。"

《蛮陬奋迹记》

《蛮陬奋迹记》，冒险小说，英国特来生原著，商务印书馆编译所编译，上海商务印书馆出版发行。该译作被编入两种"小说丛书"系列，一为《说部丛书》十集系列第六集第七编，光绪三十二年岁次丙午（1906）季秋首版。发行者、印刷所、总发行所均为中国商务印书馆，外埠发行所有商务印书馆分馆七家。全一册，94页，每本定价大洋二角。二为《说部丛书》四集系列初集第五十七编，民国二年（1913）十二月再版，民国四年（1914）四月再版。全一册，94页，每本定价大洋贰角。二者内容相同，凡十九章，无章目，无序跋。

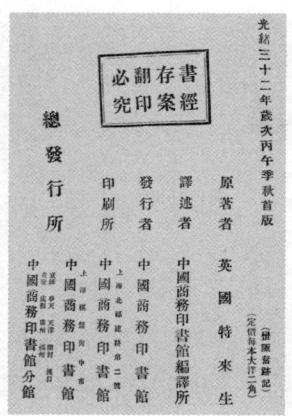

原著者不详，待考。

《蛮陬奋迹记》叙述"一童子渡海失事，被非洲黑人所俘获，历艰苦险危，几濒于死，困难愈多，砺练力亦愈大，卒归英国"。

《橡湖仙影》

《橡湖仙影》，社会小说，英国哈葛德原著，闽侯林纾、仁和魏易译述，上海商务印书馆出版发行。该译作被编入两种"小说丛书"系列，一为《说部丛书》十集系列第六集第八编，光绪三十二年岁次丙午（1906）十月初版。发行者、印刷所、总发行所均为中国商务印书馆，外埠发行所有商务印书馆分馆七家。全书上、中、下三卷，每部定价大洋壹元贰角。二为《说部丛书》四集系列初集第五十八编，民国二年（1913）十二月再版。三卷，每部定价大洋壹元贰角。二者内容相同，全书分上、中、下卷，每卷一册，上册94页，中册195页，下册122页。上卷十五章,中卷三十二章,下卷二十八章,凡七十五章,无章目。

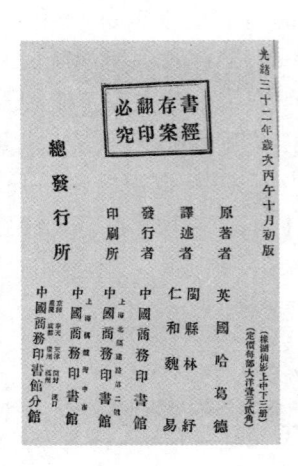

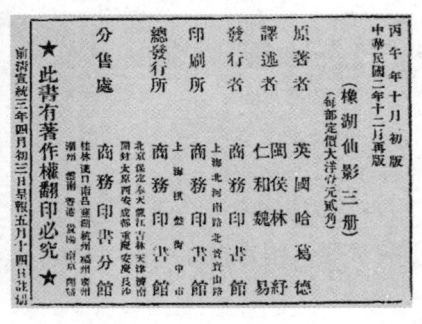

据马泰来先生考证,《橡湖仙影》(*Dawn*, 1884 年)问世。马氏还指出,寒光、朱羲胄、曾锦漳、韩迪厚皆误谓原著为 *Nada the Lily*(第 63 页)。

林纾于光绪三十二年(1906)六月十五日撰写了"译序",他联系这部作品特别论述了礼、义、廉、耻等传统价值观念。他在"序言"中指出:"腓力者,钱虏也。嗟夫!钱虏之用心立志,行事待人,与人类殊。余初以为硕腹之贾爱财如命,惟吾华人然耳;今而知寡廉鲜耻,背义忘亲,所谓文明之欧西乃大有人在也。夫天下之适用者孰如金钱?国家得之,可以兴学、练军,士大夫得之,可以购美妾、买林墅,即吾辈酸腐少得之,亦可以翱翔于名山水之间,置书买酒,在在皆可宝贵,不为非俊。然一落钱虏之手，则钱神之尊，尊如道教之老聃，佛教之释迦，基督教之耶苏，黄光烛天，不敢正视。屏仁义，去慈爱，梏妻子，绝朋友，靳口腹，栗肌肤，忘躯委心以祀钱神，即百死亦不敢恤。吾讥之，吾继从而怜之，知天下人情固有所好，好深则神入，外诱无可夺也。宋儒嗜两庑之冷肉，宁拘挛曲局其身，尽日作礼容，虽心中私念美女颜色，亦不敢少动，则两庑冷肉荡漾于其前也。钱虏者，讵无美人、宫室、车马、衣服之好，又岂无礼、义、廉、耻之防，顾此数物者，在彼视之，实明火之巨盗、害苗之螟贼也。明火之盗，以力取人之财，美人、宫室、车马、衣服，亦明明炫诸白昼中，而吾财因之以耗，是明火而劫我也，然此犹可备而力遏也。至礼、义、廉、耻，则蠹心滋甚，心一弗宁，财防立溃，是礼、义、廉、耻之贼吾财，害于无形，来于无兆，非嚣扑堵御，唾弃歼除，金钱之命，如属丝矣。吾乡有二豪，拥资百万，其力均可以兴学，余作书数万言哀之，乞其合群力为中学堂，在势二豪之力可举也。顾乃人许六百金，久仍弗出，学堂之议遂罢。余始为乡人哀，究乃自哀其愚。彼二人者，一唾血且死，妻子进山东蜜梨，且却之以为奢；一娶子妇求奁，妇死转喜，以为更娶者将多得奁。之二子者，余乃欲以学堂之大义责之，余直彼人心坎中之螟贼耳。其谬许六百金者，或为余数万言之长篇作虚幌耳，宜余之不能见也。今试问读吾书者，是二豪与我胡仇，吾乃暴之揭之，不令立于人类？须知可为公益而不为，则是人即贼公者也。而彼二豪者，对吾又讵无说？彼将曰：金钱属我，我力得之，与公何与？而必破耗吾财以益人？且公非富人，公果富者，苟大出己资以兴学，我虽悭啬，亦足步公之后。"

《橡湖仙影》有一则广告，其文为："英哈葛德著，林纾译。哈氏之书专工言情，此书或二女争一男，或二男争一女，奇情秘事动荡心魄，其写贞操痴情与阴狠鄙猥之状，极妍尽态，尤足以雕镌造化、淘淬风俗。"三卷，定价一元二角。

《波乃茵传》

《波乃茵传》，写情小说，英国赫拉原著，商务印书馆编译所译述，上海商务印书馆出版发行。该译作被编入两种"小说丛书"系列，一为《说部丛书》十集系列第六集第九编，光绪三十二年岁次丙午（1906）十一月初版。发行者、印刷所、总发行所均为中国商务印书馆，外埠发行所有商务印书馆分馆九家。全一册，55页，每册定价大洋壹角伍分。二为《说部丛书》四集系列初集第五十九编，民国二年（1913）十二月再版。全一册，55页，每册定价大洋壹角伍分。二者内容相同，全书凡十五章，无章目，无序跋。

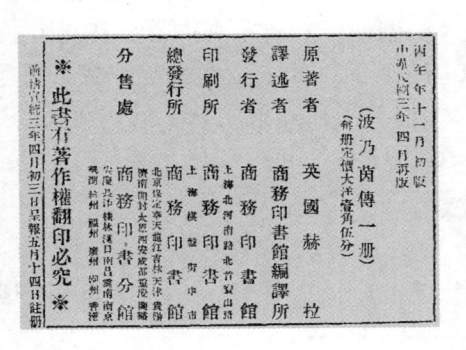

高旭撰写有《题〈波乃茵传〉》："回首春风泪似麻，芙蓉山下路三叉。黄金堆积酬知己，恩谊难忘茉莉花。薄命红颜土一邱，斜阳衰草梦悠悠。惹侬卷卷颓然病，一夜秋心散不收。"

《波乃茵传》叙述"英国女子波乃茵,孑然一身,依姑丈助维化姆家。年及笈得病,乃养疴于波得府。遇少年亚利生,两情眷恋,遂订婚约,病亦日起。亚利生误犯命案,因波乃茵力得昭雪。未几得姑丈书促归,遂与亚利生别。一日,亚利生接助维化姆书,言波乃茵乘车出游,为货车冲击,伤脑莫救。亚利生一痛几绝,亲至葬处祭奠,后乃不知所往云"。

《尸楟记》

《尸楟记》,写情小说,署华尔登原著,中国商务印书馆编译所译,上海商务印书馆出版发行。该译作被编入两种"小说丛书"系列,一为《说部丛书》十集系列第六集第十编,丙午年(1906)十一月初版。发行者、印刷所、总发行所均为中国商务印书馆,外埠发行所有商务印书馆分馆七家。全一册,55页,每册定价大洋壹角伍分。二为《说部丛书》四集系列初集第六十编,民国二年(1913)十二月再版,全一册,55页,每册定价大洋壹角伍分。二者内容相同,凡十二章,无章目,无序跋。

《尸楟记》叙述"英人某得珍宝实药尸腹,置窟室中,同党杀而劫之,其间夹叙爱情,尤见曲折错综之妙"。

《二俑案》

《二俑案》,侦探小说,英国许复古原著,商务印书馆编译所译述,上海商务印书馆出版发行。该译作编入三种系列,即一为《说部丛书》十集系列第七集第一编,光绪三十二年(1906)岁次丙午十一月初版,发行者、印刷所与总发行所均为中国商务印书馆。一册,106页。每部定价大洋贰角伍分。二为《说部丛书》四集系列初集第六十一编,民国二年

(1913）十二月再版。全一册，105页。每册定价大洋贰角伍分。二者内容相同，凡二十六章，无章目，无序跋。

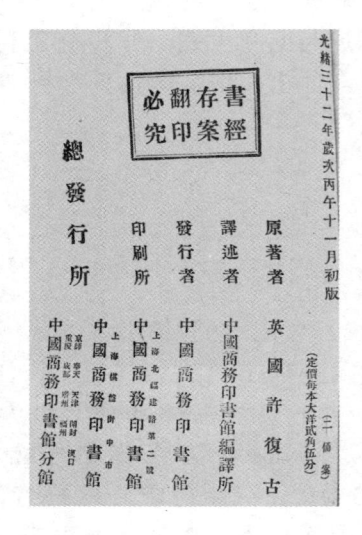

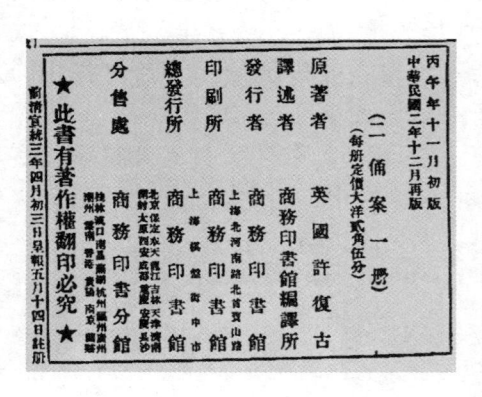

根据《樽氏目录》第712页可知，原著者为 Fergus Hume，原著为 The Mystery of The Shadow（1906）。原著者原名 Fergusson Wright Hume（1859—1932），以 Fergus Hume 闻名，是英国多产小说家。出生于英格兰，在家中排行第二。他3岁时，父亲移民到新西兰。他在那里接受中学教育，进入大学后学习法律。大学毕业后不久，他到澳大利亚，获得一份工作，并开始创作剧本。当他发现加波里奥的小说很畅销时，就大量阅读类似作品，并于1886年出版小说，获得巨大成功。从此便一发不可收，创作小说130多部。

《神枢鬼藏录》

《神枢鬼藏录》，侦探小说，英国阿瑟·毛利森原著，闽县林纾、仁和魏易译述，上海商务印书馆出版发行。该译作编入三种系列，即一为《说部丛书》十集系列第七集第二编，光绪三十三年（1907）岁次丁未季春初版，光绪三十三年（1907）岁次丁未孟冬再版，发行者、印刷所与总发行所均为中国商务印书馆。外埠发行处商务印书馆分馆十家。一册，134页，定价每册大洋贰角伍分。二为《说部丛书》四集系列初集第六十二编，民国三年（1914）四月四版。全一册，134页，每册定价大洋贰角伍分。三为《林译小说丛书》第一集第十八编（无发行年月），全一册，134页。三者内容相同，内收《窗下伏尸》《霍尔福德遗嘱》《断死人手》《猎甲》《菲次鲁乙马圈》《海底亡金》六篇故事。

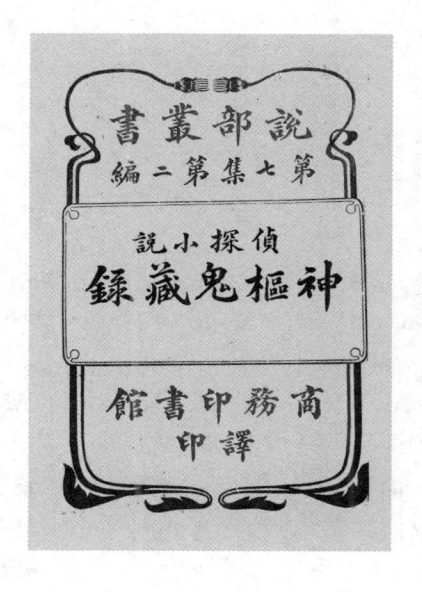

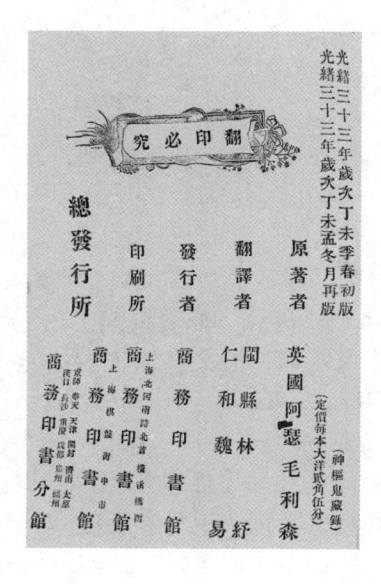

据马泰来先生考证，《神枢鬼藏录》原著者为英国作家 Arthur Morrison（1863—1945），原著英文名为 *Chronicles of Martin Heweitt*（1895）。共收侦探小说六篇，英文名依次为：*Ivy Cottage Mystery*, *Holford Will Case*, *Case of the Missing Hand*, *Case of Laker*, *Absconded*, *Case of the Lost Foreigner*, *Nicobar Bullion Case*。马氏指出，《小说管窥录》谓："细细检之，即本社上年所发行之《马丁休脱侦探案》也。……尚有五案，未经林君译出。"非是。原著只六案。小说林社所译《马丁休脱侦探案》，选自 *Martin Hewitt, Nvestigator*（1894），*Chronicles of Martin Hewitt*（1895）及 *Adventures of Martin Hewitt*（1896）三书，详中村忠行文。蒲梢、寒光、朱羲胄、曾锦漳、韩迪厚皆误谓原著为 *The Hole in the Wall*（第72页）。原著者简介参阅初集第

一百编《海卫侦探案》。

书前有林纾于光绪三十二年（1906）撰写的"译序"，序文为："畏庐曰：中国之鞫狱所以远逊于欧西者，弊不在于贪黩而滥刑，求民隐于三木之下，弊在无律师为之辩护，无包探为之詷侦。每有疑狱，动致牵缀无辜，至于瘐死，而狱仍不决。欧洲之律师，亦有醉于多金，仗其雌黄之口，反白为黑者，顾承审之员，广有学问，明律意，而陪审者，耳目复聪利，又足以揭举其奸欺，虽曲直稍有颠倒，然亦仅矣。矧所谓包探者，明物理，析人情，巧谍捷取，飞迅不可摸捉，即有遁情，已莫脱包探之网，而谳员又端审详慎，故民之坠于冤抑者恒寡。中国无律师，但有讼师；无包探，但有隶役。讼师如蝇，隶役如狼。蝇之所经，良胾亦败；狼之所过，家畜无存。民不得聪察之吏，不能自直其枉，则乞伸于讼师。讼师者又非理枉之人，不利其久讼，则得资不博，往往詷语而故曲之，致其疑窦于官中，于是牵缀蒙络，久久莫释。而隶役则但嚼民膏，与包探之用心，左如秦越。故无讼则已，讼则无终直之时，必至于两尽而后已。畏庐家居时，每遇乡邻之将构讼者，则反复指陈，至于声泪俱下，幸而罢讼者，但十之二三焉。然畏庐之思力已罢矣。近年读海上诸君子所译包探诸案，则大喜，惊赞其用心之仁。果使此书风行，俾朝之司刑谳者，知变计而用律师包探，且广立学堂以毓律师包探之材，则人人将求致其名誉，既享名誉，又多得钱，孰则甘为不肖者！下民既讼师及隶役之患，或重睹清明之天日，则小说之功宁不伟哉！畏庐老而失学，近年东涂西抹，亦趋陪译界诸君子之后，顾独未译侦探一种。十月中旬，始得此稿，与冲叔尽十余日之力译成，然较近日海上名手新译诸作，以小巫面大巫，不值诸君一粲也。"

《神枢鬼藏录》有则广告，其文为："近时译包探案小说者多矣，顾其聪明材力，不过较寻常略胜一筹，凡精细人皆可逆探而知之，术虽工，未足云奇也。此书所叙威希忒诸案，真乃鬼设神施，心通造化，无论何人皆百思不到，虽系小说，实含有心理学、物理学于中。海内才人，请一读之。"每册大洋二角五分。

《小说管窥录》认为，《神枢鬼藏录》中的篇目与《马丁休脱侦探案》中的篇目大致相同。比较如下：

《窗下伏尸》即《以维考旦其秘密案》（五案）

《霍尔福德遗嘱》即《哈尔富特遗嘱案》（十一案）

《断死人手》即《烧手案》（七案）

《猎甲》即《银行失窃案》（十案）

《菲次鲁乙马圈》即《疯人奇案》（八案）

《海底亡金》即《聂可勃银箱案》（九案）

尚有五案，未经林君译出。想本社所印本，林君未曾寓目，否则不为此骈拇枝指之举也。久拟辑一译小说检查表，将原书名、原著者、今定名、出版年月、译者姓氏、全书大意一一详载，惜事冗因循未果，如成，必有裨于译者。①

马泰来先生认为《小说管窥录》上述的关于《神枢鬼藏录》与《马丁休脱侦探案》的对应性关系有误。

《空谷佳人》

《空谷佳人》，二十四章，原著者与译者均未署，载《东方杂志》3年第8—13期，光绪三十二年七月二十五日至十二月二十五日（1906.9.13—1907.2.7）。后出版单行本，署英国博兰克巴勒原著，商务印书馆编译所译述，上海商务印书馆出版发行。该译作编入三种系列，即一为《说部丛书》十集系列第七集第三编，丁未年（1907）三月初版，发行者、印刷所与总发行所均为中国商务印书馆。外埠发行处商务印书馆分馆十家。全一册，84页。每册定价大洋壹角伍分。二为《说部丛书》四集系列初集第六十三编。封面题"爱情小说"。丁未年（1907）三月初版，民国三年（1914）四月再版。全一册，84页。每册定价大洋壹角伍分。三为"小本小说"之一（无发行年月），一册，82页。这几种版本内容相同，凡二十四章，无章目，无序跋。

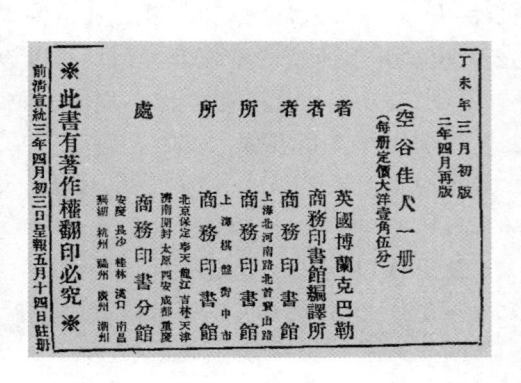

---

① 阿英：《晚清文学丛钞：小说戏曲研究卷》，中华书局1960年版，第509页。

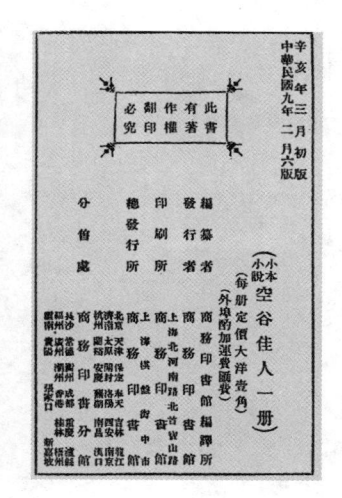

《空谷佳人》（*Blank Valley*），所署的原著者"博兰克巴勒"是 Blank Valley 的音译，原著者与原著同名。（见《樽目第九版》第 2352 页）

卷首有两首题词（佚名），一为《踏莎行》："槛瘦幽花，笼瘖娇鸟，洞天辜负春光好，钓奇多谢阿兄来，墓门催长红心草。金屋多悭，玉容难老，美人不寿翻宜早。羞教白发上人头，故留恨事供凭吊。"二为《摊破浣溪纱》："名士多奇癖，倾城有别裁。澹于秋鞠冷于梅，等是一般蕉萃十分呆。宁复肠堪断，曾无泪可挥。杜鹃啼道不如归，怕见小坟三尺病梨开。"

《空谷佳人》叙述一女子，"幼时即被锢深穴中，有卜乃德者觉而觇之，既入，亦不复能出，后旁穿穴道，始得携之出俱（俱出）。此女锢闭十余年，出穴后懵然不知人间事，惟与卜爱情甚挚，天真烂然，而卜先与他妇有约，故虽同处多时，始终不及于乱。女知其爱情不属于己，一愤而绝。情节变幻，小说中奇而趣者也"。

《秘密地窟》

《秘密地窟》，署英国华司原著，商务印书馆编译所译述，上海商务印书馆出版发行。该译作编入二种系列，即一为《说部丛书》十集系列第七集第四编，光绪三十三年（1907）三月初版，发行者、印刷所与总发行所均为中国商务印书馆。外埠发行处商务印书馆分馆十二家。一册，72页，定价每册大洋贰角。二为《说部丛书》四集系列初集第六十四编，封面题

"义侠小说"。版权页署丁未年（1907）三月初版，民国三年（1914）四月再版。全一册，72页，每册定价大洋贰角。二者内容相同，凡二十章，无章目，无序跋。

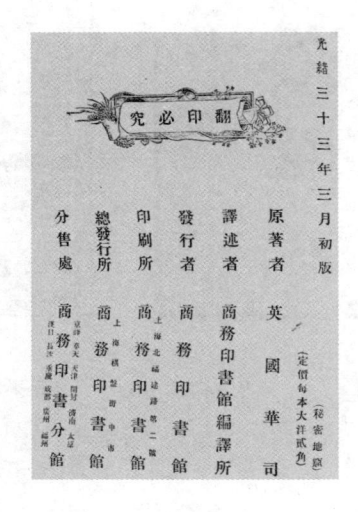

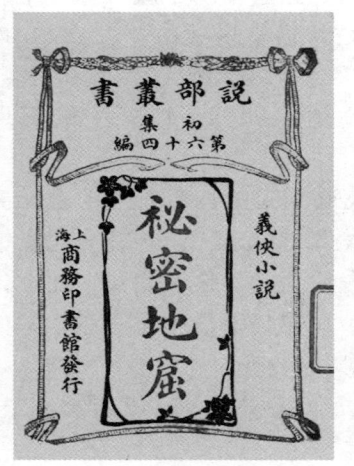

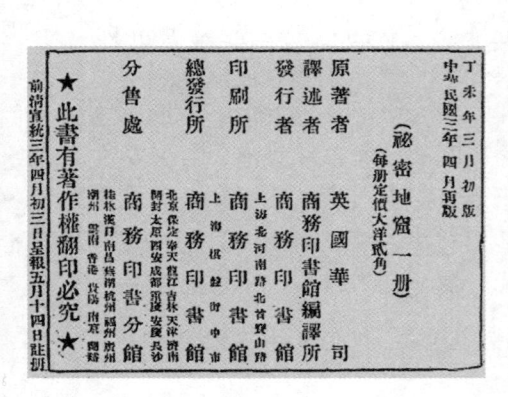

《秘密地窟》叙述"一义贼改行从善，投入缙绅家为仆，颇得主人信用，心甚感之。后见其主亦复形迹诡秘，举动可疑，察知为一医士所愚，役使之为窃盗，乃大恨医士陷其主于不义。一再潜入其室，探得秘密地窟，因设计发其奸，鸣诸警察，卒捕医士而脱其主于难"。

《小说管窥录》关于《秘密地窟》的相关记述为：

英华司原著。培尔为富家女，宴客之夕忽失窃。窃物者一为女所欢高德，一为威廉，二人相遇于窃所。然高德之窃物，乃为一医士所指使。威廉旋为高德之佣人，主仆甚相得。威廉欲脱其主于阨，乃密探医士之地窟，絷医士而置之法。高德本与培尔相爱，事觉，愧而病死，培尔虽深情眷注，无益也。令人读之，书尽而意亦与之俱尽。以上三书，为《小说丛书》第七集第二、第三、第四编。①

《双孝子噀血酬恩记》

《双孝子噀血酬恩记》，署英国大隈克力司蒂穆雷（D. C. Murray）原著，林纾、魏易译述，上海商务印书馆出版发行。该译作编入三种系列，即一为《说部丛书》十集系列第七集第五编，丁未年（1907）六月初版。发行者、印刷所与总发行所均为中国商务印书馆。全二册，上册77页，下册94页。每部定价大洋伍角伍分。二为《说部丛书》四集系列初集第六十五编，封面题"伦理小说"，丁未年（1907）九月初版、民国三年四月再版。全二册，上册77页，下册94页。每部定价大洋伍角伍分。三是《林译小说丛书》第一集第十九编（无发行年月）。

全书上册十章，下册十二章，凡二十二章，无章目，无序跋。

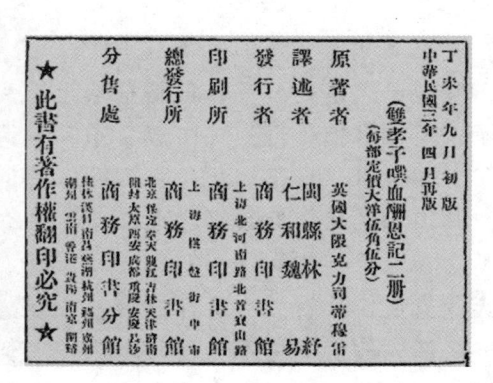

---

① 阿英：《晚清文学丛钞：小说戏曲研究卷》，中华书局1960年版，第510页。

原著英文名为 *The Martyred Fool*（1895），原著者为 David Christie Murray（1847—1907），英国新闻记者、作家。出生于英格兰的斯塔福德郡，家中 11 个孩子，6 男 5 女。他 12 岁就到父亲的印刷厂工作，18 岁被送到伦敦深造印刷技术。他参军后又担任记者。他经历了 1877—1878 年的俄土战争，之后离开新闻业，从事小说创作。他经常旅行与演讲。1881—1886 年间，他住在比利时和法国。1889—1896 年间，他住在法国的港口城市尼斯（Nice）。1889 年，他在澳大利亚旅行时，发表演讲。1884—1885 年间，他在加拿大与美国发表演讲。最后，病逝于伦敦。

这部小说是关于虚无党题材的小说，林纾在"评语"中把虚无党与我国古代的刺客相比较，不忘家庭伦理。他说，读《史记·刺客传》时，聂政姊伏政尸次而大号，悲塞天地矣。"余夫以仲子之仇傀，不必出于直道；聂政之仇傀，亦未必本诸义愤，正以贫贱受知，此大累人耳。然政有老母，不即以身许人。迨老母以天年终，始为仲子死傀难，政之孝亦正可录。虽然，百金之馈未尝受，则亦未必于仲子为有恩。惟此金为母来，不为身来，仲子之馈意固在政，而其命馈之名，则又在母，即此已足以死政。政之事，与两孝子不类而类，要之酬恩之局，均激于孝行。且政之诛傀，傀不必能为乱人；而两孝子仇虚无党人，平乱也。其死正，其义正，即其孝亦正。吾读聂政传，吾益服此两孝子矣。"他又指出："伊梵者，虚无党人也。其父以杀人伏法，伊梵与父同捕治狱中，切切授以仇富尊贫之宗旨。伊梵八岁，夙读微克讨休固书，深斥小拿破仑之不道。伊梵孺子，以为天下之富人均小拿破仑也，恨根已锢；又见其父狱死，而狱事之成即出之富人，虽无虚无党人诏之以愎厉，其道已足杀人，宜其日狺狺然无平和之思。独其天性挚孝，以八龄童子，不挟糇粮，行烈日中五百里，卒达狱所，亲面其罪父之死，惟其爱父，故仇富，且不知父死之为罪，而但以为富人杀之，日图与公卿为难。其道则甚昧，然其缘起则皆为父，许之以孝，亦贤者原心之律也。"这就存在一个关键问题，即忠于"某党"与忠于"己父"的艰难选择。虚无党党员伊梵就面临这种抉择，"今党人乃欲身为聂政之伊梵，倒戈以向公爵，故伊梵决不为使。不为使者何？以此身为死父而奔波，而公爵即谅我救父之心，为真善地，实为亡父存其遗孤。存孤者，父必阴义其人，天下安有为父所阴义，而为子者乃阳仇之？故伊梵之存公爵，初若与孝无涉，更原其心，又宜以孝许之"。林纾赞同伊梵忠于"己父"

的抉择。林纾对虚无党在党魁的安排下行刺的行动保持高度的警惕，"马来公爵于伊梵、利邦均有恩者也。党魁宗旨，首仇富。其必以二子杀马来者，正欲重恃二子以为用，故金谋以诈术诓诱，使之必行，谓二子既杀公爵，则官中必悬金购赏，重获其人，于是二子且帖耳就党人鞭笞。呜呼！误矣！天下深于仇者必稔于恩，虚无党既以扶弱抑强为宗，则不宜以反恩为仇事干义士。且英、法之巨富，又宁止两公爵？党魁用人，乃不用其心而用其身，此在略有知觉尚不尔尔，矧辩才如保罗竟复出此，然则虚无党人亦蠢物耳！"这与晚清正在兴起的革命思潮颇不相宜，他还固守传统伦理："方今新学大昌，旧人咸谓西俗寡伦理，然西哲不乏旧人，亦以今人之薄，不如古人之厚，故曰为伦理小说，用以醒世。此书叙虚无党，正为彼中厉禁，然始误而终归于正。且其中用无数正言，以醒豁党人之迷惑，则作者救世之苦心，其殆与史公之传刺客同趣乎！"

《双孝子噀血酬恩记》有则广告，其文为："此书为林琴南先生译本。中叙伊梵以八龄童子忍饥行五百里，力趋父难，利那以铜匠行贷养母，皆孝子也，后并以不徇党魁之谋仇党而死，行义炳然，不同凡俗。书中屡用正言以醒党人之迷惑，著者于是书实具救世苦心焉。事奇文奇，可称不磨之作。"洋装二册，定价大洋五角五分。

《真偶然》

《真偶然》，署英国伯尔原著，商务印书馆编译所译述，上海商务印书馆出版发行。该译作编入三种系列，即一为《说部丛书》十集系列第七集第七编，光绪三十三年（1907）六月初版，光绪三十四年（1908）正月再版。发行者、印刷所与总发行所均为中国商务印书馆。外埠发行处商务印书馆分馆十二家。全一册，133页，定价每册大洋叁角。二为《说部丛书》四集系列初集第六十七编，封面题"言情小说"。丁未年（1907）六月初版，民国三年（1914）四月再版。全一册，133页，每册定价大洋叁角。三为《小本小说》之一，民国三年（1914）七月初版。全一册，131页，每册定价大洋壹角半。

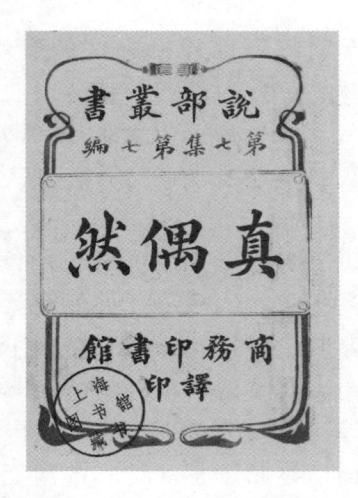

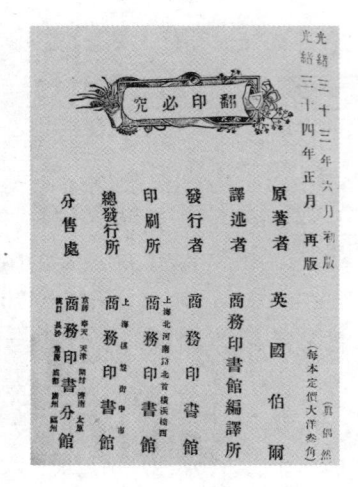

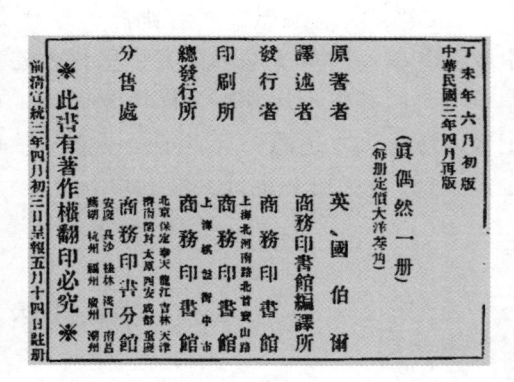

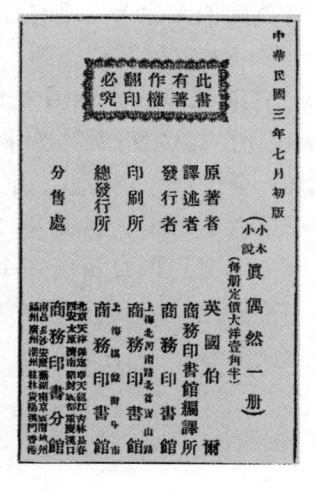

商务印书馆《说部丛书》叙录

三者内容相同，凡二十六章，有章目，且相同，无序跋。章目依次为：第一章　罹厄；第二章　挠婚；第三章　奇客；第四章　驼者；第五章　窃听；第六章　巷中；第七章　密探；第八章　辩难；第九章　车中；第十章　智救；第十一章　逐女；第十二章　夜会；第十三章　异闻；第十四章　乞援；第十五章　偶遇；第十六章　空屋；第十七章　诈计；第十八章　情人；第十九章　园丁；第二十章　指途；第二十一章　店妇；第二十二章　逮捕；第二十三章　根究；第二十四章　盘诘；第二十五章　谢女；第二十六章　审判。

《真偶然》叙述"一贫士与贵女相慕悦，为恋敌所陷，遂致负冤莫白，而恋敌犹多方谋害之。后忽发见种种秘密事，欲以证贫士之罪者，反以自证其罪，于是贫士冤得雪，卒与贵女成婚。其情缠绵悱恻，其事曲之又曲，诚言情侦探小说中独一无二之作"。

《指中秘录》

《指中秘录》，署英国麦区兰原著，商务印书馆编译所译述，上海商务印书馆出版发行。该译作编入二种系列，即一为《说部丛书》十集系列第七集第十编，光绪三十三年（1907）九月初版，发行者、印刷所与总发行所均为中国商务印书馆。外埠发行处商务印书馆分馆十三家。二册，上册168页，下册156页，每部定价大洋七角。二为《说部丛书》四集系列初集第七十编，封面题"侦探小说"。丁未年（1907）十月初版，民国三年

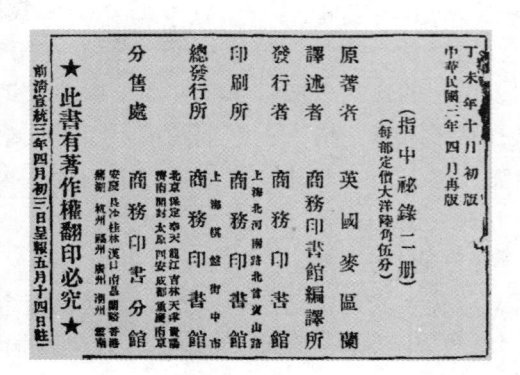

（1914）四月再版。全书分上下卷，共二册，上册168页，下册156页。每部定价大洋陆角伍分。二者内容相同，上卷十八章，下卷十四章，凡三十二章。无章目，无序跋。

作者与译者生平不详，待考。

《指中秘录》叙述"屈由林公使得乱党消息录，藏手套小指中，旋为党人毒毙，女画兰亦掠去，后随员邦英德等得指中秘录，竟由此调执党魁出画兰，情节曲折有致"。

《圆室案》

《圆室案》，署英国葛雷原著，商务印书馆编译所译述，上海商务印书馆出版发行。该译作编入三种系列，一为《说部丛书》十集系列第八集第一编，光绪三十三年（1907）七月初版，发行者、印刷所与总发行所均为中国商务印书馆，外埠分售处有商务印书馆分馆十二家。全一册，95页，定价每本大洋贰角。二为《说部丛书》四集系列初集第七十一编，封面题"侦探小说"，民国三年（1914）四月再版。全一册，95页。每部定价大洋贰角。二者内容相同，凡十八章，无章目，无序跋。三为《小本小说》系列，之一种，商务印书馆宣统三年（1911）六月（《樽目第九版》第5686页）。

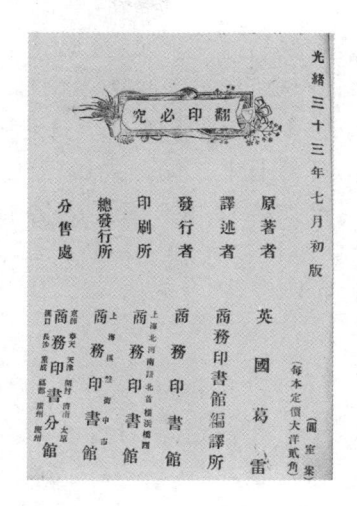

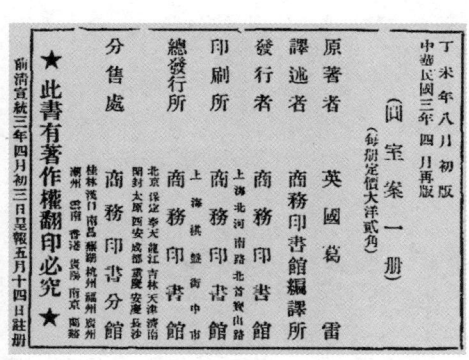

作者与译者生平不详，待考。

《圆室案》叙述一无头命案，"为美国大侦探格来史侦获。其致杀之原因，系以数十年前旧仇，而欲报之于一少年女子。厥后为爱情所夺，竟至杀之不能而转为所杀。情节幻曲而奇，译笔尤极诡谲，令人不可捉摸"。

《宝石城》

《宝石城》，侦探小说，英国白髭拜原著，商务印书馆编译所译述，上海商务印书馆出版发行。该译作编入三种系列，即一为《说部丛书》

十集系列第八集第二编，光绪三十三年（1907）七月初版，发行者、印刷所与总发行所均为中国商务印书馆。外埠发行处商务印书馆分馆十二家。全一册，131页。每册定价大洋叁角。二为《说部丛书》四集系列初集第七十二编，民国三年（1914）四月再版。全一册，131页。每册定价大洋叁角。二者内容相同，凡十五章，无章目，无序跋。三为《小本小说》系列之一种，商务印书馆1913年1月（《樽目第九版》第323页）。

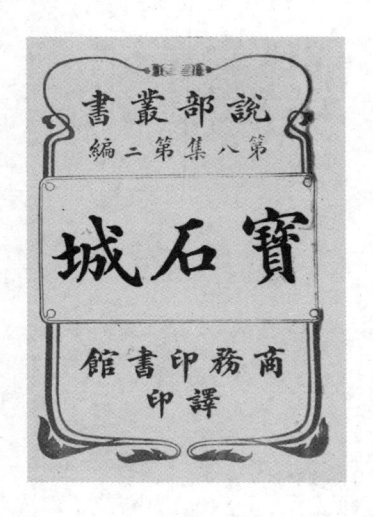

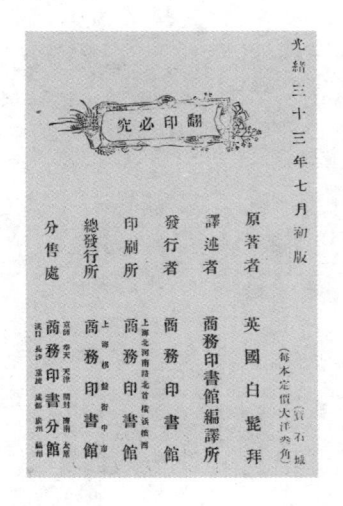

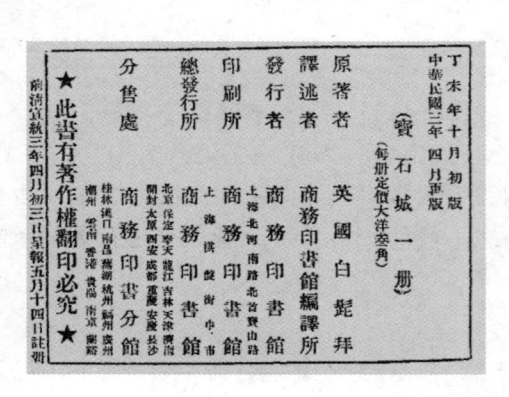

原著者白髭拜，名为 Guy Newell Boothby（1867—1905），今译为布斯俾，澳大利亚多产小说家与作家，以感伤小说闻名。其最著名的是关于 the

Dr Nikola series 和关于 the Egyptian 的小说作品。除了《宝石城》外,《说部丛书》中收录其译作还有《盗窟奇缘》（署蒲斯培著）、《复国轶闻》（署波士俾著）、《青藜影》（署布斯俾著）。

《宝石城》叙述三个英国人同赴安南一古城中，发见宝穴。"一人忽负其同伴，窃宝私逃，致二人陷入敌手，盲目断舌而归。归后延请侦探，誓必侦得其人而甘心焉。而其人穷凶极狡，鬼蜮百端，设种种狡计，与侦探斗智。穷追至意大利境始获之。"

《双冠玺》

《双冠玺》，署英国特渴不厄拨伫原著，商务印书馆编译所译述，上海商务印书馆出版发行。该译作编入二种系列，即一为《说部丛书》十集系列第八集第三编，光绪三十三年（1907）七月初版，发行者、印刷所与总发行所均为中国商务印书馆，外埠发行处商务印书馆分馆十二家。全一册，103 页，定价每册大洋贰角伍分。二为《说部丛书》四集系列初集第七十三编，封面题"历史小说"，民国二年（1913）十二月三版。全一册，103 页。每册定价大洋贰角伍分。二者内容相同，凡十二章，无章目。

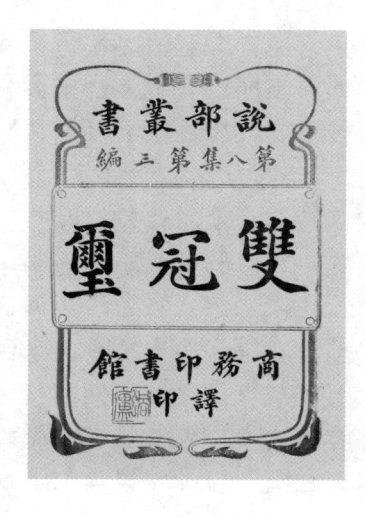

94 商务印书馆《说部丛书》叙录

张治认为，《双冠玺》的译者是何心川、林嶽桢，还认为，读内容知道这不算是一部小说，而是一部传记，写苏格兰女王玛丽一世的生平。①

卷首有序，序文为："墨箴子译马利遗事既竟，为作王良士语曰：愿此贵妃子生生世世勿降嫁帝王家也。夫女智莫如妇，宣尼所称，其人美且仁。《国风》载咏，是以木兰寒女，乐府传辞。昭君才人，琴工写怨。则有雌龙坠地，生是名王贵人。客儿外家，少为孤稳压帕，挥三百万贯阿姨之费，夺此娟娟，称三十六宫可敦之尊，别名阔阔，酪浆肉食，何来皇思玉人，斜上旁行，亦有和熹博士，岂宙合至清之气，钟稗瀛以外之区乎？是虽迦陵同命，上阳终老，女君不闻专政，尤物未尝移人，而针神机绝，漂散人间。楼东剪刀，流传海外，后之摩娑芳泽，慨慕兰馨者，犹将起通德于千秋，访佩兰之遗事，著为外传，留仙之裙幅如亲，写出内家，春晓之图中欲活，尔乃早伤持踵，众嫉修蛾，交杯七彩，甫为新妇东诸，曰柰三吴，遽应天公不禄，鸡台梦醒，姑恶声来，不如归去。彼都虽信美之乡，大有图□□道重迷阳之感。宜若一声河满，清泪如铅，千里江东，我心匪石矣！逮乎□珍在握，弱肉争存，东西帝仇不戴天，南北司势成水火，合并早定，调燮咸宜。股紫陬知兵气之祥，比铜钳为种人所信，瑶光夺堉，申申违詈姊之言，象魏悬书，娓娓释直生之懑。虽君王后椎环之智，孙夫人佩刀之英，启钟室以谋韩，御戎车而

---

① 张治：《再谈商务印书馆"说部丛书"里的原作》。

赴敌者，不是过也。顾以狂王乱政，家贼阴谋，系尾何追，摔头不免。斧声烛影，犹是亭疑，玉珽牛刀，已将见逼。至于金墉绝膳，五国蒙尘，书成绝命，祇云爱子讬人，死本如归。所念故交惟若，人之无良，天胡此醉哉！或谓王桑榆未晚，驵侩奚堪！何以昧取人以貌之言，受狼子野心之祸，骊戎归晋，厥后虽蕃，文姜如齐，及身安免。不知细君之嫁岑陬，本从胡俗，解忧之生元贵，实自肥王，怀嬴作媵，久已蓄康公自出之图也。怨耦为仇，不翅忍萧同作质之辱也。若留侯好女，卫玠璧人，天假之缘，礼无不合。古之开一窗而自选者，信能牵五丝而得红乎？或谓王金轮再世，夏姬同风；令尹敢蛊，夫人可知。子晳委禽，其心不正。乌勒捷武之狱，犹刑白马寺僧。郑蒙斯美之行，如宠控鹤秘监。是则高辛少女，可云淫恋盘瓠，宓帝神妃，直证梦交穷羿。高皇后既掳楚军，恩宜覆水，息夫人纵倾蔡祚，愁杀桃花。人生诚难，深文则易。以彼香阶划袜，孰勘小后之词。"

《双冠玺》叙述苏格兰女王马利亲政，"以失人望，放遁英伦，为以利沙伯所锢。会旧教徒有欲拥立之者，以利沙伯遂斩马利。事多实录，文复典赡有伦，洵足与唐稗史家抗手者"。

《画灵》

《画灵》，署英国晓公伟著，商务印书馆编译所译述，上海商务印书馆出版发行。该译作编入二种系列，即一为《说部丛书》十集系列八集第四编，光绪三十三年（1907）七月初版，光绪三十四年（1908）岁次戊申仲春月再版。发行者、印刷所与总发行所均为中国商务印书馆，外埠发行处商务印书馆分馆十二家。全一册，85页，每册定价大洋贰角。二为《说部丛书》四集系列初集第七十四编，封面题"言情小说"。丁未年（1907）七月初版，民国三年（1914）四月再版。全一册，85页，每册定价大洋贰角。二者内容相同，内收《窗下伏尸》《霍尔福德遗嘱》《断死人手》《猎甲》《菲次鲁乙马圈》《海底亡金》六篇故事。

96 商务印书馆《说部丛书》叙录

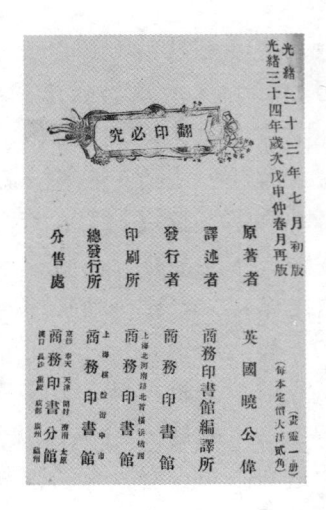

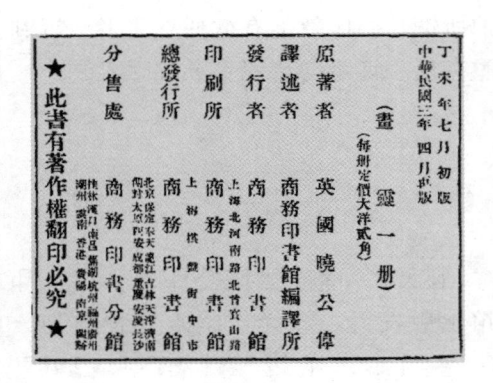

原著者生平事迹不详,待考。

《画灵》叙述"一画家性情奇僻,具有一种特别视力,能视他人所不能视者。初与一女子相悦,未及成婚而女子踪迹忽失,盖已为仇家所陷矣。厥后即恃此种视力辗转求之于虚无缥缈之中,卒获女子而结良缘。其人奇,其事奇,而其译笔诡谲变化,尤能曲绘其奇"。

《小说管窥录》关于《画灵》的评述为:

分上下二卷。上卷为医士比灵德所述,下卷则芬吞所记者也。书述富人迦利士顿眷一贫女罗武英,其族兄弗拉夫谋夺其产。乘间劫罗而去。迦目有神经病,于空中见监守罗者之像,迦本善画,乃图之,遍托各友。比灵德亦得其一，于雪中遇焉，遂得破案，携罗而出。书中所述，似近神怪，然自天眼通、催眠术发明后，精诚所至，形神若接，不足异焉。于此并悟《太平广记》所载《情感》各篇，亦不尽子虚者。①

《多那文包探案》

《多那文包探案》，署英国狄克多那文著，商务印书馆编译所译述，上海商务印书馆出版发行。该译作编入三种系列，即一为《说部丛书》十集系列第八集第六编，光绪三十三年（1907）十二月初版，发行者、印刷所与总发行所均为中国商务印书馆。外埠发行处商务印书馆分馆十三家。全一册，135页，每册定价大洋叁角。二为《说部丛书》四集系列初集第七十六编，封面题"侦探小说"。丁未年（1907）十一月初版，民国二年（1913）十二月三版。全一册，135页，每册定价大洋叁角。三为《小本小说》之一。根据《樽目第九版》第920页记载，该版本的发行时间为光绪三十三年（1907）。

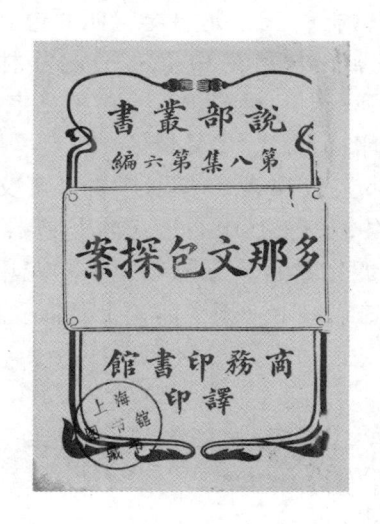

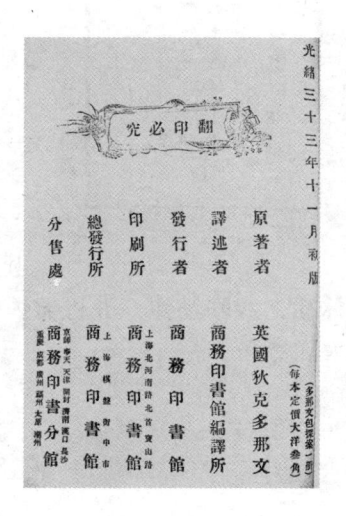

---

① 阿英：《晚清文学丛钞：小说戏曲研究卷》，中华书局1960年版，第520页。

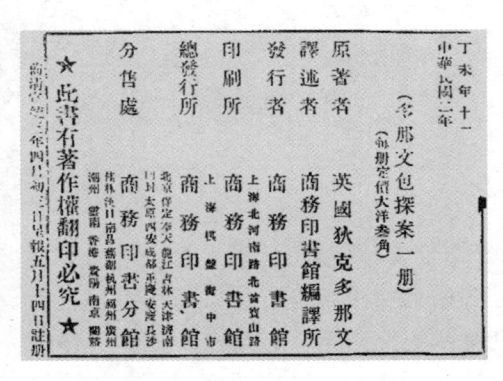

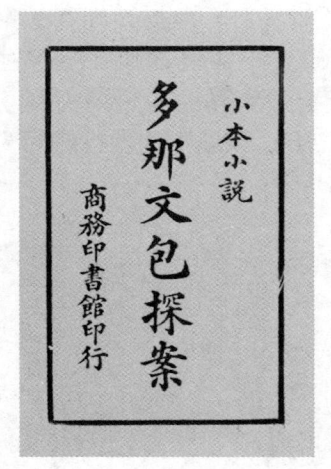

原著者与原著,根据《樽目第九版》第920页记载,分别为 Dick Donovan "*From Clue to Capture*" 1898。

以上三个版本的作品内容相同,该书由以下十二个侦探故事构成:"一、叙猫眼石;二、髑髅饮器;三、兄弟会;四、银匕首;五、隔帘影;六、花中蠹;七、考林社;八、剧场弹;九、机器炉;十、鬼之宅;十一、瘢手印;十二、惨爱情。"

《多那文包探案》有则广告,其文为:"共十二案,一叙猫眼石,二髑髅饮器,三兄弟会,四银匕首,五隔帘影,六花中蠹,七考林社,八剧场弹,九机器炉,十鬼之宅,十一瘢手印,十二惨爱情。"定价大洋叁角。

《一万九千镑》

《一万九千镑》,署英国般福德伦纳原著,商务印书馆编译所译述,上海商务印书馆出版发行。该译作编入二种系列,即一为《说部丛书》十集系列八集第七编,版权页署光绪三十三年(1907)八月初版,光绪三十四年(1908)孟春月再版,发行者、印刷所与总发行所均为商务印书馆,外埠分售处有商务印书馆分馆十二家。一册，102 页，每册定价大洋贰角伍分。二为《说部丛书》四集系列初集第七十七编，封面题"侦探小说"。丁未年（1907）八月初版，民国二年（1913）十二月三版，民国三年（1914）四月再版。全一册，102 页，缺版权页，定价不详。

原著者与原著，根据《樽目第九版》第 5375 页记载，分别为 Burford Delannoy "£ 19，000（*Nineteen Thousand Pounds*）"（1900）。

两种版本内容相同，凡三十九章，有章目，无序跋。章目依次为：第一章　用气；第二章　搜券；第三章　载箧；第四章　破谋；第五章　改装；第六章　暗杀；第七章　凶逸；第八章　见尸；第九章　误认；第十章　妇遁；第十一章　复仇；第十二章　秘谈；第十三章　情话；第十四章　系轮；第十五章　鼠援；第十六章　园遇；第十七章　吐实；第十八章　阅电；第十九章　自荐；第二十章　得书；第二十一章　摄影；第二十二章　葛侦；第二十三章　访医；第二十四章　设计；第二十五章　献金；第二十六章　投阱；第二十七章　三猫；第二十八章　掘穴；第二十九章　获救；第三十章　暴卒；第三十一章　觌叟；第三十二章　欢晤；第三十三章　启裹；第三十四章　易容；第三十五章　攫金；第三十六章　奇逢；第三十七章　断头；第三十八章　暴富；第三十九章　结婚。

《一万九千镑》叙述死于一万九千镑之巨款者。"数人皆以贪殒命，而此款卒归应得者。中写罗立蛟之诈狠、杜素人之残诡、唐极乐之坚勇，皆具全力。至情节之出人意表，正如阳羡鹅笼，幻中生幻，安得不令人叫绝。"

《红星佚史》

《红星佚史》，英国罗达哈葛德、安度阑俱原著，会稽周逴译述，上海商务印书馆出版发行。该译作编入二种系列，即一为《说部丛书》十集系列八集第八编，丁未年（1907）十月初版本，民国元年（1912）十月再版。二为《说部丛书》四集系列初集第七十八编，封面题"神怪小说"，民国二年（1903）十二月三版。全一册，221页，每册定价大洋伍角。

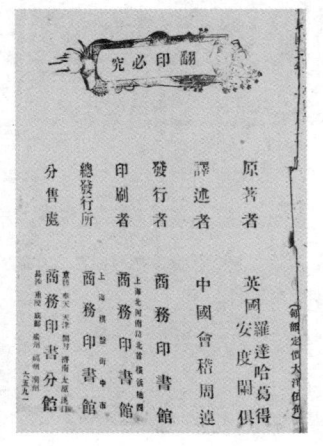

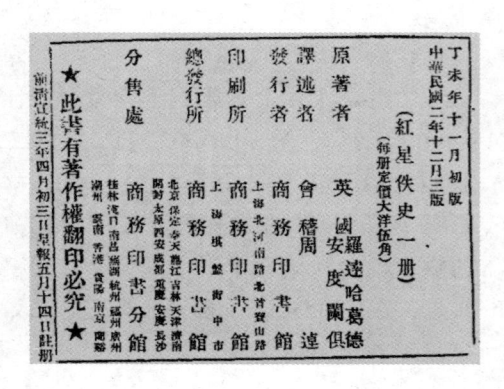

第一章　英国作品叙录　101

　　原著者与原著，根据《樽目第九版》第 1680 页，分别为 Henry Rider Haggard and Andrew Lang，"*The World's Desire*"（1890）。张治对《红星佚史》及同一原著的另一译本《金梭神女再生缘》进行了考述。①

　　这几种版本内容相同，全书共三篇，第一篇凡八章，章目以此为：第一章　寂寞之屿；第二章　示兆；第三章　息敦人被诛；第四章　血色海；第五章　皇后美理曼；第六章　叙美理曼往事；第七章　皇后见梦；第八章　三灵。第二篇凡十一章，章目依次为：第一章　亚普拉之男巫；第二章　凶夜；第三章　青铜浴室；第四章　椒房；第五章　戾祠；第六章　阙宫门者；第七章　光中人影；第八章　赖耶神游；第九章　睡觉者；第十章　游子誓言；第十一章　游子觉。第三篇凡八章，章目依次为：第一章　古离复仇；第二章　佛罗归；第三章　苦具；第四章　佛罗见梦；第五章　纪私人语；第六章　焚祠；第七章　阿迭修斯最后之战；第八章　以待阿迭修斯归也。

　　卷首有哈葛德与安度阑俱合撰的原序，序文摘录如下："当吾书所叙此一时分中，其为状滋怪，殆如勃罗顿女士（Miss Braddon）评普罗多楗那（Platagenete）时，所谓偶尔之遭。百怪悉集者比者经劶赉曼 Schliemann、沛屈黎 Flinders Petrie 诸氏之发见。始知希腊亚佉亚人与剌美锡支朝之埃及，信久有交涉。此其说虽多见诸希腊传言，及今证以埃及密舍那 Mycenae 古坡中残物，与勒梵丁（Levantine）时遗瓷，乃益知非妄。即在鄂谟诗史，亦载阿迭修斯述亚佉亚侵袭埃及之事。虽云其言难信，顾初亦不尽出于诬；以色列人颠沛流离，亦正当其候，旋复脱奴缚而去。虽索之埃及碑碣，未见遗志；而在当日土著中，当必有为非常之事者。……海伦所佩滴血之星，亦已见绥勒孚恩（Servius）所箸威齐尔 Virgil 注释中。此一节为摩克耳（Mackail）氏见告者。第初不知在希腊古话中，此星信名星石 Star-Stone 也。至海伦之众声，则鄂谟之阿迭绥（Odyssey）中已言及之，故古人言，海伦之名又曰响（Echo），以是谓能易貌，如众生之初欢，非无因耳！昔瞿第 Goethe 作战神华尔普迦祭之夕 Walpurgis Nacht，纪其艳巫，亦具此德。若美理曼之谘议，则英国博物馆中亦藏有其像，绘诸古窑（窑）之上。惟作者初乃未知，及此书镌后，始得见也。末次战斗，勒尸多列更蛮族，则指上古北欧之民，格兰斯顿 Gladstone 氏先见及此，谓阿迭绥中食人之众，居中夜朝阳之地，峡江之中。"

　　周逴（周作人）翻译此作，意在其文化人类学意义。他在光绪三十三

---

　① 参见张治《蜗耕集》，浙江大学出版社 2012 年版，第 58—74 页。

年（1907）撰写的"译序"中指出："罗达哈葛德、安度阑俱二氏，掇四千五百年前黄金海伦事，著为佚史，字曰《世界之欲》。尔时称人间尚具神性，天声神迹，往往遇之。故所述率幽阒荒唐，读之令生异感。顾事则初非始作，大半木（本）诸鄂谟（Homer）。鄂谟者，古希腊诗人也，生四千年前，著二大诗史，一曰《伊利阿德》（Iliad），纪多罗战事。……而《红星佚史》一书，即设第三次浪游，述其终局者也。中谓健者浪游，终以见美之自相而止。而美之为相，复各随所意而现，无有定形。既遇，斯生眷爱，复以是见古恶，生业障，得死亡。眷爱、业障、死亡三事，实出于一本，判而不合，罪恶以生。而为合之期则又在别一劫波，非人智所能计量。健者阿迭修斯之死，正天理应然，不足罪台勒戈奴之馈失。台勒戈奴事，亦本鄂谟以后传言，非臆造也。中国近方以说部教道德为桀，举世靡然，斯书之繙，似无益于今日之群道。顾说部曼衍自诗，泰西诗多私制，主美，故能出自繇之意，舒其文心。而中国则以典章视诗，演至说部，亦立劝惩为枭极，文章与教训，漫无畛畦，画最隘之界，使勿驰其神智，否者或群逼掊之。所意不同，成果斯异。然世之现为文辞者，实不外学与文二事。学以益智，文以移情。能移人情，文责以尽，他有所益，客而已。而说部者，文之属也。读泰西之书，当并函泰西之意；以古目观新制，适自蔽耳。他如书中所记埃及人之习俗礼仪，古希腊人之战争服饰，亦咸本古乘。其以色列男巫，盖即摩西亚伦，见于《旧约》。所呼神名，亦当时彼国人所崇信者，具见神话中。著者之一人阑俱氏，即以神话之学，名英国近世者也。"

《金丝发》

《金丝发》，署英国格离痕原著，商务印书馆编译所译述。该译作编入三种系列，即一为《说部丛书》十集系列第八集第九编，光绪三十三年（1907）七月初版，发行者、印刷所与总发行所均为中国商务印书馆。外埠发行处商务印书馆分馆十家。全一册，94页，定价每册大洋贰角。二为《说部丛书》四集系列初集第七十九编，封面题"侦探小说"。丁未年（1907）七月初版，民国三年（1914）四月再版。全一册，94页，每册定价大洋贰角。三为"小本小说"之一，民国元年（1912）六月三初版，民国六年（1917）四月三版。全一册，92页，每册定价大洋壹角。三者内容相同，共二十章，无章目，无序跋。

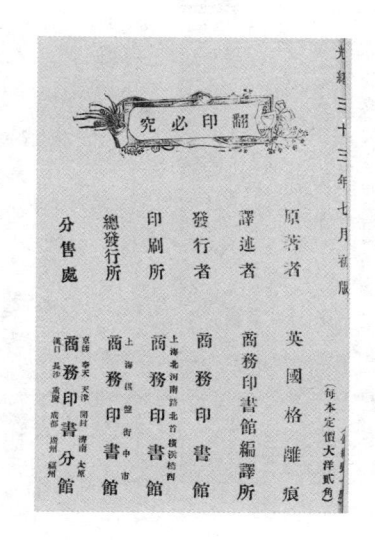

樽本先生认为，格离痕的《金丝发》与柯南达利的《金丝发》，内容好像不一样。参见《樽目第九版》第2181页。

《金丝发》还有常觉、小蝶译本，《福尔摩斯侦探案全集》第四册，上海中华书局民国五年（1916）五月初版，同年八月再版，民国十年（1921）九月九版，民国二十五年（1936）三月二十版。

《金丝发》有则广告，其文为："此书叙勃来克遇盗濒危，盗女路脱拉拯之。路美，勃欲与婚，惧衎中辍，后悔而求索，不知路实伪发。依管勃屋者以居。盗复涎勃资，且劫路去幽一室。侦者设方略擒盗，路俱

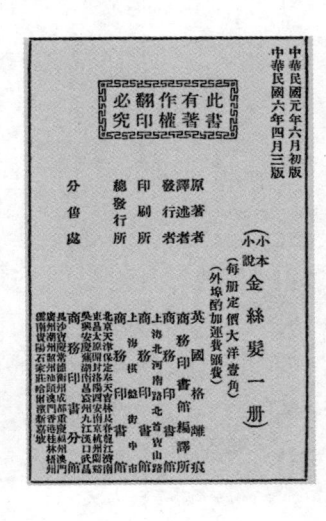

言端末，乃归于勃。事至奇诡，文尤跳荡，可谓极种乘能事。"每册洋二角。

《小说管窥录》关于《金丝发》的评述为：

> 是书开首叙一富室忽于某夕失去一缝衣女子。实则此缝衣女即富室之主妇，惟主人主妇之家世，与前此之如何相逢，如何结婚，结婚之后，又如何不为主妇而为缝衣女，种种情节，皆为作者藏去。而缝衣女所以失踪之故，即在此数者之中，故其前半颇耐咀嚼。

《朽木舟》

《朽木舟》日本樱井彦一郎原著，商务印书馆编译译述，上海商务印书馆出版。该译作编入二种系列，即一为《说部丛书》十集系列第八集第十编，光绪三十三年（1907）七月初版。发行者中国商务印书馆，印刷所中国商务印书馆，总发行所中国商务印书馆。分售处商务印书分馆12处。全一册，101页，定价每本大洋贰角伍分。二为《说部丛书》四集系列初集第八十编，题"冒险小说"。缺版权页。根据《樽氏目录》第4025页，该系列之版本，丁未（1907）年七月出版，1913年12月三版，1914年4月再版。全一册，101页，定价不详。二者内容相同，凡十四章，无章目，无序跋。

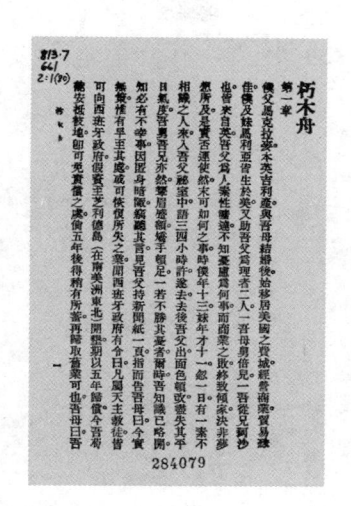

《樽氏目录》第 4025 页记载，William Henry Giles Kingston "The Wanderers; or, Adventures in The Wilds of Trinidad and up The Orinoko"（1876）。樱井彦一郎（鸥村）译述《朽木乃舟》（世界冒险谭第 10 编），文武堂 1901. 9. 1。William Henry Giles Kingston 即贾尔斯·金斯敦（1814—1880），英国作家，以少年冒险题材而闻名。

《朽木舟》叙述英国十三岁之少年与其父马克拉麦、其舅倍儿、其妹十一岁的马利亚、其从兄阿沙、家仆摩西一起到南美洲之芝利德岛第一港口嘎拉马斯垦荒。嗣为彼地天主教徒所不容，航海亡命，历遭大险，卒庆生还。中途所遇一切植物、动物及种种诡怪之人物，魑魅魍魉，无奇不备，诚冒险小说中之特色者。

《冢中人》

《冢中人》，英国密罗原著，黄序所译，上海商务印书馆出版发行。编入《说部丛书》十集系列，作为第九集第一编，光绪三十三年（1907）十月初版，发行者、印刷所与总发行所均为商务印书馆，外埠分售处有商务印书馆分馆十三家。全一册，共 113 页。每册定价大洋贰角伍分。又编入《说部丛书》四集系列，作为初集第八十一编，丁未年（1907）十月初版，民国二年（1913）十二月再版，民国三年（1914）四月再版。笔者所见版本为《说部丛书》四集系列民国三年（1914）四月再版本。封面题"言情小说"。全一册，113页。定价不详。

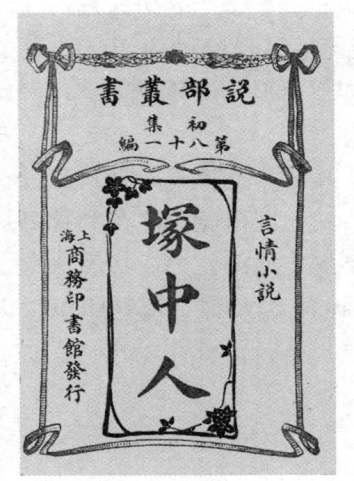

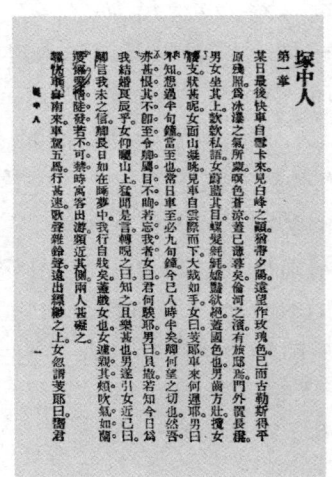

凡三十六章，无章目，无序跋。

《冢中人》叙述"一男子芰郎，与女子论婚，仇家涎女美，手刃已妇以陷芰郎，芰郎探白其事，仇家论死，遂为夫妇如初"。

《盗窟奇缘》

《盗窟奇缘》为英国蒲斯培所著，商务印书馆编译所译述，上海商务印书馆出版发行。《说部丛书》十集系列第九集第三编,光绪三十三年(1907)九月版,光绪三十四年(1908)五月再版。《说部丛书》四集系列初集第八十三编,有丁未年(1907)九月初版,民国二年(1913)十二月三版,民国三年(1914)四月再版。还编入《小本小说》系列,民国三年(1914)七月再版。《说部丛书》四集系列版,封面题"言情小说"。共184页。缺版权页,出版时间不详。笔者所见还有《小本小说》系列民国三年(1914)七月初版本。凡二册,179页。每册定价大洋壹角。

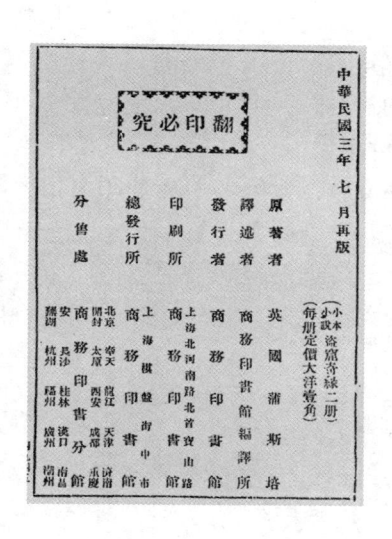

上卷六章,下卷六章,凡十二章,无章目,无序跋。

《盗窟奇缘》叙述"一小镇上之屋产经理人德伦孟,一日有伯爵夫人龙旦来托租西达氏屋。此屋极荒僻,既成议,夫人家焉。夫人有一女伴,曰康尧氏,为新招得者。德伦孟屡往来其家,颇悦夫人及康尧氏之美。既而美洲富豪雪拉史,忽至英而失踪。夫人又诈使德伦孟送一要件于美洲人,不意函中所述,即为报信雪拉史之行踪,而索价数十万元者。德知被欺,即偕往报警署,及逮捕,则夫人与其党已遁矣。德即娶

康尧氏为妻"。①

原著者英国蒲斯培为 Guy Newell Boothby（1867—1905），参见初集第七十二编《宝石城》，原著为 *Beautiful White Devil*（1897），英文版封面附录如下。

《苦海余生录》

《苦海余生录》为英国白来登女士所著，商务印书馆编译所编译，上海商务印书馆出版发行。《说部丛书》十集系列第九集第六编，丁未年（1907）十一月初版。《说部丛书》四集系列初集第八十六编，封面题"警世小说"，版权页署丁未年（1907）十一月初版，民国三年（1914）四月再版，发行者为商务印书馆，印刷所也为商务印书馆（上海北河南路北首、宝山路）。总发行所为位于上海棋盘街中市的商务印书馆，分售处为全国各地乃至海外的商务印书分馆二十七家。全一册，共 165 页。每册定价大洋肆角。此外，该系列还有民国三年（1914）四月再版。

原著者与原著，根据《樽目第九版》第 2383 页的记载，崔文东考证为 Miss Braddon（Mary Elizabeth Braddon）"*Rupert Godwin*"。

---

① 阿英：《晚清文学丛钞：小说戏曲研究卷》，中华书局 1960 年版，第 524 页。

凡二十二回，有回目，前五回回目为：第一回　勇哈利踊跃跨重洋　弱夫人惊忧怀往事；第二回　老银行将倒进存项　古鲁伯怀仇起毒心；第三回　急登程夤夜取存款　甘拚命登门见主人；第四回　入地穴有心下毒手　搜外衣无处觅收条；第五回　卫佛兰怜才爱乔企　古鲁伯肆意逼夫人。最后五回回目为：第十八回　行祷礼亲女羞同伍　验毒药医生敢直言；第十九回　卫龙男陷入疯人院　古尤娃逃出势力圈；第二十回　美佛兰无意获多财　恶范宇临终求忏悔；第二十一回　揩泪眼院中见死父　绝音书野外访佳儿；第二十二回　无赖贼事败殒残生　有情人团圆成眷属。

卷首有江东旧酒徒于丁未年（1907）孟夏撰写于海上的序言，其文为："腐败，腐败，顽固，顽固，在这二十世纪现今世界，还磕着一顶老头巾。讲那迂腐之谈，说什么因果。哈哈！诸公听者，在下是个不通世务的人，却要提倡这因果两个字，天下断无无因之果，作恶召恶，作善迎祥。我想亦是个自然之理，并不是一辟虚妄，就可以无所不为的。然而现在的人，竟有自谓欧风所沐，把孝弟慈爱等道德，都放弃了的，不一而足。我不觉对了这种人要下泪，所以译出这本书来，请大家看看，也晓得私婚是社会所鄙，孝弟亦西国所崇，为友朋仗义，念师生情重，都是有关德行。至若作恶必败，这就是种因结果了。不知诸公可要叫我顽固，詈我腐败否。"

《苦海余生录》叙述"英人将出洋贸易，突为一仇家所害，夺其财产，又欲害其妻儿子女，一旦报仇复产，而夫妇儿女仍欢聚一堂"。

《复国轶闻》

《复国轶闻》，英国波士俾原著，商务印书馆编译所译述，上海商务印书馆出版发行。《说部丛书》十集系列第九集第七编，光绪三十三年（1907）十一月初版。发行者、印刷所与总发行所均为商务印书馆，外埠分售处有商务印书馆分馆十三家。全一册，共93页。每册定价大洋贰角。《说部丛书》四集系列，初集第八十七编，封面题"航海小说"，版权页署丁未年（1907）十一月初版，民国二年（1913）十二月再版。全一册，共93页。每册定价大洋贰角。此外，该系列还有民国三年（1914）四月再版。

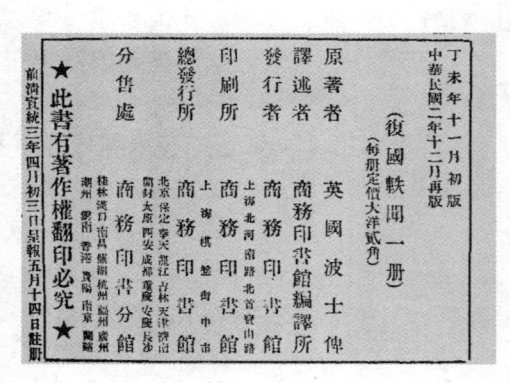

凡十六章，无章目，无序跋。

原著者英国波士俾原名 Guy Newell Boothby（1867—1905），原著为 *A Sailor's Bride*（1899）参见初集第七十二编《宝石城》。原著封面附录如下。

《复国轶闻》叙述阿根廷前后两位总统争位的故事，情节离奇，惊心动魄。

《情侠》

《情侠》，英国谭伟原著，商务印书馆编译所译述，上海商务印书馆出版发行。《说部丛书》十集系列第九集第八编，丁未年（1907）十二月初版，戊申年（1908）八月再版，发行者、印刷所与总发行所均为商务印书馆，外埠分售处有商务印书馆分馆十三家。全一册，共134页，每册定价大洋叁角。又《说部丛书》四集系列初集第八十八编，戊申年（1908）二月版，民国二年（1913）十二月五版，民国三年（1914）四月再版。还编入《小本小说》系列，民国元年（1912）二月版，民国三年（1914）六月四版，民国十年（1921）三月六版。《说部丛书》四集系列版本封面题"义侠小说"。全一册，共134页。每册定价大洋叁角。

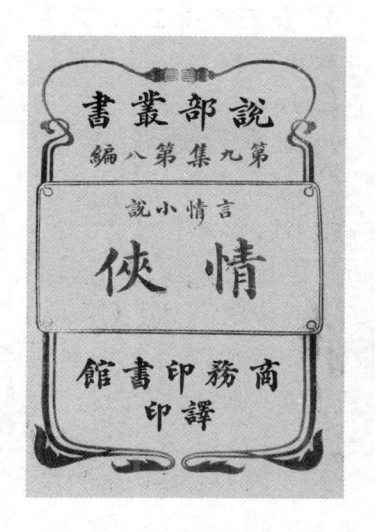

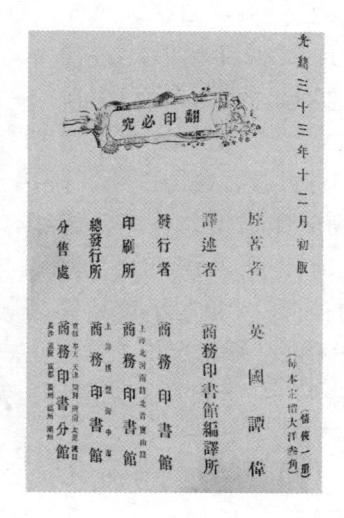

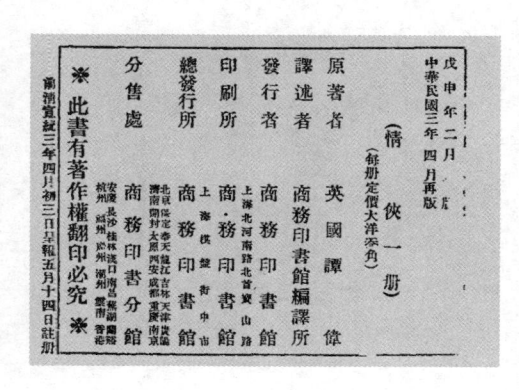

凡二十三章，无章目，无序跋。

《情侠》叙述英国一少年，貌似莫斯科总督，"以悦一女子故，躬冒巨险，伪称总督，径直入莫斯科，最后把女子从监狱中救出，归而与女子结婚焉。勇往壮快，令人神往"。

《媒孽奇谈》

《媒孽奇谈》，英国白朗脱原著，商务印书馆编译所译述，上海商务印书馆出版发行。《说部丛书》十集系列第九集第九编（根据《樽目第九版》第2877页的记载，出版时间为1907年12月）。《说部丛书》四集系列，初集第八十九编，光绪三十三年（1907）十二月版，民国二年（1913）十二月再版，民国三年（1914）四月再版，发行者、印刷所与总发行所均为商务印书馆，外埠分售处有商务印书馆分馆十三家。全一册，共95页，每册定价大洋贰角。还编入《小本小说》系列，民国三年（1914）五月三版。《小本小说》系列版本的封面未题小说类型，无序跋。全一册，共94页，每册定价大洋壹角。《说部丛书》四集系列版本的封面题"婚事小说"。凡十六章，无章目，无序跋。全一册，共95页，每册定价大洋贰角。

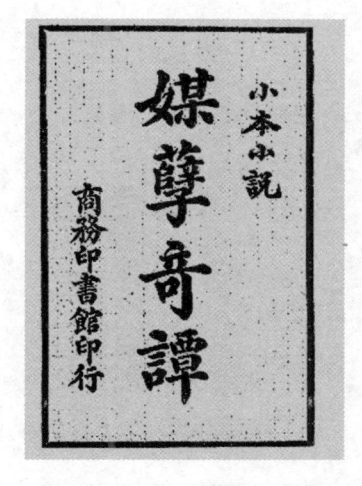

《媒蘖奇谈》有则广告，其文为："埃乞娶懿思勃，述楚设种种机械以离间之，使其夫妇反目，后卒破败，埃、懿和好如初，述遂匿迹异国，事缭而曲，文简而练，是稗乘中能品。"定价二角。

《冰天渔乐记》

《冰天渔乐记》，英国经司顿原著，商务印书馆编译所译述，上海商务印书馆出版发行。《说部丛书》十集系列第十集第三编，光绪三十四年（1907）五月初版，发行者、印刷所与总发行所均为商务印书馆，外埠分售处有商务印书馆分馆十三家。二册，上册156页，下册145页，每部定价大洋陆角。《说部丛书》四集系列初集第九十二编,封面题"冒险小说",版权页署戊申年(1908)五月初版,民国二年(1913)十二月二版。发行者为商务印书馆,印刷所也为商务印书馆(上海北河南路北首、宝山路)。总发行所为位于上海棋盘街中市的商务印书馆,分售处为全国各地乃至海外的商务印书分馆,共二十七家。二册,上册156页,下册145页,每部定价大洋陆角。此外,该系列还有民国三年(1914)四月再版。

原著者"经司顿"是William Henry Giles Kingston(1814—1880),汉译为贾尔斯·金斯敦。《冰天渔乐记》(*Peter the Whaler*,1851年)。①

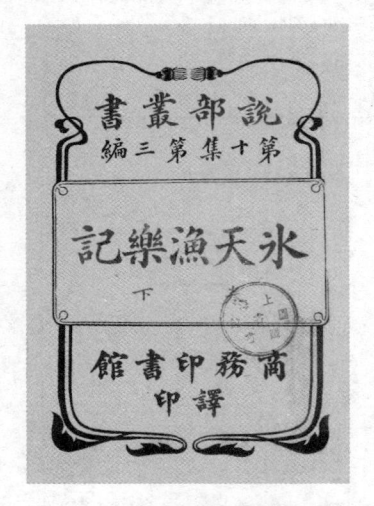

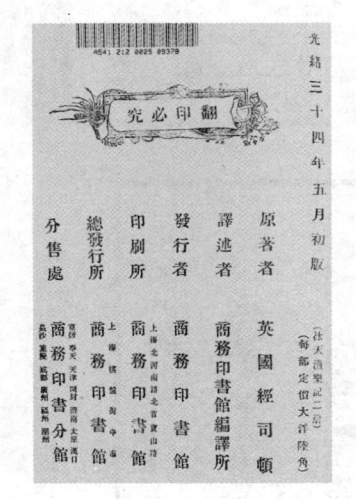

---

① 张治:《再谈商务印书馆"说部丛书"里的原作》。

凡三十六回，上卷二十回，下卷十六回，有回目，无序跋。

上卷凡二十回，回目依次为：第一回　诫子，第二回　嫁祸，第三回　放洋，第四回　耐苦，第五回　舟弊，第六回　冰险，第七回　火厄，第八回　主逃，第九回　救至，第十回　过船，第十一回　情遇，第十二回　出猎，第十三回　误问，第十四回　被掠，第十五回　拒捕，第十六回　逢旧，第十七回　计脱，第十八回　免死，第十九回　当工，第二十回　舰没。

下卷凡十六回，回目依次为：第二十一回　结筏，第二十二回　山倾，第二十三回　鲸业，第二十四回　獭戏，第二十五回　熊船，第二十六回　造坞，第二十七回　脱险，第二十八回　渔乐，第二十九回　复困，第三十回　望援，第三十一回　筑屋，第三十二回　犬御，第三十三回　烹马，第三十四回　得鹿，第三十五回　怀归，第三十六回　返国。

《冰天渔乐记》叙述某少年往北美洲历经奇险，智识愈出，于冰天雪海中捕鲸猎兽，极困苦中能得至乐，读之令人神往。

《铁血痕》

《铁血痕》，为英国倍来所著，商务印书馆编译所译述，上海商务印书馆出版发行。《说部丛书》十集系列第十集第四编，戊申年（1908）二月初版，光绪三十四年（1908）三月再版，发行者、印刷所与总发行所均为商务印书馆，外埠分售处有商务印书馆分馆十三家。全书分上下卷，二册，上册114页，下册139页，每部定价大洋伍角。《说部丛书》四集系列初集第九十五编，封面题"军事小说"，署戊申年（1908）二月初版，民国三年（1914）四月再版。发行者、印刷所与总发行所均为商务印书馆，外埠分售处有商务印书馆分馆二十七家。全书分上下卷，二册，上册114页，下册139页，每部定价大洋伍角。此外该系列还有民国二年（1913）十月三版本。

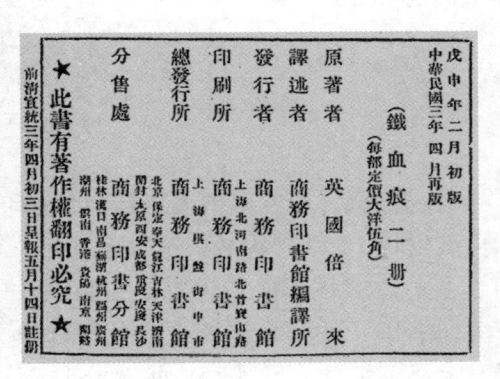

凡三十三章，上卷十六章，下卷十七章，无章目，无序跋。

《铁血痕》叙述古代日耳曼联邦战争一事，其间叙英雄之失志则泣下数行，写儿女之深情则声容并绘。

《化身奇谈》

《化身奇谈》，英国安顿原著，商务印书馆编译所译述，上海商务印书馆出版发行。《说部丛书》十集系列第十集第六编，光绪三十四年

（1908）正月版，民国二年（1913）正月再版。《说部丛书》四集系列初集第九十六编，有戊申年（1908）三月版，民国二年（1913）十二月三版。民国三年（1914）四月再版。还编入《小本小说》系列，1911 年 4 月版，民国二年（1913）正月再版，民国十二年（1923）七月六版。《说部丛书》四集系列版本的封面题"滑稽小说"。发行者为商务印书馆，印刷所也为商务印书馆。总发行所为位于上海棋盘街中市的商务印书馆，分售处为全国各地乃至海外的商务印书分馆，共二十七家。全一册，160 页，每册定价大洋叁角伍分。

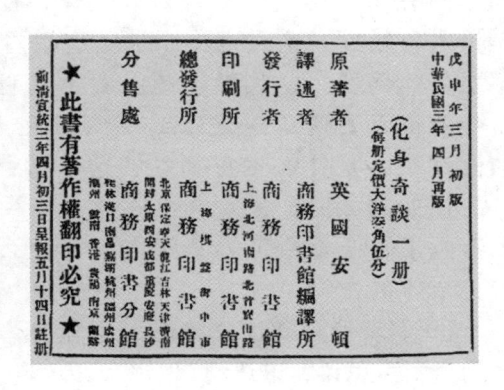

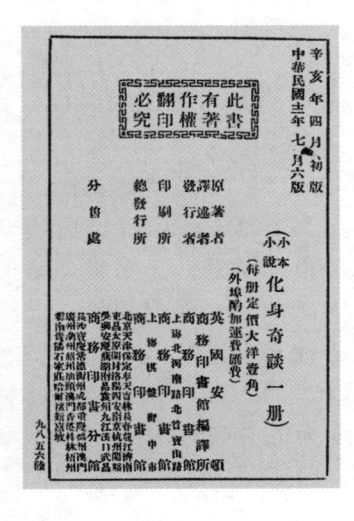

全书二十章，无章目。第一章前有"楔语"，其中云："英国三岛，对峙大西洋内，与法国不过一水之隔，最近处不过六十余里，名英吉利海峡。遇风平浪静之时，不遇一小峙工夫，即可渡遇。北岸是英国海口，名杜物；南岸是法国海口，名喀来，各有铁道通至京城，这是从大陆至英国的要道。那火车轮船，没一日不满载各国游客，不必细述。且说一日，从巴黎往喀来的火车，正要开行时，那车站的月台上，照常挤满了一大堆人。有男有女，有老有少，有搭车的，有送行的，有搬行李的，纷纷扰扰。内中有一高身人，手提一个小皮箱，在人丛中挤了过去，拣了一辆车，进去坐了，把那小皮箱塞入坐位下面。那小箱形式，破败不堪，这人却时时刻刻留心，仿佛十分贵重的。不多时，火车开行，这人又把那小箱取出来，捆缚结实，仍放在坐位底下。同车的有几个英国少年，最好多车，便有一人问道：足下的皮箱内想是极贵重物件？这人道：原是。这箱内之物，非常贵重。那少年笑道：不要是炸药罢。这人微笑道：我不是秘密党人，就是秘密党人时，要带炸药也有妥速运送之法，不致带在火车内。那少年道：本是笑话，请问这箱内是什么贵重物品？这人道：时钟。那少年道：什么样的时钟，便如此可贵。这人道：这钟自成一类，遍天下没有第二个的。那少年听了，便觉希奇。又问道：有什么特别之处？这人道：这钟已是二百余年的古物。"

《化身奇谈》叙述"鲁勃脱得化身术家之换形药，屡服屡变其躯壳，奇幻至不可思议，谐语叠出，令人绝倒"。

《新天方夜谭》

《新天方夜谭》，英国路易司地文、佛尼司地文原著，闽侯林纾、长乐曾宗巩译述，上海商务印书馆出版发行。该译作被编入三种小说丛书系列，一为《说部丛书》十集系列第十集第七编，戊申年（1908）五月版，民国二年（1913）正月再版。二为《说部丛书》四集系列初集第九十七编，题"社会小说"，版权页署戊申年（1908）六月初版，民国二年（1913）十二月三版，民国三年（1914）四月再版。发行者、印刷所与总发行所均为上海商务印书馆，外埠分售处有商务印书馆分馆二十七家。全一册，143页，每册定价大洋伍角。三是《林译小说丛书》第二十一编，署民国三年（1914）六月初版。发行者、印刷所与总发行所均

第一章 英国作品叙录 119

为上海商务印书馆，外埠分售处有商务印书馆分馆二十七家。一册，143 页，每册定价大洋伍角。全书分上下两卷合一册，143 页，每册定价大洋伍角。

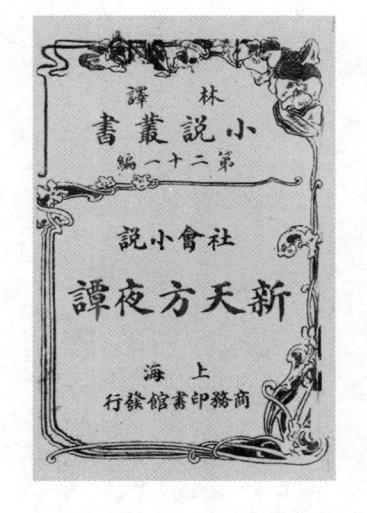

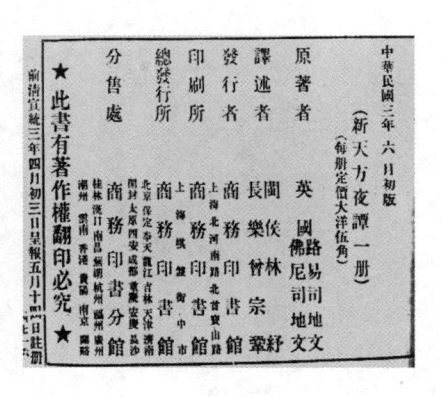

所见二者内容相同。上卷包括雪茄翁、察伦拿变业为包探、模象、叙女郎收局、老女自陈身世五个故事。下卷包括续叙广听、壮斯自述、再续广听、古巴美人自叙、记橘色篋笥、续叙广听之收局、雪茄肆之结束七个故事，无序跋。

据马泰来先生考证，《新天方夜谭》的原著者英文名为 Robert Louis

Stevenson（1850—1894）；Fanny Van de Graft Stevenson（1840—1914），原著英文名为 *More New Arabian Nights*：*The Dynamiter*（1885）。（第 74 页）

《新天方夜谭》叙述数少年无业坐困，欲试为侦探，初出狼狈委顿，几牺牲其生命，种种惊心动魄，可惊可愕。

《双鸳侣》

《双鸳侣》，英国格得史密斯原著，商务印书馆编译所译述，上海商务印书馆出版发行。该译作编入三种系列，一为《说部丛书》十集系列第十集第九编，光绪三十四年（1908）六月初版，发行者、印刷所与总发行所均为商务印书馆，外埠分售处有商务印书馆分馆十三家。全一册，109 页，每册定价大洋叁角。《说部丛书》四集系列初集第九十九编，封面题"义侠小说"，版权页署戊申年（1908）六月版，民国二年（1913）九月再版，发行者、印刷所与总发行所均为商务印书馆，外埠分售处有商务印书馆分馆二十二家。全一册，109 页。每册定价大洋叁角。此外该系列还有民国三年（1914）四月再版本。二者内容相同，凡三十章，无章目，无序跋。三为《小本小说》系列，商务印书馆 1913 年 1 月出版（《樽目第九版》第 4096 页）。

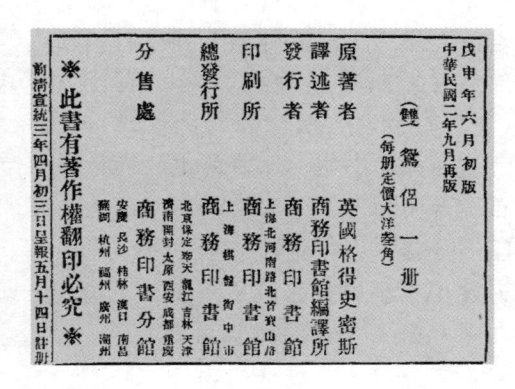

原著者格得史密斯（Oliver Goldsmith，1730—1774），今译为哥尔德斯密斯，英国诗人、剧作家、小说家，生于爱尔兰，卒于伦敦。他是18世纪英国文坛的著名散文家和诗人，英国启蒙运动的领袖人物。他一生曾广泛地接触了中国的思想文化，并在其创作中深受影响。他撰写的《世界公民》（又名《中国人书信》），不仅向欧洲介绍中国文化，而且利用中国的思想文化作为他批评当时英国社会弊病的论据，起到积极作用。他的散文有《世界公民》，小说有《威克菲尔德的牧师》，诗歌有《旅行者》（又名《社会景象》）、《荒村》《报复》等。作为英国18世纪后期风俗喜剧的先驱，他反对当时英国喜剧的感伤主义倾向，致力于反映生活真实、针砭社会恶习的喜剧创作，为恢复和发展英国喜剧的现实主义传统做出了贡献。他最有代表性的两部剧作是《委屈求全》和《好脾气的人》。

原著为 The Vicar of Wakefield（1766）。（参见《樽目第九版》第4095页）

《双鸳侣》叙述"一老教士村居，村主豪横，计诱其长女，复劫次女，且陷教士父子于狱，有贫士究得冤陷，状立出之，叙儿女则宛转多情，叙贫士则神奇百出"。

《海卫侦探案》

《海卫侦探案》，英国模利孙原著，商务印书馆编译所译述，上海商务印书馆出版发行。该作被编入三种系列，一为《说部丛书》十集系列第十集第十编，戊申年（1908）三月初版，发行者、印刷所与总发行所均为商务印书馆，外埠分售处有商务印书馆分馆十三家。全一册，177页，每册定价大洋肆角。此外该系列还有民国二年（1913）十月三版本。二为《说部丛书》四集系列初集第一百编，戊申年（1908）四月版，民国三年（1914）四月再版。《说部丛书》四集系列版本封面题"侦探小说"，发行者为商务印书馆，印刷所也为商务印书馆（上海北河南路北首、宝山路）。总发行所为位于上海棋盘街中市的商务印书馆，分售处为全国各地的商务印书分馆，设立分馆二十二家。全一册，177页，每册定价大洋肆角。三为《小本小说》系列之一种，上海商务印书馆1913年6月初版（《樽目第九版》第1507页）。

原著者英国模利孙，即 Arthur George Morrison（1863—1945），英国作家和新闻记者，以描写伦敦东郊劳工阶级生活的现实主义小说与故事，以及以马丁·海卫为侦探的侦探小说而著名。其最著名的小说是 A Child of the Jago（1896）。1945 年，他逝世后，所收集的许多绘画和其他艺术品留给大英博物馆。《海卫侦探案》（Martin Hewitt, Investigator，1894 年）。

全书分医生冤、船主毙命、妒妇泄机、少妇窃儿、癫人、秘密鱼雷图、雕璧、华德里礼堂 8 篇侦探小说。无序跋。

《孝女耐儿传》

《孝女耐儿传》，英国却而司迭更司原著，闽侯林纾、杭县魏易译述，上海商务印书馆出版发行。该作被编入三种"小说丛书"系列，一为《说部丛书》四集系列第二集第一编，二为《林译小说丛书》第三十一编，三为《小本小说》丛书之二十七至二十九（出版时间，参见《樽目第九版》）。三者内容完全相同。

《孝女耐儿传》第一种版本，封面题"伦理小说"，版权页署丁未年（1907）十一月十九日印刷，丁未年（1907）十二月三日初版发行，民国四年（1915）十月二十日四版发行。发行人为印有模，印刷人为鲍咸昌。总发行所为位于上海棋盘街中市的商务印书馆，分售处为全国各地乃至海外的商务印书分馆。全书三册，卷上141页，卷中146页，卷下149页。每部定价大洋壹元肆角。（按：樽本先生给笔者的电子邮件声称，"丁未年本不是《说部丛书》，而是《欧美名家小说》系列本"。这样的版权时间信息很容易使人产生误解，樽本先生的提醒很有意义。）

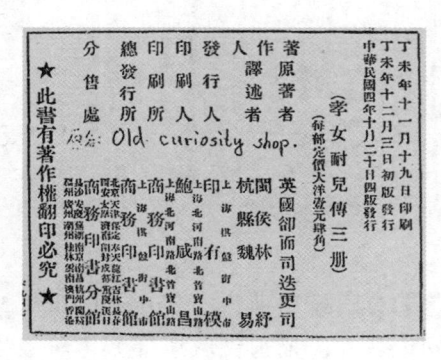

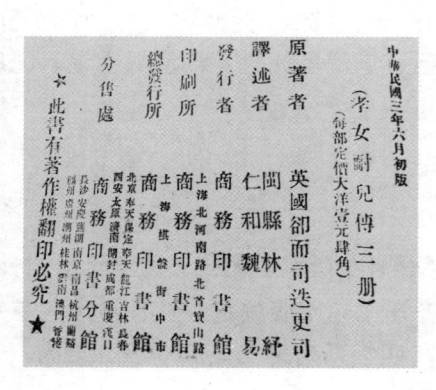

全书分三卷，上卷二十二章，中卷二十五章，下卷二十五章，凡七十二章，无章目。

《孝女耐儿传》原著者英国 Charles Dickens，今通译为查理斯·狄更斯，原著英文名为 *The Old Curiosity Shop*（1841）。

原著者今译为查尔斯·狄更斯（1812—1870），19世纪英国批判现实主义小说家，他既有创作天赋又勤奋，是高产作家。在内容上，其作品以描写生活在英国社会底层的"小人物"的生活遭遇见长。作品深刻地反映了当时英国复杂的社会现实,为英国批判现实主义文学的开拓和发展做出了卓越的贡献。在艺术上,以妙趣横生的幽默、细致入微的心理分析见长。《说部丛书》中收入其译作有《孝女耐儿传》(今译为《老古玩店》)、《块肉余生述前编》与《块肉余生述后编》(今译为《大卫·科波菲尔》)、《冰雪因缘》(今译为《董贝父子》)、《贼史》(今译为《雾都孤儿》)、《滑稽外史》(今译为《尼古拉斯·尼克贝》)、《亚媚女士别传》(今译为《小杜丽》)。

该作是一部叙述不幸的半行乞的老人吐伦特及其外孙女耐儿的穷困和苦难的长篇小说。"命运迫害着吐伦特老人和他的外孙女。他们备尝着骇人的贫困和痛苦的失望。为了解脱自己和可爱的外孙女耐儿的贫困状况,老人走上了罪恶的道路。这就加速了灾难的到来。老人和耐儿远离了首都。但他们不可能获得幸福:厄运伴随着他们,结果他们死在远离故乡的异域。""主人公们的命运具有丰富的现实生活的基础,而对于作家创作这部小说的那个时代来说,它是典型的。难以计数的小资产阶级的代表人物象吐伦特那样破产了,陷入了资本主义城市的底层,在资本主义制度的压迫下死亡了。"[①]

书前有林纾于光绪三十三年(1907)八月十日在京师望瀛楼撰写的序,序文摘录如下:

> 今我同志数君子,偶举西士之文字示余,余虽不审西文,然日闻其口译,亦能区别其文章之流派,如辨家人之足音。其间有高厉者,清虚者,绵婉者,雄伟者,悲梗者,淫冶者,要皆归本于性情之正,彰瘅之严,此万世之公理,中外不能僭越。而独未若却而司·迭更司文字之奇特。天下文章,莫易于叙悲,其次则叙战,又次则宣述男女之情。等而上之,若忠臣、孝子、义夫、节妇,决胆溅血,生气凛然,苟以雄深雅健之笔施之,亦尚有其人。从未有刻画市井卑污龌龊之事,至于二三十万言之多,不重复,不支厉,如张明镜于空际,收纳五虫万怪,物物皆涵涤清光而出,见者如凭栏之观鱼鳖虾蟹焉;则迭更斯盖以至清之灵府,叙至浊之社会,令我增无数阅历,生无穷感喟矣。
>
> 中国说部,登峰造极者,无若《石头记》。叙人间富贵,感人情盛衰,用笔缜密,着色繁丽,制局精严,观止矣。其间点染以清客,间杂以村妪,牵缀以小人,收束以败子,亦可谓善于体物;终竟雅多

[①] 〔苏联〕伊瓦肖娃:《狄更斯评传》,蔡文显等译,广东人民出版社1983年版,第134—135页。

俗寡，人意不专属于是。若迭更司者，则扫荡名士美人之局，专为下等社会写照：奸狯驵酷，至于人意所未尝置想之局，幻为空中楼阁，使观者或笑或怒，一时颠倒，至于不能自已，则文心之邃曲，宁可及耶？余尝谓古文中叙事，惟叙家常平淡之事为最难着笔。《史记·外戚传》述窦长君之自陈，谓姊与我别逆旅中，丐沐沐我，饭我乃去。其足生人悁怆者，亦只此数语。若《北史》所谓隋之苦桃姑者，亦正仿此，乃百摹不能遽至，正坐无史公笔才，遂不能曲绘家常之恒状。究竟史公于此等笔墨，亦不多见，以史公之书，亦不专为家常之事发也。今迭更司则专意为家常之言，而又专写下等社会家常之事，用意着笔为尤难。

吾友魏春叔购得《迭更司全集》，闻其中事实，强半类此。而此书特全集中之一种，精神专注在耐儿之死。读者迹前此耐儿之奇孝，谓死时必有一番死诀悲怆之言，如余所译茶花女之日记。乃迭更司则不写耐儿，专写耐儿之大父凄恋耐儿之状，疑睡疑死，由昏愦中露出至情，则又《茶花女日记》外别成一种写法。盖写耐儿，则嫌其近于高雅；惟写其大父一穷促无聊之愚叟，始不背其专意下等社会之宗旨，此足见迭更司之用心矣。迭更司书多，不胜译。海内诸公请少俟之。余将继续以伧荒之人，译伧荒之事，为诸公解醒醒睡可也。书竟，不禁一笑。

《块肉余生述》（二编）

《块肉余生述前编》，英国却而司迭更司原著，闽侯林纾、杭县魏易译述，上海商务印书馆出版发行。该作被编入三种"小说丛书"系列（根据《樽目第九版》第2400页，出版时间为1914年6月），一为《说部丛书》四集系列第二集第二编，二为《林译小说丛书》第二十二编，三为《欧美名家小说》之一（根据《樽目第九版》第2400页，出版时间应为1908年3月），四为《小本小说》丛书之一（民国三年六月初版，民国十四年元月再版），五为"万有文库"第一集。五者内容完全相同。

《块肉余生述前编》第一种版本，封面题"社会小说"，戊申年（1908）二月初版，民国四年（1915）十月三版。全书二册，卷上141页，卷下163页。每部定价大洋壹元。

第一章 英国作品叙录 127

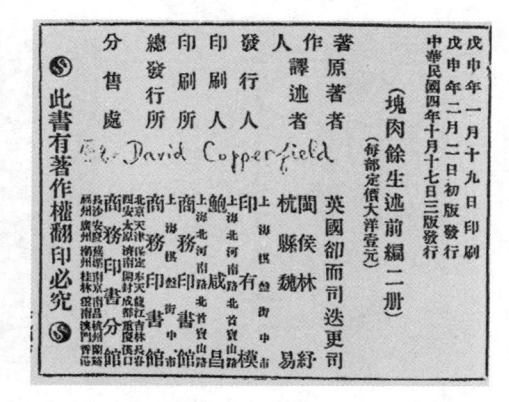

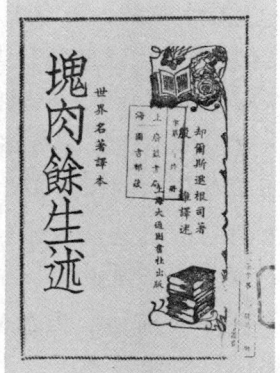

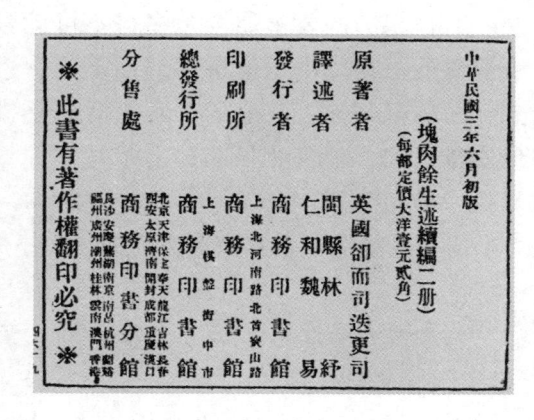

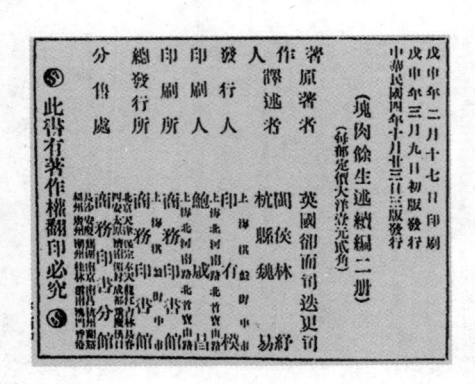

上卷十二章，下卷十四章，凡二十六章，无章目。

《块肉徐生述前编》与《块肉余生述后编》原著英文名为 *David Copperfield*（1850 年），今译为《大卫·科波菲尔》。

法国传记作家安莫洛亚认为，《大卫·科波菲尔》的成功超过了狄更斯所有其他的作品，"许多读者之所以对这本书产生浓厚的兴趣，是因为他们认出这是一部自传体小说。狄更斯有生以来第一次摆脱了那种必不可少的牵强虚构，在这本书中他几乎完全满足了对于真实性很独的种种事件的描绘。毋浦置疑，对往事的真实回忆约束了他的想象力。"他还说，原作发表后，为狄更斯赢得了很高的声誉，"狄更斯不仅仅是一个伟大的作家了，而且是一个在英国，在如今友好的美国，甚至在欧洲大陆享有独一无二的地位的伟大作家，在欧洲大陆已有人翻译了他的作品。对他精力的要求如今是多得不可胜数了。他已养成了在大庭广众之下演讲的习惯。由于他讲话滔滔不绝，感情丰富，凡是寻找大会主席的慈善团体都请他去。他的日常生活总是排得满满的，他不得不非常严格地安排时间，他仍然早起，上午写作，下午到街上散步，始终在人群中寻找一种超脱感"①。

书前有林纾撰写于宣南春觉斋的序，序文摘录如下：

  大抵文章开阖之法，全讲骨力气势，纵笔至于灏瀚，则往往遗

---

① 〔法〕安莫洛亚：《狄更斯评传》，王人力译，上海译文出版社1986年版，第50页。

落其细事繁节，无复检举，遂令观者得罅而攻。此固不为能文者之病。而精神终患弗周。迭更司他著，每到山穷水尽，辄发奇思，如孤峰突起，见者耸目，终不如此书伏脉至细：一语必寓微旨，一事必种远因，手写是间，而全局应有之人，逐处涌现，随地关合，虽偶尔一见，观者几复忘怀，而闲闲着笔间，已近拾即是，读之令人斗然记忆，循编逐节以索，又一一有是人之行踪，得是事之来源。综言之，如善弈之着子，偶然一下，不知后来咸得其用，此所以成为国手也。

施耐庵著《水浒》，从史进入手，点染数十人，咸历落有致。至于后来，则如一群之貉，不复分疏其人，意索才尽，亦精神不能持久而周遍之故。然犹叙盗侠之事，神奸魁戆，令人耸慑。若是书，特叙家常至琐至屑无奇之事迹，自不善操笔者为之，且恹恹生人睡魔，而迭更司乃能化腐为奇，撮散作整，收五虫万怪，融汇之以精神，真特笔也。史、班叙妇人琐事，已绵细可味也，顾无长篇可以寻绎。其长篇可以寻绎者，惟一《石头记》，然炫语富贵，叙述故家，纬之以男女之艳情，而易动目。若迭更司此书，种种描摹，下等社会虽可哕可鄙之事，一运以佳妙之笔，皆足供人喷饭。英伦半开化时民间弊俗、亦皎然揭诸眉睫之下，使吾中国人观之，但实力加以教育，则社会亦足改良，不必心醉西风，谓欧人尽胜于亚。似皆生知良能之彦，则鄙之译是书，为不负矣。

《块肉余生述后编》，英国却而司迭更司著，闽侯林纾、杭县魏易译述，上海商务印书馆出版发行。《说部丛书》四集系列第二集第三编，戊申年（1908）三月初版，民国四年（1915）十月再版。该版本封面署名《块肉余生述后编》，而正文署《块肉余生述续编》，封面题"社会小说"。发行人为印有模，印刷人为鲍咸昌。总发行所为位于上海棋盘街中市的商务印书馆，分售处为全国各地乃至海外的商务印书分馆，凡二十八家。全书二册，卷上201页，卷下159页。每部定价大洋壹元贰角。

上卷二十章，下卷十八章，凡三十八章，无章目。

卷中有译者撰写的"续编识"为："此书不难在叙事，难在叙家常之事；不难在叙家常之事，难在俗中有雅，拙而能韵，令人挹之不尽。且前后关锁，起伏照应，涓滴不漏，言哀则读者哀，言喜则读者喜，至令译者啼笑间作，竟为著者作傀儡之丝矣。近年译书四十余种，此为第一，幸海内嗜痂诸君子留意焉。"

佀生《小说丛话》评述《块肉余生述》云："西人所著小说虽多，巨构甚少，惟迭更司所著，多宏篇大文。余近见《块肉余生述》一书，原著固佳，译笔亦妙。书中大卫求婚一节，译者能曲传原文神味，毫厘不失。余于新小说中，叹观止矣。"①

《电影楼台》

《电影楼台》，英国柯南达利原著，闽侯林纾、杭县魏易译述，上海商务印书馆出版发行。该作被编入四种"小说丛书"系列，一为《说部丛书》四集系列第二集第五编，二为《林译小说丛书》第二十三编，三为《欧美名家小说》之一，四为《小本小说》丛书之一。四者内容完全相同。

四集系列三版本，封面题"社会小说"。戊申年（1908）七月二十二日印刷，戊申年（1908）八月十六日初版发行，民国四年（1915）十月六日三版发行。发行人为印有模，印刷人为鲍咸昌。总发行所为位于上海棋盘街中市的商务印书馆，分售处为全国各地乃至海外的商务印书分馆，凡二十八家。全一册，83 页。每册定价大洋叁角。

《欧美名家小说》初版本，封面题"欧美名家小说"，版权页署光绪三十四年（1908）八月初版，发行者、印刷所与总发行所均为商务印书馆，分售处为外埠商务印书馆分馆十三家。全一册，每册定价大洋叁角。

《林译小说丛书》初版本，署民国三年（1914）六月初版。发行者、印刷所与总发行所均为商务印书馆。全一册，83 页。每册定价大洋叁角。

《小本小说》初版本，署民国三年（1914）七月初版。发行者、印刷所与总发行所均为商务印书馆。全一册，82 页。每册定价大洋壹角。

---

① 阿英：《晚清文学丛钞：小说戏曲研究卷》，中华书局 1960 年版，第 452 页。

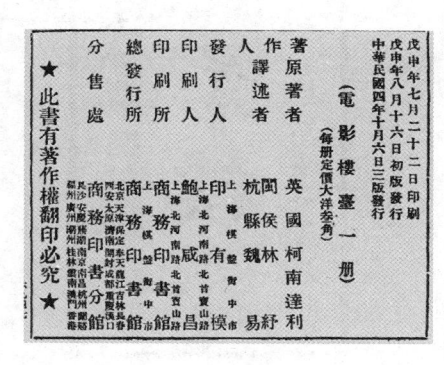

第一章　英国作品叙录　131

《电影楼台一册》
（每册定价大洋叁角）

中华民国四年十月六日三版发行
戊申年八月十六日初版发行
戊申年七月二十二日印刷

原著者　英國柯南達利
作譯述者　杭縣侯魏林易紓
印刷人　印有模
發行人　鮑咸昌
印刷所　上海北河南路北首寶山路商務印書館印刷所
總發行所　上海北河南路北首寶山路商務印書館
分售處　商務印書館分館
　　　　北京　天津　保定　奉天　吉林　齊齊哈爾　山東濟南　太原　開封　西安　南京　杭州　蘇州　安慶　南昌　長沙　武昌　漢口　重慶　成都　廣州　潮州　福州　廈門　汕頭　香港　新加坡

★此書有著作權翻印必究★

《電影樓臺一册》
（每册定價大洋叁角）

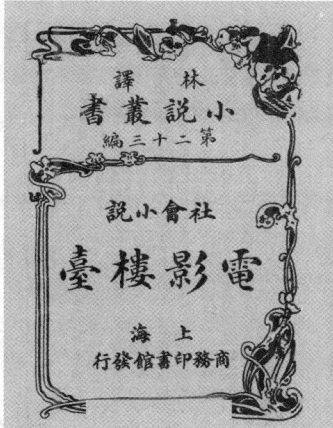

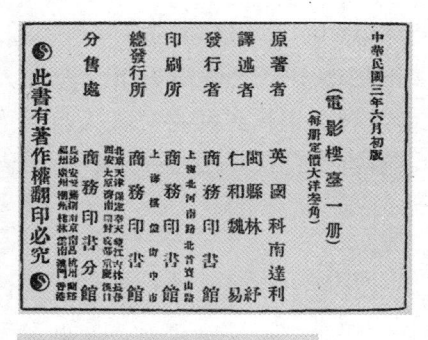

中華民國三年六月初版

原著者　英國科南達利
譯述者　仁和縣林魏紓
發行者　商務印書館
印刷所　上海北河南路北首寶山路商務印書館
總發行所　商務印書館
分售處　商務印書館分館
　　　　北京　天津　保定　奉天　吉林　山東濟南　太原　開封　西安　南京　杭州　蘇州　安慶　南昌　長沙　武昌　漢口　重慶　成都　廣州　潮州　福州　廈門　汕頭　香港

◎此書有著作權翻印必究◎

《電影樓臺一册》
（每册定價大洋叁角）

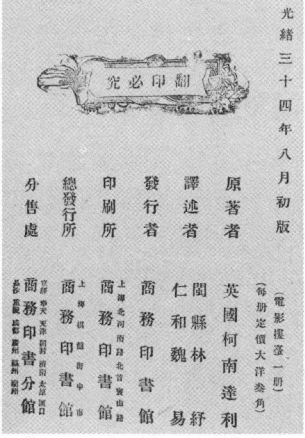

光緒三十四年八月初版

翻印必究

原著者　英國柯南達利
譯述者　仁和縣林魏紓
發行者　商務印書館
印刷所　上海北河南路北首寶山路商務印書館
總發行所　商務印書館
分售處　商務印書館分館
　　　　天津　保定　奉天　太原

原著者英国柯南达利简介参阅初集第四编《（补译）华生包探案》。

据马泰来先生考证，《电影楼台》原著英文名为 The Doings of Raffles Haw（1892年）。（第66页）

《电影楼台》以戒惰为主。西方人秉性坚忍，勇于自立，而犹患拥资济人者之授人以惰，故必以人人自立为自强要图，读之增人志气不少。

卷首有林纾于光绪三十四年（1908）在京师春觉斋撰写的序，序文如下：

> 林先生曰：呜呼！积财之足以害人也，导侈、养骄、滋过，而长惰。四害中，惟惰为烈，储财者固惰，而恃之以赡者则尤惰。一人有财，而举其族戚咸得长城之恃，迎合取容，匪所不至，几谓宁废终身业尚，但得其人之一睨，即可永恃而无恐。世变既酷，物力益艰，平人无业，不知所以自谋，则宜乎恃人以生。夫恃人以生，即长惰之媒，而吾乡为甚。前此余戚某京卿患作，传闻甚笃，余渡江省之。族戚环列病榻，西医既至，切脉处方竟，则顾京卿曰："榻前之人，闻皆待饲于卿者。卿脱不讳，斯人奈何？"京卿指余示医者曰："余人皆然，独林君自立人也。"医曰："十余人中，自立者一人，则其势危矣！"京卿既译而语余，余愀然而悲。此事逾十八年矣，此十八年中，世事又变易，而窘者加窘，待赡于人者且加急。然储山积之金，其能平无底之穴乎！不务实业。即受尧舜之施济，于事亦奚益！
>
> 近者同魏生译是书，其中名言，均以戒惰为主，可知西人之性质，

勇健不挠屈，有图生之业，可以无求于人，故能强耳。而犹患拥资济人者之授人以惰，故凛凛以散财为无益，必人人自立，无仰施济于尧舜，斯为强种之要图。余大悦，渭滋有益于社会也。译成并以己意序之。至于悭吝之夫，或因吾言而益靳其钱簏，则又非余之所计及矣。

《冰雪因缘》

《冰雪因缘》，英国却而司迭更司原著，闽侯林纾、杭县魏易译述，上海商务印书馆出版发行。该作被编入四种"小说丛书"系列，一为《说部丛书》四集系列第二集第六编，二为《林译小说丛书》第二十五编［上海商务印书馆民国三年（1914）六月初版］，三为《欧美名家小说》之一［上海商务印书馆宣统元年（1909）二月十四日初版］，四为《小本小说》丛书之四十二、四十三、四十四［上中下三册，分三编，商务印书馆民国二年（1913）十月初版，民国十三年（1924）十一月再版］。四者内容完全相同。

《冰雪因缘》第一种版本，封面题"社会小说"。己酉年（1909）正月二十七日印刷，己酉年二月十四日初版发行，民国四年（1915）八月二十九日三版发行。发行人为印有模，印刷人为鲍咸昌。总发行所为位于上海棋盘街中市的商务印书馆，分售处为全国各地乃至海外的商务印书分馆。全书六册，卷一103页，卷二108页，卷三116页，卷四115页，卷五109页，卷六114页。每部定价大洋贰元。

章回体，第一卷十章，第二卷十章，第三卷十章，第四卷十章，第五卷十一章，第六卷十一章，凡六十二章，无章目。

《冰雪因缘》原名为 Dombey and Son（1846—1848），今译为《董贝父子》。

狄更斯试图在艺术形象中，对"傲慢者"的精神世界作出心理的分析——考察表现在各种人的性格上的抽象伦理的傲慢概念。从这个观点出发，董贝先生和他的后妻艾狄期，卡克尔和社兹，以及许多次要人物，都代表着各种不同形态的"傲慢者"。《滑稽外史》可谓傲慢的大商人董贝的一部《盛衰史》，小说的主要人物是董贝和卡克尔，二者的冲突成为小说情节结构和布局中心的基本冲突，故事情节围绕这个冲突建立起来。狄更斯曾说："'董贝父子'——这四个字表达了董贝先生的人生观。地球是为董贝父子而创设的，为着使他们能够在地球上进行商业买卖；太阳和月亮也是为着给他们照明而创造的……星宿和行星顺若它们的轨道运行，为着保持宇宙体系不受破坏，而他们则正处于这个体系的中心。一般缩写字在他的眼光中获得新的意义，而且只能是与他们有关的意义。A. D. 决不意味着耶稣纪元（拉丁文 Anno Domini），而是象征着黄贝父子纪元。"①

《董贝父子》获得高度评价。别林斯基说："你念过《董贝父子》吗？这是本奇异而古怪的美丽的小说。……狄更斯写过很多美丽的东西，但跟这本书比起来，他全部以前的作品都显得暗淡无力而不值一提。"②卢那察尔斯基也说："狄更斯才能将这一切特色，鲜明地显示在他最优秀的长篇小说之一《董贝父子》里面。这部作品描写的众多的人物和生活实况真是值得惊叹。狄更斯的幻想和创造能力，似乎是无穷无尽的、超人的。就色彩的丰富和笔调的多样性而言，世界文学中只有很少数长篇小说可以同《董贝父子》媲美。"③

译作卷前有林纾于光绪三十四年（1908）十一月十九日撰写的序，序文为：

> 陶侃之应事也，木屑竹头皆资为用；郗超之论谢元也，谓履展之间皆得其任。二者均陈旧语，然畏庐拾之以论迭更司先生之文，正所谓木屑竹头皆有所用，而履展之间皆得其任者也。英文之高者曰司各得，法

---

① 〔苏联〕伊瓦肖娃：《狄更斯评传》，蔡文显等译，广东人民出版社1983年版，第238—243页。
② 童炜钢编著：《狄更斯（1812—1870）英国文学家》，海天出版社1998年版，第57页。
③ 同上书，第66页。

文之高者曰仲马,吾则皆译之矣。然司氏之文绵褫,仲氏之文疏阔,读后无复余味。独迭更司先生临文如善弈之着子,闲闲一置,殆千旋万绕,一至旧着之地,则此着实先敌人,盖于未胚胎之前已伏线矣。惟其伏线之微,故虽一小物、一小事,译者亦无敢弃掷而删节之,防后来之笔旋绕到此,无复叫应。冲叔初不着意,久久闻余言始觉,于是余二人口述神会,笔遂绵绵延延,至于幽渺深沈之中,觉步步咸有意境可寻。呜呼!文字至此,真足以赏心而怡神矣!左氏之文,在重复中能不自复,马氏之文;在鸿篇巨制中,往往潜用抽换埋伏之笔而人不觉,迭更氏亦然。虽细碎芜蔓,若不可收拾,忽而井井胪列,将全章作一大收束,醒人眼目。有时随伏随醒,力所不能兼顾者,则空中传响,回光返照,手写是间,目注彼处,篇中不着其人而其人之姓名事实时时罗列,如所罗门、倭而忒二人之常在佛罗伦司及乃德口中是也。

吾恒言南史易为,北史难工;南史多文人,有本事可记,故易渲染;北史人物多羌胡武人,间有文士,亦考订之家,乃李延寿能部署驱驾,与南史同工,正其于不易写生处出写生妙手,所以为工。此书情节无多,寥寥百余语,可括东贝家事,而迭更司先生叙致至二十五万言,谈诙间出,声泪俱下。言小人则曲尽其毒螫,叙孝女则□揭其天性。至描写东贝之骄,层出不穷,恐吴道子之昼地狱变相不复能过,且状人间阒茸谄佞者无遁情矣。呜呼!吾于先生之文又何间焉!先生自言生平所著以《块肉余生述》为第一,吾则云述中语多先生自叙身世,言第一者,私意也。以吾论之,当以此书为第一,正以不易写生处出写生妙手耳。恨余驽朽,文字颓唐,不尽先生所长,若海内锦绣才子能匡我不逮,大加笔削,则尤祷祀求之。

《蛇女士传》

《蛇女士传》,英国柯南达利原著,闽侯林纾、杭县魏易译述,上海商务印书馆出版发行。该作被编入四种"小说丛书"系列,一为《说部丛书》四集系列第二集第七编,二为《林译小说丛书》第二十六编,三为《欧美名家小说》之一,四为《小本小说》之一。

《蛇女士传》第一种版本,封面题"社会小说"。戊申年(1908)九月十日印刷,戊申年(1908)九月二十三日初版发行,民国四年(1915)八月七日再版发行。发行人为印有模,印刷人为鲍咸昌。总发行所为位于上海

136　商务印书馆《说部丛书》叙录

棋盘街中市的商务印书馆，分售处为全国各地乃至海外的商务印书分馆，凡二十八家。全一册，103 页。每册定价大洋叁角伍分。

《欧美名家小说》系列初版本，光绪三十四年（1908）九月初版，发行所、印刷所与总发行所均为商务印书馆，外埠分售处有商务印书馆分馆十三家。全一册，103 页。每册定价大洋叁角伍分。

《小本小说》系列之版本，出版时间为 1913 年 10 月（《樽目第九版》第 3846 页）。

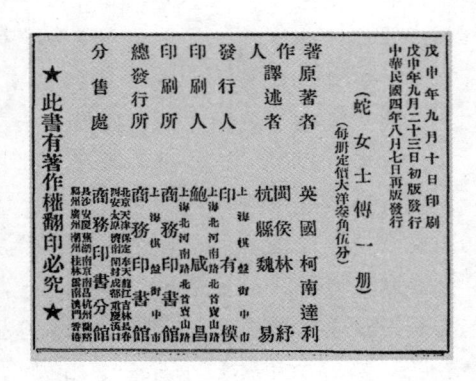

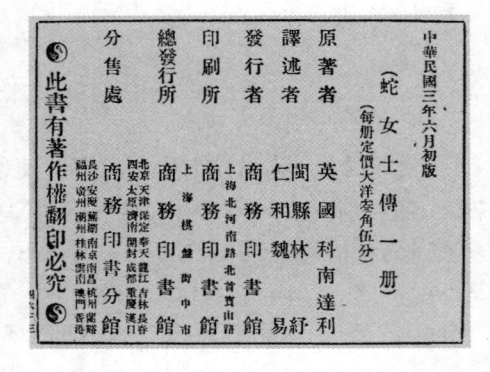

三者内容完全相同。凡十七章，无章目。

原著者英国柯南达利简介参阅初集第四编《（补译）华生包探案》。据马泰来先生考证，《蛇女士传》原著英文名为 Beyond the City（1892年）。（第66页）《蛇女士传》叙述一妇人专主女权，去裙而裤，开会演说。一医生将娶之，乃二女亦效所为，大困，绝之。此可为女学界鉴戒。

卷首有林纾于光绪三十四年（1908）撰写的序，表达了林纾对清末兴起的女学、女权的看法，颇有价值。序文为：

> 蛇女士者，英国孀雌威斯马考，囊蛇为戏，余因取以名吾书也。孀专主女权，去裙而裤，且靴而见腓，举铃蹴鞠，腾掷叫嚣，烟不去口。凡所论列，节节为女子称屈，必欲侪于男子而止。虽行间师武，大师宿儒，闻孀之言，匪不倾服。至于开会演说，似乎女权至是大伸矣。而华格医生，心乎此孀，决谋欲妻之者也。顾其二女，乃不之欲，亦节节效孀所为。长女习海事，次女习化学，举平日翩跹之长裙，易为短后。绣闼之中，鬈髻四彻。其尤异者，则养龟饲猴，长歌奇喊，凡一丝一粒，均若与二女无与焉。于是医生大困，乃知女权之不宜昌，则誓绝此孀弗娶，二女复帖然仍安于巾帼矣。畏庐译此书竟，笑谓冲叔曰：科南先生成此书时固快意，恐吾译本书时将为天下女界唾骂，谓畏庐居士者，今乃知为顽固人也。此书何足译，必译之以病吾女界，则平日称赏畏庐之译本者，且唾弃之若刍狗矣。冲叔笑曰：危哉，畏庐！余

曰：女权之不昌，咎不在科南之著书，在威斯马考之荡检。夫所谓女权者，盖欲天下女子不归于无用，令有稗于世界，又何必养蛇、蹴鞠、吹觱篥、吃烟斗，始名为权耶？孀之言权，恶少之权，非男子之权。男子自爱者且不必是，胡至女子为之，足以使人称可，则科南之书诚乎其与女界为难矣。畏庐一心思昌女学，谓女子有学，且勿论其它，但母教一节，已足匡迪其子，其它有益于社会者何可胜数！畏庐不精新学，亦不敢妄为议论，惟云女学当昌，即女权亦可讲，惟不当为威斯马考之狂放，则畏庐译本正可用为鉴戒，且为女界之助，想女界诸同胞其尚不唾骂畏庐为顽固乎？戊申年五月中澣，林纾叙于望瀛楼。

《芦花余孽》

　　《芦花余孽》，署英国色东麦里曼原著，闽侯林纾、杭县魏易译述，上海商务印书馆出版发行。该作被编入三种"小说丛书"系列，一为《说部丛书》四集系列第二集第八编，二为《林译小说丛书》第四十八编，三为《小本小说》丛书之一。三者内容完全相同。《芦花余孽》第一种版本，封面题"社会小说"，己酉年（十月十五日印刷，己酉年）十月二十八日初版发行，民国四年（1915）十月二日再版发行。全一册，共80页。每部定价大洋贰角伍分。发行人为印有模，印刷人为鲍咸昌，上海商务印书馆总发行。《小本小说》丛书之一。76页。缺版权页。"新译"小说系列

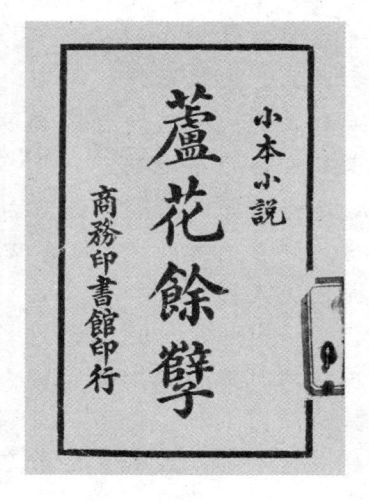

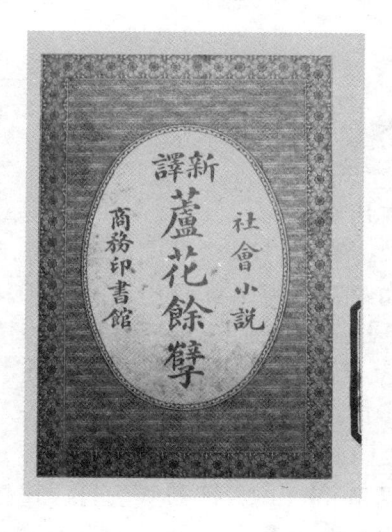

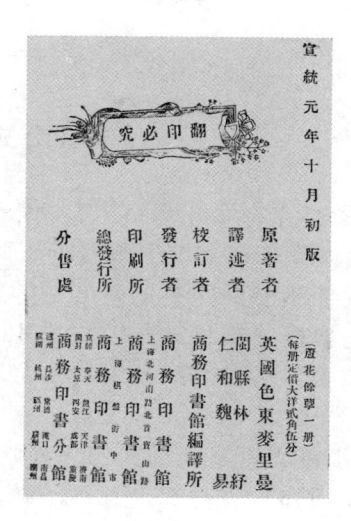

初版本，封面题"社会小说"，宣统元年（1909）十月初版。发行者、印刷所与总发行所均为商务印书馆，外埠分售处有商务印书馆分馆二十二家。全一册，80 页，每册定价大洋贰角伍分。

这几种版本内容相同。凡十八章，无章目，无序跋。

据马泰来先生考证，《芦花余孽》原著者英文名为 Hugh Stowell Scott，笔名 Henry Seton Merriman（1862—1903），原著名 *From One Generation to Another*（1892）。马氏还指出，寒光、朱羲青、曾锦漳、韩迪厚皆误谓原著为 *The Last Hope*（第 75 页）。

Hugh Stowell Scott（1862—1903），笔名为 Henry Seton Merriman，英国小说家，他的第一部小说 *Young Mistley* 于 1888 年匿名出版，其他小说有 *The Phantom Future*（1889）, *The Slave of the Lamp*（1892）, *From One Generation to Another*（1892）, *The Sowers*（1896）, *In Kedar's Tents*（1897）, *Roden's Corner*（1898）, *Suspense, Dross*（1899）, *Slave of the Lamp*, *With Edged Tools*（1894）, *Grey Lady*, *Isle of Unrest*（1900）, *The Velvet Glove*, *The Vultures*（1902）, *Queen*（1903）, *Barlasch of the Guard*（1903）and *The Last Hope*（1904）等。他创作十分认真，其最好的作品在维多利亚时代的小说中拥有一席之地。

《芦花余孽》叙述一兵官初爱一女子，既而绝之。"女衔恨他嫁，而生一子。兵官复播弄是非，使其母子与前妻所生子构隙，演成家庭间种种怪异之祸。卒至奸谋破露，其子怒极痛发，殴毙兵官。"情节颇诡异可观。

《歇洛克奇案开场》

　　《歇洛克奇案开场》，署英国科南达利原著，闽侯林纾、杭县魏易译述，上海商务印书馆出版发行。该作被编入三种"小说丛书"系列，一为《说部丛书》四集系列第二集第九编，二为《林译小说丛书》第三十八编（根据《樽目第九版》第4858页，出版时间为1914年6月），三为《欧美名家小说》丛书之一（根据《樽目第九版》第4857页，初版时间为光绪三十四年［1908］三月，即1908年4月）。三者内容完全相同。《歇洛克奇案开场》第一种版本，封面题"侦探小说"。版权页署戊申年（1908）五月二十五日印刷，戊申年六月八日初版发行，民国四年（1915）十月十三日三版发行。发行人为印有模，印刷人为鲍咸昌。总发行所为位于上海棋盘街中市的商务印书馆，分售处为全国各地乃至海外的商务印书分馆，凡二十八家。全一册，共99页。每部定价大洋叁角伍分。

　　凡七章，无章目，有序言。

　　据马泰来先生考证，《歇洛克奇案开场》原著英文名为 *A Study in Scarlet*（1887年）。（第65页）

　　书前有陈熙绩于光绪三十三年（1907）撰写的序，序文为：

吾友林畏庐先生纾以译述泰西小说，万其改良社会、激劝人心之雅志。自《茶花女》出，人知男女用情之宜正；自《黑奴吁天录》出，人知贵贱等级之宜平。若《战血余腥》，则示人以军国之主义；若《爱国二童子》，则示人以实业之当兴。凡此皆荦荦大者，其益可案籍稽也。其余亦一部有一部之微旨。总而言之，先生固无浪费之笔墨耳。今冬复与魏君冲叔同译是书，都三万余言，分前后篇，为章十四。既成，以授熙绩，为校雠并点定其句投。熙绩既卒读，则作而言曰：嗟乎！约佛森者，西国之越勾践、伍子胥也。流离颠越，转徙数洲，冒霜露，忍饥渴，盖几填沟壑者数矣。卒之，身可苦，名可辱，而此心耿耿，则任千劚万磨，必达其志而后已。此与卧薪尝胆者何以异？太史公曰：伍子胥刚戾忍诟能成大事，方其窘于江上道乞食，志岂尝须臾忘郢耶？吾于约佛森亦云。及其二憾，卒逢一毒其躯，一剚其腹，吾知即不遇福尔摩斯，亦必归国美洲，一瞑而万世不视也。何则？积仇既复，夙愿已偿，理得心安，躯壳何恋？天特假手福尔摩斯以暴其事于当世耳。嗟乎！使吾国男子，人人皆如是坚忍沈挚，百折不挠，则何事不可成，何侮之足虑？夫人情遇险易惊，遇事辄忘，故心不愤不兴，气不激不奋。晏安之毒，何可久怀？昔法之蹶于普也，则图其败形以警全国之耳目；日之扼于俄也，则编为歌曲以震通国之精神。中国自通市以来，日滋他族，实逼处此。庚子之役，创痛极矣。熙绩时在围城，目击其变，践列之惨，盖不忍言。继自今倘有以法日之志为志者乎？是篇虽小，亦借鉴之嚆矢也，吾愿阅之者勿作寻常之侦探谈观，而与太史公之《越世家》、《伍员列传》参读之可也。是书旧有译本，然先生之译之，则自成为先生之笔墨，亦自有先生之微旨在也。熙绩故为表而出之。既以质诸先生，遂书于此以为叙。丁未冬月愚弟陈熙绩谨识。

陈序后有林纾于光绪三十三年（1907）撰写的"叙"，叙文为：

当日汪穰卿舍人为余刊《茶花女遗事》。即附入《华生包探案》，风行一时；后此续出者至于数易版，以理想之学，足发人神智耳。余曾译《神枢鬼藏录》一书，亦言包探者，顾书名不直著"包探"二字，特借用元微之《南阳郡王碑》"遂贯穿于神枢鬼藏之间"句。命名不切，宜人之不以为异。今则直标其名曰《奇案开场》，此歇洛克试手探奇者也。文先言杀人者之败露，下卷始叙其由，令读者骇其前而必绎其后，而书中故为停顿蓄积，待结穴处，始一一点清其发觉之故，令读者恍然，此顾虎头所谓传神阿堵也。寥寥仅三万余字，借之破睡亦佳。丁未长至节六桥补柳翁林纾识于春觉斋。

《髯刺客传》

《髯刺客传》，英国科南达利原著，闽侯林纾、杭县魏易译述，上海商务印书馆出版发行。该作被编入二种"小说丛书"系列，一为《说部丛书》四集系列第二集第十编，二为《林译小说丛书》第三十编。

《说部丛书》四集系列第二集第十编，封面题"历史小说"。戊申年（1908）四月十日印刷，戊申年五月三日初版发行，民国四年（1915）十月十六日再版发行。发行人为印有模，印刷人为鲍咸昌。总发行所为位于上海棋盘街中市的商务印书馆，分售处为全国各地乃至海外的商务印书分馆，凡二十八家。全一册，共126页。每册定价大洋肆角。《林译小说丛书》，封面题"历史小说"，版权页署民国三年（1914）六月初版。发行者、印刷所与总发行所均为商务印书馆，外埠分售处有商务印书馆分馆二十二家。全一册，共126页。每册定价大洋肆角。二者内容相同，凡十六章，无章目。

据马泰来先生考证，《髯刺客传》原著英文名为 *Uncle Bernac*（1897年）。马氏还指出，寒光、朱羲胄、曾锦漳、韩迪厚皆误谓原著为 *The Refugees*。（第66页）

《髯刺客传》叙述"拿破仑轶事，状其骄蹇横恣，无复顾忌，盖作者扩摭丛谈，缀成琐录，而译者复参以诙谐之笔、环丽之词，顿觉姿趣横溢。作野史读可，作小说读亦可"。

卷前有林纾于光绪三十四年（1908）在京师春觉斋撰写的序，序文为：

> 作者之传刺客，非传刺客也，状拿破仑之骄也。吾译《恨绮愁罗记》，亦此君手笔，乃曲写鲁意十四蹇恣专横之状，较诸明之武宗、世宗为烈。兹传之叙拿破仑轶事，骄乃更甚，至面柩近大臣及疆场师武而宣淫焉。而其所言所行，又皆拿破仑本纪所勿载，或且遗事传闻人口，作者摭拾成为专书，用以播拿破仑之秽迹，未可知也。顾英人之不直于拿破仑，囚其身，死其人，仍以为未足，且于其身后掣举毛细，讥嘲播弄，用快其意。平心而论，拿破仑之喜功，蔑视与国，怨毒入人亦深，固有是举。惟其大业之猝成，战功之奇伟，合欧亚英雄，实无出其右。文人虽肆其雌黄之口，竟不能令之弗传。然则此书之译，不几赘耶？曰：非赘。汉武亦一时雄主，而私家之纪载，亦有与本纪异同者。此书殆为拿破仑之外传，其以髯刺客名篇，盖恐质言拿破仑遗事，无以餍观者之目，标目髯客，则微觉刺眼。译者亦不能不自承为狡狯也一笑。

《黑太子南征录》

《黑太子南征录》，英国科南达利原著，林纾、魏易译述，上海商务印书馆出版发行。被编入四种小说系列，一为《欧美名家小说》系列，宣统元年四月（1909年6月）出版。二为《说部丛书》四集系列的二集第十二编，己酉年四月（1909年6月）版，民国四年（1915）十月再版。三为《林译小说丛书》之第三十二编，民国三年（1914）六月版。四为《小本小说》系列之一种，出版时间为宣统元年（《樽目第九版》第1595页）。《说部丛书》四集系列封面题"军事小说"。全书分上下卷，二册，上册 143 页，下册 140 页。定价不详。无章目。上卷首有序。《林译小说丛书》版本缺版权页，出版时间与定价不详。全书分上下卷，二册，上册 143 页，下册 140 页。封面题"军事小说"。无章目。上卷首页有序。

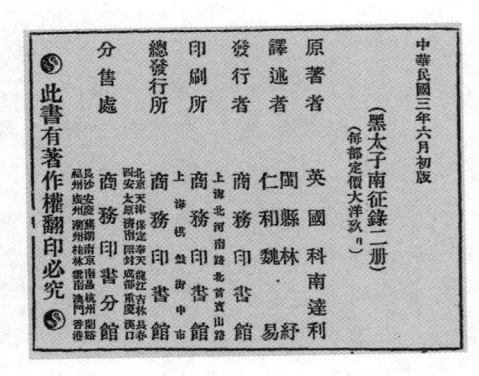

原著者英国柯南达利简介参阅初集第四编《（补译）华生包探案》。据马泰来先生考证，《黑太子南征录》原著英文名为 *The White Company* （1891 年）。马氏还指出，寒光、朱羲胄、曾锦漳、韩迪厚皆误谓原著为 *Sir Nigel*。（第 66 页）该译著为历史冒险小说。

原著 1891 年英文版第一版书影附录如下。

卷首有林纾于宣统元年（1909）撰写的序，序文如下：

此书科南全摹司各德，述英国未开化时事。尚勇重美人，若画眉蟋蟀之鬭，均为其雌鬭也。顾其人均爱国，名为英人，抵死未示其宗国之弱，所谓无严诸侯，恶声必反者，近之矣。嗟夫！让为美德，让不中礼，即谓之示弱。吾国家尚武之精神，又事事为有司遏抑，公理不伸，故皆无心于公战，其流为不义而死之市，或临命高歌，未有所慑。使其人衣食稍足，加以教育，宁不可使之制敌！果人人当敌不惧，前僵后踵，国亦未有不强者。日本之取金州，搏俄人，死人如麻，气皆弗馁，盖自视一人之身一日本也，身死而同志继之，虽百人死而一人胜，即可谓之日本胜耳。英人当日之视死如归，即以国为身，不以身为身，故身可死而国不可夺，然教育尚未普及，而英人之奋迅已如此。今吾国人之脑力勇气，岂后于彼，顾不能强者，即以让不中礼，若娄师德之唾面，尚有称者，则知荏弱之夫不可与语国也，悲夫！

《金风铁雨录》

《金风铁雨录》，军事小说，英国科南达利原著，林纾、曾宗巩译述，上海商务印书馆出版发行。编入。又编入《说部丛书》四集系列，作为二集第十三编，丁未年六月（1907年7月）版，民国四年（1915）十月再版。又编入《林译小说丛书》，作为第三十三编，民国三年（1914）六月版。还编入《小本小说》系列。《小本小说》系列之版本，封面未题小说类型。全书分上、中、下卷，三册，上册104页，中册123页，下册103页。缺版权页，定价不详。无章目，无序跋。《欧美名家小说》初系列，光绪三十三年（1907）六月初版，发行者、印刷所与总发行所均为商务印书馆，外埠分售处有商务印书馆分馆十二家。三册，每部定价大洋壹元。

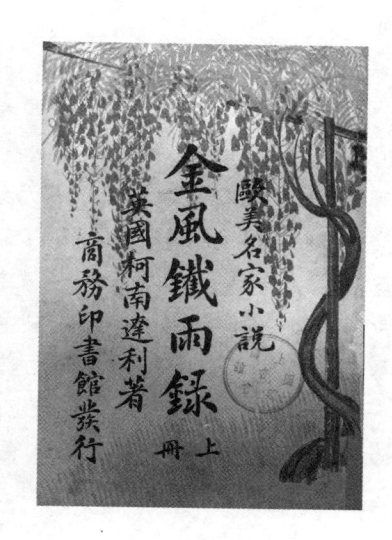

据马泰来先生考证,《金风铁雨录》原著英文名为 Micah Clarke(1889年)。马氏还指出,卷首云:"闽县林纾、长乐曾宗巩同译。"版权页则作:"译述者闽县林纾、仁和魏易。"科南达利其他作品,同译者俱为魏易。疑卷首误排。(第65页)

原著者英国柯南达利简介参阅初集第四编《(补译)华生包探案》。《林译小说丛书》版本卷首有林纾于光绪三十二年(1906)撰写的"序",序文如下:

古来亲藩以兵力图窃神器者,惟汉室为多,卒皆无所成就。朝廷以宗室之故,恣其所为,贵极富溢,遂萌僭号。然人心思汉,汉廷未有失德,猝起以兵力相搏,无继援之人,成孤注之势,故往往而蹶。吴楚之前事已矣。淮南、衡山有图叛之心,顾亦知其不可必胜,犹豫莫决,为人首发,卒莫保其家族。则以汉治未有失,诸侯无因发难,故不能有济。英之雅各布,中主也,专制政体行之数百年,国教虽未尽善,朝野不以为忤,在势固莫可摇动。而蒙茅屏王乃合穷巷棘矜之侣,恃二三枭侠之士,欲以图王。又当断不断,前却如鼠,大河咫尺当其前,导者乃懵然无所睹,悉兵夜袭人垒。兵至而桥梁不具,临水嚣竞,为敌前备,合万众之力,麋扑新集之众,宜成擒耳。呜呼,哈文、拖东、西摩瑟,不无杰烈之士,卒以事非其人,骈死者相望,而悍吏转得肆其狂攘,以残虐善类,因之人心日益思乱。英国乱已,不三稔而改正教,党人复起矣。在理雅各布既胜蒙茅,宜肆赦豪杰勿问，稍抑天主教锋棱，以平间左之心，益修内治，则专制政体尚足绵久。乃雅各布竟以兵力自雄，以为诛一蒙茅，全国当人人揣恐，无复更萌乱兆，然已误矣。止乱在德、在政，不专恃兵力。苻坚、完颜亮之兵力宁能当者，胡以猝亡？呜呼！立国者果恃兵力与淫刑也哉？光绪三十二年嘉平月，闽县林纾畏庐父序。

《西奴林娜小传》

《西奴林娜小传》，英国安东尼贺迫原著，林纾、魏易译述，上海商务印书馆出版发行。宣统元年（1909）出版，后编入《说部丛书》四集系列，作为二集第十四编，己酉年（1909）七月版，民国四年（1915）十月三版。又编入《林译小说丛书》，作为第四十七编，民国三年（1914）六月初版。《说部丛书》四集系列之版本封面题"言情小说"。全一册，81页。凡十五章，无章目，无序跋。缺版权页，出版时间与定价等信息不详。《林译小说丛书》之版本封面题除"林译小说丛书"外，也题"言情小说"。全一册，81页。凡十五章，无章目。出版时间为民国三年（1914）六月初版。每册定价大洋贰角伍分。"新译"小说系列初版本，封面题"言情小说"，宣统元年（1909）八月初版。发行者、印刷所与总发行所均为商务印书馆，外埠分售处有商务印书馆分馆二十家。全一册，81页，每册定价大洋贰角伍分。

据马泰来先生考证，《西奴林娜小传》原著者英文名为 Anthony Hope（1863—1933），原著英文名为 *A Man of Mark*（1890）。Anthony Hope 为 Anthony Hope Hawkins 笔名。（第 75 页）

《贼史》

《贼史》，英国邵而司迭更司所著，林纾、魏易译述，上海商务印书馆出版发行。编入《欧美名家小说》系列，光绪三十四年五月（1908 年 6 月）出版。又编入《说部丛书》四集系列，作为二集第十五编，戊申年六月（1908 年 7 月）版，民国四年（1915）十月再版。又编入《林译小说丛书》，作为第二十四编，民国三年（1914）六月版。还编入《小本小说》系列，民国二年（1912）十月版。

《说部丛书》四集系列版本与《林译小说丛书》版本，均分为上下卷，二册，上册 142 页，下册 144 页。封面均题"社会小说"。凡五十三章，上册二十七章，下册二十六章，无章目。卷首有序。前者版权页上的出版时间为民国四年（1915）十月十九日再版发行，其他两项时间信息不清晰。价格为每部定价大洋壹元。后者缺版权页，出版时间与定价均不详。

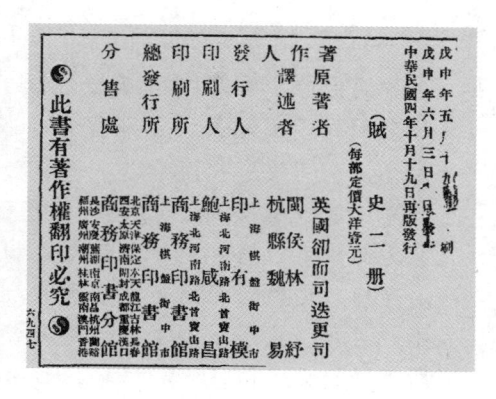

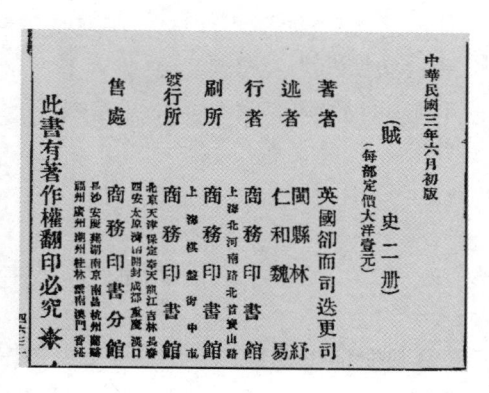

据马泰来先生考证，《贼史》原著英文名为 Oliver Twist（1838 年）。（第 67 页）

《贼史》一书对贫民救助体系进行了猛烈的批判、嘲讽和攻击。狄更斯曾说："新的贫民救助体系被纳入法律后好几年，我才开始写作《雾都孤儿》，这种脱离实际的立法完全建立在错误的人性观基础上。"① 有学者也指出："狄更斯对此的批判不仅表明了他强烈的反对旨在约束普通男女行为，或者说在此基础上让其生活得更加痛苦的措施；还揭示出他对该体

---

① 〔英〕保罗·施利克：《狄更斯说》，潘桂英译，商务印书馆 2013 年版，第 138 页。

系和机构的怀疑。"①

卷首有林纾于光绪三十四年（1908）在京师春觉斋撰写的序，序文为：

> 贼胡由有史？亦《鬼董》之例也。英伦在此百年之前，庶政之窳，直无异于中国，特水师强耳。迭更司极力抉摘下等社会之积弊，作为小说，俾政府知而改之。每书必竖一义，此书专叙积贼，而意则在于卑田院及育婴堂之不善，但育不教，直长养贼材，而司其事者，又实为制贼之机器。须知窃他人之物为贼，乃不知窃国家之公款亦为贼。而窃款之贼，即用为办贼之人，英之执政转信任之，直云以巨贼笼小贼可尔。天下之事，炫于外观者，往往不得实际。穷巷之间，荒伧所萃，漫无礼防，人皆鄙之，然而豪门朱邸沉沉中踰礼犯分，有百倍于穷巷之荒伧者，乃百无一知，此则大肖英伦之强盛，几谓天下观德所在，无一不足为环球法则。非迭更司描画其状态，人又乌知其中之尚有贼窟耶！顾英之能强，能改革而从善也，吾华从而改之，亦正易易。所恨无迭更司其人，如有能举社会中积弊着为小说，用告当事，或庶几也。呜呼！李伯元已矣，今日健者，惟孟朴及老残二君，果能出其余绪，效吴道子之写地狱变相，社会之受益宁有穷耶！仅拭目俟之，稽首祝之。

《西利亚郡主别传》

《西利亚郡主别传》，英国马支孟德原著，林纾、魏易译述，上海商务印书馆出版发行。《说部丛书》四集系列二集第十八编，戊申年八月（1908年9月）版，民国四年（1915）十月三版。又编入《林译小说丛书》，作为第四十二编，民国三年（1914）六月初版。"新译"小说系列初版本，封面题"言情小说"，光绪三十四年（1908）八月初版。发行者、印刷所与总发行所均为商务印书馆，外埠分售处有商务印书馆分馆十三家。二册，每部定价大洋伍角伍分。

---

① 〔英〕保罗·施利克：《狄更斯说》，潘桂英译，商务印书馆2013年版，第136页。

第一章　英国作品叙录　151

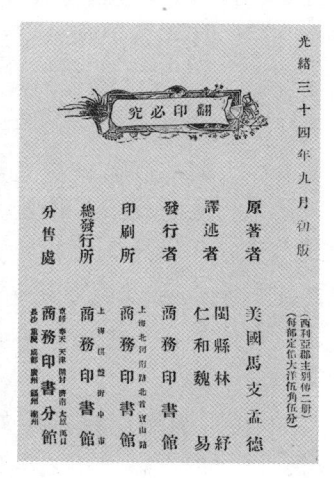

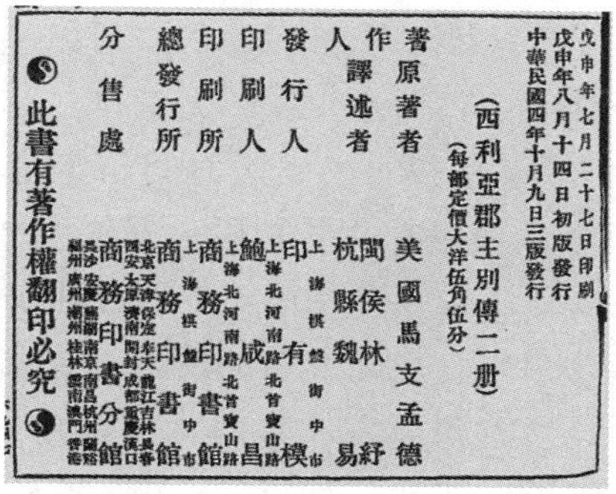

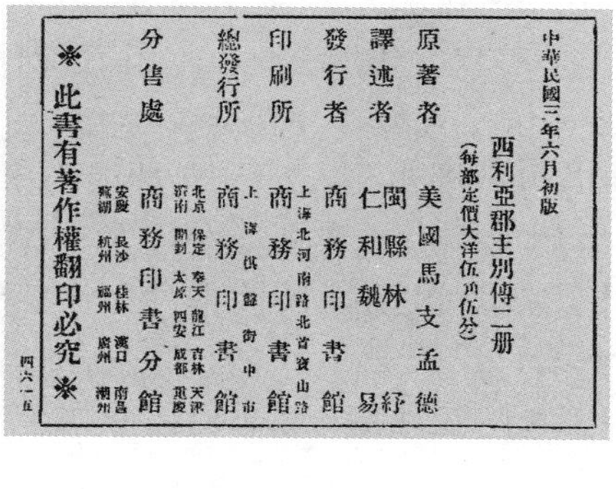

（西利亚郡主别传二册）
（每部定价大洋伍角伍分）

中华民国四年十月九日三版发行
戊申年八月十四日初版发行
戊申年七月二十七日印刷

原著者　美国马支孟德
译述者　闽县侯官魏林易纾
发行人　上海棋盘街中市印有模
印刷人　上海北河南路北首宝山路鲍咸昌
总发行所　上海商务印书馆
分售处　商务印书馆　北京天津奉天济南太原西安开封汴梁南京安庆芜湖杭州南昌长沙汉口成都重庆广州潮州汕头福州厦门

⊙此书有著作权翻印必究

（西利亚郡主别传二册）
（每部定价大洋伍角伍分）

光绪三十四年九月初版

原著者　美国马支孟德
译述者　闽县林纾魏易
印刷所　上海北河南路北首宝山路商务印书馆
发行所　商务印书馆
总发行所　商务印书馆
分售处　商务印书馆　北京天津奉天济南太原西安开封南京安庆杭州南昌长沙汉口重庆广州潮州汕头福州厦门

翻印必究

（西利亚郡主别传二册）
（每部定价大洋伍角伍分）

中华民国三年六月初版

原著者　美国马支孟德
译述者　闽县林纾魏易
发行者　商务印书馆
印刷所　上海北河南路北首宝山路商务印书馆
总发行所　商务印书馆
分售处　商务印书馆　北京保定天津奉天济南太原西安开封南京安庆芜湖杭州南昌长沙汉口重庆广州潮州汕头福州厦门

※此书有著作权翻印必究※

据马泰来先生考证，原著者马支孟德，即 Arthur W. Marchmont（1852—1923），原著为 *For Love or Crown*（1901）。（第 69 页）

《说部丛书》四集系列版本与《林译小说丛书》版本的封面均题"言情小说"。全书均分上下卷，二册，上册 84 页，下册 80 页。凡三十章，上册十四章，下册十六章，无章目。前者无序跋，后者上卷卷首有"畏庐记"。前者缺版权页，出版时间与定价不详，后者有版权页，出版时间为民国三年（1914）六月初版，书价为每部定价大洋伍角伍分。后者的总发行所为位于上海棋盘街中市的商务印书馆，分售处为全国各地乃至海外的商务印书分馆，设立分馆的地方有：北京、保定、奉天、龙江、吉林、天津、济南、开封、太原、西安、成都、重庆、安庆、长沙、桂林、汉口、南昌、芜湖、杭州、福州、广州、潮州。

林纾于光绪三十四年（1908）写了一篇十分短小的附记，其内容为：

> 是书非名家手笔，然情迹离奇已极。欲擒故纵，将成复败，几于无可措手，则又更变一局，亦足见文心矣。暑中无可排闷，魏生时来口译，日五六千言，不数日成书。然急就之章，难保不无舛谬。近有海内知交，投书举鄙人谬误之处见箴，心甚感之。惟鄙人不审西文，但能笔述，即有讹错，均出不知，尚祈诸君子匡正为幸。

《西利亚郡主别传》有则广告，其文为："英国马支孟德原著。中叙一大公国郡主生时，因父母不睦，讬之宝星亨利。及长，不知所自出。亨利之姪与之雅有情愫，既定情矣。亨利适死，而大公亦以世子病危，觅女为嗣。奸人觊觎，视为奇货。情节曲折。"定价二册大洋伍角半。

《玑司刺虎记》

《玑司刺虎记》，英国哈葛德原著，林纾、陈家麟译，上海商务印书馆出版发行。《说部丛书》四集系列第二集第十九编，己酉年（1909）四月出版，民国四年（1915）十月再版。《林译小说丛书》第四十编，民国三年（1914）六月出版。《小本小说》之一，民国三年（1914）五月出版。《说部丛书》四集系列版本封面与《林译小说丛书》版本封面均题"言情小说",均分上下两卷,上卷十七章,下卷十八章,凡三十五章,均无章目。《欧美名家小说》系列初版本,宣统元年(1909)四月初版,发行者、印刷与总发行所均为商务印书馆,外埠分售处有商务印书馆分馆十八家。二册,每部定价大洋陆角伍分。这两个系列的版本。

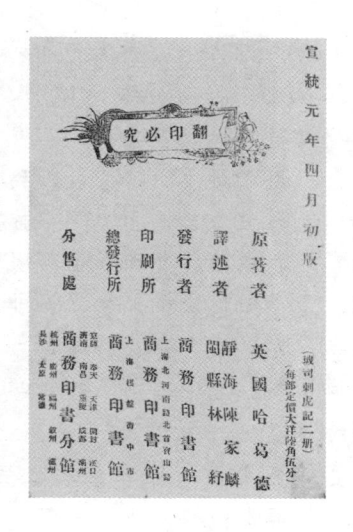

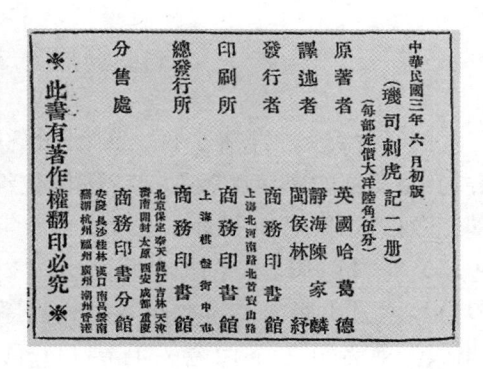

据马泰来先生考证,《玑司剌虎记》原著英文名为 Jess（1887 年）。（第 63 页）

林纾于光绪三十四年（1908）撰写的序文为：

> 英特之战，英人狃于常胜，乃不期其能败。枭将见特，元戎受执，政府戚戚，至通款于布尔，此亦可云智尽能索之时矣。而终不之馁，再接再厉，卒奄有全洲，民主之局遂泛。是则天意使然乎？布耳骤胜而骄，英人以必胜为止，宜乎特消而英长也。凡与大国角力，非积上下十余年之功，训练积储，厚而愈厚，伙而愈伙，始堪一战。然使民无怒仇之心，上无善教之方，粮械虽多而亦无恃。布耳人多不学，惟枪技精，以猎兽者猎人，发匪不中。英人初席长胜之势，以特人为可侮，因之而败。特人又踵英人之辙，以英人为易与，亦因之而败。须知天下无易与之国，不存戒心，无往不败，即存戒心，不审长计，虽幸胜而亦败。斐洲多山而沮险，英人初来不习地利，故动为特人所制。乃不知英人持久之心，非复布尔所及。罄无数殖民地之财力与布尔战，无论兵力弗及，即财力宁之耶！兵事既平，英人轻鄙布尔，作为是书。至云布尔不知算学，聚三十分令析之，但得二十六之数，则陵蔑至矣。夫以天下受蔑之人，其始恒蔑人者，不长虑而却顾，但凭一日之愤，取罪群雄，庚子之事，至今尚足寒心。余译是书，初不关男女艳情，仇家报复。但谓教育不普，内治不精，兵力不足，粮械不积，万万勿开衅于外人也。皇帝光绪三十四年十二月十日，闽县林纾畏庐父序。

《剑底鸳鸯》

《剑底鸳鸯》，言情小说，英国司各德原著，闽侯林纾、杭县魏易译述，上海商务印书馆出版发行。该作被编入三种系列。一为《说部丛书》四集系列第二集第二十编，光绪三十三年（1907）十一月出版，民国四年（1915）十月四版。《林译小说丛书》第一集第四十一编，民国三年（1914）六月出版。二为《小本小说》系列之一种，民国三年（1914）二月出版。前者分上下两卷，上卷111页，下卷120页，凡231页。三为《欧美名家小说》系列之一种，出版时间不详。

第一章　英国作品叙录　155

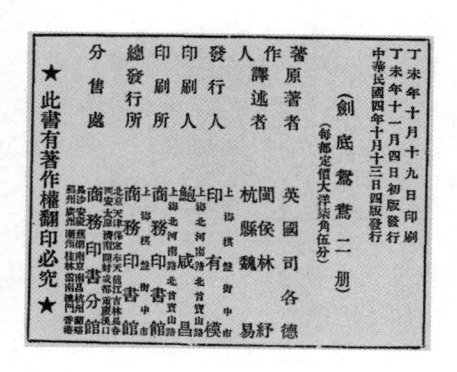

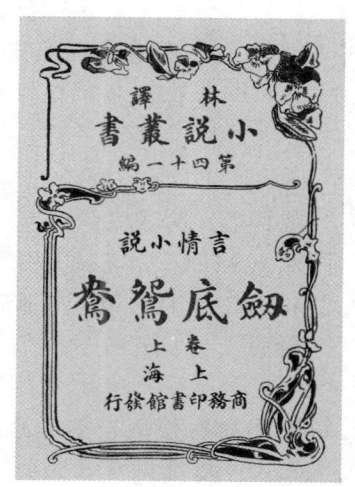

据马泰来先生考证，《剑底鸳鸯》原著英文名为 The Betrothed（1825年）。（第68页）

上卷十六章，下卷十五章，凡三十一章，无章目。

卷首有林纾于光绪三十三年（1907）撰写的"序"，序文为：

> 吾华开化早，人人咸以文胜，流极所至，往往出于荏弱。泰西自希腊、罗马后，英法二国均蛮野，尚杀戮。一千五百年前，脑门人始长英国，撒克逊种人虽退刱为齐民，而不列颠仍蕃滋内地。是三族者，均以武力相尚。即荷兰人虱于其间，强勇不逮脑门，而皆有不可

猝犯之勇概。流风所被，人人尚武，能自立，故国力因以强伟。甚哉，武能之有益于民气也！而其中尤有不同于中国者，人固尚武，而恒为妇人屈，其视贵胄美人，则尊礼如天神，即躬擐甲胄，一睹玉人，无不投拜。故角力之场，必延美人临幸，胜者偶博一粲，已侈为终身之荣宠，初亦无关匹耦之望，殆风尚然也。余尝观吾乡之斗画眉者矣，编竹为巨笼，悬其牝者于笼侧，纵二牡入斗，雌者一鸣，则二雄之角愈力，竟死而犹战，其意殆求媚于雌者。今脑门之人，亦正媚雌者尔。

余翻司各德书凡三种：一为《劫后英雄略》，则爱梵阿之以勇得妻也，身被重创，仍带甲长跽花侯膝下，恭受花圜，此礼为中国四千年之所无；一为《十字军英雄记》，则卧豹将军娶英王翁主，亦九死一生，仅而得之；若此书则尤离奇，意薇苓既受休鼓拉西之聘矣，更毁婚约，以赐其侄达敏，此又中国四千年之所无者。余译此书，亦几几得罪于名教矣，然犹有辨者。达敏、意薇苓始已相爱，休鼓不审其爱而强聘之，长征巴勒士丁三年不反，二人同堡，彼此息息以礼自防，初无苟且之行，迫休鼓兵败西归，自审年老，不欲累及少艾，始毁约赐达敏，然犹百般诡试，达敏屹不为动，于是休鼓拉西疑释，知二者果以礼自防者也，遂予之。此在吾儒，必力攻以为不可。然中外异俗，不以乱始，尚可以礼终。不必蹉其事，但存其文可也。晋文公之纳辰嬴，其事尤谬于此。彼怀公独非重耳之侄乎？纳嬴而杀怀，其身犹列五霸，论者胡不斥《左氏传》为乱伦之书！实则后世践文公之迹者何人？此亦吾所谓存其文不至蹉其事耳。《通鉴》所以名"资治"者，美恶杂陈，俾人君用为鉴戒；鉴者师其德，戒者祛其丑。至了凡、凤洲诸人，删节纲目，则但留其善而悉去其恶，转失鉴戒之意矣。以上所言，均非余译此之本意；余之译此，冀天下尚武也。书中叙加德瓦龙复故君之仇，单骑短刃，超乘而取仇头，一身见缚，凛凛不为屈。即蛮王滚温，敌櫜自背贯出其胸，尚能奋巨椎而舞，屈挢之态，足以震慑万夫。究之脑门人，躬被文化而又尚武，遂轶出撒克逊不列颠之上，今日以区区三岛凌驾全球者，非此杂种人耶？故究武而暴，则当范之以文；好文而衰，则又振之以武。今日之中国，衰耗之中国也。恨余无学，不能著书以勉我国人，则但有多译西产英雄之外传，俾吾种亦去其倦敝之习，追蹑于猛敌之后，老怀其以此少慰乎！光绪三十三年八月二十日，闽县林纾畏庐父叙于春觉斋。

《剑底鸳鸯》叙述"一少年与一女子相悦,而女为其叔父休鼓挂西之聘妻,即为其叔母也。既深知,乃以名义之嫌中止。然诽谤四腾,叔大疑之。后历试,始知言者之妄。自以风烛老年,不应娶此少艾,遂毁婚约,而成就其侄之美满姻缘也。事奇情奇,是真别创一格者"。

《三千年艳尸记》

《三千年艳尸记》,英国哈葛德原著,闽县林纾、长乐曾宗巩译述。《欧美名家小说系列》之一,上海商务印书馆宣统二年(1910)出版。《小本小说系列》第三十二编与第三十三编,上海商务印书馆民国三年(1914)二月出版。《林译小说丛书》第一集第三十九编,上海商务印书馆民国三年(1914)六月初版,同年十月再版。共145页。《说部丛书》四集系列二集第二十一编,上海商务印书馆1915年8月再版(《樽目第九版》第3741页)。封面题"神怪小说",发行人为印有模,印刷人为鲍咸昌。总发行所为位于上海棋盘街中市的商务印书馆,分售处为全国各地乃至海外的商务印书分馆。全书二册,上卷129页,下卷118页。每部定价大洋柒角伍分。

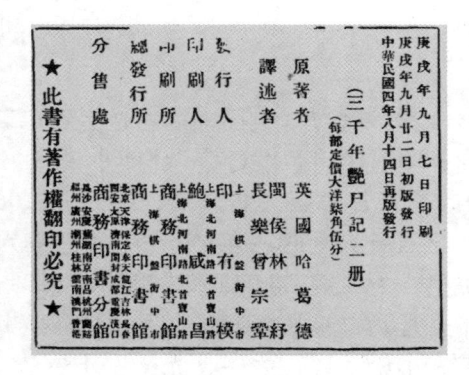

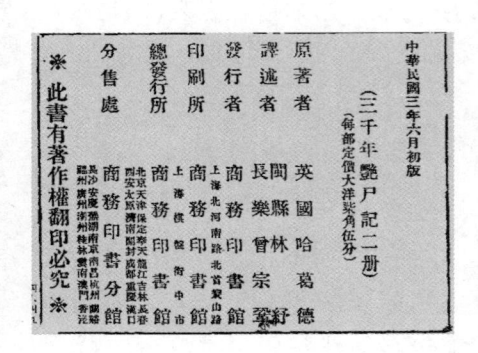

上卷十五章，下卷十三章，凡二十八章，无章目。

据马泰来先生考证，《三千年艳尸记》原著英文名为 She（1886 年）。马氏还指出，寒光、朱羲冑、曾锦漳、韩迪厚皆误谓原著为 Montezuma's Daughter。（第 64 页）

卷首无序，卷末有林纾于宣统元年（1909）撰写的"跋"，其文为：

> 哈氏之书，多荒渺不可稽诘，此种尤幻。笔墨结构去迭更固远，然迭氏传社会，哈氏叙神怪，取径不同，面目亦异，读者视为《齐谐》可也。畏庐林纾跋。

《滑稽外史》

《滑稽外史》，英国却而司迭更司原著，闽县林纾、仁和魏易译述，上海商务印书馆出版发行。《林译小说丛书》第一集第三十六编，民国三年（1914）六月初版。共六册，第一册 106 页，第二册 106 页，第三册 96 页，第四册 135 页，第五册 116 页，第六册 80 页。《说部丛书》四集系列二集第二十二编，封面题"滑稽小说"。丁未年（1907）七月七日印刷，同年九月廿二日初版发行，民国四年（1915）十月十八日四版发行。《欧美名家小说系列》之一，光绪三十三年（1907）七月七日出版。发行者、印刷所与总发行所均为商务印书馆，外埠分售处有商务印书馆分馆十二家。六册，每部定价大洋贰元。卷首有原序，第一册 106 页。

第一章　英国作品叙录　159

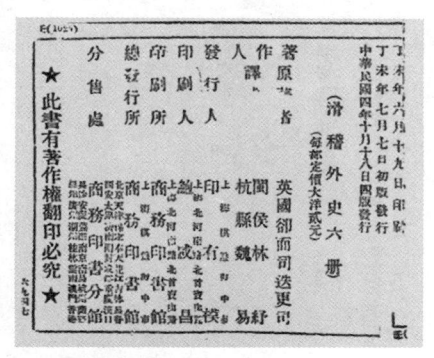

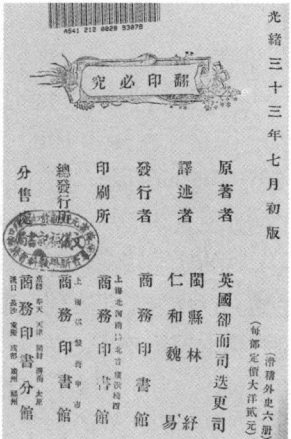

据马泰来先生考证，《滑稽外史》原著英文名为 Nicholas Nickleby（1839年），今译为《尼古拉斯·尼克贝》。马氏还指出，张肇祺《一个不懂外文的翻译家》（刊《书林》1980年第4期），谓《滑稽列传》即《匹克威克外传》，误。（第66页）

《滑稽外史》的主题在19世纪20年代的英国是极富现实意义的，在40年代和50年代，这个主题则成为普遍注意的中心了。狄更斯一生非常重视教育事业，他认为正确的教育乃是反对社会罪恶有效的方法之一。他曾说，"英国教育事业惊人的荒凉"，人们"对作为教育良英不齐公民的工具的教育事业的漠不关心的态度"。还说："我们在生活的一切场合是不是希图奖励诚实，是不是希图表扬善事，我们有没有根除邪恶或者改正坏事的意图，教育乃是合理的和高尚的——这就是我们所需要的东西。只有它才能有成效地导致必要的目的。"①

狄更斯撰写的原序摘录如下：

> 吾书实继出于辟克威克报章之后，主嘲讪者，此时尧克歇埃多蒙小学区学费至省。今其焰熠矣。其初学堂鹜而学术谬，政府乃不得一问，似蒙学之基桢，无涉于民德。夫贸易小夫，为主者所用，则必详审其能与否，下至医生律师皆然。独庸庸无称之人，则听之为教习，不之检察。故为叫吸着恒多滥竽，而尧克歇埃之教习，尤

---

① 〔苏联〕伊瓦肖娃：《狄更斯评传》，蔡文显等译，广东人民出版社1983年版，第107—108页。

品之下下者。其人之生计，以术愚人父母，易佳儿为恶劣，似即其人之业尚。生质既钝，而行事复险暴如獙兽鸷鸟，以搏击为长技，果使人爱其狗马者，亦不授之斯辈，令彼凌巘。余闻医生之治鳖，鳖不即愈，行且致讼，而童子神经为蒙师所挫，而为之父兄者，乃迥懵然无所觉。……至于学堂中之先生，则须叙其事迹，则为读吾书者告之。方吾书登诸报上时，有数先生恒斥言，谓余谤伤其人，竟有一人告之法律家，将入吾罪。尤有一人将至伦敦觅我为仇，意将用武。去年正月时，有一蒙师，方与一画师坐谈，更一画师同坐，则默图蒙师仪范。今吾书中司圭尔之象，即其象也。惟吾书中之司圭尔，眇也；此蒙师则二目澄然。初不病眇，然与此蒙师友善者，咸曰：眇目固不类，而行事则未有不类者。吾揭一司圭尔，直括尧克歇埃之群师，为之代表。司圭尔之愚顽狡猾，益之残忍污陋，聚于其身。请尧克歇埃之先生集视其人，各承其所长以法，斯得矣。且余之为此书，敢诚语读吾书者以状。若司圭尔先生及其学堂之刑律，非我臆造，盖实有其事，余但从轻处着笔，正妨疑我者斥我为诞。群共若弗信者，请至镇中公堂检取人家讼此塾师之残忍，其事较余叙为烈。盖此情节，即小说家虚构空中楼阁，而亦莫肖其仿佛。且亦思力所不能至是，时余方玮是书，而投书于吾家者，言先生虐状，尚为吾书中之所未叙。虽然，余今一倦于斥奸。果使当日报上所书，集而成篇，则较之吾书所论列，尤剧烈。方知吾人之待人恕也。此外尚有一事，果言之，则读者矣必喜慰。此赤利伯尔弟兄亦确有其人。彼昆季之忠笃，亦费我臆造，即著书之人，亦承其嘉惠，特借此用表彰其隐德。顾吾既叙其人，即有投书千数于吾家，必欲穷其底蕴。人人咸将与之订友谊，联贸易。余几于日不暇给。今兹二人均物化矣。而尼古拉司者。固不能谓之完人，然亦未必有心怙过者。盖年少不更事，情欲斗进，实少年之通病。吾书亦不藻饰，尊为君子也。迭更司叙

原序后有林纾于民国三年（1914）撰写的短评数则，摘录如下：

　　迭更司，古之伤心人也。按其本传，盖出身贫贱，故能于下流社会之人品，刻划无复遗漏，笔舌所及，情罪皆真，爱书既成，声影莫遁。而亦不无伤于刻毒者，以天下既有此等人，则亦不能不揭此等事，示之于世，令人人有所警醒，有所备豫，亦禹鼎铸奸，令人不逢

不若之一佐也。

书中述老而夫事，则心蛇蝎而行虎狼，即俗所谓冷血物也。老而无子，积资谁属，初不之计，但解离人之妻，孤人之子，陷人之穉弱，覆人之家产，一不之动。其机心大类火车、轮舶之马力，火车、轮舶二物，非长日看人离别者耶？然其机自运弗已，轧轧之声，万不因人之伤离哭别为稍停；又类东市决囚之伍佰，无论忠臣、义士，一落其手，但有断头，初不能偶然有感于心者，其人固以司杀为职也。老而夫职不司杀，又非无知之机器，而其作用乃与二者正同，吾方知利令智昏一语，非无见而漫言者也。

大凡逐利之夫有二种焉：曰刚，曰柔。老而夫者，毗于刚者也；阿塞者，毗于柔者也。虎之吮血，刚也；蛭之吮血，柔也，其实皆谓之冷血物，不可名之为人。

力里威克亦钱虏也，其人颇类老而夫，顾中道改悔，悉其产授之金威格司，令立其后者，何也？其人尚有爱情也。力里威克能爱女优，则不能谓之无情；迨为女优所窘，则翻然悟其初计之不善，故尚有归宿之一日。若老而夫一生未尝爱人，于其妻尚刻剥构陷，则宜乎于其亡弟终落落，而又何有于其侄尼古拉司？盖老而夫者，铁炉也，炉但屑人之物，己身未尝一落其屑，试思天下人果如炉者，人之触之者，宁复有幸？

全书关键，本属教习司圭尔瓦克福，然其事大悖常理，为中国之所无，可以不论。中国今日之教习，正患不能得生徒之欢，又何敢施其威福？中国学生之语教习曰："汝奴隶，待饲于我。我不特意，汝立行，汝妻子亦立馁。"而教习又多寒士，一见学生，已胆慑不敢出其正直之言，讲堂之上，一听之学生，而教习特同木偶，即间有匡正，已哗然散学，必屏逐此教习然后已。吾又惜中国无迭更司别着一书，为学生正其谬戾。

迭更司写尼古拉司母之丑状，其为淫耶？秽耶？蠢而多言耶？愚而饰智耶？乃一无所类。但觉彼言一发，即纷纠如乱丝，每有所言，均别出花样，不复不沓，因叹左、马、班、韩能写庄容不能描蠢状，迭更司盖于此四子外，别开生面矣。

天下文人每叙及钱虏，必加痛掊，此亦局量褊狭之处。须知畏庐之眼，见钱虏宁止二十以外，使一一均加痛掊，则畏庐之笔记，直不啻一百万言，而其可笑可恨之事，尤不止如迭更司之所论列，顾一言以蔽之曰：愚无知也。闽人之求科名者，必祠魁星；而其求利者，多祠财神。财神之与魁星,仇同水火,必财神去后,而魁星始来,究其但祠魁星者,迨得官发财,则又舍魁星而兼祠财神,及彼子侄怠惰不学,于是财神、魁星始并去其家。然则祠财神者得耶?祠魁星者得耶?吾不得而知之矣。

《天囚忏悔录》

《天囚忏悔录》,英国约翰沃克森罕原著,林纾、魏易合译,上海商务印书馆出版发行。作为《说部丛书》四集系列第二集第二十四编,上海商务印书馆1915年10月再版(《樽目第九版》第4301页)。《林译小说丛书》第四十四编,民国三年(1914)六月初版。前者封面题"社会小说"发行者为商务印书馆,印刷所也为商务印书馆(上海北河南路北首、宝山路)。总发行所为位于上海棋盘街中市的商务印书馆,分售处为全国各地乃至海外的商务印书分馆,共二十八家。全一册,157页。每册定价大洋伍角。还作为《小本小说》之一种,上海商务印书馆1914年2月(《樽目第九版》第4300页)。"新译"小说系列,光绪三十四年(1908)九月初版,发行者、印刷所与总发行所均为商务印书馆,外埠分售处有商务印书馆分馆十三家。全一册,157页,每本定价大洋伍角。

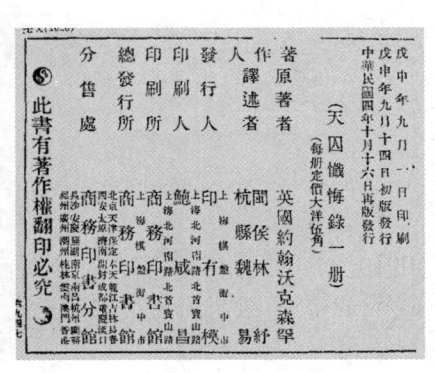

164　商务印书馆《说部丛书》叙录

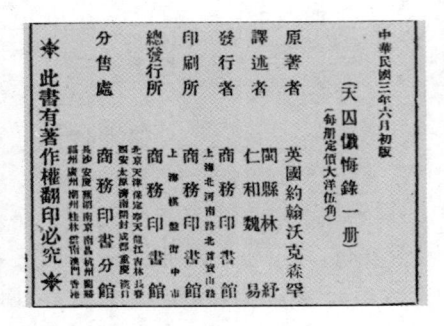

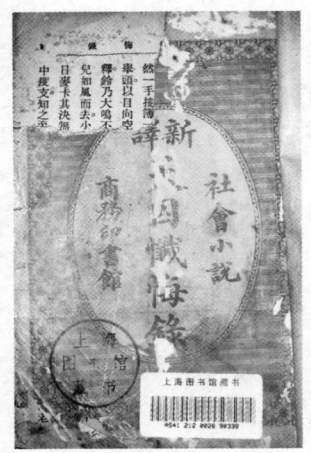

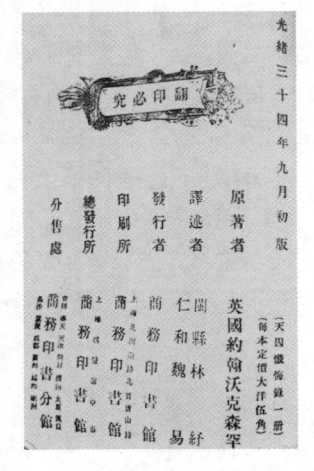

原著者与原著，马泰来考证曰：John Oxenham "The God's Prisoner" (1898)。张治考证曰：William Arthur Dunkerley "*God's Prisoner; A Story*" (1899)。马泰来又考证曰："角书不记、原作明记、沃克森罕、原名 William Arthur Dunkerley"。（《樽目第九版》第 4300 页）

凡四十六章，无章目，无序跋。

《天囚忏悔录》叙述"一人误杀其友，出亡，天良受种种苦恼。后流落荒岛，力自忏悔，改行为善，卒得善终。其间叙航海觅藏金及孤岛中生活，以及男女爱情，笔意缠绵悱恻，娓娓动人"。

侗生的《小说丛话》论《天囚忏悔录》云："《天囚忏悔录》一书，亦林先生所译，事实奇幻不测，布局亦各得其当。惟关节过多，以载诸日报为宜。今印为单行本，似嫌刺目。且书中四十章及四十五章，间有小错，再板（版）时能少改订，可成完璧。"①

《脂粉议员》

《脂粉议员》，英国司丢阿忒原著，林纾、魏易译，上海商务印书馆出版发行。该作被编入四种系列。一是《说部丛书》四集系列第二集第二十五编，封面题"社会小说"。己酉年（1909）十月三日初版，民国四年（1915）十月再版。全一册，150 页，定价大洋肆角伍分。二是《林译小说丛书》第一集第四十九编，上海商务印书馆 1914 年 9 月（《樽目第九版》

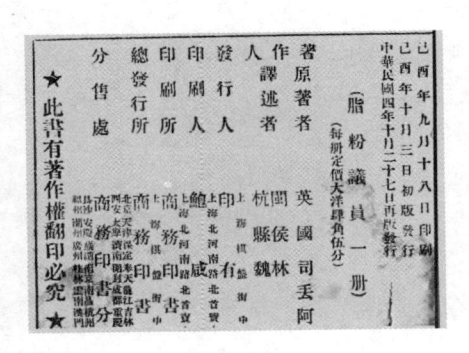

---

① 阿英：《晚清文学丛钞：小说戏曲研究卷》，中华书局 1960 年版，第 453 页。

第5858页）。三是《小本小说》系列之一种，上海商务印书馆1914年7月（《樽目第九版》第5859页）。四是《欧美名家小说》系列之一种，出版时间不详。

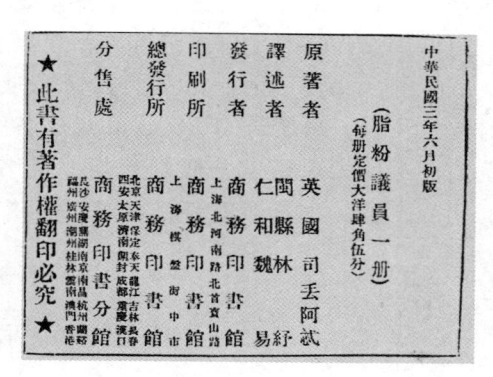

原著者不详，原著英文名也不详，待考。

凡二十八章，无章目。

卷前有林纾于宣统元年（1909）六月在春觉斋撰写的"序"，其文为：

> 议员安能以脂粉为之？顾用才以隐相其夫，预署稿以壮其议，则议员虽男子，其文章仍出诸女子矣。第吾书之本旨，尚不属此。英人之轻美人，轻其伦久矣，美人固伦，恒能以财力歆动英人，英五等爵之式微者，多涎其奁资而塔之。于是英之有心人多不直美人所为，又不能止其旧勋，勿为利而动，乃著为是书，以周丽亚为绳，贯串此两美人，写其尘容俗状，虽鬟眉之间，皆含伧气，文之刻毒至矣。顾既鄙美女之伧荒，又恶英女之过于文明，故描写周丽亚之奸佞，亦不遗余力，于二者均不假借。而书中之最属意者，则薏薇苓也、爱迭司也。薏之态度高，爱之心意诚；高则不失故家之仪度，诚则恪守妇道之范围。由此观之，欧人虽盛言女权，此仍守旧者之言也。为时未久，著者尚存，读者可知其用意之所在矣。

《藕孔避兵录》

　　《藕孔避兵录》，英国蜚立伯倭本翰原著，林纾、魏易译，上海商务印书馆出版发行。《林译小说丛书》第四十六编，民国三年（1914）六月出版，全书183页。《说部丛书》四集系列第二集第二十六编，封面题"侦探小说"，己酉年（1909）五月初版，民国四年（1915）十月三版，发行者为商务印书馆，印刷所也为商务印书馆（上海北河南路北首、宝山路）。总发行所为位于上海棋盘街中市的商务印书馆，分售处为全国各地的商务印书分馆二十二处。全一册，183页。定价不详。

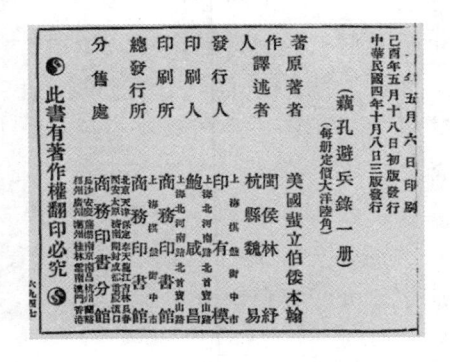

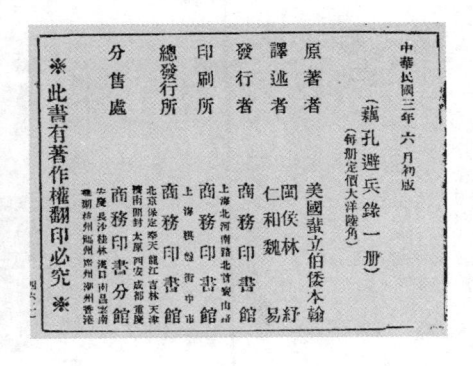

凡四十章，无章目，无序跋。

据马泰来先生考证，《藕孔避兵录》原著者为 E. Phillips Oppenheim（1866—1946），原著名为 *The Secret*（1907）。（第 75 页）Edward Phillips Oppenheim（1866—1946），今译为爱德华·菲利普斯·奥本海姆，英国小说家，多产作家。出生于莱斯特，皮革商之子。他为父亲的皮革生意工作了 20 年。其最主要、最成功的是类型小说，包括惊悚小说。他从事文学写作的巨大成功，使他在法国购置了一套豪华别墅和一艘游艇。

《贝克侦探谈》（二编）

《贝克侦探谈初编》，英国马克丹诺保德庆原著，闽侯林纾、静海陈家麟译述，上海商务印书馆出版发行。《说部丛书》第二集第二十七编，封面题"侦探小说"。民国三年（1914）六月五日印刷，民国三年（1914）六月十七日初版发行，民国四年（1914）十月二十日再版发行。发行人为印有模，印刷人为鲍咸昌。总发行所为位于上海棋盘街中市的商务印书馆，分售处为全国各地乃至海外的商务印书分馆，设立分馆的地方有：北京、天津、保定、奉天、龙江、吉林、长春、西安、太原、济南、开封、成都、重庆、汉口、长沙、安庆、芜湖、南京、南昌、杭州、兰谿、福州、广州、潮州、桂林、云南、澳门、香港，凡二十八处。全一册，97 页。每册定价大洋叁角伍分。

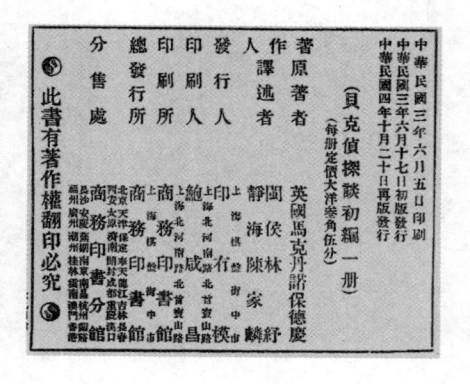

第一章　英国作品叙录　169

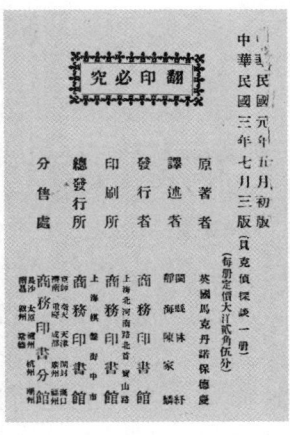

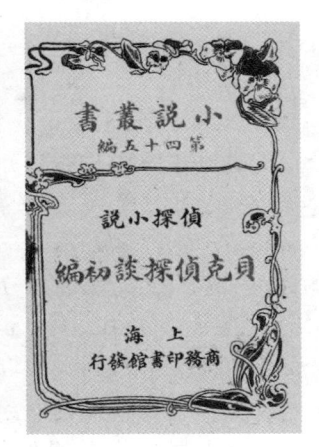

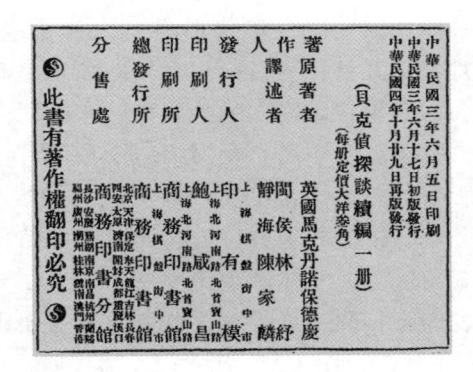

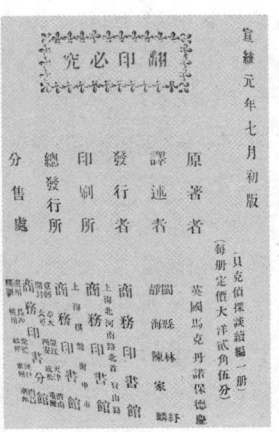

该短篇侦探小说集收入《尸言》《因微见著》《珠宝坠水》《西班牙罪人》《球场伏尸》《红玉被盗》6篇。无序跋。

据马泰来先生考证,《贝克侦探谈》,又《续编》,原著者为 M. McDonnel Bodkin(1850—1933),原著名为 *The Quests of Paul Beck*(1908)。共收侦探小说十二篇(二编各六篇),各篇英文名分别为: *The Voice from the Dead*, *Trifles Light as Air*, *Drowned Diamonds*, *The Spanish Prisoner*, *The Murder on the Golf Links*, *The Rape of the Ruby*(以上初编); *The Ship's Run*, *Driven Home*, *Twixt the Devil and the Deep Sea*, *The Unseen Hand*, *His Hand and Seal*, *Quick Work*(以上续编)。(第75—76页)

《贝克侦探谈续编》,封面误印为《贝克侦探谈初编》,题"侦探小说",署英国马克丹诺保德庆原著,闽县林纾、静海陈家麟译述。该作编编入三种小说丛书系列,一为《说部丛书》四集系列二集第二十八编,二为《林译小说丛书》第一集第四十五编,三为"新译"小说系列之一。四集系列再版本,封面题"侦探小说",版权页署民国三年(1914)六月五日印刷,民国三年(1914)六月十七日初版发行,民国四年(1915)十月二十九日再版发行。总发行所商务印书馆(上海棋盘街中市),发行人为印有模,印刷人为鲍咸昌,印刷所商务印书馆,分售处全国各地商务印书分馆。全一册,全书78页,每册定价大洋叁角。"新译"系列初版本,版权页署宣统元年(1909)七月初版。发行者、印刷所与总发行所均为商务印书馆。外埠分售处有商务印书馆分馆二十家。全一册,每册定价大洋贰角伍分。《林译小说丛书》版本,封面题"侦探小说"。缺版权页。三者内容相同,均收《手隐不见》《血印》《破案迅捷》《鬼海》《穷盗所往》《舟行纪程》,凡六篇。无序跋。

原著者马克丹诺保德庆生平事迹不详,待考。

《十字军英雄记》

《十字军英雄记》,封面题"军事小说",英国司各德原著,闽侯林纾、杭县魏易译述。该作被编入三个系列,一为《说部丛书》四集系列第二集第二十九编,丁未年(1907)十一月十九日印刷,丁未年十二月三日初版发行,民国四年(1915)十月二十日四版发行。发行人为印有模,印刷人为鲍咸昌。总发行所为位于上海棋盘街中市的商务印书馆,分售处为全国各地乃至海外的商务印书分馆。二为《林译小说丛书》第一集第三十四编，上海商务印书馆 1914 年 6 月出版（《樽目第几部》第 3984 页）。三为《小本小说》系列之一种，上海商务印书馆 1914 年 8 月出版（《樽目第几部》第 3984 页）。

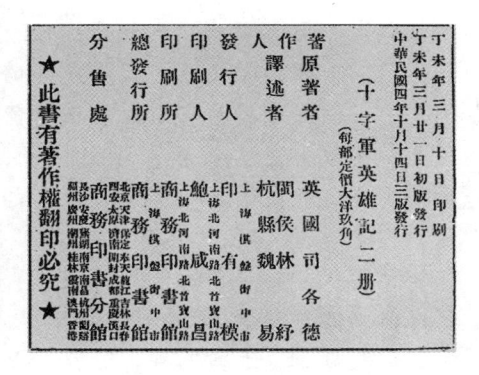

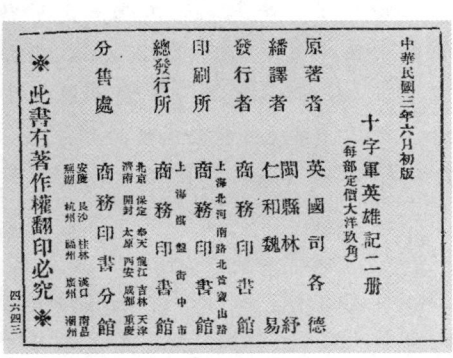

据马泰来先生考证，《十字军英雄记》原著英文名为 *The Talisman*（1825 年）。（第 68 页）

全书二册，卷上 119 页，卷下 135 页。定价不详。

卷上十四章，卷下十四章，凡二十八章，无章目。

《十字军英雄记》叙述十字军诸人，"其气概豪雄，不让我国霸王、虬髯诸人，而要皆服从宗教，驰骋于规律之中。两相比较，乃觉我之英雄俗，而彼之英雄雅，明眼人读之，当可不河汉斯言"。

卷首有陈希彭于光绪三十二年（1906）撰写的"叙"，其文为：

> 向者，桐城吴挚甫先生与吾师畏庐先生相见于京师，论古文经曰：桐城叹息以为绝业将坠，吾师亦戚戚然忧。故其诏生徒，恒令取径于左氏传，及马之史，班之书，昌黎之文；以为此四者，天下文章之祖庭也。历古以来，自周秦讫于元明，其以文名者，如沧海之澜，前驱后踵，而绩学之士，至有不能略举其名者。而左、马、班、韩亦居其中，胡以巍然独有千古？正以精神诣力，一一造于峰极，虽精于文者，莫敢少出其锋颖，与之抗挠，则传诵私淑，历万劫不复漫灭耳。后人之称昌黎者曰，文起八代之衰，此专言昌黎一人之文，不属于唐人之文也。唐之名家，如裴度、李华、独孤及、段文昌、权德舆、元稹、刘禹锡之流，力摹汉京，自以为古，然响枵而气促，体赝而格俗，偶与皇甫湜、李翱、孙樵之文杂陈，则意境神味，迥然不侔，剢能肩随退之哉。平心而论，六朝之文，去古尚近，而后来则弥不及。范晔、陈寿、魏收三君，较之马班，固不能望其项背，然三家之文，咸沈穆方重，饶有古趣。自唐以下，则渐杀。至于宋之刘原父、宋子京之伦，力欲求古，而弥不古，则时时发为伧狞之音。迨及明之陈仁锡、李梦阳、王元美，日以赝体侈众，犹复唾弃南北朝为凡猥，则良不可解矣。天下之理，制器可以日求其新，惟行文则断不能力掩古人，而自侈其厚。六朝时古书未尽毁，而去汉魏不远，元气深厚，制局用笔，敛而不散，精而能卓，虽体格弗高，然能遏光弗扬，亦其精力有独至者。故文家取材，知窥涉子书，而取其古色。不知六朝人之吐属名贵，亦故家风范，不能不用以荡涤其伧气。以上均希彭时时闻诸吾师者。吾师少孤，不能买书，则杂收断简零篇，用自磨治。自十三龄，及于二十以后，校阅不下二千余卷。迨三十以后，与李畲曾太守友，乃尽读其兄弟所藏之完书，不下三四万卷。于是文笔恣肆，日能作七八千言。然每为古文，或经月不得一字，或涉旬始成一篇。历年淘汰，成文集四卷。希彭日趣吾师付梓，则逊谢以为不足以问世。今海内所传诵者，则仅见其译著，计吾师所译书，近已得三十种，都三百余万言，运笔如风落霓转，而每书咸有裁制。所难者，不加点窜，脱手成篇，此则近人所不经见者也。是书叙英王李却与土耳基搏战事。其中英雄儿女，事迹变幻陆离，伟为辞杰。而高骈复

历，吐弃凡近，文不期古而自近于古，则吾师之本色也。段柯古之为《酉阳杂俎》，淫丽而称为翘楚，然其体尚近于类书。若吾师所作，则纵横激荡，直前无古人。海内君子，见者当不以希彭之言，为哗众而取宠也。光绪三十二年十月晦日受业闽县陈希彭谨叙于五城学堂之南楼。

《小说管窥录》关于《十字军英雄记》的评述为：

英司各德原著。林纾、魏易同译。本书叙英王李却十字军轶事，极诡谲壮丽。如苏格兰太子亨定登侯爵大隈，忽为努比亚之黑奴，忽为卧豹将军撒拉定苏丹，忽为哈木基医士，忽为回骑爱米尔，非至终篇不能洞其奥隐。而写雄暴之霸主，写奸狡之教长，写喜誉童騃之奥公，写洁操坚志之翁主。言军事则纛影遮天，鼙声震地；言宗教则灵迹邃秘，神龛庄严。而又蛛丝蚓迹，灰线草蛇，前后映带，左右萦拂，非雄于文者，盖不能为此。然而读琴南先生文者，每闻毁誉参半。记者尝溯近人借口之故，大抵见描写社会现象，与今日已迥不相同，甚者心醉欧西文明，而不知前此野蛮，则以为所言多诬。有心者又谓驱策社会进步，小说之影响极大，今日不宜再以神怪妖妄者浸染读者脑筋，则以为所言无裨。至若击赏心钦于先生之文，则合毁誉者而如一。窃谓仁者见仁，智者见智，不必强同。而高文典册，使读天花藏才子书者移以读之，必不解作何语。若吾人僻居远东，而欲觇外域旧社会状况，又舍此奚属哉？执一道以绳墨之，殆未能中肯者。质诸喜读小说诸君，其以不才之言为然否？①

《恨绮愁罗记》

《恨绮愁罗记》，英国柯南达利原著，闽县林纾、仁和魏易译述，上海商务印书馆出版发行。《林译小说丛书》第一集第二十七编，民国三年（1914）六月出版，分上下两卷，每卷一册，上册 100 页，下册 68 页。《说部丛书》四集系列二集第三十编，戊申年（1908）四月十六日印刷，戊申年（1908）五月四日初版发行，民国四年（1915）十月二十日四版

---

① 阿英：《晚清文学丛钞：小说戏曲研究卷》，中华书局 1960 年版，第 512—513 页。

174　商务印书馆《说部丛书》叙录

发行。《说部丛书》四版本，封面题"历史小说"，发行人为印有模，印刷人为鲍咸昌。总发行所为位于上海棋盘街中市的商务印书馆，分售处为全国各地乃至海外的商务印书分馆。分上下两卷，每卷一册，上册100页，下册68页。每部定价大洋陆角。

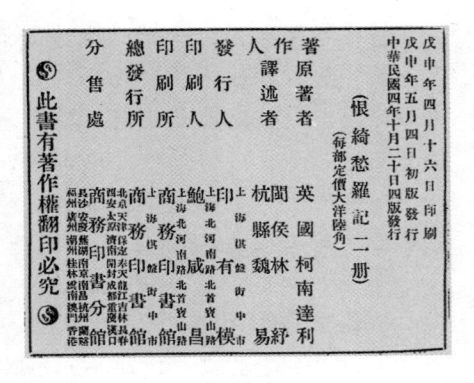

上卷十三章，下卷十章，凡二十三章，无章目。

原著者英国柯南达利简介参阅初集第四编《（补译）华生包探案》。据马泰来先生考证，《恨绮愁罗记》原著英文名为（*The Refugees*，1887年）。原著分两部，林译为 Part Ⅰ , The Old World; Part Ⅱ , In the New World 未

译。(第 65 页)

卷首有林纾于光绪三十四年（1908）撰写的"序"，其中云："唐人宫怨之词，亦有托以自方者，描写望幸之心，愤郁妒嫉或悲或愉，顷刻若具万变。余以欧俗无兼妻之义，宫中行乐，必不如唐人之所言。今译此书，乃知外妇之羼入非色野离宫，争妍取怜，悲愉之猝变，其事有甚于唐宫者。呜呼！专制之朝，又何所不可也。孟忒斯班之侈纵，第坐拥宝玉而已，害尚未及于民；曼忒侬以保姆蛊鲁意，与主教密谋，驱百余万生灵，沦之境外，死徙无恤，但博一己之富贵，用心惨毒，甚于孟忒斯班万状。法国元气凋伤，至鲁意十六，大祸始肇，视民轻者，身亦不国，鲁意十四其足悲矣！"

序言后有林纾撰写的六首《非色野宫词》，前二首为："镜殿春阴玉臂寒，君王每向睡余看。粉霞寸寸鸳鸯锦，珊枕函边唤马丹。辇道微风散晓烟，持鈹人聚御桥前。玉京朝会除门籍，枉署瑶台侍从仙。"

卷末有合译者魏易撰写的"识语"，其文为：

> 魏易曰：此书本有二册，下册则叙亚摩雷全家入美洲，遇红人事，事皆蛮野。以前此曾有《鬼山狼侠》诸书，已周叙野人状态，不为鲜也。然书无结穴，使观者弗爽。今抉摘其下册之结论，补之于此，曰：雅德尔即在舟中，奉其父命嫁亚摩雷（原按：此事颇与伦理有碍，然四俗往往有之，如中国之吴孟子大小狐姬之类，指不胜屈。此书主脑不在此，二人故不妨，即原书译之）。其人之事毕矣法王及新后与孟忒拉斯班之结局，则亦略微述之。曼忒农既册立，人皆不满其人著书者咸抉摘其堕行。然书皆仇家所为，不能据为正史，乃其实际，可于博士多林格尔所著书叙之。书言曼忒农尚为贤后，嫁王三十年，中宫肃然。且能助王以善，生平遗行，即为驱逐新教之一事。鲁意崩殂，曼忒农亦逝。孟忒拉斯班见逐后，用财如流水，追尽享人世之纷华。忽尔道帔皂绦，回心向道，以自忏悔。盖其畏死之心绝笃，阿迷遇大雷电以风，则必抱小儿于膝。意小儿无罪，雷且弗殛。其人睡时，然（燃）桦烛，以侍女环其榻，用御鬼物。既死，遗命葬其枢于先茔，命掊尸心，供之勿来希庙中。五脏则湔涤，供之麦奴之庙。追既出齐赗，藏之铁匣，以村人负而向庙。村人无知，于半道揭之，知为人赗，凶秽触鼻，以为堡中人侮弄其身，掷之沟渠之中。正于此时，群豕过之，争实都尽。嗟夫！以法国骄奢之美人，身后乃一脏腑葬之豕腹，斯奇闻矣。鲁意十四，享国五十年，为法国最盛之时，殂

于一千七百十五年。然其晚年，则景状一变，骨肉都尽。即王孙亦殒。惟曾孙安若公爵，为延包本氏一线，一千七百十五年八月二十日，脚气大剧，于三十日死。然临终之言，尚为善言，谓诸大臣曰：群公听之，朕生平无美德懿行，为公辈程式。然公辈忠诚事朕，朕感且不朽。死后以曾孙承继，幸诸公以待朕者，待此曾孙。今与诸君永别，朕观公辈亦颇自悲，知恋朕也。惟望后此时时念朕，朕瞑矣。结局至此，吾友畏庐先生，为是书当以孟忒拉斯班为主，名之曰《恨绮愁罗记》，书宫怨也。尚辍以非野宫词六首，弁之卷端，语皆纪实也。仁和魏易并识

《大侠红蘩蕗传》

《大侠红蘩蕗传》，署法国男爵夫人阿克西原著，林纾、魏易译，上海商务印书馆出版发行。《林译小说丛书》第二集第一编，出版时间不详。《说部丛书》四集系列第二集第三十三编，戊申年八月十九日印刷、戊申年九月七日初版发行、民国四年（1915）一月十六日再版发行。

《说部丛书》再版本，封面题"历史小说"。发行人为印有模，印刷人为鲍咸昌。总发行所为位于上海棋盘街中市的商务印书馆，分售处为全国各地乃至海外的商务印书分馆，凡二十八处。分两卷，上卷82页，下卷58页，凡140页。全一册，每部定价大洋肆角伍分。

上卷十七章，下卷十三章，凡三十章，无章目。

据马泰来先生考证，《大侠红蘩蕗传》原著者英文名为 Baroness Emma Orczy (1865—1947)，原著英文名为 *The Scarlet Pimpernel* (1905)。马氏还指出，林译误阿克西为法人，曾锦漳因以原著为 *Le mouronrouge*。实为英人。（第74页）林纾又与陈家麟合译了男爵夫人阿克西的另一种小说《吵郎喋血记》，未刊。（第97页）

据笔者考证，Baroness Emma "Emmuska" Orczy（今译艾玛/艾玛丝姬·奥希兹，通称奥希兹女男爵或艾玛·奥希兹），是菲利克斯·奥希兹男爵与艾玛·沃斯女伯爵之女，是一位匈牙利裔英国作家、剧作家和艺术家。她创作了数十部小说与剧本，影响最大的系列小说《红花侠》(*The Scarlet Pimpernel*)。1903年，她与丈夫以自己先前描写英国从男爵波西·布拉肯尼爵士（Sir Percy Blakeney, Bart）为蓝本的故事《红花侠》，写了一部戏剧。故事中的这位贵族曾在法国大革命时，营救许多法国贵族。她将这部作品写成小说并以相同名称投稿到12家不同的出版社。之后，弗雷德·泰瑞（Fred Terry）与朱莉亚·尼尔森（Julia Neilson）同意让这部作品在西区剧院演出。起先，观众并不踊跃，但是在伦敦演出四年后，却因为打破许多舞台剧的记录，逐渐在其他国家演出。而在舞台剧的成功后，更带起小说版本的庞大销售量。

《大侠红蘩蕗传》叙述"法皇鲁意十六被戕后事，深斥自由平等之说。述法人当日之狂暴情景逼真。著者推尊大侠，谓能出人于险，亦贵族中不平之言也"。

书前有林纾于光绪三十四年（1908）在望瀛楼撰写的"序"，序文为：

此书为法国贵族男爵夫人所著，其斥自由平等，至矣，尽矣！是时法人斩刈贵族，不令留其遗噍，几谓贵族尽，法国平也。然古无长日杀人，而求其国之平治者。鲁意十四之横暴，用一纸诏书，驱十余万新教之人于境外，百姓痛心疾首于贵族，故酿成此九月之变。然报之过烈，遂动天下之兵，而拿破仑亦因而起事，复遵贵族故轨，驱数十万人伏尸于异域。以因果言之，则平民之残刈而死，其死数亦适与断头台中之贵族相埒。不过贵族之数寡，平民之数多，若以平均分数相抵，亦正不甚高下也。悲哉！悲哉！魏武之篡汉，谓汉不能报也，而子孙覆于司马氏。司马氏之篡魏，谓魏不能报也，而诸王自相屠戮，遗孽遂覆于五胡。天下太快意事，万非吉祥之事。法国之改革，怀愤者多以为是；而高识者恒以为非，此务在有国者，上下交警，事事适乎物情，协乎公理，则人心自平，天下自治。要在有宪法为之限制，则君民均在轨范之中，谓千百世无鲁意十六之变局可也。此书贬法而崇英，竟推尊一大侠红蘩蕗，谓能出难人于险，此亦贵族中不平之言。至红蘩蕗之有无其人，姑不具论，然而叙法人当日之咆哮，如狂如痫，人人皆张其牙吻，以待噬人，情景偪（逼）真，此复成何国度！以流血为善果，此史家所不经见之事。吾姑译以示吾中国人，俾知好为改革之谈者，于事良无益也。光绪三十四年天贶节，畏庐林纾序于望瀛楼。

《彗星夺婿录》

《彗星夺婿录》，英国郤洛得倭康、诺埃克尔司原著，林纾、魏易译，上海商务印书馆出版发行。该译作被编入三种小说丛书系列，一为"新译"小说系列，封面题"社会小说"。一册，182 页。二为《林译小说丛书》第二集第二编。全一册，182 页。三为《说部丛书》四集系列第二集第三十四编，己酉年（1909）元月初版，民国四年（1915）一月再版。全一册，182 页。三者内容相同，凡三十二章，无章目。有序言。

马泰来先生说，阿英谓"商务印书馆译印"。疑误记。（第 75 页）

据张治考证，原著者名 Charlotte E. O' Conor Eccles，作品原名为 *The Matrimonial Lottery*（1906）（《樽目第九版》第 1915 页）。

卷首有林纾于光绪三十四年（1908）在望瀛楼撰写的"序"，序文为：

> 女权之说，至今乃莫衷一是，或以为宜昌者，或以为宜抑者。如司各德诸老，则尊礼美人如天神，至于膜拜稽首，一何可笑；而佻狡之才士，则又凌践残蔑，极其丑诋然后已，如此书作者之却洛得是也。却洛得书中叙致英国之败俗，女子鼓煽男子，乃如饮糟而醉，则用心之刻毒，令人为之悚然。然而追摹下等社会之妇人，事又近实。似乎余之译此，颇觉其无为。虽然，禹鼎之铸奸，非启淫祠也，殆使人知避而已。果家庭教育息息无诡于正，正可借资是书，用为鉴戒，又何病其污秽不足以寓目。惟夺婿之事，为古今未有之创局。吾友汪穰卿，人极诙谐，偶出一语，令我喷饭。穰卿极赏吾译之《滑稽外史》，今更以是饷之，必且失声而笑，偿我向者之为穰卿喷饭也。光绪戊申八月三日，畏庐居士林纾叙于望瀛楼。

《彗星夺婿录》叙述"伦敦一报名慧星者，因销数无多，忽发奇想，设为夺婿彩票，因以鼓动一时，销数顿增，其间追摹下等社会妇女极尽丑态，读之可发一噱"。

《双雄较剑录》

《双雄较剑录》，英国哈葛德原著，林纾、陈家麟译，上海商务印书馆出版发行。最初连载于《小说月报》第一期至第五期（1910 年 8 月 29 日至 12 月 26 日）。后出版几种不同版本。《林译小说丛书》第二集第三编，出版时间不详。《小本小说》第 30 册与第 31 册，民国三年（1914）五月出版。《说部丛书》四集系列第二集第三十五编，封面题"言情小说"。民国四年（1915）六月七日印刷，民国四年（1915）六月廿五日初版发行，民国四年（1915）九月廿九日再版发行。《林译小说丛书》版本与《说部丛书》版本，发行人为印有模，印刷人为鲍咸昌。总发行所为位于上海棋盘街中市的商务印书馆，分售处为全国各地乃至海外的商务印书分馆，凡二十八处。分两卷，上卷 108 页，下卷 133 页，凡 241 页。二册，每部定价大洋陆角伍分。

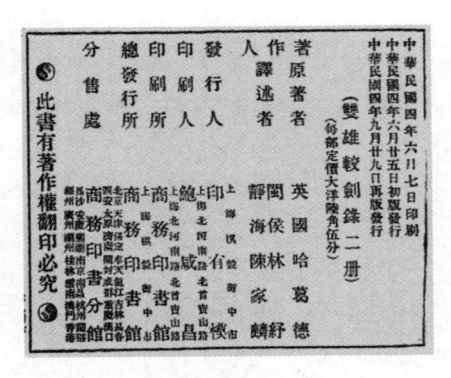

上卷十一章,下卷十五章,凡二十六章,无章目,无序跋。

据马泰来先生考证,《双雄较剑录》原著英文名为(*Fair Margaret*,1907 年)。马氏还指出,寒光、朱羲胄、曾锦漳、韩迪厚皆误谓原著为 *Heart of the world*。(第 63—64 页)

《薄倖郎》

《薄倖郎》,英国锁司倭司原著,林纾、陈家麟译述,上海商务印书馆出版发行。最初连载于《小说月报》第二年第一期至第十二期（1911年2月23日至1912年2月12日）。该作被编入三种"小说丛书"系列，一为《说部丛书》四集系列第二集第三十六编，二为《林译小说丛书》第二集第四编，三为《小本小说》丛书之三十七、三十八，上海商务印书馆1914年12月（《樽目第九版》第428页）。三者与刊本内容完全相同。《薄倖郎》四集系列版本，封面题"言情小说"。民国三年（1914）十二月版，民国四年（1915）十月再版。发行人为印有模，印刷人为鲍咸昌。总发行所为位于上海棋盘街中市的商务印书馆，分售处为全国各地乃至海外的商务印书分馆，凡二十八处。分两卷，上卷155页，下卷131页，凡286页。二册，每部定价大洋柒角伍分。

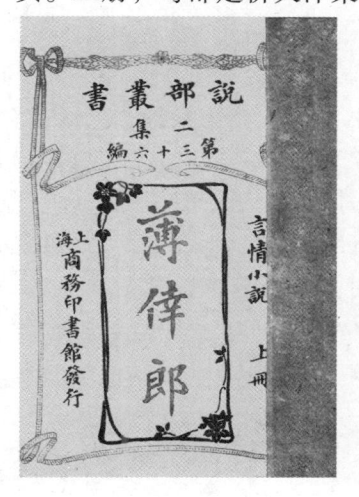

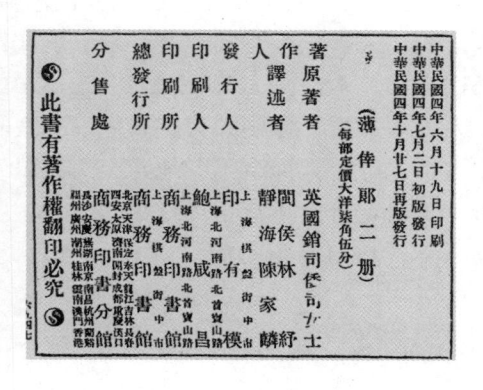

上卷二十七章,下卷二十一章,凡四十八章,无章目,无序跋。

据马泰来先生考证,《薄倖郎》的原著者为 Emma D. E. N. Southworth (1819—1899),原著名为 The Changed Brides(1869)。马氏指出,林译误锁司楼司女士为英国人。此书续集 The Bride's Fate,未译。(第70页)原著者简介参阅第四集第十五编《以德报怨》。

《残蝉曳声录》

《残蝉曳声录》,英国测次希洛原著,闽县林纾、静海陈家麟译述。《小说月报》第三年第七期至第十一期连载(1912年10月至1913年2月)。后出版几种不同版本。《林译小说丛书》第二集第八编,上海商务印书馆出版,未署出版时间。全一册,共145页。《说部丛书》四集系列二集第四十编,上海商务印书馆1915年10月再版。封面题"政治小说",发行人为印有模,印刷人为鲍咸昌。总发行所为位于上海棋盘街中市的商务印书馆,分售处为全国各地乃至海外的商务印书分馆,凡二十八处。全一册,每册定价大洋叁角。作为《小本小说》系列之一种,未署原著者,民国三年(1914)五月版(《樽目第九版》第481页)。

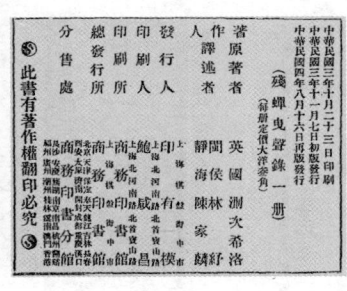

凡二十二章,无章目。

原著者与原著,张治考证道:Winston Churchill "Savrola; A Tale of The Revolution in Laurania"(1899)("Macmilan's Magazin"。单行本1900年)

(《樽目第九版》第481页)

卷首有林纾于民国元年（1912）撰写的"序"，其文为：

> 残蝉曳声者，取唐人"蝉曳残声过别枝"之意，讽柳素夫人之再嫁沙乌拉也。当时罗兰尼亚人恶专制次骨，故并国主之所爱而蔑之。史所不详，余亦未审柳素之有无其人。但书中言革命事，述国王之崄暴，议员之恣睢，国民之怨望，而革命之局遂构。呜呼！岂人民乐于革命邪？罗之政府，不养其痫而厚其毒，一旦亦未至暴发如是之烈。凡专制之政体，其自尊也，必曰积功累仁，深仁厚泽，此不出于国民之本心，特专制之政府自言，强令国民尊之为功、为仁，为深、为厚也。呜呼！功与仁者，加之于民者也，民不知仁与功，而强之使言，匪实而务虚，非民之本心，胡得不反而相稽，则革命之局已胎于是。故罗兰尼亚数月之中，而政府倾覆矣。虽然，革命易而共和难，观吾书所纪议院之斗暴刺击，人人思逞其才，又人人思牟其利，勿论事之当否，必坚持强辩，用遂其私，故罗兰尼亚革命后之国势，转岌岌而不可恃。夫恶专制而覆之，合万人之力萃于一人易也。言共和而政出多门，托平等之力，阴施其不平等之权，与之争，党多者虽不平，胜也，党寡者虽平，败也。则较之专制之不平，且更甚矣。此书论罗兰尼亚事至精审，然于革命后之事局多愤词，译而出之，亦使吾国民读之，用以为鉴，力臻于和平，以强吾国，则鄙人之费笔墨为不虚矣。中华民国元年七月朔，蠡叟叙于宣南春觉斋。

《残蝉曳声录》（*Savrola: A Tale of the Revolution in Laurania*，今译为《萨伏罗拉：罗兰尼亚革命记》），著者为第二次世界大战期间的英国首相、世界反法西斯"三巨头"之一的温斯顿·丘吉尔（1874—1965）。该作是丘吉尔23岁时所作。他出身于英国贵族，年轻时具有宏大的"政治理想"。在政坛失利后的蛰伏岁月，他从事了大量的写作工作，因为他清楚地知道，文学与政治并不是毫无联系的，有时还可以作为政治的晋身之阶，如一度成为保守党人崇拜偶像的著名政治家迪斯雷利，就是以写小说起家并从文学领域走向政治生涯的。迪斯雷利的"民主托利主义"思想，最初也是通过文学著作阐述出来并影响民众的。这或许是丘吉尔打算在文学创作上一试身手的主要动机之一。这部历时两个月写成的小说，首先在伦敦《麦克米伦杂志》上以连载形式发表。由于读者反应较好，于 1900 年 2 月，由朗曼公司出版了单行本。评论界也给予充分的肯定。《旁观者》杂志认为："这部小说的分量不在于传统上对角色的塑造，更多地在于它在政治上的讽刺性——劳拉尼亚出版物的价值确实在吸引着人们——它充满活力的修辞、打动人心的力量；当然，未必能构成独树一帜的警句。"① 也许正是由于"在政治上的讽刺性"，林纾及其合作者才翻译了此作。

《残蝉曳声录》是丘吉尔写作生涯中唯一的文学作品，描绘了当时英国政治生活中的许多特点。作者在描写主人公对待政治问题的看法时，所表述出来的正是丘吉尔自己对政治问题的观点。难怪许多评论者认为，这部小说其实是青年丘吉尔的政治宣言。小说描写了劳拉尼亚（一个虚构的、位于地中海上的国家）人民开展的争取人民解放的运动，成功地推翻了反动政权的独裁统治，可是由人民取得的胜利成果，却受到了社会主义和共产主义革命的威胁。这是青年丘吉尔鲜明的政治立场。男主人公沙乌拉是一位年轻的政治领袖，他英勇机智、博学善辩，具有深邃的思想和系统的理念，领导着反对党在人民的支持下开展推翻反动的军事独裁政权的解放斗争。女主人公是被派遣到沙乌拉那里去打探起义计划的露西尔，她容貌美丽，温文尔雅，是独裁者的妻子，不仅没有完成任务，反而对沙乌拉一见钟情，两人的关系急剧发展。②

1897 年秋季，印度西北部边境发生反抗殖民统治的斗争，渴望干一番事业的青年丘吉尔以战地记者的身份前往，不久被任命为参谋部的联络官。其战地报道写得及时而生动，受到读者的热烈欢迎。具有"政治抱负"的青年丘吉尔为了"在选民面前扬扬名"，他以这些报道为基础，加上搜集到的其他材料，用两个月的时间，写成处女作《马拉坎德野战部队纪事——边境之战插曲》，1898 年 3 月在伦敦出版，隔年又出了修订的第二版。这本书问世后，丘吉尔养成了"写作习惯"。在班加罗尔期间，他用两个月时间写出了一部小说，名为《萨伏罗拉》。萨伏罗拉是虚构的地中海上劳拉尼亚国一位年轻的反对党领袖，他具有英勇、机智、博学、善辩等优良品格，在公众的支持下发动内战，推翻军事独裁政权。小说先在《麦克米伦杂志》连载，1900 年 2 月出版，以后几次再版，直到丘吉尔 80 岁时还出了一版。书中某些形象闪现出丘吉尔本人和他的父亲、保姆的影子。更为重要的是，这部小说在一定程度上可视为

---

① 蔡赓生：《丘吉尔传》，湖北辞书出版社 1996 年版，第 50—53 页。
② 同上书，第 48—49 页。

他的政治宣言，勾画了他青年时代的内心世界。主人公萨伏罗拉办公室陈列的书籍中，放在最显眼位置的，是丘吉尔最喜欢的吉本和麦考莱的著作。①

《罗刹雌风》

《罗刹雌风》，英国希洛原著，林纾、力树蘐译述，上海商务印书馆出版发行。《小说月报》第四卷第一号至第四号（1913年4月至8月）连载。《林译小说丛书》第二集第十一编，上海商务印书馆出版。《说部丛书》四集系列第二集四十四编，民国四年（1915）一月九日初版，同年八月十七日再版。《林译小说丛书》版本与《说部丛书》四集系列再版本，均为122页，凡十二章，无章目，无序跋。后者封面题"侦探小说"，发行人为印有模，印刷人为鲍咸昌。总发行所为位于上海棋盘街中市的商务印书馆，分售处为全国各地乃至海外的商务印书分馆，凡二十八处。全一册，122页，每册定价大洋叁角伍分。

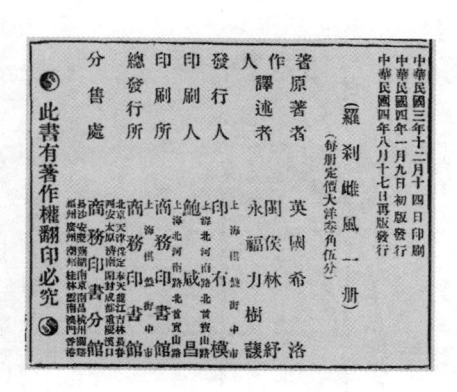

原著者与原著，根据《樽目第九版》第2755页记载，古二德考证为：Headon Hill（PS. of Francis Edward Grainger），A Hair's Breadth. A Novel

---

① 吴慧顾编：《丘吉尔传》，辽海出版社1987年版，第32—33页。

(New York: Dodd, Mead and CO., 1897)。

《罗刹雌风》叙述"俄皇游历欧洲,虚无党人乘时起事,一时风起云涌。荆轲聂政之徒,无虑数十百辈。而党中主要多贵族名媛,以金枝玉叶之尊,行燕市狗屠之事,为骇人听闻。与之对垒者为皇家侦探,于行在复壁。发见机关,玫瑰花茎,侦知毒药,如公输之善攻,墨子之善御,诙奇诡谲,匪夷所思"。

《血泊鸳鸯》

《血泊鸳鸯》,英国哈葛德原著,薛一谔、陈家麟译述,上海商务印书馆出版发行。《欧美名家小说》系列之一,上海商务印书馆宣统元年(1909)正月初版。《小本小说》系列之一,上海商务印书馆宣统元年(1909)出版。《说部丛书》四集系列第二集五十二编,己酉年(1909)正月二十四日初版,民国四年(1915)十月十七日再版。《说部丛书》四集系列再版本,封面题"言情小说",发行人为印有模,印刷人为鲍咸昌。总发行所为位于上海棋盘街中市的商务印书馆,分售处为全国各地乃至海外的商务印书分馆,凡二十八处。全一册,155 页,每册定价大洋叁角伍分。

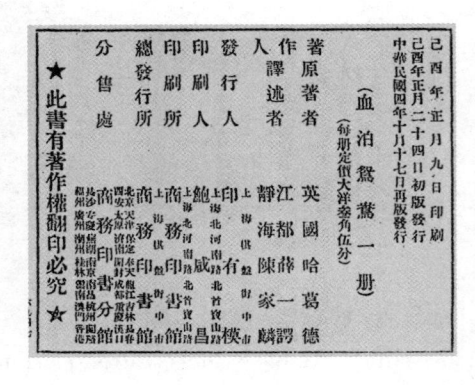

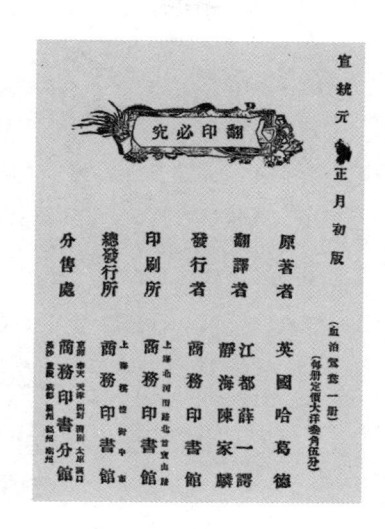

第一章 英国作品叙录 187

原著者与原著，《樽目第九版》第 5164 页声称为：Henry Rider Haggard "*Peal-maiden*"（1903）。

凡二十八章，无章目，无序跋。

《血泊鸳鸯》有两则广告，一为"叙罗马尼罗帝时二教相仇，发兵攻击犹太人事。中有二兵官同恋一女子，故互相妒杀，致男女琐尾流离，历尽艰辛而卒保平安。译笔文情兼到，亦雅亦奇。每册三角半"。二为"是书叙罗马时二教相仇，发兵攻击犹太。中有二兵官同恋一女子，互相妒杀，以致琐尾流离，历尽无穷之艰险。定价一角。"

《露惜传》

《露惜传》，英国司各德原著，扬州陈大灯、静海陈家麟译述，上海商务印书馆出版发行。《欧美名家小说》系列之一，上海商务印书馆宣统元年（1909）出版。《小本小说》系列之十五、十六编，分 2 册，上册 138 页，下册 160 页，上海商务印书馆民国三年（1914）五月出版。《说部丛书》四集系列第二集五十四编，己酉年（1909）闰二月七日初版，民国四年（1915）十月二十日再版。《说部丛书》四集系列再版本封面题"哀情小说"，发行人为印有模，印刷人为鲍咸昌。总发行所为位于上海棋盘街中市的商务印书馆，分售处为全国各地乃至海外的商务印书分馆，凡二十八处。二册，每部定价大洋柒角。

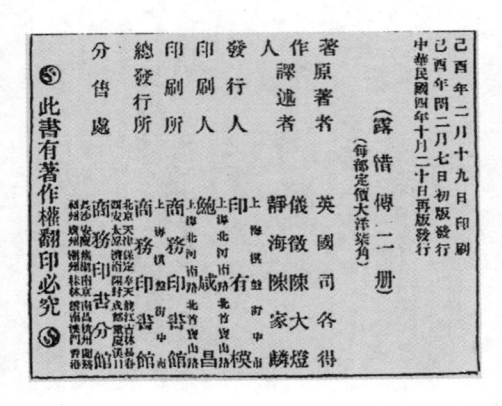

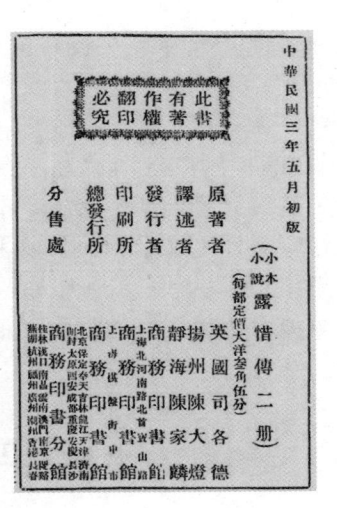

原著者与原著,根据《樽目第九版》第 2716 页记载,古二德考证为:Walter Scott "*The Bride of Lammermoor*"(1819)。

上卷十五章,下卷二十章,凡三十五章。无章目,无序跋。

《露惜传》叙述"贵族男女二人互相爱悦,然两姓故世仇,一富一贫,迥然难合,遂至愤忿同尽。全书情文相生,哀婉凄恻,穿插处杂以诙谐,尤绝无沉闷之弊。"

《亚媚女士别传》

　　《亚媚女士别传》，英国却而司迭更司原著，江都薛一谔、静海陈家麟译述，上海商务印书馆编译所编译。《欧美名家小说》系列之一，上海商务印书馆宣统二年（1910）初版，民国四年（1915）六月再版。《说部丛书》四集系列第二集五十五编，庚戌年（1910）九月二十二日初版，民国四年（1915）六月二十八日再版。《说部丛书》四集系列版本封面题"言情小说"。上下两卷，每卷一册，上册135页，下册129页，凡264页。因缺版权页，一些相关信息不详。

　　上卷十五章；下卷十八章，凡三十三章。无章目，无序跋。
　　据笔者考证，《亚媚女士别传》原著为 Little Dorrit（1855—1857），今译为《小杜丽》。
　　现把薛一谔和陈家麟译本的开篇摘录一段与高玉其和祝敬德译本的对应部分进行比较，前者为："法国马赛为最大都会，当三十年前八月某日，天大炎热，酷日如火，炙物欲焦。此时濒海，每值夏秋间，酷热胜于他处。此日热度已达极点，马赛境中，草木庐舍咸睁目以盼青天，天亦睁目贮视诸物。涂粉之墙，伏瓦之屋，狭窄如矢隘巷。近市傀尘之小山均作目视之状，丑态怖人。草树之色，亦因热而懈其青绿。葡萄盈架，累累下垂，意似萧瑟。万叶接影，时一动摇，亦似人开合其脸。空气凝结，薰风披拂，势乃如喘。"后者为："三十多年前的一天，马赛在炎炎烈日下曝晒。八月里的一天，太阳拷着大地，这在当时的法国南部地区，也不算什么稀奇少见的事。在马赛城内，万物张大眼陷盯着炽热的苍宅，而苍穹也张大眼睛，盯着底下的万物，那是从来如此，到现在，瞪眼已成为那里的普温习惯。初次来到马赛的人，见了那些刺眼的白色干燥的房屋，刺眼的白色墙壁，刺眼的白色街道，一条条刺眼的白色干裂的路，嫩绿的草木被熔完了的白色刺眼的山，每个人都被这些刺眼的东西盯得非常难堪。人们发现惟一不盯人、不刺眼的东西，就是结满了沉甸甸葡萄的葡萄藤。这些葡萄藤确实是偶尔才眨一下眼，因为热空气难得吹动一下它们软软的叶子。"① 通过比较，可以发现，前者用文言翻译，后者用白话翻译，二者均忠实于原文。

狄更斯在《作者写的序言》中说："在近两年的繁忙工作里，我一直忙于这个故事的构思创作。倘若我不能让大家在读完这部作品后，观察到这个故事的优点和不足，那么，我的精力肯定是白费了。然而，因为我本人对整个故事的各种角度的考虑，比其他任何人在这个故事分期刊登时所注意的大概会更完整些。这样说是比较合情合理的；所以对整个故事情节的编织，要在全部工作都完成的时候，在最后一个图样完成的时候再来观察，这个要求才能够说也是合情合理。"②

《亚媚女士别传》比狄更斯此前任何一部作品都显得更为广泛，更为尖锐，"它不仅暴露了负债人监狱对犯人的灵魂可怕的腐蚀，金融资本家对人民的剥削、掠夺，贫民窟居民生活的痛苦，而且把批判的矛头直接指向欺压人民、欺骗人民，以不办事为'能事'的腐败政府机构"③。

在19世纪50年代，掠夺成性的英国资产阶级冲进了近东和中东，它跟沙皇俄国侵略性的对外政策发生了利益上的冲突。"克里米亚战争表现了英国国家制度的全部腐败与无能，暴露了英因宪法的全部缺陷。战争在下流无耻的政治丑事一个接着一个发生的气氛中进行着。尽管英国获得了胜利，但战争却在英国社会最广泛的范围内留下恶劣的影响。政府机关中可怕的营私舞弊，战争期间所表现的前所未闻的官僚主义，甚至资产阶级

---

① 〔英〕查尔斯·狄更斯：《小杜丽（一）》，高玉其、祝敬德译，中国戏剧出版社2002年版，第1页。
② 《作者写的序言》，〔英〕查尔斯·狄更斯：《小杜丽（一）》，高玉其、祝敬德译，中国戏剧出版社2002年版，第1页。
③ 赖干坚：《狄更斯评传》，学林出版社2012年版，第228页。

报刊部在纷纷议论,因此也就为全体英国人民所熟知了。"①《亚媚女士别传》的基本思想表现在小说主要的象征性的形象中,"作家将统治英国的贵族集团比作吸住了国家这艘船的水螅。这些水螅有使船沉没的危险,如果船上人员找不到挽救的办法的话。表现在这里的思想,毫无疑问,是在一八五四至一八五五年政治丑事中所得来的新印象的影响下形成的。作家认为自己的任务不仅是揭露那些把英国的国家机构弄到濒于崩溃的人们,而且在某种程度上也揭露那些容忍这种崩溃、以犯罪的冷漠态度对待自己国家的命运的人们"②。

《笑里刀》(二编)

《笑里刀》,英国司提文森(Robert Louis Stevenson,1850—1894,今译为斯蒂文森)原著,薛一谔、陈家麟译述,上海商务印书馆出版发行。《说部丛书》四集系列第二集五十六编,民国二年(1913)五月十九日初版,民国四年(1915)十月六日三版。三版本封面题"社会小说",发行人为印有模,印刷人为鲍咸昌。总发行所为位于上海棋盘街中市的商务印书馆,分售处为全国各地乃至海外的商务印书分馆,凡二十八处。全一册,141页,每册定价大洋叁角。

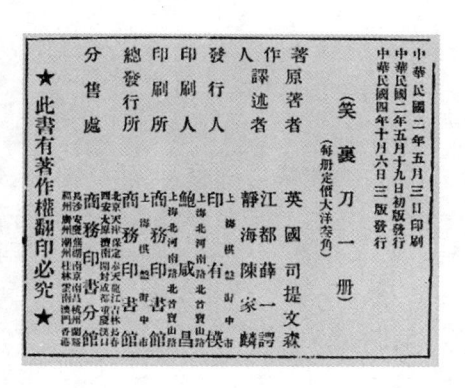

---

① 〔苏联〕伊瓦肖娃:《狄更斯评传》,蔡文显等译,广东人民出版社1983年版,第351页。
② 同上书,第361页。

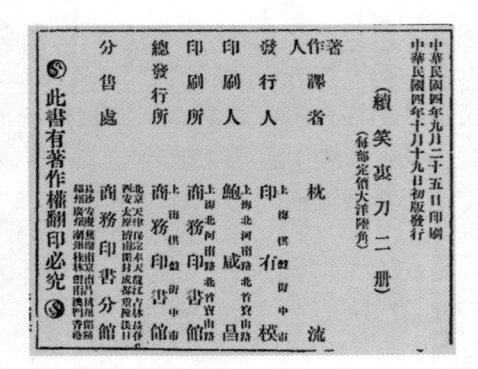

  《笑里刀》，原作名为（*Kidnapped*，1886 年）。这是斯蒂文森的历史题材的冒险小说，也是其代表作，［古二德（Cesar Guarde-Paz）：《陈家麟传记及其翻译小说〈鲍亦登侦探案〉等原著鉴定研究》，《清末小说 から》，第 120 号，2016 年 1 月］，今汉译为《诱拐》。

  《樽目第九版》第 4839 页指出：R. L. Stevenson "The Master of Ballantrae" 1889ではない［古二德 120］Robert Louis Stevenson "Kidnapped" 先刊于 "Young Folks Paper" 28 卷第 805 号至 29 卷第 817 号（1886. 5. 1—7. 24）后由伦敦 Cassel、纽约 Scribner 出版。

  凡三十章，无章目，无序跋。

  《续笑里刀》，英国司提文森（今译为斯蒂文森）原著（书中未署原著者），枕流译述。上海商务印书馆出版发行。《说部丛书》四集系列第二集五十七编，民国四年（1915）九月二十五日印刷，同年十月十九日初版发行。《说部丛书》四集系列再版本封面题"社会小说"，发行人为印有模，印刷人为鲍咸昌。总发行所为位于上海棋盘街中市的商务印书馆，分售处为全国各地乃至海外的商务印书分馆，凡二十八处。二册，上册 114 页，下册 116 页，凡 230 页，每部定价大洋陆角。

  《续笑里刀》，原作名为（*Catriona*，1893 年）。今译作《卡特琳娜》或《卡屈欧娜》。①

  上卷十五章，下卷十六章，凡三十一章，无章目，无序跋。

---

  ① 张治：《再谈商务印书馆"说部丛书"里的原作》。

《黑楼情孽》

　　《黑楼情孽》，英国马尺芒忒原著，林纾、陈家麟译述，上海商务印书馆出版发行。《小说月报》第五卷第一至四号（1914年4月至7月）连载。《林译小说丛书》第二集第十三编，上海商务印书馆民国三年（1914）六月出版。《说部丛书》四集系列第二集五十八编，民国三年（1914）十一月七日初版，民国四年（1915）十月三十一日再版，《林译小说丛书》版本与《说部丛书》四集系列再版本，二者均分两卷，上卷91页，十四章；下卷92页，十五章，合计二十九章。后者封面题"哀情小说"，发行人为印有模，印刷人为鲍咸昌。总发行所为位于上海棋盘街中市的商务印书馆，分售处为全国各地乃至海外的商务印书分馆，凡二十八处。每部定价大洋伍角。

　　上卷十四章，下卷十五章，凡二十九章，无章目，无序跋。

　　据马泰来先生考证，《黑楼情孽》原著者英文名为 Arthur W. Mar-chmont（1852—1923），原著英文名为 The Man Who Was Dead（1901）。（第69—70页）

　　原著者马尺芒忒生平事迹不详，待考。

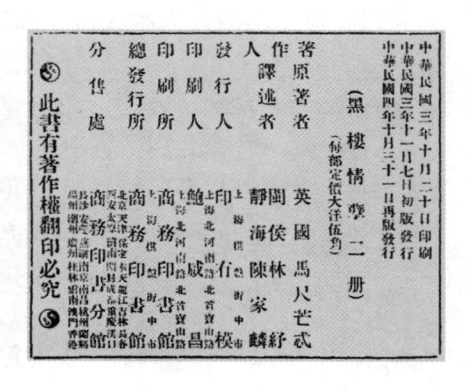

《博徒别传》

　　《博徒别传》，英国柯南达利（今译柯南达尔）原著，仪征陈大灯、静海陈家麟译述，上海商务印书馆出版发行。《欧美名家小说》系列之一，上海商务印书馆光绪三十四年（1908）出版。《说部丛书》四集系列第二集五十九编，戊申年（1908）九月十四日初版，民国四年（1915）十月十八日再版。《说部丛书》四集系列再版本，封面题"社会小说"，发行人为印有模，印刷人为鲍咸昌。总发行所为位于上海棋盘街中市的商务印书馆，分售处为全国各地乃至海外的商务印书分馆，凡二十八处。共两卷全一册，上卷103页，下卷89页，凡192页，每册定价大洋肆角。

　　上卷十一章，下卷十一章，凡二十二章，无章目。

　　原著者英国柯南达利简介参阅《（补译）华生包探案》。原著不详，待考。

　　《博徒别传》叙述，英国尚武之风，甚至以人命为赌博。某勋爵因博负故，出一谋杀案，浮沉至数十年之久，忽为发觉。其间夹写公卿士夫以及武士走卒，饮食社会中种种丑态，嬉笑怒骂，刻画入微，惟妙惟肖，洵名作也。

卷首有"译序"，序文为：

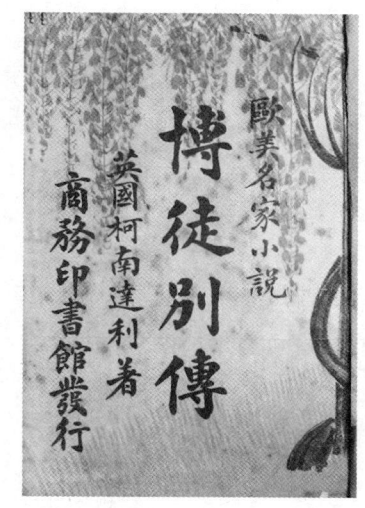

> 叶子格戏一卷，见《文献通考》，叶格见《辽史》。博经一卷，见《辍耕录》，五木论作于李习之。樗蒲经著于程大昌，书缺有间。博具随时为变易。泰西之类乎格戏者，名曰喀德。译者未敢望文生义，强以汉字定其主名。著书者从一时博徒游，见其或破产，或下狱，或酿人命，慨乎言之，意将挽回风气。且西俗之豪于赌者，比试马车，在吾国犹可从猎较之比例。后世文弱，斗鸡者、斗蟋蟀者，上行下效，直比军国大事，此类是也。而皆不若堆金作注，使人以性命相扑之不近情也。国有武士，用作干城，五鼎食之，或恐不饱，如之何听一二雄于资者，得轻掷人命为儿戏。然在彼椎埋剽窃，暴烈为俗，往往两相决斗，以死为赌，可知匪不爱人，亦未尝愿惜己命。若是乎，尚武精神，得施之于当世者，舍赌博已别无可用之地。英国此时非正毁鸦眠药，与法决胜负时乎？生死海陆，虽云未尝无人，而朝市酣嬉，其用武于尔我之间，又何异以左手击右手，自承其痛。且举国若狂，悉肆力于饮食之细故，衣服舆马之外观，何为乎哉？著书者自谓舅氏嫌其朴而不雕，劝以略示小疾。庶几取富贵，猎名誉。彼独夷然不屑，亦可为浊世之清流。书中所胪列之姓氏，征之西史，十可得其六七。既非寓言，吾不解负疾之人，何以既不病国，且能医之。岂有时自知其疾而药之。故国脉渐固，久久至今，遂强大而有威，独立而不羁乎？原名曰《劳特奈斯吞》，著书者之名氏也，不能包括全部，易以今名，或者于社会小说中，收针砭鄙薄之一助。卷中墨极闲处，正著书者目中下泪极多之处。良工心苦，读者鉴之。节目章句，悉守原著之旧，不敢略加点窜以失其真。实亦才穷力索，无能为役耳。不然，抹脂涂粉，搔首弄姿，不尚可以纸贵一时耶。

《遮那德自伐八事》（二编）

《遮那德自伐八事》，英国柯南达利（今译柯南道尔）原著，陈大灯、陈家麟译述，上海商务印书馆出版发行。《欧美名家小说》系列之一，上海商务印书馆宣统元年（1909）出版。《说部丛书》四集系列第二集第六十一编，己酉年（1909）一月六日初版，民国四年（1915）十月十一日再版。《欧美名家小说》系列之版本，其封面题"欧美名家小说"。分上下册，上册 94 页，下册 126 页，上下册各四章，共八章，无章目。《说部丛书》四集系列之版本封面题"义侠小说"。也分上下册，上册 94 页，下册 126 页。上下册各四章，共八章，无章目。

原著者英国柯南达利简介参阅初集第四编《（补译）华生包探案》。

《遮那德自伐八事》原作，樽目先生考证道："The Exploits of Brigadier Gerard" 1896。 上册 第 1 章 "How The Brigadier Came to The Castle of Gloom" 1895.7、第 2 章 "How The Brigadier Slew The Brothers of Ajaccio" 1895.6、第 3 章 "How The Brigadier Held The King" 1895.4、第 4 章 "How The King Held The Brigadier /How The King Held Brigadier Gerard" 1895.5。 下册 第 5 章 "How The Brigadier Took The Field Against The Marshal Millefleurs" 1895.8、第 6 章 "How The Brigadier Played For A Kingdom" 1895.12、第 7 章 "How The Brigadier Won His Medal /The Medal of Brigadier Gerard" 1894.11、第 8 章 "How The Brigadier Was Tempted By The Devil" 1895.9（见《樽目第九版》第 5800—5801 页）。

《遮那德自伐八事》叙述遮那德者为拿破

仑军中一中佐，所述八事：第一，助人报仇，第二，杀刺客，第三，被掳，第四，脱狱，第五，剿贼，第六，被骗，第七，递书，第八，埋藏要据。所述皆奇幻可喜。拿破仑致败之由，读此书可见一斑。

卷首有"译序"，序文为：

是书凡八章，章万言，引而伸之，章可各为一书。法遮那德所叙生平得意事。原名《遮那德奇绩》，著者柯南达利。译者自五月初旬，至于今年三月，始卒业。避俗自携，披阅至再，觉此书不独情节离奇，各得归宿，曲终奏雅，惩一劝百，是能有之。当拿破仑力征经营之世，西人道德，已如是之纯乎天然。匪风下泉，正不得为今日讳矣。助杜褥报父仇，此不过任侠刺客之所为。至从拿破仑灭雅遮西育之党人，言之，是直抉拿破仑之隐匿，阴鸷险狠，辜我同盟。今人浪迹东西，愿厨自署，归营薄宦。既成，则对旧时同志如仇雠，其祖述盖自有由来也。见虏于盗贼，事不足书，独与陌乐相遇之雅，居然羊祜陆抗之风，越狱在后，论赎在前，其间所差不过一食之顷。人世梦梦，颠倒去就，类如是矣。奉马西那之命，往执卯庚，两雄相戏，名士风流，相见于楮墨之外，复遇陌乐，心念旧恩。可知避君三舍，以报楚成，晋重耳终是谲而不正。其叙菲鲁沓音王妃也，美而多才，罗兰夫人苏菲亚诸女杰，犹出其下。吾国无识之女，焚香膜拜，多历劫数，或可一觐而已。责至诚之人，以诈取胜，事虽不济，卒授上赏。拿破仑真泰西之汉高魏武乎？至末后埋藏故纸，逆睹将来，则又见拿破仑识高一世，比之明太祖依谶备物，稗史荒唐，诚不可道里计。且书中罗列事实，

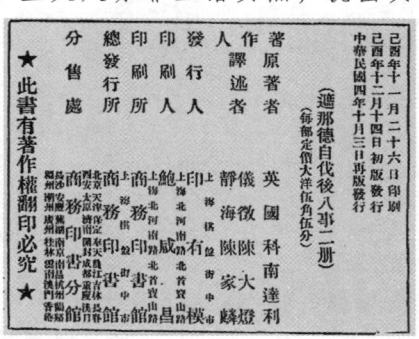

有补于彼国掌故者至多。译者既不敢为蛇添足,为马生角。且不敢以纤细艳丽之辞,阑如字里,至阅者望文生义,引向支离。质胜文则野,执笔者知不能免。世之英达君子,其心厌新小说也,远不如前。如观剧然,盘旋终日,使人意倦目瞑,始一发其覆,何怪其索然兴尽,百读不厌,知不可于新籍中求之。至于再读三读,又何至如凤毛麟角之不可时见耶?牺牲社会,已无他技,恃心血多人数斗,掬以示之天下,或者收世道人心之一助,则译者之幸也。

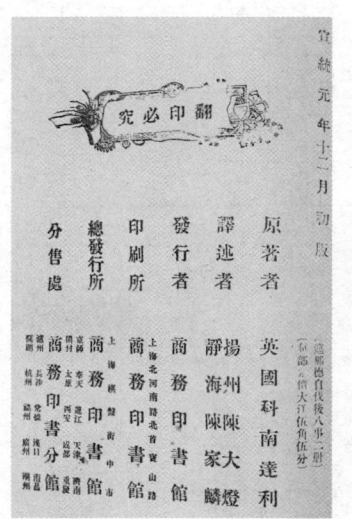

上卷四章,下卷四章,凡八章。无章目,无序跋。

《遮那德自伐后八事》原作,樽目先生考证道:"Adventures of Gerard" 1903。 上册第1章"How The Brigadier Lost His Ear /How Brigadier Gerard Lost An Ear" 1902.8、第2章"How The Brigadier Captured Saragossa /How The Brigadier Joined The Hussars of Conflans" 1903.4、第3章"How The Brigadier Slew The Fox /The Crime of The Brigadier" 1899.12、第4章"How The Brigadier Saved an Army /How The Brigadier Saved The Army" 1902.11。 下册第5章"How The Brigadier Triumphed in England /The Brigadier in England" 1903.3、第6章"How The Brigadier Rode to Minsk" 1902.12、第7、8章"How The Brigadier Bore Himself at Waterloo /Brigadier Gerard at Waterloo" 1903年1月(见《樽目第九版》第5803页)。

《遮那德自伐前八事》与《遮那德自伐后八事》叙述的是遮那德的故事。"遮那德者,法皇拿破仑部将也。性情豪侠,善骑,精剑术,勇力冠一时。所译述者大都为其平生轶事,如报友仇,杀刺客,山中遇盗,狱中脱生等种种事迹,皆极诙奇极危险,仿佛如生龙活虎,夭矫腾挪,不可捉摸。其后八事,情节尤奇,诡读之令人忽惊忽喜忽悲忽乐。太史公谓郭解适有天幸常得脱,遮那德其殆近之。"

《钟乳骷髅》

《钟乳骷髅》,英国哈葛德原著,林纾、曾宗巩译述,上海商务印书馆出版发行,光绪三十四年(1908)九月十三日出版。作为《林译小说丛书》之一(上、下卷,共187页),又作为《小本小说》之一(上卷,86页),还作为《说部丛书》四集系列第二集第五十二编。后者封面题"冒险小说",戊申年(1908)九月十三日初版,民国四年(1915)十月九日三版。上下卷,全一册,187页。每册定价大洋陆角。

据马泰来先生考证,《钟乳骷髅》原著英文名为 *King Solomon's Mines*(1895年)。(第63页)。

卷首有林纾于光绪三十四年(1908)撰写的"序",序文为:

余不译哈氏之书,可经岁矣。哈氏之长有二,一言情,一探险。探险多叙斐洲,必有千百岁离奇不经之人物,语近《齐谐》,然亦足以新人之耳目。此书亦探险者,大致似《雾中人》,然归本于亨利之友爱。乃以寻觅其弟之故,至于犯瘴疠,绝沙漠,饥渴而死,咸所不惜,此亦足愧天下之阋墙者矣。凡小说之书,必知其宗旨之所在,则偶读一过,始不为虚。若徒悦其新异,用以破睡,则不特非作者之意,亦非译者之意也。畏庐居士序于望瀛楼,时戊申八月十日。

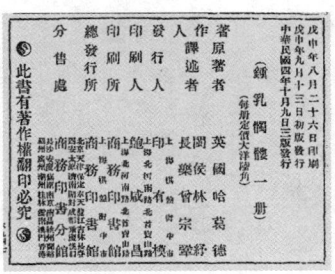

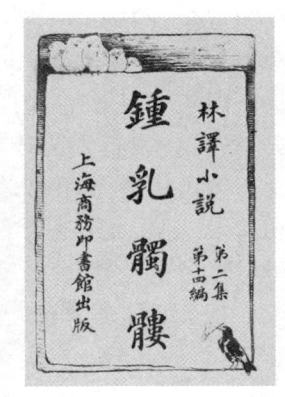

《钟乳骷髅》有则广告，其文为："英哈葛得著，林纾译。此书大致似《雾中人》，出于老猎户戈德门自述，然归本于亨利之友爱。乃以寻觅其弟之故，至于犯瘴疠、绝沙漠，饥渴而死，咸所不惜，读之足以愧天下之墙阋者。"二册，定价大洋陆角。

《卢宫秘史》

《卢宫秘史》，书名原文为（*The Prisoner of Zenda*），英国恩苏霍伯原著，甘永龙、朱炳勋译述，上海商务印书馆出版发行。《小说月报》第三年第一至八期（1912年4月至11月）连载。《小本小说》系列之一，民国三年（1914）六月出版。两册，上册119页，下册116页。《说部丛书》四集系列第二集第六十五编，民国四年（1915）六月廿四日初版，同年十月廿七日再版。《说部丛书》四集系列再版本，封面题"历史小说"，发行人为印有模，印刷人为鲍咸昌。总发行所为位于上海棋盘街中市的商务印书馆，分售处为全国各地乃至海外的商务印书分馆，凡二十八处。分上下两卷，每卷一册，上册119页，下册116页，凡235页。每部定价大洋陆角。

上卷十章，下卷十二章，凡二十二章。无章目，无序跋。

第一章 英国作品叙录 201

《劫花小影》

　　《劫花小影》，英国勃雷登原著，心石译，上海商务印书馆出版发行。《小说月报》第二年第二至九期（1911年3月至9月）连载。《说部丛书》四集系列第二集第六十六编，民国四年（1915）六月廿九日初版，同年十月十五日再版。《说部丛书》四集系列再版本，正文署"心石译意，况呆呆润词"，版权页署王蕴章译述，封面题"历史小说"，发行人为印有模，印刷人为鲍咸昌。总发行所为位于上海棋盘街中市的商务印书馆，分售处为全国各地乃至海外的商务印书分馆，凡二十八处。分上下两卷，每卷一册，上册119页，下册116页，凡235页。每部定价大洋陆角伍分。

　　凡三十二章，有章目，无序跋。章目依次为：第一章　闺忆；第二章　芦中人；第三章　暗杀……暗杀……；第四章　肠断萧郎一纸书；第五章　七年后之黛西日记；第六章　黛西日记；第七章　荃不察予之中情；第八章　黛西从客兰度蜜月日记；第九章　黛西麦灵日记；第十章　黛西威尼斯日记；第十一章　绮集；第十二章　授简；第十三章　惊鸿一现；第十四章　黛西丽芳墩日记；第十五章　芳心自警；第十六章　探署；第十七章　黛西在伦敦之日记；第十八章　黛西日记；第十九章　黛西日记；第二十章　黛西日记；第二十一章　艳妒；第二十二章　黛西日记；第二十三章　巴黎商界中之霸王；第二十四章　唳雁声声；第二十五章　黛西日记；第二十六章　黛西日记；第二十七章　燕语丁宁；第二十八章不速之客；第二十九章　碎玉；第三十章　黛西日记；第三十一章　黛西日记；第三十二章　雅登之自供。

《劫花小影》，封面题"小本小说"。英国勃雷登氏原著，心石、况粿译述，商务印书馆民国三年（1914）七月初版。二册，每部定价大洋叁角。

上册130页，下册119页，上册十六章，下册十六章，合计三十二章，有章目，无序跋。

原著者与原著，《樽目第九版》第2123页声称：Rhoda Broughton "Foes in Law" 1900。

查阅维基网可知，Rhoda Broughton（1840—1920）是威尔士小说家，短篇故事作家。她早年的小说为她赢得了名声。

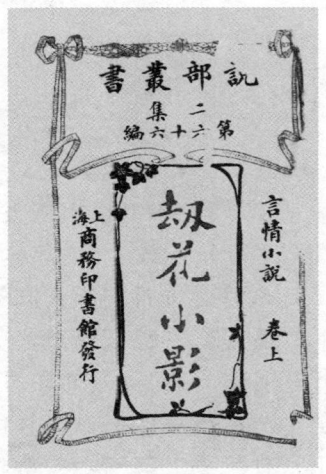

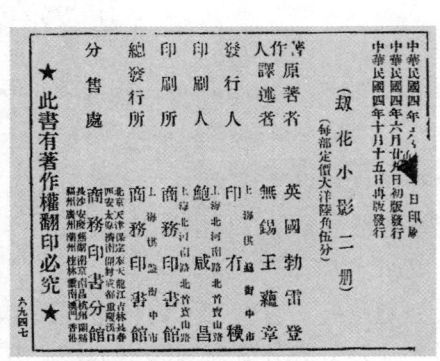

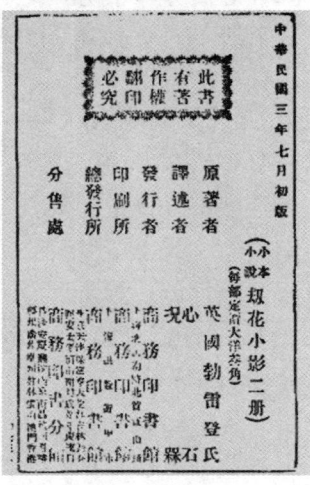

《白头少年》

《白头少年》，署英国盖婆赛原著，陈家麟译述，上海商务印书馆出版发行。被编入三种"小说丛书"系列，即一为《说部丛书》四集系列第二集六十八编，二为"新译"小说系列之一，三为《小本小说》系列之一。四集系列再版本，封面题"社会小说"。戊申年（1908）七月十四日印刷，同年七月二十六日初版，民国四年（1915）十月十八日再版。发行人为印有模，印刷人为鲍咸昌。总发行所为位于上海棋盘街中市的商务印书馆，外埠分售处有商务印书馆分馆二十八家。全一册，136 页，每册定价大洋叁角。"新译"小说系列，封面题"社会小说"。发行者、印刷所与总发行所均为商务印书馆，外埠分售处有商务印书馆分馆十三家。一册，136 页。每册定价大洋叁角。《小本小说》版本，民国元年（1912）四月出版。未见。三者内容相同，凡六章，无章目，无序跋。

原著者与原著，根据《樽目第九版》第 285 页记载，古二德考证为：Guy Newell Boothby "In Strange Company: *A Story of Chili and The Southern Seas*" 1894。Guy Newell Boothby 的多部小说作品被译成汉语，并被编入商务版的《说部丛书》之中。

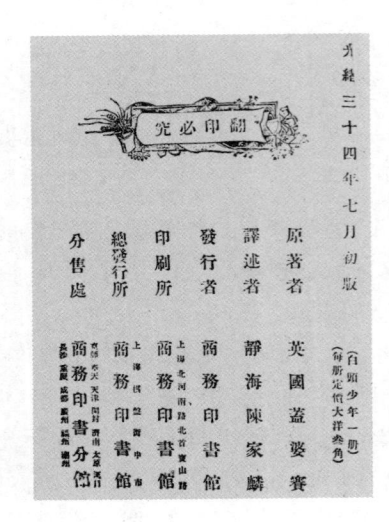

《青衣记》

《青衣记》，未署原著者，仪征陈大灯、静海陈家麟译述，上海商务印书馆出版发行。《说部丛书》四集系列第二集六十九编，戊申年（1908）五月十六日印刷，戊申年（1908）六月十三日初版，民国四年（1915）一月二十三日三版。《说部丛书》四集系列三版本，封面题"言情小说"，发行人为印有模，印刷人为鲍咸昌。总发行所为位于上海棋盘街中市的商务印书馆，分售处为全国各地乃至海外的商务印书分馆，凡二十八处。

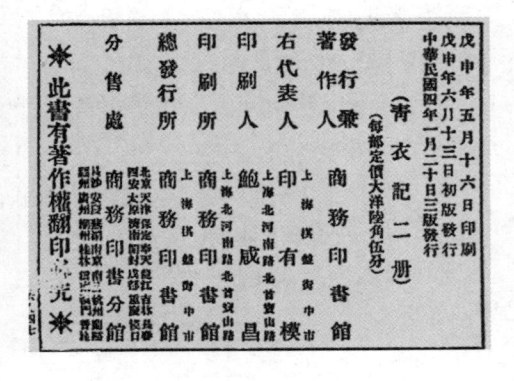

全书分上下二卷，每卷一册，上册152页，下卷127页，凡279页。每部定价大洋陆角伍分。"新译"小说系列初版本，光绪三十四年（1908）七月初版，发行者、印刷所与总发行所均为商务印书馆，外埠分售处有商务印书馆分馆十三家。全书分上下二卷，每卷一册，上册152页，下卷127页，凡279页，每册定价大洋肆角。此外该系列还有民国二年（1913）十月三版本。

上卷十五章，下卷十六章，凡三十一章，无章目，无序跋。

原著者，《樽目第九版》第3530—3531页著录两个姓名，即英国的傅兰饧与傅兰锡，这二者似应为同一人，但究竟哪一种写法正确，抑或都正确，待考。原著名也待考。

《青衣记》叙述"贵族彼得以悦一女子娜刹利，辟兄离母以冀得当，而娜志别有所在，故弄彼得。后彼得乃室小家女波罗波，波劝彼得归，母子如初。中写彼得之痴，娜之黠，波之挚，皆笔笔空灵飞动"。

《青藜影》

《青藜影》，英国布斯俾原著，薛一谔、陈家麟译述，上海商务印书馆出版发行。该著有多种版本，一是"新译系列"。封面题"新译言情小说"，英国布斯俾原著，江都薛一谔、静海陈家麟译述，光绪三十四年（1908）七月初版，全一册，每册定价大洋贰角。发行者商务印书馆，总发行所商务印书馆（上海棋盘街中市），印刷所商务印书馆（上海北河南路北首宝山路），分售处商务印书分馆（京师、奉天、天津、开封、济南、太原、汉口、长沙、重庆、成都、广州、福州、潮州）。全书89页，共三十四章，无章目，无序跋。二是《小本小说》系列，民国三年（1914）十二月初版。全一册，85页，凡三十四章，定价每册大洋壹角。三是《说部丛书》四集系列第二集七十一编，封面题"言情小说"，戊申年（1908）七月二十七日印刷，同年八月十四日初版，民国四年（1915）十月廿三日三版。全一册，89页，凡三十四章。每册定价大洋贰角。三者内容相同。

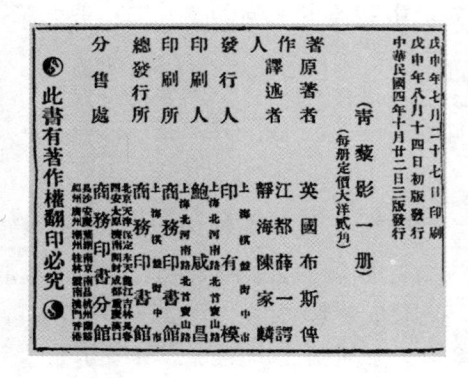

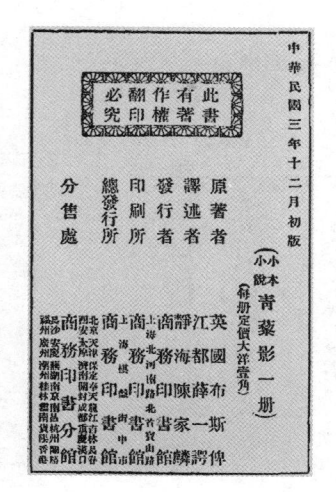

原著者与原著,《樽目第九版》第 3510 页声称:Guy Newell Boothby "Farewell Nikola"。Guy Newell Boothby 的多部小说作品被翻译成汉语,并被编入商务版《说部丛书》中。

凡三十四章,无章目,无序跋。

《青藜影》叙述"英人锐卡得以一婆人子而获巨富、袭伯爵,且无意中遇一佳偶。其成就此偶之难,往往遇意外之敌,遭不测之变,每转一境,令人惊骇欲绝,卒之否极泰来,竟得美满结果。章回虽短,殊觉无穷出清新也"。

《海外拾遗》

《海外拾遗》,署英国毕脱利士哈拉丁原著,商务印书馆译述,上海商务印书馆出版发行。《小本小说》系列之一,上海商务印书馆民国三年(1914)十二月二十五日印刷,民国四年(1915)一月二十日初版。《说部丛书》四集系列第二集第七十二编,戊申年(1908)七月三日印刷,戊申年七月十六日初版发行,民国四年(1915)十月十九日再版发行。《小本小说》版本封面题"小本小说",全一册,111 页,定价每册大洋壹角伍分。《说部丛书》四集系列再版本封面题"笔记小说",全一册,116 页,每册定价大洋叁角。总发行所商务印书馆(上海棋盘街中市),发行兼著作人商务印书馆,代表人为印有模,印刷人为鲍咸昌,印刷所商务印书馆,分售处全国各地商务印书分馆。"新译"小说系列,光绪三十四年

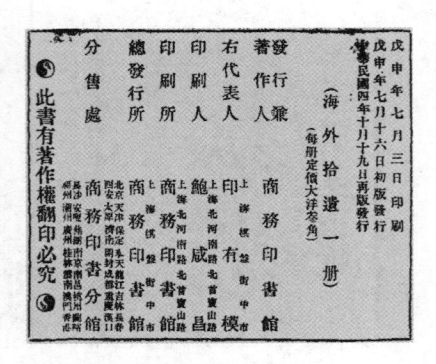

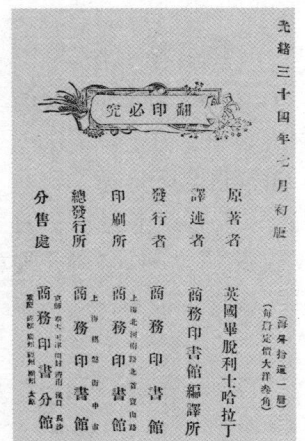

208　商务印书馆《说部丛书》叙录

七月初版，发行者、印刷所与总发行所均为商务印书馆，外埠分售处有商务印书馆各分馆十三家。全一册，116 页，每册定价大洋叁角。

原著者为英国的柯南·道尔，《海外拾遗》为《失落的世界》（The Lost World，1912 年）。①

该书内收青龙馆（共十一章，无章目）、修嘱人、西飞燕、园丁、老画师、提琴客、圣画、妻母遗嘱八篇。无序跋。

《海外拾遗》有则广告，其文为："英国毕脱利士哈拉丁著。大都叙述彼国之高人韵士、隐逸名流等遗事，内分七则，曰青龙馆，曰修嘱人，曰西飞燕，曰园丁，曰老画师，曰圣画，曰妻母遗嘱。洋洋四五万言，奇情逸致，意趣横生"。定价大洋叁角。

《洪荒鸟兽记》

《洪荒鸟兽记》，英国柯南达利（今译柯南达尔）原著，李薇香译述，上海商务印书馆出版发行。原载《小说月报》4 卷 5—8 号 1913.09.25—12.25（《樽目第九版》第 1652 页）。《说部丛书》四集系列第二集七十三编，民国四年（1915）二月十四日印刷，同年三月二日初版，同年十月十九日再版。《说部丛书》四集系列再版本，封面题"科学小说"，发行人为印有模，印刷人为鲍咸昌。总发行所为位于上海棋盘街中市的商务印书馆，分售处为全国各地乃至海外的商务印书分馆，凡二十八处。二册，上册 109 页，下册 99 页。每部定价大洋伍角。

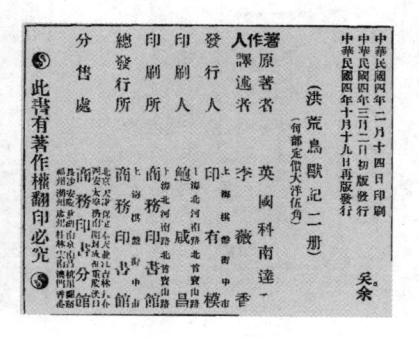

---

① 张治：《再谈商务印书馆"说部丛书"里的原作》。

原著者与原著，《樽目第九版》第 1652 页声称：Arthur Conan Doyle "The Lost World" (1912)。《洪荒鸟兽记》为《失落的世界》(The Lost World, 1912 年)。① 原著者英国柯南达利简介参阅初集第四编《（补译）华生包探案》。

上卷十章，下卷十六章，凡二十六章。无章目，无序跋。

《洪荒鸟兽记》叙述"南美腹地，人迹不到处，有灵境。上古生物久绝迹于人世者，咸窟宅其中。更有两种蛮人，聚族而居。入其中者，为英国探险远征队，计四人，皆博学。取所见飞潜动植，一一讨论。其说理之明了，引证之赡博，可以宜人神智。纬以爱情，点染生动，能令读者百回不厌。译笔亦雅驯畅达，洵为情文并茂之作"。

《错中错》

《错中错》，未署原著者，商务印书馆编译所编译，上海商务印书馆出版发行。《说部丛书》四集系列第二集七十五编，己酉年（1909）二月三日印刷，同年闰二月十日初版，民国四年（1915）一月十九日三版。《说部丛书》四集系列三版本，封面题"言情小说"，发行人为印有模，印刷人为鲍咸昌。总发行所为位于上海棋盘街中市的商务印书馆，分售处为全国各地乃至海外的商务印书分馆，凡二十八处。分两卷，每卷一册，上卷 133 页，下卷 145 页。每部定价大洋陆角。

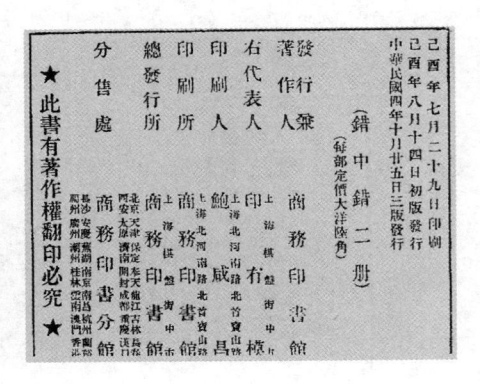

---

① 张治：《再谈商务印书馆"说部丛书"里的原作》。

第一章 英国作品叙录 211

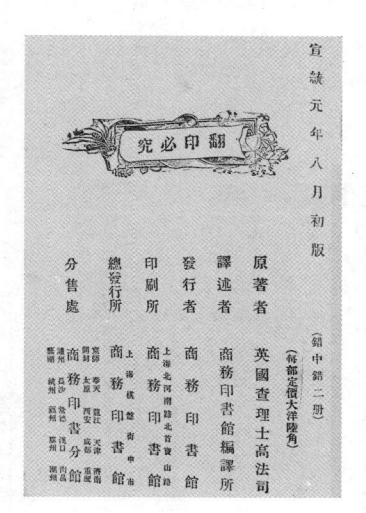

上卷二十四章，下卷二十章，凡四十四章。无章目，无序跋。

原著者，据《樽氏目录》，为英国查理士高法司，其原名可能是Charles Garvice。Charles Garvice（1850—1920），今译为查理斯·加尔文，英国多产作家，一生创作了150多部富有浪漫色彩的长篇小说，通常以女性化的笔名Caroline Hart发表。他是不列颠、美国等地颇受欢迎的作家。是英国最成功的长篇小说作家之一。至1914年，他的小说在世界范围内发行了700多万册。尽管如此，他赢得的好评很可怜，今天几乎被人遗忘。

《错中错》叙述"英国一伯爵之嗣子，以私眷一少女故忤父，遁海外为人牧羊，旋为人所击。其人貌与之相类，因冒名投其嗣父袭财产。遇前所眷，举止错谬，而真嗣被击后实未死，惟尽失记忆力。后卒复原，与少女成婚。情事离奇恍惚，不徒以言情见长"。

《雪市孤踪》

《雪市孤踪》，未署原著者，天行译，上海商务印书馆出版发行。《说部丛书》四集系列第二集七十六编，戊申年（1908）十月十四日初版，民国四年（1915）十月一日印刷，同年十月十四日再版。《说部丛书》四集系列再版本，封面题"言情小说"，发行人为印有模，印刷人为鲍咸昌。总发行所为位于上海棋盘街中市的商务印书馆，分售处为全国各地乃至海外的商务印书分馆，凡二十八处。全一册，90 页。每册定价大洋贰角伍分。

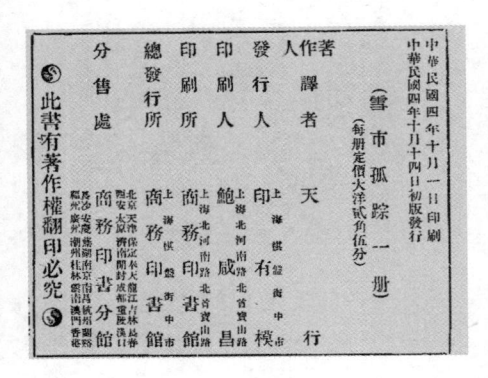

凡十四章，无章目，无序跋。

原著者与原著待考。

《堕泪碑》

《堕泪碑》，英国布斯俾（Guy Newell Boothby）原著，商务印书馆编译所编译，上海商务印书馆出版发行。《说部丛书》四集系列第二集第七十七编，己酉年（1909）九月五日初版，民国四年（1915）十月十六日再版。《说部丛书》四集系列再版本，封面题"哀情小说"，发行人为印有模，印刷人为鲍咸昌。总发行所为位于上海棋盘街中市的商务印书馆，分售处为全国各地乃至海外的商务印书分馆，凡二十八处。分两卷，每卷一册，上册108 页，下册81 页。每部定价大洋肆角伍分。

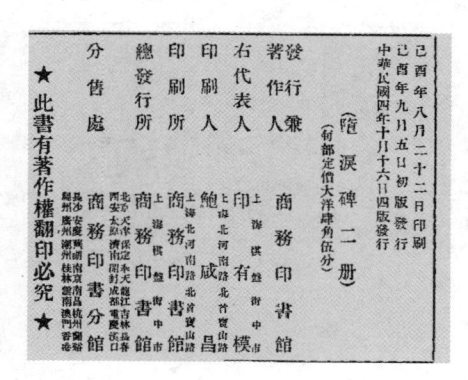

第一章　英国作品叙录　213

上卷十章，下卷十二章，凡二十二章。无章目，无序跋。

《堕泪碑》叙述"男女二人自少相爱悦，有婚姻之约。为境所迫，各自婚嫁，然爱根终不能断，卒弃其家室，相携偕遁。深情婉致，哀艳动人"。

《飞将军》

《飞将军》，英国葛丽裴史原著，天游译述，上海商务印书馆总发行。该译作被编入两种"小说丛书"，一为《小本小说》系列之一，二为《说部丛书》四集系列二集第八十九编。《小本小说》版本，民国二年（1913）十一月再版（初版不详）。分上下两册，上册120页，下册219页。《说部丛书》初版本，封面题"理想小说"，民国四年（1915）十月十日初版发行发行人为印有模，印刷人为鲍咸昌。总发行所为位于上海棋盘街中市的商务印书馆，分售处为全国各地乃至海外的商务印书分馆，凡28处。分上下两卷，每卷一册，上册126页，下册104页。每部定价大洋陆角。

卷上二十章，卷下十八章，无章目，无序跋。

《合欢草》

　　《合欢草》，英国韦烈原著，卫听涛、朱炳勋译述，上海商务印书馆出版发行。《小说月报》1—5期，宣统二年七月二十五日至十一月二十五日（1910.8.29—12.26）连载（《樽目第九版》第1552页）。《说部丛书》四集系列第二集第九十三编，民国四年（1915）六月二十日初版发行。《说部丛书》四集系列初版本，封面题"言情小说"，发行人为印有模，印刷人为鲍咸昌。总发行所为位于上海棋盘街中市的商务印书馆，分售处为全国各地乃至海外的商务印书分馆，凡二十八处。分上下两卷，每卷一册，上册78页，下册99页。每部定价大洋肆角伍分。《小本小说》系列之版本，上海商务印书馆1914年6月出版（《樽目第九版》第1552页）。

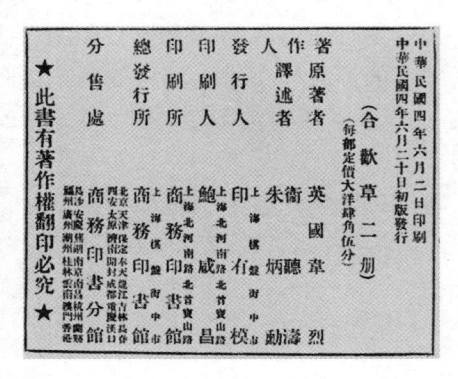

上卷十二回，下卷十二回，凡二十四回，有回目，无序跋。上卷回目依次为：第一回　日暮途穷欢呼逢旧友　天开异想庖代作新郎；第二回　两下糊涂忽成眷属　一番变局大起干戈；第三回　启黑幕床前惊艳色　露机关枕底见私书；第四回　历重洋堕入云雾　奋孤掌跳出牢笼；第五回　九死一生控呈使馆　寻根问柢重返伦敦；第六回　见赝书剖明疑窦　求真相踏破芒鞋；第七回　弄尽蹊跷游戏三昧　蓦地出现惊喜重逢；第八回　画中爱宠貌似神非　囊底毒晶惊心动魄；第九回　告奋勇新侦探登场　逞诡谋老奸雄现影；第十回　峻辞拒却不与奸媒　噩耗惊传徒遭暗杀；第十一回　试手段请求效力　验头颅研究伤痕；第十二回　动疑怀追询底蕴　睹影片触起前情。下卷回目依次为：第十三回　访求逆旅骤失老奸　检点邮书重临古宅；第十四回　接佳音一枝欣借托　闻急报两脚费奔波；第十五回　呼将伯折柬召名医　说情由踵门来怪客；第十六回　参秘键抉微入隐　仗神针起死回生；第十七回　意外传书喜逢佳运　樽前片语斗起疑云；第十八回　往事追维迷离梦境　主名骤得推断惊人；第十九回　袭钜产喜作富家翁　践胜游俨为贵人客；第二十回　探私书惊心睹黑影　入绣闼蓦地失情人；第二十一回　深林密语前事重提　狭路逢仇老人出现；第二十二回　握手交欢装来假意　劈头一语道破真情；第二十三回　阿华别墅演情爱剧　化佛医生谈毒物史；第二十四回　百年美眷喜缔并头花　一笑春风归结合欢草。

《玉楼惨语》

《玉楼惨语》，英国威连勒格克司原著，金陵胡克、武进赵尊岳译述，上海商务印书馆出版发行。《说部丛书》四集系列第二集第九十四编，民国四年（1915）四月十八日印刷，同年五月二日初版，同年十月十六日再版。《说部丛书》四集系列再版本，封面题"哀情小说"，发行人为印有模，印刷人为鲍咸昌。总发行所为位于上海棋盘街中市的商务印书馆，分售处为全国各地乃至海外的商务印书分馆，凡二十八处。全一册，164 页，每册定价大洋肆角伍分。

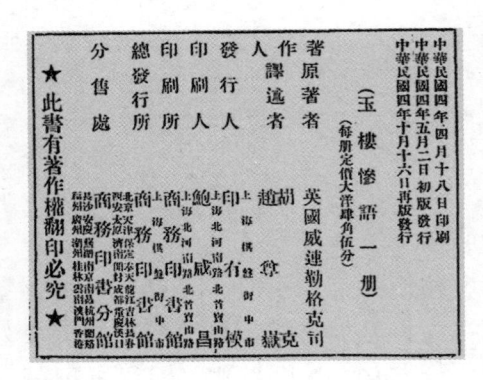

原著者与原著,《樽目第九版》第 56331 页声称:William Tufnell Le Queux "The Great Court Scandal"。

查阅维基网可知,William Tufnell Le Queux(1864—1927)是英法新闻记者和作家,也是著名外交官和旅行家,还是一名无线电先驱。他最著名的著作是 The Great War in England in 1897(1894)和 The Invasion of 1910(1906)。

凡二十八章(含结局),无章目。卷首有赵尊岳于民国三年(1914)十二月距岁除之七日撰写的"弁言",其文为:

> 黄蘤方谢,红萼含苞,枫叶尽飞,梧桐已秃。初冬之夕,小楼一角中,兽炭熊熊。有构思振笔而坐者,尊岳是已。尊岳好小说家言,手得一卷,未尝愿释。因察中西妙诠,在古辄敦朴雄厚,天人相与之言,中世以降,笔渐趋时矣。是册英人近世作也。写翠华蒙难,惆怅成行,身去异邦,心怀故国。事虽至迩,而文笔敏妙,直轶太尼逊司各德而上之,反覆循诵,令人增感。尤赏义贼鲍痕,忠诚款款,谓处阿鼻狱中,不幸不幸,犹慕侠名,亦可悲矣。夫吾华之稗史,远莫逾夫广成。西方乃以大食之书为最,即世传《天方夜谭》是也。夜谭未可考其时候,或在辟里克尔之际乎?是时文家辈出,百学咸兴。国家是时,盖行同乐之制,设剧场,定假日,务使人民得自娱。是以有一艺之能者,咸得见于当世,而亦有伤心之人,远识之士,察此一时之乐,必罹异日之殃。发为小雅之音,来作五子之戒。及后智识渐进,

文明愈增，人群之进化既速，政论之褒贬亦多，则有斯宾塞达而文等起，创天演物质之说，天倪渺忽，非吾庄周之谈乎？达尔文以竞争立说，阐人世之至理，创天下之未有。及十七世纪阿狄生兴，以家常之笔，箴国事之非，文报掊华一卷，几无一非含讥隐讽。叟罗加者，固昌昌其有志矣。莎士比以颓败之世，发矫健之音，托剧场以说法，借小说而成章。观其全集，古色苍苍，似竭力以自规于拮据。舍是太尼逊哥而登司各德辈，亦均以有韵之辞，名于当世。然视莎士比则高下弥判矣。太氏之诗，述美人芳草，豪客英雄，以娇丽婀娜胜。哥氏则以诗词志事，蜚誉一时，所为诸作，读之口吻芬芳，犹吾国温白诸家也。而莎士比则以气势之长，抗衡当世。虽其著述，亦有涉乎妖魁，而去靡靡之风远矣。狄更司亦以小说名于时，察社会之至理，载家常之陈故，化其民于不自知之中。而大卫考伯非而、尼古拉司二书，尤描写入神，不遗点墨。林先生纾，以生花之妙笔，译高抗之奇文，署之曰《块肉余生》、《滑稽外史》，音响乃不逊原本。然是均就英岛而言也。哥伦布辟新大陆，新大陆蔓草丛林。野人土著耳，化从外至，殖民之政府，一旦以自立，回忆前年之丛林漫水，相去不可同日而称。文学诸子，若浪法洛纳斯尼尔、霍桑、欧文等，均接踵以出。三子之中，霍桑犹狂生英国斯威夫纳也。好以不经之言，来作针砭之语。欧文则伤心述古，慨世俗之浮华，独怆然于已往，杂记等作，自称不乐志维苏里之火山、俄罗斯之冰河，而独取才狗窦，志一二断简残碑于篇末，诚所谓振奇之人。若以西邦诸子，方之吾华，则辟里克尔之期，固三皇五帝之朝，薰风卿云五子之歌，哀乐咸备矣。斯达二氏，固吾国庄骚之谈。阿狄生方之晋时，清谈流辈。莎士比足当太白，郎法落即拟之温杜诸人，司各德则昌黎文公耳。哈葛德及诸作者辈，则吾元明以院本小说名者也。霍桑、欧文之流，当极盛之纪，作悲怛之音，则又吾华所谓别有怀抱之徐文长一流矣。年来我邦文学锐退，即西方学者亦每逊于前，欧美东西同兹一辙。读硕果之篇，慨亡羊之道，不禁感慨系之。译是既竟，拉杂摭拾，实之弁中。初于本篇绝少关系。读者鉴之。

《侠女破奸记》

《侠女破奸记》，英国加伦汤母原著，刘幼新译述，上海商务印书馆出版发行。《东方杂志》第十卷第八至十二号（1914年2月至6月）连载。《说部丛书》四集系列第二集九十六编，民国三年（1914）十二月二十日初版，民国四年（1915）十月十七日再版。《说部丛书》四集系列再版本，封面题"社会小说"，发行人为印有模，印刷人为鲍咸昌。总发行所为位于上海棋盘街中市的商务印书馆，分售处为全国各地乃至海外的商务印书分馆，凡二十八处。全一册，85页，每册定价大洋贰角伍分。

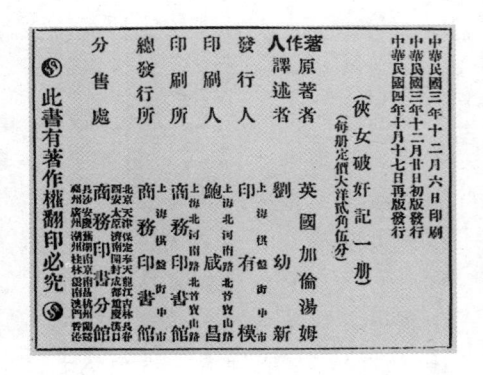

原著者与原著，根据《樽目第九版》第4711页，张治考证为：英国小说家及戏剧家 Tom Gallon "The Girl Behind The Keys"（1903）。

查阅维基网可知，原著者 Tom Gallon（1860—1914），英国剧作家和小说家，他的很多作品被改编电影。

凡八章，有章目，无序跋。章目依次为：第一章　总统被骗；第二章　钻石颈圈；第三章　鬼按机；第四章　孤儿遇救；第五章　赝纸币；第六章　湖上惨剧；第七章　默妹；第八章　公司之结局。

《侠女破奸记》叙述"伦敦有贫女某，佣于书记待聘公司。久之，知该公司为乱党机关，利用贫女以济恶，非能介绍书记者。乃设种种方法，破其奸谋。勾心斗角，尔诈我虞，有五花八门之妙。译笔亦文从字顺。书凡八节，每节一事，自具首尾，合之为长篇，分之为短篇，于阅读尤便利焉"。

《娜兰小传》

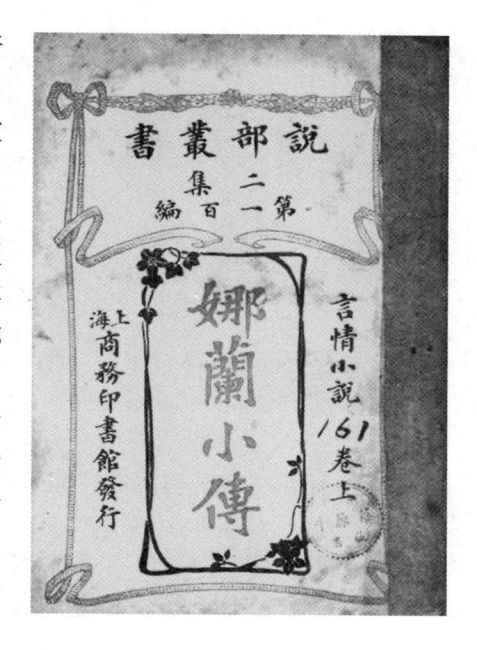

《娜兰小传》，英国蔡尔司辩维斯著原著，四明梦痴、三吴耕者译述，上海商务印书馆出版发行。该译作被编入两种"小说丛书"，一为"新译"系列之一，二为《说部丛书》四集系列第二集第一百编。"新译系列"版本，封面题"言情小说"。民国三年（1914）九月初版。封面署"新译娜兰小传"，分上下两卷，每卷一册，上册242册，下册230页，每部定价大洋捌角。发行者、印刷所与总发行所均为上海商务印书馆，分售处为全国各地乃至海外的商务印书分馆。《说部丛书》版本，封面题"言情小说"。民国三年（1914）八月二十四日印刷，同年九月十二日初版发行，民国四年（1915.）十月二十一日再版发行。分上下两卷，每卷一册，上册242页，下册230页，每部定价大洋捌角。

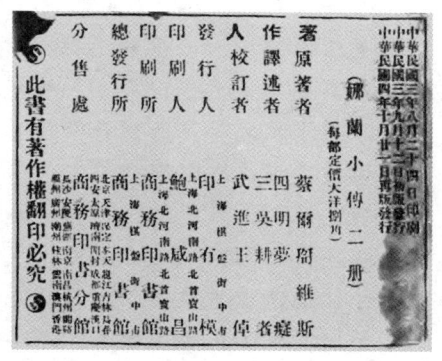

原著者与原著，根据《樽目第九版》第3093页，为Charles Garvice "Lorrie"。

查阅维基网可知，原著者Charles Garvice（1850—1920），英国多产作家，创作的浪漫传奇（小说）超过150多部。他经常使用女性化的笔名Caroline Hart。他是英国和美国颇受欢迎的作家，其作品翻译到世界各国。批评家认为，他是英国20世纪10年代最成功的小说家。到1914年，他的小说销量高到700多万册。

二者内容相同，上卷十八章，下卷十三章，共三十一章，无章目。

卷首有"叙"。

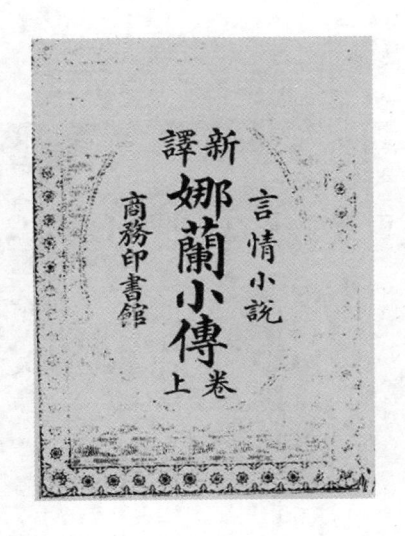

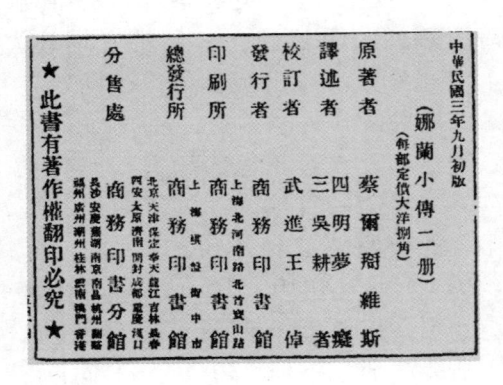

卷前有红兰馆主撰写的"叙文",叙文为:

> 言情小说于事实恒不趋良果,致读者为之心痗。固文人炫奇骋笔,故弄狡狯。然亦欲激刺人心,使对照观之,于政治上、法律上、社会上谋改良境遇之微意也。惟以父母媒妁之故,致爱情非出于自然。吾国前此时代,容或难免;而泰西素重个人自由,顾亦有伤心人语。时见于说部,则言情小说,固徒增人悲感之具耳。蔡尔司掰维斯所著《娜兰小传》,能读西书者,咸誉之不容口。余以改订之责,获见四明梦痴、三吴耕者之译本,喟然曰:体物状情,是书洵尽美矣;而事实结果之佳,更令人快然意满。且无丝毫淫邪之气绕其笔端,庶乎得正风之旨。而视吾国社会上之心理,亦适合于针砭。浅薄者或以果报之说议之,则殊不当。盖迩来吾国男女之关系,已非果报说所能惩艾,而泛滥之原,咎在秽乱楮墨者,日煽淫词,以荡摇迎合之之所致。而财利与情爱二者,既极端反对,佳耦怨耦,虽缘是判一生忧乐,而情爱果非出于正,则凡稍有道德法律范围之国,决无能自越其范围而自恣,盈虚消长,理有固然。谬者乃谓可强之以人力,则书中西摩之流亚矣。

《亨利第六遗事》

　　《亨利第六遗事》，英国莎士比（亚）原著，闽侯林纾、静海陈家麟译述，上海商务印书馆出版发行。《林译小说丛书》第二集第十五编，上海商务印书馆民国五年（1916）四月初版。《说部丛书》四集系列第三集第一编，民国五年（1916）四月初版。后者封面未题小说类型，发行者为商务印书馆，印刷者为位于上海北河南路北首宝山路商务印书馆，总发行所为位于上海棋盘街中市的商务印书馆，分售处为全国各地乃至海外的商务印书分馆四十五处。全一册，102 页。每册定价大洋贰角伍分。

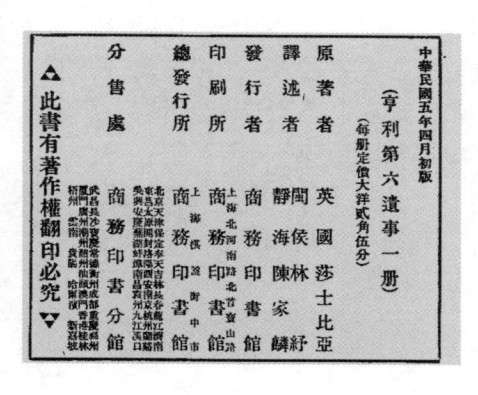

　　不分章节，无序跋。

　　学界普遍指责林纾把戏剧翻译成小说，樽本先生则明确回应说："戏曲を直接小说化したというのは误り"，即认为林纾把戏剧直接小说化的指责是错误的。就《亨利第六遗事》而言，原著者与原著为 William Shakespeare "Henry VI" 1590—92，而林纾翻译的底本则为 Arthur Thomas Quiller-couch "*King Henry The Sixth*" ["*Historical Tales From Shakespeare*"] (1899)。换言之，林纾翻译的不是莎士比亚的戏剧，而是莎士比亚戏剧本事，"本事"富有故事性，这是林纾一直突出的（《樽目第九版》第1627 页）。张治也指出，参考林纾几部莎翁英国历史剧的译作，其原本当是 1910 年前后在伦敦出版的《莎翁史事本末》（Historical Tales From Shakespeare）一书，作者是 Sir Arthur Thomas Quiller-couch（1863—1911）（《樽目第九版》第 1628 页）。这两位学者可谓通过考证都在为林纾雪冤。

《亨利第六遗事》原著为 Henry VI（1594—1623），今译为《亨利六世》。林纾除了与他人合译了《亨利第六遗事》外，还合译了《雷差得纪》（Richard II，1597 年）、《亨利第四纪》（Henry IV，1598—1600 年）、《凯彻遗事》（Julius Caesar，1623 年）、《亨利第五纪》（Henry V，1600 年）。

威廉·莎士比亚（William Shakespeare，1564 - 1616 年），欧洲文艺复兴时期杰出的诗人与戏剧家，出生于英格兰沃里克郡斯特拉福镇一个富裕的市民家庭，因父亲破产，他未能在当地的一个文法学校毕业就走上独自谋生之路。他当过肉店学徒，乡村教师以及其他各种职业，这使他增长了许多社会阅历。他十分喜爱戏剧，尤其是到了伦敦后，先在剧院当马夫、杂役，后入剧团，做过演员、导演、编剧，并最终成为剧院股东。1588 年前后开始写作，先改编前人的剧本，不久即开始独立创作。前期主要剧作有《亨利八世》《亨利六世》《查理三世》《查理二世》《约翰王》《亨利四世》《亨利五世》《错误的喜剧》《仲夏夜之梦》《罗密欧与朱丽叶》《威尼斯商人》《第十二夜》等，中期主要剧作有《哈姆雷特》《奥赛罗》《李尔王》《麦克白》等，后期主要剧作有《泰尔亲王配力克里斯》《辛白林》《冬天的故事》《暴风雨》等。

亨利六世是兰卡斯特王朝的最后一位英格兰国王，领导无方又不能选贤任能，不仅将亨利五世的丰硕战果丧失殆尽，而且还陷入血腥的"玫瑰战争"。

《情窝》

《情窝》，英国威利孙原著，闽侯林纾、永泰力树蘐译述，上海商务印书馆出版发行。《平报》1912 年 11 月 1 日至 1913 年 9 月 30 日连载。《林译小说丛书》第二集第十六编，出版时间不详。《说部丛书》四集系列第三集第三编，民国五年（1916）五月初版。《说部丛书》四集系列初版本封面未题小说类型，发行者为商务印书馆，印刷者为位于上海北河南路北首宝山路商务印书馆，总发行所为位于上海棋盘街中市的商务印书馆，分售处为全国各地乃至海外的商务印书分馆四十五处。全书二册，上册 119 页，下册 118 页，每部定价大洋陆角。

上册二十一章，下册十八章，凡三十九章，无章目，无序跋。

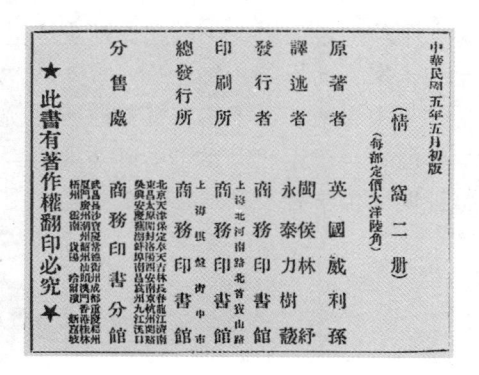

《海天情孽》

　　《海天情孽》，未署原著者，闽侯黄士淇编译，上海商务印书馆出版发行。《说部丛书》四集系列三集第四编，封面未题小说类型。民国五年（1916）四月初版。发行者为商务印书馆，印刷者为位于上海北河南路北首宝山路商务印书馆，总发行所为位于上海棋盘街中市的商务印书馆，分售处为全国各地乃至海外的商务印书分馆四十五处。全一册，51 页。每册定价大洋壹角捌分。全书八节，无节目。

《樽氏目录》认为，该作是英国 Arthur Conan Doyle 的 "*The Man From Archangel*"。

《海天情孽》叙述"一俄国男子挈所欢避情敌，浮海遇飓风，触礁而沉。女子被居荒岛之绅士救起。绅士厌世派之哲学家也。男子亦得不死，踪迹至绅士家，向索妇。绅士靳不予，发为种种议论，虽所言为高尚之哲理，而迂谬不中事情。男子富有冒险性质之航海家，于绅士所言，多不解，卒因意见柄凿，至于用武。女子不谙外国语言，无由自达其意，随益相左。作者盖欲证明厌世学者及哀情狂热之非是，用笔深入浅出，是其特色"。

《奇女格露枝小传》

《奇女格露枝小传》，英国克拉克原著，闽侯林纾、静海陈家麟译述，上海商务印书馆出版发行。《林译小说丛书》第二集第十八编，出版时间不详。《说部丛书》四集系列第三集第七编，上海商务印书馆民国五年（1916）五月初版。《说部丛书》初版本封面未题小说类型，发行者为商务印书馆，印刷者为位于上海北河南路北首宝山路商务印书馆，总发行所为位于上海棋盘街中市的商务印书馆，分售处为全国各地乃至海外的商务印书分馆，凡四十五处。全一册，63 页，每册定价大洋贰角。

不分章节，无序跋。

据马泰来先生考证，《奇女格露枝小传》原著者为 Mary Cowden Clarke

(1809—1898)，原著为 *The Thane's Daughter*（1850）。此故事原收入 *Girlhood of Shakespeare's Heroines*。述 Lady Macbeth 事。又按 Mary 为 Charles Cowden Clarke 妻。马氏还指出，寒光、朱羲青、曾锦漳、韩迪厚皆疑克拉克即 Dinah Maria Craik，非是。（第78—79页）

Mary Cowden Clarke（1809—1898），英国作家，家中长女。1828年，她与其弟弟的商业伙伴 Charles Cowden Clarke 结婚，并同丈夫一道从事莎士比亚的研究工作。婚后，她致力于非常有价值的关于莎士比亚索引的工作，该索引于1845年出版。该著超过其他同类著作。她的其他著作有 *Kit Bam's Adventures*: or, *The Yarns of an Old Mariner*（1849），*Concordance to Shakespeare*（1846），*The Girlhood of Shakespeare's Heroines*（1850），*The Iron Cousin*（1854），*Florence Nightingale*（1857），*World-noted Women*; or, *Types of Womanly Attributes of all Lands and Ages*（1858），*Memorial Sonnets*（1888），*My Long Life*: *An Autobiographic Sketch*（1897）。

《慧劫》

《慧劫》，英国可林克洛悌原著，桐城刘泽沛、永嘉高卓译述，武进泠校订，上海商务印书馆出版发行。《说部丛书》四集系列第三集第十九编，民国五年（1916）二月初版，民国九年（1920）八月再版。再版本封面未题小说类型，发行者为商务印书馆，印刷者为位于上海北河南路北首宝

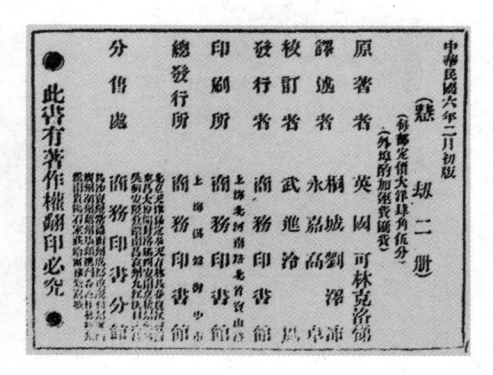

山路商务印书馆，总发行所为位于上海棋盘街中市的商务印书馆，分售处为全国各地乃至海外的商务印书分馆，凡四十五处。全书二卷，上卷87页，下卷85页，每部定价大洋肆角伍分。

上卷八章，下卷九章，凡十七章，无章目，无序跋。

原著者生平事迹不详，待考。

下册卷首有蛰叟的一段按语，"按此卷即可林克洛悌所得老猿遗著，自述其进化之历史暨与罗平公营之事业，与前卷至有映照。书中所称为予者即老猿自谓之词，幸读者留意焉"。

《天女离魂记》

《天女离魂记》，英国哈葛得原著，林纾、陈家麟译述，武进泠风校订，上海商务印书馆出版发行。《说部丛书》四集系列第三集第二十编，上海商务印书馆民国六年（1917）四月初版，民国十年（1921）九月再版。再版本封面未题小说类型，发行者为商务印书馆，印刷者为位于上海北河南路北首宝山路商务印书馆，总发行所为位于上海棋盘街中市的商务印书馆，分售处为全国各地乃至海外的商务印书分馆，凡四十五处。全书三册，上册110页，中册110页，下册116页，每部定价大洋玖角。

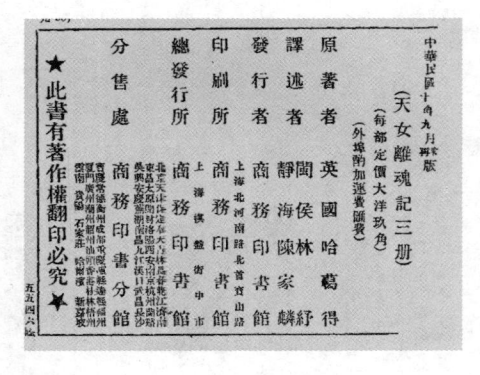

上册九章，中册七章，下册八章，凡二十四章，无章目，无序跋。

据马泰来先生考证，《天女离魂记》（*The Ghost King*，1908 年）。（第 64 页）

《烟火马》

《烟火马》，英国哈葛得原著，闽县林纾、静海陈家麟译述，上海商务印书馆出版发行。《林译小说丛书》第二集第二十四编，上海商务印书馆出版发行，时间不详。《说部丛书》四集系列第三集第二十三编，民国六年（1917）五月出版。《说部丛书》版本封面未题小说类型。全书三册，上册 129 页，中册 119 页，下册 103 页。缺版权页，出版时间与定价等信息不详。

上册九章（除小引外），中册八章，下册七章，凡二十四章。无章目，无序跋。

据马泰来先生考证，《烟火马》原著英文名为 *The Brethren*（1904 年）。马氏还指出，寒光、朱羲胄、曾锦漳、韩迪厚皆误谓原著为 *Swallow*。（第 64 页）

《毒菌学者》

《毒菌学者》，署英国惠霖劳克原著，宝山朱有昀译述，武进泠风校订，上海商务印书馆出版发行。《说部丛书》四集系列三集第二十四编，封面未题小说类型，民国六年（1917）六月初版。发行者为商务印书馆，印刷者为位于上海北河南路北首宝山路商务印书馆，总发行所为位于上海棋盘街中市的商务印书馆，分售处为全国各地乃至海外的商务印书分馆，凡四十五处。全书二册，上册91页，下册94页，每部定价大洋伍角。

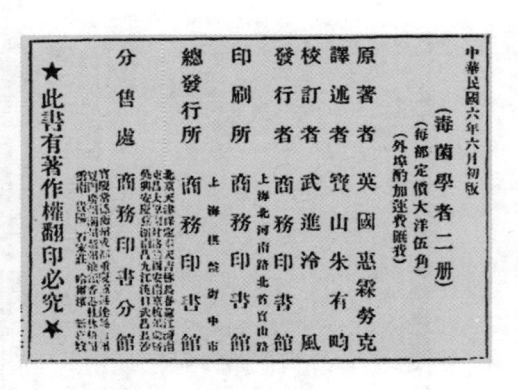

原著者与原著，根据《樽目第九版》第853页记载，张治考证为：William Le Queux "*The Death-doctor*"（1912）。William Le Queux 的简介，参见《玉楼惨语》。

上册七章（除缘起外），下册八章，凡十五章。有章目，无序跋。

上卷七章，章目依次为：第一章　谋杀费寿松事，第二章　谋杀劳伦少佐事，第三章　谋杀爱肯通医士事，第四章　谋杀加谋侯爵事，第五章　谋杀妻子观云事，第六章　谋害克郎味而事，第七章　谋杀托勒医士事。下卷七章，章目依次为：第八章　谋杀泰为事，第九章　谋杀佛伦得及夹克事，第十章　谋杀健孟司及安特生事，第十一章　谋害南荪子爵及谋杀否尼事，第十二章　谋杀密栖司通事，第十三章　谋杀倭勃郎及普耳泰娄事，第十四章　谋杀司奈尔事，第十五章　谋杀密凄空勃子爵夫人事。

《蓬门画眉录》

《蓬门画眉录》，英国亨利瓦特夫人原著，恽铁樵译述，武进泠风校订，上海商务印书馆出版发行。《说部丛书》四集系列三集第二十五编，封面未题小说类型。全书二册，上册92页，下册94页。缺版权页，出版时间与定价等信息不详。

上册十章，下册十一章，凡二十一章，无章目，无序跋。
正文首署著者原名 Park Water。
原著者亨利瓦特夫人，即艾伦·伍德（Ellen Wood，1814—1887），英国小说家，以 Mrs. Henry Wood 著称。她出生于英国伍斯特（Worcester），1836年与亨利·伍德（Henry Wood）结婚。夫妻俩在法国南部生活了二十年，由于丈夫的生意失败，全家返回英国，定居在伦敦附近，艾伦开始转向写作。其写作极大地支撑了家庭（丈夫1866年去世）。她创作了三十多部长篇小说，大多数深受欢迎。她被人记住的作品也许是1861年出版的长篇小说 *East Lynne*（1861）。她大多数作品是国际畅销书，在美国被广泛接受，她在澳大利亚的名声超过查尔斯·狄更斯。《说部丛书》中收录了她的四部长篇小说，凡七篇，具体为《蓬门画眉录》《贤妮小传》《续贤妮小传》《孤露佳人》《模范家庭》《孤露佳人续编》《模范家庭续编》，可谓多矣。

《蓬门画眉录》的原著为（Parkwater，1876）(《樽目第九版》第3299页）。

卷首有泠风的题诗，其诗为："绝世丰姿罗绮身，几人蓬壁肯安贫。从知功利盈天下，不少黄金误美人。爷娘厮养女如花，娘餍糟糠女玉钗。珂里合教名胜母，我如相值定回车。周周短羽随黄鹄，中路彷徨失所栖。何似人家双燕子，筑巢辛苦共衔泥。小说言情款款深，国风随笔变贞淫。时人艳说金龟婿，误尽穷檐父母心。"

在《蓬门画眉录》出版之前，译者就已经预告了。《小说月报》第八卷第二号"小说诗"栏目，刊载了恽铁樵对该著及其原著者的评述，其文为："亨利瓦德女士，著 Park Water 小说，极言女子不能安贫之害。书中情节，略言小家碧玉，自恃颜色，蔑视父亲，醉心富贵，父母亦纵容姑息，意在得贵婿作门楣也。卒之自贻伊戚，作孽难逭，痛快淋漓，大足针砭我国社会。余译之曰《蓬门画眉录》，感题四绝句云：绝世风姿罗绮身，几人蓬壁肯安贫。纵知功利盈天下，不少黄金误美人。爷娘厮养女如花，娘厌糟糠女玉钗。珂里合教名胜母，我如相值定回车。周周短羽随黄鹄，中路徬徨失所栖。何似人家双燕子，筑巢辛苦共衔泥。小说言情款款深，国风随笔变淫贞。时人艳说金龟婿，误尽穷檐父母心。诗不足道原本用意之佳，在晚近小说中，为不可多得矣。《蓬门画眉录》，旧历三月尽可以出版，在本社本年说部丛书中。"

《贤妮小传》（三编）

《贤妮小传》，英国亨利瓦特女士原著，长沙丁宗一、南通陈坚编译，武进泠风校订，上海商务印书馆出版发行。《说部丛书》四集系列三集第二十六编，封面未题小说类型，民国六年（1917）六月初版。发行者为商务印书馆，印刷者为位于上海北河南路北首宝山路商务印书馆，总发行所为位于上海棋盘街中市的商务印书馆，分售处为全国各地乃至海外的商务印书分馆，凡四十五处。全书二册，上册95页，下册105页，每部定价大洋伍角。

第一章　英国作品叙录　231

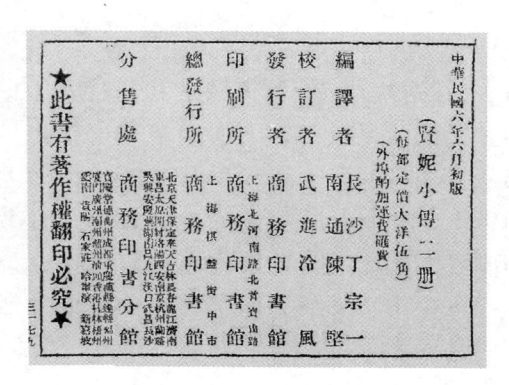

上册十三章，下册十四章，凡二十七章，无章目。

原著者英国亨利瓦特女士简介参见《蓬门画眉录》。《贤妮小传》(Mrs. Halliburton's Troubles, 1862年)。

书前有陈坚于丁巳(1917)二月在扶海之贯黍楼撰写的序，序文为：

> 茫茫大地，芸芸众生，孰主宰是，孰纲维是，孰居无事。推而行是意者，其有爱而不能已耶？其有情而不能止耶？无情即无天地，无万物。天地无爱则息，万物则死。爱情之范围固若是其广也，陋儒狭而小之，谓为男女相悦独有之名，毋亦瞽者之扪（摸）象欤？实则既名为人，举凡父子、昆弟、夫妻、朋友之伦，何者非情？何者非爱？余以为天下善言情者，莫如小说，间尝求之于古今中外之说部，能发发明伦理之爱情者盖寡。今乃于亨利瓦德女士之书得之。是书叙一牧师之女，曰贤妮者一生之历史，而以古柏、阿修礼、林萨弥、耐娘、戴儿诸人为之宾，哈利则为宾中之主，所叙皆家常琐事，初无奇节异行之能耸人听，但有一种魔力能令读其书者忽喜、忽怒、忽泣、忽歌，发乎心之自然而莫之能止，非天下之奇文耶？然实玩之，不过摹写父子昆弟夫妇朋友之情，各臻其极著者，诚善言爱情者矣！抑又闻之，伦理者，阅万世而不变者也。我国数千年来之学说，率以伦理为宗，今亦稍稍替矣！余谓此实世运升降之一大原因，充其极祸，且烈于洪水猛兽。然原其祸之所由，始亦曰爱

情薄耳！盖必伦理无真爱，然后天性日漓，心术日坏，积人成国，世变遂不可知，然则是书或亦救时之良药乎？余偕丁君译竟，糵揭其义以告读者，幸勿徒赏其文章之美也。

《续贤妮小传》，英国亨利瓦特女士原著，长沙丁宗一、南通陈坚译述，武进泠风校订，上海商务印书馆出版发行。《说部丛书》四集系列第三集第三十七编，民国六年（1917）十二月初版，民国十一年（1922）四月三版。三版本封面未题小说类型，发行者为商务印书馆，印刷者为位于上海北河南路北首宝山路商务印书馆，总发行所为位于上海棋盘街中市的商务印书馆，分售处为全国各地乃至海外的商务印书分馆，凡四十五处。全书两卷，每卷一册，上册95页，下册105页，每部定价大洋伍角。

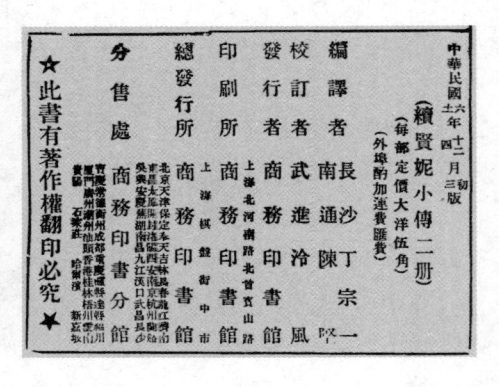

上卷十四章，下卷十二章，凡二十六章，无章目。

《再续贤妮小传》，英国亨利瓦特女士原著，长沙丁宗一、南通陈坚译述，武进泠风校订，上海商务印书馆出版发行。《说部丛书》四集系列第三集第三十九编，民国六年（1917）十二月初版，民国十一年（1922）四月三版。三版本封面未题小说类型，发行者为商务印书馆，印刷者为位于上海北河南路北首宝山路商务印书馆，总发行所为位于上海棋盘街中市的商务印书馆，分售处为全国各地乃至海外的商务印书分馆，凡四十五处。全书两卷，每卷一册，上册101页，下册101页，每部定价大洋伍角。

上卷十四章，下卷十二章，凡二十六章，无章目。

卷首无序，卷末有陈坚撰写的"跋"，其文为：

> 于戏，贤妮小传卒业矣。余译是书，自春徂秋，或作或辍，凡八阅月，冕英笔其大意，余则译之为文。冕英以七月望蒇事，余卒卒鲜暇，今始脱稿，而冕英死半月矣。嗟乎！嗟乎！犹忆冕英译此，至爱德迦死时，谓我曰：此为吾辈教授写照也，言已泣下。余当时颇笑之，何意竟成谶语。冕英之贫，绝类爱德迦，且有老母。死后之惨，殆尤甚焉。嗟乎！死者已矣，惟愿冕英夫人，能如贤妮，而其子亦能如慧丽兄弟，则冕英之心慰。更愿读此书者，人人能如贤妮母子之坚苦自立，则冕英虽死，如不死矣。吾译此书竟，哭冕英不已，和泪濡墨，附书数语于此。泪耶？墨耶？吾乌从而辨之。

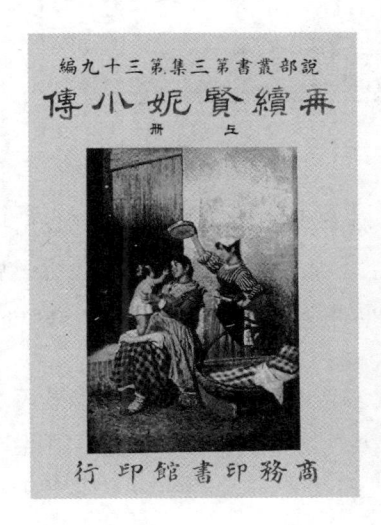

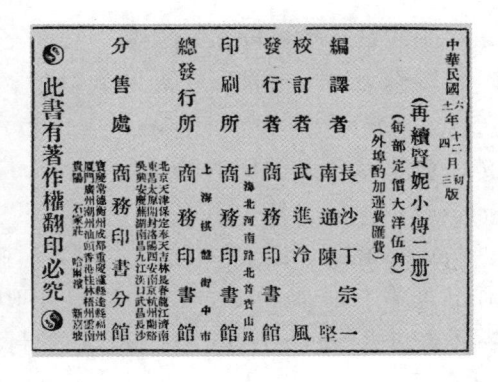

《女师饮剑记》

《女师饮剑记》，英国布司白原著，闽县林纾、静海陈家麟译述，上海商务印书馆出版发行。《说部丛书》四集系列三集第二十九编，封面未题小说类型，民国六年（1917）七月初版。发行者为商务印书馆，印刷者为位于上海北河南路北首宝山路商务印书馆，总发行所为位于上海棋盘街中市的商务印书馆，分售处为全国各地乃至海外的商务印书分馆，凡四十五处。全一册，138 页，每册定价大洋肆角。《林译小说丛书》第二集第二十五编，上海商务印书馆，刊年不记（《樽目第九版》第 3230 页）。

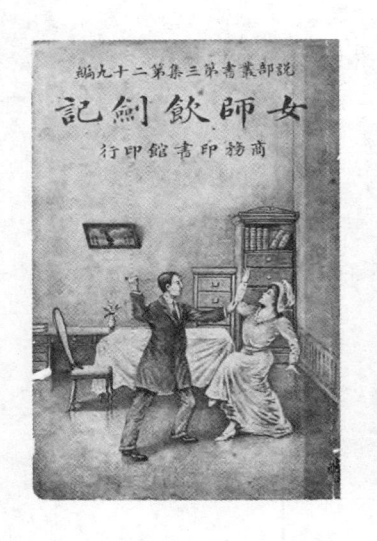

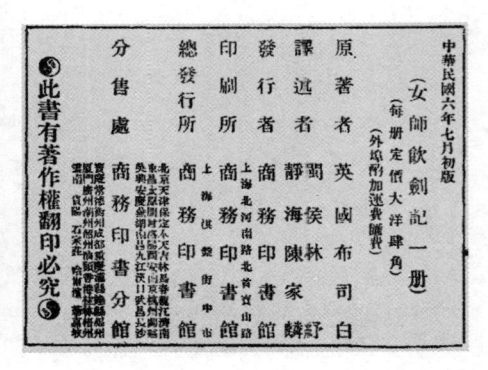

凡十四章，无章目，无序跋。

据马泰来先生考证，《女师饮剑记》原著者为 Guy Boothby（1867—1905），原著为 *A Brighton Tragedy*（1905）。马氏指出，寒光、朱羲青、曾锦漳、韩迪厚皆误谓原著为 *Love Made Manifest*。中村忠行疑为 *In Strange Company*，非是。（第 79 页）

Guy Boothby（1867—1905），澳大利亚多产小说家与作家，他最著名的作品是关于 Dr Nikola series（1895—1901）。"*Farewell, Nikola*"（1901）的封面与 *A Brighton Tragedy*（1905）的封面附录如下。参阅初集第七十二编《宝石城》。

《历劫恩仇》

《历劫恩仇》，署英国华特生原著，河南王汝荃、武进胡君复译述，武进恽树珏校订，上海商务印书馆出版发行。《说部丛书》四集系列第三集

第三十一编，民国六年（1917）八月初版，民国十年（1921）一月再版。再版本封面未题小说类型，发行者为商务印书馆，印刷者为位于上海北河南路北首宝山路商务印书馆，总发行所为位于上海棋盘街中市的商务印书馆，分售处为全国各地乃至海外的商务印书分馆，凡四十五处。全书二册，上册77页，下册76页，每部定价大洋肆角伍分。

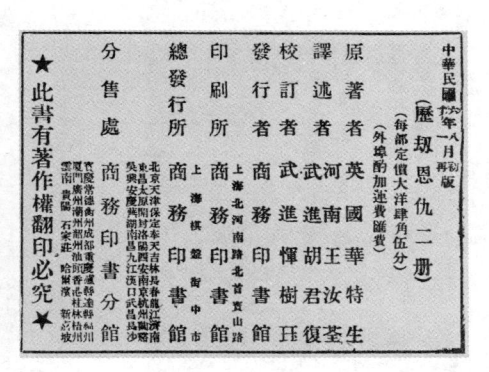

上册七章，下册七章，凡十四章。无章目，无序跋。

原著者是英国著名侦探小说家柯南·道尔，署英国华特生原著有误，译者把小说中的人物"华特生"（今译为"华生"）错为原著者。《历劫恩仇》为《暗红色研究》（*A Study in Scarlet*，1887年）的又一译本，是与林纾和魏易合译的《歇洛克奇案开场》、徐大译的《壁上血书》不同的第三个译本。① 《樽目第九版》第3566页也称，原著者与原著为：Arthur Conan Doyle "*A Study in Scarlet*" 1887.12。

《墨沼疑云录》

《墨沼疑云录》，英国洛平革拉原著，海门陆秋心译述，武进泠风校订，上海商务印书馆出版发行。《说部丛书》四集系列第三集第三十六编，

---

① 张治：《再谈商务印书馆"说部丛书"里的原作》。

民国六年（1917）十一月初版，民国九年（1920）八月再版。再版本封面未题小说类型，发行者为商务印书馆，印刷者为位于上海北河南路北首宝山路商务印书馆，总发行所为位于上海棋盘街中市的商务印书馆，分售处为全国各地乃至海外的商务印书分馆，凡四十五处。全书二卷，每卷一册，上册99页，下册84页，每部定价大洋伍角。

上卷五章，下卷五章，凡十章。无章目，无序跋。

原著者生平事迹不详，待考。

《围炉琐谈》

《围炉琐谈》，英国柯南达利原著，刘延陵、巢幹卿编纂，武进泠风校订，上海商务印书馆出版发行。《说部丛书》四集系列第三集第三十八编，民国六年（1917）十二月初版，民国九年（1920）八月再版。再版本封面未题小说类型，发行者为商务印书馆，印刷者为位于上海北河南路北首宝山路商务印书馆，总发行所为位于上海棋盘街中市的商务印书馆，分售处为全国各地乃至海外的商务印书分馆，凡四十五处。全一册，141页，每册定价大洋叁角伍分。

第一章 英国作品叙录 237

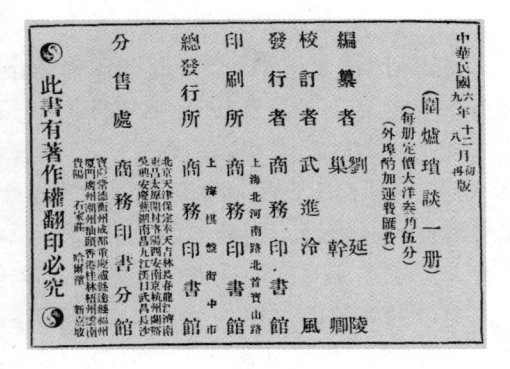

原著者英国柯南达利简介参阅初集第四编《（补译）华生包探案》(*Round the Fire Stories*)，见下文"绪言"。1930年，柯南·道尔跟他儿子 Adrian 在一起的照片附录如下。

该译作包括 12 篇故事（原书共 17 篇），有篇目，依次为：东塔影事、围城哀吏、巴西之猫、多表之人、古屋惨闻、铁窗泪痕、黎屋古事、昆虫学者、黑色医生、专车、海面奇景、宝石。

卷首有译者在民国六年（1917）于美国纽海文城撰写的"绪言"，其文为：

> 本书原名 *Round the Fire Stories*，直译其名，可作《围炉琐谈》。原含短篇十七篇，译者去其稍次者五篇，得十二篇。原著者，曰柯南达里 A. Conan Doyle，当今英国名家，所著小说多描摹社会黑暗之状，而情节离奇，结构幻谲，读者称绝。所著《福尔摩斯侦探案》，译本遍于世界，虽三尺之童，亦知其名。然其事实文情，犹不逮前篇，故尼哥尔曰：勋爵柯南达里精美之短篇丛集多矣，而皆不及《围炉琐谈》，Sir. A. Conan Doyle has published excellent collections of Short Stories, but none as good as Round the Fire. Sir Wm. Robertson Nicell in the British Weekly. 此其概略，欲知其详，请读下文。公等既读毕之，将击案叹曰，今日之社会，万恶之社会，柯南之小说，警人之小说。

《拉哥比在校记》

《拉哥比在校记》，上海商务印书馆出版发行。《学生杂志》第三卷第七至第四卷第十二号（1916年7月至1917年12月）连载。英国德麦司希慈原著，秋水生译。《说部丛书》四集系列第三集第四十三编，民国七年（1918）四月初版，民国十三年（1924）十一月三版。未署原著者，商务印书馆编译所编译。初版本封面未题小说类型，发行者为商务印书馆，印刷者为位于上海北河南路北首宝山路商务印书馆，总发行所为位于上海棋盘街中市的商务印书馆，分售处为全国各地乃至海外的商务印书分馆，凡45处。全书两卷，每卷一册，上册102页，下册87页，每部定价大洋肆角伍分。

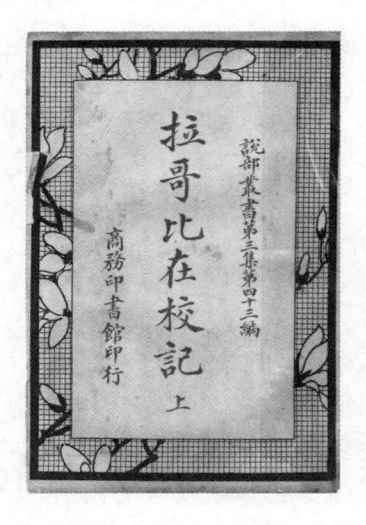

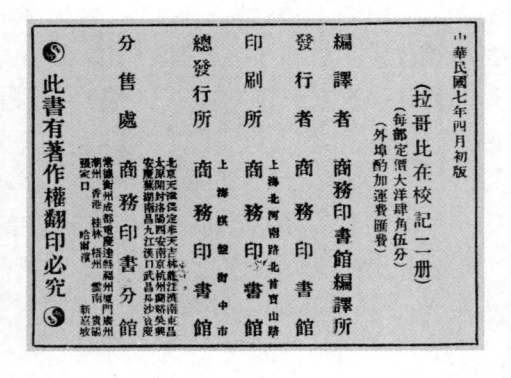

上卷五章，下卷五章，凡十章。无章目，无序跋。

原著者与原著，根据《樽目第九版》第2414页称：Thomas Hughes "*Tom Brown's School Days*" 1857。

查阅维基网可知，原著 *Tom Brown's School Days* 有时也以 *Tom Brown at Rugby*，*School Days at Rugby*，and *Tom Brown's School Days at Rugby* 为题出版。从汉译名称《拉哥比在校记》可以推测，汉译时的底本可能是后者。故事以19世纪30年代的 Rugby School 为背景，这是一所公共男校，Hughes 从1834—1842年一直参与其事。

《绿光》

《绿光》,英国却而司·嘉维原著,张汉毅编纂,上海商务印书馆出版发行。《说部丛书》四集系列第三集第四十五编,民国七年(1918)五月初版,民国九年(1920)七月再版。再版本封面未题小说类型,发行者为商务印书馆,印刷者为位于上海北河南路北首宝山路商务印书馆,总发行所为位于上海棋盘街中市的商务印书馆,分售处为全国各地乃至海外的商务印书分馆,凡45处。全书两卷,每卷一册,上册89页,下册92页。每部定价大洋伍角,

上卷八章,下卷十章,凡十八章。无章目,无序跋。

原著名为 Green Light,原著者为英国却而司·嘉维(Charles Garvice),书中署名为 Chales Garvice,有误。参见《错中错》。

《贼博士》

《贼博士》,Charles Andolen 原著,无我生编纂,泠风校订,上海商务印书馆出版发行。《说部丛书》四集系列第三集第四十六编,民国七年(1918)七月初版,民国十二年(1923)一月三版。三版本封面未题小说

类型，发行者为商务印书馆，印刷者为位于上海北河南路北首宝山路商务印书馆，总发行所为位于上海棋盘街中市的商务印书馆，分售处为全国各地乃至海外的商务印书分馆，凡45处。全一册，77页，每册定价大洋贰角。

凡十二章，无章目，无序跋。

《贼博士》（*Mysterious Philosophy*）。原著者生平事迹不详，待考。

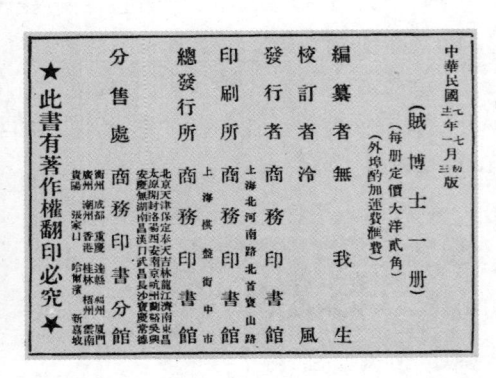

《孤露佳人》（二编）

《孤露佳人》，英国亨利瓦特夫人原著，范彦矧译，上海商务印书馆出版发行。《说部丛书》四集系列第三集第四十七编，民国七年（1918）七月初版，民国十一年（1922）七月三版。三版本封面未题小说类型，发行者为商务印书馆，印刷者为位于上海北河南路北首宝山路商务印书馆，总发行所为位于上海棋盘街中市的商务印书馆，分售处为全国各地乃至海外的商务印书分馆，凡45处。全书两卷，每卷一册，上册77页，下册85页，每部定价大洋伍角。

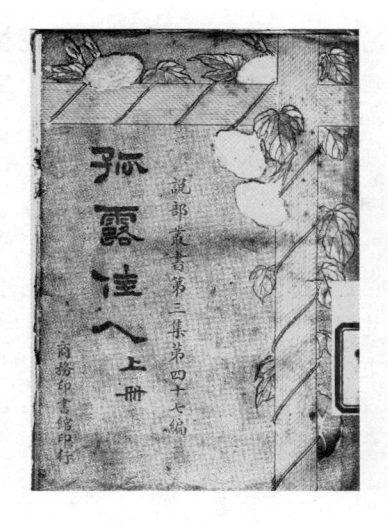

上卷七章，下卷八章，凡十五章。无章目，无序跋。

正文首署《孤露佳人》（Trevlyn Hold），原著者英国亨利瓦特夫人（Mrs. Henry Wood），著者简介参见《蓬门画眉录》。

《孤露佳人》（Trevlyn Hold; or, Squire Trevlyn's Heir, 1864 年）。第一章前两自然段如下：

  The fine summer had faded into autumn, and the autumn would soon be fading into winter. All signs of harvest had disappeared. The farmers had gathered the golden grain into their barns; the meads looked bare, and the partridges hid themselves in the stubble left by the reapers.

  Perched on the top of a stile which separated one field from another, was a boy of some fifteen years. Several books, a strap passed round to keep them together, were flung over his shoulder, and he sat throwing stones into a pond close by, softly whistling as he did so. The stones came out of his pocket. Whether stored there for the purpose to which they were now being put, was best known to himself. He was a slender, well-made boy, with finely-shaped features, a clear complexion, and eyes dark and earnest. A refined face; a good face—and you have not to learn that the face is the index of the mind. An index that never fails for those gifted with the power to read the human countenance.

范彦翛之译文为:"某岁之秋,百谷登场,田间禾藁,芟除已尽。惟有丛根,盘结陇岸。鹧鸪避人,潜伏根际。陇畔有分界之栏,一瘦秀之童,坐于其上,年约十五,面韶秀,双瞳莹然,望而知为聪慧。肘下悬一书囊,有书书册。坐未久,即探囊出石,投池水中。嘘口作声,自鸣得意。"

总体来看,译本比较忠实于原文,略有取舍,无大碍。

《孤露佳人续编》,英国亨利瓦特夫人原著,范况、徐尔康译,上海商务印书馆出版发行。《说部丛书》四集系列三集第五十六编,封面未题小说类型,民国七年(1918)十一月初版,民国十年(1921)一月再版。发行者为商务印书馆,印刷者为位于上海北河南路北首宝山路商务印书馆,总发行所为位于上海棋盘街中市的商务印书馆,分售处为全国各地乃至海外的商务印书分馆,凡45处。全书两卷,每卷一册。其他信息不详。

《痴郎幻影》

《痴郎幻影》,英国赖其铿原著,林纾、陈器编译,上海商务印书馆出版发行。《林译小说丛书》第二集第三十二编,上海商务印书馆出版,时间不详。《说部丛书》四集系列三集第五十二编,封面未题小说类型,民国七年(1918)十月初版。发行者为商务印书馆,印刷者为位于上海北河南路北首宝山路商务印书馆,总发行所为位于上海棋盘街中市的商务印书馆,分售处为全国各地乃至海外的商务印书分馆,凡45处。全书三卷,每卷一册,上册83页,中册88页,下册82页,每部定价大洋柒角。

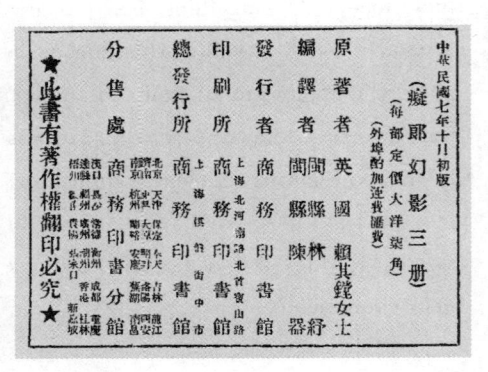

第一章 英国作品叙录 243

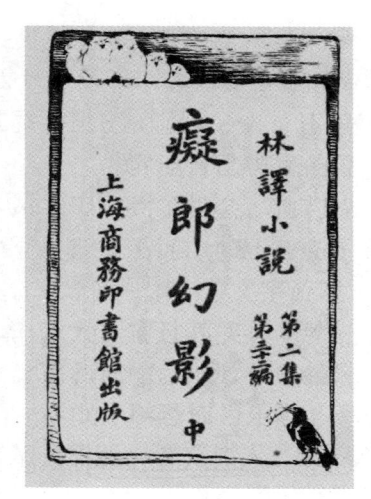

上卷十七章,中卷十八章,下卷十八章,凡五十三章,无章目。原著者不详,原著英文名也不详,待考。

《模范家庭》(二编)

《模范家庭》,英国亨利瓦特夫人原著,陈观奕编纂,恽树珏校订,上海商务印书馆出版发行。《说部丛书》四集系列第三集第五十四编,民国八年(1919)一月初版,九年(1920)八月再版,十年(1921)二月三版,民国十三年(1924)十一月四版。封面未题小说类型。发行者为商务

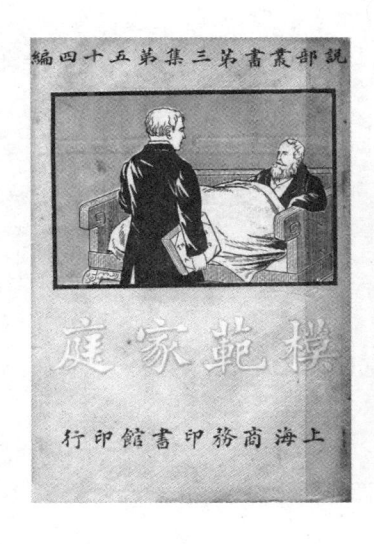

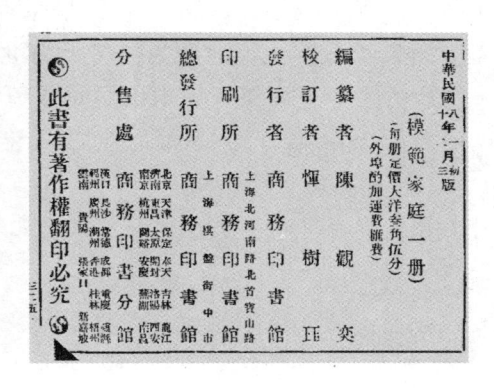

印书馆，印刷者为位于上海北河南路北首宝山路商务印书馆，总发行所为位于上海棋盘街中市的商务印书馆，分售处为全国各地乃至海外的商务印书分馆，凡 45 处。全一册，141 页，每册定价大洋叁角伍分。

凡二十章，无章目，无序跋。

正文首书《模范家庭》(The Chinnings)，原著者英国亨利瓦特夫人 (Mrs. Henry Wood)。原著者英国亨利瓦特女士简介参见《蓬门画眉录》。

原著名为 The Chinnings (1862)，是系列短篇小说集。第一章为 The Inked Surplice. 英文原文第一自然段如下：

> The sweet bells of Helstonleigh Cathedral were ringing out in the summer's afternoon. Groups of people lined the streets, in greater number than the ordinary business of the day would have brought forth; some pacing with idle steps, some halting to talk with one another, some looking in silence towards a certain point, as far as the eye could reach; all waiting in expectation.

其译文为："某年之夏，某日下午，海斯东之教寺，巨钟连鸣，声闻远近。道旁行人如蚁，有徐步者，有族谈者，有延颈鹤望者。"

从这一段的翻译来看，译文与原文比较吻合，但全部译文并非一直如此，有多些地方几乎是译述，而不是翻译。

《模范家庭续编》，英国亨利瓦特女士原著，陈欢奕译述，恽树珏校订，上海商务印书馆出版发行。《说部丛书》四集系列第三集第六十六编，民国八年（1919）七月初版，九年（1920）八月再版，十年（1921）一月再版，民国十三年（1924）十一月四版。初版本封面未题小说类型，发行者为商务印书馆，印刷者为位于上海北河南路北首宝山路商务印书馆，总发行所为位于上海棋盘街中市的商务印书馆，分售处为全国各地乃至海外的商务印书分馆，凡 45 处。全书两卷，每卷一册，上册 99 页，下册 100 页，每部定价大洋伍角。

上卷十章，下卷十章，凡二十章。无章目，无序跋。

《牝贼情丝记》

《牝贼情丝记》，英国陈施利原著，林纾、陈家麟译述，上海商务印书馆出版发行。《说部丛书》四集系列三集第五十五编，封面未题小说类型，民国七年（1918）十月初版，民国九年（1920）十月再版。发行者为商务印书馆，印刷者为位于上海北河南路北首宝山路商务印书馆，总发行所为位于上海棋盘街中市的商务印书馆，分售处为全国各地乃至海外的商务印书分馆，凡45处。全书两卷，每卷一册，上册82页，下册79页，每部定价大洋伍角。《林译小说丛书》第二集第三十五编，上海商务印书馆，刊年不记（《樽目第九版》第3330页）。

上卷九章，下卷十三章，凡二十二章。无章目，无序跋。

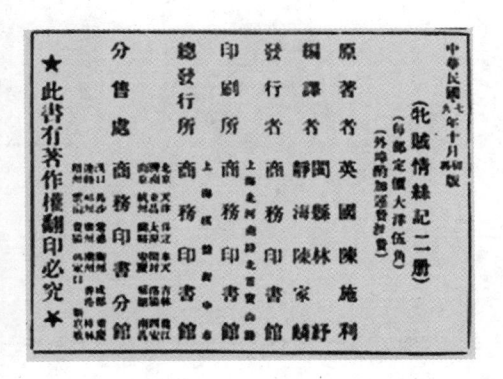

《桃大王因果录》

《桃大王因果录》，英国恭恩女史原著，林纾、陈家麟译述，原载《东方杂志》，第十四卷第七号—第十五卷第九号，民国六年（1917）七月至民国七年（1918）九月。《说部丛书》四集系列三集第五十七编，封面未题小说类型，上海商务印书馆出版发行。民国七年（1918）十一月初版，民国九年（1920）十一月再版。发行者为商务印书馆，印刷者为位于上海北河南路北首宝山路商务印书馆，总发行所为位于上海棋盘街中市的商务印书馆，分售处为全国各地乃至海外的商务印书分馆，凡45处。全书两卷，每卷一册，上册82页，下册79页，每部定价大洋陆角。《林译小说丛书》第二集第三十六编，上海商务印书馆，刊年不记（《樽目第九版》第4241页）。

上卷六章，下卷九章，凡十五章。无章目，无序跋。

原著者不详，原著英文名也不详，待考。

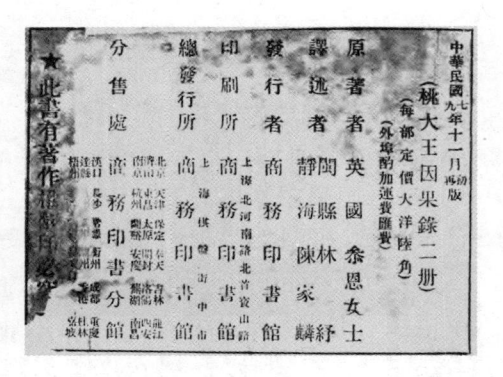

《玫瑰花》（二编）

《玫瑰花》，英国巴克雷原著，林纾、陈家麟译述，上海商务印书馆出版发行。《林译小说丛书》第二集第三十七编，上海商务印书馆出版，时间不详。《说部丛书》四集系列第三集五十九编，民国七年（1918）十一月初版，民国九年（1920）八月再版，民国十年（1921）九月三版。笔者所见为《林译小说丛书》与《说部丛书》四集系列版本，由于均缺版权页，版权信息不详。全书两卷，每卷一册，上册83页，下册95页。

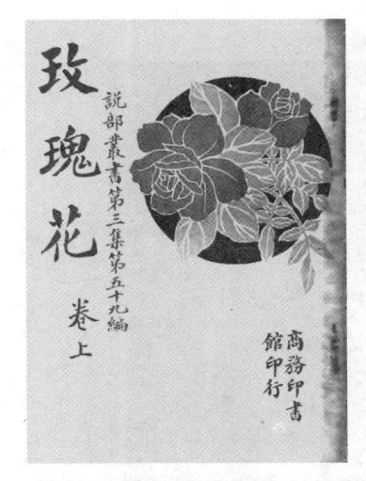

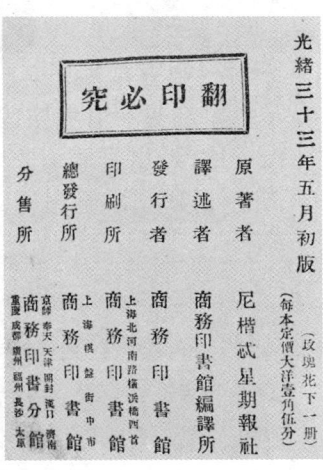

第一章 英国作品叙录 247

光緒三十三年五月初版
（玫瑰花下一冊）
（每本定價大洋壹角伍分）

原著者　尼楷弑星期報社
譯述者　商務印書館編譯所
發行者　商務印書館
印刷所　商務印書館
總發行所　上海棋盤街中市　商務印書館
分售所　京師 奉天 天津 保定 開封 濟南 太原 上海 杭州 紹興 南京 蕪湖 安慶 南昌 武昌 長沙 福州 廈門 汕頭 潮州 香港 廣州 桂林 重慶 成都 貴陽 雲南　商務印書館分館

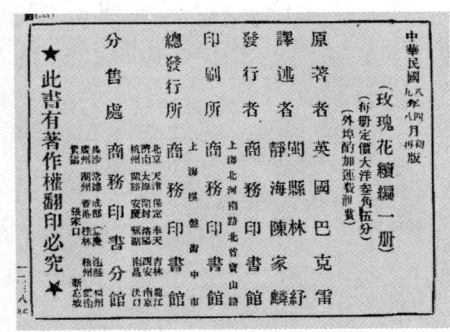

中華民國九年四月再版
（玫瑰花續編一冊）
（每冊定價大洋叁角伍分）
（外埠酌加運費滙費）

原著者　英國巴克雷
譯述者　閩縣陳家麟　靜海林紓
發行者　商務印書館
印刷所　上海北河南路北首寶山路　商務印書館
總發行所　上海棋盤街中市　商務印書館
分售處　商務印書館分館

★ 此書有著作權翻印必究 ★

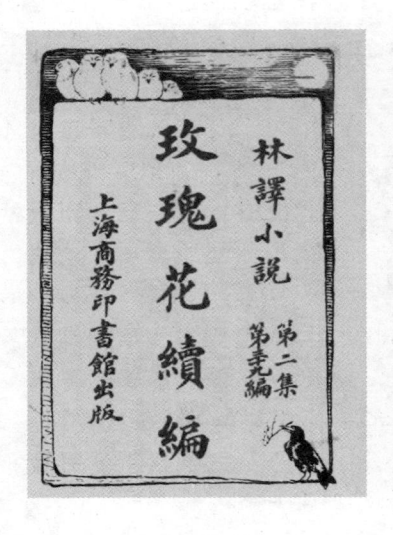

上卷九章，下卷十一章，凡二十章。无章目，无序跋。

据马泰来先生考证，《玫瑰花》，又为《续编》，原著者英文名为 Florence L. Barclay（1862—1921），原著英文名为 The Rosary（1909）。（第 81 页）

Florence Louisa Barclay（1862—1921），是英国浪漫派小说家、短篇小说作家。出生于英格兰，圣公会教区牧师的女儿。1881 年，她与 the Rev. Charles W. Barclay 结婚，二人定居于英格兰东南部的赫特福德郡，在那里她尽到了作为牧师妻子的职责。她有八个孩子，在她四十岁前，健康状况很差，常常卧床不起，通过写传奇小说 The Wheels of Time 消磨时间。她共有十一部著作，包括非小说作品，其小说 The Mistress of Shenstone（1910）于 1921 年被改编为无声电影。

此外，还有"袖珍小说"《玫瑰花下》，樽本先生认为，"袖珍小说"的《玫瑰花下》和巴克雷著《玫瑰花》没有关系。尽管如此，《玫瑰花下》也予以叙录，以资参考。

"袖珍小说"初版本，光绪三十三年（1907）五月初版，发行者、印刷所与总发行所均为商务印书馆，外埠分售处有商务印书馆分馆十二家。二册，（上册未见），下册 90 页，每本定价大洋壹角伍分。

《玫瑰花下》叙述"盖敦斐挟银券往旧金山，途中遭积贼德林肰箧，不意券已早失。侦者尼楷忒诇为德林妻妹威茧兰所窃，诘得实，券藏玫瑰花下，仍返诸盖，贼亦自此改行。中写地震事尤极荼火之观"。

《小说管窥录》关于《玫瑰花下》的评述为："此书亦为聂格卡脱探案之一，发行于上年。旧金山大地震后，有一火车客盖敦斐，挟银券往旧金山。途中遭德林肱篋，不意券早失去。由聂侦得，为德林妻妹所窃，查得券于玫瑰花下，始得返赵璧"。①

《玫瑰花续编》，英国巴克雷原著，林纾、陈家麟译述，上海商务印书馆出版发行。《林译小说丛书》第二集第三十九编，出版时间不详。《说部丛书》四集系列第三集六十五编，《林译小说丛书》再版本缺版权页，《说部丛书》四集系列再版本有版权页四集系列 1920 年再版本，版权页署民国八年（1919）四月初版，民国九年（1920）八月再版。全一册，102页，每册定价大洋叁角伍分。此外，该系列还有民国二年（1913）十月三版本，民国十年（1921）一月三版本。

凡十八章，无章目，无序跋。

《玫瑰花》是作者的第二部著作，1909 年出版，获得巨大成功。被翻译成八种文字，制作成五种不同语言的电影。根据《纽约时报》，1910年，《玫瑰花》在美国的销量第一，因其经久不衰的魅力，畅销时间长达25 年之久。

《再世为人》

《再世为人》（*Just as He Is Born*），英国汤姆·格伦（Tom Gallen）原著，何世枚译述，上海商务印书馆出版发行。《说部丛书》四集系列三集第六十一编，民国八年（1919）一月初版，民国九年（1920）十月再版。初版本封面未题小说类型，发行者为商务印书馆，印刷者为位于上海北河南路北首宝山路商务印书馆，总发行所为位于上海棋盘街中市的商务印书馆，分售处为全国各地乃至海外的商务印书分馆，凡45处。全书两卷，每卷一册，上册78页，下册88页，每部定价大洋肆角伍分。

---

① 阿英：《晚清文学丛钞：小说戏曲研究卷》，中华书局 1960 年版，第 516 页。

上卷九章，下卷八章，凡十七章。无章目，无序跋。

原著与原著者，以及译者均不详，待考。

《赝爵案》

《赝爵案》，英国柯南李登原著，张舍我译述，上海商务印书馆出版发行。《说部丛书》四集系列第三集第六十三编，民国八年（1919）二月初版，民国九年（1920）十月再版。《说部丛书》四集系列再版本封面未题小说类型，发行者为商务印书馆，印刷者为位于上海北河南路北首宝山路商务印书馆，总发行所为位于上海棋盘街中市的商务印书馆，分售处为全国各地乃至海外的商务印书分馆，凡45处。全书两卷，每卷一册，上册86页，下册95页。每部定价大洋伍角。

上卷七章，下卷八章，凡十五章。无章目，无序跋。

原著者与原著，《樽目第九版》第3252页称：Marie Connor Leighton（柯南李登）、*The Bride of Dutton Market*（两卷 上下册）。Marie Connor Leighton（1865—1941）和其夫 Robert Leighton（1858—1934）都是作家，他们的女儿 Clara Ellaline Hope Leighton（1898—1989）是艺术家、作家和插画家，以木刻闻名。

第一章　英国作品叙录　251

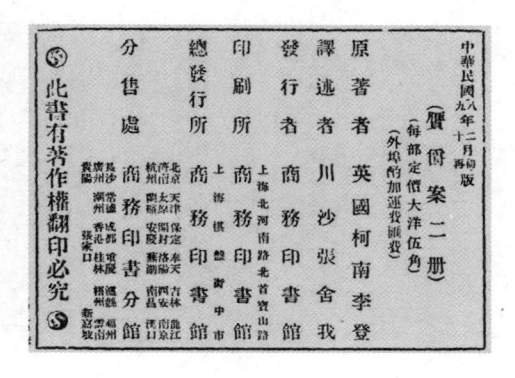

《鬼窟藏娇》

　　《鬼窟藏娇》，英国武英尼原著，林纾、陈家麟译述，上海商务印书馆出版发行。《林译小说丛书》第二集第三十八编，上海商务印书馆出版发行，时间不详。《说部丛书》四集系列第三集第六十四编，民国八年（1919）六月初版，民国九年（1920）十月再版，民国十年（1921）十月三版。《林译小说丛书》版本缺版权页，《说部丛书》四集系列初版本有版权页。后者封面未题小说类型，发行者为商务印书馆，印刷者为位于上海北河南路北首宝山路商务印书馆，总发行所为位于上海棋盘街中市的商务印书馆，分售处为全国各地乃至海外的商务印书分馆，凡45处。全书两卷，每卷一册，上册72页，下册73页，每部定价大洋伍角。

　　原著者不详，原著英文名也不详，待考。

　　上卷十二章，下卷十五章，凡二十七章。无章目，无序跋。

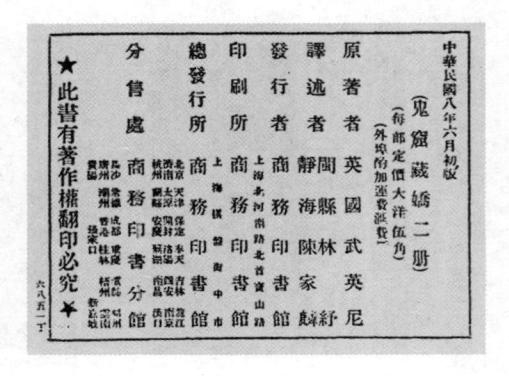

《西楼鬼语》

《西楼鬼语》，英国约克魁迭斯原著，闽县林纾、静海陈家麟译述，上海商务印书馆出版发行。《林译小说丛书》第二集第四十编，上海商务印书馆出版发行，时间不详。《说部丛书》四集系列第三集第六十九编，民国八年（1919）六月初版，民国九年（1920）八月再版，民国十年（1921）一月三版。《林译小说丛书》版本缺版权页，《说部丛书》四集系列初版本有版权页。后者封面未题小说类型，发行者为商务印书馆，印刷者为位于上海北河南路北首宝山路商务印书馆，总发行所为位于上海棋盘街中市的商务印书馆，分售处为全国各地乃至海外的商务印书分馆，凡45处。全书两卷，每卷一册，上册106页，下册102页，每部定价大洋陆角。

原著者不详，原著英文名也不详，待考。

上卷十二章，下卷十四章，凡二十六章。无章目，无序跋。

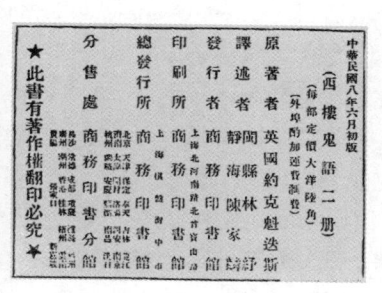

《明眼人》

　　《明眼人》，孟宪承编纂，上海商务印书馆出版发行。《说部丛书》四集系列三集第七十编，民国八年（1919）六月初版，民国九年（1920）十月再版。再版本封面未题小说类型，发行者为商务印书馆，印刷者为位于上海北河南路北首宝山路商务印书馆，总发行所为位于上海棋盘街中市的商务印书馆，分售处为全国各地乃至海外的商务印书分馆，凡45处。全书两卷，全一册，114页，每册定价大洋叁角。

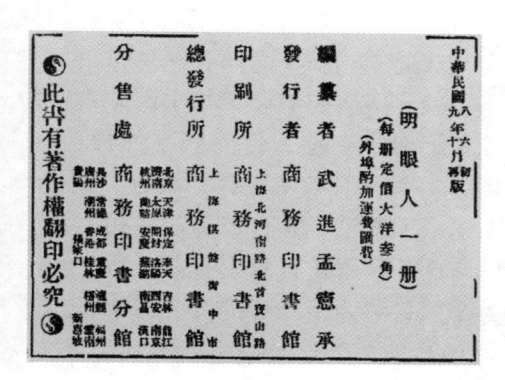

　　正文首署原书名 *Mr. Britling Sees it Through*，原著者 H. G. Wells。

凡三章，有章目，无序跋。章目为：第一章　狄雷克访孛立忒林；第二章　孛立忒林继续他的叙说；第三章　狄雷克君的款待到了极点。

赫伯特·乔治·威尔斯（Herbert George Wells，1866—1946）是英国著名小说家，新闻记者、政治家、社会学家和历史学家。他出生于英国肯特郡一个贫寒的家庭，十八岁以前曾四处作学徒。1884 年，他得到助学金而进入了英国皇家科学院的前身堪津顿科学师范学校，在这里学习自然科学，其生物学老师是著名的进化论科学家托马斯·赫胥黎（Thomas Henry Huxley），赫胥黎的进化论思想对他后来的科幻小说写作产生很大影响。他接受了空想社会主义的思想，具有对资本主义社会的批判意识，但不赞成阶级斗争和暴力革命，而热衷于改良主义。他影响最大的是科幻小说，如《时间机器》（The Time Machine）、《莫洛博士岛》（The Island of Dr. Moreau）、《隐身人》（The Invisible Man）、《世界大战》（The War of the Worlds）等。其科幻小说有两大特征，一是善于通过小说把科学知识通俗化，二是具有讽刺性，体现了对资本主义的批判意识。威尔斯把他的科幻小说称为"科学传奇""在这些作品里幻想多于科学，作者借助想象的翅膀，驰骋于空间与时间之中，从月球，从空中，从过去，从未来来观察生活，通过鱼美人、天使、巨人和外层天体上的生物的眼睛来观察人类；故事紧张，情节离奇，抒发幻想，影射现实，用象征的方式暗示人类社会，因而既有娱乐作用，又有讽喻意义。威尔斯的幻想作品具有丰富的想象力和预见性"①。

《莲心藕缕缘》

《莲心藕缕缘》，署英国卡叩登（Edwin Caskoden）原著，闽县林纾、侯官王庆通译述，上海商务印书馆出版发行。《林译小说丛书》第二集第四十一编，上海商务印书馆出版发行，时间不详。《说部丛书》四集系列第三集第四十一编，民国八年（1919）七月初版，民国九年（1920）七月再版，民国十年（1921）一月三版。《说部丛书》四集系列初版本，封面未题小说类型，发行者为商务印书馆，印刷者为位于上海北河南路北首宝山路商务印书馆，总发行所为位于上海棋盘街中市的商务印书馆，分售处为全国各地乃至海外的商务印书分馆，凡 45 处。全书两卷，每卷一册，上册 107 页，下册 109 页。

---

① 侯维瑞：《现代英国小说史》，上海外语教育出版社 1985 年版，第 67 页。

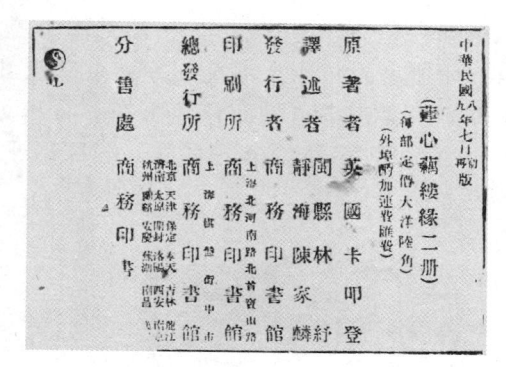

上卷九章，下卷十一章，凡二十章。无章目，无序跋。

据马泰来先生考证，《莲心藕缕缘》，原著者英文名为 Charles Major（1856—1913），原著英文名为 When Knighthood Was in Flower（1898）。马氏指出，卡扣登（Edwin Caskoden）乃书中叙事者。原著初版署 Edwin Caskoden 著，较晚版本皆署 Charles Major。Compton 疑原著为 Max Pemberton 之 I Crown Thee King，非是。（第 83 页）

原著者为 Charles Major（1856—1913），美国律师、小说家，出生于中上层家庭。其早年兴趣是法律和英国历史，而写作是他长久的兴趣。1898 年，他以笔名 Edwin Caskoden 出版了第一部小说 When Knighthood Was in Flower，广受欢迎。至 1912 年，他出版了十部作品，如 When Knighthood Was in Flower（1898）、The Bears of Blue River（1901）、Dorothy Vernon of Haddon Hall（1902）、A Forest Hearth（1903）、Yolanda（1905）、Uncle Tom Andy Bill（1908）、A Gentle Knight of Old Brandenburg（1909）、The Little King: A Story of the Childhood of King Louis XIV（1910）、Sweet Alyssum（1911）、The Touchstone of Fortune（1912）。1925 年，他还出版了 Rosalie。

《铁匣头颅》（二编）

《铁匣头颅》，英国哈葛得（德）原著，林纾、陈家麟译述。《林译小说丛书》第二集第四十二编，上海商务印书馆出版，时间不详。《说部丛书》四集系列第三集第七十三编，封面未题小说类型，民国八年（1919）七月初版，民国九年（1920）十月再版，民国十年（1921）九月三版。笔者所见为《林译小说丛书》版本缺版权页，《说部丛书》四集系列再版本有版权页。后者封面未题小说类型，发行者为商务印书馆，印刷者为位于上海北河南路北首宝山路商务印书馆，总发行所为位于上海棋盘街中市的商务印书馆，分售处为全国各地乃至海外的商务印书分馆，凡45处。全书两卷，每卷一册，上册90页，下册81页。每部定价大洋伍角。

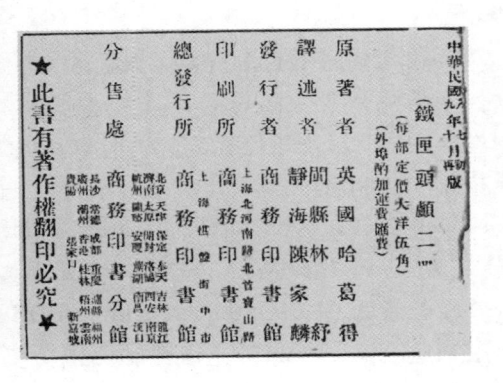

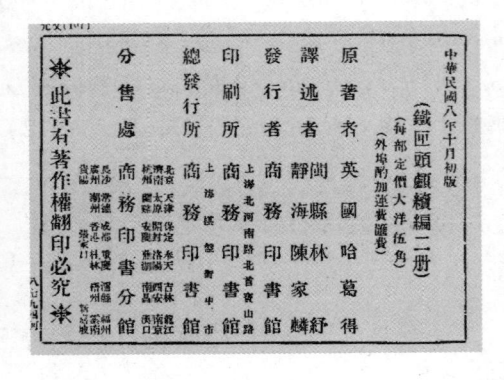

上卷包括第一段第一至十二章，下卷包括第一段第十三章至十六章、第二段第一章至六章。无段目，无章目，无序跋。

据马泰来先生考证，《铁匣头颅》，又《续编》原著英文名为（The Witch's Head，1887年）。马氏还指出，寒光、朱羲胄、曾锦漳、韩迪厚皆误谓原著为 Eric Brighteyes。（第64页）

《铁匣头颅续编》，英国哈葛得（德）原著，林纾、陈家麟译述，上海商务印书馆出版发行。《林译小说丛书》第二集第四十四编，上海商务印书馆出版，时间不详。《说部丛书》四集系列第三集第八十二编，封面未题小说类型，民国八年（1919）十月初版，民国十年（1921）一月再版。笔者所见为《林译小说丛书》版本缺版权页，《说部丛书》四集系列初版有版权页。后者封面未题小说类型，发行者为商务印书馆，印刷者为位于上海北河南路北首宝山路商务印书馆，总发行所为位于上海棋盘街中市的商务印书馆，分售处为全国各地乃至海外的商务印书分馆，凡45处。全书两卷，每卷一册，上册106页，下册70页。每部定价大洋伍角。

上卷包括第二段第八至二十章，无段目，无章目，无序跋。

《金梭神女再生缘》

《金梭神女再生缘》，英国哈葛德原著，林纾、陈家麟译述，上海商务印书馆出版发行。《林译小说丛书》第二集第四十六编，上海商务印书馆出版，时间不详。两册，上册与下册均为86页。《说部丛书》四集系列第三集八十六编，民国九年（1920）三月初版，民国十年（1921）九月三版，《说部丛书》四集系列之版本封面未题小说类型，因缺版权页，不知是初版本还是再版本。全书分上、下两卷，每卷一册，上册86页，下册86页。定价不详。

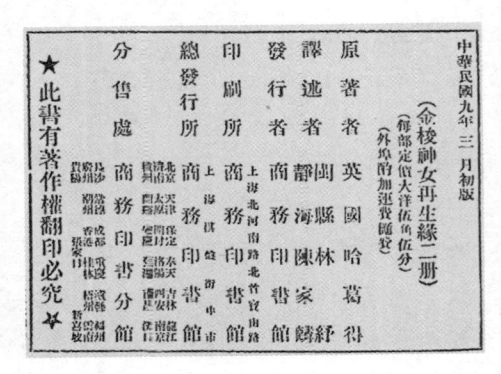

上卷十二章，下卷十五章，凡二十七章。无章目，无序跋。

据马泰来先生考证，《金梭神女再生缘》原著英文名为（*The World's Desire*，1890 年）。该著是哈葛德与安德鲁朗（Andrew Lang，1844—1912）同著。马氏指出，毕树棠《科南道尔与哈葛德》［刊《人世间》，第一期，民国二十八年（1939）八月］谓林纾未译此小说，非是。还指出，朱羲胄、曾锦漳、Compton 皆误谓中华书局出版。（第 65 页）该译作与《红星佚史》是同一原著的不同译本。

《欧战春闺梦》（二编）

《欧战春闺梦》，英国高桑斯原著，闽县林纾、静海陈家麟译述，上海商务印书馆出版发行。《林译小说丛书》第二集第四十五编，上海商务印书馆出版发行，时间不详。《说部丛书》四集系列第三集第八十七编，民国九年（1920）三月初版，民国十年（1921）九月再版。《说部丛书》四集系列初版本封面未题小说类型。全书两卷，每卷一册，上册 75 页，下册 74 页，每部定价大洋伍角。

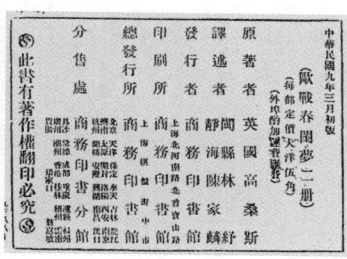

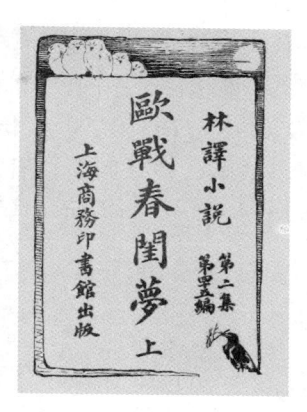

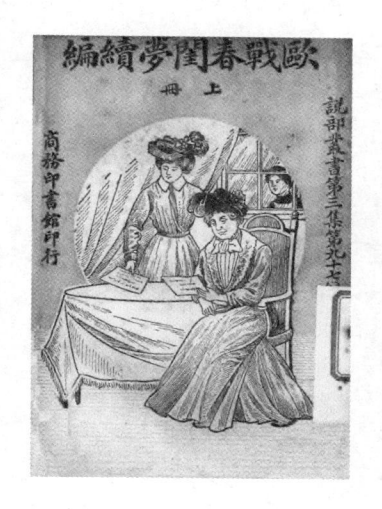

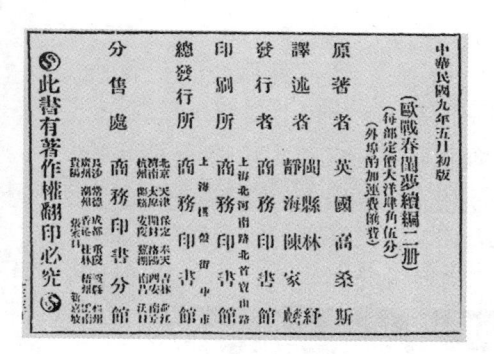

上卷八章，下卷八章，凡十六章。无章目，无序跋。

《欧战春闺梦续编》，英国高桑斯原著，闽县林纾、静海陈家麟译述，上海商务印书馆出版发行。《说部丛书》四集系列第三集第九十七编，民国九年（1920）五月初版，民国十一年（1922）三月再版。初版本封面未题小说类型，发行者为商务印书馆，印刷者为位于上海北河南路北首宝山路商务印书馆，总发行所为位于上海棋盘街中市的商务印书馆，分售处为全国各地乃至海外的商务印书分馆，凡45处。全书两卷，每卷一册，上册69页，下册72页。每部定价大洋肆角伍分，外部酌加运费汇费。

上卷八章，下卷十章，凡十八章（与初编连续编章）。无章目，无序跋。

原著者与原著，《樽目第九版》第3272—3273页记载，古二德考证为：Mrs. Marie Adelaide Belloc Lowndes, Good Old Anna (New York: George

H. Doran CO. ，1916）。

根据维基网可知，原著者 Marie Adelaide Elizabeth Rayner Lowndes（1868—1947），是英国高产小说家。她从 1898 年直至去世，在文坛一直很活跃。她很闻名，有三部小说被改编成电影，这三部作品是 *The Lodger*（1913）、*Letty Lynton*（1931）和 *The Story of Ivy*（1927）。

《戎马书生》

《戎马书生》，英国杨支原著，闽县林纾、静海陈家麟译述，上海商务印书馆出版发行。《东方杂志》第十六卷第十至十二号（1919 年 10 月至 12 月）连载。该作被编入二种"小说丛书"系列，一为《说部丛书》四集系列第三集第八十九编，二为《林译小说丛书》第二集第五十编，二者内容完全相同。

《戎马书生》第一种版本，民国九年（1920）四月初版，民国十年（1921）一月再版。封面未题小说类型，发行者为商务印书馆，印刷者为位于上海北河南路北首宝山路商务印书馆，总发行所为位于上海棋盘街中市的商务印书馆，分售处为全国各地乃至海外的商务印书分馆，凡 45 处。全一册，107 页，每册定价大洋叁角伍分。

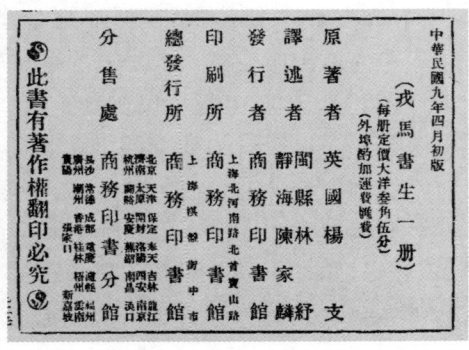

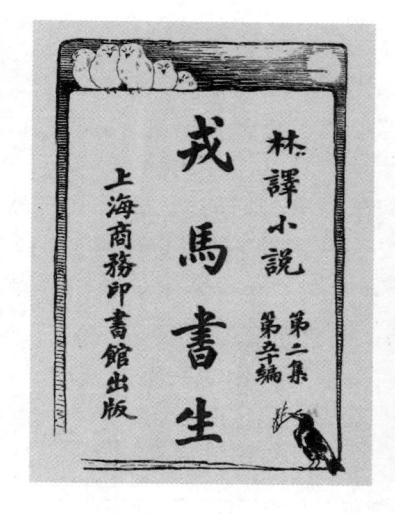

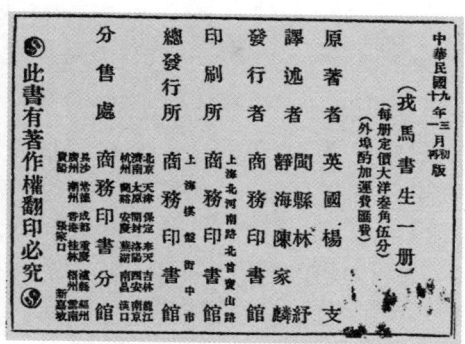

凡十四章，无章目，无序跋。

据马泰来先生考证，《戎马书生》原著者英文名为 Charlotte Mary Yonge（1823—1901），原著英文名为 The Lances of Lynwood（1855）。（第 70 页）除了《戎马书生》，杨支的另一部小说 The Dove in the Eagle's Nest（1866）也被汉译，名称为《鹰梯小豪杰》，林纾与陈家麟合译，上海商务印书馆民国五年（1916）五月出版发行。马氏还指出，曾锦漳谓原著为 The Eagle and the Dove，盖误据 Arthur Waley, "Notes on Translation," in The Secret History of the Mongols and Other Pieces（London, 1963），p. 190.（原刊 Atlantic Monthly，一九四八年十一月号）

原著者杨支即 Charlotte Mary Yonge（1823—1901），今译为夏洛特·玛丽·扬，英国小说家。出生于英国南部的汉普郡（Hampshire）。她在家接受教育，由父亲教授拉丁文、希腊文、法文，以及欧几里得几何学与代数学。她与父亲的关系非常密切，这种密切关系胜过其他一切关系，包括婚姻关系。她生活于宗教家庭，信奉英国国教，曾给教堂捐赠五百英镑。1848 年开始创作，一生共出版 160 多部著作，主要是长篇小说。她的著作被广泛阅读，在 19 世纪受到尊重。

《泰西古剧》

《泰西古剧》为英国达威生所辑,林纾、陈家麟译述。原著共有歌剧故事五十四篇,林译得三十一篇,其中有十五篇发表于1919年1—12月《小说月报》第10卷第1—12号。1920年5月,由商务印书馆出版单行本。《泰西古剧》编入《林译小说》系列,作为第二集第四十七编,民国三年(1914)版。还编入《说部丛书》四集系列,作为三集第九十一编,民国九年(1920)五月初版,民国十年(1921)九月再版。

全书均分上、中、下卷,三册,上册74页,中册82,下册92页。封面均未题小说类型,无序跋。上卷九篇,依次为楼盗、鹿缘、狱圆、梦魔、风婚、湖灯、刺虫、酖儿、危婚。中卷十篇,依次为弄鬼、傭误、烹情、剧杀、情斗、情寒、蛮殒、淫谴、妒变、剑酬;下卷十二篇:婚诡、情悔、践誓、尸囊、戕弟、谶应、埋恨、药祸、虹渡、槐剑、贞验、星幻。凡三十一篇。

据马泰来先生考证,《泰西古剧》,原著者为 Gladys Davidson,原著名为 *Stories from the Operas*(1914)。共收歌剧本事三十一篇,原名分别为:*Fra Diavolo*, *Bohemian Girl*, *Fidelio*, *La Sonnambula*, *Puritani*, *Lily of Killarney*, *Carmen*, *Lucrezia Borgia*, *Daughter of the Regiment*, *Faust*, *Martha*, *The*

Jewess, *Pagliacci*, *Marriage of Figaro*, *Tales of Hoffmann*, *Manon Lescaut*, *Don Juan*, *La Boheme*, *Madam Butterfly*, *Barber of Seville*, *Eugene Onegin*, *Ernani*, *Rigoletto*, *Trovatore*, *The Masked Ball*, *Aida*, *Tristan and Solda*, *The Rhinegold*, *The Valkyrie*, *Maritana*, *Philemon and Baucis*，其中《犊盗》至《情哄》十四篇及《星幻》，原刊《小说月报》，第十卷第一——十二号，民国八年（1919）一月至十二月。原著本事五十四篇。寒光疑达威生为 H. C. Davidson，至朱羲胄、曾锦漳则断言二人为一矣。（第 83—84 页）

《妄言妄听》

《妄言妄听》，署英国美森原著，闽县林纾、静海陈家麟译述，上海商务印书馆出版发行。《小说月报》第十卷第三号至第十二号（1919 年 3 月至 12 月）连载。《林译小说丛书》第二集第四十九编，上海商务印书馆出版发行，时间不详。《说部丛书》四集系列第三集第九十三编，民国九年（1920）四月初版，民国十年（1921）一月再版。《林译小说丛书》版本缺版权页，《说部丛书》四集系列初版本有版权页。后者封面未题小说类型，发行者为商务印书馆，印刷者为位于上海北河南路北首宝山路商务印书馆，总发行所为位于上海棋盘街中市的商务印书馆，分售处为全国各地乃至海外的商务印书分馆，凡 45 处。全书两卷，每卷一册，上册 67 页，下册 78 页，每部定价大洋肆角伍分。

原著者与原著，张治已略考。他认为，原著者美森即尤金·梅森（Eugene Mason）。梅森翻译过几种中古文学故事，《妄言妄听》出自他所译的法国中古传奇《奥卡辛与尼古莱特及其他中古罗曼司与传奇》。原书十六篇，林译十五篇。卷上收入短篇故事七篇，卷下收入短篇故事八篇。有篇目，无序跋。篇目依次为：妒人瞎目、屋顶取肉、野迷利野迷司交谊、鸟语警富、康司登尚主、马衣劝孝、阿卡西、落薄忒赌妻、威廉爱马得妻、亚生纳司改教嫁人、圣母灵迹、教士馋吻、神女度人、沙拉定释囚、艺人羽化。根据《樽氏目录》第3531页，原作为 Aucassin & Nicolette and Other Mediaeval Romances and Legends（1915）。上卷七篇与下卷八篇作品的英文名分别为：of The Coventous Man and of The Envious Man、The Three Thieves、The Friendship of Amis and Amile、The Lay of The Little Bird、The Story of King Constant, The Emperor、The Divied Horsecloth、tis of Aucassin and of nicolette；the Story of King Florus and of The Fair Jehane、The Palfrey、The Story of Asenath、of A Jew Who Took as Surety of Our Lady、The Priest and The Mulberries、The Lay of Graelent、Sir Hugh of Tabarie、Our Lady's Tumbler。

《洞冥记》

《洞冥记》，英国斐鲁丁原著，闽县林纾、静海陈家麟译述。上海商务

第一章　英国作品叙录　265

印书馆出版发行。《说部丛书》四集系列第四集第二编，民国十年（1921）五月初版。全一册，共 77 页，每册定价大洋贰角伍分。

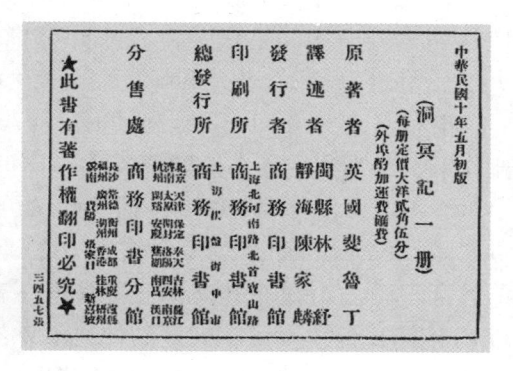

凡二十五章，无章目，无序言。卷末有林纾于民国十年（1921）撰写的"小识"，其文为："译者曰：此书托为鬼语，而鬼不能着笔署稿，何由流传于世，只能以不了了之。意在骂世，故以周里莺所言，企述其转劫之家，在在皆冒过失。且其所列之过失，亦世人所习有者，然鬼既不能复生，则万不能道出此书之结穴，至此书亦不能叙其传自何人。作如此结束，颇有思致。"

1921 年 5 月，林纾与陈家麟合译菲尔丁（译名斐鲁丁）的小说《从阳世到阴间的旅行》，并以《洞冥记》为书名由上海商务印书馆出版。

据马泰来先生考证，《洞冥记》原著者为 Henry Fielding（1707—1754），原著名为 *A Journey from This World to The Next*（1743），今译为《从阳世到阴间的旅行》。原著分为 Book 1，Chapters 1—25 及 Book 19．Chapter 7。中间空缺乃作者故弄玄虚。林译为 Book 1，全。未刊稿有《洞冥续记》一种，当为 Book 19。（第 84 页）

亨利·菲尔丁（Henry Fielding，1707—1754），英国伟大的小说家、剧作家，是现实主义小说的奠基人，18 世纪英国四大现实主义作家之一。出生于英国西南部格拉斯顿波里附近的一个贵族家庭。其父为上校军官，母亲是一位大法官的女儿。少年时代的菲尔丁过着富裕的生活，接受良好的教育。20 岁时发布处女作五幕喜剧《戴着各种假面具的爱情》。1739—1741 年间，他主编《不列颠信使》（又名《战士》）杂志，发表了大量的杂文、书简和特写，成为他日后小说写作的准备阶段。主要作品有《夏拉美》《约瑟夫·安德鲁传》《大伟人江奈生·威尔德传》《汤姆·琼斯》《阿米莉亚》等。①

《炸鬼记》

《炸鬼记》，英国哈葛得（德）原著，林纾、陈家麟译述，上海商务印书馆出版发行。《说部丛书》四集系列第四集第四编，封面未题小说类型，民国十年（1921）五月初版。全书三卷，每卷一册，上册 77 页，中册 88 页，下册 76 页，每部定价大洋柒角。

---

① 〔英〕德拉布尔（M. Derabbe）编：《牛津英国文学辞典》（第 6 版）（英文版），外语教学与研究出版社 2005 年版（2011 年重印），第 359—360 页。

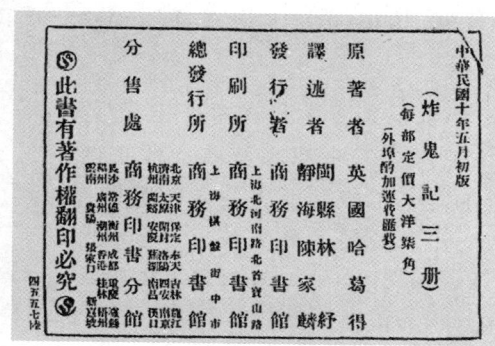

上卷七章，中卷七章，下卷六章，凡二十章。无章目，无序跋。

马泰来先生在《林纾翻译作品全目》中指出，《炸鬼记》（*Queen Sheba's Ring*，1910 年），而寒光、朱羲胄、曾锦漳、韩迪厚皆误谓原著为 *Doctor Therne*。（第 65 页）

该译作是哈葛德与 1910 年以中非为背景创作的一部冒险小说，与他早年的《所罗门宝藏》和《她》相类似。其情节特征是任务主要由牧师、美丽女郎和大胆的英国冒险家所组成。

关于该作的评述，选录如下：

Have You Read?

Queen Sheba's King (Rider Haggard).

To say this very greatly resembles other works by the same author is not to discredit it in any way, since in their line one could hardly find a better model. In this there is a little of "She," a little of "King Solomon's Mines," and a little of "Cleopatra," and others. And having been driven out of South Africa by the explorer and the pioneer, the author comes further north, and chooses a spot in the heart of the Dark Continent, near a river which the hero "believes" runs into the Nile. Here priests plot and lovely women love and are loved, and British adventurers come and perform deeds of derring-do in the "old sweet way." There is mystery and adventure in plenty, blood and killing, gold and jewels, savage nobility and treachery, and all the old furniture used in a new way. And consequently a thoroughly enjoyable romance. ["Have You Read?" The World's News (Sydney, NSW: 1901 – 1955) (Sydney, NSW: National Library of Australia). 22 October 1910. p. 30. Retrieved 21 December 2013.] [From Dymock's Book Arcade, Sydney.]

《厉鬼犯跸记》

《厉鬼犯跸记》，英国安司倭司原著，闽县林纾、吴县毛文钟同译，上海商务印书馆出版发行。《说部丛书》四集系列第四集第六编，民国十年（1921）五月初版。全书两卷，每卷一册，上册88页，下册122页，每部定价大洋陆角。

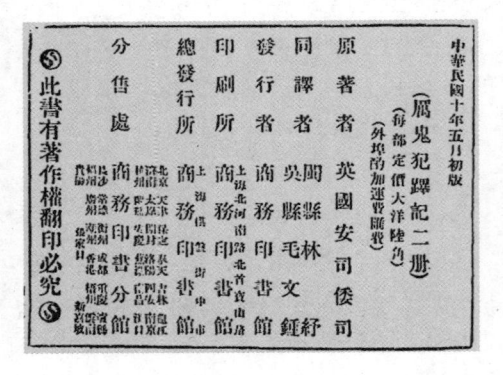

上卷二章，每章各十节。下卷二章，前一章十二节，后一章八节。无章目，无节目，无序跋。

据马泰来先生考证，《厉鬼犯跸记》，原著者为 William Harrison Ainsworth（1805—1882），原著名为 *Windsor Castle*（1843）。马氏指出，寒光误谓陈家麟同译。（第84页）

William Harrison Ainsworth（1805—1882），于1828年匿名出版了自己的第一部长篇小说 *Sir. John Chiverton*，随后出版了 *Rookwood*（1834），*Jack*

Sheppard（1839），*The Lancashire Witches*（1848），*Mervyn Clithero*（1857），而他最成功的长篇小说是 *Jack Sheppard*，*Guy Fawkes*（1841），*Old St Paul's*（1841），*Windsor Castle*（1843）。然而，他一直没有赢得很高的名声。①

Windsor Castle 是国王居住的温莎城堡。温莎城堡位于伦敦西郊，是英女王的一座行宫，最早是个被称为"温杜塞拉"的村落，1070 年，诺曼底公爵即后来的威廉一世，为了保护泰晤士河来往的船只以及王室的安全，营建了石堡。温莎城堡是一些英王的出生地、举行婚礼的场所、囚禁处和墓葬地，也是王室成员的住地。温莎城堡周围是温莎大公园，过去是王室贵族狩猎的御苑。女王及其亲属经常到温莎城堡度周末。每逢圣诞节，王室成员齐集城堡内庆祝。

《鬼悟》

《鬼悟》，英国威而司著，闽县林纾、吴县毛文钟同译（寒光误为陈家麟同译），商务印书馆出版发行。《说部丛书》四集系列第四集第八编，封面未题小说类型，民国十年（1921）六月初版。全书分上下两卷，每卷一册。上册 60 页，十一章；下册 61 页，十二章。缺版权页，定价不详。

马泰来先生《林纾翻译作品全目》称，蒲梢、寒光、朱羲胄、曾锦漳、韩迪厚皆谓威而司为 H. G. Wells。其简介参阅《明眼人》。原作不详。

《情海疑波》

《情海疑波》，英国道因原著，林纾、林凯同译，上海商务印书馆出版

---

① 〔英〕德拉布尔（M. Derabbe）编：《牛津英国文学辞典》（第 6 版）（英文版），外语教学与研究出版社 2005 年版（2011 年重印），第 12 页。

发行。《说部丛书》四集系列第四集第九编,封面未题小说类型,民国十年(1921)十一月初版。发行者、印刷所与总发行所均为上海商务印书馆,分售处为外埠商务印书馆分馆三十三家。全书二卷,每卷一册。136页,每部定价大洋肆角伍分。

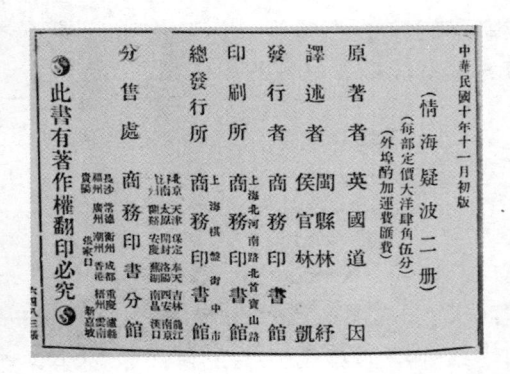

原著者与原著,根据《樽目第九版》第3549页记载,古二德考证为:Elinor Glyn, The Reason Why (New York：Author's Press, 1911)。

译文为文言体。该译作"叙述佛兰士马古特的爱情故事。佛兰士是当世富翁,其国际不明,归化英国,俨然英国人。其貌美而善饰,衣着合度,英国人之特长。擅操英语。不及一年,在伦敦各界俨然擅有势力,有左右之全能"。

《沧波淹谍记》

《沧波淹谍记》,英国卡文原著,闽县林纾、吴县毛文钟同译,上海商务印书馆出版发行。《说部丛书》四集系列第四集第十编,封面未题小说类型,民国十年(1921)十月初版。全一册,131页,每册定价大洋叁角伍分。

第一章 英国作品叙录 271

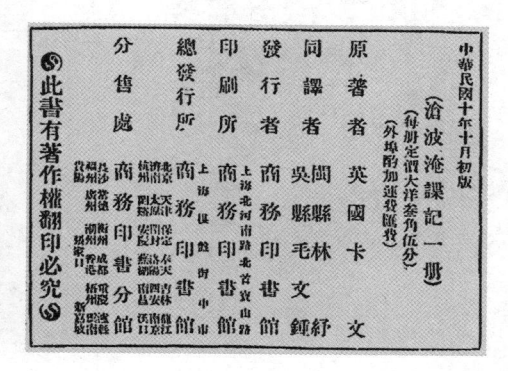

凡二十三章，无章目，无序跋。

原著者不详，原著英文名也不详，待考。马泰来先生指出，寒光误谓陈家麟同译（第85页）。

版权页上半部有一则关于共学社文学丛书《海上夫人》的广告。该书由杨熙初译，全一册定价大洋伍角，由商务印书馆发行。广告词云："本书为大文豪易卜生君所著名剧，述一女子嫁一老医生之事，以指示婚姻之意味及其幸福之由来。凡婚姻是何种生活，结婚须凭何种意志，由何人担负何种责任，皆于各幕中暗示其正当之见解。凡新旧式结婚之流弊，读词可悟补救之法。"

《马妒》

《马妒》，英国高尔忒原著，闽县林纾、吴县毛文钟同译，上海商务印书馆出版发行。《说部丛书》四集系列第四集第十一编，封面未题小说类型，民国十年（1921）七月初版。发行者、印刷所与总发行所均为商务印书馆，分售处为外埠商务印书馆分馆三十五家。全一册，105页，每册定价大洋叁角。

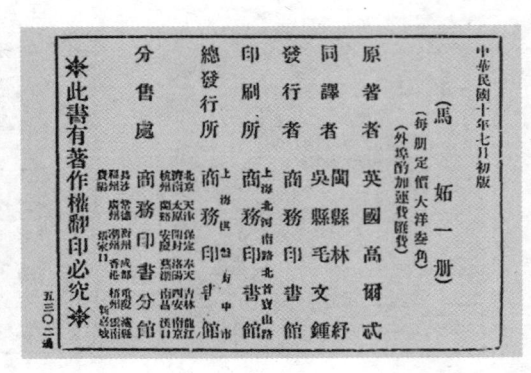

凡二十三章，无章目，无序跋。

马泰来先生指出，寒光误谓陈家麟同译（第 85 页）。

原著者与原著，根据《樽目第九版》第 2783 页记载，古二德考证为：Nathaniel Gould, *Left in The Lurch*（London，1912）。

查阅维基网，Nathaniel Gould（1857—1919），英国小说家，以 Nat Gould 著名。

《埃及异闻录》

《埃及异闻录》，英国路易原著，闽县林纾、吴县毛文钟同译，上海商务印书馆出版发行。《说部丛书》四集系列第四集第十四编，封面未题小说类型，民国十年（1921）十一月初版。全一册，95 页，每册定价大洋贰角。

凡九章，无章目，无序跋。

原著者不详，原著英文名也不详，待考。

原著者与原著，根据《樽目第九版》第 180 页记载，古二德考证为：Sax Rohmer, *Tales of Secret Egypt*（New York，1919）。

《沙利沙女王小纪》

《沙利沙女王小纪》，英国伯明罕原著，闽县林纾、吴县毛文钟同译，上海商务印书馆出版发行。《说部丛书》四集系列第四集第十六编，未题小说类型，民国十一年（1922）一月初版。全书二卷，每卷一册，上册60页，下册64页，每部定价大洋肆角。

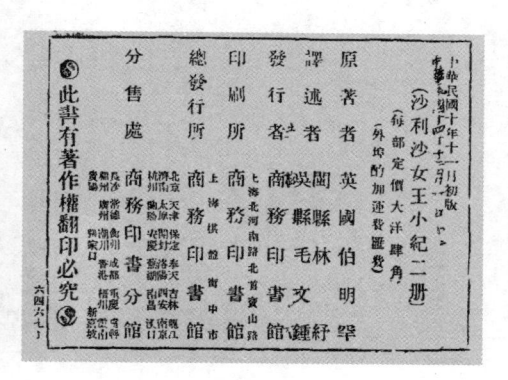

凡二十六章，无章目，无序跋。

据马泰来先生考证，《沙利沙女王小纪》，原著者为 George A. Birmirgham（1865—1950），原著名为 *The Island Mystery*（1918）。George A. Birmirgham 为 James Owen Hannay 笔名。（第84页）

James Owen Hannay（1865—1950），爱尔兰牧师、多产小说家。出生于北爱尔兰的贝尔法斯特（Belfast）。1889年被任命为牧师。他早期的著作激起了保守的天主教徒们的愤怒。1918—1920年，他成为教区首席神父。1934—1950年，又被任命为圣三一教堂的主教。其著作胜多，而有影响的著作寥寥无几。

《天仇记》

　　《天仇记》（英国莎士比亚原著），邵挺译，上海商务印书馆出版发行。《说部丛书》四集系列第四集第二十一编，民国十三年（1924）五月初版。全书二卷，每卷一册，上册68页，下册96页，每部定价大洋肆角伍分。

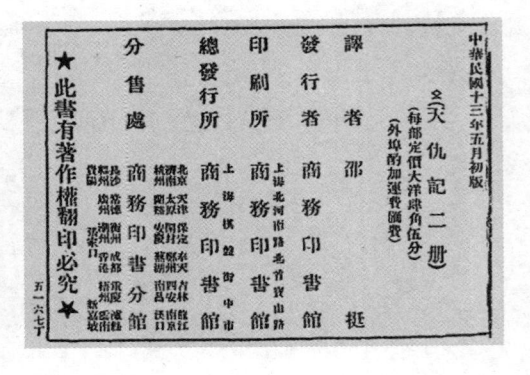

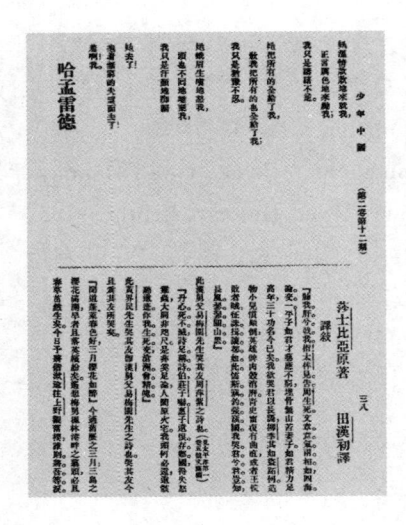

上卷二幕，下卷三幕，凡五幕。无幕目，无序跋。

《天仇记》（今译为《哈姆雷特》）讲述丹麦王子哈姆雷特在国外留学期间，他的叔父克劳狄斯为篡夺王位毒死了他的父亲，还骗娶了他的母亲。哈姆雷特回国后，老国王鬼魂显灵，告诉他自己被害的经过，要哈姆雷特为他报仇。哈姆雷特渴望复仇并终于找到了机会，他与克劳狄斯进行了艰苦的斗争，终于杀死了仇人，为父亲报了仇，自己也被毒剑刺死。①

莎士比亚遭到许多责难，这些责难千篇一律，"文字游戏、一语双关。不真实、荒诞、荒谬、淫乱、幼稚、夸大、言过其实、胡吹。做作、悲天悯人。追求概念、文体做作。滥用对比和比喻。不必要的精雕细刻。不道德。写给下等人看的。不恤工本讨好群氓。以恐怖为乐趣。毫大风度。毫无魅力。过犹不及。聪明过头。谈不上聪明。冒充伟人。硬充好汉"②。伏尔泰对莎士比亚就有几分惊恐，他说："……在《哈姆雷特》中，掘墓人一边掘墓一边饮酒，唱着轻松闹剧的小调儿，朝着死者的头骨开下流玩笑，其庸俗正与他们的行业不柜上下！""整场戏愚不可及。"他形容莎士比亚的全部剧本为："明明是可恶的闹剧，却非称之为悲剧。"于是宣判莎士比亚"糟蹋了英国戏剧"，雨果则对莎士比亚给予高度评价，他把埃斯库罗斯笔下的普罗米修斯与莎士比亚笔下的哈姆雷特比作两位奇妙的亚当，前者是行动，后者踌躇不决；前者障碍来自外界后者障碍出自内心。③歌德对哈姆雷特做出这样的评价："一个美丽、纯洁、高贵而道德高尚的人，他没有坚强的精力使他称为英雄，却在一个重担下毁灭了，这重担既不能捐起，也不能放下；每个责任对于他来说都是神圣的，这个责任却太沉重了。他被要求去做不可能的事，这事本身不是不可能的，对于他却是不可能的。他徘徊、辗转、恐惧、进退维谷，总是触景生情，总是回忆过去；最后几乎失却他面前的目标……"④

柯尔律治认为："在哈姆莱特身上，他似乎希望例证一种应有的平衡在道德上的必要性，即：在对我们感官的事物的注意力与对我们心灵的作用的冥想之间有一种应有的平衡，———一种在真实世界想像的世界之间的平衡。在哈姆莱特身上这种平衡被扰乱了；他的思想，他幻想的概念，比他真实的知觉要活泼得多，就是他的知觉本身在通过他的默想的媒介的这个过程中，

---

① 宛福成编：《莎士比亚与〈哈姆雷特〉》，中国少年儿童出版社2001年版，第16页。
② 〔法〕维克多·雨果：《威廉·莎士比亚》，丁世忠译，团结出版社2001年版，第123页。
③ 同上书，第155—156页。
④ 〔美〕弗兰克·哈斯顿：《莎士比亚及其悲剧人生》，许昕等译，江西教育出版社2013年版，第191页。

也获得了一种不是他们天生来具有的形式和色彩。因此，我们看到一种伟大的、几乎是巨大的智慧的活动，和因它而引起的对真实行动的一种相应的反感带着它一切的征兆和伴随着的性质。莎士比亚把这个人物放在这样的环境中，在这个环境中不得不当机立断；——哈姆莱特是勇敢的，也是不怕死的；但是，他由于敏感而犹豫不定，由于思索而拖延，精力全花费在做决定上，反而失却了行动的力量。"[1] 佛·史雷格尔说："《哈姆莱特》一剧中所有个别部分好象都必然地从一个共同中心发展而来，同时这些部分又反过来影响着中心。这部具有深造艺术思想的上乘杰作没有任何一点是疏远，多余，或偶然的。全剧的中心点在于主人公的性格。由于奇异的生活境遇，他高尚的天性中的一切力量都集中在不停思虑的理智上，他行动的能力却完全破坏了。他的心灵好象绑在拷刑板上向不同的方向分裂开来；这个心灵由于无止境地思虑着的理智而陷入覆灭，这种理智使他自己比所有接近他的人遭到更大的痛苦。人类心灵的无法解决的不和谐性——这是哲理悲剧的真正题材——也许比起哈姆莱特性格中思考和行动力量的无限失调来，没有其他东西更能完美地表现这种不和谐性了。这部悲剧的总的印象是：在一个极度败坏的世界中，理智所遭到的无比绝望。"[2]

此外，还有田汉翻译的《哈孟雷德》（原载《少年中国》第二年1921年6月15日第12期）。

《情天补恨录》

《情天补恨录》，英国克林登女士原著（原署为美国，有误），闽县林纾、杭县毛文钟译述，原刊《小说世界》，第一卷第一号—第二卷第三号，民国十二年（1923）一月至四月。后由上海商务印书馆出版发行，《说部丛书》四集系列第四集第二十二编，封面未题小说类型，民国十三年（1924）五月初版。全书二卷，每卷一册，上册73页，下册74页，每部定价大洋肆角伍分。

上卷十六章，下卷十八章，凡三十五章。无章目，无序跋。

原著者克林登女士不详，原著英文名也不详，待考。

---

[1] 中国社会科学院外国文学研究所编：《莎士比亚评论汇编（上）》，中国社会科学出版社1979年版，第146—147页。

[2] 同上书，第310—311页。

第一章 英国作品叙录 277

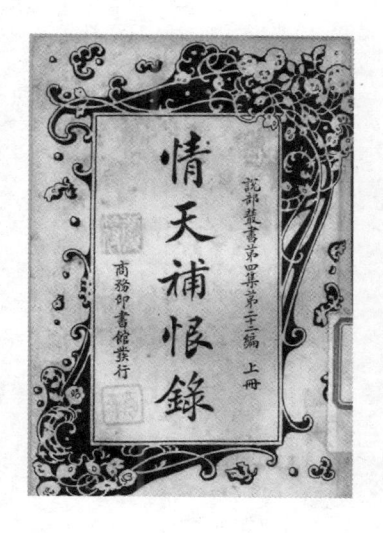

第二章　法国作品叙录

《天际落花》

《天际落花》，署日本黑岩周六（泪香）原著，海宁褚灵辰译述，上海商务印书馆出版发行。该作被编入两种"小说丛书"系列，一为《说部丛书》四集系列初集第一编。二为《小本小说》系列之一。二者内容完全相同。该作《说部丛书》四集系列初集第一编版本，封面题"言情小说"。上海商务印书馆戊申年（1908）五月初版，商务印书馆民国二年（1913）十二月版，民国三年（1914）四月再版。全一册，119页。每册定价大洋叁角。该作《小本小说》系列版本，上海商务印书馆民国二年（1913）十月初版。全一册，114页，每册定价大洋壹角伍分。此外，民国十二年（1923）七月三版。

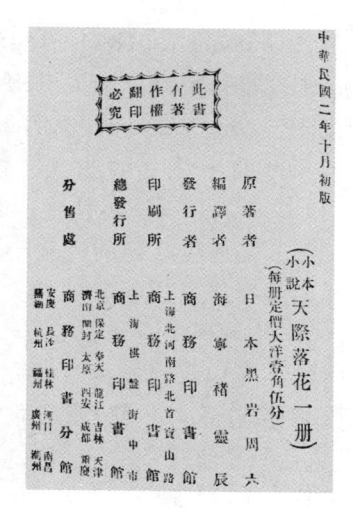

日本樽本照雄《清末民初小说目录》（第 6 版，日本·清末小说研究会，2014，以下简称《樽氏目录》）记述，《天际落花》为《说部丛书》十集系列第一集第一编，戊申（1908）五月出版，还专门注明"未见"。就笔者所知，《说部丛书》十集系列第一集第一编为《佳人奇遇》①，于是《说部丛书》十集系列第一集第一编有两种，先前的一种《佳人奇遇》被此后的一种《天际落花》替换，樽本先生称之为《说部丛书》"十集系列"内部的改组，发生于 1908 年。1913 年，《说部丛书》有"十集系列"升级到规模更大的四集系列，樽本先生称之为"改称"。就笔者所知，这是非常符合事实的。

凡三十五节，无节目，无序跋。

原署"日本黑岩周六（泪香）原著"有误，原著者为法国的 Fortuné Du Boisgobey，原著名 *La Voilette Bleue*（1885）（《樽氏目录》署 1855，有误），英译名为 *The Angel of the Chimes*，或 *The Angel of the Belfry*，或 *The Blue Veil*，或 *The Crime of the Tower*（1886）。黑岩周六（泪香）非原著者，而是日译者，日译名为《塔上の犯罪（此曲者）》，薰志堂 1890 年 4 月 25 日出版，1891 年 10 月 12 日再版。（参见《樽氏目录》第 3389—3390 页）

原著者 Fortuné Du Boisgobey 是法国小说家，Fortuné Du Boisgobey 为 Fortuné Hippolyte Auguste Abraham-Dubois 之笔名。原作法文名为 *Première partie*。原署"美国侦探丛话之一"有误。他出生于法国芒什省（Manche）

---

① 参见付建舟《清末民初小说版本经眼录·日语小说卷》，中国致公出版社 2015 年版，第 2—3 页。

的格朗维尔（Granville）。1844—1848年，作为军需官在非洲阿尔及利亚服役。家庭比较富裕，他从事写作长达四十多年之久。他首次获得成功，是1868年以笔名du Boisgobey出版的 *Les Deux comédiens*，该故事颇受欢迎。他获得每年一万两千法郎的收入，连续七年。1869年出版的 *Une Affaire mystérieuse* 和 *Le Forçat colonel* 使他的名声进一步提高。他是多产作家，著作达六十多部，是最受欢迎的连载小说作家之一。

根据《樽氏目录》以及其他相关资料，笔者考证了清末民初时期Boisgobey的汉译作品，至少有十二部小说作品被汉译，其中有的作品有几种译本。具体如下（以汉译本的时间先后为序）：《决斗缘》（侦探小说）40回，未署原著者与译者，原载《同文沪报》附录光绪二十九年（1903）连载。《美人手》（侦探小说），署（法）某著，香叶阁凤仙女史译述，原载《新民丛报》36—85号（4年13号），光绪二十九年六月二十九日—光绪三十二年七月一日（1903.8.21—1906.8.20）。上海·广智书局1906年10月上册初版、1906年11月中册初版、1909年下册初版。《秘密囊》（法国侠客谈），未署原著者，小造译，原载《新新小说》3—7期，光绪三十年十一月一日—光绪三十一年三月一日（1904.12.7—1905.4.5）。《决斗会》（法国侠客谈），未署原著者，小造译，原载《新新小说》6—7期，光绪三十一年二月一日—三月一日（1905.3.6—4.5）。《母夜叉》（侦探小说），小说林总编译所编辑，上海·小说林社1905.4/1906.2再版。《指环党》（侦探小说），商务印书馆译，上海·商务印书馆1905.10/1907.3三版（《说部丛书》十集系列第三集第四编）、上海·商务印书馆乙巳年（1905）/1913.12四版（《说部丛书》四集系列初集第二十四编），此外还作为《小本小说》系列之一。《红茶花》16回，署〔法〕朱保高比著、陆善祥译，香港·聚珍书楼光绪三十一年（1905）。《红茶花》（侠义侦探小说），署〔法〕朱保高比著、陆善祥译意、陈绍枚润文，上海·振民编辑社1918.12。《巴黎秘密案》（侦探小说）上下册，君毅译本，上海·小说林社1906.7。《铁假面》（历史小说）32回，署〔法〕波殊古碧著、听荷女士译，上海·广智书局，上卷光绪三十二年八月二十二日（1906.10.9）初版、光绪三十二年九月二十八日（1906.11.14）发行、中卷光绪三十三年四月（1907）/10再版、下卷光绪三十三年五月（1907）/10再版。《色媒图财记》（侦探小说）20回，署〔日〕泪香小史（黑岩泪香）著、黄山子译，上海·改良小说社光绪三十三年（1907）。（所署著者有误）《剧盗遗嘱》（侦探小说）30回，署〔法〕朱保高比著，李心灵、林紫虹合译，香港·聚珍书楼，光绪三十三年（1907）十一月。

《决斗》（侦探小说）（一名《金里罪人》），未署原著者，冷（陈景韩）译，原载《时报》1908.10.23—12.1，又载《小说时报》8、11期，宣统二年十二月二十日（1911.1.20），宣统三年闰六月五日（1911.7.30）。《巴黎丽人传》，署〔法〕白华哥比著、张万宇译述，原载《国风报》1年29期—2年17期，宣统二年十月二十一日—宣统三年六月二十一日（1910.11.22—1911.7.16）。《红茶花》（惠林顿轶事），（周）瘦鹃译，原载《礼拜六》72期，1915.10.16。《巴黎繁华记》，未署原著者，商务印书馆编译所译述，1905年10月初版。

《环游月球》

《环游月球》，法国焦奴士威尔士原著，商务印书馆编译所译，中国商务印书馆出版发行。该译作编入三种系列，即一为《说部丛书》十集系列第一集第七编，二为《说部丛书》四集系列初集第七编，三为《小本小说》系列之一。十集系列版本，封面题"科学小说"。光绪三十年（1904）七月首版，光绪三十二年（1906）三月三版。全一册，154页，定价每本大洋叁角。四集系列版本，封面题"科学小说"。甲辰年（1904）七月初版，光绪三十一年（1905）六月再版，光绪三十二年（1906）三月三版，民国二年（1913）七月五版，民国三年（1914）四月再版。全一册，154页，定价每本大洋叁角。《小本小说》版本，民国三年（1914）九月再版。未见。前两种版本内容相同。全文不分章节，无序跋。

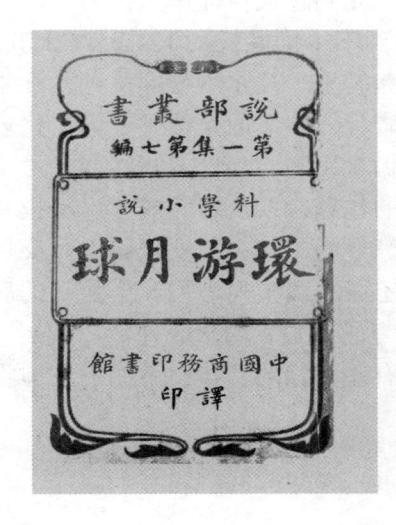

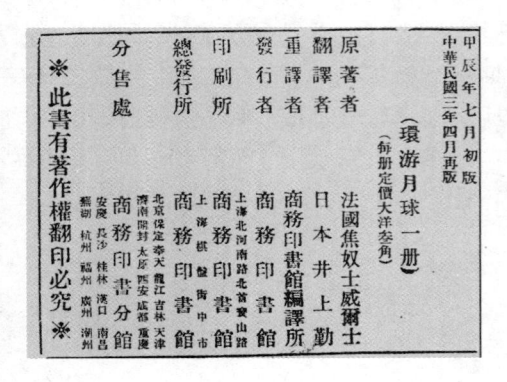

原著者法国焦奴士威尔士（1828—1905），今译为儒勒·凡尔纳，法国小说家，创作了一系列颇为流行的融科学与冒险于一体的科幻小说，最成功的有《地心游记》《海底二万里》《八十天环游地球》等。[①] 他被誉为"科幻小说之父"。《樽氏目录》第 1369 页记述，Jules Verne "Autour de La Lune" 1869。英译"*A Trip Round The Moon*"。井上勤译《月世界一周》博闻社 1883 年 7 月 28 日，樽氏还特注，井上勤的日译本卷首有《前揭月世界旅行之大意》，汉译本未录。汉译者不详。

据作家的幼孙让·儒勒·凡尔纳考证，从词源上说 Verne（赤杨）源于 Verniun 河，该词来自克尔特语这个古老的语种。因此，姓"凡尔纳"的法国人的远祖，都是克尔特人，即首先到达大西洋岸边的高卢人。凡尔纳姓是高卢的望族，人数众多，他遇到不少同姓氏的人。路易十五时代，凡尔纳家族一个成员来到巴黎，名为弗勒里·凡尔纳，即儒勒·凡尔纳的曾祖父。凡尔纳家族信仰天主教，比较保守；又因是律师、诉讼代理人和法院书记的世家，因而保守、古板、循规蹈矩、墨守成规；同时由于职业习惯，又养成严肃认真、谨慎和准确的作风，以及培养成坚忍不拔和刚正不阿的性格。母系家族具有苏格兰人豪放的个性，不安现状以及反抗英国的不平等待遇，争取自主意识，后来定居法国布列塔尼和诺曼底的后代对异国他乡向往、以海洋为生的人们特有的倔强、固执、任性、敏捷、机智和执着品格。这两种各不相同的甚至有些相悖的品格，不能不在即将要出

[①] 〔英〕德拉布尔（M. Derabbe）编：《牛津英国文学辞典》（第 6 版）（英文版），外语教学与研究出版社 2005 年版（2011 年 3 月重印），第 1058 页。

生的伟大的科学幻想小说家的成长过程中留下痕迹。① 自由精神可谓贯穿他的一生。

《环游月球》讲述"美国格致家数人欲游行月球，造一极大之炮，配用合宜之火药弹子，测准月球轨道，三人入居弹中，携各种需用之物。既放炮后，弹子飞出，三人就弹前玻璃窗窥测。途中遇一小月及无数流星。后弹为流星所摄，线路稍斜，不能入月，而相距极近。环绕一周，三人历历测视，绘放详图。旋弹堕落海，经人捞获。三人出弹，备述所见"。②

《珊瑚美人》

《珊瑚美人》，题"政治小说"，署日本青轩居士原著，未署汉译者，原载《绣像小说》第27—41期。《樽目第九版》第3796—3797页指出，《绣像小说》刊年不记［甲辰5.1—12.1（1904.6.14—1905.1.6）とするは误り］……第27—41期実际の刊年は推定乙巳年（1905）二月—八月。后结集出版，被编入三种"小说丛书"，一为《说部丛书》十集系列第二集第五编，二为《说部丛书》四集系列初集第十五编，三为《小本小说》系列之一。

十集系列版本，光绪三十一年（1905）四月首版，光绪三十一年（1905）九月再版。版权页署原译者日本三宅彦弥，重译者中国商务印书馆编译所，发行者中国商务印书馆，印刷所中国商务印书馆（上海北福州路第二号），总发行所中国商务印书馆（上海棋盘街中市），未列分售处。全一册，134页，定价每本大洋三角。该版本封面题"法国小说"，《绣像小说》连载时署日本青轩居士原著，这样看来可能是法国原著，日本原译，《绣像小说》连载时署名不够准确。四集系列版本，封面题"言情小说"，正文题"政治小说"。原著者不详，日本三宅彦弥原译，商务印书馆编译所重译。上海商务印书馆乙巳年（1905）四月初版、民国二年（1913）十二月版。全一册，134页，每册定价大洋叁角。"小本小说"版本，民国三年（1914）七月初版，版权页署原译者日本三宅彦弥，重译者商务印书馆编译所，发行者、印刷所与总发行所均为商务印书馆，分售处为全国各地商务印书分馆。全一册，147页，每册定价大洋贰角。

---

① 朱宝宸、何茂正编著：《凡尔纳》，辽海出版社1998年版，第1—3页。
② 阿英：《晚清文学丛钞·小说戏曲研究卷》，中华书局1960年版，第534页。

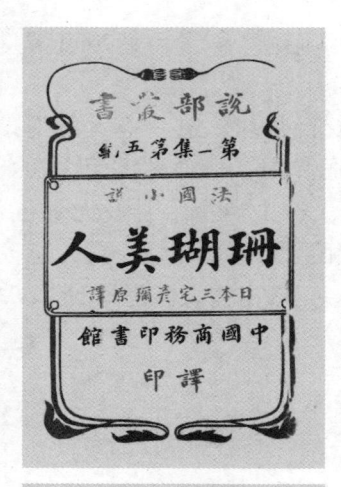

284　商务印书馆《说部丛书》叙录

說部叢書第一集第五編
法國小說
珊瑚美人
日本三宅彦弥原譯
中國商務印書館印譯

光緒三十一年四月初版
光緒三十一年九月再版
〔定價每木大洋三角〕
翻印必究
原譯者　日本　三宅彦彌
重譯者　中國商務印書館編譯所
發行者　中國商務印書館
印刷所　上海北福建路第二號
總發行所　上海棋盤街中市
中國商務印書館

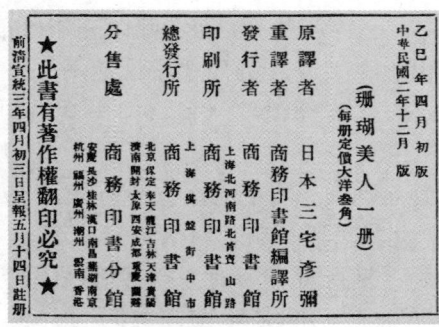

說部叢書初集第十編
言情小說
珊瑚美人
上海商務印書館發行
前清宣統三年四月初三日呈報五月十四日註冊
★此書有著作權翻印必究★

乙巳年四月初版
中華民國二年十二月版
（珊瑚美人一冊）
（每冊定價大洋叁角）
原譯者　日本　三宅彦彌
重譯者　商務印書館編譯所
發行者　商務印書館
印刷所　上海河南路北首寶山路
總發行所　上海棋盤街中市商務印書館
分售處　商務印書館分館
　北京　保定府　天津　奉天　濟南　太原　開封　漢口　長沙　南昌　南京
　安慶　蕪湖　杭州　吉林　重慶　成都　廣州　汕頭　福州　香港

小本小說
珊瑚美人
商務印書館印行

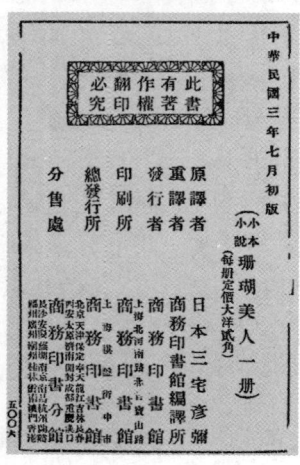

中華民國三年七月初版
（小本小說 珊瑚美人一冊）
（每冊定價大洋貳角）
此書作有著作權翻印必究
原譯者　日本　三宅彦彌
重譯者　商務印書館編譯所
發行者　商務印書館
印刷所　上海河南路北首寶山路
總發行所　上海棋盤街中市商務印書館
分售處　商務印書館分館

上述一种刊本与三种版本内容相同，都为共二十回，有回目，无序跋。回目依次为：第一回 热闹场情语话缠绵 黑暗地惊心逢鬼魅；第二回 浦兵官怀疑捕凶犯 笪将军失色睹亡儿；第三回 小伯爵仔细诉前情 老包探初次访奇案；第四回 入赌场无心逢故友 隔纱窗有意听闲评；第五回 忙中偷暇邂逅蛾眉 死里逃生脱离虎口；第六回 避危机党人谋善地 试毒药美女毁娇容；第七回 没来由行客遇强徒 恶作剧党人试心迹；第八回 自由不死万岁齐呼 相见还羞寸心如结；第九回 侈家世侯爵发威霆 争女权小姑盟皦日；第十回 涉嫌疑私访画楼人 听新闻轰传假面女；第十一回 游公园各谈心上事 坐山洞巧遇意中人；第十二回 传密信娇儿含妒意 羡私财老父起阴谋；第十三回 喀乃华假公报私仇 陶斯奔锄强救弱命；第十四回 失贞女侯爵叱包探 觅佳耦妖妇绝情郎；第十五回 死生离合万种深情 喜怒悲哀百端隐恨；第十六回 假学士登城谈古迹 伪商人发窖劫藏金；第十七回 身随财去逝水悠悠 恨比愁多清谈娓娓；第十八回 得书函窗下露凶谋 怀匕首园中寻宿怨；第十九回 杀书记笪礼洛复仇 救侯爵付启镗仗义；第二十回 泄隐事假面女惊心 述遗恨珊瑚党结果。

原著者青轩居士生平事迹不详，待考。

《珊瑚美人》叙述"法国由民主复改君主之后，有一势力极大之秘密党潜入巴黎，计谋颠覆，立民主。其中神出鬼没，手段令人不可思议。有义侠、有美人、有奸党、有包探，情节离奇，意境飘忽，全书纯用白话，描写得神，尤为赏心悦目"。

《忏情记》

《忏情记》，未署原著者，日本黑岩泪香原译，商务印书馆编译所译述，上海商务印书馆出版。该译作编入两种系列，即一为《说部丛书》十集系列第二集第八编，二为《说部丛书》四集系列初集第十八编。十集系列版本，封面署"法兰西小说"，版权页署光绪三十一年（1905）六月首版，光绪三十二年（1906）五月三版，署"原著者 日本黑岩泪香""重译者 中国商务印书馆编译所"，发行者、印刷所与总发行所均为中国商务印书馆。全一册，154页，每部定价大洋伍角。四集系列版本，题"言情小说"。上海商务印书馆乙巳年（1905）四月初版、民国二年（1913）十二月版。《说部丛书》四集系列初集第十八编。二册，每部定价大洋伍角。

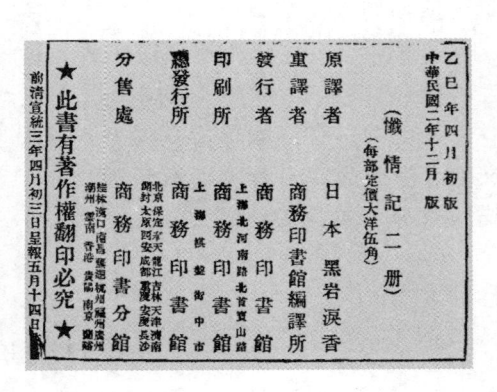

二者内容相同，全书分上、下卷，共二册，上、下卷各十五回，无序跋。前五回回为：第一回　冒风寒扶病系情丝　感身世伤心垂别泪；第二回　招佳客喜做撮合山　趁良宵大开跳舞会；第三回　棠娇杏妩两美争婚　燕叱莺嗔片言绝意；第四回　施挟制福男爵逼婚　话情衷穆医生堕水；第五回　遇凶事惊惶成疾病　述疑案侦探露端倪。最后五回回目为：第二十六回　辩遗忘老医生质词　断冤枉无名女出首；第二十七回　忽现忽隐迹似神龙　亦喜亦惊逢彼鬼蜮；第二十八回　出书状有罪翻无罪　见钮扣非冤竟是冤；第二十九回　李代桃僵事经暗访　池边月黑耳属阴谋；第三

十回　薄命女快雪覆盆冤　有情人喜成如花眷。

《樽氏目录》第1686页记载，Bertha M. Clay "A Haunted Life"、黑岩泪香《妾の罪》《都新闻》连载后、大川屋（1890.9.19）。据查，Bertha M. Clay 是 Charlotte Mary Brame（1836—1884）的笔名，英国女小说家。她和丈夫共有九个孩子，只有四个成年。她的丈夫是个贫穷的商人，更是个酒鬼，她不得不通过写作获得收入来供养家庭。其收入严重减少，尤其是在美国，她的著作被严重盗版。1884年黑岩泪香去世，死时还欠有债务。两年后，她丈夫自杀身亡。参见《僵桃记》。

《忏情记》有则广告，文云："是书为巴黎贵族侯爵花娜所自述，而载之某新闻纸中者。女尚待字深闺，而无端谋毙二夫，一死于水，一死于火，案证确凿，已入狱待罪。若在吾国问官之手，固早已身罹大辟，永戴冤盆矣。俄而云消雾散，天朗气清，沉冤忽焉伸雪，其间事由曲折，情节离奇。全书用白话演述，慷慨悲歌，缠绵悱恻，阅之未有不潸然泪下，凄心动魄者。在近时奇案中可谓有一无二者矣。"

《夺嫡奇冤》

《夺嫡奇冤》，未署原著者，商务印书馆编译所译述。上海商务印书馆出版。该译作编入三种系列，即一为《说部丛书》十集系列第二集第九编，二为《说部丛书》四集系列初集第十九编，三为《小本小说》系列之一。

十集系列三版本，封面署日本柴四郎原著，版权页署光绪二十九年（1903）十月首版，光绪三十二年（1906）五月三版。一册，154页，定价每本大洋伍角。此外，该系列还有光绪三十二年（1906）岁次丙午仲冬三版本，外埠分馆九家。

四集系列版本，封面题"侦探小说"。版权页署丙午年（1906）十一月初版、民国二年（1913）十二月再版。译述者商务印书馆编译所，发行者、印刷所、总发行所均为商务印书馆，分售处为全国各地乃至海外的商务印书分馆，凡27处。全一册，145页。每册定价大洋伍角。

"小本小说"版本，民国三年（1914）九月再版。编译者为商务印书馆编译所，发行者为商务印书馆，印刷所为商务印书馆（上海北河南路北首宝山路），总发行所为中国商务印书馆（上海棋盘街中市），分售处是全国的主要城市的商务印书馆分馆二十二家。二册，上册120页，下册130页，每部定价大洋叁角。

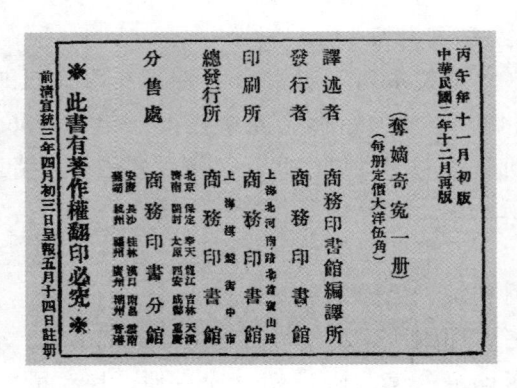

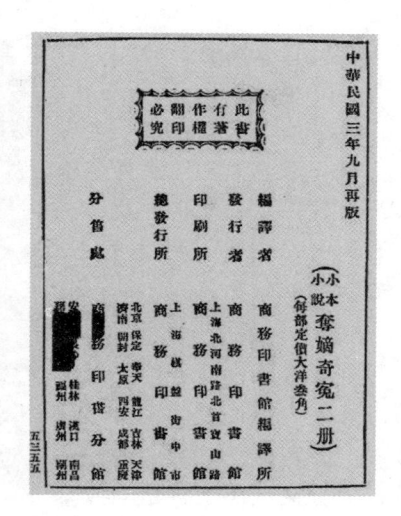

三种版本内容相同，均分上下两卷，上卷二十二章，下卷二十二章，凡四十四章。每卷一册，无章目，卷首有序。

《樽氏目录》第 639 页记载，Émile Gaboriau "L'affaire Lerouge" 1866。英译 Fred. William & George A. O. Ernst "The Widow Lerouge" 1873。英译をもとに黒岩泪香《人耶鬼耶》小说馆 1888.12.4。封面署"日本柴四郎原著"就误。

Émile Gaboriau（1832—1873），今译为埃米尔·加博里奥，法国作家、小说家、记者、侦探小说的先驱。

凡四十四章，无章目。首有序，该序由彼岸居士撰写于光绪二十九年（1903）孟冬，序文摘录如下：

衣冠牛走，簿书扰攘，亲故僮仆，群为之怅，非吾中国之官乎？瘾余醉起，高坐堂皇，盈廷呼喝，隶卒成行，非吾中国之听讼乎？嗟吾小民，其身家性命断送于若辈之手者，盖不知几千万亿矣。犯者情罪即至真确，非自承认不能定谳。所以示慎也，而何以必用刑讯吏录供竣，复口诵之听者首肯，署押印拇。所以昭信也，而何以辄改供招狱词，既具申之上官，有冤抑者当予伸雪。所以持平也，而何以发还原审。凡兹所为，不啻矛盾，无非以欺饰吾民耳目而已。又其甚者，或案情轇轕，过费斡旋；或佐证不齐，难于缘饰，则有立毙杖下者，有永羁禁中者。呼号声里，血肉横飞，犴狱沉沉，莫睹天日，直自相残杀耳，乌有所为明罚敕法之事耶？枯罗甸之狱，向使入吾中国官之手,彼光明磊落之尔卑尔德,不知当受几许磨折,彼诚挚坚贞之库里野亚,不知当得几许呵斥,彼淳朴正直之机罗奇,不知当被几许拖累。库摩灵之家世,有不婴其摧残者乎?理野亚之节烈,有不遭其凌辱者乎?精审如奇兰古辣,有不悔憾于终身乎?狡险如沙爹懦,有不逍遥于事外者乎?由是观之,同受生天地之间,何彼民之幸,而吾民之不幸也。吾党有读是书,激发天良,痛自忏悔,如搭卜銮其人者,吾铸金以事之矣。

据汪家熔考证,商务印书馆的《说部丛刊》有《夺嫡奇案》一书,印刷页和目录上一直说是"日本柴四郎著,商务印书馆编译所译"。经汪家熔的彻查,证实原著者是法国人,1866年出版,后来被英译;1888年年底,黑岩泪香又从英文译成日文,书名《人耶鬼耶》,而中译本则是根据日译本转译的,译者也查清是文硕甫。《夺嫡奇案》(侦探小说)2册,商务印书馆编译所(文硕甫)译,商务印书馆出版,光绪二十九年(1903)(即《同文沪报》附刊之《谋杀寡妇案》,黑岩泪香译名为《人耶鬼耶》)。①

《指环党》

《指环党》,封面题"侦探小说"。未署原著者,商务印书馆编译所译述。上海商务印书馆出版。该译作编入三种系列,即一为《说部丛书》十集系列第三集第四编,二为《说部丛书》四集系列初集第二十四编,三为《小本小说》系列。

十集系列版本,光绪三十一年(1905)十月初版,光绪三十三年(1907)岁次丁未季春月三版。全一册,120页,定价每本大洋三角。四集系列版本,封面题与正文均题"侦探小说"。版权页署上海商务印书馆乙巳年(1905)十月初版、民国三年(1914)四月再版。全一册,120页。每册定价大洋叁角。两种版本内容相同,全书不分章节,无序跋。《小本小说》系列,宣统三年(1911)七月版(《樽目第九版》第5871页)。

---

① 参见汪家熔《锲而不舍 金石可镂——读〈新编清末民初小说目录〉后》,《出版史研究》第六辑,1998年。

第二章 法国作品叙录　291

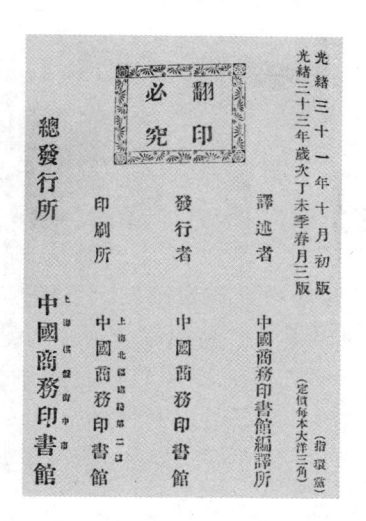

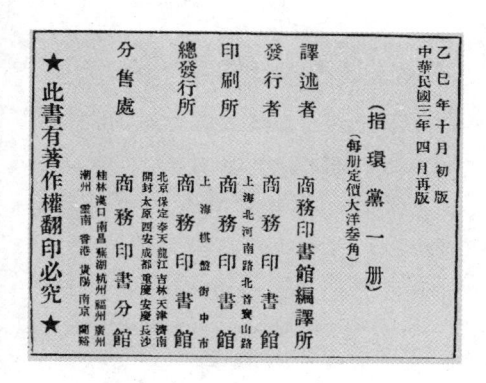

《樽氏目录》第 4685 页记载，Fortuné Du Boisgobey "L'oeil Du Chat"。英译 "The Cat's-eye Ring"。黑岩泪香译《指环》金樱堂、今古堂 1889.11.4。由此可知，原著者是法国的 Fortuné Du Boisgobey，即波殊古碧，日译者是黑岩泪香，汉译者不详。

《指环党》有则广告，其文为："此书叙法国宇文伯爵夫人之父结一秘密党，以指环为号。后主会计者阴用藏，更组织七人为一部，作种种诈伪以图利。经侦探赛夜鹰小智囊张纲罗密布，而党中人萧小任以怨用藏，故叛而自首，事遂发觉。其间叙事曲而有致，舒而不弛，参互而有章。叙少佐金辟决斗事，更轩轩有奇气，为侦探小说中最富思想、脱去臼科者。"洋装一册，定价大洋叁角。

《巴黎繁华记》

《巴黎繁华记》，未署原著者，商务印书馆编译所译述，被编入二种"小说丛书"系列，即一为《说部丛书》十集系列第三集第五编，二为《说部丛书》四集系列初编第二十五编。

十集系列再版本，封面题"侦探小说"。光绪三十一年（1905）十月初版，光绪三十二年（1906）四月再版。发行者、印刷所与总发行所均为中国商务印书馆。全二册，上册245页，下册194页，定价每部大洋一元。

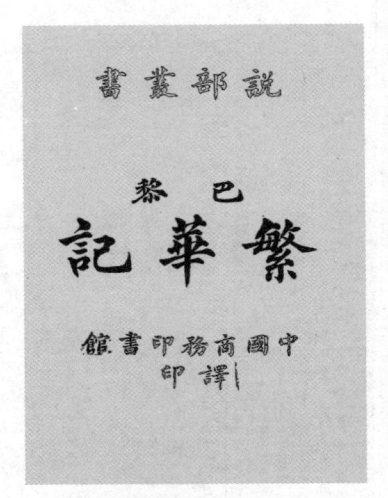

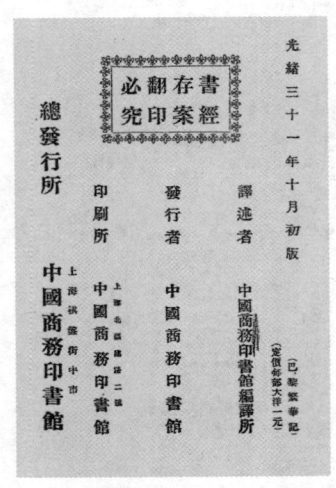

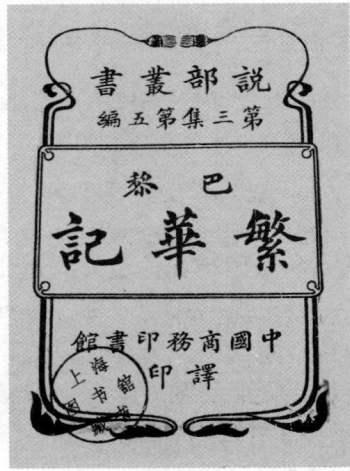

四集系列版本，封面题"社会小说"。乙巳年（1905）十月初版，民国二年（1913）十二月再版。民国三年（1914）四月再版。发行者、印刷所、总发行所均为商务印书馆。全二册，上册245页，下册194页，每部定价大洋壹元。

二者内容相同，分上下两卷，上卷二十二回，下卷十八回，凡四十回，有回目，无序跋。前五回回目为：第一回　乐事赏心乡绅初入繁华地　老翁少妇客邸重逢怪异人；第二回　追踪蹑影莽男子敲门　匿迹销声贵妇人入室；第三回　如怨如慕求寄玉手箱　行义行仁营救青年妇；第四回　访银行初逢司事人　入宝库再见虬髯客；第五回　似曾相识子爵访男爵之家　具道前因妒心与疑心并去。最后五回回目为：第三十六回　露实迹马坎图逃赃　发阴私夏士华惧罪；第三十七回　都男爵呼吏禁奸人　麦命妇怜儿厌尘世；第三十八回　天良发见最后贻书　弱女飘零可怜残骨；第三十九回　见尸身夫人惊绝命　挟枪铳总理大寻仇；第四十回　室家燕好宝镜重圆　钻石珠还玉箱结果。

原著者为法国的 Fortuné Du Boisgobey（参见《天际落花》），原著为 *Porte Close*（1886），英文名为 *The Condemned Door*，或者 *The Secret of Trigavou Castle*，或者 *The Closed Door*。日本黑岩泪香译名文《玉手箱》，三友舍 1891 年 5 月 19 日出版（参见《樽氏目录》第 72—73 页）。

《巴黎繁华记》有则广告，其文为："此书叙麦夫人以一爱女之故，受无限忧惊，而其夫麦幕伦性本多疑，浸为揣测。正如作茧自缚，愈加防范，愈添无限疑团。至都雪南揭意，欲避嫌疑，偏似敝絮行荆棘中，触处皆成罣碍。全书线索以玉手箱为主脑，而以曲折灵妙之笔写之，欲即还离，欲近偏远，如宜撩弄丸，观者目眩。他若写夏士华奸恶，马坎图险诈，都男爵精细，皆入木三分；而语言之妙，针锋相对，具耐寻味；叙赛马一段，尤如火如荼。此种小说，实有令人百读不厌者。"洋装二册，定价大洋壹元。

《寒桃记》

《寒桃记》，署日本黑岩泪香原著，钱塘吴梼译述，上海商务印书馆出版。该译作编入二种系列，即一为《说部丛书》十集系列第四集第一编，题"侦探小说"。光绪三十二年（1906）二月初版，光绪三十三年（1907）三版。全一册，120页，上册170页，下册171页，定价每本大洋七角。二为《说部丛书》四集系列初集第三十一编。题"侦探小说"。缺版权页。

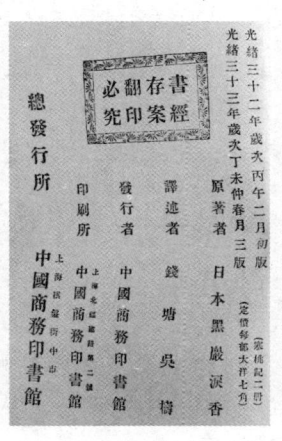

这两种版本内容相同，上下卷各十六回，凡三十二回，有回目，无序跋。前五回回目为：第一回　克伯爵火里遭枪　沈巡官村中勘案；第二回　访眼线痴男成见证　诘口供公子作凶人；第三回　见证人多案情确凿　地方官至家仆惊疑；第四回　贺家村亲身踏勘　葛判官澈底根查；第五回　贺公子被拘下狱　万律师作伴登程。最后五回回目为：第二十八回　春蚕不死犹是情长　朝露余生可怜蜕化；第二十九回　疗急病庭园惊

怪象　载奇案报馆布新闻；第三十回　开法廷判官讯大案　作见证伯爵上公堂；第三十一回　发天良祝蛮斯自首　获踪迹荷丹女现身；第三十二回　警痴顽郭古流陷罪　求忏悔克洛图善终。

署日本黑岩泪香原著有误。《樽氏目录》第 1118 页记载，Émile Gaboriau "LA Corde AU Cou" 1873。英译 "Within an Inch of His Life"（1874）。黑岩泪香《有罪无罪》，魁真楼书店 1889.11.5。"In Peril of His Life"（Gaboriau's Sensational Novels Ⅰ）。

原著者 Émile Gaboriau 为法国小说家，今译为加博里奥（参见《夺嫡奇冤》）。LA Corde AU Cou，英译为 Rope Around His Neck，或 In Peril of His Life，或 In Deadly Peril。日译者为黑岩泪香（1862—1920），原名黑岩周六，1862 年 11 月 20 日出生于土佐国安芸郡，侦探小说家，新闻经营者。本名周六。曾入大阪英语学校就读，具有非凡的英语阅读能力。1882 年任职同盟改进新闻主笔，1886 年转任绘入新闻主笔。1887 年，在日本报章《今日新闻》连载处女作，即以双胞胎为题材的小说《二叶草》，翻译了外国侦探或幻想小说如《铁假面》《幽假塔》《古王宫》等数十部长篇小说与短篇小说。1892 年，创办《万朝报》。日俄战争期间，与内村、幸德等人主张非战论。在日本文坛与报界有很大影响。①

《寒桃记》叙述"一贵族名贺士伦者，与一克伯爵之夫人名梅姿者私识。厥后贺将授室，与梅姿绝，梅姿索还前次往来手札悉焚之。其家有一私仆，乘贺去后纵火，诱主人克伯爵出枪，击之伤焉，乃转诬贺为凶手，人以其痴也，多信之，贺遂蒙不白之冤。后几经辩获，几费侦探，始获昭雪"。

《毒药罇》

《毒药罇》，署法国爱米尔·嘉波留原著，商务印书馆编译所译述，上海商务印书馆出版发行。该译作编入三种系列，即一为《说部丛书》十集系列第七集第八编，光绪三十三年（1907）七月初版，光绪三十四年（1908）正月再版。全一册，130 页，定价每册大洋叁角。二为《说部丛书》四集系列初集第六十八编，封面题"侦探小说"。丁未年（1907）五

---

① 参见日本近代文学馆小田切进编《日本近代文学大事典》（第一卷）（日文），东京：株式会社讲谈社，昭和五十二年（1977），第 564—565 页。

月初版，民国三年（1914）四月再版。全一册，130 页，每册定价大洋叁角。三为《小本小说》系列之一，商务印书馆民国二年（1913）一月出版（《樽目第九版》第 867 页）。

关于原著者与原著，《樽目第九版》第 867 页这样记载：Émile Gaboriau "LE Crime D'orcival" 1867。英译 "The Mystery of Orcival" 1887。

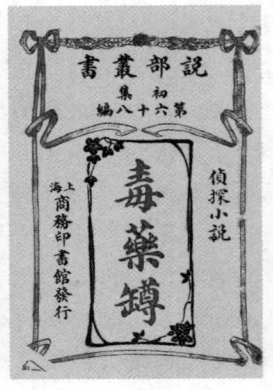

二者内容相同，凡二十六节，有节目，无序跋。节目依次为：第一节 询踪；第二节 勘察；第三节 伯爵与夫人之遇合；第四节 园丁就获；第五节 格思平之供词；第六节 侦探之怪状；第七节 伯利二人之理想；第八节 伯爵第中之形迹；第九节 尸露奇伤；第十节 郭女绝命词；第十一节 伯伦德词慑劳医生；第十二节 洞见症结；第十三节 贼医遭擒；第十四节 键棂秘计；第十五节 金尽途穷；第十六节 忽逢旧雨；第十七节 以怨报德；第十八节 恋新抛旧；第十九节 奸情破露；第二十节 恶妇投鸩；第二十一节 遗计诛奸；第二十二节 命财两失；第二十三节 神探徵因；第二十四节 儿女情长；第二十五节 酒楼定计；第二十六节 获美除凶。

《毒药罇》叙述"一人以游荡丧赀，几濒于死，遇一友人救之，始获更生。乃后竟谋杀其友而夺其妻。友临殁始悟其奸，因遗一秘计于匮中，卒使其人杀妻自戕，而身后之大仇乃复。奇情幻节，层出不穷，笔亦简净可喜"。

《爱国二童子传》

《爱国二童子传》，法国沛那著，林纾、李世中译，上海商务印书馆出版发行。《说部丛书》十集系列第九集第二编，光绪三十三年（1907）七月初版，民国二年（1913）一月三版。《说部丛书》四集系列初集第八十二编，丁未年（1907）九月初版，民国二年（1913）十二月四版，民国三年（1914）四月再版。还编入《林译小说丛书》，作为第二十编，民国三年（1914）六月初版。《林译小说丛书》系列之版本封面题"实业小说"。全书分上下卷，二册，上册 111 页，下册 118 页。每部定价大洋柒角伍分。

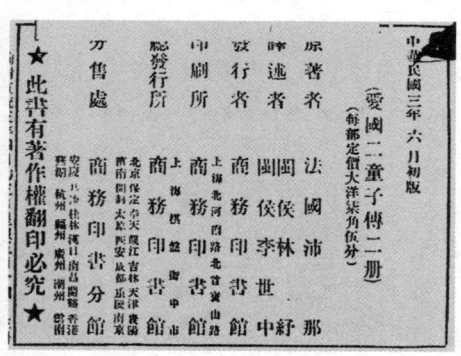

上卷六十五章，下卷六十二章，无章目。

据马泰来先生考证，《爱国二童子传》原著者名 G. Bruno （1833—1923），原著名 *Le tour de la France par deux enfants*（1877）。G. Bruno 为 Alfred Fouillde 夫人笔名（第 88—89 页）。其生平事迹待考。

书首有"原序"，序文为：

> 沛那曰：凡人念念及于国家者，则其人之所蕴，已据于实地。然有国者，恒恶其国之穉孺，不能明悉其国之利病，往往引以为憾。脱令国□稚孺人人皆念国者，爱国之诚，尤足以扩张其国力。顾身教童子者，又不能以本国之利病，一一明诏童子，则童子身处国中，衣食于国，竟不知其国步之艰也。至有生长国中，迫于老暮，视国之肥瘠。有同寓公，则欲鼓动其人爱国之心，必先和盘托出，悬其国度于童子之眉睫，或生其爱国之诚。以此之故，余故制为是书，

历道国故，以鼓荡童子之心志。若罗亨乃二雏，足迹周遍法境，此足以励童子矣。凡身为人子，身为国民，人人咸有理财之责。须知每逢瘠地，当以人力发生之，俾之化瘠硗为膏沃。此等事必令童子知之，使完其应尽之分。矧此二童子者，以孤露之儿，竟能假其自由之能力，一周祖国，审其利病。无敢惮劳天下学生，能人人刻励如此二童，则国民应尽之分，及其道德，当立进无阻，尤能据理财之要，如商务、农务，匪不洞悉。果如是周历，又能参考名区英产伟出之将相，下逮艺业绝特之士，亦所以识国故之助。且能推求创造之源，足为后世之程式，并发越知识，赞助后人，如悬画图，令生景仰。余著书之意，本以表彰祖国，尊于列强之上，为国民之荣。须知人人悉本忠义，量已审分，臻于人上，则不负余著书之本意矣。

林纾于光绪三十三年（1907）六月十九日撰写的《达旨》，摘录如下：

至宝至贵，亲如骨肉，尊若圣贤之青年有志学生，敬顿首顿首，述吾旨趣，以告之曰：呜呼！卫国者恃兵乎？然佳兵者非祥。恃语言能外交乎？然国力荏弱，虽子产、端木赐之口，无济也。而存名失实之衣冠礼乐，节义文章，其道均不足以强国。强国者何恃？曰：恃学、恃学生，恃学生之有志于国，尤恃学生人人之精实业。

比利时之国何国耶？小类［比邓］鄘，而尤介于数大国之间，至今人未尝视之如波兰、如印度者，赖实业足以支柱也。实业者，人人附身之能力。国可亡而实业之附身者不可亡，虽贱如犹太之民，不恋其故墟，然多钱而善贾，竟吸取西人精髓，西人虽极鄙之，顾无如之何？盖能贾亦实业也。以犹太煨烬之余灰，恃其实业，尚可幸存，矧吾中国际此群雄交猜，联鸡不能并栖之时？不于此时讲解实业，潜心图存，乃竟枵响张浮气何也！

向者八股之存，则父兄之诏其子弟，人人皆授以宰相之实业；下至三家村中学究，亦抱一宰相之教科书，其书云何，《大学》也。《大学》言修齐平治，此非宰相事乎？吾国揆席不过六人，而习其艺者至二十万万之多。今则八股之焰熸矣，而学生之所学，明白者尚留意于普通；年二十以外，则专力于法政，法政又近宰相之实业矣。试问无小人何以养君子？人人之慕为执政，其志本欲以救国，此可佳也；然则实业一道，当付之下等社会矣。西人之实业，以学问出之，吾国之实业，付之无知无识之伧荒，且目其人、其事为贱役，此大类高筑城垣，厚储兵甲，而粮储一节，初不筹及，又复奚济？须知实业者，强国之粮储也，不此之急，而以缓者为急，眼前之理，黑若黝漆矣。

今日学堂几遍十八行省，试问商业学堂有几也？农业学堂有几也？工业学堂有几也？医学学堂有几也？朝廷之取士，非学法政者，不能第上上，则已视实业为贱品。中国结习，人非得官不贵，不能不随风气而趋。后此又人人储为宰相之材，以待揆席，国家枚卜，不几劳耶？呜呼！彼人一剪、一线、一鍼之微，尚悉力图工，以求售于吾国，吾将谓此小道也不足较，将听其涓涓不息为江河耶？此畏庐所泣血椎心不可解者也。

沛那者，天下之第一仁人也。其人不必以哲学称，但能朴实诚悫，为此实业之小说。当时法人读此，人人鼓舞，既益学界，又益商界，归本则政界亦大被其益。畏庐，闽海一老学究也，少贱不齿于人，今已老，无他长，但随吾友魏生易、曾生宗巩、陈生杜蘅、李生世中之后，听其朗诵西文，译为华语，畏庐则走笔书之，亦冀以诚告海内，至宝至贵亲如骨肉、尊如圣贤之青年学生读之，以振动爱国之志气，人谓此即畏庐实业也。噫！畏庐焉有业，果能如称我之言，使海内挚爱之青年学生人人归本于实业，则畏庐赤心为国之志，微微得伸，此或可谓实业耳。谨稽首顿首，望海内青年之学生怜我老朽，哀而听之。

天下爱国之道，当争有心无心，不当争有位无位。有位之爱国，其速力较平民为迅，然此亦就专制政体而言。若立宪之政体，平民一有爱国之心，及能谋所以益国者，即可立达于议院。故郡县各举代表，入为议员，正以此耳。若吾国者，但恃条陈，条陈者，大府所见而头痛者也。平心而论，所谓条陈，皆爱身图进之条陈，非爱国图强之条陈也。嗟夫！变法何年？立宪何年？上天果相吾华，河清尚有可待。然此时非吾青年有用之学生，人人先自任其实业，则万万无济。何者？学生基也，国家墉也，学生先为之基，基已重固，墉何由颠？所愿人人各有国家二字戴之脑中，则中兴尚或有冀。若高言革命，专事暗杀，但为强敌驱除而已，吾属其一一为卤？哀哉哀哉！书至此，不忍更书矣。

《爱国二童子传》有则广告，其文为："是书为法国名家沛那原著，中叙恩弍舒利亚兄弟孤露穷困，间关达于祖国，究心实业，一力归农。林君琴南译述既竟，特弁以《达旨》一篇告海内外学生，亟治实业，以振吾国，其言至为痛切。然则此书诚非他小说比，凡青年力学及有志救时者，其平日爱国之志气，不将因读是篇而益振兴坚定耶。"洋装二册，售洋柒角伍分。

《离恨天》

《离恨天》，法国森彼得所著，林纾、王庆骥译述，上海商务印书馆出版发行。《说部丛书》四集系列二集第十六编，民国二年（1913）六月版，民国四年十月三版。《林译小说丛书》第五十编，民国三年（1914）六月版。《说部丛书》四集系列版本封面题"哀情小说"，卷首有"译余剩语"。凡十二章，无章目。全一册，99页，每册定价大洋叁角伍分。版权页的出版时间信息为，民国二年（1913）六月九日印刷，民国二年（1913）六月二十五日初版发行，民国四年（1915）十月十七日三版发行。

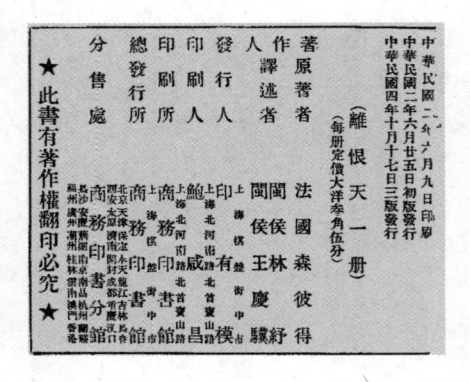

据马泰来先生考证，《离恨天》原著者名 Bernardin de Saint-Pierre（1737—1814），原著名 *Paul et Virginie*（1787）。（第 89 页）根据维基网，原著者为 Jacques-Henri Bernardin de Saint-Pierre，也称作 Bernardin de St. Pierre，法国作家和植物学家，以 1788 年出版的小说 *Paul et Virginie* 即《离恨天》（今译《保尔和薇吉妮》）而著名。这是 19 世纪颇为流行的儿童书。他十二岁就阅读《鲁滨孙漂流记》，并跟他叔叔一起去西印度群岛。返回后，学习工程技术。然后参加法国军队，被涉入反对俄罗斯和英国的七年战争。他是素食主义的积极倡导者与践行者，尽管他虔诚基督教，但受到启蒙时代知识分子，如伏尔泰、卢梭等人的深刻影响。

林纾于 1913 年撰写了"译余剩语"，兹摘录如下：

> 著是书者为森彼得，卢骚友也。其人能友卢骚，则其学术可知矣。及门王石孙庆骥，留学法国数年，人既聪睿，于法国文理复精深，一字一句，皆出之以伶牙俐齿。余倾听而行以中国文字，颇能阐发哲理。因忆二十年前与石孙季父王子仁译《茶花女遗事》，伤心极矣。而此书复多伤心之语，而又皆出诸王氏，然则法国文字之名家，均有待于王氏父子而传耶！

> 书本为怨女旷夫而言。其不幸处，如蒋藏园之《香祖楼传奇》。顾《香祖楼》之美人，侍姬也，为顽嚚之父母所梗，至于身死落叶之庵，殆其夫仲氏即而相见，立奄忽以死，词中所谓"才待欢娱病来矣，细思量浮

生无味"者。今书中葳晴之死，则为祖姑所厄，历千辛万苦而归，几与其夫相见，而浪高船破，仅得其尸。至于家人楚痛葳晴之死，举室亦尽死，并其臧获亦从殉焉。文字设想之奇，殆哲学家唤醒梦梦，殊足令人悟透情禅矣。

读此书者，当知森彼得之意不为男女爱情言也；实将发宣其胸中无数之哲理，特借人间至悲至痛之事，以聪明与之抵敌，以理胜数，以道力胜患难，以人胜天，味之实增无穷阅历。余今谨采书中所言者，为之诠释如左：

  书中之言曰：文家者立世之范，使暴君乱臣，因而栗惧，而己身隐于草莽之间，忽生奇光，能掩盖帝王之威力。呜呼！孔子作《春秋》，非此意乎？前清文字之狱，至于族诛，然私家记载，至今未能漫灭。即以元人之威力，而郑所南之《心史》，居然行诸人间，则文人之力，果足以掩盖帝王之威力也。

  又曰：天下有太过之事，必有太过之事与之相抵。此言大有史识。魏武之篡汉，而司马氏即蚀其子孙；司马氏之奸谋，而子元子上，奸乃尤甚，然八王之祸，兄弟屠戮，及于南渡，又为寄奴所有，国中初无宁日，所谓太过相抵者，乃加甚焉。货之悖入悖出，言之悖出悖入，其应如响。故欲立身安命，当自不贪便宜始。

  又曰：欧洲之视工人，为格滋卑，谓长日劳动，与机器等。田夫之见轻于人为尤甚，工艺则较农夫略高。呜呼！此为中国今日言耶？抑为欧洲昔日言耶？欧洲昔日之俗，即中国今日之俗。卢骚去今略远，欧俗或且如是。今之法国，则纯以工艺致富矣；德国亦肆力于工商，工商者国本也。独我国之少年，喜逸而恶劳，喜贵而恶贱，方前清叔末之年，纯实者讲八股，佻猾者讲运动，目光专注于官场，工艺之卹，商务之靡，一不之顾，以为得官则万事皆足，百耻皆雪，而子孙亦跻于贵阀。至于革命，八股亡矣，而运动之术不亡，而代八股以趋升途者，复有法政。于是父兄望其子弟，及子弟之自期，而目光又专注于官场，而工艺之卹，商务之靡，仍弗之顾也。譬之赁舆者，必有舆夫，舆乃可行，今人咸思为生舆之人，又人人恒以舆夫为贱，谁则为尔抬此舆者？工商者，养国之人也，聪明有学者不之讲，俾无学者为之，欲与外人至聪极明者角力，宁能胜之耶？不胜则财疲而国困，徒言法政，能为无米之炊乎？呜呼！法政之误人，甚于八股，此意乃无一人发其覆，哀哉，哀哉！癸丑三月三日畏庐林纾记。

《玉楼花劫》（二编）

　　《玉楼花劫前编》，法国大仲马原著，林纾、李世中译述，上海商务印书馆出版发行。《林译小说丛书》第一集第二十八编，民国三年（1914）六月出版。《说部丛书》四集系列第二集第三十一编，封面题"历史小说"。戊申年（1908）九月廿五日印刷、戊申年十月十二日初版发行、民国四年（1915）十月六日三版发行。发行人为印有模，印刷人为鲍咸昌。总发行所为位于上海棋盘街中市的商务印书馆，分售处为全国各地乃至海外的商务印书分馆，凡二十八处。二册，每部定价大洋陆角伍分。

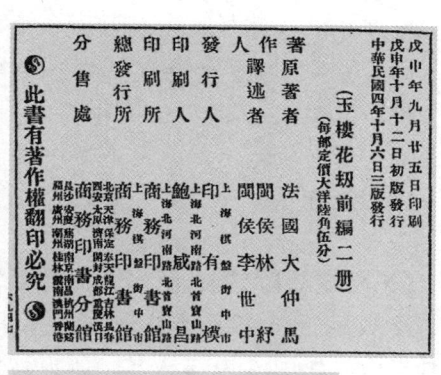

《林译小说丛书》版本与《说部丛书》版本均分两卷，每卷一册，上册96页，下册88页，凡184页。

上卷十二章，下卷十四章，凡二十六章，无章目。

据马泰来先生考证，《玉楼花劫》，又《续编》（*Le Chevalier de Maison-Rouge*，1846年）。（第88页）

书前有林纾于光绪三十四年（1908）在京师宣南春觉斋撰写的序，序文为：

>法自经鲁意十六之变，内家咸囚之楼中。后妃公主，下及储贰，虽无琅珰羁绁，然动息必伺以武士，至于补履之匠，亦可鞭挞东宫，则诚从古亡国未有之奇辱。麦桑扈叔者，独变姓名，隐于革肆，志在必出难后于囚拘。遂有任侠之女，以竹子花属诸故家闺秀，通书于难后，后亦几脱局而出矣，乃事情中梗，变出无方，于是鲁意举家及侠烈之男女，均尽于斧锧之下。读史者悲之，遂演为此书。其中情迹离奇，其尤奇者，则治克斯麦为保皇党魁，乃不惜其爱妻，贡诸民党，以冀万一之济。则吾国忠臣所不屑为之事，而亦为之！究竟法国初变共和，昏乱之事，亦惨无天日。此时事实，证之吾华史书，都无一似，或且劫运使然，因名其书曰《花劫》，托小喻大，观者勿视为小说之荒唐可尔。

《玉楼花劫后编》，法国大仲马原著，林纾、李世中译述，上海商务印书馆出版发行。作为《林译小说丛书》第二十八编，民国三年（1914）六月出版。作为《说部丛书》四集系列第二集第三十二编，封面题"历史小说"。己酉年（1909）二月十四日印刷、己酉年二月二十八日初版发行、民国四年（1915）十月二十一日三版发行。发行人为印有模，印刷人为鲍咸昌。总发行所为位于上海棋盘街中市的商务印书馆，分售处为全国各地乃至海外的商务印书分馆，凡二十八处。分两卷，上卷96页，下卷81页，凡177页。二册，每部定价大洋伍角伍分。

上卷十四章，下卷十六章，凡三十章，无章目，无序跋。

《蟹莲郡主传》

《蟹莲郡主传》，法国大仲马原著，林纾、王庆通译述，上海商务印书馆出版发行。《林译小说丛书》第二集第五编，出版时间。《说部丛书》四集系列第二集第三十七编。两个系列版本均分两卷，上卷 143 页，下卷 155 页，凡 298 页。后者封面题"政治小说"，民国四年（1915）一月六日印刷，民国四年（1915）二月九日初版发行，民国四年（1915）八月十四日再版发行。发行人为印有模，印刷人为鲍咸昌。总发行所为位于上海棋盘街中市的商务印书馆，分售处为全国各地乃至海外的商务印书分馆，凡二十八处。二册，每部定价大洋玖角。

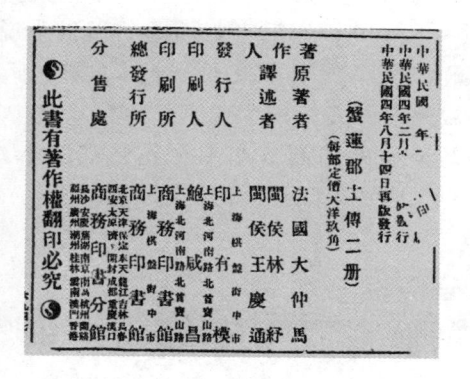

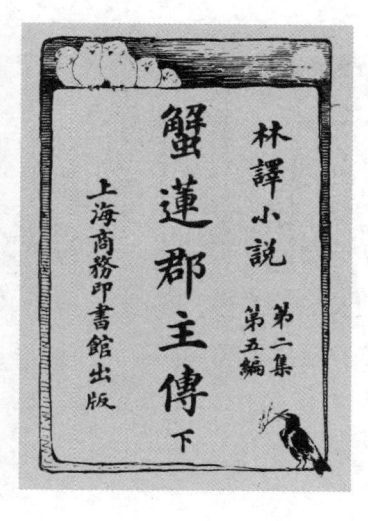

上卷二十一章，下卷十八章，凡三十九章，无章目，无序跋。

据马泰来先生考证，《蟹莲郡主传》（*Une fille du regent*，1845 年）。马氏指出，蒲梢、寒光、朱羲胄、韩迪厚皆误谓原著为 Comtess de Charny（sic）。（第 88 页）

《涠中花》

《涠中花》，法国爽梭阿过伯原著，林纾、王庆通译述，上海商务印书馆出版发行。作为《林译小说丛书》第二集第六编，又作为《说部丛书》四集系列第二集第三十八编。两个系列版本均分两卷，上卷 73 页，下卷 66 页，凡 139 页。后者封面题"讽世小说"，民国四年（1915）九月十五日印刷，民国四年（1915）十月二日初版发行。发行人为印有模，印刷人为鲍咸昌。总发行所为位于上海棋盘街中市的商务印书馆，分售处为全国各地乃至海外的商务印书分馆，凡二十八处。二册，每部定价大洋肆角伍分。

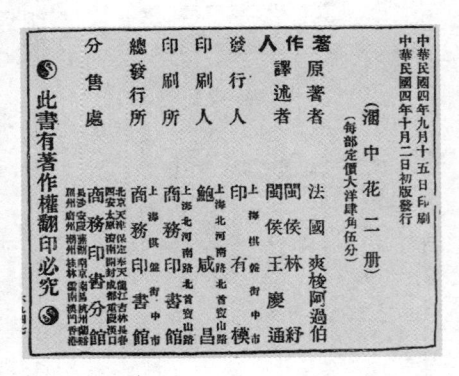

上卷十章，下卷十一章，凡二十一章，无章目，无序跋。

《涸中花》原著者名 François Coppée（1842—1908），原著名为 *Le coupable*（1896）。François Coppée 今译弗朗索瓦·戈贝，又译科贝、科佩，法国诗人、小说家。他出身贫寒，高中毕业后进入战争部工作，开始写诗，成为有名的巴纳斯派诗人。因戏剧《过客》（*Le Passant*，1869年）大受称誉。1884 年被选入法兰西学院，1888 年获法国荣誉军团勋章。他"生性恬静，观察精细""一生处平民窟中，度平民生活，故其诗与小说描写平民均甚精确"，有"平凡人的作家"之称。他作品的特色是注重写实，不追求外在形式，文笔流畅，如行云流水，喜欢用俗字俗语，而又不失细腻，处处引起读者的情绪。他"在一些绝小绝小为人所不注意的事情上写得这些平民小子能忠，能孝，能尽责，能牺牲；他们未尝无作为的思想，他们也有可歌可泣的资格，他们被'生活'二字限制着了"。19 世纪末期是平民开始要求人权的时候，戈贝的作品给他们很大的精神帮助。[①]

柳鸣九主编的《法国文学史》未提及戈贝的这部小说作品，只是在"帕斯纳派诗歌"一节中简略谈到其诗歌。

除了《涸中花》外，戈贝的汉译作品还有：

《功……罪》，〔法〕法郎莎柯贝著、周瘦鹃译，收入《欧美名家短篇小说丛刊》中卷，中华书局 1917 年版。

---

① 李璜编：《法国文学史》，中华书局 1923 年版，第 176—177 页。

《罪孰》（社会小说）〔法〕名小说家柯贝著、（周）瘦鹃译，原载《小说大观》9 集 1917.3.30。

《皇家的圣诞节》，〔法〕高见（贝）原著、（谢）冠生译，原载《东方杂志》17 卷 13 号，1920.7.10。后收入《近代法国小说集》上册，商务印书馆 1923 年 12 月/1924 年 9 月再版/1925 年 7 月三版。

《健吾儿》（社会小说），〔法〕Francois Coppee 原著、恨天译，原载《时报》1919 年 4 月 14 日。

《殉家》，〔法〕名家柯贝氏原著、（周）瘦鹃译，原载《小说月报》10 卷 10 号 1919 年 10 月 25 日。

《鱼海泪波》

《鱼海泪波》，法国辟厄略坻原著，林纾、王庆通译述上海商务印书馆出版发行。《林译小说丛书》第二集第九编，民国三年（1914）出版，全一册，115 页。《说部丛书》四集系列第二集第四十一编，封面题"哀情小说"民国四年（1915）七月二十二日印刷，民国四年（1915）八月十四日初版发行。发行人为印有模，印刷人为鲍咸昌。总发行所为位于上海棋盘街中市的商务印书馆，分售处为全国各地乃至海外的商务印书分馆，凡二十八处。全一册，115 页，每册定价大洋肆角。

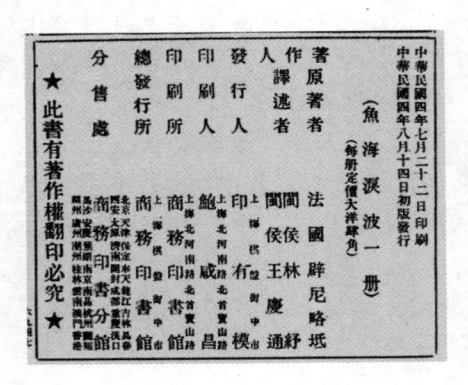

凡五章，无章目，无序跋。

《鱼海泪波》（Pêcheur d'Islande，1886年），今译为《冰岛渔夫》。原著者Pierre Loti（1850—1923），今译为皮埃尔·洛蒂。Pierre Loti 为 Louis MarieJulien Viaud（路易·马里·朱利安·维奥）笔名，法国小说家和海军军官，服役海军，一生大部分时间在航海中度过，曾到近东和远东。这些经验为其创作提供了丰富的素材。其作品极富异国情调，颇具特色。主要的小说作品有《阿姬雅黛》《娜娜玉》《洛蒂的婚姻》《非洲一骑兵的故事》《烦恼之花》《我的兄弟伊夫》《冰岛渔夫》《菊子夫人》《秋景艺品》《在摩洛哥》《一个孩子的故事》《东方的幽灵》等。他以航海生活为题材，具有异国情调的系列小说作品不断获得成功。其中《冰岛渔夫》的成就最高。

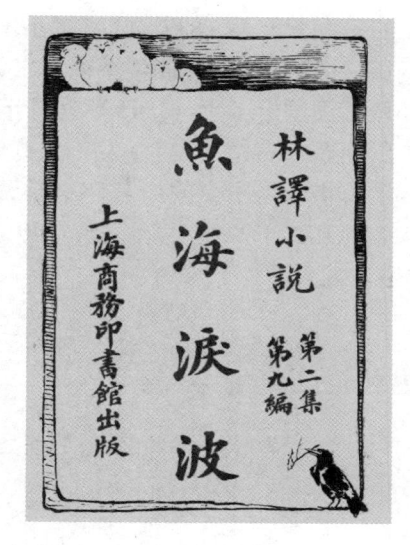

《鱼海泪波》以布列塔尼穷苦渔人的生活为题材，在洛蒂小说中别具一格。书叙布列塔尼人世世代代以捕鱼为生，他们每年春天远航到冰岛海面上辛勤操作数月，秋季返航。扬恩与西尔维斯特是两个纯朴、能干的水手。西尔维斯特是扬恩的妹妹的未婚夫，扬恩则是西尔维斯特童年的朋友歌特·梅维尔的恋人，他们十分友善，情同手足。不久西尔维斯特应征入伍，在战场上受伤后不治身亡。扬恩与歌特·梅维尔的恋爱经过一番周折后，有情人终成眷属，但他们结婚仅仅六天，扬恩即出发捕鱼。歌特·梅维尔深情地等待着他的归来，返航时节早已过去，她仍抱着渺茫的希望，而不知她的扬恩早已葬身海底。作品充满了浓厚的异国风情。①

《漫郎摄实戈》

《漫郎摄实戈》，法国伯雷华斯德原著，商务印书馆编译所编译。《欧美名家小说》系列之一，上海商务印书馆丁未年（1907）五月十三日版（《樽

---

① 柳鸣九主编：《法国文学史》下册，人民文学出版社1991年版，第430页。

目第九版》第 2837 页)。《小本小说》系列之一,民国三年(1914)五月版。《说部丛书》四集系列第二集四十二编,丁未年(1907)五月十三日初版,民国十二年(1915)九月十九日三版。《说部丛书》四集系列之版本,封面题"言情小说",发行人为印有模,印刷人为鲍咸昌。总发行所为位于上海棋盘街中市的商务印书馆,分售处为全国各地乃至海外的商务印书分馆,凡二十八处。全一册,140 页。每册定价大洋叁角。

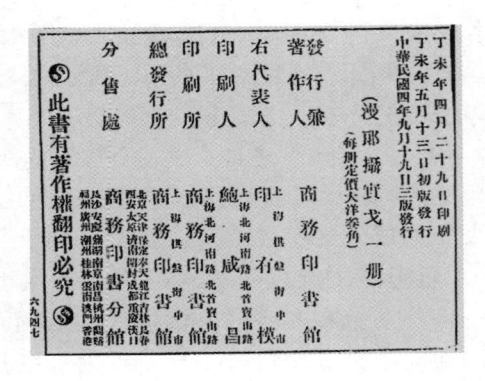

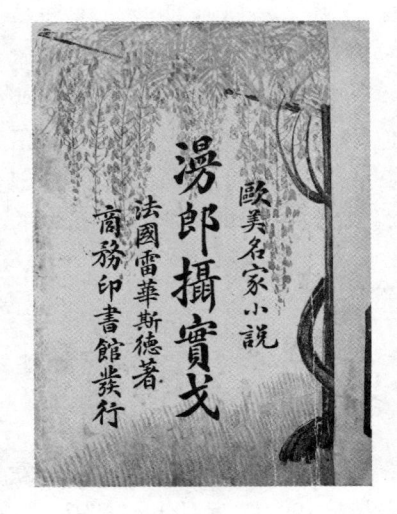

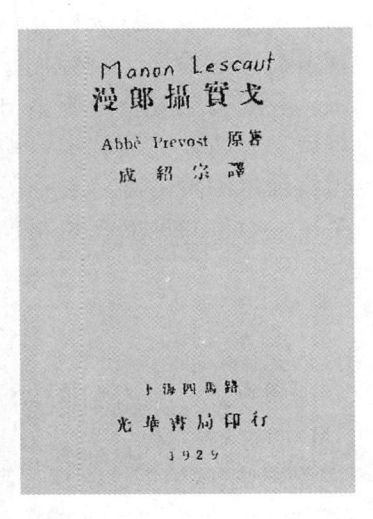

凡十五章,无章目,无序跋。

著者原名 Antoine François Prévost(1697—1763),今译为安东尼·佛

朗西斯科·伯雷华斯德。原著名 *Histoire Du Chevalier Des Grieux Et De Manon Lescaut*。伯雷华斯德出生于阿多亚省要塞侯士墩。其父是当地法官，精明能干。他在家排行第二（五人中）。16 岁，自己决定投身于国王路易十四的军队中入伍为志愿兵。后又返回他曾放弃的弗理虚的耶稣会修士那里，一段时间后又逃离寺院，一直逃到荷兰。会中首领想再次容留他，但他并不知。经此大变，他才懂得留意于一切事故。他以富于知识，善于学问，长于辞令，乃讴出往事与奇闻，又轻又快捉笔不释，而他的小小说、文选、译述、笔记、史传，在文坛上很快就拓开一大位置。他著作等身，不止二百册，其中不乏奇书、杰作。①

《漫郎摄实戈》叙述格物利亚以爱恋女子漫郎屡受欺绐，迭经险难而始终固结不解，漫郎卒感悔。描摹处或黠或痴，曲尽情态，诚言情说部中独树一帜者。

早在 20 世纪 20 年代，中国学者就给予《漫郎摄实戈》这部小说高度评价，认为它"为法国小说界增色不少"，其价值"足以使著者称 18 世纪法国唯一的小说创造家。""这部小说在今日还要算是杰作。因为情意的深厚，章法的自然，很是不可多得。书中叙一娼妓与一策士恋爱，事本不奇，而写情直到最深细处，令人玩味不尽，所以在当时蛰本小说算不十分出名，反使历时愈久而他的价值愈增。"②

此外还有成绍宗译本，名为《漫郎摄实戈》，署 Abbé Prévost 原著，上海光华书局 1929 年 7 月发行。

《哀吹录》

《哀吹录》，法国巴鲁萨原著，林纾、陈家麟译述，上海商务印书馆出版发行。《小说月报》第五卷第七至十号（1914 年 10 月至 12 月）连载。《林译小说丛书》第二集第十编，民国四年（1915）五月六日初版。《说部丛书》四集系列第二集四十三编，民国四年（1915）五月六日初版，同年（1915）九月二十日再版。《林译小说丛书》版本与《说部丛书》四集系列再版本后者封面题"笔记小说"，每册定价大洋贰角。全一册，每册

---

① Cauthier Ferrléres：《卜赫服》，Abbé Prévost 原著：《漫郎摄实戈》，成绍宗译，上海光华书局 1929 年版，第 1—12 页。

② 李璜编：《法国文学史》，中华书局 1928 年版，第 61 页。

定价大洋贰角。两种版本，均为一册，71 页，内收《猎者斐里朴》《耶稣显灵》《红楼冤狱》《上将夫人》四篇，无序跋。

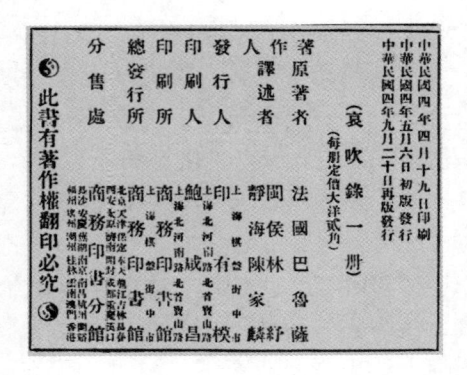

据马泰来先生考证，原著者巴鲁萨即 Honoré de Balzac（1799—1850），今译为巴尔扎克。四篇短篇小说对应的原著分别为：《猎者斐里朴》即 *Adieu*（1830），《耶稣显灵》即 *Jesus Christ en Flandre*（1831），《红楼冤狱》即 *L'Auberge Rouge*（1831），《上将夫人》即 *Le requisitionnaire*（1831）。疑据英译本重译。（第 89 页）

巴尔扎克，法国小说家，被称为"现代法国小说之父"。生于法国中部图尔城一个中产者家庭，初为公证人，以后经理印刷业，因不善营业，大亏其本，以至终身都在清还债务，以笔墨还债。他一生著作甚勤，常常两个月闭门不出，昼夜用功。卒以此伤身而早逝。其著作统称为《人间喜剧》，被誉为"资本主义社会的百科全书"。①

---

① 李璜编：《法国文学史》，中华书局 1928 年版，第 140 页。

《义黑》

　　《义黑》，法国德罗尼原著，林纾、廖琇崑译述，原载《小说月报》第四卷第五号至第六号（1913年9月至10月）。后上海商务印书馆出版发行。《林译小说丛书》第二集第十二编，出版时间不详。全一册，66页，每册定价大洋贰角。《说部丛书》四集系列第二集四十五编，民国四年（1915）一月十日初版，同年八月二十五日再版。《林译小说丛书》版本与《说部丛书》四集系列再版本，二者均66页，共十五章，无章目，无序跋。《说部丛书》四集系列再版本，封面题"义侠小说"。全一册，每册定价大洋贰角。

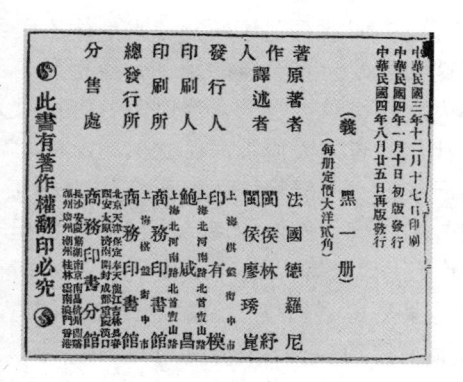

　　马泰来先生认为，《义黑》为法国作家德罗尼所著（第89页）。另外，根据《樽目第九版》第5425页记载，古二德有这样的考证：C. E. Bowen (Uncredited), Daph la Negresse, Traduction Libre Par Mme. Elisabeth Delauney, Trans. Élisabeth Delauney（Paris，1873）。

　　《义黑》叙述一忠义之女黑奴从某殖民地一巨岛历经千难万险救出白种主人二童，最终主人全家在纽约不期而遇的感人故事。"西方殖民地某巨岛猝遇民变，殖民者白种人惨遭屠杀。将军本达伊亚夫妇自身性命难保，顾不上自己的一儿一女，不得不把这二童托付给女黑奴美梨而纷纷逃命。美梨将金银首饰等珠宝收拾好置于一巨筐之底，又把让儿童服用催眠药后安放于巨

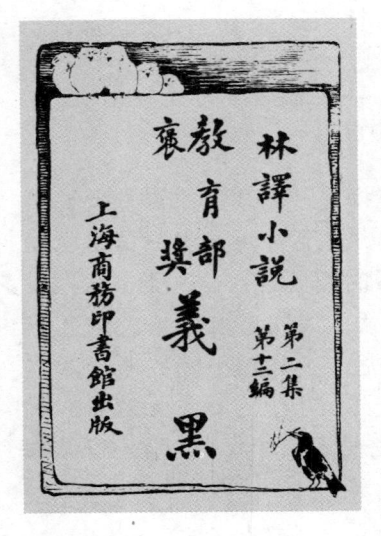

筐中，蒙好后出发。岛边停一大船，美梨迅速登上船，立即有人抢夺儿童。美梨无可无奈何，坦诚相告，救助于船主若望。若望乃忠诚正直之人，他大感其诚，允诺鼎力相助，于是化险为夷。船抵达纽约，若望交给美梨一介绍函，让美梨借住于其故友遗孀之处，以保护他们不遭恶少之践踏。该遗孀名骊浬，新失娇儿，性情暴戾，又身患疾病，常常大发脾气，与心底善良的女儿玛海同居。美梨帮助她们母女二人下厨、洗衣，并把自己随身而带的宝贵药品慷慨献给骊浬，为她大大减轻病痛，始获其好感。在骊浬母女的帮助下，美梨使自己的厨艺大显身手，她制作了精美的饼糕，大受纽约贵族人的喜爱。其中包括一名少女莫海荪。莫海荪笃信圣教，对美梨十分友善，常常谆谆教导二童。美梨觉得莫海荪值得信赖，随委以重托，将自己及二童之秘密坦诚相告，寻其帮助。一次，美梨偶病，少年医生克国梨觉得美梨可疑，加上看到鳌妇骊浬暗中偷出美梨所携带的金链等贵重物品，更加觉得这女黑奴大有偷盗的嫌疑，遂把她告到法院。法官狄尔忒明察秋毫，深知小人之奸与君子之忠。经庭审，克国梨理屈词穷，美梨美德大光，无罪释放。狄尔忒者，天使莫海荪之父也，经莫海荪之介，承担美梨之重托。美梨托有所依，心情舒畅，继续于纽约贵族集聚区卖饼，无意中与其主人相遇，竟得骨肉团聚。而黑奴以劳瘁已甚，负担才弛，竟长眠矣。"

《义黑》有则广告，其文为："书中主人翁为一黑奴女也。于英国西方殖民地某岛猝遇民变，一家人逃难相失。黑奴挈其主家之一子一女，闲关跋涉而至纽约。仰给于苦工者六年，流离颠沛，极人世所难堪，能坚持到底。厥后无意中其主人忽与相值，竟得骨肉团聚。而黑奴以劳瘁已甚，负担才弛，竟长眠矣。以一不识不知之黑种妇人，而任重致远如此，视程婴存赵尤奇。谥之曰：'义。'畴曰：'不宜。'译者以渊雅之笔，状沉痛之情，其事其文，都成神品。尤为得未曾有。"定价贰角。（2035《双雄较剑录》下册版权页上半部所载）

《侠隐记》（二编）

《侠隐记》（*The Three Musketeers*），今译为《三个火枪手》，法国大仲马原著，君朔（伍光建）译述，上海商务印书馆出版发行。《欧美名家小说》系列之一，上海商务印书馆丁未年（1907）出版。《说部丛书》四集系列第二集四十八编，丁未年六月二十一日印刷，丁未年（1907）七月五日初版发行，民国四年（1915）十月十九日再版发行。共四卷，分四册，第一册 148 页，第二册 147 页，第三册 157 页，第四册 137 页。伍光建译述，茅盾校注。上海商务印书馆 1924 年 4 月版，1927 年二版，1930 年 4 月版，1932 年 10 月国难后一版。1947 年 3 月五版。1982 年 9 月湖南人民出版社版。《说部丛书》四集系列之再版本，封面题"义侠小说"。四册，589 页，每部定价大洋壹元伍角。

凡四卷，一卷凡十四回，二卷凡十四回，三卷凡二十回，四卷凡二十回，总计六十八回。每卷一册，第一册148页，第二册147页，第三册157页，第四册137页。

一卷的十四回回目依次为：第一回　客店失书；第二回　初逢三侠；第三回　统领激众；第四回　达特安惹祸；第五回　雪耻；第六回　路易第十三；第七回　四大侠之跟人；第八回　邦那素夫妻；第九回　邦那素被捕；第十回　老鼠笼；第十一回　达特安之爱情；第十二回　巴金汗公爵；第十三回　入狱；第十四回　蒙城人。其余回目从略。

《侠隐记》原作一出版就不同凡响，人人争相传阅，成为当时的畅销书。这并不是大仲马一人之功，而是三个人合作的结晶。首先是马奎出的主意，即写一部关于路易十三、黎希留红衣主教和安娜·德·奥特利王后的长篇历史小说，并把提纲交给大仲马。大仲马看后欣喜若狂。学生就是根据这个提纲演变成而来的。另外，还有一个叫加蒂恩·德·库蒂尔兹·德·桑德拉的中篇小说家为这部小说制订了故事梗概和情节，提供了主要素材；马奎拟写了小说初稿；大仲马则进行了综合和补充，赋予它风格和生命，使小说有血有肉。

伍光建（1866—1943年），名光建，字昭宸，谱名于晋，别名君朔，广东新会人。幼时就读于麦园村乡塾。15岁，考入天津北洋水师学堂。因学习成绩优异，受到总教习严复赏识。20岁，受严复举荐，清廷派赴英国伦敦格林威治海军学校深造，以第一名成绩毕业。25岁，学成归国，执教于天津水师学堂，为总办严复所倚重。中日甲午战争后，清廷派赴日本，随吕秋樵先生襄理洋务。1900年后，执教于上海南洋公学，为提调。1905年清廷派端方、戴鸿慈等五大臣出洋考察宪政，他任一等参赞兼字译、口译。其译作《侠隐记》由上海商务印书馆丁未年（1907）七月五日初版发行，民国四年（1915）十月十九日再版发行。《续侠隐记》由上海商务印书馆丁未年（1907）十一月六日初版发行，民国四年（1915）十月十三日再版发行。邓世还在《伍光建生平及主要译著年表》一文中说，伍光建于1923年前后翻译这两部著作，有误。《法宫秘史前编》由上海商务印书馆戊申年（1908）四月六日初版，民国四年（1915）九月二十九日再版。《法宫秘史后编》由上海商务印书馆戊申年（1908）四月十二日初版，民国四年（1915）九月二十七日再版。宣统元年，与严复同时御赐"文科进士出身"。1910年以海军宿学在新成立的海军处任顾问兼一等参谋官。后扩为海军部，叠任军法司、军枢司、军事司司长。与蔡元培、张元济诸先生创立"中国教育会"，被推为副会长。民初，任黎、冯两总统顾问、财政部顾问、财政部参事，盐务署参事、盐务署稽核所英文股股长。1928年后迁居上海。30年代退休后，始终专心从事翻译工作，译作甚多。①

《侠隐记》叙述法王路易第十世时，特拉维火枪营之四少年冒险善斗，与红衣教主反对，几失败于女侦探之手。虎口余生，结成团体，竞争于枪林弹雨中，而其生平各有恋爱种种，巾帼魔力，须眉侠肠，诙谐处令人喷饭，激烈处令人起舞，小说中大观也。

卷首有作者自序，序文为："予读国库书，汇罗路易第十四一朝故实，偶见所谓达特安传者。是书因触当时忌讳，刊行于荷兰。予取而读之，见其所述，大抵皆军人之行为，与夫当代名之事实，如路易第十三奥国安公主（路易第十三之后）、立殊利、马萨林两位红衣主教，其最有名者也。作者独具写生神手，描绘情景惟妙惟肖，跃跃欲动，如在目前。最奇者，书中叙达特安初见特拉维，遇三人焉，曰阿托士、颇图斯、阿拉密。予读而疑之，疑其为当代豪杰，或因遭逢不幸，或因怀才欲试，姑隐其名，以当代军人，假以名行于世。予乃广搜当时记载，以采掇其事迹，久不可得，闷欲中止。忽友人得抄本见贻，题曰《德拉费伯爵传》，则彼三人者之假名在焉。予得之甚喜，请于吾友刊行之，以飨读者，亦欲藉他人之著作以博一己之功名。今先出第一部，续出第二部。倘读者一位无阻管，是

---

① 邓世还：《伍光建生平及主要译著年表》，《新文学史料》2010年第1期。

指额予之过也，与德拉费伯爵何尤。"

其后有《摘译英国安德朗序》，其文为："（中略。案：原略）仲马居军营剧场久，习惯放荡。此予不能为之讳。惟其叙三大侠事，表彰刚德不遗余力。而于弘毅、勇敢、忠诚、任侠之事，尤三致焉。书中诙谐处，令人喷饭；激昂处，令人起舞，不得目为好勇斗狠，而抹杀之也。（下略。案：原略）"

《侠隐记》的发表不仅使大仲马在法国，而且在世界上真正成为家喻户晓的作家。中国学者李璜赞扬说，《侠隐记》叙述法国第一次革命时事，"情事亦如其所作戏情：许多滑稽活剧，惊人奇谭，一时引人狂笑，一时动人心魄；想像丰富，机趣横生，这八个字的批评，在蜚本历史小说巨作上，真足以当之了。"① 法国著名文学传记作家安德烈·莫洛瓦说："一代人对一部作品的评价可能是错误的。四五代人，五大洲的人民的评价就不会错了。《三个火枪手》风行全世界，而且经久不衰，这说明大仲马通过自己创作的英雄人物表现了自己的赤子之心，适应了人们对于戏剧性和仁爱性的向往，这种向往是不分时代和国界的。"②

《续侠隐记》（*Twenty Yesrs After*），今译为《二十年后》，法国大仲马原著，君朔（伍光建）译述，上海商务印书馆出版发行。《欧美名家小说》系列之一，上海商务印书馆出版，丁未年（1907）十一月六日。《说部丛书》四集系列第二集四十九编，丁未年（1907）十月二十日印刷，丁未年（1907）十一月六日初版发行，民国四年（1915）十月十三日再版发行。伍光建译述，茅盾校注。上海商务印书馆1926年1月初版，1927年3月再版。此外笔者所见还有曾孟浦译本，《世界文学名著》之一，启明书局民国二十八年（1939）六月初版，1941年1月至1942年4月第3版，1948年3版。《说部丛书》四集系列再版本，封面题"义侠小说"，发行人为印有模，印刷人为鲍咸昌。总发行所为位于上海棋盘街中市的商务印书馆，分售处为全国各地乃至海外的商务印书分馆，凡二十八处。四册，812页，每部定价大洋贰元。

---

① 李璜编：《法国文学史》，中华书局1928年版，第135页。
② 〔法〕亨利·克鲁阿尔：《文学巨匠大仲马》，梁启炎译，湖南人民出版社1985年版，第137页。

第二章　法国作品叙录　319

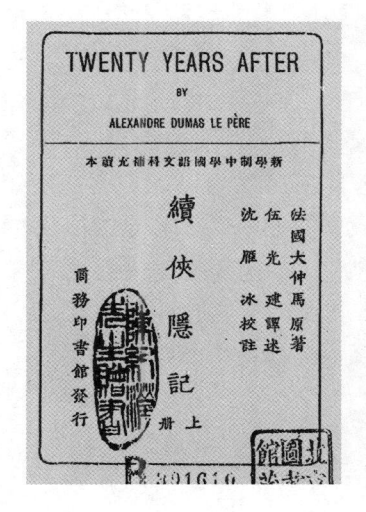

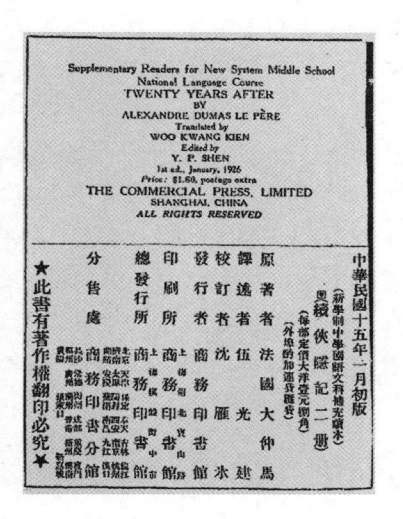

凡四卷，卷一凡二十五回，卷二凡二十九回，卷三凡十九回，卷四凡二十五回，总计九十八回。每卷一册，第一册235页，第二册240页，第三册168页，第四册169页。有回目，无序跋。卷一的二十五回回目依次为：第一回　马萨林；第二回　巡夜；第三回　卢时伏荐达特安；第四回　王后同主教；第五回　达特安同主教；第六回　四十岁之达特安；第七回　巴兰舒遇救；第八回　半个金钱之力；第九回　达特安遇阿拉密；第十回　德博理教士；第十一回　游说；第十二回　达特安访颇图斯；第十三回　颇图斯有奢望；第十四回　摩吉堂；第十五回　阿托士父子；第十六回　波拉治堡；第十七回　阿托士的外交手段；第十八回　波孚公爵；第十九回　波孚在狱里的行为;第二十回　吉利模看守波孚公爵;第二十一回　拉勒米嘴馋;第二十二回　阿托士夜遇丽人;第二十三回　　司克朗;第二十四回　别子赠剑;第二十五回　波孚越狱四十法之一。其余回目从略。

　　《小说管窥录》关于《续侠隐记》的论述为:"法大仲马著。君朔译。是书原名《二十年后》述红衣主教马萨林与路易第十之母后相爱恋,又与英相克林维勒有秘密交涉。性极贪鄙,为掷石党所深疾,激成巴黎民变。达特安与其友三人,奔走英、法间,至英时又值英国革命之战,英皇查尔斯第一被执,定死罪行刑。达等屡濒于危,终得出险。原名 *viconte de Bragelome*,共三卷。尚有第三编译为《白兰善子爵夫人》共六卷,想当续译也。"

　　茅盾对《侠隐记》与《续侠隐记》给予高度评价:"第一,他的删节很有分寸,务求不损伤原书的精采,因此,书中的达特安和三个火枪手的不同个性在译本中非常鲜明,甚至四人说话的腔调也有个性;第二,伍光建的白话译文,既不同于中国旧小说(远之则如'三言''二拍',近之则如《官场现形记》等)的文字,也不同于'五四'时期新文学的白话文,它别具一格,朴素而风趣。"① 胡适也赞扬其"语体新范",认为"我以为近年译西洋小说当以君朔(伍光建笔名)所译书为第一。君朔所用白话,全非钞袭旧小说的白话,乃是一种特别的白话,最能传达原书的神气。其价值高出林纾百倍。……故我最佩他"。教育部将该书订为中学国语补充读物,"于是习新体之青年获益于此书者,不可胜计。"② 当然,胡适的"其价值高出林纾百倍"只是一家之言,林纾与伍光建各有千秋。

《八十日》

　　《八十日》,法国裘尔俾奴原著,叔子译述,上海商务印书馆出版发行。"新译"系列之一,上海商务印书馆民国三年(1914)十一月初版。《说部丛书》四集系列第二集五十编,民国三年(1914)十一月八日印刷,民国三年(1914)十一月廿四日初版发行,民国四年(1915)十月十二日再版发行,封面题"冒险小说",发行人为印有模,印刷人为鲍咸昌。总发行所为位于上海棋盘街中市的商务印书馆,分售处为全国各地乃至海外

---

① 〔法〕大仲马著,伍光建译述,茅盾校注:《侠隐记》,岳麓书社1982年版,前言。
② 邓世还:《伍光建生平及主要译著年表》,《新文学史料》2010年第1期。

的商务印书馆分馆，凡二十八处。全一册，60页，每册定价大洋壹角伍分。

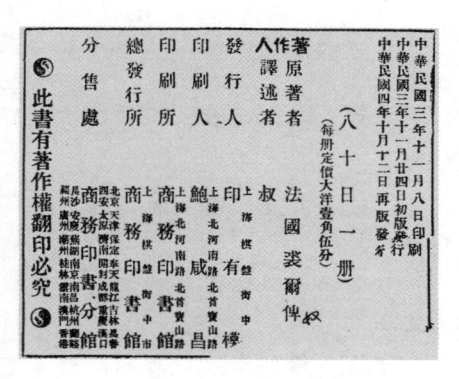

共二十六章，无章目，无序跋。

原著者今译为儒勒·凡尔纳（参见初集第七编《环游月球》）。

《八十日》"虚构了一个由一位紧迫的旅行者去完成这种业绩的故事。这位旅行者的唯一目的是要克服他可能遇到的各种障碍，在规定的期限内环游地球一用。他（引者注：儒勒·凡尔纳）觉得八十天环游地球挺有意思"。他写信给赫泽尔说："我在幻想作这样一次旅行。这必定会使我们的读者感兴趣。我必须有点痴痴呆呆，任凭我的主人公们的荒谬行动摆布。

我只惋惜一点，那就是无法让他们 Pedibus cum jambis。"① 这里的 Pedibus cum jambis 是拉丁文，其意为"迈开双退步行"。有论者指出："正是他，而且只有他有这种胆略和非凡的直觉意识，预计到有可能向月球发射一颗炮弹。更令人惊讶的，是他在作品中多次提到变成卫星的事实（牛顿在 1687 年写的《自然哲学的数学原理》一书中已提到过）。在与地球的第二个月球相遇之后，炮弹开始绕月旋转；一只狗的尸体像一颗卫星似的绕着炮弹旋转……"②

附述《环球旅行记》的几种不同版本，以供参阅。《时报》1905 年 12 月 20 日至 1906 年 1 月 28 日连载，署名"雨"。小说林社光绪三十二年（1906）版，署名"陈泽ママ［绎］如译"（见《樽目第九版》第 1815 页）。有正书局光绪三十二年（1906）版，37 节，署名雨泽译。上海时报馆光绪三十三年（1907）再版（作为小说丛书第一集第七编），署上海时报馆记者（陈景韩）译述。

金一撰写了六首诗《读〈八十日环游记〉》（见诸《天放楼诗集》），兹录以供参阅。

圆球方罫一盘棋，赌胜金圆复得妻。我作夸父人逐我，者番公案太离奇。

人海抽身托浪游，骇闻大盗不戈矛。脚根无线轮蹄换，三大名洋四大洲。

像座冰车价绝高，金圆六万购船烧。千镪赎得双鞋去，如此生涯亦太豪。

间关容易度关难，断逸光阴一瞬间。只苦旅行新艳伴，旱莲大坑拔将来。

日向西时我向东，痴奴时计会堂钟。一般守着伦敦晷，话到赢余日再中。

摸金何事苦中郎，胜利须看最后场。八十日程圆满日，豪赀仍拥摆林塘。

《小说闲评》（寅半生）关于该作品的论述为：

---

① 〔法〕让·儒勒-凡尔纳编著：《凡尔纳传（上册）》，刘扳盛译，湖南科学技术出版社 1983 年版，第 241 页。
② 同上书，第 210—211 页。

环球旅行记，一名八十日环游记，法人朱力士房原著，琴瑟寄庐外书逸儒口译，秀玉女史笔述。书凡三十七回，叙伦敦非利士福格，在维新会作叶子戏，论及环游地球一周，仅八十日已足，愿以二万金磅，与诸友作赌，遂与仆阿荣即刻启行，计七十八日而返。在印度时救一妇，名阿黛，挈之回英，遂以为夫妇云。

全书不过叙水陆行程耳，幸有包探非克士误认为劫贼，疑神疑鬼，一路随行，否则毫无生趣矣。①

《孤星泪》

《孤星泪》，未署原著者，上海商务印书馆编译所编译，上海商务印书馆出版发行。《欧美名家小说》系列之一，上海商务印书馆丁未年（1907）六月出版。《小本小说》系列之一，1914年8月。《说部丛书》四集系列第二集五十三编，丁未年（1907）六月十二日初版，民国四年（1915）十月廿五日再版。《说部丛书》四集系列再版本封面题"砺志小说"，发行人为印有模，印刷人为鲍咸昌。总发行所为位于上海棋盘街中市的商务印书馆，分售处为全国各地乃至海外的商务印书分馆，凡二十八处。上下两卷，每卷一册，上册142页，下册167页，凡309页，每部定价大洋柒角。

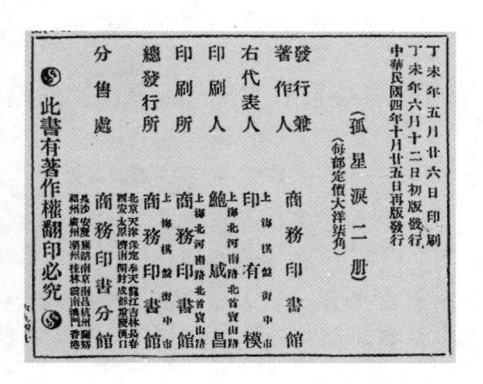

---

① 阿英：《晚清文学丛钞：小说戏曲研究卷》，中华书局1960年版，第490页。

上卷二十一章，下卷二十九章，凡五十章。无章目，无序跋。

《孤星泪》（*Les Miserables*），即《悲惨世界》，其著者为法国雨果。

维克多·雨果（Victor Hugo，1802—1885），法国文豪，19世纪前期积极浪漫主义文学的代表作家。出生于法国贝桑松一个军官家庭。从中学时代，就爱好文学创作，对文学发生浓厚兴趣，便开始写诗。为《文学保守派》杂志写稿。1819年，与诗人维尼等人创办《保守文艺双周刊》，其最初的作品大多是歌颂保王主义和宗教，后转向浪漫主义并逐渐成为浪漫派的首领。1823年，随着自由主义日趋高涨，其政治态度发生改变，与浪漫派文艺青年缪塞、大仲马等人组成"第二文社"，开始明确反对伪古典主义。1827年，雨果为自己的剧本《克伦威尔》（*Cromwell*）写了长篇序言，即著名的浪漫派文艺宣言。代表性著作有《巴黎圣母院》和《悲惨世界》。

《孤星泪》叙述"服尔基以剧盗一朝改行，勇于行义诸事。嚣俄氏常云，此书为全世界作，其主义甚宏远。各国已传译殆遍，吾国则尚阙如。爰亟译之，以供快睹。原书共五卷，兹综为上、下两册。名家所著，迥绝恒蹊，阅者自知，无俟赘说"。

雨果充满了对下层社的关爱之情，他曾说：

> 我很关心劳动者，我也很关心穷人，
> 我从内心的深处就是他们的弟兄。
> 如何去引导激动、急不可耐的群众？
> 如何使权利越来越多，并更加牢固？
> 如何使人世间的痛苦能越来越少？
> 饥饿，沉重的劳动，疾病，贫穷的生活，
> 所有这一切问题紧紧地攫住了我。①

《小说管窥录》关于《孤星泪》的论述为：

法国小说家嚣俄著。嚣俄以惨苦之笔墨，写下等社会之情形，至令人不堪卒读，一时驰名文学界。是书即世所称为《哀史》者也。前某店所发行之《惨社会》及近日《时报》所印之《逸囚》，皆节取其一节译之者。是书叙服尔基幼失学，受抚于姊家，姊亦贫不给，乃学作窃贼。因窃面包被系狱，屡逃屡获。系狱至十九年，始释之出狱。

---

① 转引自〔法〕安德烈·莫洛亚《雨果传》，程曾厚、程干泽译，人民文学出版社1989年版，第570页。

后投宿一主教家，乘间窃其银器遁，又为巡士所获，送归主教。主教伪言係赠彼者，解□之，并以银蜡台赠焉。因大愧悔，立志一反前之所为。力为善行，成巨富。人呼为末特里，不知即服也。后屡为警察吏所捕，屡□脱，其险至不堪设想。继拯一孤女，为之婚嫁，苦心孤诣，而受者不知焉。读至此，未有不下泪者。实近数月中不经见之名作也。友人某语余曰："此书尚非全璧，曾见原本，有六巨册，此尚为节本。"殆然。①

《美人磁》

《美人磁》有多种版本。一是"新译"小说系列初版本，封面题"社会小说"，版权页署"原著者 法国威廉规克斯""编译者 商务印书馆编译所"，光绪三十四年（1908）七月初版。发行者、印刷所与总发行所均为商务印书馆，外埠分售处有商务印书馆分馆十三家。全一册，170 页，每册定价大洋肆角。二是《小本小说》系列之一，未署原著者和译者，封面和版权页均题"小本小说"。民国四年（1915）五月六日初版。全一册，凡三十六回，162 页，每册定价大洋贰角。三是《说部丛书》四集系列第二集七十编，封面题"言情小说"，版权页署戊申年（1908）五月十六日印刷，戊申年（1908）五月二十五日初版发行，民国四年（1915）十月六日三版发行。全一册，凡三十六回，170 页。每册定价大洋肆角。

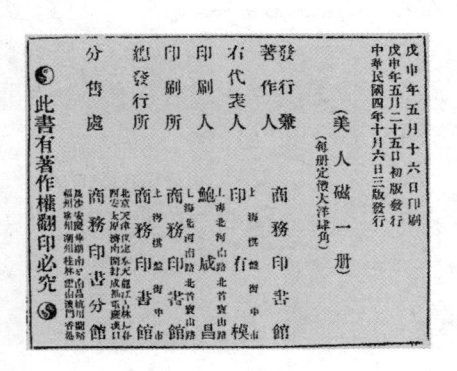

---

① 阿英：《晚清文学丛钞：小说戏曲研究卷》，中华书局 1960 年版，第 519—520 页。

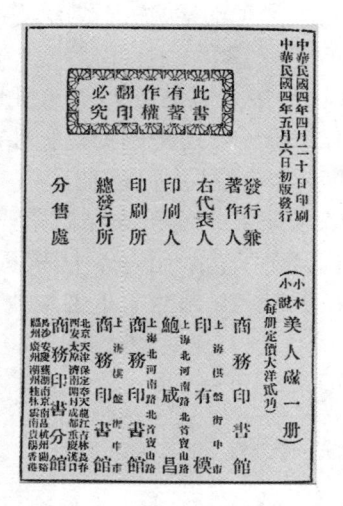

原著者威廉规克斯是法国作家 William Le Queux（1864—1927），参见《重臣倾国记》。

凡三十六回，有回目，无序跋。回目依次为：第一回　纽利亚抛环悔约；第二回　敦克能遗帕留香；第三回　美术馆双挥别泪；第四回　玻璃盏几送余生；第五回　哈夫认兄袭遗业；第六回　约翰劝友进忠言；第七回　伊及顿受威逼约；第八回　菲尼特见秘密书；第九回　毕明街深宵蕴毒；第十回　域多利细语斟情；第十一回　醉汉被同行人瞒弄；第十二回　痴郎向老律师推寻；第十三回　一时孟浪情海生波；第十四回　万缕柔丝春蚕吐腹；第十五回　扫疑云愚人入网；第十六回　饮迷药弱女餐刀；第十七回　听秘谋画师噤口；第十八回　排博局浪子挥金；第十九回　议订婚居然入彀；第二十回　闻走失未免有情；第二十一回　新婚旅行巴黎托迹；第二十二回　痴郎念旧伦敦寓书；第二十三回　愿离异年烈作证；第二十四回　遭不测哈夫成擒；第二十五回　同党相残域多被陷；第二十六回　为情再死多利忘身；第二十七回　弹丸拟雀危哉美人；第二十八回　缧绁缠身苦矣公子；第二十九回　诉缠绵含情饮恨；第三十回　暴隐秘将死鸣哀；第三十一回　见死友剖明心曲；第三十二回　遇旧知解释疑团；第三十三回　加布尼如嘲如讽；第三十四回　维里利半死半生；第三十五回　绝代佳人悲逝水；第三十六回　有情眷属合今生。

《拿破仑忠臣传》

《拿破仑忠臣传》，法国佛蔡斯原著，英国亚美德原译，曾宗巩、钟濂重译，上海商务印书馆出版发行。《说部丛书》四集系列第二集七十四编，己酉年（1909）二月三日印刷，同年（1909）闰二月十日初版，民国四年（1915）一月十九日三版。《说部丛书》四集系列三版本，封面题"侦探小说"，发行人为印有模，印刷人为鲍咸昌。总发行所为位于上海棋盘街中市的商务印书馆，分售处为全国各地乃至海外的商务印书分馆，凡二十八处。分两卷，每卷一册，上册112页，下册130页。每部定价大洋陆角。

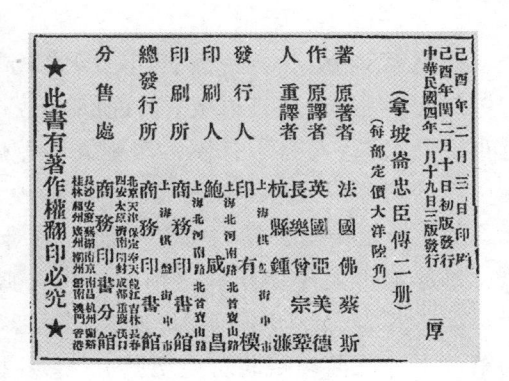

上卷十八章，下卷十九章，凡三十七章。无章目，无序跋。

《拿破仑忠臣传》叙述一法国少年为王党所陷害，冒死逃出，往投拿破仑。复为一大臣所忌，即命之入王党侦探，复设种种陷阱。少年历尽险难，辛告成功。情节极离奇变化之妙。

《苦儿流浪记》

《苦儿流浪记》，法国爱克脱麦罗原著，包公毅译述，上海商务印书馆出版发行。《教育杂志》（商务印书馆创办）第四卷第四至第六卷第十二号（1912年7月—1914年12月）连载。后结集出版，编入三种系列，即一为"新译"系列之一，二为《说部丛书》四集系列第二集七十九编，三为《小本小说》系列之一。

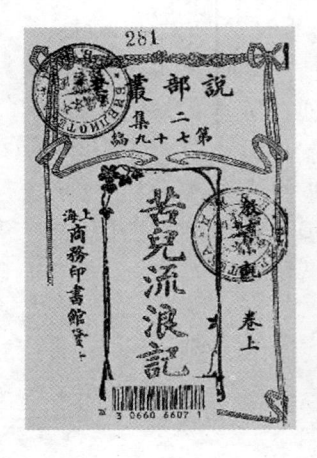

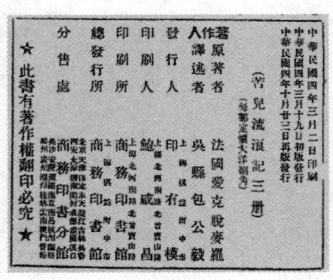

四集系列版本，民国四年（1915）三月十九日初版，民国四年（1915）十月二十三日再版。《说部丛书》四集系列再版本，封面题"教育小说"，发行人为印有模，印刷人为鲍咸昌。总发行所为位于上海棋盘街中市的商务印书馆，分售处为全国各地乃至海外的商务印书分馆，凡二十八处。分上中下三卷，每卷一册，上册150页，中册150页，下册140页。每部定价大洋捌角。"小本小说"版本，民国三年（1914）九月再版。编译者为商务印书馆编译所，发行者为商务印书馆，印刷所为商务印书馆（上海北河南路北首宝山路），总发行所为中国商务印书馆（上海棋盘街中市），分售处是全国主要城市的商务印书馆分馆 22 家。二册，上册 120 页，下册 130 页，每部定价大洋叁角。"新译"系列版本，封面题"教育小说"。今见上册，该册 150 页。三者内容相同。

法国爱克脱麦罗（Hector Henri Malot, 1830—1907），今译为艾克多·马洛。原著名为 *Sans Famille*（1878）。艾克多·马洛是 19 世纪法国小说家，当过律师，期间开始小说创作，后转向专业写作。在法国文学史上，马洛名声并不显赫。他是个多产作家，一生至少写了七十部小说，大多十分畅销。其中《苦儿流浪记》更是家喻户晓，是 19 世纪一部著名的小说。作家因为该作发展并提高了当时的情节剧小说而载入法国近代文学史册。《苦儿流浪记》曾被译成英、德、俄、日等多种文字，直到今天，还不断地重印出版。

译者包公毅即包天笑。

樽本先生认为，《苦儿流浪记》是日译本的重译，证据一，见诸包天笑《钏影楼回忆录》385 页；证据二，エクトル、マロー著、菊池清（幽芳）译《家なき儿》前后编、春阳堂 1912 年 1 月 1 日、6 月 10 日。他还认为，《苦儿流浪记》与《孤雏感遇记》存在一定的关联。（见《樽目第九版》第 2379 页）。

上卷十三章，中卷九章，下卷九章，凡二十九章，无章目。

卷首有译者小引，兹录如下：

> 天笑生曰：余前读林畏庐先生《块肉余生述》，为之唏嘘者累日，或曰此书即迭更斯为自己写照，信乎？否乎？其实文家之笔，善描物状，竹头木屑，或得其用，一经妙笔渲染，自能化腐臭为神奇。余近得法国文豪爱克脱麦罗所著 Sans Falille 而读之，呜呼，是亦一《块肉余生述》也。惟法国作家好以流丽之文章引人兴味，不肯为卑近之谈，而伏脉寻流，时时寓以微旨，似逊英人。惟其具一种魔力，能令读此书者，堕彼文字之障，非至终卷，不忍释手，是其所以名贵也。是书英德俄日均有译本，世界流行，可达百万部。盖其为法兰西男女学校之赏品，而于少年诸子人格修养上，良多裨益。愧余不文，未能如林先生以家妙之笔，曲曲传神。或且生人睡魔者，是则非原文之过，而译者之罪也。

《苦儿流浪记》有则广告，其文为："此书原著者为法国文豪爱克脱麦罗氏，译者为吴县包公毅先生，别署天笑生。先生文噪海外，所有译著一经出版，往往不胫而走，有口皆碑。先生既一是书，自谓其原书内容与畏庐林先生所译之《块肉余生述》同工异曲，于男女学校少年诸子人格修养上，良多裨益。现在英德俄日，均有译本，可以想见。况复经包先生以生花妙笔写痛苦之事情，曲曲传神，面面俱到乎。读是书者，与其视为小说，毋宁视为文学读本。"

《苦儿流浪记》的原作与各种译本在世界范围内引起了强烈的反响。包天笑在《钏影楼回忆录》中说："《苦儿流浪记》，原著者是一位法国人，名字唤作什么穆勒尔的，记一个苦儿流离转徙，吃尽了许多苦头，直至最后，方得苦尽甘回，叙事颇为曲折。颇引人入胜，而尤为儿童所欢迎。实在说起来，这是儿童小说，不能算是教育小说。我是从日文书中转译得来的，日本译者用了何种书名，是何人所译，我已记不起了。不过我所定名为《苦儿流浪记》，颇合原书意味。后来闻章衣萍曾译此书，定名曰：《苦儿努力记》；徐蔚南又译之曰《孤零少年》，均在我所译的十年以后，我均未读过，想他们均在法文原本中译出的了。这《苦儿流浪记》还曾编过电影，在还不曾有过有声电影的时代，已经在欧西有出品了。这电影到过上海，我错过了没有看到，后来有友人告诉我的。"（第385页）

《法宫秘史》（二编）

《法宫秘史前编》，法国大仲马著，君朔（伍光建）译述，上海商务印书馆总发行。《欧美名家小说》系列之一，上海商务印书馆出版，时间待考。《说部丛书》四集系列二集第八十三编，戊申年（1908）四月六日初版，民国四年（1915）九月二十九日再版。《说部丛书》四集系列再版本，封面题"历史小说"，发行人为印有模，印刷人为鲍咸昌。总发行所为位于上海棋盘街中市的商务印书馆，分售处为全国各地乃至海外的商务印书分馆，凡二十八处。分上下二卷，每卷一册，上册204页，下册218页。每部定价大洋壹元贰角。

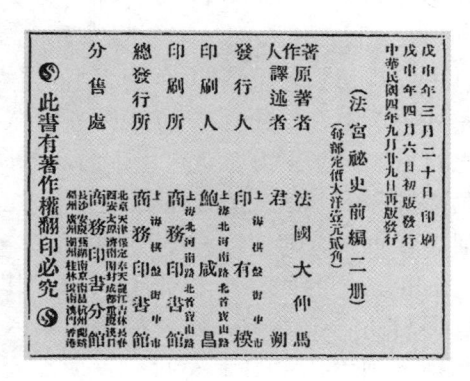

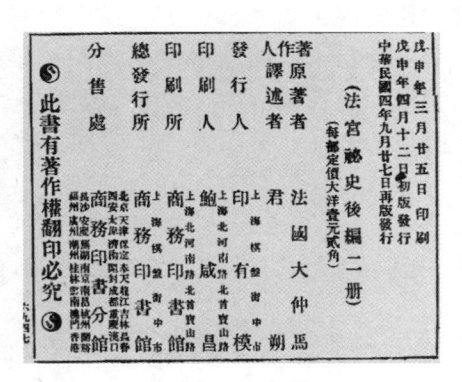

原著为 Le Vicomte de Bragelonne（《樽目第九版》第 1031 页）。

卷上三十回，卷下三十七回，凡六十七回。有回目，无序跋。前十回回目为：第一回　商写情书；第二回　洛奥尔送信；第三回　洛奥尔私会路易赛；第四回　父子相会；第五回　画师受气；第六回　无名客人；第七回　英雄落魄；第八回　路易第十四；第九回　查理第二；第十回　主教算账。最后十回回目为：第五十八回　适意派；第五十九回　来不及；第六十回　教士献策；第六十一回　圣母像酒店；第六十二回　大劫法场；第六十三回　福奇与达特安；第六十四回　柯罗孛与达特安；第六十五回　达特安出差；第六十六回　在路上之达特安；第六十七回　客店遇诗人。

《法宫秘史后编》，法国大仲马著，君朔（伍光建）译述，上海商务印书馆总发行。《欧美名家小说》系列之一，上海商务印书馆戊申年（1908）出版。《说部丛书》四集系列二集第八十四编，戊申年（1908）四月十二日初版，民国四年（1915）九月二十七日再版。《说部丛书》四集系列再版本，封面题"历史小说"，发行人为印有模，印刷人为鲍咸昌。总发行所为位于上海棋盘街中市的商务印书馆，分售处为全国各地乃至海外的商务印书分馆，凡二十八处。分上下二卷，每卷一册，上册236页，下册205页。每部定价大洋壹元贰角。

上卷三十七回，下卷二十八回，凡六十五回。有回目，无序跋。前十回回目为：第六十八回　渡海；第六十九回　岛上遇友；第七十回　颇图斯筑炮台；第七十一回　万斯出会；第七十二回　万斯府主教；第七十三回　达特安中计；第七十四回　阿拉密之手段；第七十五回　福奇大气柯罗孛；第七十六回　达特安升官；第七十七回　孟小姐之手段。最后十回回目为：第一百二十四回　梅力康与孟太理；第一百二十五回　孔雀店；第一百二十六回　耶稣军教师；第一百二十七回　耶稣军；第一百二十八回　洛奥尔出差；第一百二十九回　公爷高兴；第一百三十回　爱安说故事；第一百三十一回　夫人说故事；第一百三十二回　拉小姐之信；第一百三十三回　拉小姐之恋爱。

《爱儿小传》

《爱儿小传》，未署原著者，陶祝年、庄孟英译，上海商务印书馆出版发行。《说部丛书》四集系列第二集第九十八编，题"艳情小说"。民国四年（1915）十月六日印刷，民国四年十月十九日初版发行。发行人为印有模，印刷人为鲍咸昌。总发行所为位于上海棋盘街中市的商务印书馆，分售处为全国各地乃至海外的商务印书分馆，凡二十八处。全一册，共144页。每部定价大洋肆角。

凡三十章，无章目，无序跋。

原著者与译者生平事迹不详，待考。故事发生在法国，暂把该作置于法国名下。

《壁上血书》

　　《壁上血书》，徐大著，上海商务印书馆出版发行。《说部丛书》四集系列第二集第九十九编，题"侦探小说"。商务印书馆民国四年（1915）九月二十日印刷，民国四年（1915）十月六日初版发行。发行人为印有模，印刷人为鲍咸昌。总发行所为位于上海棋盘街中市的商务印书馆，分售处为全国各地乃至海外的商务印书分馆，凡二十八处。全一册，57页，每册定价大洋贰角。

　　凡共二十章，无章目，无序跋。

　　徐大不是原著者，而是译者。陈鸣树主编的《二十世纪中国文学大典》（1897—1929）（上海教育出版社 1994 年版）第 376 页认为，该作是《续侠隐记》，即 Alexandre Dumas, père 的"Vingt Ans Apres"。张治认为有误，他认为，这是柯南·道尔的福尔摩斯探案第一篇，《暗红色研究》（A Study in Scarlet，1887 年）的又一译本。①

---

① 张治：《再谈商务印书馆"说部丛书"里的原作》。

《冰蘖余生记》

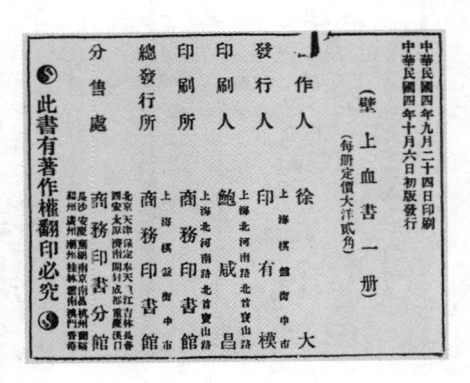

《冰蘖余生记》，法国勒东路易原著，双石轩译述，上海商务印书馆出版发行。《说部丛书》四集系列第三集第二编，民国五年（1916）五月再版。全书两卷，每卷一册，上册82页，下册97页，凡179页。每部定价大洋伍角。发行者、印刷所与总发行所均为上海商务印书馆，分售处为全国各地乃至海外的商务印书分馆。

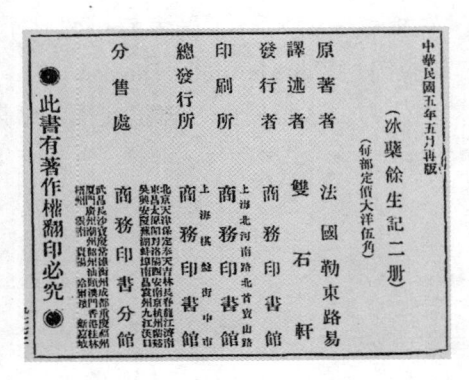

上卷十五章,下卷十五章,凡三十章,无章目。

原著者生平事迹不详,待考。

《冰蘗余生记》叙述法国路易十四时代,有贵族葛实唐者,眷女子安朋,旋弃之。安朋不能甘,于风雪之夜,刺葛于筵间,弃六月孤儿于礼拜堂,自沉于河。儿于圣旭宗诞日为人收养,号曰旭宗。既长,凶悍善斗,入伍有功,为忌者所攘。又以非罪入狱。其雄杰排奡之姿,用不得当,且一再为龌龊世情所激搏,遂横决而倒行逆施。葛实唐被刺,固未死,万年惟以掊客聚敛为事。其仆犹太人,于旭宗有宿憾,旭率党人入葛家杀犹太人,并夺取葛财。安朋被渔家救起,撄狂疾为神巫,能预言。旭常就问后来命运,不知为母子。巫诫旭勿为恶,旭不能用,尝爱贵族女子,杀其夫,冒名取代,后为情妇告奸而败,处死刑。

卷首无序,卷末有译者于民国四年(1915)十月十日撰写的跋,跋语为:

> 余译此书既竟,因叹法国当十八世纪之初,其上有恣睢暴慢与民争利之权贵,其下遂有椎埋剽掠结党横行之盗贼,戾气所感,殊途而趋。法律所不能制,道德所不能维,及其至也。身败而名裂,为当世僇笑。二者之获祸,皆适如其分焉。呜呼!是足以戒矣。书中写旭宗秽恶之迹,如阴霾四合,而天日皆愁惨之色,人类之育于世界,亦何乐其有此。虽然,旭宗之性,岂异乎人?惟其童稚之年,不得长养于家庭,而培育其善根。箠楚荼毒之下,烦冤痛苦之中,其性之存焉者寡。经世途之摧折,而迁流遂不知所底,是盖旭宗之不幸也。故所贵乎,家庭教育者,启儿童向善之心,而消其拂戾之气。人人之根本立,则社会之蠹贼去,而好勇斗狠之风,亦可以少戢矣。作书者其有深意乎。

《香钩情眼》

《香钩情眼》,法国小仲马原著,闽侯林纾、闽侯王庆通译述,上海商务印书馆出版发行。《林译小说丛书》第二集第十七编,出版时间不详。《说部丛书》四集系列第三集第五编,民国五年(1916)五月初版,民国十三年(1924)十一月四版。《说部丛书》四集系列初版本封面未题小说类型，发行者为商务印书馆，印刷者为位于上海北河南路北首宝山路商务印书馆，总发行所为位于上海棋盘街中市的商务印书馆，分售处为全国各地乃至海外的商务印书分馆，凡四十五处。全书二册，上册122页，下册111页。每部定价大洋陆角。

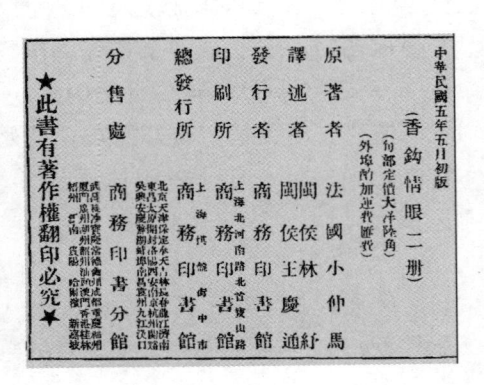

共二十七章，上册十八章，下册九章，无章目。

亚历山大·小仲马（Alexander Dumas fils, 1824—1896），写实主义戏剧的首创者。他由外妇所生，在社会上很受欺侮。从小聪慧，受人称许而自慰。根据小说《茶花女》改编的戏剧博得满场喝彩，从此便致力于戏剧创作，继续出二三十剧，比较精粹。其性格勇猛而柔顺，思想活泼，精神敏锐，常常留心于社会问题与道德问题。自他以后，写实派戏剧、创作问题剧，或是对于良心的问题，或是对于社会的问题，如离婚问题、劳银问题、亲子关系问题等，有时便在剧中热烈讨论。作为写实主义戏剧家，小仲马注重风俗剧，根据写实主义的根本原则，把现实社会确切的描绘出来，不仅如此，他同时还描绘时人一些道德上的教训，正如他所言："用喜剧，悲剧，描写剧，滑稽剧，在所有一切较合于我们的方法上，我们便建设了一种有益的戏剧。在这个时候正是'艺术为艺术'这种危险的呼声传闻到各处，这三个字是绝对空泛毫无意义的说法。——指艺术为艺术。——所有文学入不能够有一种求精的意味，道德的目的，理想的表现，一言以蔽之，他如没有益处，都是一些无骨力，而有危害，容易消灭的文学。"①

《香钩情眼》(*Antonine*，1849 年)(见《樽目第九版》第 4572 页)。

《大荒归客记》

《大荒归客记》，法国曲特拉痕脱原著，四会梁禾青、武进赵尊岳译述，上海商务印书馆出版发行。《林译小说丛书》第二集第十八编，上海商务印书馆出版，时间不详。《说部丛书》四集系列第三集第八编，上海商务印书馆民国五年（1916）六月初版，民国十年（1921）一月再版，民国十三年（1924）十一月三版。《说部丛书》初版本封面未题小说类型，总发行所为位于上海棋盘街中市的商务印书馆，分售处为全国各地乃至海外的商务印书分馆。每部定价大洋肆角。

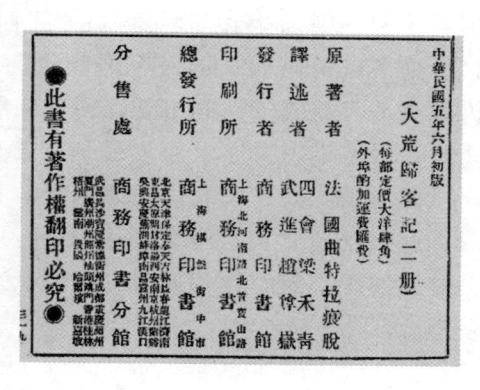

原著者生平事迹不详，待考。

全书二册，上册 97 页，下册 82 页。

上册七章，下册五章，共十二章，章目依次为：第一章 纪登艇，第二章 纪一时之速率，第三章 纪百特里将来之行止，第四章 纪北极道

---

① 李璜编：《法国文学史》，中华书局 1928 年版，第 178—180 页。

中，第五章　纪美国人之机会，第六章　纪北行之决志，第七章　纪斯俾子克之程途，第八章　纪小艇逾越重雾，第九章　纪北极之旅行，第十章　纪北极之牺牲，第十一章　纪安得利之遗物，第十二章　纪旋风中，结局。

卷首有赵尊岳于乙卯十一月十日撰写的叙文，其文为："当甲寅乙卯之交，试登昆仑，引领西望，战云如墨，师行如雨，潜艇累累，炮火隆隆，飞船翱翔，期门相接，而不得不称今者战术之精且备矣。炮火显，潜艇隐，独是飞船出没天际，若隐若现，亦隐亦现。吾初不知其何藉而行，第言其效，则摩荡搏击，如鸟之凌虚下瞰。盖飞船兴而炮火之力替，潜艇之效杀矣。攻战以掩护为先，而掩护不足恃；阵法为尚，阵法不足以为恃。举凡一枪一械之位置，糗粮之所储藏，足以挥手之劳，毁其泰半，炮火云乎哉。即足仰击，而四向殊非易测。意大利人创以磁力，止之空中，实效亦尚未见。则国于今天之大地，欲图搏遂，非飞船莫为功者，昭昭明矣。环海诸邦，咸立专队，训练肄习，日不少懈。反觇吾国，初发韧耳。一二绩学之士，稍稍有所发明，而程效不大。加以奖掖无方，社会缺乏科学知识，警疑退沮，等于谈瀛，则又不得不使通俗之人神经髓中。稍映飞船之模型，其足以出奇致用，虽冒百险，而为功不可等量，则通俗说部尚矣。法郎西人，近世以柔靡见称，始有作者，著是书以警国人。国人今亦颇致力。德意志学者见之，乃大称许，译为德文，万卷流传。群相砥砺回念宗邦说部多浮靡少国家思想，则又力译之。区区之志，亦乐邦人君子。读是书者，稍存壮往之心，为国弛誉，虽死勿惧。荒寒漠北，视如温燠。且吾国墨氏飞鸢，固已权舆千载之前，远绍前贤，光昭来许。为责固在吾辈，人人如此，国有何患不兴？学又何患不进？即愚草是书，亦或可告无罪于位者矣。匝月竣事，拉杂书之。"

《名优遇盗记》

《名优遇盗记》，未署原著者，郭演公编译，泠风校订，上海商务印书馆出版发行。《说部丛书》四集系列三集第六编，封面未题小说类型，民国五年（1916）四月初版。发行者为商务印书馆，印刷者为位于上海北河南路北首宝山路商务印书馆，总发行所为位于上海棋盘街中市的商务印书馆，分售处为全国各地乃至海外的商务印书分馆，凡四十五处。全一册，83页。每部定价大洋贰角。

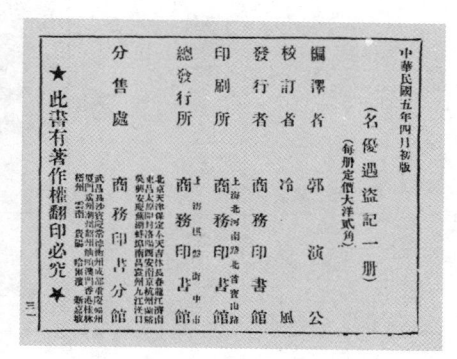

凡十七章，无章目，无序跋。

该作的主人公为法国人，故事以巴黎为背景，可能为法国作家的作品。暂置于法国名下，以备考。原著者与原作均不详，待考。汉译者也待考。

《铜圜雪恨录》

《铜圜雪恨录》，法国余增史原著，双石轩译述，上海商务印书馆出版发行。《说部丛书》四集系列三集第十二编，封面未题小说类型，民国五年（1916）十月初版。发行者为商务印书馆，印刷者为位于上海北河南路北首宝山路商务印书馆，总发行所为位于上海棋盘街中市的商务印书馆，分售处为全国各地乃至海外的商务印书分馆，凡45处。全书二册，上册126页，下册108页。每部定价大洋伍角，外埠酌加运费汇费。

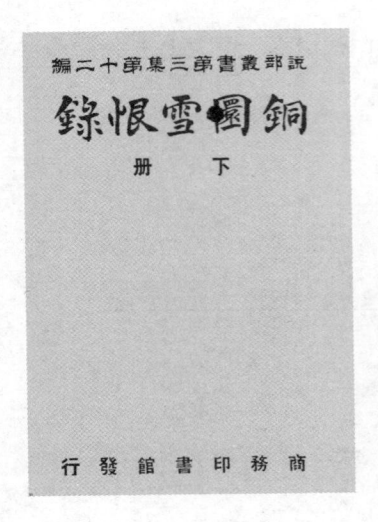

上册九章，下册九章，凡十六章，无章目，无序跋。

关于原著者与原著，根据《樽目第九版》第 4353 页记载，张治考证：Joseph Marie Eugène Sue "*Le Juif Errant*（流浪的犹太人）" 1844—1845。张治还认为，双石轩就是魏易。

《鹦鹉缘》（三编）

《鹦鹉缘》，法国小仲马原著，闽县林纾、侯官王庆通译述，上海商务印书馆出版发行。《林译小说丛书》第二集第二十七编，上海商务印书馆出版发行，时间不详。《说部丛书》四集系列第三集第四十一编，民国七年（1918）二月初版，民国九年（1920）七月再版，民国十年（1921）九月三版。《林译小说丛书》版本缺版权页，《说部丛书》四集系列三版有版权页。后者封面未题小说类型，发行者为商务印书馆，印刷者为位于上海北河南路北首宝山路商务印书馆，总发行所为位于上海棋盘街中市的商务印书馆，分售处为全国各地乃至海外的商务印书分馆，凡 45 处。全书两卷，每卷一册，上册 82 页，83 页，每部定价大洋伍角。

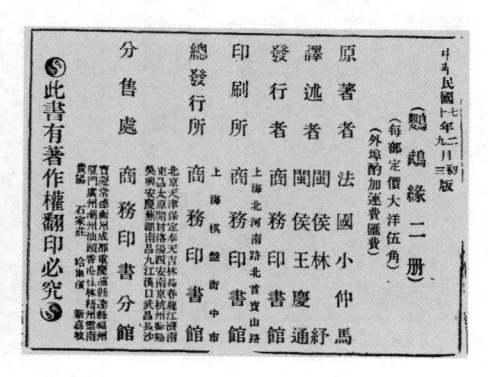

第二章　法国作品叙录　341

上卷七章，下卷六章，凡十三章。无章目，无序跋。

《鹦鹉缘》，有《续编》《三编》（*Les Aventures de quatre femmes et d'un perroquet*，1846年）（今译《四个女人与一只鹦鹉的奇遇》）。

《鹦鹉缘续编》，法国小仲马原著，闽县林纾、侯官王庆通译述，上海商务印书馆出版发行。《林译小说丛书》第二集第二十八编，上海商务印书馆出版发行，时间不详。《说部丛书》四集系列第三集第四十二编，民国七年（1918）二月初版，民国九年（1920）七月再版，民国十年（1921）九月三版。《林译小说丛书》版本缺版权页，《说部丛书》四集系列再版本有版权页。后者封面未题小说类型，发行者为商务印书馆，印刷者为位于上海北河南路北首宝山路商务印书馆，总发行所为位于上海棋盘街中市的商务印书馆，分售处为全国各地乃至海外的商务印书分馆，凡45处。全书两卷，每卷一册，上册78页，下册87页，每部定价大洋伍角。

上卷八章，下卷九章，凡十七章。无章目，无序跋。

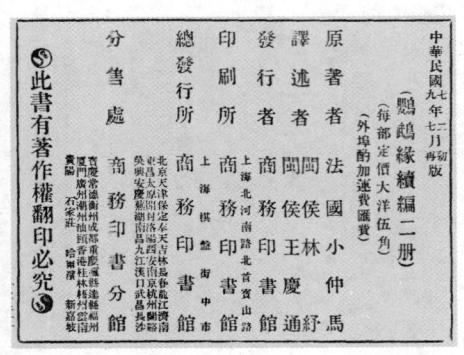

《鹦鹉缘三编》，法国小仲马原著，闽县林纾、侯官王庆通译述，上海商务印书馆出版发行。《林译小说丛书》第二集第二十九编，上海商务印书馆出版发行，时间不详。《说部丛书》四集系列第三集第四十四编，民国七年（1918）五月初版，民国十年（1921）九月三版。《林译小说丛书》版本缺版权页，《说部丛书》四集系列初版本有版权页。后者封面未题小说类型，发行者为商务印书馆，印刷者为位于上海北河南路北首宝山路商务印书馆，总发行所为位于上海棋盘街中市的商务印书馆，分售处为全国各地乃至海外的商务印书分馆，凡45处。全书两卷，每卷一册，上册91页，下册95页，每部定价大洋伍角。

上卷十一章，下卷十二章，凡二十三章。无章目，无序跋。

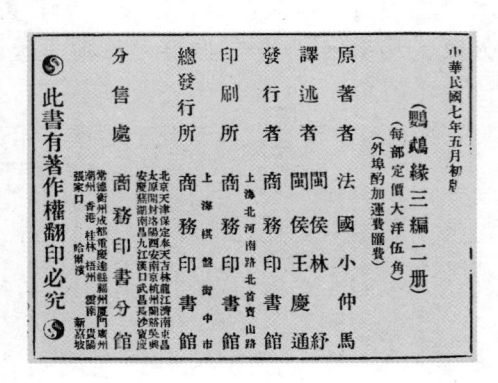

第二章　法国作品叙录　343

《金台春梦录》

《金台春梦录》，法国丹米安、俄国华伊尔原著，林纾、王庆通译述，上海商务印书馆出版。该译作编入二种"小说丛书"系列，其一为《林译小说丛书》第二集第三十一编，其二为《说部丛书》四集系列第三集五十编。《林译小说丛书》版本，全书两卷，每卷一册，上册72页，下册74页。缺版权页，其他信息不详。四集系列版本，民国七年（1918）八月初版，民国九年（1920）八月再版。再版本封面未题小说类型，发行者为商务印书馆，印刷者为位于上海北河南路北首宝山路商务印书馆，总发行所为位于上海棋盘街中市的商务印书馆，分售处为全国各地乃至海外的商务印书分馆，凡四十五处。全书两卷，每卷一册，上册72页，下册74页，每部定价大洋伍角。二者内容相同，上卷五章，下卷五章，凡十章。无章目，无序跋。

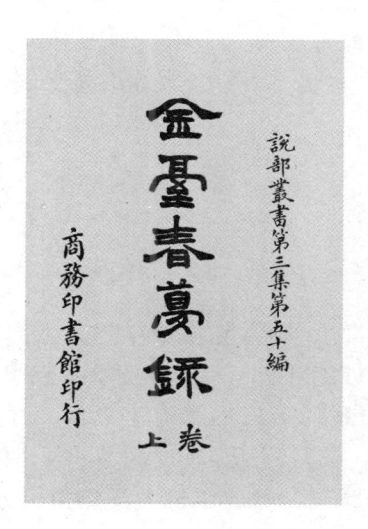

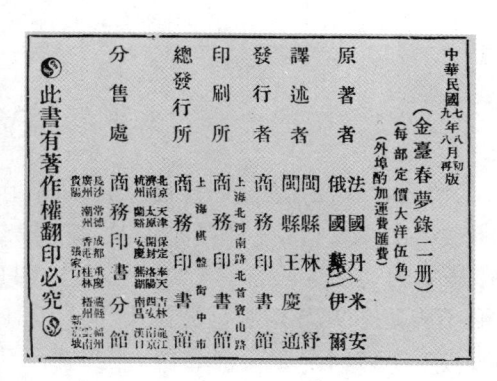

关于原著者与原著，《樽目第九版》第2184页记载，古二德考证：L. de Hoyer and CH. Damien, *Ombres Pékinoises. Roman de Moeurs Modernes* (Beijing: Imprimerie de la Politique de Pékin, 1917)。

译作采用文言翻译，古色古香，兹录一段如下：

莫凯若望引座茵而坐，然座茵为弹簧所挺，若与其身相抵触者。若望此时心身皆畅，引目仰视承尘中，所绘紫色之鹤鹩亦觉甚大可人意，所衣之睡衣作蓝色之小行，若小蛇蜿蜿然，拖履置之氀毹之上。氀毹正作希腊人之形，双绿适当其面，纸烟之纹，盘旋其头顶上，若作花缕，二目事实盼及家具，或盼及闇黄缎之壁衣，或□□中国之旧磁，然在在皆形其适意，似此礼拜之晨。耳中若闻柔和之曲调，一室之中，自相问答。且信此静境中人，能增人无数德性。然天下不达之人，恒谓以身涉世，大类悬重铅之十字架于胸前，重乃不翅。尤有荡子长日浪游，若飞蛾之投焰。至于妇女，若配司当夫人，及布克鲁亚爵夫人等，长日中咸觅奇而恶庸，好授人以谈柄。须知，凡人必当少明哲学之理，则幸福滋深。盖人心所欲争趋者，厌惟一道逸也，镇静也，康健也。然天下之徵逐于金迷纸醉之场者，能否舍其其邀嬉，与我同养悠闲之福。我入世久，觉灵府清静，爱怜万物之心，无与此日为笃。正思维间，忽触目及于粤制之独脚案，案上陈一蓝色之磁瓶，而乐意因之中缀。盖侍者置瓶时，必将其瓶中所画之景物面墙，而画中风物则作四桑门，遂游山水清幽之地。侍者乃背画使人无欢。此侍者不审美术之况味，往往令人生厌，于是怒发，责侍者杀室中之风景，又使一身清静之心绪，为之易为郁怒。

《情天异彩》

《情天异彩》，法国周鲁倭原著，闽县林纾、静海陈家麟译述，上海商务印书馆出版发行。《林译小说丛书》第二集第四十三编，上海商务印书馆出版发行，时间不详。《说部丛书》四集系列第三集第七十五编，民国八年（1919）九月初版，民国十年（1921）二月再版。《说部丛书》四集系列初版本封面未题小说类型。全一册，109页，每册定价大洋叁角伍分。

凡二十章，无章目，无序跋。

关于原著者与原著，《樽目第九版》第577页记载，古二德考证：Jules Verne, Ticket NO. "9672", Trans. Laura E. Kendall（New York：George Munro, 1886）。马泰来先生认为，疑据英译本重译。（第90页）

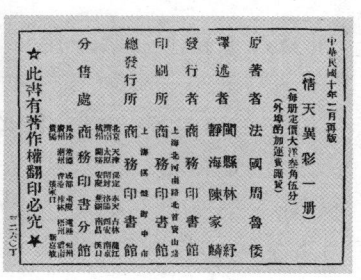

《重臣倾国记》

《重臣倾国记》，原署英国威连勒格克司，赵尊岳译述，上海商务印书馆出版发行。《东方杂志》第十五卷第六号至十二号（1918年6月至12月）连载。《说部丛书》四集系列第三集第七十八编，民国八年（1919）十月初版，民国九年（1920）十月再版，民国十二年（1923）一月三版。《说部丛书》四集系列初版本封面未题小说类型。全书三卷，每卷一册，上册71页，中册78页，下册76页，每部定价大洋陆角。

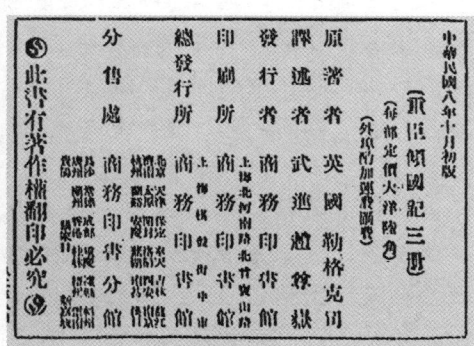

《樽氏目录》第4736页记载，《重臣倾国记》（*Her Majesty's Minister*），

原著者为 William Tufnell Le Queux（1864—1927）。樽氏沿袭原著者属英国这一说法，但这一说法有误，不是英国而是法国。他出生于英国伦敦，其父是法国人，其母是英国人。

上卷十三章，中卷十五章，下卷十三章，凡四十一章，有章目。前十章章目为：第一章　爪牙，第二章　宝星之友，第三章　马利滋疑，第四章　秘事，第五章　仅一妇人，第六章　怪象陈陈，第七章　汤恩之晌午，第八章　间谍，第九章　勋爵得实，第十章　马利殷忧。最后十章章目为：第三十二章　爱情原始，第三十三章　非琐留夫人，第三十四章　秘密透露，第三十五章　队长之实言，第三十六章　明昧间，第三十七章　复在奥东邸间，第三十八章　缄默，第三十九章　报仇，第四十章　述往，第四十一章　结束。

卷有赵尊岳于民国七年（1918）三月撰写的"译余剩语"，其文为：

> 吾译威连氏之书，可第四部矣。其一志载宫中樯茨之迹，更奸臣把持王位之隐，吾则窜取，名之《玉楼惨语》。其二志载英国之奇案，谓奸黠之徒，以印度毒虺，陷人死地，无意间复有贞操之女郎，为事内关键，案情一白。受祸逃死之人，竟与贼女通婚矣。吾即其意名《烛影蛇痕》。其三，亦一英国侦探之书。布张幻迹，玄之又玄。案发侦探，阴谋即及侦探之腻友。幸得仗义之人，黉夜寻索，始于末数页间，破前此七万言不经之疑阵，则署曰《玄局录》，此其四也。复为国家重臣之事。有一陆军之总长，与秘书朋比图奸，秘书即坐以要挟。总长复有女公子，斡旋其间，茹辛事苦，至以身许一漠然不爱之人，拯阿翁于万险。行文伏线，似较前书胜也。威连为英国迩来之文家，人犹健在。一书风行，立意必新警，脱人窠臼。溯西洋说部诸家，恒各擅其事。司各德传历史之风神，科南达利专假福尔摩斯之事迹，外此亦稍述中叶陈迹，师承欧文。哈葛德专言男女爱情，数十册如出一辙，橡湖一卷，直该括毕生之脑力。狄更司主改良社会，则字字褒贬，及于流俗。法仲马言情，嚣俄挟英爽之概，美国欧文，振奇异俗，凭吊唏嘘，辄以天方大食之故官，用资谈助。郎法洛则言情，霍桑志怪，俄之托尔斯泰则以淡泊之风，矜农悯苦，凡兹经纬各不相涉。独威连氏输匠心之巧，淹百家之学，镕政治、情爱、侦探于一炉。言外之意，尤针砭叔季，寄慨江河，照烛人心，如温家之犀，特有韵之文，逊莎士比一着耳。就中情事泛滥，正不必加以条举，阅书之人，随处会心可也。欧战方酣，而氏方掀髯擒烟斗，于浓烟沉雾之

间，拟战场情事，月必有书。顾文家之笔，一易途径，满纸铺陈，均行营打阵之事，朗丽卑荼之言。后且日少，则此书不可不急加译述。溯客年展卷，渐以人事搁置。兹承朋辈所迫促，即以雨窗，完成其事。新春融暖，游踪遄程。且复与氏书小别，译余剩语，志倾倒之忱，亦示氏学之贯注百通也。不审此万里外素不谋面之学人，此时亦颇辅发热否？

《赂史》

《赂史》（又名《潜艇魔影》），法国亚波倭得原著，林纾、陈家麟译述，原载《东方杂志》第十六卷第一号至第九号（1919年1月至9月）。后上海商务印书馆出版发行。《林译小说丛书》第二集第二十六编，上下两册，上册80页，下册91页。《说部丛书》四集系列第三集第八十四编，民国九年（1920）二月初版，民国十一年（1922）二月再版。《说部丛书》四集系列初版本封面未题小说类型，发行者为商务印书馆，印刷者为位于上海北河南路北首宝山路商务印书馆，总发行所为位于上海棋盘街中市的商务印书馆，分售处为全国各地乃至海外的商务印书分馆，凡四十五处。全书两卷，每卷一册，上册80页，下册91页。每部定价大洋伍角。

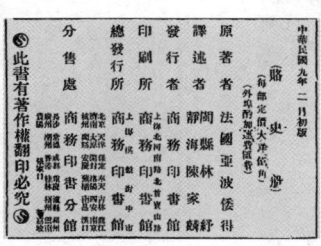

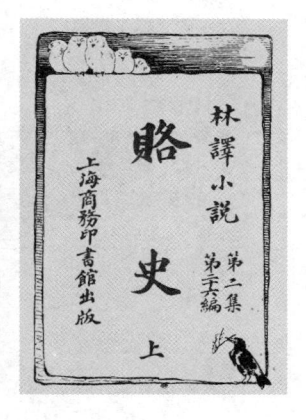

上卷十五章，下卷十九章，凡三十四章。无章目，无序跋。

据马泰来先生考证，《赂史》，原著者英文名为 Allen Upward（1863—1926），原著英文名为 *The Phantom Torpedo-boats*（1905）。马氏指出，林译

误亚波倭得为法国人,中村忠行误谓原著为"*The Secret History of Today*"。(第81页)笔者认为,马泰来先生误亚波倭得为英国人,林译并不误。

《双雄义死录》

《双雄义死录》(即《九三年》),法国预勾(今译为"雨果")原著,闽县林纾、吴县毛文钟同译,上海商务印书馆出版发行。《说部丛书》四集系列第四集第十二编,封面未题小说类型,民国十年(1921)十月初版。全一册,116页,每册定价大洋叁角伍分。

全书分两篇,第一篇共四章、第二篇共五章。均无篇目与章目,无序跋。

马泰来先生考证指出,《双雄义死录》(*Ninety-three*)(原著:*Quatre-vingt-treize*:1874)。原著者为 Victor Hugo(1802—1885)。疑据英译本重译(第91页)。Victor Hugo 今通译为"雨果"。《双雄义死录》亦即《九三年》。《双雄义死录》是描写他年轻时"保皇派"与"革命派"之间的斗争,这种斗争并不像《悲惨世界》一书中男主角马勒阿斯的内心斗争,而是一种行动。背景是保皇派在布列塔尼的反叛,因十分熟悉而得心应手。①

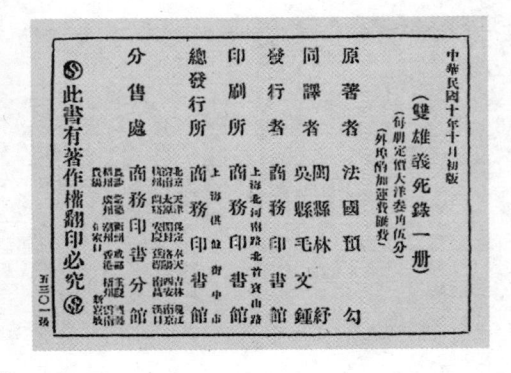

---

① 〔法〕安德烈·莫洛亚:《雨果传》,莫洛夫译,台北:志文出版社1986年版,第167页。

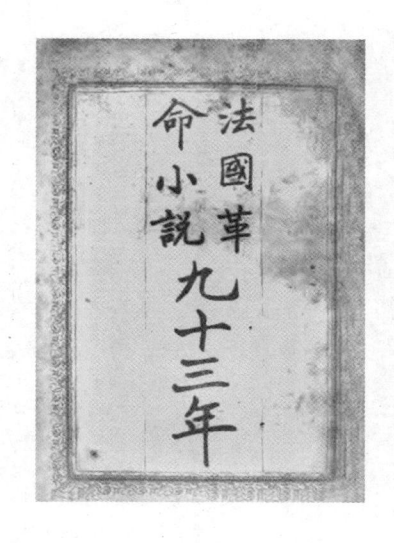

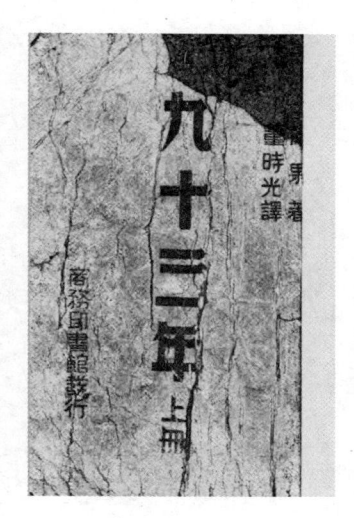

雨果曾慷慨激昂地说："大革命结束了一个世纪、又开始了另一世纪。""大革命是人类气候的转折点，是由若干个年代组成的。每一年代标志着一个时期、代表革命的一方面，或者实现了革命的一种职能。1793年是很悲惨的，却是极其伟大的一年。有时，好消息需要由青铜的'出口'来发布，九三年就是这'出口'。""大革命锻造了号角；19世纪吹响这号角。""哦，此种确认于我们相宜；我们不在它面前后退。让我们承认自己的荣幸：我们是革命派！当代的思想家，诗人、作家、历史学家、演说家、哲学家，全都发端于法国大革命，绝无例外。大革命的岁岁月月就是他们的父母。没有其他的谱系、其他的灵感、其他的鼓动、其他的源头。他们是思想的民主派，亦即行动民主派的继承者。他们是解放者。'自由'的思想曾俯看他们的摇篮。他们都曾在这伟大的乳房上吮吸奶汁；他们的心肝中有这奶汁的滋育；他们的骨头里有这样的骨髓；他们的意志中有这样的活力；他们的理性中有这样的叛逆；他们的智慧中有这样的火光。"①

此外，还有东亚病夫（曾朴）所译的《九十三年》，题"法国革命外史"，署"嚣俄"著，凡四卷，分上下两册，每册两卷，上海有正书局民国二年（1913）十月出版。董时光所译的《九十三年》，上海商务印书馆1948年出版，分上下两册。《九十三年》原载《时报》1912.2.21—9.14（《樽目第九版》第2257页）。

---

① 〔法〕维克多·果：《威廉·莎士比亚》，丁世忠译，团结出版社2001年版，第267—268页。

《矐目英雄》

《矐目英雄》，署英国泊恩原著，闽县林纾、吴县毛文钟同译，上海商务印书馆出版发行。《说部丛书》四集系列第四集第十七编，封面未题小说类型，民国十一年（1922）三月初版。全书两卷，每卷一册，上册70页，下册76册，每部定价大洋肆角伍分。上卷十六章，下卷十六章，凡三十二章，无章目，无序跋。

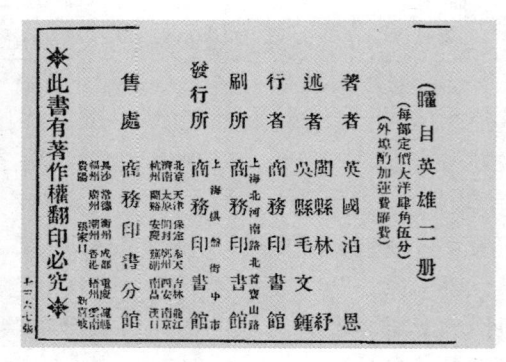

关于原著者与原著，《樽目第九版》第1949页记载，古二德考证：Jules Verne, Michael Strogoff; From Moscow to Irkoutsk, Trans. E. G. Walraven (New York: Frank Leslie, 1876)。这就是说，原著者是儒勒·凡尔纳，是法国作家，而不是英国作家。原著是法国作品，而非英国作品。

"矐"的本义是"短暂失明"，"矐目英雄"则指短时间失明的英雄。西汉焦延寿《焦氏易林》记述："……《明夷》之《豫》宋本作传，尤为作抟确证。困。舞阳渐离，击筑善歌。慕丹之义，为燕助轲。阴谋不遂，矐目死亡，功名何施。《史记·刺客传》荆轲奉樊于期首函，秦舞阳奉地图，及事败，秦人大索太子丹及荆卿之客，高渐离善击筑，秦王乃矐其目，使击筑于侧，后以铅实筑中击秦王，乃被杀。伏震为舞、为筑、为歌，艮手为击，故曰击筑善歌。坎赤，故曰丹。兑为燕，震为轲，故曰为燕助轲。坎为阴谋，离为目，坎为失，故曰瞳目。"

《地亚小传》

《地亚小传》，法国大仲马（Alexandre Dumas）原著，洪观涛译，上海商务印书馆出版发行。《说部丛书》四集系列第四集第二十编，封面未题小说类型，民国十二年四月初版。全书两卷，每卷一册，上册152页，下册140页，每部定价大洋柒角。

上卷二十六章，下卷三十二章，凡五十八章。无章目，无序跋。
《地亚小传》（*La Dame de Monsoreau*），今译为《蒙梭罗夫人》。是一部著名的历史小说。大仲马创作了许多历史小说，且十分成功。他所写的历史时代包括了三个世纪，从16世纪宗教战争到19世纪30年代。他写得比较出色的长篇历史小说有：以16世纪宗教战争为背景的三部曲，反映王后卡特琳娜·德·梅第斯的统治与王族旁系亨利·德·亲瓦尔的斗争的《玛尔戈王后》（1845）；反映亨利三世统治的《蒙梭罗夫人》（即《地亚小传》）（1846）和《四十五卫士》（1848）；以17世纪国王路易十三和路易十四统治时期为背景的三部曲，反映路易十三和路易十四统治的《三个火枪手》（1844）；反映马扎兰统治和"投石党运动"的《二十年后》（1845）；反映路易十四统治的《布拉日罗纳子爵》（1848—1850）；以18

世纪奥尔良公爵菲利普摄政时期为背景的《达芒塔尔骑士》(1843) 和以路易十五统治时期为背景的《克列夫的奥兰普》(1852); 以 1789 年资产阶级革命先兆为背景的《约瑟夫·巴尔萨莫》(1846—1848) 和《王后的项链》(1849—1850); 以法国资产阶级大革命为背景的《昂日·皮杖》(1853)、《沙尔尼伯爵夫人》(1853—1855) 和《红屋骑士》(1846); 以资产阶级革命后的动乱为背景的《白党与蓝党人》(1867—1868) 和《耶卢的伙伴们》(1857); 以七月王朝为背景反映贝利公爵夫人的反革命暴乱的《马什库尔的母狼》(1850); 以复辟王朝为背景地反映烧炭党人的活动的《巴黎的莫希坎人》(1854—1855); ……大仲马这一系列长篇历史小说勾勒了法国三百年的历史,其规模之宏伟,在法国文学史上是绝无仅有的。[①] 大仲马把历史当作他创作小说的一颗钉子。他直接地或间接地从史料中汲取素材,但并没有被历史束缚手脚,凭自己丰富的想象力,可以弥补史料的不足。"有了主要人物,他便创造次要人物;有了主要情节,他再补充细节;有了树干,他再添枝加叶。"他不是像镜子一样再现历史,只是注意历史的线索和面目,"他可不能干巴巴地叙述历史,他必需创造一些人物,创造一些情节,使小说生动、活泼、动人"。其"历史小说,对于新教与旧教的冲突,统治阶级内部的明争暗斗、国王的昏庸无能都有反映,对于法国封建社会和风俗习惯不无认识价值"[②]。

---

① 〔法〕亨利·克鲁阿尔:《文学巨匠大仲马》,梁启炎译,湖南人民出版社 1985 年版,第 115—116 页。
② 同上书,第 119—120 页。

第三章　美国作品叙录

《美洲童子万里寻亲记》

《美洲童子万里寻亲记》，伦理小说，闽侯林纾、长乐曾宗巩译述，上海商务印书馆发行。被编入四种"小说丛书"系列，即一为《说部丛书》十集系列第一集第九编，二为《说部丛书》四集系列初编第九编，三为《林译小说丛书》第二编，四为"小本小说"丛书之一。

十集系列版本，光绪三十年岁次甲辰（1904）十月初版，光绪三十二年岁次丙午（1906）九月三版。发行者、印刷所与总发行所均为中国商务印书馆，外埠商务印书馆分馆九家。全一册，96页，每本定价大洋叁角。四集系列版本，乙巳年十月初版，民国三年（1914）四月再版。全一册，96页，定价每本大洋叁角。《林译小说丛书》版本，民国三年（1914）六月初版，发行者、印刷所与总发行所均为中国商务印书馆。外埠商务印书馆分馆二十七家。全一册，96页，每册定价大洋叁角。"小本小说"版本，民国二年（1913）六月初版，民国九年（1920）十一月四版，民国十三年（1924）八月五版。四者内容相同，不分章回节次。

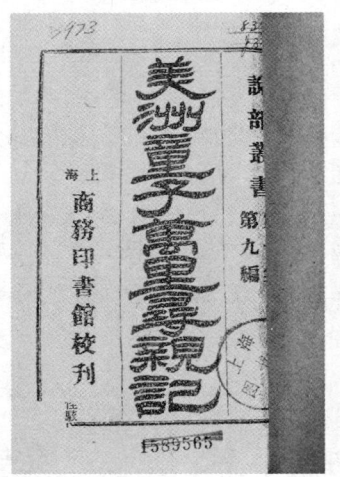

至于原著者，《说部丛书》的两种版本的版权页署"原著者　亚丁"，而正文首署"美国增米自记""英国亚丁编辑"。马泰来先生认为，《美洲童子万里寻亲记》原著者为美国作家 William L. Alden（1837—1908），林译误阿丁为英国人。原著英文名为 *Jimmy Brown Trying to Find Europe* (1889)。（第72页）威廉·利文斯顿·奥尔登（William Livingston Alden）生于马萨诸塞，学习法律专业，曾供职于《纽约时报》，是美国杰出的新闻记者、作家、幽默作家，善于交际。

《万里寻亲记》讲述一美洲童子，年仅十一岁，寄居亲戚家。其父母远客他乡，久不通信。童子不耐其亲串苛待，思归依其父母而不知所在，乃只身就道访问踪迹，历无数苦难，渡大西洋至法都巴黎，于无意之中卒遇父母于某客邸，遂得完聚。

首有"序言"，林纾在光绪三十年（1904）七月既望于京师寓楼所谓，序文为：

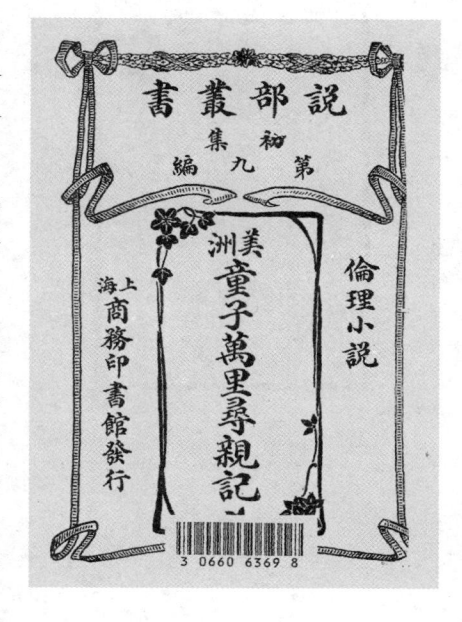

> 宋朱寿昌去官寻母，苏诗纪之，顾朱氏不自为记也。明周蓼洲之公子，奔其父难，记则门客为之，公子亦未尝自记。则《万里寻亲记》为余所见者，仅瞿、翁两孝子而已。然入于青年诸君之目中，则颇斥其陈腐，以一时议论，方欲废黜三纲，夷君臣，平父子，广其自由之涂辙。意君暴则弗臣，父虐则不子。嗟夫！汤、武之伐桀、纣，余闻之矣；若虞舜伯奇，在势宜怼其父母，余胡为未之前闻，顾犹曰支那野蛮之俗？故贤子恒为虐亲所制。西人一及胜冠之后，则父母无权焉，似乎为子者均足以时自远其亲。而余挚友长乐高子益而谦，孝友人也，曾问学于巴黎之女士。迨子益归，而女士贻书子益，言父母皆老待养其身，势不能事人，将以弹琴、授书活其父母，父母亡则身沦弃为女冠耳。余闻之恻然，将编为传奇，歌咏其事，旋膺家难，久不填词，笔墨都废。洎来京师，忽得此卷，盖美洲一十一龄童子，孺慕其亲，出百死奔赴亲侧。余初怪骇，以为非欧、美人；以欧、美人人文明，不应念其父子如是之切。既复私叹父子天性，中西初不能异，特欲废黜父子之伦者，自立异耳。天下之理，愚骏者恒听率狡黠者之号令，彼狡一号于众曰：泰西之俗，虽父子亦有权限，虐父不能制仁子，吾支那人一师之，则自由矣。嗟夫！大杖则逃，中国圣人固未尝许人之虐子也。且父子之间不责善，何尝无自由之权？若必以仇视父母为自由，吾决泰西之俗万万不如是也。余老而弗慧，日益顽

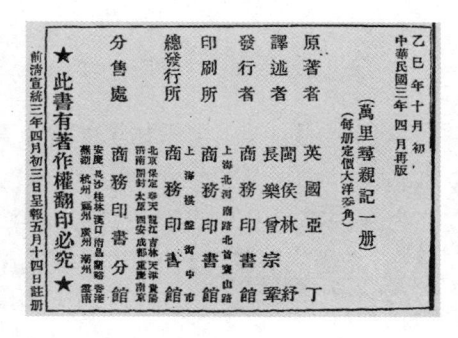

固，然每闻青年人论变法，未尝不低首称善。惟云父子可以无恩，则决然不敢附和，故于此篇译成，发愤一罄其积。

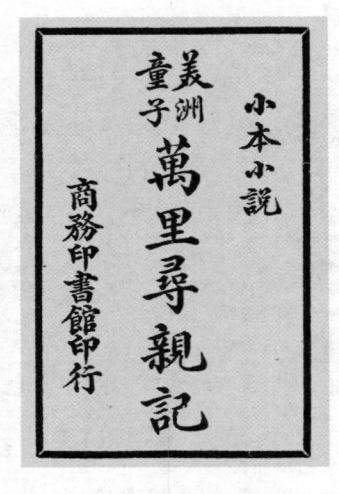

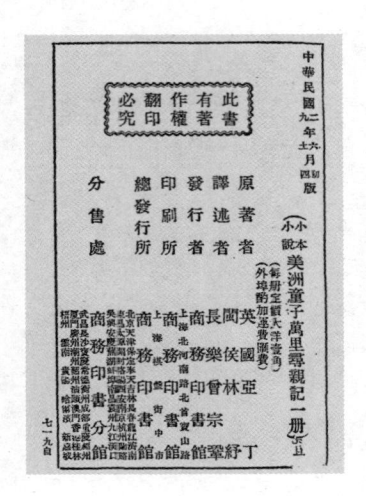

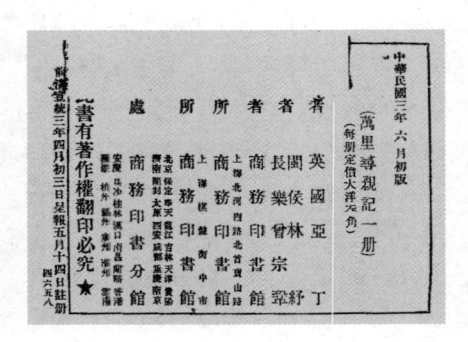

《黄金血》

　　《黄金血》，美国乐林司郎治原著，商务印书馆编译所译述。该译作被编入二种"小说丛书"系列，即一为《说部丛书》十集系列第一集第十编，二为《说部丛书》四集系列初编第十编。十集系列版本，封面题"侦探小说"，光绪三十年（1904）十一月首版，光绪三十二年（1906）四月三版。发行者、印刷所与总发行所均为中国商务印书馆。全一册，130页，每册定

第三章 美国作品叙录　357

价大洋叁角。四集系列版本，封面题"侦探小说"。甲辰年（1904）十一月初版，民国三年（1914）四月再版。发行者、印刷所、总发行所均为商务印书馆，分售处为全国各地乃至海外的商务印书分馆，凡二十七处。全一册，129页。每册定价大洋叁角。二者内容相同，不分章回节次。无序跋。

说部丛书
第一集第十编
侦探小说
黄金血
中国商务印书馆印译

光绪三十年十一月首版
光绪三十二年四月三版
原著者　美國樂林司郎治
繙譯者　中國商務印書館
發行者　中國商務印書館
印刷所　中國商務印書館（上海棋盤街中市）
總發行所　中國商務印書館
翻印必究
（定價每本大洋三角）
（黃金血）

据日本学者中村忠行考证，原著者乐林司郎治原名 Lawrence L. Lynch，今译劳伦斯·林奇，《东方杂志》连上载的《毒美人》与《黄金血》为同一译本。（参见《樽氏目录》第 1411—1412 页）查《东方杂志》，《毒美人》连载第一年第一号（1904年3月11日）至第七号（1904年9月4日）。比较检阅，除名称不同外，二者完全相同。

《黄金血》讲述一个英国妇人冒认前室姓氏，"冀得其母家遗产，继知本支尚有一人流寓美国，乃偕其弟赴美，潜谋杀之。讵口暴口，尸亲尚有胞兄一人。某妇知遗产仍不能归己，更萌杀机，卒被挺击。后经包探访知原委，乃令尸兄避居他处，扬言伤重身死。某妇返回英国认领遗产，而包探已先期率同尸兄、证人分道赴英，向管理遗产之律师声明，当场破获"。

检阅劳伦斯·林奇的英文小说，其小说 The Last Stroke 的开头两段为：

It was a May morning in Glenville. Pretty, picturesque Glenville, low lying by the lake shore, with the waters of the lake surging to meet it, or coyly receding from it, on the one side, and the green-clad hills rising gradually and gently on the other, ending in a belt of trees at the very horizon's edge.

There is little movement in the quiet streets of the town at half-past eight o'clock in the morning, save for the youngsters who, walking, running, leaping, sauntering or waiting idly, one for another, are, or should be, on their way to the school-house which stands upon the very southernmost outskirts of the town, and a little way up the hilly slope, at a reasonably safe remove from the willow-fringed lake shore. （见 http：//yuedu.163.com/book_reader/gg00001_035304_4）

汉译本《黄金血》开头一段为："格伦维尔镇，达于某湖滨。湖故众水所汇，一面山峦起伏，草木葱郁，与地平同尽，四时风景雅足动人。时五月某日，晨钟才八下，镇中街衢寂静，惟数童子奔走跳跃，逗留道中，盖将入学塾而偷闲于此也。"

通过英汉比较，发现二者颇为吻合，继续比较检阅其他部分也是如此，由此可以断定《黄金血》的原著为 The Last Stroke。《樽目第九版》第1870页记载，古二德考证：Lawrence L. Lynch（Emma Murdoch Van Deventer 女士的笔名）"The Last Stroke" 1896。由此可知 The Last Stroke 初版时间。

原著者劳伦斯·林奇与汉译者生平事迹均不详，待考。

《回头看》

《回头看》，署美国威士著，商务印书馆编译所译，原载《绣像小说》

第 25—36 期（樽本先生认为：《绣像小说》25—36 期，刊年不记［甲辰 4.1—9.15（1904.5.15—10.23）とするは误り］ Edward Bellamy "Looking Backward 2000—1887" 1888。第 25—36 期实际の刊年は推定乙巳年［1905］正月至六月。见《樽目第九版》第 1902 页）。后上海商务印书馆出版发行，编入二种"小说丛书"系列，即一为《说部丛书》十集系列第二集第二编，二为《说部丛书》四集系列初集第十二编。十集系列版本，光绪三十一年（1905）二月二十日初版，发行者、印刷所与总发行所均为中国商务印书馆。全一册，144 页，每本定价大洋三角。四集系列版本，封面题"理想小说"，目录与正文题"政治小说"，乙巳年（1905）二月初版、民国三年（1914）四月再版，四集系列初集第十二编。全一册，144 页，每册定价大洋叁角。二者内容相同。

凡十四回，有回目，无序跋。回目依次为：第一回　乘大车取譬人群　营新屋久稽婚约；第二回　地窖藏身百年一觉　天仙觌面异世同名；第三回　均贫富尽废资本家　定年期分编工艺队；第四回　睹新城枨触旧怀　废实幣争求虚誉；第五回　辟公栈气管代群备　设乐部电机付法曲；第六回　别徽章工人分等级　免关税国际创规条；第七回　诵陈编心倾往哲　开小宴身入仙乡；第八回　论名家读廿纪新书　晤闺友溯百年旧侣；第九回　行政改良职分部局　卫生进步寿享期颐；第十回　讼庭新制政简刑清　壑谷前尘人亡物在；第十一回　重普及评衡教育界　尚公益通合工艺场；第十二回　隐衷待白女士含情　众见维新医生论政；第十三回　女界平权进强人种　宗徒谈道设喻园丁；第十四回　诉深情共结良缘　惊噩梦重游旧境。

原署原著者"威士"今译为爱德华·贝拉米（Edward Bellamy，1850—1898），《回头看》一书的原名为 Looking Back-ward（2000—1887），一般译为《回顾，2000—1887》，更流行的译名为《百年一觉》。该著最初于1891年12月—1892年4月，以《回头看纪略》为题（译者署名析津）刊载在第三十五册至第三十九册的《万国公报》上。不久由英国传教士李提摩太再次节译，题名《百年一觉》，1894年由上海广学会出版发行。《百年一觉》在中国的出版发行产生很大影响，流传广泛。1897年，孙宝瑄在《忘山庐日记》中说，李提摩太译的《百年一觉》"专说西历二千年来，今尚千八百九十七年也。为之舞蹈，为之神移"，还说"《百年一觉》所云：二千年后，地球之人，惟居官与作工者两种是也。古语云：黄金与土同价，为极治之世。予谓庸有此一日，虽非若是之甚，然与铜铁同价，则无难。何也？物以罕见珍，矿学日兴，金出日多，多则贱，不足异。百物贱，则富者之财有余，可以分给贫者，而国无冻馁之患矣。故市货之低昂，其权当操于公，而不可听私家之垄断也"①。

爱德华·贝拉米是美国小说家和记者。

《回头看》以小说体裁发明社会主义，假托一人用催眠术致睡，不死亦不醒，沉埋地下石室之内一百余年，经人发掘，一觉醒来另是一番景象。其所纪述之工艺队、公栈房、电俱乐部、公家膳堂、免除关税、改良诉讼，一切组织即欧美自号文明，其程度亦相去尚远。试展读之，真不殊置身极乐世界也。

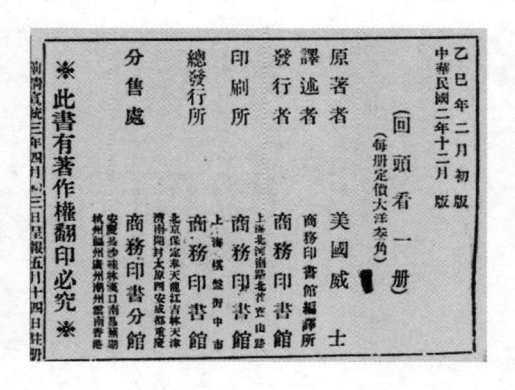

---

① 孙宝瑄：《忘山庐日记》，上海古籍出版社1983年版。

美国现出一书《回头看》，名儒毕拉宓君所著也，所论皆美国百年后变化诸事。西国诸儒因其书多叙养民新法，一如传体，故喜阅而读之，业已刊数十万部行于世。今译是书，不能全叙，聊译大略于左。①

《红柳娃》

《红柳娃》，原署"美国柏拉蒙原著"，商务印书馆编译所译述，上海商务印书馆出版。该译作编入二种系列，即一为《说部丛书》十集系列第五集第四编，二为《说部丛书》四集系列初集第四十四编。十集系列初版本，光绪三十二年（1906）岁次丙午孟夏月初版，发行者、印刷所与总发行所均为商务印书馆，外埠分售处有商务印书馆分馆五家。全一册，96页，每本定价大洋二角。四集系列再版本，封面题"探险小说"。版权页署丙午年（1906）四月初版、民国三年（1914）四月再版。发行者为商务印书馆，印刷所也为商务印书馆（上海北河南路北首宝山路）。总发行所位于上海棋盘街中市的商务印书馆，分售处为全国各地乃至海外的商务印书分馆，凡二十七处。每册定价大洋贰角。二者内容相同，全书不分章节。

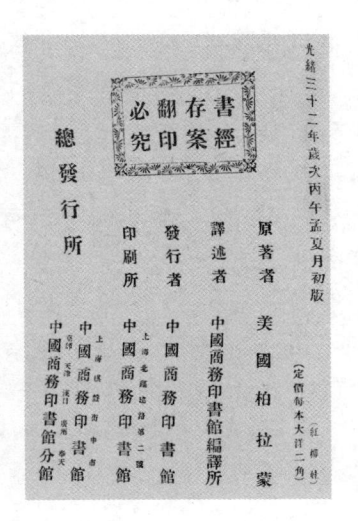

---

① 李提摩太：《回头看记略》序言，《万国公报》，上海广学会，1891年12月，第3卷，第35期，第15页。

原著者与汉译者不详,待考。

卷首有译者按,按语为:

  国语有云:僬侥国人,长三尺,短之至也。韦昭注:僬侥,西南夷之别名也。又列子汤问篇,夏革言:从中州以东四十万里,得僬侥国,人长一尺五寸。又淮南地形训云:西南方曰僬侥。高诱注:长不满三尺。史记正义引括地志,言小人国在大秦南,人才二尺,耕稼之时,惧为鹤食,大秦助之。而诗纬含神雾亦云,从中州以东西四十万里,得僬侥国,人长一尺五寸,与汤问夏革所言略同。故山海经有周饶国其为人短小冠带之语。郭璞注云:其人长三尺,穴居,能为机巧,有五谷。周饶殆即僬侥之转音。古籍所载者如此,或犹以为寓言。然观纪晓岚阅微草堂笔记言,乌鲁木齐有一种小人,栖于林间,乌鲁木齐居民名之曰红柳娃,则亦非尽无稽也。去年美国圣路易开博览会,有研求人种学者,从南洋群岛中得长二尺许之侏儒数十,载以赴会,舟泊横滨,日本报纸竞传其事。吾友赴会者,亦皆寓目,谓其嗜好,去吾不远,但语音啾啾,不可辨耳。然则世界之上真有此种族矣。此编为美国人所著,其言多汗漫自肆,滑稽隐射,然往往有见道语,可以见著者之语重心长,殆有为而言也。曩者稍译数纸,朋辈携去,争相传布,顾未逮二十分之一,因事卒卒,阁置年余。秋夜无事,更取观于原本,以自排愁、复阅一周,益觉不能去怀,乃以数月之余力，赓续译成，以供吾国人观览，而取向有红柳娃之名以名之。至于初译数纸，予当时易去原书《黑暗里面之真相》旧名，而名以《蓬艾怪谈》，实原于庄生"犹存乎蓬艾之间"之义，比来颇见有窃取其意为书以射利者。顾其言之不达，实与此作有天渊之隔。盖此作富于学理，非邯郸平步者所可能也。翦纸成华，非不绚烂，其如无生气何，因译事卒业，乃略撮其原委于此，以谂同志之宏达有特识者。

《红柳娃》叙述"柏拉蒙之友耶芳斯探险于南洋群岛，亲历小人国见虎头王之事，体类游记而事极诙诡，中多寓言。其叙耶芳斯之勇决义烈，殊勃勃有生气，足为保（探）险家之模楷。而摹写群小之愚柔，其头族之横暴，亦均奕奕有神，间有发明社会、人种、生理、政治诸学者，尤往往有精语可采"。

寅半生《小说闲评》的相关评述为："是书拍拉蒙叙其友耶芳斯，自言探险至一处，为诸小人所困。其人皆仅长五六寸。相处数月，略通语言，始知彼族不下数十万人，近为虎头王所制服。虎头王者，大于彼种二倍，或至三倍，仅数百人，野蛮凶暴，惨无人理。初以耶为神，敬奉备至，继又以为仙果，谋烹食之。后复来一族曰哈马国，虎头王为所败，问计于耶，耶遂为之媾和。拟振兴教育，不果，乃乘气球而遁，出日记以贡于世。纪晓岚《阅微草堂笔记》，言乌鲁木齐有一种小人，栖于林间，居民名之曰红柳娃，译者遂以名是书云。译者原序，言此编为美国人所著，其言多汗漫自肆，滑稽隐射，然往往有见道语，可以见著者之语重心长，有为而言也。夫曰滑稽，则语近于妄，曰隐射，则意有所指。阅者勿以辞害志也可。"[①]

《旧金山》

《旧金山》，署美国诺阿布罗克士原著，绍兴金石、海宁褚嘉猷译述，上海商务印书馆出版。该译作编入二种系列，即一为《说部丛书》十集系列第六集第一编，二为《说部丛书》四集系列初集第五十一编。

---

① 阿英：《晚清文学丛钞：小说戏曲研究卷》，中华书局1960年版，第486页。

十集系列初版本，丙午年（1906）六月初版，发行者、印刷所、总发行所均为中国商务印书馆，外埠发行所有商务印书馆分馆七家。全一册，117 页，每册定价大洋贰角伍分。四集系列再版本，封面题"冒险小说"。版权页署丙午年（1906）六月初版，民国三年（1914）四月再版。发行者为商务印书馆，印刷所也为商务印书馆（上海北河南路北首宝山路）。总发行所为位于上海棋盘街中市的商务印书馆，分售处为全国各地乃至海外的商务印书分馆二十七家。全一册，117 页。每册定价大洋贰角伍分。二者内容相同，除了"发端"外，凡十二回，有回目，无序跋。回目依次为：第一回　启行；第二回　破阻；第三回　风变；第四回　蚊阵；第五回　拒牛；第六回　河厄；第七回　失犬；第八回　溪涨；第九回　脜熊；第十回　崩雪；第十一回　采金；第十二回　回国。

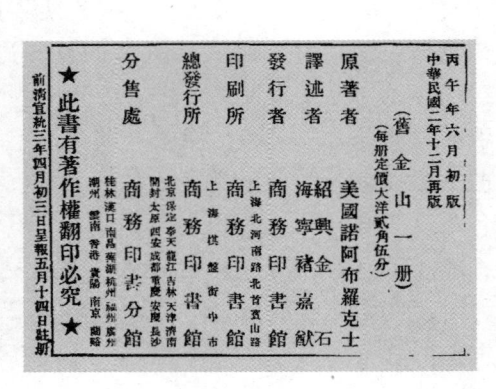

关于原著者与原著，《樽目第九版》第 2274 页记载：Noah Brooks "*The Boy Emigrants*" 1877。

译述者褚嘉猷，浙江海宁人，曾留学日本，入早稻田大学学习。为"海宁四才子"之一（其他三才子为叶宜春、陈守谦和王国维）。据王国华 1935 年所作《海宁王静安先生遗集》（按：应为《遗书·序》称：先兄"年十六，入州学，好《史》、《汉》、《三国》。与褚嘉猷、叶宜春、陈守谦三君，上下议论，称'海宁四子十八丁'"）。其他信息不详。

《旧金山》叙述伊黎瑠省有童子巴拿德等四人，结伴同行，间关数千里，至人迹罕至之加里奉尼亚地开采金矿，历种种异常艰险，仗冒险精神，卒能达其目的，获利而返。而叙述处令人既动魄惊心，复解颐绝倒。至优胜劣败之理，时于言外见之，又非徒以点缀为工者。

《一仇三怨》

　　《一仇三怨》，美国沙斯惠夫人原著，商务印书馆编译所译述，上海商务印书馆出版发行。《说部丛书》十集系列第九集第十编，丁未年（1907）十二月版。《说部丛书》四集系列，初集第九十编，光绪三十四年（1908）十二月版，民国二年（1913）九月再版，民国三年（1914）四月再版。《说部丛书》四集系列版本的十集系列初版本，封面题"婚事小说"。光绪三十三年（1907）十二月初版，发行者、印刷所与总发行所均为商务印书馆，外埠分售处有商务印书馆分馆十三家。全一册，166页，每册定价大洋叁角伍分。四集系列1914年再版本，封面题"婚事小说"。光绪三十三年（1907）十二月初版，发行者、印刷所与总发行所均为商务印书馆，外埠分售处有商务印书馆分馆二十二家。全一册，166页，每册定价大洋叁角伍分。

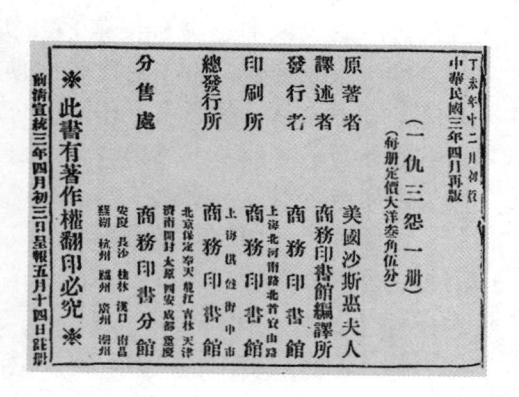

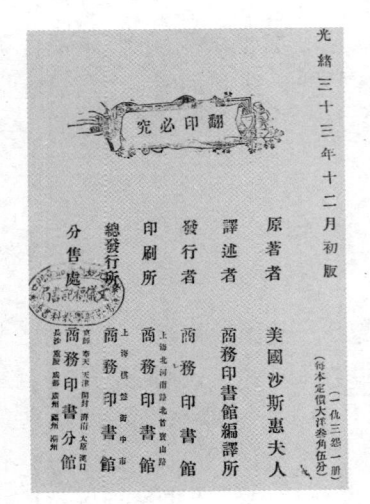

凡三十章，无章目，无序跋。

《一仇三怨》叙述"一妇人受迫成婚，中心实不悦，乃以游戏颠倒手段困其夫，遂致巨祸，足以为怨偶成仇之戒"。

《三人影》

《三人影》，美国乐林司郎治原著，商务印书馆编译所译述，上海商务印书馆出版发行。该作被编入三种系列。一是《说部丛书》十集系列第十集第五编。二是《说部丛书》四集系列初集第九十三编。三是《小本小说》系列。十集系列初版本，封面署"侦探小说"，版权页署光绪三十四年（1908）正月初版，发行者、印刷所与总发行所均为商务印书馆，外埠分售处有商务印书馆分馆十三家。全一册，201页，每册定价大洋肆角伍分。四集系列再版本，封面题"侦探小说"，版权页署戊申年（1908）正月初版，民国三年（1914）四月再版。发行者、印刷所与总发行所均为商务印书馆，外埠分售处有商务印书馆分馆二十二家。一册，201页，每册定价大洋肆角伍分。此外，该系列还有民国二年（1913）十月再版本。《小本小说》系列之版本，上海商务印书馆1911年3月出版（《樽目第九版》第3743页）。

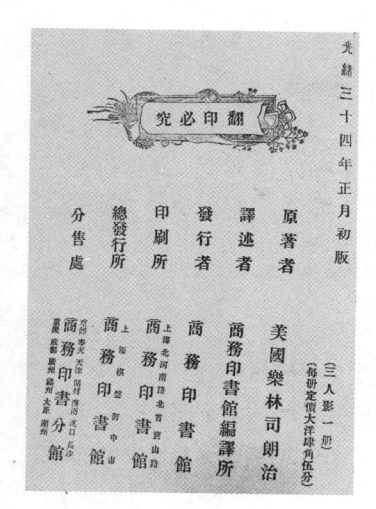

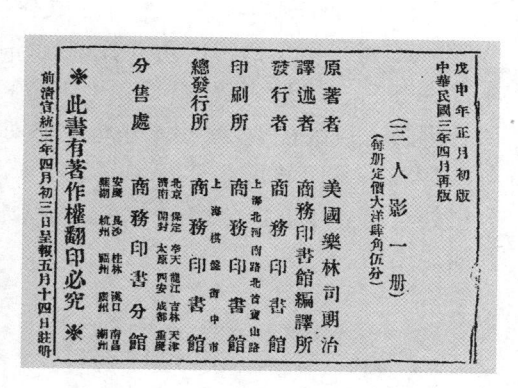

关于原著者与原著，《樽目第九版》第 3743 页记载：Lawrence L. Lynch "*Shadowed by Three*" 1879。

凡五十三章，无章目，无序跋。有的章末有按语。如第一章章末按语：

> 按章式林、伯斯德，纽约二侦探也，颇著名，伯总角时，聪慧异常，为侦探长所器，留署差遣。年十四，即学为侦探，与章交最笃。当是时，章年二十四，探事敏捷，为纽约官署所倚赖。后三年，二人奉命至芝加哥，查一疑案，既成而归。复同赴高堑办案。后二年，

往来于纽约太平洋两岸之间，已而章应召赴欧洲，遂与伯别。

《三人影》叙述"犹太富人兄妹同时被人谋毙，美洲亦有妻杀夫事，英伦某富人又有谋遗产案，均莫得其主名。后三大侦探同心协力，互出侦缉，迨黑幕一揭，三案俱破，盖同为一少年女子所犯"。

《双乔记》

《双乔记》，美国杜伯原著，商务印书馆编译所译述，上海商务印书馆出版发行。《说部丛书》十集系列第十集第八编，戊申年（1908）三月版，光绪三十四年（1908）再版，民国二年（1913）十月三版。《说部丛书》四集系列初集第九十八编，还编入《小本小说》系列之一。《说部丛书》四集系列版本封面题"言情小说"，全一册，86页。缺版权页，定价不详。十集系列初版本，光绪三十四年（1908）三月初版，发行者、印刷所与总发行所均为商务印书馆，外埠分售处有商务印书馆分馆十三家。全一册，86页，实价国币四角五分（贴字，非原版印刷）。四集系列，戊申年（1908）三月版，民国二年（1913）十二月再版，民国三年（1914）四月再版。缺版权页。《小本小说》系列1912年再版本，版权页署民国元年（1912）八月再版，发行者、印刷所与总发行所均为商务印书馆，外埠分售处有商务印书馆分馆二十家。全一册，84页，每册定价大洋壹角。缺封面。

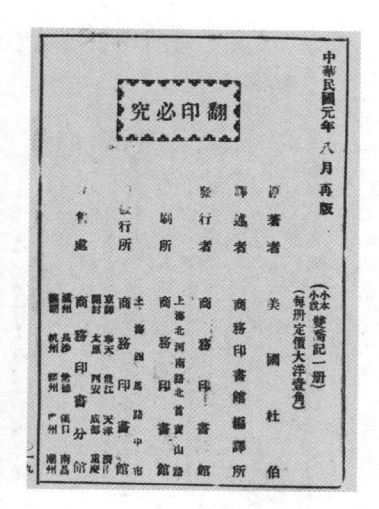

凡九章，有章目，无序跋。目次依次为：第一章　毒毙；第二章　铸错；第三章　易婚；第四章　计诱；第五章　盘结；第六章　碎杯；第七章　缉凶；第八章　破获；第九章　成婚。

《双乔记》叙述"一美国人钟情一女，濒结婚矣；又见其妹而悦之，遂舍姊娶妹。未几暴毙，种种形迹确类其姊所为，几成冤狱。经一友辗转侦访，始获真凶"。

《拊掌录》

《拊掌录》，美国华盛顿·欧文原著，闽侯林纾、杭县魏易译述，上海商务印书馆出版发行。该作被编入三种"小说丛书"系列，一为《说部丛书》四集系列第二集第四编，二为《林译小说丛书》第三十五编，三为《欧美名家小说》之一，四为《小本小说》丛书之二十七至二十九，五为1925.4/1932.9 国难后一版，六为"万有文库"之一，其七为重庆商务印书馆 1945.1 渝一版。各版内容完全相同。

《拊掌录》第一种版本，封面题"滑稽小说"，正文题"寓言小说"。丁未年（1907）二月五日印刷，丁未年（1907）二月十九日初版发行，民国四年（1915）十月五日四版发行。《说部丛书》四集系列第二集第四编，发行人为印有模，印刷人为鲍咸昌。总发行所为位于上海棋盘街中市的商务印书馆，分售处为全国各地乃至海外的商务印书分馆，凡二十八处。全一册，76 页。每册定价大洋叁角。

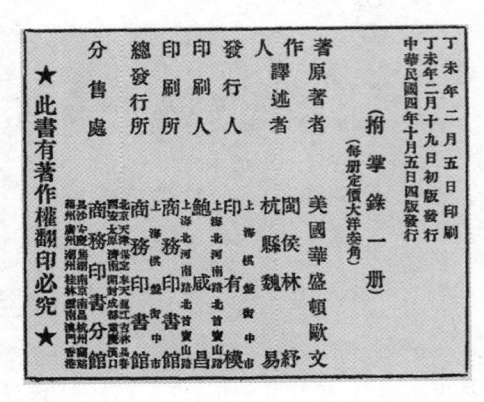

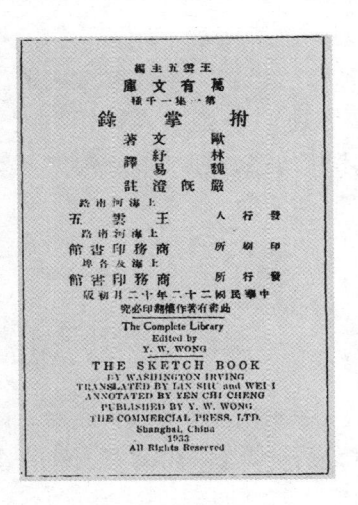

该书收录《李迫大梦》《睡洞》《欧文记英伦风物》《海程》《耶稣圣节》《说车》《耶稣圣节前一日之夕景》《耶稣生日日》《耶稣夜宴》《记惠斯敏司德大寺》，凡 10 篇。无序，有跋，有欧文本传。

据马泰来先生考证，《拊掌录》的原著者为 Washington Irving（1783—1859），原著为 The Sketch Book of Geoffrey Crayon, Gent.（1820）。原著笔记三十四篇，汉译仅十篇，英文名依次为：Rip Van Winkle, Legend of Sleepy Hollow, The Author's Account of Himself, The Voyage, Christmas, The Stage Coach, Christmas Eve, Christmas Day, Christmas Dinner, Westminister Abbey

（第68—69页）。马氏说"初版月份未详"。

华盛顿·欧文（1783—1859），散文家、短篇小说家，被誉为"美国文学之父"。他出生在纽约一个富商家庭，少年时代起就喜爱阅读英国浪漫主义作家司各特、拜伦和彭斯等人的作品。一生曾三度赴西欧，在那里度过了十七年宝贵时间，访问名胜古迹，了解风土人情，收集民间传说。欧文曾与霍夫曼的漂亮女儿马蒂尔达相爱，可是1809年刚与欧文订婚不久，马蒂尔达就死于肺结核，时年十七岁。欧文后来虽有过几次恋爱，但却终身未婚，一直过着独身生活。① 他擅长讲故事，在作品中不发议论，往往用情节来反映生活和人物性格，幽默、风趣，富有感染力。

原著在欧洲出版时，得到司各特的很大帮助，欧文感激不尽，他曾说："就这样，在沃尔特·司各特爵士的亲切而热诚的支持下，我开始了在欧洲的文学事业，而且我感到，在向他表示谢忱的时候，我只不过是在微不足道的程度上表达出了我的感恩之情，谨以此纪念那个有着黄金般心灵的人。——但是，他的文学上的同代人，凡是向他寻求帮助或者向他请教者，又有谁没有体验到那种最为及时、慷慨而又有效的帮助呢！"②

林纾于光绪三十二年（1906）撰写了部分故事的评语（即《拊掌录》跋尾），《李迫大梦》的评语为："畏庐曰：嗟夫李迫，汝所言，何慨世之深也？裙腰之专制固非佳，然亦有乐此不疲，不愿趣仙乡，而但乐温柔乡者，惜汝未之见，吾固见之矣。士大夫中有日受其夫人之夏楚，乃感恩踊跃，竭尽心力以图报，近世大有其人，而其人又为显者。叩其所以如此，则夷然无所怫忤。度其人，盖深不愿易世为李迫者也。夫华盛顿事，安可多见，顾不有华盛顿，而帷房谇诟之声，将日闻于人间。顾既有华盛顿，则女权亦昌，丈夫尤无伸眉之日。惟野蛮之怕妇，与文明之怕妇稍殊。实则娘子军之威棱，非长身伟貌之丈夫所能御也。"《睡洞》的评语为："畏庐曰：训蒙之苦趣，居士历之二十年，今至老，仍为教习，则蒙师之变相，而头脑面目仍蒙师耳。惟生平未得此肥如竹鸡之女郎为良友，则居士尚自爱，不为非分之获。而同学诸子多文明人，较诸克来思所遇者乃大异。第日夕饱餍长安尘土，不及田家风物远

---

① 王义国：《前言》，〔美〕华盛顿·欧文：《欧文散文》，王义国译，人民文学出版社2008年版，第2页。
② 华盛顿·欧文：《修订版序言》，〔美〕华盛顿·欧文：《欧文散文》，王义国译，人民文学出版社2008年版，第8页。

甚，此则不如克来思者也。"《纪英伦风物（欧文自叙）》的评语为："畏庐曰：大凡城居之士流，其视村居者恒目为伧荒，其茌而无力者，受伧之目，虽含忿莫伸，顾亦不敢自辩，则以力薄而援寡耳。若村居倔起之通人，则又往往以一人之力，推陷彼城居而自大者，此结习然也。欧文产于美洲，必见轻于欧人。然欧人之轻美，正自有素，特欧文者不宜在见轻之列。试观其词，若吐若茹，若颂若讽，而满腹牢骚，□载笔墨俱出，而此尚为开场之论。至于《旅行述异》一书，则摹绘名流丑状，至于不值一钱，其人皆欧产也。可见天下之负盛名者，其实最不易副，正以责望者多耳。"

《拊掌录》有则广告，其文为："华盛顿·欧文为英之名家，推奖为美洲第一能文者，其所著书，每部必派别其文，不名一格，独此部庄谐咸备，而吊古欷歔，尤生人无穷慨叹。然皆本忠厚而不伤于朘削。其写生则栩栩欲活，几凌纸怪发。其中叙耶稣圣节，则熙熙然太古之遗风也；其凭吊古人，则飘飘然无胶固想也。他如李迫之梦、蒙师之止，均寓言，可供喷饭。右节录欧文本传，以当广告"。林琴南先生译。洋装一册，大洋三角。

《大食故宫余载》

《大食故宫余载》，美国华盛顿·欧文原著，闽侯林纾、杭县魏易译述，上海商务印书馆出版发行。该作被编入三种系列。一是《说部丛书》四集系列第二集第十一编，封面题"历史小说"。丁未年（1907）五月二十四日印刷，丁未年（1907）六月十二日初版发行，民国四年（1915）八月十九日三版发行。发行人为印有模，印刷人为鲍咸昌。总发行所为位于上海棋盘街中市的商务印书馆，分售处为全国各地乃至海外的商务印书分馆，凡二十八处。全一册，共208页。每册定价大洋陆角伍分。二是《欧美名家小说》系列之一，光绪三十三年（1907）六月初版、光绪三十四年（1908）五月再版（《樽目第九版》第706页）。三是《林译小说丛书》第一集第二十九编，商务印书馆1914年6月《樽目第九版》第706页）。

第三章　美国作品叙录　373

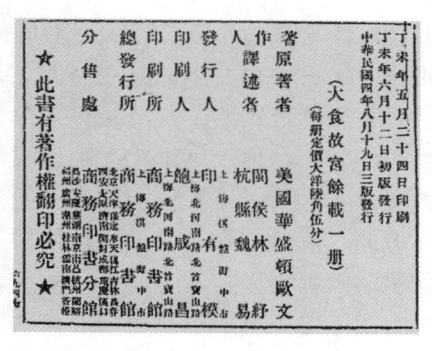

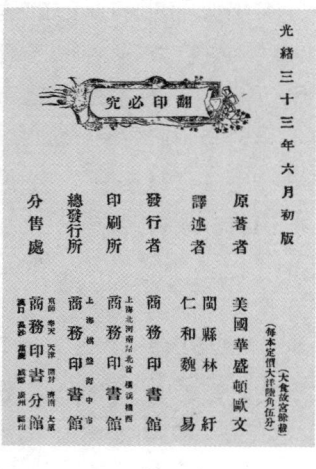

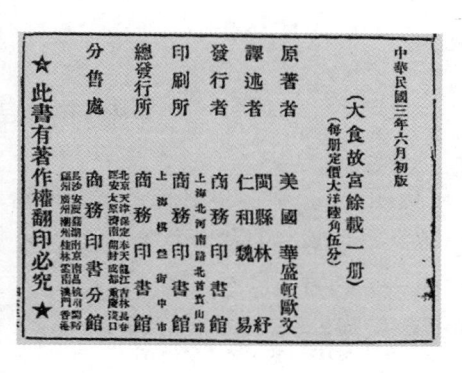

《大食故宫余载》原著英文名为 *The Alhambra*（1832年），今译为《阿尔罕伯拉》。

欧文特别注重东方与西方文化的融合，阿尔罕伯拉可谓这一融合的典范。他在"再版序言"中说："本书的故事和随笔的草稿，有一部分确实是我住在阿尔罕伯拉宫里的时候写的，其余是后来根据我在那里所写的一些札记和观感加进去的。我总是尽力想保持当地的色彩和真实性，以便全书能忠实地和生动地把这个小天地，我偶然闯进去的这个独特的小大地的画面表现以来。我努力要谨慎地去描写它那半西班牙和半东方的特征——它那英勇的、诗意的和怪诞的特征的混合，并且使它壁上正在迅速暗淡的优雅美丽的画幅得以重现。此外，我又记下了关于当时在这座宫廷里活动的帝王和武士的传奇，以及目前在那些寄居在它的废城里的五方杂处的人们之间流传着的许多想入非非的迷信的传说。"①

《大食故宫余载》摹绘故宫之庄严清丽，令人有洞天福地之思。中幅纬以幻术荒唐，风情旎旃，掘才得宝之奇诡，触绪写来，无穷出清新，均令读者拍案叫绝。至其凭吊兴衰，悲壮苍凉，觉古之赋景福、鲁灵光者，犹逊此奕奕生动也。

卷首有林纾于光绪三十二年（1906）撰写的"小识"，其文为：

> 故宫者，亚剌伯所遗西班牙宫也。途阁垂圮，已无故钉，辇路犹存，但有残旭。夜泉咽乎夕殿，秋萝被之缭垣，缅想霸业，方讻义征。顾基桢缔造，几致于千襈；叔末浇讹，乃亡之一夫。骄狎生于孱王，诛论遂及权首，勋旧渍墟下模糊之血，帝鬼作月中呵殿之声。朱塔秋高，红兜人远。肥松熟杏，空含亡国之悲；老翠荒青，已收揽古之笔。张溪之叙艮岳，花石伤心；余怀之记板桥，绮罗过眼。呜呼！此蒙业者所以必仗乎人谋，而怀古者亦难全委乎天醉也。译者识。

《旅行述异》

《旅行述异》，美国华盛顿·欧文原著，林纾、魏易译述，上海商务印书馆出版发行。该作被编入四种系列。一是《欧美名家小说》系列，光绪

---

① 华盛顿·欧文：《再版序言》，〔美〕华盛顿·欧文：《阿尔罕伯拉》，万紫、雨宁译，上海文艺出版社2008年版，第1页。

第三章　美国作品叙录　375

三十三年六月（1907年7月）出版。二是《说部丛书》四集系列，作为二集第十七编，丁未年五月（1907年6月）二十八日印刷，丁未年六月十二日初版，民国四年（1915）十月十九日三版。题"滑稽小说"。全书分为上下卷，二册，上册113页，下册111页。每部定价大洋柒角伍分。三是《林译小说丛书》第三十七编，题"滑稽小说"。上海商务印书馆出版发行，民国三年（1914）六月初版。全书分为上下卷，二册，上册113页，下册111页。四是《小本小说》系列之一种，1913年10月出版（《樽目第九版》第2733页）。

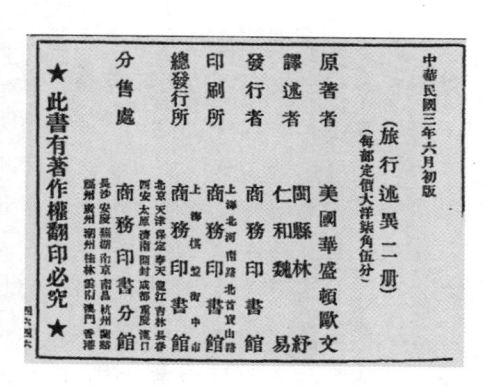

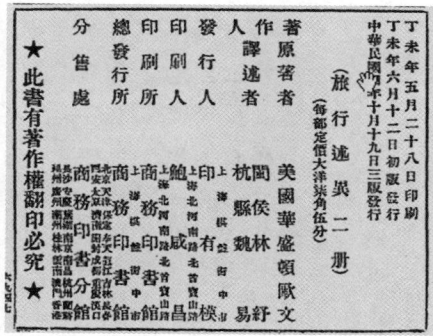

《旅行述异》原著英文名为（Tales of a Traveller, 1824 年），今译为《旅客谈》。

上卷篇目以依次为：缘起、罢猎饮至、龙桂微而夫人、壁象伸眉、荷兰酒家、德国留学生、秘画、画征上、画征下、文家生活、白克宋。下卷篇目依次为：落魄诗人、蠢财虏、忒拉星纳逆旅、骨董家遇盗、趑赞旅客、普伯金全家遇盗、画师遇盗、盗渠自述、雏盗轶事、英人遇盗、鬼阙、海盗诘德、汤母华格、黄金梦、记黑渔者所遇。

卷首有林纾于光绪三十二年（1906）撰写的序，序文为：

> 欧文者，古之振奇人也，能以滑稽之语，发为伤心之言；乍读之，初不觉其伤心，但目以为谐妙，则欧文盖以文章自隐矣。此书劈分四大类：鬼也，名士也，盗也，掘藏也。天下鬼使人怖，盗使人备，藏使人歆，独未计名士之能使人哗。名士立身托业之始，亦何尝用以哗人，顾以不善治生之故，而又傲冗凌铄，自穷其求生之途，又非诸葛公所谓澹泊明志者；衣服饮食，一一希于安饱，无以异于恒人，而独其治生者，力与恒人矫，则宜乎颠沛穷蹙，以诗鸣号，上怨天而下尤人，初未尝反躬而责实，此则自蔽者之流弊也。顾世之待名士也，初不以鬼，而实虞其作戾；初不以盗，而私患其见凌；盖以俗人亲名士，既无窖藏足以歆之，而又有鬼盗之慑，名士乌得不穷！且名士者，多幽忧隐憾，散发呼嚣，歌哭不恒，陵诋无上，则浑良夫之叫天也，殆有鬼之气矣；文干当路，书诋故人，茹芰鸣高，懯欲表洁，无能事事，待人而食，稍不加礼，动肆丑诋，则兰陵老人之怒尹也，殆有盗之气矣。且自窖其诗，已不类于窖藏，而日欲翼人之歆，则为计乃愈左。历古以来，不得宏奖风流者以荐宠之，而名士往往为世诟病。畏庐不肖，夙知其弊久矣，幼年亦稍稍为诗，顾自审不工而去之。而当其恣意涂抹时，人之非毁者，已籍籍吾后，顾吾颇有志，能忍饥三四年，未敢怨忾不平，咆哮以恣吾愤，又未敢蒙耻自托于豪贵，今已老，荷天之右，不至僇辱其身，亦未尝媢嫉同侪之富贵。呜呼，畏庐其万幸不为名士矣！夫澹泊明志，吾固不能，然得粗衣饱食，于心滋以为足，惟所志则殊寡远图，执业乃大类白克宋之自活，第白克宋之诡遇如何？余未之知，然自食其力，或为当世君子所怜，则畏庐之生业亦微矣哉。

《文家生活》篇末有识语，其中云：

畏庐居士曰：西俗之于吾俗，将毋同乎？吾人之言曰：人穷而后诗工，岂诗之能穷人哉？诗人固有自穷之道，尤以诗为导穷之途，入其途弥深，则其穷也亦弥酷。盖诗者，高超拔俗，驾清风，抱明月，若无与于人事者。心思既旷，见地亦高，傲藐尘埃，恒视人事为淀浊，而漫不屑意，望簪组如桎梏，而鄙不欲加，宜若仙仙而飘举哉？顾妻子之须衣食，如常人也；衣食之求温饱，亦如常人也；而诗道之去治生，则又悬绝如霄壤，一旦忽悟及吾妻吾子，宜衣食也，妻子衣食，亦宜饱暖如恒人，乃大悔恨。吾负此高世之才，而竟幻此寒相，仰首四盼，则峨冠而长绶者，不能为诗者也，硕腹而拥资者，又不能为诗者也，不能诗而忽富贵，而吾学实冠天人，乃不得一饱。于是郁伊淋漓，日迁怒于富贵者，斥为浊物，作诗寓怀，实皆媢嫉怨望之音吐也。间有富贵者，偶加以颜色，则又大喜，以为旷世之知己。……且诗人者，又乞儿之穷相者也。古人无功而食，斥为天殃，而诗人乃有以一千求索千缣者，此又何功而食？矧此多缣之人，其心浊物，焉能识世间之有雅人？彼见天下之求索者，均乞人类。若卢雅雨马秋玉兄弟，殆广开卑田之阶，以待乞儿者也。呜呼！诗人至此，果真穷矣！虽然，欧西如莎士比、爱迭生、摆伦，死后断坟，联千古帝王之陵寝，宁不可贵？中国初无是也。似欧俗之待诗流，优于中国，而欧文此篇，则丑绘诗人贫状，押又何也？平心而论，文章一道，实为生人不可失之利器。天下怀才无试，岂特诗人？八荒无事，而躬负兵略，无可展布，抑抑而死于牖下者，比比而是？第无文章足以自鸣，人不之知耳。而诗人之诗，殆类留声之机器，人既渺矣，而声响尚存，受抑虽在一身，而能诉其冤抑于千载之下，令人生其惋惜，脱令则攘其人，观彼傲兀之状，又足生厌。吾故曰：诗人者，特借以点缀世界者，无是则世界中亦无生气，然则诗之感人深矣。余不为诗，而心则甚悦诗人，每欲究其致穷之由，卒不可得。今译欧文之书，知中西一致，初若有会于吾心，故言之不期其冗，识者谅之。

《假跛人》

《假跛人》，版权页署著作权人为汪德祎，上海商务印书馆出版发行。《说部丛书》四集系列第二集四十六编，民国四年（1915）三月二日印刷，民国四年（1915）三月十四日初版，民国四年（1915）十月十八日再版。再版本封面题"侦探小说",发行人为印有模,印刷人为鲍咸昌。总发行所为位于上海棋盘街中市的商务印书馆,分售处为全国各地乃至海外的商务印书分馆,凡二十八处。全一册,49页,每册定价大洋壹角伍分。

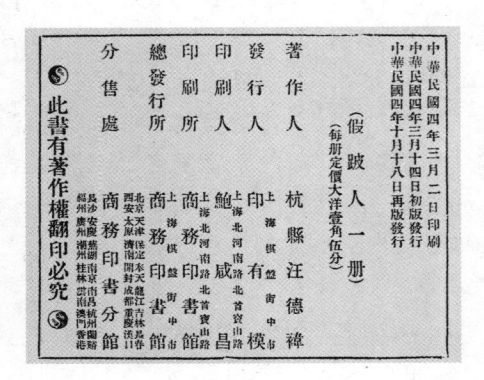

小说一开头就点名主人公"纽约名侦探尼楷脱",其名为 Nick Carter,是 19 世纪末 20 世纪初美国极其流行的侦探小说人物,由署名为 Nicholas Carter 的美国作家所创造。参见后面的《焦头烂额》。

凡十一节,有节目,无序跋。节目依次为:第一节　窃案之发现;第二节　跛足人;第三节　印度王之金冠第四节　尼楷脱之推测;第五节　吉楷脱访贼人;第六节　贼人之失踪;第七节　吉楷脱陷贼巢;第八节　尼楷脱之探案;第九节　狄克窦先之交涉;第十节　巴遮之迹贼;第十一节　窃贼之自尽。

《错中错》上卷(上海商务印书馆 1915 年版)中有一则《假跛人》广告,从而得知该作为"新译侦探小说","汪德祎编","书记纽约盗党贿同富商之仆,乔装跛人,窃富商珠宝巨万。旋以分赃不均,自相冲突,侦探利用之,乃得破获。情节颇曲,亦侦探之佳者"。

《希腊兴亡记》

《希腊兴亡记》,美国彼得巴利原著,曾宗巩译述,上海商务印书馆出版发行。《小本小说》系列之一，上海商务印书馆民国二年（1913）六月再版。80页。《说部丛书》四集系列第二集七十八编，庚戌年（1908）八月十四日初版，民国四年（1915）十月六日再版。《小本小说》系列版本封面题"小本小说"，全一册，每册定价大洋壹角。发行者、印刷所与总发行所均为上海商务印书馆，分售处为全国各地乃至海外的商务印书分馆。全书80页，十七章，无章目，无序跋。《说部丛书》四集系列再版本封面题"历史小说"。全一册，每册定价大洋贰角。发行人为印有模，印刷人为鲍咸昌。总发行所为位于上海棋盘街中市的商务印书馆，分售处为全国各地乃至海外的商务印书分馆，凡二十八处。上卷七章，下卷十章，凡十七章。无章目，无序跋。

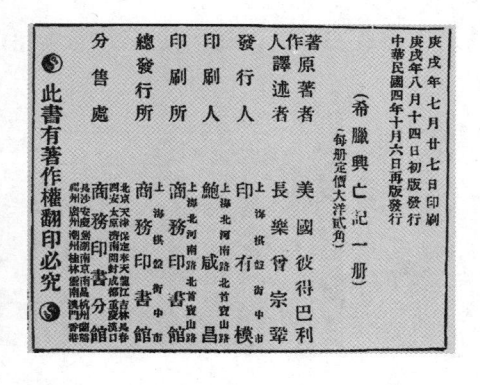

《希腊兴亡记》叙述古代希腊国中各小邦兴灭存亡及相互吞并争战事。自纪元前两千年起至纪元时希腊为罗马所灭亡，其间或征诸史传，或采诸歌谣，或见诸诗人咏叹者，皆却有考据，当作希腊古史读，不当仅所小说观也。

《城中鬼蜮记》

《城中鬼蜮记》，美国爱得娜温飞尔原著，汪德祎译述，上海商务印书馆出版发行。《说部丛书》四集系列第二集第八十二编，封面题"社会小说"。民国四年（1915）五月廿七日初版，民国四年（1915）十月三日再版。发行人为印有模，印刷人为鲍咸昌。总发行所为位于上海棋盘街中市的商务印书馆，分售处为全国各地乃至海外的商务印书分馆，凡二十八处。全一册，119页，每册定价大洋叁角。

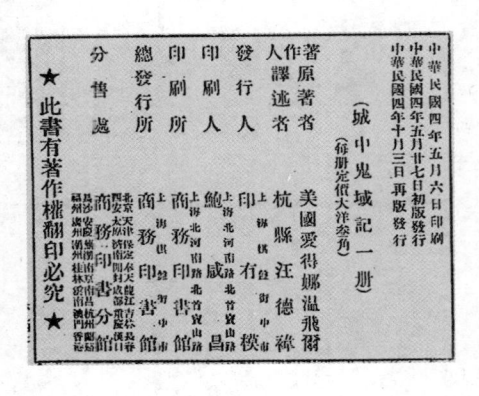

凡二十四章，有章目，无序跋。章目依次为：却婚、获券、汝城、遇救、露踪、夺券、藏券、露情、逼婚、救家、失女、被诱、寄书、夺囚、被焚、路遇、阻婚、得报、丧母、访女、破产、情妒、破奸。

作品名，封面题为《城中鬼蜮记》，版权页题为《城中鬼域记》（应为印刷错误）。

原著者"爱得娜温飞尔"即为EdnaWinfield，这是美国儿童文学作家及出版人 Edward L. Stratemeyer（1862—1930）所用笔名。《城中鬼蜮记》为 Temptations of a Great City（1899），系少年冒险小说。①

《秘密室》

《秘密室》，杭县汪德祎原著，上海商务印书馆总发行。《说部丛书》四集系列二集第八十五编，民国四年（1915）五月十四日印刷，同年五月廿九日初版，同年十月廿一日再版。再版本封面题"侦探小说"，发行人为印有模，印刷人为鲍咸昌。总发行所为位于上海棋盘街中市的商务印书馆，分售处为全国各地乃至海外的商务印书分馆，凡二十八处。全一册，共52页，每册定价大洋壹角伍分。

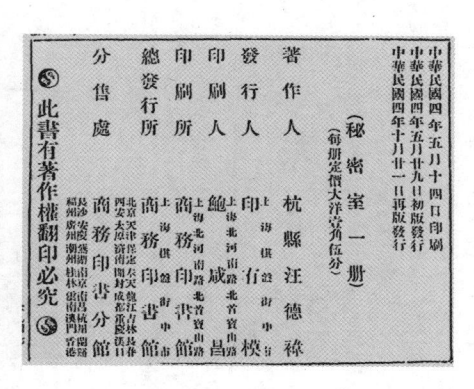

全书共十节，节目依次为：第一节 约但博士屋中之暗杀案；第二节 油手之印；第三节 奇异之语声；第四节 马厩中之字迹；第五节 甘来以计遁；第六节 黑衣之女子；第七节 缺指之人；第八节 巴遮之报告；第九节 约但博士之隐事；第十节 暗杀案之结束。

---

① 张治：《再谈商务印书馆"说部丛书"里的原作》。

《孤士影》

　　《孤士影》，美国玛林克罗福著，诗庐译述，上海商务印书馆总发行。《小说月报》第四卷第九号至第十二号（1913年12月至1914年3月）连载。《说部丛书》四集系列二集第八十六编，戊申年（1908）四月十二日初版，民国三年（1914）十一月十四日初版，次年（1915）十月十八日再版。《说部丛书》四集系列再版本，封面题"言情小说"，发行人为印有模，印刷人为鲍咸昌。总发行所为位于上海棋盘街中市的商务印书馆，分售处为全国各地乃至海外的商务印书分馆，凡二十八处。上下两卷，二册，上册138页，下册150页，每部定价大洋陆角。

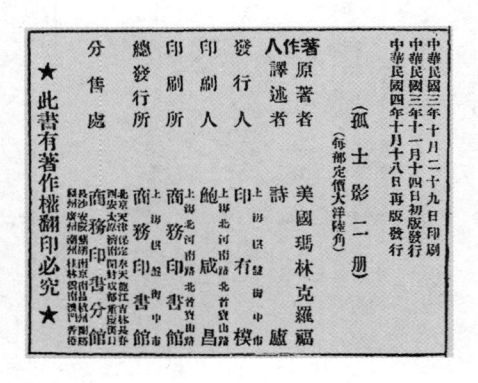

　　原著者"玛林克罗福"为 Francis Marion Crawford（1854—1909）。《孤士影》为 Doctor Claudius, A True Story（1883），是作者的第二部小说，也是他的成名之作。

　　译者"诗庐"是胡朝梁的号，毕业于江南水师学堂，后来游历过日本。此人是陈三立的弟子，有诗名，汪国垣《光宣诗坛点将录》列为"神算子蒋敬"。他曾与鲁迅在教育部同科共事，也曾与林纾合译过一部《云破月来缘》。下一篇《稗苑琳琅》也是他所译的。①

上卷九章，下卷十一章，凡二十章，无章目。

书前有译者诗庐于甲寅六月撰写的"译序"，序文为：

  小说体为述事，而义主觉民，故必本诸风土，兼采谣俗而成。同一邦域，而风谣各异，则有解有不解者矣。况乃求诸重瀛之外，文字语言与中土迥绝者乎！物以取譬而喻，事以征引而明。虽然，彼之所取譬、所征引，非吾所取譬、所征引，吾未见其能喻且明也。喻矣明矣，则必易以吾之所取譬、所征引者，又窃恐失原书之真。读者或且疑为中土人之所托而不之重，则甚矣小说翻译之难也。是书凡三易稿，当执笔之初，心志俱汩没原书文句中，有力求明显而转滋晦涩者，有故作迂徐而适流枝蔓者，取而覆视之。觉与吾平日放意所为之文不类，则幸有清河吴温叟者，同居京师，嗜奇爱博，每脱稿一章，即付吴君润色之。吴君南归，且以邮筒商榷，终二十章无倦色。全书既竟，余复校一过，多所损益，乃成定本。前十章商务印书馆刊载《小说月报》者，犹是第二稿也。原书多杂德意志法兰西拉丁语，尤赖旧日共学诸子为之助。余固感诸君相益之厚，而必以揭而出之者，盖亦以示译述之难云尔。至其书之曲折言情，而不伤于轻薄，引人入胜。而卒不背于理道，则读者自能得之，不待赘词矣。

《稗苑琳琅》

《稗苑琳琅》，美国美林孟原著，诗庐译述，上海商务印书馆出版发行。《说部丛书》四集系列第二集第八十六编，封面题"社会小说"。民国四年（1915）十月二十九日印刷，民国四年（1915）十月十二日初版。发行人为印有模，印刷人为鲍咸昌。总发行所为位于上海棋盘街中市的商务印书馆，分售处为全国各地乃至海外的商务印书分馆，凡二十八处。全一册，79页，每册定价大洋贰角伍分。

---

① 张治：《再谈商务印书馆"说部丛书"里的原作》。

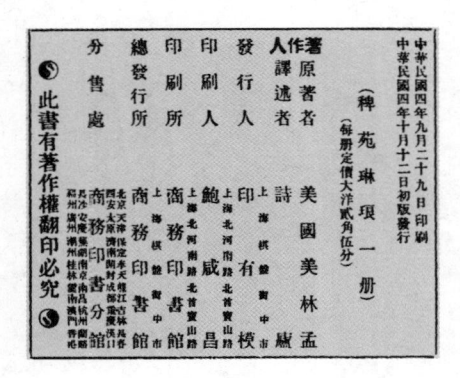

凡五章,有章目,无序跋。章目为:第一章 女贞;第二章 邻劫;第三章 海变;第四章 富幻;第五章 爱网。

《橄榄仙》

《橄榄仙》,美国巴苏谨原著,林纾、陈家麟译述,上海商务印书馆出版发行。《说部丛书》四集系列第三集第十三编,上海商务印书馆民国五年(1916)十一月初版,九年(1920)七月再版。再版本封面未题小说类型,发行者为商务印书馆,印刷者为位于上海北河南路北首宝山路商务

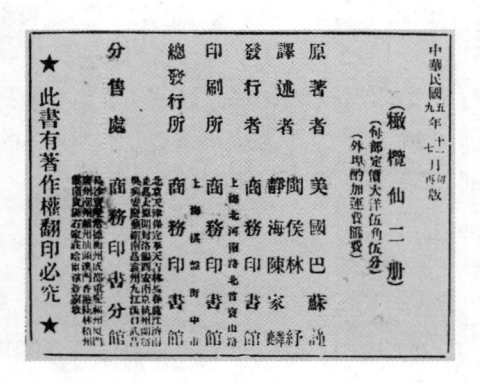

印书馆，总发行所为位于上海棋盘街中市的商务印书馆，分售处为全国各地乃至海外的商务印书分馆，凡 45 处。全书二册，上册 101 页，下册 89 页。每部定价大洋伍角伍分。

上册十四章，下册十一章，凡二十五章，无章目，无序跋。

原著者不详，原著英文名也不详，待考。

《魔冠浪影》

《魔冠浪影》，美国 C. C. Andrews 原著，长沙丁宗一、南通陈坚译述，武进泠风校订，上海商务印书馆出版发行。《说部丛书》四集系列第三集第十八编，民国六年（1917）一月初版，民国七年（1918）六月再版。再版本封面未题小说类型，发行者为商务印书馆，印刷者为位于上海北河南路北首宝山路商务印书馆，总发行所为位于上海棋盘街中市的商务印书馆，分售处为全国各地乃至海外的商务印书分馆，凡 45 处。一册，98 页，每册定价大洋贰角伍分。

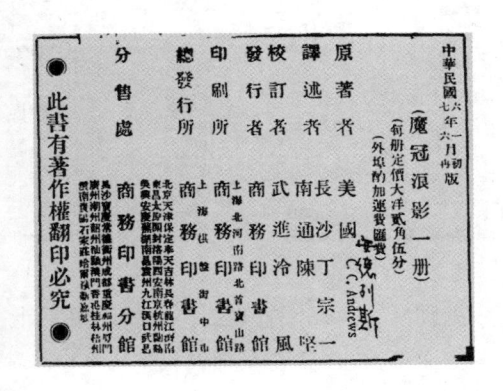

凡十一章，无章目，无序跋。

原著者 C. C. Andrews 即 Christopher Columbus Andrews（1829—1922），美国士兵、外交家、新闻记者、作家。出生于郊区一个农家，在那里上学，一直到 1843 年。后到波士顿。在剑桥、曼彻斯特等地读大学，大学期间学习法律专业。美国内战期间，担任过军官。后来从事写作，是多产作家。出版的著作有 a *History of the Campaign of Mobile*（1867），*Brazil, Its*

Conditions and Prospects（1887）。

《乡里善人》

《乡里善人》，美国伊凡羌宁原著，武进胡君复、武进恽铁樵译述，上海商务印书馆出版发行。《说部丛书》四集系列三集第二十七编，上海商务印书馆民国六年（1917）七月初版，民国七年（1918）三月再版。再版本封面未题小说类型，发行者为商务印书馆，印刷者为位于上海北河南路北首宝山路商务印书馆，总发行所为位于上海棋盘街中市的商务印书馆，分售处为全国各地乃至海外的商务印书分馆，凡四十五处。全书二册，上册90页，下册76页，每部定价大洋肆角伍分。

上册十六章，下册二十一章，凡三十七章。无章目，无序跋。
原著者生平事迹不详，待考。

《蛇首党》

《蛇首党》，美国奥瑟黎敷原著，南通范况、丹徒张逢辰编纂，上海商务印书馆出版发行。《说部丛书》四集系列第三集三十三编，民国六年

（1917）九月初版，民国九年（1920）八月再版。初版本封面未题小说类型，发行者为商务印书馆，印刷者为位于上海北河南路北首宝山路商务印书馆，总发行所为位于上海棋盘街中市的商务印书馆，分售处为全国各地乃至海外的商务印书分馆，凡四十五处。全一册，113 页，每册定价大洋叁角。

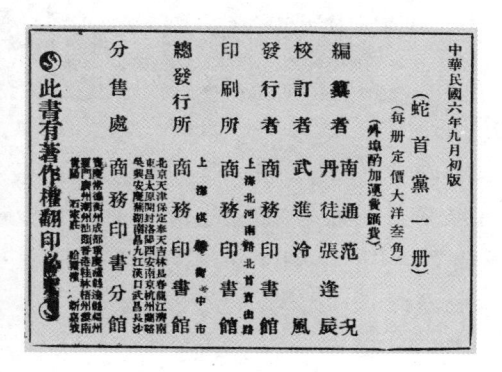

凡十章，有章目，无序跋。章目依次为：掘宝、夺环、奇瓶、复仇、屋顶白圈、椅背燐机、侦探筒、鸦片船、探心机、克雷失踪。

关于原著者与原著，根据《樽目第九版》第 3748 页记载，张治考证为：Arthur Reeve "The Romance of Elaine" 上半部。

《黑伟人》

《黑伟人》，美国博嘉华盛顿原著，武进孟宪承译述，上海商务印书馆出版发行。《说部丛书》四集系列第三集六十编，民国八年（1919）一月初版，民国九年（1920）八月再版，民国十一年（1922）四月三版。再版本封面未题小说类型，发行者为商务印书馆，印刷者为位于上海北河南路北首宝山路商务印书馆，总发行所为位于上海棋盘街中市的商务印书馆，分售处为全国各地乃至海外的商务印书分馆，凡 45 处。全书两卷，每卷一册，上册 111 页，下册 106 页，每部定价大洋伍角。

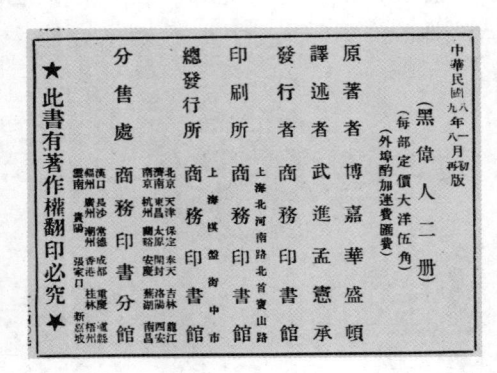

上卷十章，下卷七章，凡十七章，无章目。

原著者博嘉华盛顿为 Booker Taliaferro Washington，原著为"*Up From Slavery*: *An Autobiography*" 1901（《樽目第九版》第 1597 页）。

卷末有"译者案"，其文为：

> 是书原名 Up from Slavery 华盛顿自传也。初分期刊载外观杂志 The Outlook。一千九百又一年出版，故于晚年之事业不详。其下有 Working with the Hands 一书，乃叙纪其工业教育之概况，与此实相衔接。外又有著述十余种，流传俱极广。华盛顿于一千九百又一年受法学博士名誉学位，于达德末斯学校一千九百十五年十一月十四日，以脑疾逝世，约五十六七岁。全国哀之，其书记司各脱为作传。续华盛顿任达斯开济学校校长者，为黑人摩顿 Major R. R. Moton，华盛顿所敬爱之挚友于著述中亟称其为人者也。

《荒村奇遇》

《荒村奇遇》，美国弗老尉佗原著，李澄宇译述，上海商务印书馆出版发行。《说部丛书》四集系列第三集第六十七编，民国八年（1919）五月初版，民国九年（1920）十月再版，民国十一年（1922）五月三版。再版本封面未题小说类型，发行者为商务印书馆，印刷者为位于上海北河南路北首宝山路商务印书馆，总发行所为位于上海棋盘街中市的商务印书馆，分售处为全国各地乃至海外的商务印书分馆，凡四十五处。全书两卷，每卷一册，上册76页，下册79页，每部定价大洋肆角。

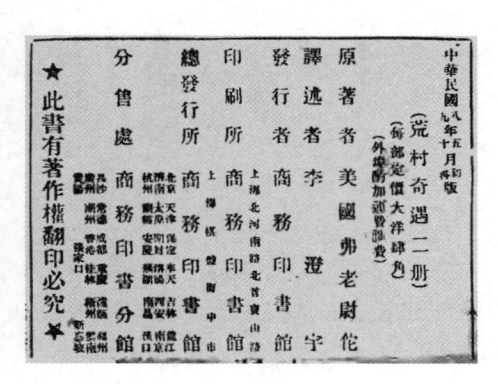

上卷十章，下卷九章，凡十九章。无章目，无序跋。

《还珠艳史》

《还珠艳史》，美国堪伯路原著，闽县林纾、静海陈家麟译述，上海商务印书馆出版发行。《林译小说丛书》第二集第十九编，上海商务印书馆出版发行，时间不详。《说部丛书》四集系列第三集第七十九编，民国九年（1920）二月初版，民国十年（1921）二月再版。《说部丛书》四集系列初版本封面未题小说类型，发行者为商务印书馆，印刷者为位于上海北河南路北首宝山路商务印书馆，总发行所为位于上海棋盘街中市的商务印书馆，分售处为全国各地乃至海外的商务印书分馆，凡45处。全书两卷，每卷一册，上册60页，下册65页。每部定价大洋肆角。

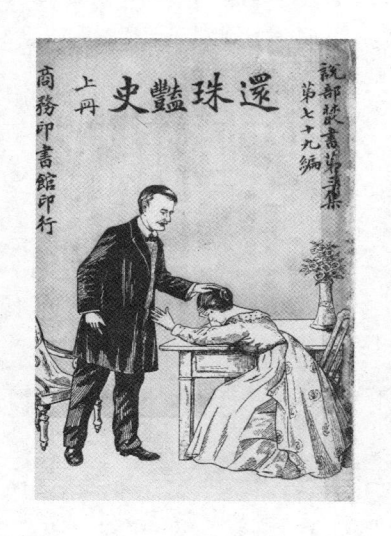

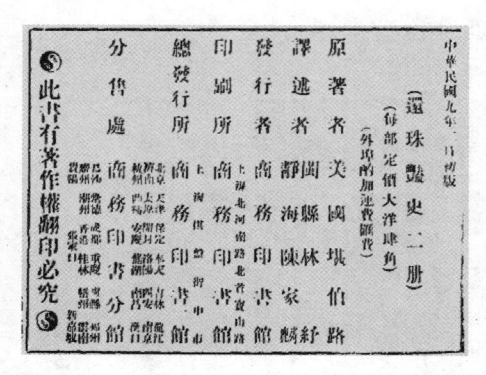

上卷十三章，下卷十三章，凡二十六章。无章目，无序跋。

关于原著者与原著名，根据《樽目第九版》第 1824 页记载，古二德考证：Frederick W. Davis（Under PS. Scott Campbell），Driven to Wall or, A Forced Confession（New York, 1900）。

《焦头烂额》

《焦头烂额》，美国尼可拉司原著，闽县林纾、静海陈家麟译述，原载《小说月报》第十卷第一至十号（1919 年 1 月至 10 月）。后上海商务印书馆出版发行。《林译小说丛书》第二集第四十八编，上海商务印书馆出版发行，时间不详。《说部丛书》四集系列第三集第九十四编，民国九年（1920）四月初版，民国十年（1921）一月再版。《说部丛书》四集系列初版本封面未题小说类型，发行者为商务印书馆，印刷者为位于上海北河南路北首宝山路商务印书馆，总发行所为位于上海棋盘街中市的商务印书馆，分售处为全国各地乃至海外的商务印书分馆，凡 45 处。全书两卷，每卷一册，上册 71 页，下册 64 页。每部定价大洋肆角，外部酌加运费汇费。

上卷与下卷共收入《豹伯判象》《德鲁曼》《火车行劫》三篇故事。无序跋。

据马泰来先生考证，《焦头烂额》，原著者英文名为（Nicholas Carter）。共收侦探小说三篇：《豹伯判象》（*The Dumb Witness*，1899 年），《德鲁曼》《火车行劫》。尼可卡武（Nick Carter）乃 19 世纪末 20 世纪初，美国极流行之侦探小说人物。纽约之 Street & Smith 书店共出版 1076 种"尼可拉司·卡武探案"，作者皆署 Nicholas Carter，真正作者包括 John Russell Coryell, Frederick Dey, Frederic William Davis, Eugene T. Sawyer, G. C. Jenks 等。清末小说林、商务印书馆、中国图书公司、小说进步社等曾翻译卡武探案二十余册。

详中村忠行文;惜该文未提及《焦头烂额》。至于许文焕,《晚清翻译侦探小说一瞥》(刊《书林》1980年第5期),谓:"美国侦探小说《聂格卡脱侦探案》的作者讫克,也是一位有影响的侦探小说作家。……讫克是一位有才气的作家,他的《聂格卡脱侦探案》是一部洋洋大观的巨著。……遗憾的是这位有才华的美国作家讫克的生平,还没发现详尽的文字资料。"推崇过分,亦不知根本没有讫克(聂格、尼可)其人。(第81—82页)

《怪董》

《怪董》,署英国伯鲁夫因支原著,闽县林纾、静海陈家麟译述,上海商务印书馆出版发行。《说部丛书》四集系列第四集第三编。全书两卷,每卷一册,上册99页,下册100页。缺版权页,出版时间与定价不详。

上卷十三章,下卷十二章,共二十五章,无章目。

卷末有林纾撰写的"小识",其文为:"全书系虚无缥缈之谈,外国小说固有此一体,文字庞杂,译者为更正,似颇可存留,为酒后茶余消遣可也。"

据马泰来先生考证,原著者伯鲁夫因支是美国人,署"英国"有误。其原名为 Thomas Bulfinch,原著为 "The Legends of Charlemagne" 1863。

Homas Bulfinch（1796—1867）,今译为托马斯·布尔芬奇,出生于马萨诸塞州，美国作家，以《布尔芬奇的神话》闻名。

《僵桃记》

《僵桃记》，署美国克雷夫人原著，闽县林纾、吴县毛文钟同译，上海商务印书馆出版发行。《说部丛书》四集系列第四集第七编，封面未题小说类型，中华民国十年五月初版。全一册，68 页，每册定价大洋贰角。

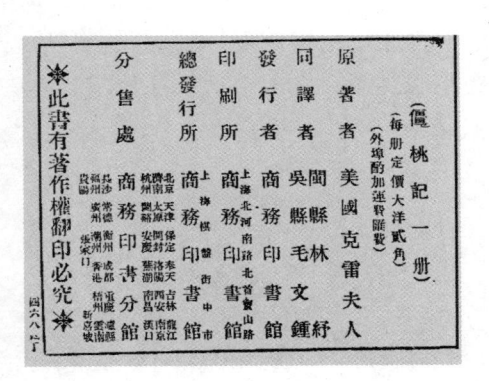

凡十章，无章目，无序跋。

据马泰来先生考证，《僵桃记》原著者英文名为 Bertha M. Clay（？），即克雷夫人，原著英文名不详。其小说《想夫怜》也被汉译，林纾与毛文钟同译。原载《小说月报》第十一卷第九—十二号，民国九年（1920）九月至十二月。Bertha M. Clay 原为英国人 Charlotte M. Brame（1836—1884）笔名。Brame 去世后，其美国出版商 Street & Smith 先续聘其女仍以 Bertha M. Clay 名义撰写小说，及后代笔者十余人，包括首创"尼可·卡武"Nick Carter 侦探的 John Russell Coryell（？—1924）(《焦头烂额》条)。见 Quentin Reynolds, The Fiction Factory, or From Pulp Row to Quality Street: The Story of 100 Years of Publishing at Street&Smith (New York, 1965), pp. 38, 63。（第70—71页）马泰来先生认为，林纾还与毛文钟合译了克雷夫人的《孝女履霜记》《黄金铸美录》《金缕衣》与《凤藻皇后小纪》四种著作。此四种与其他十二种译作，皆稿存商务印书馆，未刊。详胡寄尘（胡怀深）《林琴南未刊译本之调查》，刊《小说世界》，第十三卷第五期，民国十五年（1926）一月（第97页）。（参见《忏情记》）。《金缕衣》为《林纾翻译小说未刊九种》（福建人民出版社1994年）所收。

根据《樽目第九版》第2082页记载，古二德考证：Bertha M. Clay, "Two Kisses," IN ID., On Her Wedding Morn, And Other Tales（London, 1889），77—144。

《以德报怨》

《以德报怨》，美国沙司卫甫夫人原著，闽县林纾、吴县毛文钟同译，上海商务印书馆出版发行。《说部丛书》四集系列第四集第十五编，封面未题小说类型，民国十一年（1922）一月初版。全一册，127页，每册定价大洋肆角。

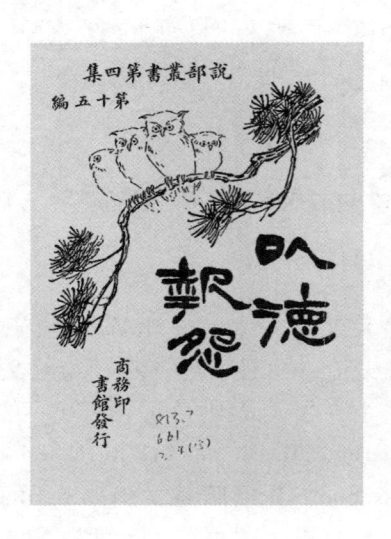

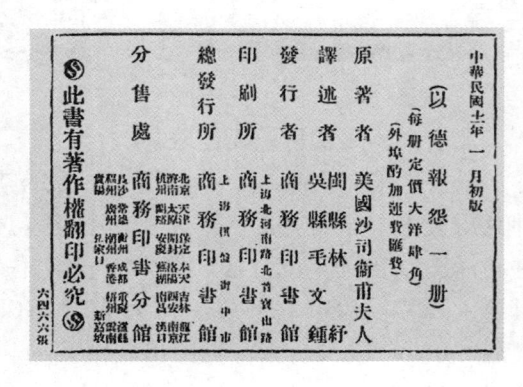

凡三十章，无章目，无序跋。

据马泰来先生考证，《以德报怨》与《薄幸郎》（署"锁司倭司女士原著"）是同一著者，即美国作家 Emma D. E. N. Southworth（1819—1899）。林纾误为英国人。原著为 The Bride of Llewellyn（1864）。（第70页）而维基网的作品名为 The Bridal Eve（1864），书名用词略有差异。

第三章　美国作品叙录　395

原著者 Emma D. E. N. Southworth（1819—1899），美国作家。从小由继父供养她上学。1840 年，与发明者 Frederick H. Southworth 在纽约州中部城市尤蒂卡（Utica）结婚，一起搬到威斯康星（Wisconsin），担任教师。1843 年以后，她带着两个孩子又返回到哥伦比亚特区华盛顿。1844 年，被丈夫抛弃后，她开始从事写作以自养。她的第一篇小说《爱尔兰难民》(The Irish Refugee) 杂志 the Baltimore Saturday Visitor 上发表。早期的一些作品不断出现在报纸 The National Era 上，该报纸曾刊载 Uncle Tom's Cabin。其大量的作品相继发表。与她的朋友比切·斯托夫人一样，她也是一位社会变革的支持者、女权主义者。她著作甚丰，在 19 世纪后期创作了六十多部长篇小说。

《情嫕》

《情嫕》，美国鲁兰司原著，闽县林纾、吴县毛文钟同译，上海商务印书馆出版发行。《说部丛书》四集系列第四集第十九编，封面未题小说类型，民国十一年（1922）五月初版。全一册，107 页，每册定价大洋叁角伍分。

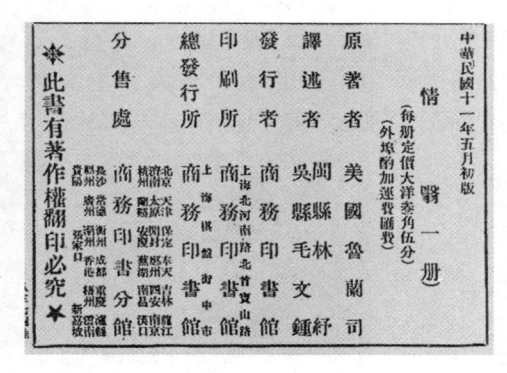

凡三十二章，无章目，无序跋。

原著者鲁兰司生平事迹不详，待考。原著英文名也不详，待考。马泰来先生《林纾翻译作品全目》指出，寒光误谓陈家麟同译。（第 86 页）

第四章　俄日作品叙录

《昙花梦》

　　《昙花梦》，未署原著者，商务印书馆编译所译述，上海商务印书馆出版发行。该译作编入三种系列，即一为《说部丛书》十集系列第二集第九编，二为《说部丛书》四集系列初集第二十三编，三为《小本小说》系列之一。十集系列版本，光绪三十一年（1905）八月首版，同年十月二版，发行者、印刷所与总发行所均为中国商务印书馆。一册，80页，定价每本大洋二角。四集系列版本，封面题"侠义小说"。丙午年（1906）四月初版、民国三年（1914）四月再版。发行者为商务印书馆，印刷所也为商务印书馆（上海北河南路北首宝山路）。总发行所为位于上海棋盘街中市的商务印书馆，分售处为全国各地乃至海外的商务印书分馆，凡二十七处。全一册，80页。每册定价大洋贰角。"小本小说"版本，民国四年（1915）一月十一日初版发行。发行人、印刷所、总发行所均为商务印书馆，分售处为全国各地乃至海外的商务印书分馆二十八家。全一册，78页。每册定价大洋壹角。三者内容相同，均不分章节。

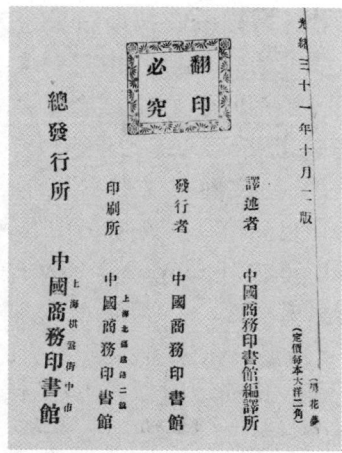

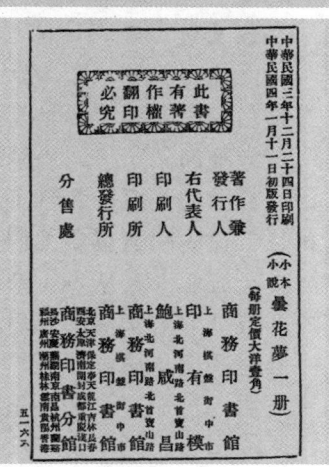

第四章　俄日作品叙录　397

原著者为俄国的萨拉斯苛夫（Saltykov，1826—1889）。我们可以从正文前译者撰写的"译语"中找到蛛丝马迹。译者说，李某从俄国归来，访予于钱塘，予询问李某虚无党情状，李某"因出小册示予，则萨拉斯苛夫所纪月莲风莲事，风莲为萨氏妻，故纪述甚详，而又曲尽"。（《昙花梦·译语》）正文卷首"引言"亦云："昙花梦者，萨拉斯苛夫自悼其亡妻风莲而作也。"（《昙花梦·引言》）由此可知，《昙花梦》的原著者为俄国的萨拉斯苛夫（Saltykov，1826—1889）。萨拉斯苛夫被誉为19世纪中期俄国三大文豪之一，与陀思妥耶夫斯基和托尔斯泰齐名。[①] 由此推测，《昙花梦》可能以俄文本为底本，由李某口述，"译语"的作者笔录，二人合作完成。该译本因译者不拥有著作权而署"商务印书馆编译所译述"，与《不测之威》的署名一样。

这是一部关于虚无党题材的小说，叙述"俄国某大臣女投身虚无党，反抗专制之事。圣彼得堡南区一平民公园内之小湖中有七艘小艇，其六为公艇，其一为私艇。私艇之主为瓦斯会社总理孟尔，移居德国之犹太人，经营商业，身兼数职。冬季某日，湖冰初融，两贵族女游湖，乘坐该私艇。不久孟尔骑马荷枪而至，看到心爱的小艇擅自被人挪用，有辱圣艇，且当听说两女郎之父是被称为魔鬼的警察总监麦撒罗夫时，一怒之下举枪连发两弹，一中艇舷，一中一女之华冠，所幸没有酿成大祸。此幕纯属于误会，为了消除误会，一女郎邀请孟尔到公园附近之照相馆密谈。此两女郎为同胞姊妹，姊月莲十九岁，妹风莲十七岁，尽管出身于贵族，却拥有民党思想，此照相馆为其活动场地。经过交谈，二女郎与孟尔彼此亲近，尤其是当月莲拿出一相册示孟尔，孟尔看到巴枯宁小像时反应微妙，大家若有所悟。月莲又拿出即将印刷传播的革命书稿《新社会》，孟尔欣喜，三人齐呼'虚无党万岁！'孟尔告别时，大家相邀再叙。可是等来的不是孟尔，而是数名警察，为首的是麦撒罗夫，他们是为平民公园的枪击案而来盘查。风莲详细向父亲讲述事情发生的经过，并恳求父亲释放孟尔。孟尔被释返德，自己的小艇拆装带走。孟尔热心奇伟之事迹不获快闻，小艇之谜也未解，二莲深感遗憾。她们只有通过洛得与孟尔联系。洛得是个博学的壮年男子，波兰人，从事于新闻业，是虚无党的一大活动家，书记部部长，其所办报纸大力宣传民党思想。不久，风莲正式登记注册，成为虚无党成员。其时适逢从兄被分配暗杀任务，她源于好奇，与从兄冒着触犯党规的杀头之罪，得知这一任务是暗杀自己的父亲麦撒罗夫总监，风莲在

[①] 〔日〕升曙梦：《现代俄国文艺思潮》，陈俶达译，上海华通书局1929年版，第39页。

人伦与党规之间煎熬挣扎。她和姊姊月莲多次给父亲做工作,让父亲放弃公职,赴欧养病,不要成为民党的敌人,一皇室大公园不久前发生的爆炸案就是预兆,三年前该公爵就任其父的职位警察总监。麦撒罗夫听从二莲的劝告,向俄皇告病获准。他延请律师制定遗嘱,把财产分为四份,二莲各一份,自己留两份。月莲随父麦撒罗夫奔赴法国巴黎,风莲遂把照相馆交给其他虚无党要人作为机关,并把自己所得的一份遗产贡献给本党作为经费。洛得秘密传信,孟尔邀请风莲于德国西部某岛一晤,风莲愿往。可当风莲得知巴枯宁一派与另一派宗旨迥异,准备在瑞士举行辩论会时,改赴瑞士相晤,以便拜见自己心仪已久的伟人巴枯宁。在瑞士,孟尔领风莲拜访巴枯宁,风莲当面接受巴枯宁的教诲,欣喜如狂,知识大进。孟尔不仅向风莲讲述了自己的经历,还揭示了小艇中镶嵌的巴枯宁小像之谜。随后风莲省父,并在法国留学,遵循巴枯宁之教,研究形气学。"

卷首有译者撰写于甲辰(1904)十月的"译语",其文为:"甲辰仲夏,李君克立自俄都归,访予于钱塘。予因讯李君虚无党情状,李君曰:东方所传此事,大抵出于日本人。虽有毁有誉,然证以目验,大率未尽其真相。因出小册示予,则萨拉斯苛夫所纪月莲风莲事,风莲为萨氏妻,故纪述甚详,而又曲尽。且更旁涉学术,则此书固不当小说观也。由此书以推究虚无党,不独其智力有可称述,即其道德均堪世师。君子观夫此,则知吾国比年纷起之党会,无一足以称道者已。"

正文前有一段小言,其文为:"昙花梦者,萨拉斯苛夫自悼其亡妻风莲而作也。萨拉斯苛夫曰:吾妻岁年少夭折,然彼一生,实勤力于社会。吾今日抑悲痛以成此书,不欲将吾与妻成婚后之事实,搀入一语,而悉记其未嫁时之所为。阅者幸勿误诋吾于夫妻之爱薄也。"

《昙花梦》有则广告,其文为:"此书述俄国某大臣女投入虚无党,反抗专制,以一弱女子抱此热肠。其描写动人处,可歌可泣,离奇变幻,令人读其上回不能舍其下回。其中纪述风莲爱友之真挚、捐产之慷慨、救父之委婉,真是别有天地,较我国之所谓才女闺秀,相去霄壤。章回虽短,具有尺幅千里之势,爱读者当不河汉斯言。"一册,每部大洋二角。

《罗刹因果录》

《罗刹因果录》,俄国讬尔斯泰原著,林纾、陈家麟据英译本转译成汉语,上海商务印书馆出版发行。原载《东方杂志》第十一卷第一号至第六号（1914年7月至12月），后结集出版，编入三种系列，即一为《说部丛书》四集系列二集第三十九编，二为《林译小说丛书》第二集第七编，三为"新译"系列之一。四集系列版本，封面题"笔记小说"，民国四年（1915）四月二十七日印刷，民国四年（1915）五月十二日初版发行，民国四年（1915）十月廿五日再版发行。发行人为印有模，印刷人为鲍咸昌。总发行所为位于上海棋盘街中市的商务印书馆，分售处为全国各地乃至海外的商务印书分馆，凡二十八处。全一册，每册定价大洋叁角。《林译小说丛书》版本，出版时间不详，一册，89页。"新译"系列版本，封面题"言情小说"，上海商务印书馆民国四年（1915）四月二十七日印刷，同年五月十二日初版发行。

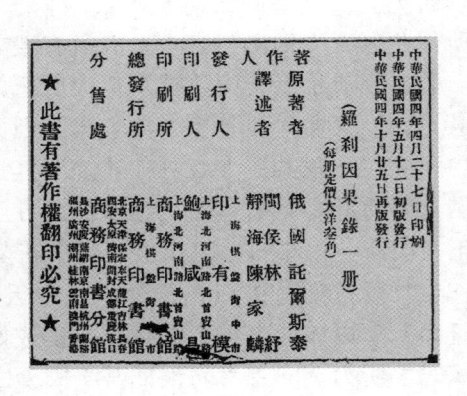

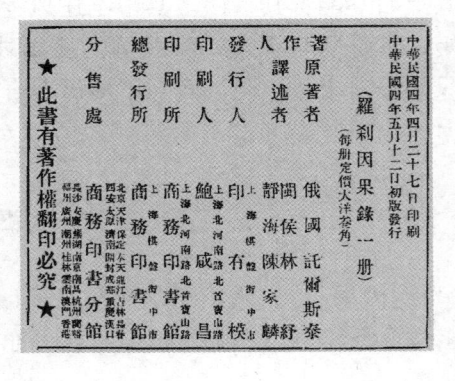

上述一种刊本与三种版本内容相同，均收入《二老朝陵》《观战小记》《幻中悟道》《天使沦谪》《梭伦格言》《觉后之言》《岛仙海行》《讼祸》，凡八篇。无序跋。

据马泰来先生考证，林译各种托尔斯泰作品，当皆据英译本重译。唯所据英译本，无法考出。英语篇名据 Leo Wiener 编译 The Complete Works of Count Tolstoy (1904)。八篇短篇小说的英译名分别为：The Two Old Men（1885）、The Incursion（1852）、The Godson（1886）、What Men Live By（1881）、As Rich As Croesus、Ilyas（1885）、The Three Hermits（1886）、Neglect the Fire（1885）。其中《梭伦格言》非托尔斯泰作，系据美国包鲁乌因（James Baldwin）所作儿童故事改写。（第92页）

《雪花围》

《雪花围》，俄国托尔斯泰原著，雪生据英译本汉译，上海商务印书馆出版发行。《说部丛书》四集系列第二集第六十三编，民国四年（1915）九月十九日印刷，同年十月一日初版。封面题"醒世小说"，短篇小说集。发行人为印有模，印刷人为鲍咸昌。总发行所为位于上海棋盘街中市的商务印书馆，分售处为全国各地乃至海外的商务印书分馆，凡二十八处。全一册，54页，每册定价大洋壹角伍分。

凡十节，无节目，无序跋。

汉译者雪生生平事迹不详，待考。

《雪花围》今译为《主人和雇工》，短篇小说。作于1895年，发表《北方导报》1895年第3期。作品揭示农民赤贫的社会原因，宣扬基督教博爱精神。小说叙述绅

董瓦斯里（今译为商人瓦西里）在严寒中带着僮仆尼起打（今译为雇工尼基）搭乘雪橇去邻村购买树林，途中遇暴风雪迷了路，两次驶进另一个村庄。该村熟人两次留他们过夜。但瓦斯里担心省城木材商抢了生意，执意继续前行。他们再次迷路，人因马乏无法挪动，只得露宿军野。半夜里瓦斯里冻醒，偷偷骑上马想独自逃生。半路上他感到恐惧，想到教堂和圣徒。马兜了个圈子仍回到原地，绅董见僮仆缩在雪橇上快冻死，便扒开他身上的积雪，解开皮袄爬在他身上，用身体给他温暖。第二天中午他们被刨出雪堆，绅董已经冻死，僮仆则被救活。①

此外，1948年7月上海现代出版社出版了托尔斯泰的译作《主与仆》一书，内收《主与仆》（张白山译）和《农村的女人》（克明译）两篇中篇小说，属于《现代文艺丛书》之一。

《骠骑父子》

《骠骑父子》，俄国托尔斯泰原著，朱东润译述，上海商务印书馆出版发行。《说部丛书》四集系列第二集第八十一编，封面题"义侠小说"。民国四年（1915）九月二十五日印刷，民国四年（1915）十月九日初版

---

① 王智量等主编：《托尔斯泰览要》，贵州人民出版社2006年版，第179页。

发行。发行人为印有模，印刷人为鲍咸昌。总发行所为位于上海棋盘街中市的商务印书馆，分售处为全国各地乃至海外的商务印书分馆，凡二十八处。全一册，60页，每册定价大洋贰角。

凡十六章，无章目，无序跋。

其英文名为 The Cossacks。凡十六章，无章目，无序跋。

《骠骑父子》这部中篇写成于1856年。老图尔宾伯爵是一个极度勇敢、富有吸引力的、热情的、声名赫赫的决斗能手，身上还有一种老骠骑兵所特具的侠义精神。小图尔宾就和父亲迥然不同：他是一个冷酷、贪吝、卑微的利己主义者。当他被一家人家请去作客时，举止猥琐，行动下流。这家有个年轻的姑娘叫丽莎，丽莎的那张可爱的面孔"像是告诉所有的人，只消看上它一眼，就会觉得自己活在这个世界上真好、真快活。不妨碰上谁就爱谁，良心到头来还是干净的"。屠格涅夫非常喜欢这部中篇小说：听作者本人朗诵时，屠格涅夫不止一次叫出声来："妙极了！"涅克拉索夫也称赞该作很出色。小说新颖地把早已逝去的时代与当前的时代连接起来，同时也表现了二者之间的对比。①

卷首有一段小言，说明作者的写作意图，其文云：

---

① 〔俄〕康·洛穆诺夫：《托尔斯泰传》，李桅译，天津人民出版社1981年版，第108—109页。

托尔斯泰曰：当十九世纪初，谋臣武将，立功境外，文人学士，各以其所能鸣。吾俄之盛时也。然以社会风俗论之，则出无铁道，行无坦途。煤火之属，亦咸未有。车上坐垫，粗硬勿适。室中陈设，全无雅趣。少年豪纵，无市井小人气；女子亦勿侃侃争说自由者。如欲出行，则圣彼得堡莫斯科间，道上颠顿，恒七八日。终日所有，惟面包少许。肉品一角，与车铃镗锵之声而已。至居者则或于深秋，剪烛共话，或招集女友，开会跳舞。其男子则年少气盛，争一佳丽，每每仇成贸首。妇人则短衣博袖，举止痴憨，于室家事，不甚顾惜也。盖可言者，大致如斯。而当此时，有凯镇者，适丁选举之后，镇人于豪家为大会，吾书即托此起。

朱东润的译作是留学英国时所译。1913 年，朱东润通过留英俭学会赴伦敦，迫于生计而译书。他曾说："我的英文程度本来很有限，到得英国可能有一些长进。翻译的问题是可大可小。……在经过一两次失败以后，我的译稿居然也能寄到上海换取外汇。"[①] 除了翻译文学作品外，他还翻译了一本《英国报业述略》，该译作在当时上海的《申报》上连载。《骠骑父子》与《克利米战血录》就是他这一时期的译作，其底本可能为英译本。

《不测之威》

《不测之威》，俄国托尔斯泰原著，上海商务印书馆编译所编译，上海商务印书馆出版发行。《说部丛书》四集系列第二集第九十五编。封面题"历史小说"，戊申年（1908）二月五日印刷，同年二月十八日初版，民国四年（1915）十月廿三日再版。发行人为印有模，印刷人为鲍咸昌。总发行所为位于上海棋盘街中市的商务印书馆，分售处为全国各地乃至海外的商务印书分馆，凡二十八处。全书二册，上卷189页，下卷183页，每部定价大洋捌角。

---

① 《朱东润传记作品全集》第 4 卷，东方出版社 1999 年版，第 75—76 页。

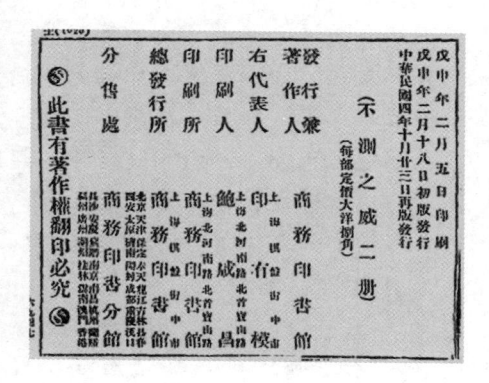

上卷二十章，下卷二十章，凡四十章，无章目。

原著者托尔斯泰不是列夫·托尔斯泰，而是阿·托尔斯泰，是列夫·托尔斯泰的从弟。原著为 The Silver King（1863），今译为《谢历勃里尼亚尼公爵》，有人认为该译本是"由英文转译"。①

卷首托尔斯泰撰于1863年写的原序，全文为：

> 著是书者，欲举俄王义文第四一代之人情风尚，及士大夫之心术行事。历历摹写，使读者由是以确知十六世纪后，俄罗斯之社会情状也。事实皆本诸历史，间有一二，则不揣固陋，略以己意参之，如维叶徐末斯喀，及培斯蛮挛佛斯父子之被戮，事在一千五百七十年，乃移置于前。虽于俄王义文一千五百六十五年之罪案，未免增重。要之著者凡几经审度，而后有此移置之举。倘读吾书者，能综计义文第四一生所为，自阿特希武雪尔范斯德二大臣黜辱后，其杀戮朝贵，种种暴虐不仁之行，固数十年如一日，如水益深，如火益热。由后观前，未尝或减，则于著者年月舛错之罪，亦可以稍宽责备矣。
>
> 天秉笔直书，记事之任。纂辑昭示，则宁详勿略。著者于斯二义，非不知之，而是书叙述之次，犹隐复含蓄，不欲将当时惊心棘目可怖可惨之事，尽情披露者，盖稗乘立恉缀辞，不能绳之以历史之

---

① 《鲁迅全集》第8卷，人民出版社2005年版，第457页。

体，善读者，自能领会耳。

当握铅抒素之时，忽遘其中大恐慌、大激刺，种种突兀骇人之剧，未尝不投笔于地，咋舌瞠目，诧愕不能成一字。所诧愕者，非谓天下竟有暴横无道，如义文第四其人，实以其时为臣民者，受其无端之残酷惨虐，皆弭首帖耳，绝无憎愤激动之心，而惴惴焉惟偷苟活于世，诚不可解。每屡念及此，文思辄为排去。故是书权舆于十余年之前，而迁延至今岁，始得脱稿耳。其间乍作乍辍，吐辞未能一致。此固不能逃读者之目，亦著者所欲求谅也。

抑尚有举以告者，书中虽间有以己意斟酌参置之处，而所述诸人，其性情、其举动、其态状、其言语，务求酷肖，未尝有几微增损。著者倘能将本书所叙之重要人物，一一取其肖像，以似诸读吾书者之前，则吾知诸君子必不斥吾文字之摹写，或与肖像不符耳。

该著另一译本是周作人的《劲草》，几乎与《不测之威》同时，因重复而未被采用出版。1909 年，周树人（即鲁迅）为《劲草》所写了序，留下残稿，其文云：

藁，比附原著，绎辞绅意，与《不测之威》绝异。因念欧人慎重译事，往往一书有重译至数本者，即以我国论，《鲁滨孙漂流记》，《迦因小传》，亦两本并行，不相妨害。爰加厘订，使益近于信达。托氏撰述之真，得以表著；而译者求诚之志，或亦稍遂矣。原书［巾票］名为《公爵琐勒布略尼》，谊曰银氏；其称摩洛淑夫者霜也。坚洁之操，不挠于浊世，故译称《劲草》云。

著者托尔斯多，名亚历舍，与勒夫·托尔斯多 Lyof Tolstoi 有别。勒夫为其从弟，著述极富，晚年归依宗教，别立谊谛，称为十九世纪之先知。我国议论，往往并为一人，特附辩于此。己酉三月译者又识。①

该残稿表明，当时国人往往把阿·托尔斯泰（即亚历舍托·尔斯多）与列夫·托尔斯泰（勒夫·托尔斯多）混为一人，而周树人特意作了区分，指出二者为从兄弟关系。他尤其强调了重译的合理性。

---

① 《鲁迅全集》第 8 卷，人民出版社 2005 年版，第 457 页。

《社会声影录》

《社会声影录》，俄国托尔司泰原著，林纾、陈家麟译述，上海商务印书馆出版发行。《说部丛书》四集系列三集第二十二编，封面未题小说类型。民国六年（1917）五月初版。发行者为商务印书馆，印刷者为位于上海北河南路北首宝山路商务印书馆，总发行所为位于上海棋盘街中市的商务印书馆，分售处为全国各地乃至海外的商务印书分馆，凡四十五处。全一册，117页，每册定价大洋叁角伍分。

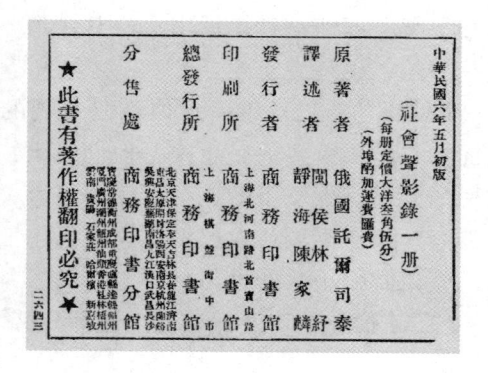

该作内收《尼里多福亲王重农务》（今译为《一个地主的早晨》）（*A Morning of A Landed Proprietor*，1856年）和《刁冰伯爵》（今译为《两个骠骑兵》）（*Two Hussars*，1856年）两篇小说，前者十九章，无章目，后者十六章，无章目。全书无序跋。

《尼里多福亲王重农务》，中篇小说。1852年动笔，1856年修改其中几章，以《一个地主的早晨》为题发表于《祖国纪事》1856年第12期。始终未完稿。取材于托尔斯泰在自己田庄试行农事改革的经历，体现对农民问题的关切和探索。青年地主涅赫柳多夫为帮助农民而退学回乡，按计划管理田庄。一年后某星期日早晨，他照例巡视农户。看见丘里斯家房屋倒塌，破败肮脏，就叫他搬到新村去住新房，但丘里斯夫妇却哭跪哀求，不愿离开生养之地。涅赫柳多夫只好给他一笔钱。尤赫万卡用主人的材料建了新房，却好逸恶劳，吸烟喝酒，虐待母亲，还要卖掉役马。涅赫柳多夫严厉训斥他，却又感到无可奈何。达维德卡懒惰成性，成天昏睡。他母亲请求给他娶个老婆来养活他。涅赫柳多夫拒绝这种要求。看见杜特洛夫家屋高院阔，良马成群，富足整洁，涅赫柳多夫希望所有农户都能仰仗主人而获得财富与幸福。但杜特洛夫一家对他提出的合伙经营建议不感兴趣，他只得失望地离开。随后他还处理了十来桩请求和投诉，才结束巡视接待。由于未能解救农民，涅赫柳多夫感到无能为力和羞惭。在无意中触按琴键而发出的和声中，他散漫地回想这一早晨的见闻，幻想自己成了青年农民伊柳什卡。①

该小说的主要思想可以归结为：纵然地主有各种善良的愿望，但在农奴制度存在的条件下，改善农民的状况是不可能的。敏感的艺术家屠格涅夫领悟到这一思想，他写信给德鲁日宁说："这篇小说在思想方面的主要印象（不是指艺术上的印象）在于：只要存在着农奴制，双方就不可能接近和了解，即使这种接近出自心甘情愿，最无私，最诚挚。不过，这种印象是好的，也是真实的。"车尔尼雪夫斯基对《一个地主的早晨》也给予了高度的评价："托尔斯泰伯爵以卓越的技巧不但再现了农民日常生活的表面情景，更重要的是反映了他们对事物的看法。他善于设身处地地体会农民的心灵，他笔下的庄稼汉非常符合他们的天性。在庄稼汉的话语中没有浮夸，没有高调，农民的观念在托尔斯泰伯爵笔下表达得非常真实和突出，就象我们士兵的性格一样……"②

《刁冰伯爵》参见第二集第八十一编《骠骑父子》。

《现身说法》

《现身说法》，俄国讬尔司泰（托尔斯泰）原著，林纾、陈家麟译述，上海商务印书馆出版发行。该译作编入三种丛书系列，即一为《说部丛书》四集系列第三集第五十三编，二为《林译小说丛书》第二集第三十四编，三为《万有文库》系列（汉译世界名著）第一集第八百八十七编。此

---

① 王智量等主编：《托尔斯泰览要》，贵州人民出版社 2006 年版，第 156 页。
② 〔俄〕亚·波波夫金：《列夫·托尔斯泰传》，李未青、辛守魁译，黑龙江人民出版社 1987 年版，第 131 页。

外，还于 1937 年 3 月发行国难后第一版。四集系列版本，民国七年（1918）十一月初版，民国十年（1921）九月三版。封面未题小说类型。发行者为商务印书馆，印刷者为位于上海北河南路北首宝山路商务印书馆，总发行所为位于上海棋盘街中市的商务印书馆，分售处为全国各地乃至海外的商务印书分馆，凡 45 处。全书三卷，每卷一册，上册 103 页，中册 85 页，下册 135 页，每部定价大洋壹元贰角。《林译小说丛书》版本，上海商务印书馆出版，时间不详。《万有文库》系列版本，上海商务印书馆民国二十二年（1933）十二月初版。分上下两册，216 页。未刊定价。国难后第一版，1937 年 3 月发行，一册，216 页，每册实价国币叁角。四者内容相同，凡一百章，无章目，无序跋。

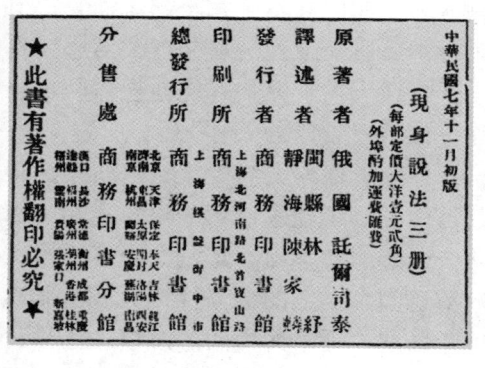

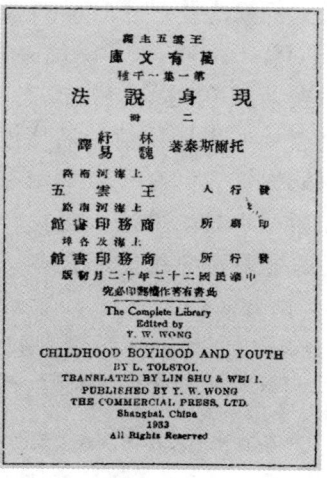

《现身说法》包括《童年》《少年》和《青年》三个部分，英译名分别为 Childhood（1852），Boyhood（1854），Youth（1857）。托尔斯泰在二十三岁的时候就自我描述，天真地看镜子自照。"当时胡子拉碴的少尉托尔斯泰作为被封闭在高加索某要塞里的一个炮兵也出于玩一玩的好奇心，尝试着讲述起了自己的《童年》《少年》和《青年》。他当时没有想到，他是在为谁写作。至少那时候他没有想到文学、报刊和公众。他本能地顺从着通过描述达到自我净化的渴望，这种模糊的欲望还没有被明确的意图照亮，更没有——像他后来变得急切要求那样——'突然领悟到道德要求的光辉'。"这部三卷本的自传"在世界文学史中这是绝无仅有的"。①《童年》以《我的童年的故事》为题发表在1852年11月的《现代人》杂志第九期上。初次发表的处女作使托尔斯泰万分高兴。他心情愉快地阅读了对小说赞誉、褒奖的文章。托尔斯泰发现有许多更改、删节之处，他对删除娜达丽雅·萨维什娜的爱情故事很不满。他当时不知道，给小说作了许多删节和歪曲的并不是编辑部，而是书刊检查机关。四年后，《童年》发行单行本，影响强烈。屠格涅夫对小说作者表现出浓厚的兴趣，他以为作者是托尔斯泰的长兄，并向他祝贺。屠格涅夫和涅克拉索夫一样，认为"这是一位很有希望的天才"②。

中年屠格涅夫与少年托尔斯泰是很好的朋友，屠格涅夫在给安年科夫的信中赞扬了托尔斯泰的早年作品《童年》，他写道："托尔斯泰住在我这儿……您想象不出，这是一个多么可爱和多么出色的人——尽管由于野蛮的激情和水牛般的倔强性格，我称他为'野人'。我很爱他，对他怀着一种奇怪的、近乎父子间的感情。他给我们朗诵了他的《童年》和另一部小说的开头部分，都是杰作。"③

《青年》刊登于1857年《现代人》杂志1月号上，其影响不及前两部。车尔尼雪夫斯基在写给屠格涅夫的信中对这篇小说提出了否定的意见，而安年科夫从彼得堡写信给屠格涅夫给予肯定："托氏的《青年》在这里受到大家的称赞，但有一点大家有保留——有些冗长，与头两部比较起来，诗意和新意不足。可是，在我看来，简直令人吃惊，这个人对于道德情操，对于善和真理考虑的那么多，又开始的那么早……最近，我形成

---

① 〔奥〕茨威格：《托尔斯泰传》，申文林译，浙江文艺出版社2009年版，第54页。
② 〔俄〕亚·波波夫金：《列夫·托尔斯泰传》，李未青、辛守魁译，黑龙江人民出版社1987年版，第78—79页。
③ 陈建华：《人生真谛的不倦探索者：列夫·托尔斯泰传》，重庆出版集团2007年版，第78—79页。

这么一种坚定的看法。在我们中间，找不出一个比托尔斯泰更有道德观念的人。他善于描述内心正直的英雄精神，或者起码可以说，他理解英勇献身行为的内心真诚。"①

此外，还有高植翻译的《幼年·少年·青年》，由重庆文化出版社1944年出版，笔者未见。

《恨缕情丝》

《恨缕情丝》，俄国讬尔司泰原著，闽县林纾、静海陈家麟译述，上海商务印书馆出版发行。《小说月报》第九卷第一号至十一号（1918年1月至11月）连载。后结集出版，编入二种"小说丛书"系列，即一为《说部丛书》四集系列第三集第六十二编，二为《林译小说丛书》第二集第三十三编。四集系列版本，民国八年（1919）四月初版，民国九年（1920）十月再版，民国十年（1921）十月三版。其中再版本有版权页。后者封面未题小说类型，发行者为商务印书馆，印刷者为位于上海北河南路北首宝山路商务印书馆，总发行所为位于上海棋盘街中市的商务印书馆，分售处为全国各地乃至海外的商务印书分馆，凡45处。全书两卷，每卷一册，上册91页，下册95页。每部定价大洋陆角。《林译小说丛书》版本，上海商务印书馆出版发行，缺版权页，时间不详。

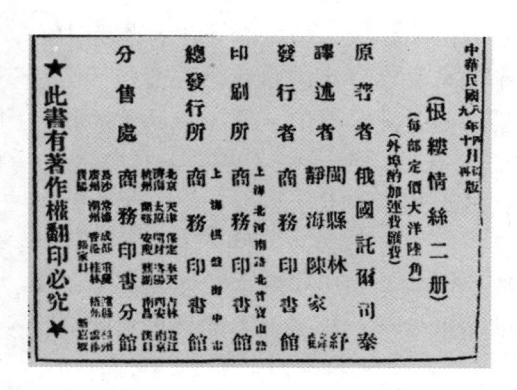

---

① 〔俄〕亚·波波夫金：《列夫·托尔斯泰传》，李未青、辛守魁译，黑龙江人民出版社1987年版，第131—132页。

二者内容相同，均包括两篇小说，上卷为《波子西佛杀妻》（即《克莱采奏鸣曲》）（The Kreutzer Sonata，1889年），下卷为《马莎自述生平》（即《家庭幸福》）（Domestic Happiness，1859年）。上卷二十八章，下卷九章。无章目，无序跋。

《波子西佛杀妻》，中篇小说。取材于演员安德烈耶夫讲的故事，1887年10月着手写作，1889年12月完成。被禁，以刻印本流传。经托尔斯泰夫人向沙皇请求，1891年4月获得出版。小说说明贵族资产阶级的道德沦丧和精神腐化是家庭不和的根本原因，但因此而否定两性关系，进行极端禁欲主义的说教，则反映了托尔斯泰的精神危机。[1] 1889年7月2日，托尔斯泰在日记中说："我在写《克莱采奏鸣曲》，不坏，已经结束了，但现在需要从头修改，应把禁止生育作为中心，她不生孩子难免堕落。还要谈母亲的自私。母亲的自我牺牲精神像劳动一样，既无好，也无坏。只有合乎理性的爱才是好的。而为自己劳动和专门为自己的孩子自我牺牲却是坏的。"[2] 托尔斯泰还在《克莱采奏鸣曲·后记》中指出，他在该小说中想表达的思想主要有五点：第一，男女间的交往，无论在婚前或婚后都不能放荡；第二，夫妇间不能不忠，文学作品不能将其不忠加以诗化；第三，不要普及避孕知识；第四，不能溺爱法子，不能只注意其身体发育，以致功能畸形发展；第五，不能把男女间的性爱诗化，使男女青年浪费大好年

---

[1] 王智量等主编：《托尔斯泰览要》，贵州人民出版社2006年版，第174—175页。
[2] 同上书，第418页。

华，由此产生我们时代的疯狂奢华：男人好逸恶劳，女人不知羞耻。以上几点，对其疗救方法可以讨论，但绝不能怀疑其立论之正确。①

法国著名传记作家罗曼·罗兰这样评价《波子西佛杀妻》：这是一部恐怖的作品。托尔斯泰向社会发起撞击，像只受伤的野兽为它所受的伤害进行报复。我们不应当忘记这个故事是一个人面兽心者的自白，他夺取了生活，他受到嫉妒病毒的毒害。托尔斯泰把他自己隐藏在其主要角色后面。我们肯定找到了他自己的思想——虽然书中加强了语气——就在那些狂暴的谩骂中；他反对一般的伪善，反对妇女教育的伪善，爱的伪善，婚姻的伪善——婚姻，是"家庭的卖淫"；反对世界的伪善，科学的伪善，医生的伪善——那些"犯罪的煽动者"。但是书中的主人翁迫使作者使用非常残忍的表达：肉欲的形象横冲直撞，奢侈的肉体荒淫无度，直捣禁欲主义的愤怒和情感的恐惧与憎恨；一个中世纪修道士耗尽了肉欲，诅咒的话语直接砸向生活。②

《马莎自述生平》，中篇小说，作于1859年1—4月，发表于文集《俄国导报》1859年第7、8期。取材于托尔斯泰与瓦列丽亚·阿尔谢尼耶娃的恋爱经历。作品谴责上流放会的社交生活戕害纯洁感情，破坏家庭幸福；赞美宗法制地主庄园生活。③主人公们抱着躲避大世界中的急风暴雨的目的为自己经营狭窄的、闭塞的"幸福小天地"。尽管这部作品获得不少批评家的好评，托尔斯泰却把它称作"坏透了的作品"，并且断言他"现在不管是作为一个作家还是作为一个人都已经被埋葬了"。在提到作品"失败"的原因时，研究者们总是把它和托尔斯泰一时兴趣上的转移——从文学转到学校和教育上——联系起来。它在艺术上的突出特点是心理分析方法的新开拓，作家力图表现爱在结婚前后的发展过程，即以浪漫蒂克的追求开始，而以爱自己的孩子告终。④

《马莎自述生平》由主人公马莎讲述，颇有韵味，尤得男女主人公爱情心理之微妙，也得情爱之纯正，该家庭不愧为幸福家庭。马莎自述，当母丧之际，适逢密加利支造访，全家无不心感其人，马莎认为密加利支节节当意。"盖吾母生时，曾有一言，为余默识。母曰：脱此人

---

① 王智量等主编：《托尔斯泰览要》，贵州人民出版社2006年版，第289页。
② 〔法〕罗曼·罗兰：《托尔斯泰传》，黄艳春、杨易、黄丽春译，团结出版社2003年版，第237页。
③ 王智量等主编：《托尔斯泰览要》，贵州人民出版社2006年版，第161页。
④ 〔俄〕康·洛穆诺夫：《托尔斯泰传》，李桅译，天津人民出版社1981年版，第111—112页。

能婿吾家者，则吾心至慰。方吾母语时，吾颇不谓然。盖吾之意中人适与此不同，非文采风流不足以当吾选。"① 而现在不尽然。马莎还从密加利支口中得知，父亲生前与母亲的看法相同。十一岁时，密加利支把马莎比喻为莲馨花，六年后的今天，又把马莎比喻为玫瑰花，马莎春心怎能不荡漾。密加利支聪明能干，爱己爱人，更博得马莎之欢心。马莎自述道："与家人相处十七年，初不辨其人性情，若与彼不相为类者，今乃知吾之情爱，适与彼同。然则人情固不大相远也。"（第18页）她念念不忘密加利支关于"人己同欢，方为至乐"的观念。马莎对密加利支的感觉十分敏锐，"余方抚琴，而密加利支坐我身后，余不能见，然余觉此人化身万数，立于余前。且密加利支偶有注视，余似一一皆知"（第28页）。沉浸于游乐中的马莎流连忘返，"满目繁华，逐日综观不厌，心为躁动不已，归心已消归无有，似乡居之烦懑至此若得良药而苏者，而怜爱吾夫之心愈形沉结，亦不必想夫之怜。知吾夫固怜我也。且余念一动，夫即知之，无在不遂吾意"（第64页）。《恨缕情丝》为俄国托尔斯泰所著，该作拥有作家自身的影子，表达了贵族地主青年的爱情理想，其纯情的模式具有无限魅力。

茨威格对托尔斯泰做出高度评价："在一切作品中和所有的时代里，永远重复的悲剧性矛盾是：信念坚定的思想和想要令人信服的思想本来是要提高艺术作品的，却多半降低了艺术家。真正的艺术是利己的，真正的艺术除了它自身及它自身的完善以外，不想要任何别的东西。纯粹的艺术家只可以思考他的作品，不可以思考他为作品选定的人性。托尔斯泰在用无动于衷和不可收买的目光表现感性世界的时候，总是最伟大的艺术家。一旦他变成了悲天悯人的人，想要用他的作品来进行帮助、改良、引导和教育的时候，他的艺术便失去了感人的力量，他的命运也把他变成了比他所有的人物更加令人震惊的人物。"②

托尔斯泰在清末民初时期的影响很大，批评家认为："俄国托尔斯泰，本其悲天悯人之怀，著为小说，蔼然仁人之言，读之令人泪下而不自知，如此何故耶？林译《人鬼关头》、《恨缕情丝》等，皆至情至性，溢于纸上，无怪一编脱稿，万国转译，盛名固不易幸致也。"③ 不管是晚清新小说批评家还是五四新文学家与新文学批评家都比较注重托尔斯泰的人道主义

---

① 《恨缕情丝》，俄国讬尔司泰原著，闽县林纾、静海陈家麟译述，上海商务印书馆1919年4月初版，第4页。以下出自该作的引文随附页码，不另外加注。
② 〔奥〕茨威格：《托尔斯泰传》，申文林译，浙江文艺出版社2009年版，第48页。
③ 转引自阿英《阿英文集》，生活·读书·新知三联书店1981年版，第726页。

精神，此外是"至情至性"。

此外，还有马耳翻译的《结婚的幸福》，由大时代出版社1943年出版，笔者未见。方敬翻译的《家庭幸福》由上海文化生活出版社1945年4月初版、1952年5月五版。《文化生活丛刊》第三十三种。

《俄宫秘史》

《俄宫秘史》，署"法国魁特原著"（正文却明确地写到"法国魁特转译德文"），闽县林纾、静海陈家麟译述，上海商务印书馆出版发行。《说部丛书》四集系列第四集第一编，民国十年（1921）五月初版。全书两卷，每卷一册，上册90页，下册83页，每部定价大洋伍角。

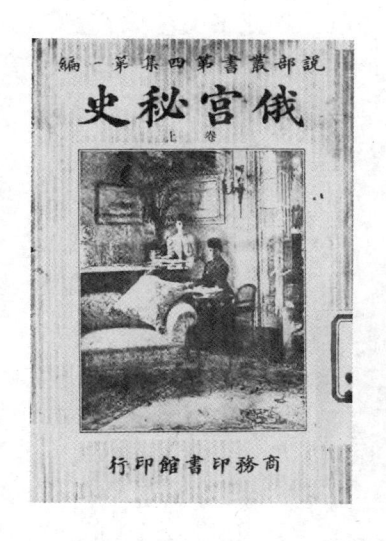

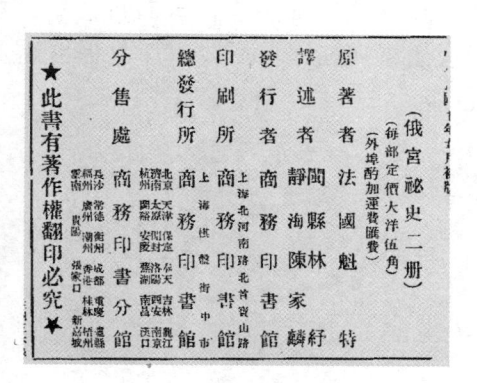

上卷九章，下卷九章，凡十八章。无章目，上卷卷首有"小引"。

这部译著比较特殊。马泰来先生在《林纾翻译作品全目》中把《俄宫秘史》列入法国魁特名下[1]，彭建华在其论著《现代中国的法国文学接受》中也是如此，[2] 可能因为《俄宫秘史》版权页署"原著者 法国魁特"的缘故。然而，他们均忽略了作品卷首"法国魁特转译

---

[1] 马泰来先生：《林纾翻译作品全目》，钱钟书等：《林纾的翻译》，商务印书馆1981年版，第91页。

[2] 彭建华：《现代中国的法国文学接受》，中国书籍出版社2008年版，第48页。

德文"的字样,更忽略了卷首"小引"。出自法国魁特之手的"小引"说,此卷为斐多路纳之秘史,"记之者,丹考夫伯爵夫人也。……凡以下所叙述,均出诸丹考夫之口,语皆切实……丹考夫草稿为德文,或意大利文,余则译以英文,语语皆肖,无复谬误"①。由此可见,《俄宫秘史》由俄国丹考夫所撰,由魁特英译。林纾、陈家麟可能根据英译本汉译。

俄国丹考夫与法国魁特生平事迹不详,待考。

《佳人奇遇》

《佳人奇遇》,日本柴四郎原著,梁启超译,原载梁启超主编的《清议报》,1901年由广智书局出版单行本,1902年此书又编入商务印书馆《说部丛书》十集系列第一集第一编(商务印书馆的《说部丛书》有十集系列与四集系列,前者100编,后者322编)。从1902年初版到1906年11月《佳人奇遇》曾重印过六版。1935年上海中国书局出版改写版《佳人之奇遇》,1936年3月中华书局又另行出版,1941年出版,1947年三版。

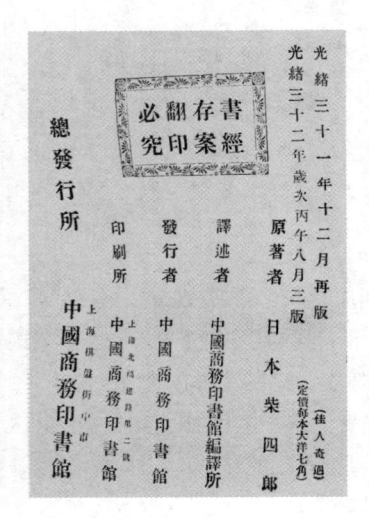

---

① 《俄宫秘史》,林纾、陈家麟合译,上海商务印书馆1921年版,第1—3页。

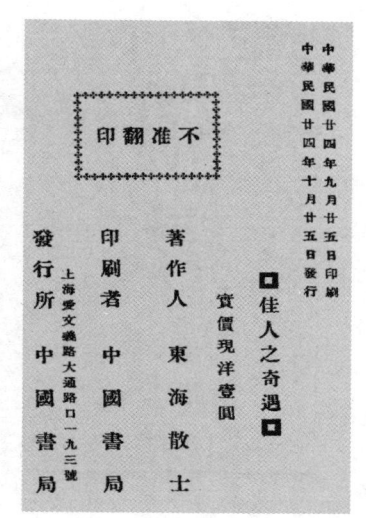

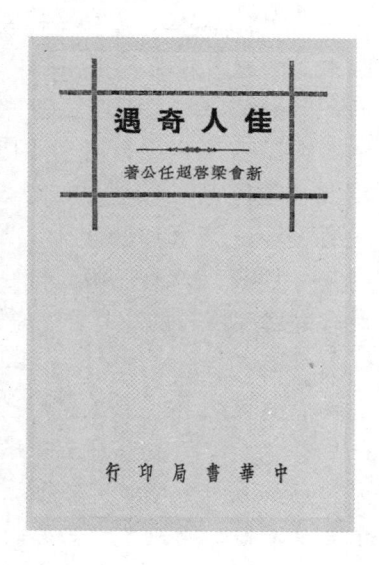

笔者所见有《清议报》版本。《佳人奇遇》最初在梁启超主编的《清议报》上连载，从第 1 册（光绪二十四年岁次戊戌十一月十一日，即 1898 年 12 月 23 日）至第 35 册（光绪二十六年岁次庚子正月十一日，即 1900 年 2 月 10 日）。凡十一卷，不分章节，无序跋。题"政治小说"。

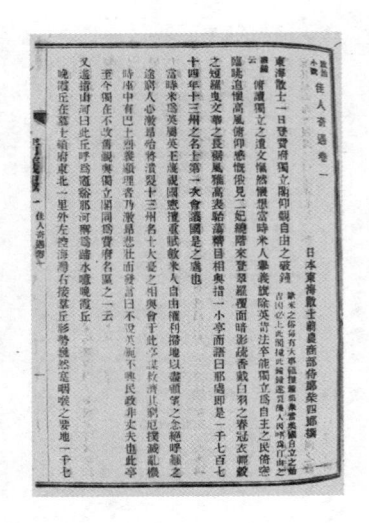

笔者所见还有商务印书馆《说部丛书》十集系列第一集第一编三版本。该版本封面题《说部丛书》第一集第一编（十集系列），日本柴四郎原著，商务印书馆译印。版权页署"原著者 日本柴四郎"，"译书者 中国商务印书馆编译所"，"发行者 中国商务印书馆"，"印刷所 中国商务印书馆（上海北福建路第二号）"，"总发行所 中国商务印书馆（上海棋盘街市）"。光绪三十一年（1906）十二月再版（初版时间不详），光绪三十二年岁次丙午（1907）八月三版。全一册，256 页，定价每本大洋柒角。

卷首有梁启超撰写的"序"（原署"日本柴四郎著"），其文为：

  政治小说之体，自泰西人始也。凡人之情，莫不惮庄严而喜谐谑，故听古乐，则惟恐卧，听郑卫之音，则靡靡而忘倦焉。此实有生之大例，虽圣人无可如何者也。善为教者，则因人之情而利导之，故或出之以滑稽，或托之于寓言。孟子有好货好色之喻，屈平有美人芳草之辞，寓讽谏于诙谐，发忠爱于馨艳，其移人之深，视庄言危论，往往有过，殆未可以劝百讽一而轻薄之也。中土小说，虽列之于九流，然自《虞初》以来，佳制盖鲜，述英雄则规画《水浒》，道男女则步武《红楼》，综其大较，不出诲盗诲淫两端，陈陈相因，涂涂递附，故大方之家，每不屑道焉。虽然，人情厌庄喜谐之大例，既已如彼矣。彼夫缀学之子，黉塾之暇，其手《红楼》而口《水浒》，终不可禁，且从而禁之，孰若从而导之？善夫南海先生之言也，曰：仅识字之人，有不读经，无有不读小说者，故六经不能教，当以小说教之；正史不能入，当以小说入之；语录不能谕，当以小说谕之；律例不能治，当以小说治之。天下通人少而愚人多，深于文学之人少而粗识之无之人多，六经虽美，不通其义，不识其字，则如明珠夜投，按剑而怒矣。孔子失马，子贡求之不得，圉人求之而得，岂子贡之智不若圉人哉？物各有群，人各有等，以龙伯大人与僬侥语，则不闻也。今中国识字人寡，深通文学之人尤寡，然则小说学之在中国，殆可增《七略》而为八，蔚四部而为五者矣。在昔欧洲各国变革之始，其魁儒硕学，仁人志士，往往以其身之经历，及胸中所怀政治之议论，一寄之于小说，于是彼中缀学之子，黉塾之暇，手之口之，下而兵丁、而市侩、而农氓、而工匠、而车夫马卒、而妇女、而童孺，靡不手之口之，往往每一书出而全国之议论为之一变。彼美、英、德、法、奥、意、日本各国政界之日进，则政治小说为功最高焉。英名士某君曰：小说为国民之魂。岂不然哉！岂不然哉！今特采日本政治小说《佳人奇遇》译之，爱国之士，或庶览焉。

该"序言"原为梁启超撰写的《译印政治小说序》，最初发表于《清议报》第一册（光绪二十四年十一月十一日刊），唯篇末"今特采日本政治小说《佳人奇遇》译之"数语，原作"今特采外国名儒所撰述，而有关切于今日中国时局者，次第译之，附于报末"，其余依旧。

笔者所见还有民国二十四年（1935）九月二十五日上海中国书局出版发行的改写版《佳人之奇遇》。署名"著作人　东海散士"，"印刷者　中国书局"，"发行所　中国书局（上海爱文义录大通路口一九三号）"。全一册，276 页。实价现洋壹圆。

卷首有田兴复临室主任撰写的《佳人之奇遇叙言》，其后有有待楼主人撰写的《佳人之奇遇引言》，其后有东海散士"自序"。此外还有大量眉批和许多插图。

田兴复临室主人撰写的"叙言"，兹录如下：

欲救今日之国难，以谋转弱为强之方法，固在生产建设与国防预备，然必须有一大动力，将一盘散沙变为团结一致，将自私之念改为良心负责，否则虽有强大设备，难达理想之效果，所谓不在炮而在人是也。以户口未清、家庭关系、募兵制度、游民充斥之中国，深恐总有劝告指导与国法威力，难救自私麻木之心理。虽有少数诚意，不敌多数之虚假，顾此改造人心之最大动力，异常难觅。吾为是忧，更为是惧，乃经十余年来日夜不息考求之所得，与博览群籍之余，竟不得其门而入。即有粗浅之理，不敌真理驳推，正苦无办法间，忽阅到《佳人之奇遇》一书，反复推求其内容宗旨，不觉拍案惊奇，欢跃至极而言曰：是诚改造今日中国人心之良药也。缘此书大意，系中日留洋两志士，奇遇欧州三少女，以风马牛之不相及，竟相亲互爱而不愿分离，是诚空前绝后之一大稀奇。且彼等尽系国破家亡之人，相谋复兴之策，其心理之表现，均不谋而同，曾受极端压迫，已经彻底觉悟，为国家兴亡抱必死决心，为骨肉朋友之正义、而牺牲自己。著者东海散士，不曰政治之作，而用才子佳人之名，托言外邦之善恶，暗责本国之利弊，以慷慨激昂淋漓痛快之言辞，叙世界兴衰得失强亡之原因。既以西洋政治事实，复引东方圣贤故典，聚名士佳人、善恶领袖、贤官良将、汉奸国贼于一堂。文章之佳可称绝步，较之古文殆有过之而无不及，确可百读不厌，更有助于学生国文考试，及一般著作叙事。凡所言者，除少数言情艳语诗歌外，均系人群进化、公理公例、侵略压迫民权革命、优胜劣败之经过，英雄豪杰伟大事迹。读之可歌可泣，具兴奋之力，有感化之能，确可使人进为伟人，或退为平凡。如果不能有不顾一切大无畏之精神，则能有埋头工作心平气和之思想，从此革面洗心，认清自己与社会国家之关系，按照书内所指各人各事各国以研究之。某者为贪虚名招实祸，某者为卧薪尝胆实力救国，既能分别善恶是非，复可明解大小多少。书成，虽在数十年前，不啻为今日中国写照。倘认此书确可唤起民众，有益于社会国家，希即广为宣传，介绍于同志或相识。凡属知识阶级，允宜人手一编，昔日本贫弱之秋、内忧外患之时，幸赖此书一出，上下争睹，全体觉悟，团结统一，各自努力，造成富强之基，得今日称雄之果。梁任公先生于《饮冰室文集》中曾言，日本富强原因在《佳人之奇遇》，则此书潜势力感动力之大可想而知。如欲中国富强，亦可利用此书，使已死之人心，全体热烈，良心负责，自救救人，必可转弱为强。此书既有如此大能，根据天下兴亡匹夫有责之义。一得之诚，缄默难安，迫于良心主使，不计个人利害，牺牲巨款与时间，急而为译述印行之举，敬献于同胞之前，则吾所抱素志，愿目睹国家富强，否则死亦不能瞑目之宏愿，将可藉此有望也。或曰区区一书，何能有关于国家兴亡大计，此诚浅见之谈也。自卢骚《民约》一出，即发生法国革命，造成世界今日多数共和之果，可知有价值著作之能力矣。希同胞勿忽，不胜感激待命之至。是为叙。

乙酉仲秋，有待楼主人撰写的《佳人之奇遇引言》如下：

诉之天耶，茫茫不答；告之人耶，人不吾亭听。于是乎笔代舌，墨代泪，文字代语言，而自告自憨以自遣。柴君爱国之志，亦可悲夫。君会津人，少长于流离患难之中。久游学于美国，学成归国，颇详海外之事情，深注意于未雨之绸缪，孤愤感慨之气，郁积磅礴而不能自已，乃著此警言。嗟乎！使此有用之才，不能施之事业，竟借笔墨以泄其志者，抑谁之咎也？读毕慨然书卷端。

东海散士"自序"如下：

散士幼遭戊辰之变，全家陆沉，迭遭流离，其后或飘流东西，或投笔从戎，遑遑栖栖，席不暇暖。既而负笈游海外，专心适用之业，自汲汲修经济、商法、殖产诸课，殖产利用之心日长，而花月风流之情日消，练文咏诗，乏于余闲。然多年在客土，忧国慨世，跋涉千万里之山海，触物感时，发而为文者，积之及十余册，是皆偷闲之漫录，有和文有汉文时或有英文，未为一体之文格。今年归国，养病于热海之浴舍，始得六旬之闲，乃仿本邦今世之集录削正，名之为《佳人之奇遇》云。唯散士非诗文之专家，其瑕疵之至，固不能免。鄙谚曰：当局者迷，旁观者清。散士之于此者，亦信此谚之不我欺，盖此篇之成也。汉儒或评之曰：文字往往倾戏作小说之体，且导西洋贱男贵女之弊风，使妇女陷于骄傲，恐女德为坏云。稗史家则难之曰：书中痴话情爱之章既少，更无游里歌舞之谈，敬头敬尾，皆惟慷慨悲歌之谈耳，故一见易生厌倦之念云。铁子曰：惜乎文中往往缺对句，不务选雅言若更选联句对词，锻炼文章，将为完璧云。然隐生则曰：徒拘泥汉魏六朝之古文，用意于对句雅言，故文字虽藻丽而乏西洋大家所贵之气魄，且所摹拟不过为东西稗史之最短处云。华生反之曰：稗史家中别出一机轴，不仿东洋之构思，不假西洋之体裁，不话鬼神，不谈妖怪，故文章流畅，精神雄迈，字字皆金玉也。更有一士未读竟数行，掩卷而笑曰：是亦洋行书生自由之论，不足观之。于是散士喟然叹曰：难哉！铝槃操觚之士，作者劳而读者逸，难之者易，而辨之者难，况于读者有以各自之心迎意作同义异解者耶？由是观之，朝吏将误以为议官吏者，勤王家将以为说自由而不忠于王室，民政党将以为非难共和政体而媚王室，教法家将为疑天道是非而不悦，理学者将以为说大道是非，见嘲为顽陋，道德家将以为郑声淫秽之书，和汉小说家将评以不粹，激烈少壮辈将詈为怯弱之论，老练家将笑为书生空论。盖皇天之仁慈，犹且不能满万人之所望，独疑于散士之《佳人之奇遇》耶？故读者之评论，非所问也，惟平意虚心，不拘泥于文字，通览全篇，而勿使微意之所存为误。幸甚所憾者鳌头论评，多系内外名士之笔，惟因有所惮，兹不能揭其姓名耳。然他日必将有使读者明知之时，幸希谅之。

笔者所见还有中华书局1947年9月三版本。版权页署"著者新会梁启超"，实际上著者是日本的东海散士，梁启超是汉译者。发行人为李虞杰（中华书局股份有限公司代表），印刷者为中华书局永宁印刷所（上海澳门路）。分行处为各埠中华书局。全一册，220页，定价国币一元二角。

全书十六回，无回目。卷首有梁启超撰写于光绪二十四年（1898）的序言。该序言与《佳人奇遇》十集系列版本的序相同。

《经国美谈》

《经国美谈》，原载《清议报》第36—39册，1900年2月20日至1901年1月11日。后有《清议报全编》刊本。该刊本署日本矢野文雄著，未署汉译者，题"政治小说"。汉译者为雨尘子即周逵（宏业），湖南人，其时正在日本东京高等大同学校留学。《氏目录》第1685—1686页记载，《经国美谈》还有李伯元译述本，载《世界繁华报》202号，1901年10月25日。署名㵄花客（李伯元），又载《游戏报》2123号，1903年7月9日。《经国美谈新戏》（新编前本）18曲，讴歌变俗人（李伯元）编，连载《绣像小说》1—34期，1903年5月29日—1904年9月24日。李氏译本是否是周氏译本的改写本，待比较。邹振环《影响中国近代社会的一百种译作》一书（中国对外翻译出版公司1996年版）把雨尘子与周逵（宏业）当成两个人，有误。

《清议报全编》刊本前编134页，后编182页。前编凡二十回，有回目，还有原著者日本矢野文雄撰写的"自序"。

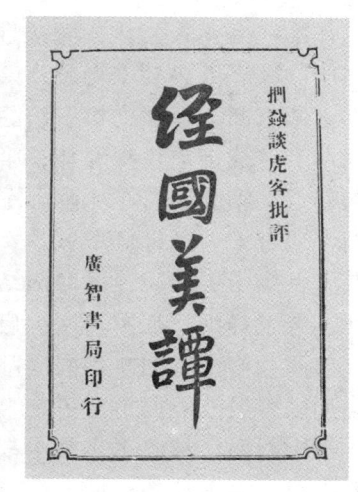

回目依次为：第一回　老儒者高谈史事　小儿童大触热肠；第二回　二强国日就衰颓　两英雄密商国事；第三回　英雄避难走阿善　壮士伤心哭故人；第四回　入公会名士就缚　借外兵奸党横行；第五回　明月夜渔父救恩人　公会堂壮士忆亡友；第六回　洒热血鼓动会民　阻援兵偷安旦夕；第七回　巴比陀古殿谈逸事　安度俱夹道遇歹人；第八回　佳人遇名士分外留情　奸贼戮正人神人共愤；第九回　美人暗救英雄　志士潜居村野；第十回　眈眈虎威强迫阿善　侃侃正论鼓激会民；第十一回　英雄热心走险计　壮士乡村击不平；第十二回　山中春雨隐士高言　月下歌声主仆相遇；第十三回　英雄狱中修理学　安重牢内救志士；第十四回　比留利奉使入阿善　巴比陀李府会故人；第十五回　贤士说治乱往复寄书　英雄察机宜数言决计；第十六回　名士决死归国都　懦夫发书阻危计；第十七回　志士都门遇难　奸人星夜驰书；第十八回　志士扮乔妆入席　英雄传假使呼门；第十九回　都民夜半惊警钟　贤士庙前定都署；第二十回　行功赏国内归清平　奋霸威大举伐齐武。

《经国美谈》随后由上海广智书局发行单行本。题"政治小说"。封面署"扪蝨谈虎客批评"（韩文举），"广智书局印行"。有回目，前编二十回，后编二十五回，以及原著者所撰写的《经国美谈序》，均与《清议报》刊本相同。笔者所见版本缺版权页，《樽氏目录》第1686页记载，该版本于光绪三十三年（1907）四月出版，周逵（周宏业）译述。

《经国美谈序》兹录如下：后编凡二十五回，有回目，依次为：第一回　议战守大开军政局　联邦交重为异国游；第二回　齐武使臣归国　阿善暴民作乱；第三回　入公会慷慨就难　得急报仓卒退兵；第四回　兰摧柳折名士伤心　鬼怒人怨枭雄得志；第五回　弗拉太甘言说斯将　苏方度贪夜袭阿都；第六回　智猛周村中访隐　解武利河畔驻军；第七回　传檄远近义正词严　转战街前正兴邪仆；第八回　国微兵弱都城重被围　弱从强衡同盟初起点；第九回　布死阵阿军逸待劳　突重围齐将寡破众；第十回　英雄湖上遇奇人　慈母灯下诫少女；第十一回　斩骁将奇计奏功　争东海水师获胜；第十二回　怜薄命两结偕老缘　开边衅忽来不测祸；第十三回　爱壮志老王释虏　征军费两国启隙；第十四回　志定乘乱败斯兵齐武藉端灭弗国；第十五回　各国厌乱弭兵　英雄奉节赴会；第十六回　亚世刺气凌列国　威波能面折斯王；第十七回　阴人乘机肆邪言　强国藉端逞野志；第十八回　神武军丧服出都门　副总督帐中梦冤鬼；第十九回　齐将誓死决战　斯王负伤丧命；第二十回　新兴国一战张霸威　老霸王数言振国气；第二十一回　斯波多无力镇南部　乌卡旧乘势结联邦；第二十二回　报旧怨联军围都　望军容老王兴叹；第二十三回　英雄定计筑新都　名士公心犯国法；第二十四回　壮心冒险英雄陷危地　败军需救践卒统兵权；第二十五回　王后多情英雄解难　霸威远振名士成功。

《清议报全编》刊本中有原著者日本矢野文雄撰写的"自序"，兹录如下：

予于明治十五年春夏之交，卧疾兼旬，辗转床蓐，倦眼史册，独寐无聊。尝取和汉种种小说观之，诸书无著作之才，其所敷设，旨趣卑下，辄不满于人意。其后于枕上信手拈得一册，记齐武勃兴之遗迹。其事奇特，甚可骇愕，曾不粉饰。乃尔悦人，思笔译之。继乃索诸家之希腊史，而坊肆甚尠，除学校所得之小册外，仅得两编，如补里幽打路芝，及写耐邦、希腊、古史家之遗书，存之当世，其为英译者殆绝不能得。且史家记齐武之事，惟铺设其大体，而欲求详叙其当时之颠末者，竟落落如晨星之可数。坐令一代伟事，终归湮没，模糊烟雨，吁可惜者。于是始戏补其脱略，学小说家之体裁以构思。然予之意，原在于记正史，不欲如寻常小说之妄加损益，变更实事，颠倒善恶，但于实事略加润色而已。腹草早成，编简未就，盖予久欲笔之于书，值人事匆促，未果厥志。

是岁六月，予游于京摄之间，以京师者多闲静地，堪以事于编检，遂执希腊史数册而往。盖欲就于此地以译述之。然予自达大阪，而二三同志之士，造门投刺者日不乏人。酬应斯繁，不遑宁处，加以书简沓，至多有不可不应答之者。故偶得闲游于京师，然淹留亦不过数日，矧乃山川之胜，不免攀跻，扰扰风尘，未果初愿。其后亦马屠车殆，草草劳人，竟至前此之存此书于腹中者，又失过半。惟就原书寻思苦索，略记其绪，幸不全失，得存大略。

报知社员佐藤藏太郎氏者，同乡人也，好小说，长于叙事。予乃以所闻，演锐（说）此书之大意。氏每夜略记其所闻，于是岁十一月中旬止。然当时予以事出游近县，未能多从事于此。其年十二月不幸有停止报知新闻之事，又当岁晚，四方之招聘绝少，乃以身心之间，为屏居谢一切客，耽心著述。其时予右腕有疾，不良于笔，因口述文笔，佐藤氏从傍记之，积而成卷，于是月下旬新闻解停之前二日竣事。然本成于口授笔录，故同音异义之字不少。予病闲，乃自校阅，再加修改，延至十六年一月中旬，始得就理。尝自窃笑，此篇无用之册子，何足以费大力，乃付梓役，以加枣梨？呜呼！一部戏语，而惫余数月之心思，而成此等闲之文字，知不免为通人达士所嘲笑也。

抑此书之得速成，实由记者之力，佐藤君厥功甚大，余深感之。又次于佐藤氏而尽力是书者，则画工龟井至一氏。其于卷中之画图，自人物之服饰、居室之规模以及戎器什物，悉仿希腊古代之制。然模仿二千年前之形象，宁易肖真，其困难亦自不小。惟余欲氏一一准于古图，于古图中之服装器物，不许少违。故氏图中一器之小，一物之微，不敢稍有差异，悉从古图中得来。余知其笔下生多少之梗塞，若氏得自运匠心，纵其笔力之自由，其工妙岂特如斯而已哉！

世人动曰：裨官小说亦有补于世道。余以为其过言也，若其说真理正道者，世间自有其书，何用为此裨史小说为哉？唯身既未躬逢其世，而欲别开一天地，使开卷之人，如真游于苦乐之梦境，是则裨官小说之本色也。故于裨史小说之世，不过如音乐画图诸美术，与一切寻常把玩之具而已。读是书者，视为一切把玩之具可也。然则，是书之本体，岂非记正史事迹哉。明治十六年二月龙溪学人矢野文雄识于报知社楼上

《经国美谈》还有商务印书馆版本，被编为该馆《说部丛书》第一集第二编（属于十集系列）。前后两版，书影如下。前者藏中国国家图书馆，后者藏复旦大学图书馆，均缺版权页。出版时间当在1903年。我们发现，《说部丛书》十集系列一百编编为《说部丛书》四集系列初集时，除了第一编《佳人奇遇》与第二编《经国美谈前后编》分别由《天际落花》与

《剧场奇案》取代外，其余九十八编不变，并按原序编入。这可能与《佳人奇遇》和《经国美谈》的版权被收回有关。

这两种版本前编二十回，134 页；后编二十五回，182 页，有回目，与《清议报全编》刊本相同。无序跋。缺版权页，其他信息不详。

学者王小平与邹振环认为："《经国美谈》在日本面世后，深受日本青年的欢迎，先后重印过数十版，成为当时以志士自诩的日本青年多数人携有的读物。依田学海、成岛柳北、栗本锄云、藤田鸣鹤四位当时著名的汉学者，以汉文对此书作了评点。栗本锄云、藤田鸣鹤还分别为之写了序和跋。他们两位都谈到此书情节多变。鸣鹤甚至说此书'变化百出，笔力纵横'，多次谈到'变化之幻'。认为全书有群山万壑赴荆门之势，将曲折多变、惊险奇幻的情节有机地交织在一起，能使读者在'惴惴须臾不能安其意'的状态中，获得艺术享受。这部作品在日本的出版，首先是鼓舞了日本青年保卫自己这个弱小国家的爱国主义，同时也唤起了青年知识分子争取政治自由和国家独立的热情，但也不同程度地鼓吹了富国强兵以称霸天下的侵略扩张主义。"①

清末民初，《经国美谈》广泛传播，并被广泛接受，产生很大的影响，反映了中国知识分子的政治情怀。孙宝瑄读后在《忘山庐日记》中这样写道："是书写希腊齐武国中巴比陀、威波能等一时豪杰，能歼除奸党，修内政，振国威，声震九州，名播青史，可敬可服可羡，为我国小说中所

---

① 邹振环：《影响中国近代社会的一百种译作》，中国对外翻译出版公司 1996 年版，第 132 页。

无。书中分别民政党与无政府党之差异，盖相似而相反者也。民政党如巴比陀、李志诸人是也。无政府党如黑搓诸人是也。巴比陀以其法兴齐武，黑搓以其法乱雅典，厉害皎然。又极论均贫富之非，直可作一部政治书读。"① 但他不赞成虚无党"完全无限制之自由"的宗旨，并认为"《经国美谈》所载，势必堕入野蛮人之自由，大非世界之幸福也"。（同前，第623—624页）1903年，周作人在日记中写道："看小说《经国美谈》少许，书虽佳，然系讲政治，究与吾国说部有别，不能引人入胜，不若《新小说》中《东欧女豪杰》及《海底旅行》之佳也。"② 同年，郭沫若（1892—1978）从就读于成都东文学堂的大哥那里，阅读到大量的新报刊新书籍，其中包括《经国美谈》。胡适上私塾时，也读过这部书；在他的《四十自述》一书中，有这样的记载："二哥有次回家，带了一部新译出的《经国谈美》，讲的是希腊的爱国志士的故事，是日本人做的，这是我读外国小说的第一步。"③ 1914年，八岁的李健吾就听老师为他们这群孩子讲《经国美谈》，此后便与《经国美谈》乃至《说部丛书》结下了不解之缘。他曾说，当着这部破旧的《说部丛书》，我没有别的感觉，好像自己一辈子就读念了它一本书似的，好像它和我合成一个东西。④

《秘密电光艇》

《秘密电光艇》，日本押春川浪原著，绍兴金石、海宁褚嘉猷译述，上海商务印书馆出版。该译作编入三种系列，即一为《说部丛书》十集系列第四集第七编，二为《说部丛书》四集系列初集第三十八编。十集系列版本，光绪三十二年（1906）二月首版，光绪三十二年丙午（1906）九月二版。发行者中国商务印书馆，印刷所中国商务印书馆（上海北福建路第二号），总发行所中国商务印书馆（上海棋盘街中市）。全一册，140页，每本定价大洋三角五分。四集系列版本，题"科学小说"。笔者所见版本缺版权页。据《樽氏目录》第2317页记载，该版本丙午年（1906）四月初版，1913年12月二版，1914年4月再版。原名《海底军舰》，由于押川春浪的《海岛冒险奇谈》之一，日本文武堂1900年11月出版。

---

① 孙宝瑄：《忘山庐日记》，上海古籍出版社1983年版，第616—617页。
② 张明高、范桥编：《周作人散文》（四），中国广播电视出版社1992年版，第227页。
③ 《胡适四十自述》，中国华侨出版社1994年版，第28页。
④ 韩石山：《李健吾与〈经国美谈〉》，北大语料库。

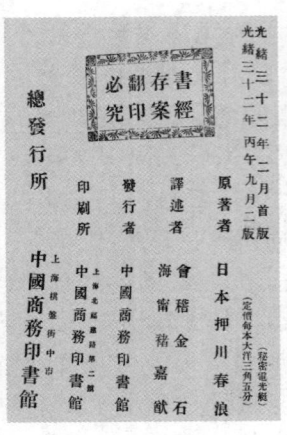

二者内容相同，凡二十六章，无章目。

《秘密电光艇》叙述"日本樱木大佐欲伸张国威，乃侨居海岛，制一秘密电光战艇，本科学进步，创海军宏规，能使阅者骎骎，推大其海军思想。其间总以铁车冒险诸事，尤为奇兀瑰雄，译笔复波澜老成，真令人一读一击节者"。

首有伯爵吉井幸藏撰写的原序，序文为：

  今世界各强国，竞汲汲于整饬海军，蕲海事之日进而日上，诚欲握制驭之权，张国家之威福也。我帝国本世独一无二之海国，将以宣扬国威，增进国利，必先收海上之权力，以盛输运，翼商政，扩充富强之业，而达兹目的，则无亟于奖励国民之海事思想者。是书本科学之进步，创海军之秘制，命意奇兀，结构瑰雄，使读者若研究精神教科书，将由此骎骎推大，自茁然含其海事思想，而炽人为国之热心。余喜其将刊行于时，以饷志学者，爰为识数言于简首。

《寒牡丹》

《寒牡丹》，署日本尾崎红叶原著，杭县吴梼译述，上海商务印书馆出版。该译作编入三种系列，即一为《说部丛书》十集系列第四集第十编，二为《说部丛书》四集系列初集第四十一编。十集系列首版本，题"哀情小说"。光绪三十二年（1906）三月首版，发行者中国商务印书馆，印刷所中国商务印书馆（上海北福建路第二号），总发行所中国商务印书馆（上海棋盘街中市）。上下两卷，每卷一册，上册118页，下册96页。每部定价大洋四角五分。四集系列版本，题"哀情小说"。版权页署丙午年（1906）三月初版、民国二年（1913）十二月三版。发行者、印刷所、总发行所均为商务印书馆。分售处为全国各地乃至海外的商务印书分馆二十七家。全书分上下卷，二册，上册118页，下册96页。每部定价大洋肆角伍分。

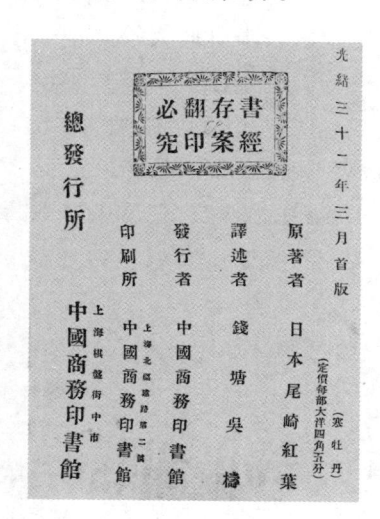

二者内容相同，全书二十四回，有回目，无序跋。回目依次为：遇奸、丧母、行私、悔罪、拒金、谒邸、睹仇、索犯、婚刑、浊富、发简、菹乡、乞命、拯孤、得书、述案、索御、诱供、村哄、案发、赴配、遇恩、返寰、圆镜。

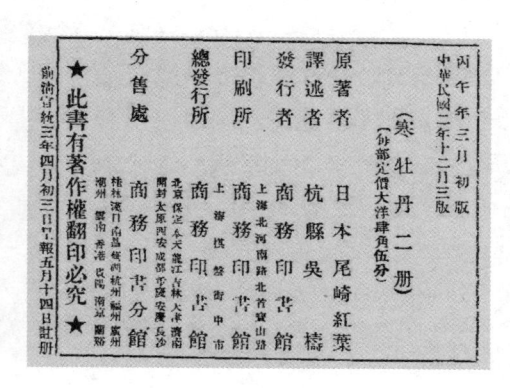

《樽目第九版》1517 页指出：长田忠一、尾崎德太郎《寒牡丹》春阳堂 1901.2.6。本文に秋涛居士、红叶山人とある（酒井 33 页）长田秋涛と共译。《读卖新闻》明治三十三年一月一日至五月十日。原作・原作者未详フランス小说か。

尾崎红叶（1867—1903），日本明治时代著名小说家，原名尾崎德太郎，别号缘山、半可通人等。生于东京，自幼学汉诗。1883 年就读于东京大学文科，倾心于江户人情本小说，中途退学。翌年与山田美妙、石桥思考等人创立砚友社，创办同人杂志《我乐多文库》。1889 年发表成名作"雅俗折衷"的短篇小说《二尼姑情海录》，引人注目。早期创作受古典作家井原西鹤的影响，其后风格不断变化，后受《小说神髓》影响，采用写实主义手法创作，发表《沉香枕》《两个妻子》《三个妻子》等作品。《三个妻子》发表后，名声大噪。1896 年发表的《多情多恨》被视为写实主义心理小说的杰作。1897 年在《读卖新闻》上连载长篇小说代表作《金色夜叉》（因病去世而未完成），好评如潮。总之，其作品在明治时代影响甚广。[①]

《寒牡丹》叙述"俄国士官某偕二友雪天乘橇出游，见良家一女子，艳之，乘醉与共劫女赴酒家，迫之侑酒，且强污焉。女卒讼于俄皇得直，判某取女为妻。成礼后，某与二友均遣戍而籍其家，资悉以畀女。女慧而贤，持家井井。后某病于戍所，女复代为乞恩，亲往迎之归，遂相偕老。情事凄丽，可兴可观"。

寅半生《小说闲评》评述《寒牡丹》云：

> 书凡二十四回，分上下两卷。叙俄罗斯贵族柯列基伯爵与萨开那、李召夫两参将，黑夜途遇休职军医之女霍丽查，乘醉拥入红茶馆，肆行啰唣，至夜半送回。丽查之母本久病，一愤而亡。父女遂立意告发，柯等悔且惧，赂以金不受。事闻于皇，御断将三家财产，概与丽查。复赐与柯列基伯爵结婚。婚礼毕后，将柯等三人充发西伯利亚。此前半之节略也。后半叙丽查身为伯爵夫人，毫无贵族气习，整顿门庭，不遗余力。总管福华斯心悦诚服，屡致信于柯，称道主妇之

---

① 谭晶华主编：《日本文学辞典・作家与作品》，复旦大学出版社 2013 年版，第 92 页；《简明日本文学辞典》，张岩峰、胡凯、张晓春等编著，东北师范大学出版社 1989 年版，第 53 页。

贤。柯宿怨未消，不之信，柯有妹曰爱莲，冒杀夫之名，久不齿于人类，丽查竭力访查，冤为之雪。爱莲感甚，亦致信于兄，白其才德。柯不为动。后柯病，女入宫奏请恩赦。女固精医术者，只身赴配所，亲为诊治调理，柯得以转危为安。然旧怨未释，病痊后，遽谋离婚，女慨然出指环还之。萨李二人劝之不听，遂结伴还京。将到家，柯忽悔悟，复以指环强纳于女，认为夫妇，书遂结。……柯列基为女而充军，一腔怨恨，自未能遽释。惟福华斯告之，不信，爱莲告之，不信，至只身寻夫，竭力调护，仍不能感动，卒至离婚，可为匪石难转矣。何以转关如此易易？此处似嫌太率。鄙意到家后，宜实行离婚，女还产独处，怡然自得。当由爱莲知恩报恩，竭力斡旋，大费一番周折，然后破镜重圆，则结局较为有味。况有柯夫人可用，有福华斯可效力，尽可欲擒故纵，欲合故离，腾挪变化，做一篇大好文章。作者见不及此，惜哉。①

《血蓑衣》

《血蓑衣》，署日本村井弦斋原著，商务印书馆编译所译述，上海商务印书馆出版。该译作编入二种系列，即一为《说部丛书》十集系列第四集第十编，二为《说部丛书》四集系列初集第五十编。十集系列初版本，丙午年（1906）五月初版。发行者、印刷所、总发行所均为中国商务印书馆，外埠发行为所有商务印书馆分馆七家。全一册，107 页。每册定价大洋贰角伍分。四集系列再版本，封面题"义侠小说"。丙午年（1906）五月初版，民国三年（1914）四月再版。发行者为商务印书馆，印刷所也为商务印书馆（上海北河南路北首、宝山路）。总发行所为位于上海棋盘街中市的商务印书馆，分售处为全国各地乃至海外的商务印书分馆二十七家。全一册，107 页。每册定价大洋贰角伍分。二者内容相同，凡五十一节，无节目。无序跋。

---

① 阿英：《晚清文学丛钞：小说戏曲研究卷》，中华书局 1960 年版，第 484—487 页。

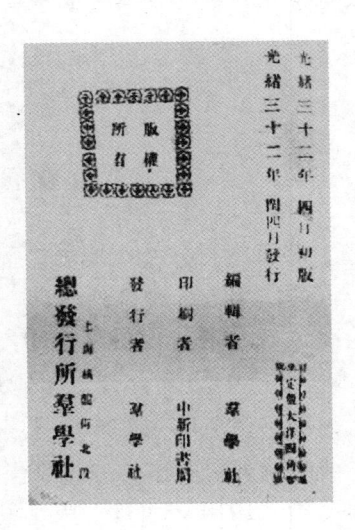

原著为《两美人》。根据《樽目第九版》第5168页记载，（饭冢容）原作是村井弦斋《两美人》（《邮便报知新闻》1892.9.7—11.15连载。单行本是春阳堂1897.6.19）。

村井弦斋原著者（1864—1927），出生于爱知县丰桥。就读于东京外国语学校俄语专业，因身体不佳而中途退学。后留学旧金山，返回国途中幸遇矢野龙溪。回国后出任《邮便报知新闻》的编外记者，开始写报道和小说等，后为正式记者。其作品有《加利福利亚》《町医者》《桑之弓》《日之出岛》《食道乐》等。其作品多为历史小说与传记小说，"每部小说中都融入了作者的社会理想，带有浓厚的科幻小说的色彩。其小说特点用一句话来描述就是'发明'和'恋爱'"①。

其故事梗概为：

> 筑后川畔，佐贺境内。著名演说家民野魁的妹妹民野莲，因兄长在选举动乱中遭暴徒袭击丧命，遂取其仇敌髭野郡长的首级。另外，长崎大浦星月晋的女儿星月莲因父亲逝世，在寻访东京的叔父星月洁男爵的途中去往佐贺，欲向父亲自由民权运动的同事民野魁借旅费。巧的是芳名相同的两位美人在森林中偶然相遇。在看见民野莲蓑衣上的血迹、证实了报仇一事后，星月莲身中党派相斗的流弹而倒地。警察迅速赶来，民野莲只得扮成星月莲。真正的星月莲在火速赶来的半井医生的救治下，奇迹般地活了下来。但民野莲并不知情，去了东京。
>
> 星月男爵的府邸。夫妻没有子女，对阿莲宠爱有加，要收她作养女，阿莲深感为难。男爵夫人想让工部大臣秘书、自己的外甥浮岛波之助娶阿莲为妻，以为后嗣，而男爵却把陆军少尉武田勇作为候选。武田对阿莲颇像同乡亲友民野魁、而且说话有佐贺口音感到大惑不解。而浮岛波之助的目的不过是占有男爵家的财产。
>
> 一天，已结为夫妇的半井医生和星月莲来到男爵家，新来的阿莲指骂假阿莲是罪魁祸首。男爵夫人和波之助欲将阿莲赶出家门，男爵却说不管有什么事情也喜欢阿莲的人品。武田知道报仇的事情后也很感动，并向阿莲求婚。但是，阿莲决心向警察自首。武田想出妙策，打算乘军用飞船（气球）逃往国外，但在实施前阿莲已向警察投案。
>
> 星月莲决心成为男爵家的养女，连丈夫也抛弃了，进入公馆，但男爵却给她钱财，宣布断交。她不理睬的半井医生也躲着她，星月莲精神错乱，在新桥车站出尽洋相，被男爵的朋友、律师道野公成看见。因此，虽以为审判对民野莲有利，却因为她自认有罪而判处有期徒刑15年。武田和阿莲相约15年后再会。②

《血蓑衣》有则广告，其文为："此书叙一侠女子手刃兄仇，仓皇出走。虽主者刮目，终不自安，投首公庭，自就刑典。经执法科罪减等为

---

① 〔日〕长山靖生：《日本科幻小说史话》，王宝田等译，南京大学出版社2012年版，第61—64页。
② 录自日本饭塚容：《〈血蓑衣〉的来龙去脉——村井弦斋〈两美人〉的变形》，黎继德译，南京大学中国新文学研究中心网站，胡星亮：《中国现代文学论丛》（第四卷），上海人民出版社2009年版。

徒，英奇之概，以沈著之译笔传之，益觉生气跃然，且陪衬处更皆神采飞动，杰作也。"洋装一册，定价大洋二角五分。

艳情小说《双美人》（原载光绪三十二年闰四月十五日，即1906年6月7日《时报》）有则广告，其文为："是书述一贞烈丽妹手刃兄仇，暂匿府邸，力拒婚约，卒乃自首警察，慷慨就罚，磊落壮丽，洵不愧为女豪杰。其间叙男爵之仁厚，少佐之爱，侠泉之助，星月莲香之薄倖，皆形容毕肖，洵伦理小说之佳本也。"每部四角。上海群学社发行。

《美人烟草》

《美人烟草》，署日本尾崎德太郎原著，杭县吴梼译述，上海商务印书馆出版发行。原载《东方杂志》3 年 4—7 期 光绪三十二年四月二十五日至六月二十五日（1906.5.18—8.14）（见《樽目第九版》第 2910 页）。该译作编入二种系列，即一为《说部丛书》十集系列第六集第三编，二为《说部丛书》四集系列初集第五十三编。十集系列版本，光绪三十二年（1906）岁次丙午季夏首版，光绪三十二年（1906）岁次丙午九月二版，发行者为中国商务印书馆，印刷所为中国商务印书馆（上海北福州路第二号），总发行所为中国商务印书馆（上海棋盘街中市），外埠分售处有九家。全一册，68 页，每本定价大洋一角。题"立志小说"。四集系列版本，封面题"立志小说"，丙午年（1906）十月初版、民国三年（1914）四月再版。发行者、印刷所、总发行所均为商务印书馆。分售处为全国各地乃至海外的商务印书分馆，凡 27 处。全一册，68 页。每册定价大洋壹角。笔者所见为再版本。二者内容相同，凡八节，无节目，无序跋。

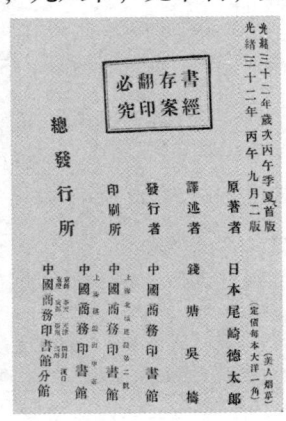

樽本先生认为，《美人烟草》的原著者并非尾崎德太郎，而是广津柳浪。《樽目第九版》第2910页记载：尾崎德太郎は广津柳浪の误り。（广津）柳浪《美人莨》《太阳》11卷12—13号1905.9.1—10.1。

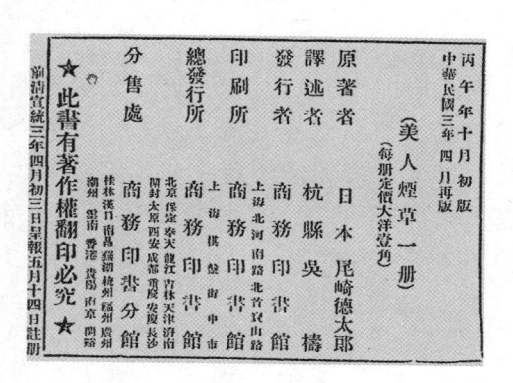

《美人烟草》叙述"日本一女子游学东京，同学某生慕其博学，将求婚于女父母，女忽以急事归家。某生故寒素，主（住）父执某家，偶缘事失某欢，被逐，资斧不缀。女父以其贫，将使女他适，女义不可，乃贩售烟草以供某生学费。后某生中蜚语亦愿绝婚，女贞而蒙诟，难苦备历。事卒得明，遂终身守贞不字。某生虽愿重缔旧盟，女讫不许。"

寅半生《小说闲评》的相关评述为：

> 是书凡八节。叙私立大学学生吉见义久与女学科学生五十岚琴子相契，苦无学费，势将辍业。琴子自愿力任苦工帮助吉见，私在源兵卫村开设烟草铺，赚钱以供吉见学费衣服等用。二年后，吉见卒业，因被友人金原揭破，并添设污蔑等语，遽形反目。及查明原由，互相认罪，而琴子已决意守贞不字云。
>
> 前半写琴子为成就学业起见，力任艰苦，深情款款，那得不使吉见五体投地，迨金原证明来历，陡然决裂，为琴子者，其何以堪？终身不字，人谓其立志可嘉，而实则其势有不得不如此者。[①]

---

① 阿英：《晚清文学丛钞：小说戏曲研究卷》，中华书局1960年版，第501—502页。

《世界一周》

《世界一周》，署渡边氏著，上海商务印书馆编译所译述，上海商务印书馆出版。该译作编入二种系列，即一为《说部丛书》十集系列第七集第六编，二为《说部丛书》四集系列初集第六十六编。十集系列版本，光绪三十三年（1907）六月初版，发行者中国商务印书馆，印刷所中国商务印书馆（上海北福建路第二号），总发行所中国商务印书馆（上海棋盘街中市），分售处商务印书分馆十二家。全一册，87页，每本定价大洋贰角。四集系列版本，题"冒险小说"。缺版权页，据《樽本目录》，该本署渡边氏著，商务印书馆编译所译，丁未年（1907）六月初版，1913年12月再版，1914年4月三版。全一册，87页，定价不详。

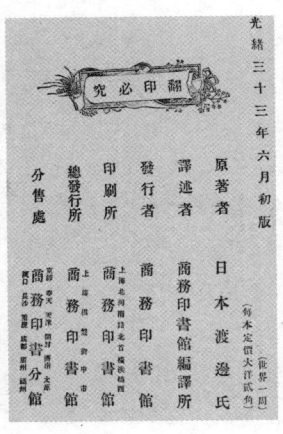

二者内容相同，凡十六章，有章目，无序跋。章目为：第一回 怀大志老父赞佳儿 离故乡英雄悲短驭；第二回 投远征孤身当大故 开军议片语失交欢；第三回 陈壮图大庭遭谴责 访故友异地结婚姻；第四回 口若江河辩才无礙 心如鬼蜮狭路行凶；第五回 苦遭风横断大西洋 喜遇两初游新大陆；第六回 破阴谋镇定桑鸦船 探奇习勾留巨人岛；第七回 成大功欢呼开祝谯 安小就懊恨竟归航；第八回 遭饿病舟泛大平洋 疗沈疴船停小吕宋；第九回 誓亲交岛王来访 建神像

土人被欺；第十回　好大言激怒西母王　惩恶俗演说基督教；第十一回　设牢笼神方能愈疾　感救治古寺竟遭焚；第十二回　争宗教岛国鏖兵　战土蛮英雄殒命；第十三回　马来人反间逞奸谋　新提督堕计遭横死；第十四回　访王宫象队致欢迎　发大碳狐疑开衅隙；第十五回　怀往事泪和酒吞　抱疑团胆如豆大；第十六回　十八人无恙归故国　四百年遗跡话前朝。

原著者并非日本作家渡边氏。《樽目第九版》第4004页记载，三宅骥一《世界一周の率先マゼラン》民友社1897年四月十六日世界丛书第3册。

1907年8月22日《申报》刊载"上海商务印书馆续出最新六种小说"广告，包括《世界一周》。广告称："是书叙葡萄牙人麦折仑以冒险性质，誓必环游地球，开辟殖民地。为西班牙王所信用，率其徒分乘五舟，放大西洋而南。数数濒危绝食而无退志，搜索群岛土人，为之演说基督教。乃末至麻喇甲，竟毙于土蛮之手。其徒耶斯比继之，乃克偿其未了之志。至今南美洲麦哲伦峡，几千百年尤虎虎有生气。阅之令人作乘风破浪想也。"

《鬼士官》

《鬼士官》，署日本少栗风叶原著（应为"小栗风叶"），商务印书馆编译所译述，上海商务印书馆出版发行。该译作编入二种系列，即一为《说部丛书》十集系列第九集第四编，二为《说部丛书》四集系列初集第八十五编。十集系列初版本，丁未年（1907）十一月初版。发行者、印刷所、总发行所均为商务印书馆。全一册，72页。每册定价大洋肆角。四集系列再版本，封面题"义侠小说"。版权页署丁未年（1907）十一月初版，民国三年（1914）四月再版。发行者、印刷所、总发行所均为商务印书馆。分售处为全国各地乃至海外的商务印书分馆二十七家。全一册，72页，每册定价大洋贰角。此外，该系列还有民国二年（1913）七月三版本。二者内容相同，凡二十章，无章目，无序跋。

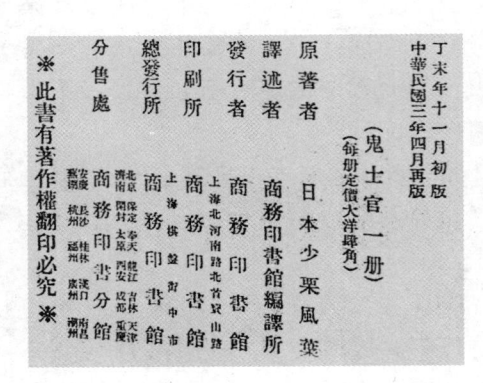

《鬼士官》1905年6月由日本青山嵩山堂出版。

原著者小栗风叶（1875—1926），小说家。出生于爱知县知多郡。幼名矶平。明治三十三年（1900）成为加藤家的养子。本姓加藤，笔名小栗风叶。在学生生代，深受当时文学热的影响，热衷《新小说》《都之花》杂志，还向《少年园》投稿，决定从事文学事业。先后发表或出版《水之流》《色是魔》《名物男》《世间师》等，受到尾崎红叶的赏识，并得到提携。作家的30年文学生涯，是明治三十年代，是明治文学的全盛时期，是新旧交替的时代，他对当时文坛的诸多问题发表了自己的见解，对开拓近代文学的进路具有重要意义。①

《鸳盟离合记》

《鸳盟离合记》，日本黑岩泪香原著，直隶汤尔和译述，上海商务印书馆出版。该译作编入三种系列，即一为《说部丛书》十集系列第九集第五编，光绪三十三年（1907）十月初版。二为《说部丛书》四集系列初集第八十五编，民国二年（1913）十二月三版，民国三年（1914）四月再版。发行者、印刷所与总发行所均为商务印书馆，分售处为所有商务印书分馆二十七家。该书上下卷，每卷一册，上册145页，下册123页。每部

---

① 参见日本近代文学馆小田切进编《日本近代文学大事典》（第一卷）（日文），东京：株式会社讲谈社，昭和五十二年（1977），第317—318页。

定价大洋陆角。三为《小本小说》系列之一，民国三年（1914）四月再版。分上下卷，二册，上册142页，下册121页。缺版权页，定价等信息不详。三者内容相同，叙篇十篇，本篇七十四篇，均无篇目。

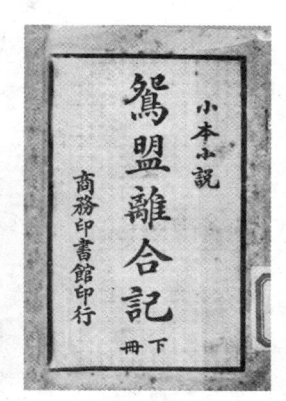

《樽目第九版》第5663页记载，日本学者［小森118］考证，Bertha Clay "Woman's Error"は黒岩泪香《人の妻》の原作ではない。黒岩泪香译《人の妻》，扶桑堂1906.11.10。李艳丽考证，〔美〕Berha Clay "A Woman's Error" ママ、扶桑堂1906年。由此可知，原著者是美国的Bertha Clay，日本的黒岩泪香不是原著者，是日译者。Bertha Clay生平待考。黒岩泪香简介参见《忏情记》篇。

叙篇第一自然段具有"小引"性质，其文云："这部书说起来是几个人身上的事，恐怕没有显示那样有趣，但是读完之后，想一想，原来如此，比小说还要奇怪亦未可知。总之发端没有什么稀奇，故起首先作叙篇，赶紧说完，然后说到《鸳盟离合记》原名叫作《人之妻》的本文。者《人之妻》是什么意思呢？诸君读完后，自然晓得。"

《鸳盟离合记》叙述"曼子茹苦抚亡姊所生，以欲领汇款，不得不承其姊马克之名。伴野小侯娶之，而马克夫实伪死。小侯遇之，以为大辱，遂与绝。后曼自白其故，乃复合"。

《橘英男》

《橘英男》，日本枫村居士（町田柳塘）原著，汪廷襄译，载《法政学交通社杂志》，第1号至第3号，光绪三十二年十二月一日至光绪三十三年二月初一（1907.1.14—3.14）（《樽目第九版》第2282页）。后结集出版，编入二种"小说丛书"系列，即一为《说部丛书》十集系列第十集第二编，丁未年（1907）十二月初版。二为《说部丛书》四集系列初集第九十四编，封面题"侦探小说"。］丁未年（1907）12月初版，民国二年（1913）十二月再版，民国三年（1914）四月再版。全一册，175页，每册定价大洋四角。二者内容相同。

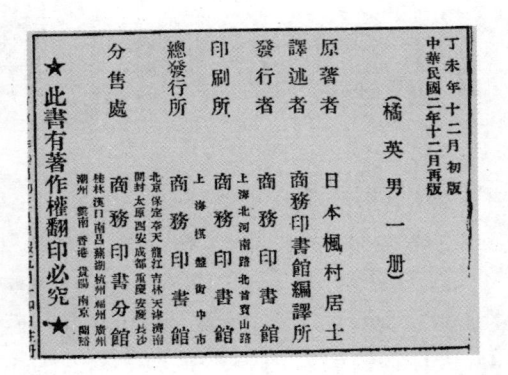

凡八十二章，有章目。前十章章目为：第一章　生命以上之物；第二章　非常之游荡；第三章　究往何处；第四章　春本院之小初；第五章　将大杯来；第六章　阿兄良苦；第七章　进金质勋章；第八章　天下益益多事；第九章　勿稍却；第十章　此生休矣。最后十章章目为：第七十三章　演人世最终之惨剧；第七十四章　疑是广寒仙子；第七十五章　嘻……林君之灵耶；第七十六章　归国；第七十七章　寺钟；第七十八章　意外奇遇；第七十九章　日惟闭户读书；第八十章　大怪大怪；第八十一章　不能任野有遗贤耳；第八十二章　君竟生还吾当额手。

原著者日本枫村居士（町田柳塘）生平事迹不详，待考。

《橘英男》叙述"日俄未开战以前，日本有一尉官，其始励品行，继忽为浪子、为亡人，终乃流为东三省马贼，数年后日俄将开战，尉官忽归，盖彼固预奉参谋总长命令，变姓名，易服饰，为秘密侦探，卒以成日本战胜之功"。

译者对国人的君君告诫体现在卷首之序，即"序文资料"六则。其要点之一是告诉读者，该译作可做"实事"观，非仅仅做说不读。译者指出，"书为纪实非架空"，"人物均确凿可查，惟易其名姓耳"，"橘英男之往满洲，实日俄之役日胜之原因，日人都确凿言之"，因而具有纪实性，"可为吾国军人之鉴"。要点之二是，指出本书的两大特色，即"男女之恋爱，骨肉之至情，宏济艰难，感深知遇，其始励品行，翔名誉，继而为浪子，为亡人，为马贼，卒以成日本战胜之荣誉，为此书之一大特色"。"对于中国之政府、官吏、士子以及一般人民，莫不语含讥讽。吾国可用以自警，为一大特色。"

1914年5月16日，杨昌济在日记里说："阅桔英男小说。桔英男者日本陆军大尉也。水本大将要求其牺牲名誉以谋国事，乃赠资使为狭邪游。桔英男勉强为之，痛苦万状，至欲自杀。日人之重名誉、尚意气如此，此其所以能称雄于亚东也。中人几无以狎妓为可耻者，后生稍有岁入便欲纳妾，风俗之坏，实为可哀。"①据笔者考证，这里的"桔英男"就是侦探小说《橘英男》，作者是日本的枫村居士（即町田柳塘），中译本由商务印书馆编译所译，1907年12月作为"说部丛书"十集系列的一种在商务印书馆出版。日文原版由读卖新闻日报社1905年4月出版。

《不如归》

《不如归》，日本德富健次郎原著，日本盐谷荣英译，林纾、魏易汉译，上海商务印书馆出版。该译作编入三种系列，即一为《林译小说丛书》第一集第四十三编，二为《说部丛书》四集系列第二集第二十三编，三为《小本小说》系列之一。《林译小说丛书》版本，民国三年（1914）六月初版。总发行所商务印书馆（上海棋盘街中市），发行者与印刷所均为商务印书馆，分售处为所有全国各地商务印书分馆。分上下两卷，每卷一册，上卷80页，下卷70页，合计150页，每册定价大洋伍角。四集系列版本，封面题"哀情小说"。版权页署丙午年（1906）十一月初版、民国四年（1915）十月廿五日四版。译述者商务印书馆编译所，发行者、印刷所、总发行所均为商务印书馆，分售处为全国各地乃至海外的商务印书分馆，凡27处。全一册，145页。每册定价大洋伍角。"小本小说"版本，民国二年（1913）十一月初版，民国十二年（1923）五月五版。原

---

① 杨昌济：《达化斋日记》，湖南人民出版社1978年版，第15页。

著者日本德富健次郎，译述者闽侯林纾、杭县魏易，发行者所印刷所总发行所均为商务印书馆，分售处为所有全国各地商务印书分馆。分上下两卷，上卷 77 页，下卷 66 页，合计 150 页，每册定价大洋壹角伍分。三者内容相同。《樽目第九版》第 456—460 页记载了《不如归》的更多版本信息，可供参看。

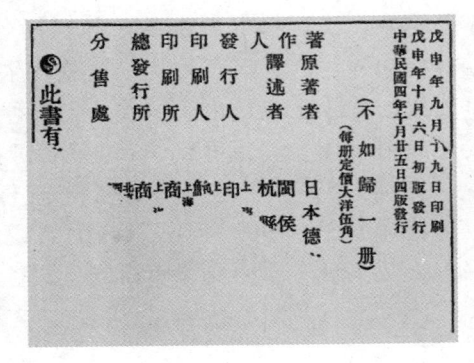

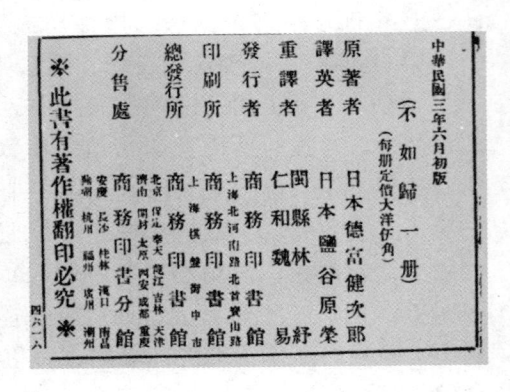

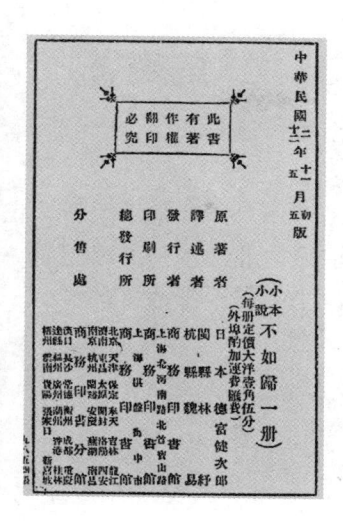

凡二十七章，上卷十三章，下卷十四章，均有简要章目，依次为：第一章　度蜜月；第二章　叙浪子；第三章　采蕨；第四章　山木兵造别业；第五章　片冈子爵燕居；第六章　记武男之母；第七章　通书；第八章　武男燕居；第九章　山木燕客；第十章　女友谈心；第十一章　逗子养疴；第十二章　仇复；第十三章　母子辩论；第十四章　山木训女；第十五章　中将允归；第十六章　浪子大归；第十七章　武男见母；第十八章　鸭绿之战；第十九章　战馀小纪；第二十章　武男养创；第二十一章　浪子图死；第二十二章　耶稣宣言；第二十三章　记旅顺口事；第二十四章　武男归朝；第二十五章　火车斗遇；第二十六章　浪子死决；第二十七章　翁婿扫墓。

原著者德富健次郎（1868—1927），又名德富芦花，日本浪漫主义小说家。生于熊本县。历史学家、文学评论家德富苏峰之弟。同志社大学中途退学。少年时代受自由民权著译思想影响，曾接受基督教洗礼。1889年到东京加入民友社，从事校对、翻译等工作多年，并在其兄主办的改良著译杂志《民国之友》上发表杂文、随笔。曾做壮游，拜访过俄国文豪托尔斯泰，返国后一度隐居乡村。他还上述天皇，抗议判处"大逆事件"当事人死刑。其主要作品有长篇小说《不如归》、散文《自认与人生》、长篇小说《黑潮》等，这三部作品影响甚大。①

---

① 谭晶华主编：《日本文学辞典·作家与作品》，复旦大学出版社2013年版，第95页；《简明日本文学辞典》，张岩峰、胡凯、张晓春等编著，东北师范大学出版社1989年版，第55页。

《不如归》叙述"日本片冈中将之女浪子嫁武男少尉,不得于姑,又被奸人构煽,遂致大归,郁悒而没,摹写情节,哀艳动人。原书为日本德富健次郎所著,风行全国,已叠版七十余次。盐谷荣译为英文,此本乃从英文转译者"。

通过该译作,译者林纾重新认识中日甲午战争,并通过撰写序言,为当时朝野非议的北洋水师大鸣冤屈。他在光绪三十四年(1908)撰写的序文中指出,书夹叙甲午战事甚详,

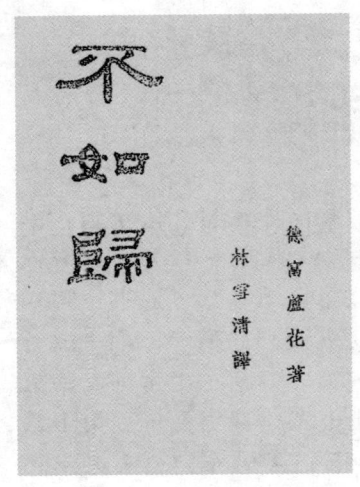

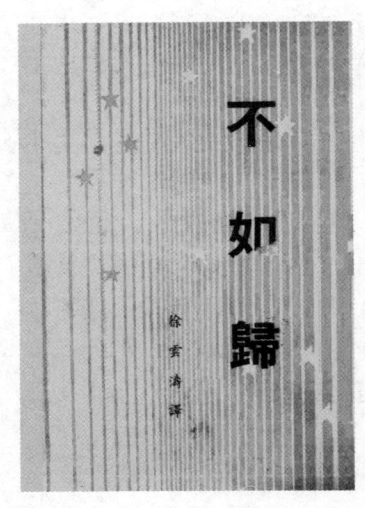

余译竟,若不胜有冤抑之情,必欲附此一伸,而质之海内君子者。威海水师之熸,朝野之议,咸咎将帅之不用令,遂致于此,固也。乃未知军港形势,首恃炮台为卫,而后港中之舟始得其屏蔽,不为敌人所袭。当渤海战归,即毁其一二舟,舰队初未大损。乃敌军夜袭岸军,而炮台之守者先溃,即用我山台之炮,下攻港中屯聚之舟,全军陡出不意,然犹力支,以巨炮仰击,自坏其已失之台,力为朝廷保有舟师,不为不力。寻敌人以鱼雷冒死入港,碎其数舟,当时既无快船,足以捕捉雷艇,又海军应备之物,节节为部议抑勒,不听备,门户既失,孤军无据,其熸宜也。或乃又谓渤海之战,师船望敌而遁,是又謷言。吾戚林少谷都督战死海上,人人见之,同时殉难者,不可指数,文襄、文肃所教育之人才,至是几一空焉。余向欲著《甲午海军覆盆录》,未及竟其事,然海上之恶战,吾历历知之。顾欲言,而人亦莫信焉。今得是书,则出日本名士之手笔。其言镇定二舰,当敌如铁山,松岛旗船死,死者如积。大战竟日,而吾二舰卒获全,不毁于敌,此尚言其临敌而逃乎?吾国史家好放言,既胜敌矣,则必极言敌之丑敝畏葸,而吾军之杀敌致果,凛若天人,用以为快,所云"下马草露布"者,吾又安知其露布中作何语耶?若文明之国则不然,以观战者多,防为所讥,

措语不能不出于纪实,既纪实矣,则日本名士所云中国之二舰如是能战,则非决然逃遁可知矣。

该译作更表现了译者林纾强烈的爱国主义情感。他在序言中表达了要汲取战败的经验教训,培育一代人才,加强武备,颇有远见。他指出:"果当时因大败之后,收其败余之残卒加以豢养,俾为新卒之导,又广设水师将弁学校,以教育英隽之士,水师即未成军,而后来之秀,固人人可为水师将弁者也。须知不经败衂,亦不知军中所以致败之道;知其所以致败,而更革之,仍可自立于不败。当时普奥二国大将,皆累败于拿破仑者,惟其累败,亦习知拿破仑用兵之奥妙,避其所长,攻其所短,而拿破仑败矣。果能为国,即败亦复何伤?勾践之于吴,汉高之于楚,非累败而终收一胜之效耶?方今朝议,争云立海军矣。然未育人才,但议船炮,以不习战之人,予以精炮坚舰,又何为者?所愿当事诸公,先培育人才,更积资为购船制炮之用,未为晚也。纾年已老,报国无日,故日为叫旦之鸡,冀吾同胞警醒,恒于小说序中摅其胸臆,非敢妄肆嗥吠,尚祈鉴我血诚。"

同时,该译作也表现了林纾对出于"真性情"的儿女之情的高度赞美。他在序言中还指出:"小说之足以动人者,无若男女之情,所为悲欢者,观者亦几随之为悲欢。明知其为驾虚之谈,顾其情况逼肖,既阅犹斤斤于心,或引以为惜且憾者。余译书近六十种,其最悲者,则《吁天录》,又次则《茶花女》,又次则是书矣。其云片冈中将,似有其人,即浪子亦确有其事,顾以为家庭之劝惩,其用意良也。"

侗生的《小说丛话》论《不如归》云："余不通日文，不知日本小说何若。以译就者论，《一捻红》、《银行之贼》、《母夜叉》诸书，均非上驷。前年购得小说多种，中有《不如归》一书。余因为日人原著，意未必佳，最后始阅及之。及阅终，觉是书之佳，为诸书冠（指同购者言），恨开卷晚也。友人言：'是书在日本，无人不读。书中之浪子，确有其人，武男片冈，至今尚在。'又曰：'林先生译是书，译自英文，故无日文习气，视原书尤佳。'"①

《侠女郎》

《侠女郎》，日本押川春浪原著，吴梼译述，原载《小说月报》第三卷第十至十一号（1913年1月至2月）连载，后结集出版，编入二种"小说丛书"系列，即其一《说部丛书》四集系列第二集四十七编，其二《说林》第十三集。四集系列版本，封面题"冒险小说"，民国四年（1915）五月十三日印刷，民国四年（1915）五月二十六日初版，民国四年（1915）十月十四日再版发行。发行人为印有模，印刷人为鲍咸昌。总发行所为位于上海棋盘街中市的商务印书馆，分售处为全国各地乃至海外的商务印书分馆，凡二十八处。全一册，75页，每册定价大洋贰角。《说林》版本，民国三年（1914）七月，署吴梼、檀中译。未见。上述一种刊本与两种版本内容相同。

原著者押川春浪（1876—1914），冒险小说家。出生于爱媛县松山市。学生时代就著有《海岛冒险奇谭：海底军舰》，后来著作《英雄小说：武侠之日本》《海岛冒险奇谭：新造军舰》《新日本岛》《英雄小说：东洋武侠团》等。日俄战争结束后，创办《冒险世界》杂志，创刊号上刊登了《怪人铁塔》，使读书界掀起冒险主义思潮。后又创办《武侠世界》杂志。有《春浪快著集》全四卷问世。②

关于《侠女郎》的原著，渡边浩司考证：押川春浪《冒险小说 女侠姬》（《英雄小说 大复仇》本乡书院1912.9.21所收）。冈崎由美考证：押川春浪《（冒险小说）女侠姬》《少女世界》2卷3—12号1907.2.1—

---

① 阿英：《晚清文学丛钞：小说戏曲研究卷》，中华书局1960年版，第453页。
② 参见日本近代文学馆小田切进编《日本近代文学大事典》（第一卷）（日文），东京：株式会社讲谈社，昭和五十二年（1977），第339—340页。

9.1（《樽目第九版》第 4707 页）。

　　凡八回，有回目，无序跋。回目依次为：第一回　夺锦标名姬赛马；第二回　散银币侠女犹龙；第三回　歼暴客黄衫义愤；第四回　探绝险翠袖单寒；第五回　走燐火岩石飞空；第六回　穿隧道金钻耀彩；第七回　子夜斗歌名姬出险；第八回　国民兴颂侠女蜚声。

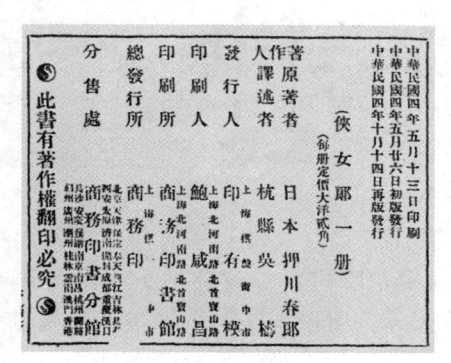

《模范町村》

　　《模范町村》，日本农学博士横井时敬原著，太仓唐人杰、昭文徐凤书译述，上海商务印书馆出版发行。该译作编入三种系列，即一为"新译"系列版本之一，二为《说部丛书》四集系列第二集第六十七编，三是《小本小说》系列。"新译"系列版本，封面题"政治小说"，署"新译模范町村"，"商务印书馆"。版权页署光绪三十四年（1908）十二月初版。发行者、印刷所与发行所均为商务印书馆，分售处为商务印书馆分馆12家。全一册，120页，每册定价大洋叁角。四集系列版本，封面题"政治小说"，正文题"地方自治小说"，戊申年（1908）十一月十九日印刷，戊申年（1908）十二月四日初版发行，民国四年（1915）十月十二日再版发行。总发行所商务印书馆（上海棋盘街中市），发行人为印有模，印刷人为鲍咸昌，印刷所商务印书馆，分售处全国各地商务印书分馆。全一册，共120页，每部定价大洋叁角。二者内容相同。《小本小说》系列之版本，《樽目第九版》第 3023 页记载，上海商务印书馆 1915 年五月小本小说　横井时敬《模范町村》读卖新闻社 1907 年 10 月。由此可知，《模范町村》在日本出版的时间和出版社名称。

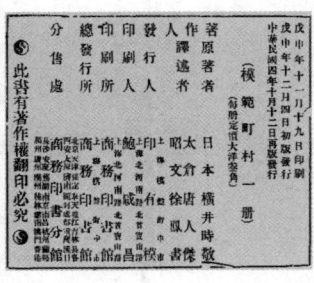

凡十三节，无节目。有序，无跋。

《模范町村》以改良地方自治之理想，假托一人久客归乡，所见闻与从前大异。所设事实均依据学理，可见实行。今吾国方注意地方自治，此书颇资模范，不当仅作小说观也。该译作鲜明地体现清末民初关于立宪、自治等社会政治思潮。

卷首有虞灵于光绪戊申年（1908）重阳后五日在陈泾农舍撰写的小序，其内容为：

> 上以是诏，下以是行。我国民常有之识也，自变法议起。上之诏于下，朝令而暮改；下之应其上，遂无所适从。于是略识时务者，以立宪相鼓吹；侈言改革者，以民气相淬厉。至所言之适合于行、所行之适合于时与否，则犹未之敢信也。夫古今著书立说之士，多出于功成之后者。其实验力深，始有以自信也。中国之图强，曰："转移风俗"；曰："普及教育"；曰："整顿实业"。而研究宪政者，皆知归本于地方自治。然我国民之匮乏自治力，已为有识者所公认。一二操觚之辈，急功近名，兼尚意气，偾事有余，成事不足。殆所谓言之匪艰，行之维艰乎？余谓不然。十步之内，必有芳草；十室之邑，必有忠信。前之默默无闻者，以犹未明公民负担之责任，又无良善之导师耳！今既知天下兴亡，匹夫有责，其研究地方行政者，群趋若鹜，莫不曰："取法日本为最便利！"然则《模范町村》一书，为地方自治经

验之言也。译以饷我国之同志，导后进以准绳，改良社会之良法美意，实在于此。夫河海者，细流所积也。幸勿视为浮芥舟于躑涔之水，不足取资；亦勿与艳情、侦探诸小说等类齐观。阅是书而穷其理，转移陶铸，皆备于我。稻野村长者，视之为良师可也。有一稻野村长则一村治；有十百稻野村长则一邑治，一省亦治；有千万稻野村长则天下大治。五洲文明诸邦，必皆振动，其欲起积弱之势也，不难矣！略述翻译大旨，亦以见是书之不苟作也。

《秘密怪洞》

《秘密怪洞》，日本晓风山人原著，郭家声、孟文翰译述，上海商务印书馆出版发行。《说部丛书》四集系列第二集第八十八编，封面题"社会小说"。民国四年（1915）七月十日印刷，民国四年（1915）七月二十三日初版发行。发行人为印有模，印刷人为鲍咸昌。总发行所为位于上海棋盘街中市的商务印书馆，分售处为全国各地乃至海外的商务印书分馆，凡二十八处。全一册，99 页，每册定价大洋叁角。

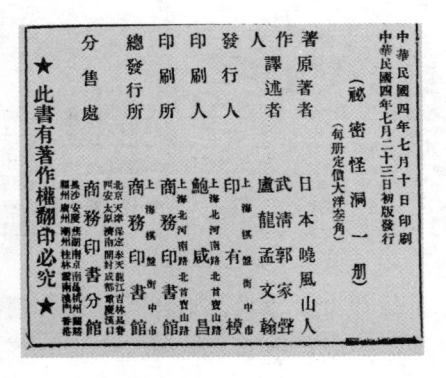

原著者与原著，《樽目第九版》第 2971 页有这样的记述，晓风山人『秘密の怪洞』大学馆 1905 年 12 月 10 日（藤元直树）。这意味着，汉译书名与原书名基本相同。

原著者晓风山人与汉译者郭家声、孟文翰均不详，待考。

凡三十二章，有章目，无序跋。章目依次为：回光、秘计、争产、临崖、瞠变、拯溺、印环、画策、胠箧、焚书、怀疑、眺望、迟候、通词、贻芳、迁怒、设阱、探幽、闭隧、含沙、谰言、夺魄、坠渊、锢地、暗索、潜光、遇救、协谋、密输、出险、奇遘、妙圆。

《外交秘事》

《外交秘事》，原著者不详，日本千叶紫草纂译，商务印书馆编译所编译，上海商务印书馆出版发行。该译作编入二种系列，即一为《说部丛书》四集系列初集第十九编，二为《小本小说》系列之一。四集系列版本，封面题"政治小说"，发行人为印有模，印刷人为鲍咸昌。总发行所为位于上海棋盘街中市的商务印书馆，分售处为全国各地乃至海外的商务印书分馆，凡二十八处。全一册，每册定价大洋肆角。"小本小说"版本，民国元年（1912）十二月出版，民国三年（1914）六月三版。《说部丛书》四集系列第二集第九十编，民国四年（1915）十月九日初版发行。二者内容相同。

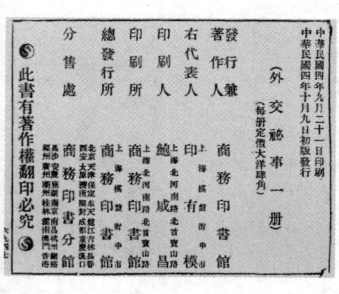

原著者与原著名，不详。汉译本根据日译本转译，付建舟《清末民初小说版本经眼录·日语小说卷》（北京·中国致公出版社2015年版）记载，"小本小说"之版本，纂译者：日本千叶紫草、再译者：商务印书馆编译所、民国元年（1912）十二月初版。关于底本，《樽目第九版》第4403页记述，千叶紫草纂译《最近外交秘密》博文馆1905.8.31。

上卷收入六则故事，下卷收入四则故事，篇目依次为：柏林宫中之电信室、古巴之一夜、金库中之密约、英皇巡游地中海、桃花协会、俄奥国境之大森林、夜行汽车、平和会议室之画壁、冤狱、白衣王后。

卷首有一段小言,兹录如下:

置大本营于巴黎,而足踏东西两半球之土者,数万里,中有被欺之皇族,有震怵之大臣,有幸免于暗杀之帝王,凡潜伏欧洲近时外交黑幕中之隐谋诡计,至幽极秘,莫不暴露出之,无所掩遁。噫!今之世界,固亦有苏秦、张仪,纵横捭阖其人者耶?然则,是书即作为外交史读,可也;即作为战国策读,无不可也。

《后不如归》

《后不如归》,署永泰黄翼云著,上海商务印书馆出版发行。《说部丛书》四集系列第二集九十七编,民国四年(1915)六月十三日印刷、民国四年(1915)六月二十七日初版,民国四年(1915)十月十二日再版。《说部丛书》四集系列再版本,封面题"言情小说",发行人为印有模,印刷人为鲍咸昌。总发行所为位于上海棋盘街中市的商务印书馆,分售处为全国各地乃至海外的商务印书分馆,凡二十八处。全一册,114页,每册定价大洋叁角伍分。

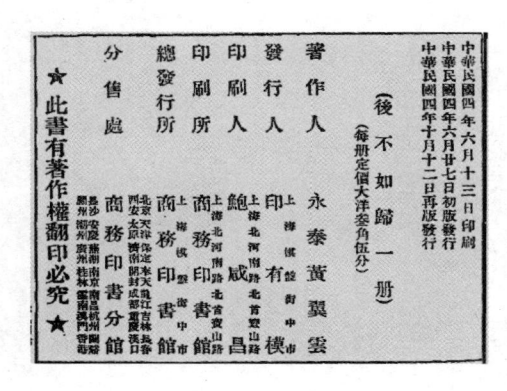

《不如归》为日本德富健次郎著，林纾、魏易译。日本学者樽本照雄把《后不如归》归于翻译类作品，认为该作翻译成分大于创作成分，其《清末民初小说目录 X2》（清末小说研究会 2016 年）第 1686 页指出："創作ではなく翻訳。日本語原作は、なにがし著『（小説）後の不如帰』（紅葉堂 1908.3.3）。"

原著者与编译者黄翼云待考。

全书共分三十八节，节目依次为：老妇、为家、修善寺、晚空、鸳鸯之偶、命之枝、亲心、娇妻、爱迷、去妇之阴谋、突如来、疑团、户外、爱子之蔽、复仇、血泪、落花狼藉、失踪、偶然、言外、痛饮、连理之枝、同命之鸟、黑牢、亲切者、星光、天长节、村愚、雪夜、停车场、旅馆、海滨之游、少女、欢乐之梦、男爵邸、聋聩、短铳、医院。

卷首有小序，其文为：

芦花先生所著之《不如归》，余爱读百回不厌也，如泣如诉，如怨如慕，如冷猿孤雁之叫啸，如波涛风雨之夜惊。废书只觉心无著，感事从教泪也冰。一夕，予家庭儿女，灯火团栾下，细谈《不如归》，至卷后川岛武男之运命，予妻则曰：应当独身以终；予妹则曰：是宜更缔令妻，以谋福祉。相互权枒，莫衷一是。适一友翩然来，与余谈其生平阅历，乃如武男将来之结束，一绘而出也。感事酸心，记其情节，即题端曰《后之不如归》。是则余爱读《不如归》之嫋嫋余音也。和铅舐笔，王后深惭，或恐有碍芦花先生之杰构也。故尔明记于此，证与先生之作，实无何等关连，读吾书者幸其察之。

第五章 其他诸国与地区作品叙录

《梦游二十一世纪》

《梦游二十一世纪》，荷兰达爱斯克洛提斯原著，杨德森据英译本转译，杨瑜统校阅，最初连载于《绣像小说》1903年第1期至第4期（1903年5月29日—7月9日）。后上海商务印书馆出版发行，分别编入两种"小说丛书"系列，其一《说部丛书》十集系列第一集第三编，其二《说部丛书》四集系列初集第三编。

该作《说部丛书》十集系列初集第三编版本，癸卯年（1903）四月。《说部丛书》四集系列初集第三编版本，光绪三十四年（1908）九月五版，民国二年（1913）十二月六版。民国三年（1914）四月再版。诸种不同版本版次者，内容完全相同，均全书一册，64页，每册定价大洋贰角。1913年六版本，封面题"科学小说"。此外，该系列还有民国二年（1913）三月六版本，外埠分售处有商务印书馆分馆十二家。

原著者达爱斯克洛提斯生平事迹不详，待考。

《樽目第九版》第2943—2944页记述，DR. Pseud Dioscorides（本名Pieter Harting）"Anno 2065., Een Blik in de Toekomst" 1865。华译是DR. Alex. V. W. Bikkers の英译再版本（"Anno Domini 2071" 1871）によったらしい（中村忠行）←正しい。上条日译ではない［中村85 - 102］Petar Harting、出版社 刊年不记［中村S4 - 28］"Anno Domini 2071", Translated From DR. Pseud Dioscorides's "Anno 2065, Een Blik in de Toekomst" By DR. Alex. V. W. Bikkers, 1871. 还记述，《中国译日本书综合

目录》（实藤惠秀监修、谭汝谦主编、小川博编辑，香港·中文大学出版社 1980 年版）谓《梦游二十一世纪》Anno 2065、〔荷〕DR. Pseud Diosr マ マ Rides、上条信次译、1903（光绪二十九年），日译书名为『开化进化后世梦 物语』1874。樽本先生认为，以上记述存在问题，特意撰文『原作の探索——「梦游二十一世纪」を例にして』（见《清末翻译小说论集（增补版）》），试图补正。

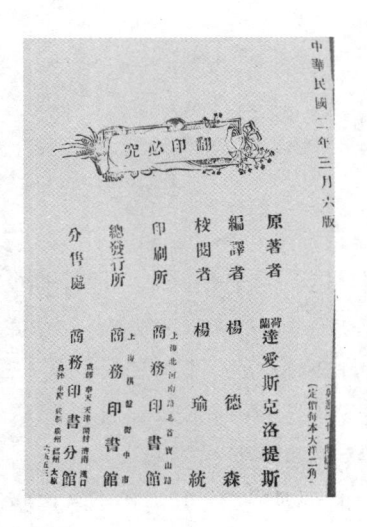

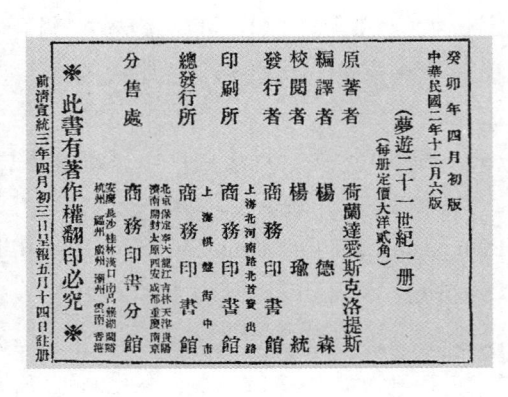

全书不分章节,首有序,序文为:

> 孔子曰,百世可知,言大经大法,万变不离其宗也。若夫沧海桑田,迁移何定? 今日繁盛者,安保他日之不衰息? 然则考已往,观今世,以逆料将来,其可知之数耶? 不可知之数耶? 无可知之事、有可知之理、据所已知以测所未知、初非诡诸虚诞也。是编出于十九世纪之中叶,作者谓荷兰博学士,精于哲学,隐其名,自号 Dr. Dioscorides 达爱斯克洛提斯。书成咸以先睹为快,德之博学者奇赏之,译以德文,印行者再。英人 Dr. Alex. V. W. Bekkers 培克斯亚力山大,又译德文为英文,此书风行欧洲,递相编译,经数国文字,足增价值,为不朽之杰作。仆之译此,悉本英文,深虑不能达其旨,而为识者讥,世之君子起而正之,则幸甚焉! 呜呼! 孽海茫茫,浮生若梦,安得以一梦而置身二十一世纪间,闻所未闻,见所未见耶! 夫固令人神游目想,有若可必其所至者,何斯人而有此梦耶? 吾人何幸而亦相随入梦耶? 编译既竟,爰识数语,以志感慨!

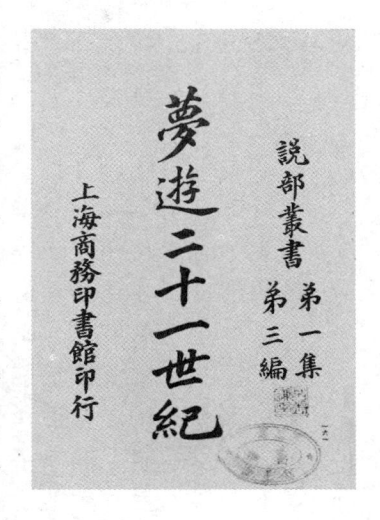

篇首云:"夫以今日之文化,与前数世纪絜长较短,即未尝不念及将来之文化也。观今日文化进步之速,不知将来之文化又如何。文学日进,而文化日盛,世界万事,皆力求改良,莫之能阻,又不知文化将何底止也。近世之人殚竭心力,以冀文化之进步,若灌之溉之,无微不至,不知其将于何时发见,是皆文化进步之极大问题,而余尝默思之者也。"

书叙主人公遥想文化日进,风气日开,格致之学发达,未来世界之进步的美丽图景。

> 公元 2071 年元旦,余在长者洛杰培根及其友人芳德西女史的引导下,来到伦敦呢阿城,该城居英国东南部,人口 1200 万,古伦敦仅其一隅。时值隆冬,而城内天气温和,一如仲春,余不解其故? 培根说,这是由于暖气公司供应暖气所致,暖气公司又名凉气公司,

夏天供应凉气,制冰于炎夏。仰见街衢间,皆上盖玻璃,暖气由管道从玻璃孔中输入,玻璃承载于铝条之上,如今时代已从石器时代、铜器时代、铁器时代而进入铝器时代。次日,余与培根、芳德西相约来到气球公司,拾级而上,到达屋顶,信步进入荷舱。培根手指首尾的那些细条说,此即升空学之奥理,非此不能任意行空,那些细条是电磁铁,有指北针的功用。舱内陈设精洁,器物轻便,除用铝材外,别无其他金属。游客乃欧洲各国殖民,以俄、法、德、英为主。游客使用游人方言,该语言采给各国方言而成,英国居多。舱内两侧,各置一黑色管,余疑为新式炮筒。芳德西笑曰,战争之事,可于史册求之,顾求之今日耶?战争为民生之害,二十世纪末,各国军费大增,债不能偿,国难自立,遂倡议设弭兵会。汰除军队,消弭国界,制定自由贸易原则、万国权衡度量法、钱币法,交通便利,器用日精,昔日各国之专有之利益,今成为万国共有之利益。黑管者,乃望远镜也。俯窥之,城郭人物,历历在目,伦敦呢阿,尽收眼底。气球向东北而行,渐至故乡,不禁惊讶荷兰北部淹没于海水中。又窥镜,发现荷兰高等大学校。培根说,此校为当地富绅捐资修建,注重科学,凡小学、中学未通科学者,必肄业焉。又窥一故土,东北部甚繁,城郭居民皆倍于前,而古时大城则衰落矣。气球向东南而进,火车疾驰而至,铁道公司员工说,此铁路自中国北京经亚细亚高原、乌拉尔山脉而至此。欧亚二洲,宛如一大洲。又窥见天文台墙上之广告"月中锡矿商会"。面对我疑惑,培根解释说,司天文者,首以天文镜考察之,继而虹镜辨其光色,乃知为锡矿。入商会者都是些利令智昏之徒。又窥见一标示"拒一二人之会社"。培根说,此会社意在"拒一人兼理二人事者",即普及选举权,年长者特权、输金选举法等均存在很大的弊端。芳德西说,尽管女子享有选举权,但是有相等之权,即有相等之责。今有一定之权利,失男子之卫护,则利不蔽弊矣。气球至印度洋,因为遇到热带风遂升高迁道而行,由北而南,有南而东,抵新西兰上空。新西兰人口大半为英国后裔,土著毛利人与北美红种人一样逐渐衰微。气球抵澳大利亚首都,见城郭高悬一蓝色旗,上面会有十三红日,与不解其意。培根说,此新荷兰之国旗,新荷兰由十二郡联合为一共和国,曾为英国属地。商务日盛,文化日进,欧风渐浓,岛民共享和平。

《小仙源》

　　《小仙源》原名为《小殖民地》，冒险小说，原著者未署，商务印书馆编译所译述，上海商务印书馆出版发行。最初在《绣像小说》第三、四、七、十、十一、十四、十六期（1903年6月至甲辰1904年四月）上连载。甲辰1904四月是樽本先生推定的第十六期的实际刊年（《樽目第九版》第4822页）。后结集出版，编入二种"小说丛书"系列，即一为《说部丛书》十集系列初集第五编，二为《说部丛书》四集系列初集第五编。十集系列二版本，封面题"冒险小说"。版权页署光绪三十一年（1905）十一月首版，光绪三十二年岁次丙午（1906）八月二版。发行者、印刷所、总发行所均为商务印书馆，全一册，82页，每本定价大洋一角五分。四集系列版本，封面题"冒险小说"。版权页署乙巳年（1905）年十一月初版，民国三年（1914）四月再版。发行者、印刷所、总发行所均为商务印书馆，分售处为全国各地乃至海外的商务印书分馆，凡27处。全一册，82页，每册定价大洋壹角伍分。二者内容相同。

　　《小仙源》可谓瑞士版的《鲁滨孙漂流记》。此书叙"一瑞士国人洛苹生，携其妻子航海触礁，舟人皆乘小艇逃生。洛全家在坏舟之中，万分危险。忽因风涛所泊，得见新地。洛生挈妻携子，相率登岸，寄居荒岛，以田猎渔樵为生。观其经营缔造，足为独立自治者植一标影。后其子孙蔓延，遂成海外一新世界。与《鲁滨孙漂流记》同一用意，而取径各殊。欧人好为此种小说，亦足见其强盛之有自来矣"。

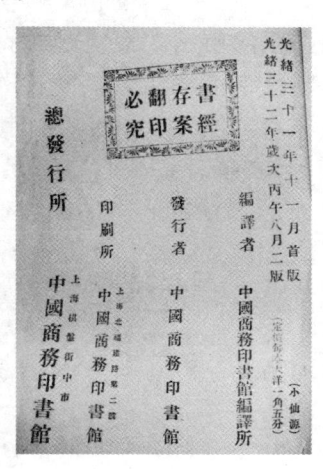

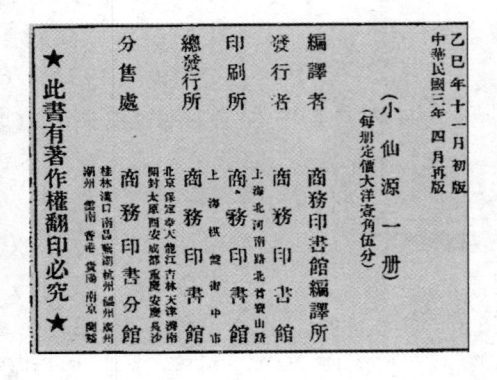

关于该译本，译者通过五则"凡例"做了说明，其一，关于原本与他译本，译者说："是书为泰西有名小说，原著系德文，作者为瑞士文学家，兴至命笔，无意饷世，后其子为付剞劂，一时风动，所之欢迎，历经重译，戈特尔芬美兰女史复参酌损益，以示来者。"由此可以推测，汉译本可能以戈特尔芬美兰女史的译本为底本，而非德文原本。樽本先生认为，戈特尔芬美兰女史 Mary Godolphin（本名 Lucy Aikin）英译 "The Swiss Family Robinson in Words of One Syllable"。原作 は Johann David Wyss " Der Schweizerische Robinson" 1813–1814。息子 Johann Rudolf Wyss が出版。（《樽目第九版》第 4822 页）其二，译者认识到西方列强推行海外扩张的殖民政策，"当时列国殖民政策，尚未盛行，作者著此，殆以鼓动国民，使之加意。今日欧洲各国，殖民政策，炳耀寰区，著是书者，殆亦与有力也"，不过，其意在教育学子奋发向上的进取精神，"是书于纤悉之事，纪载颇详，足见西人强毅果敢，勇往不挠，造次颠沛无稍出入，可为学子德育之训迪"。其三，关于翻译策略，即"穿凿附会病不信，拘文牵义病不达，译者于是书虽微有改窜，然要以无惭信达为归，博雅君子尚其惊之"；"原书并无节目，译者自加编次，仿章回体而出以文言，固知不合小说之正格也"。批评家顾燮光也认识到该作反映了列强的殖民政策与进取精神，其《小说经眼录》评述道："原著系德文，记瑞士人洛萍生夫妇及子五人泛海遇险，居南洋小岛，经营田宅家居，纤悉之事，记载极详。虽事涉子虚，足征西人性质强毅果敢，勇往不挠，其殖民政策可畏也。"① 顾氏不知该小说是根据实事创作而成的，才有"事涉子虚"之言，但他深刻认识到西方人勇往直前的顽强精神，令人敬畏。

译者提到的原著者瑞士文学家是指约翰·戴维·威斯（Johann David Wyss, 1743—1818），他于1743年出生于瑞士巴伦城（Brrne），1766年成为瑞士军队的牧师。他是语言学家，能用法文和德文讲道，又懂得意大利文和一些英文，涉猎文学与一些科学与军事知识。他就是用这些知识，根据俄国某船主报告发现一个瑞士牧师和他的家人在新基尼（New Guinea）附近流落某荒岛的时事创造这部长篇小说的，是为自己的四个儿子提供读物。直到19世纪初，由他的儿子鲁道夫（Johann Rudolf Wyss）编辑，另一个儿子爱曼纽（Johann Emmanuel Wyss）插图，于1812年以德文出版上册，原著为 Der Schweizerische Robinson，特别标明这是一本"有益于乡市的儿童及他们的朋友的书"。下册于1813年由奥利尔及富士利（Orell, Fussli & Co）两家公司出版。〔徐应昶：《校者的话》，《瑞士家庭鲁宾孙》，〔瑞士〕尉司（David Wyss）著，甘棠译，商务印书馆1933年版，第1—2页〕该著是当时最畅销的小说之一，其英文名为 The Swiss Family Robinson，或 Adventures on a Desert Island。

汉译者不详，待考。译者可能是商务印书馆编译所的雇员，其底本可能与1933年甘棠译本的底本相同，是英文的节译本。该节译本藏于商务印书馆编译所，毁于"一二·八"战火。②

该著还有五种汉译本，分别如下：

《荒岛流落记》，〔瑞士〕维思（Johann David Wyss）原著、〔英〕梅益盛（Isaac Mason）、哈志道合译，上海·广学会1917/1920年。

《瑞士家庭鲁滨孙》，威斯著、张辛农编著，上海中华书局1916年5月/1924年4月六版/1933年10月十版（初级英文丛书第3种）/1935年6月/1941年7月三版（初中学生文库）。

《绝岛飘流》，孙毓修编译，原载《少年杂志》（题名《绝岛漂流记》）3卷4号1913年9月，上海商务印书馆，童话第四册。根据《樽目第九版》第2298页记载，崔文东考证，《绝岛飘流》非笛福所

---

① 阿英：《晚清文学丛钞：小说戏曲研究卷》，中华书局1960年版，第537—538页。
② 徐应昶：《校者的话》，〔瑞士〕尉司（David Wyss）：《瑞士家庭鲁宾孙》，甘棠译，商务印书馆1933年版，第5页。

作，而是出自瑞士作家 Johann David Wyss 的小说 "Der Schweizerische Robinson" 1812。

《鹔巢记》《鹔巢记续编》，〔瑞士〕鲁斗威司原著，林纾、陈家麟同译，原载《学生杂志》6 卷 1—12 期 1919 年 1 月 5 日—12 月 5 日，商务印书馆 1920 年 6 月/1922 年 4 月再版。

《瑞士家庭鲁宾孙》，"世界儿童文学丛书"之一，〔瑞士〕尉司（David Wyss）著，甘棠译。上海商务印书馆 1933 年版。

（英文版封面出处：Jean Rudolph Wyss, *The Swiss Family Robinson*, Chicago, The Rand-McNally Press, 1916）

凡十四回，有回目，兹录如下：第一回　遇飓风行船触礁　临绝地截桶为舟；第二回　登陆地鸡犬腾欢　营生机儿童努力；第三回　寻旧侣洛生德报怨　叹异数狙公石酬瓜；第四回　获小猿将犬作马　搜遗畜率子登舟；第五回　踏浪冲波偕来刍豢　迁乔出谷雅慕槚巢；第六回　锡桥名不忘故国　运家具喜得新居；第七回　更上层楼林中筑室　大庇寒士海上遗衣；第八回　甘粗粝慈母训佳儿　赌水藻羁人怀往哲；第九回　分功易事悔诵陈言　捉影捕风静参妙悟；第十回　绝猜疑中流焚废舰　严守卫长夜忆家园；第十一回　恶饥鹰同群自伐　畜乳犬择种留良；第十二回　绸缪牖户备豫不虞　凭吊英雄相怜同病；第十三回　风雨空山勤纺读　蓬瀛福地足盐煤；第十四回　尽人治川原供点缀　乐天伦眷属傲神仙。

《卖国奴》

《卖国奴》，未署原著者，日本登张竹风原译，杭县吴梼重译，原载《绣像小说》第 31—48 期，刊年不记〔甲辰七月一日至乙巳三月十五日（1904.8.11—1905.4.19）とするは误り〕（参见《樽氏目录》第 2188 页）。后由上海商务印书馆出版发行，编入三种"小说丛书"系列，即被编入二种"小说丛书"系列，即其一《说部丛书》十集系列第二集第六编，其二《说部丛书》四集系列初编第十六编。十集系列版本，光绪二十九年（1903）岁次癸卯孟冬初版，光绪三十三年岁次丁未（1907）季春三版。发行者、印刷所与总发行所均为中国商务印书馆，外埠商务印书馆分馆十二家。全一册，188 页，每本定价大洋肆角。四集系列版本，封面题"军事小说"。癸卯年（1903）十月初版，民国二年（1913）十二月版。发行者、印刷所、总发行所均为商务印书馆，分售处为全国各地乃至海外的商务印书分馆二十四家。全一册，188 页。每册定价大洋肆角。二者内容相同。

凡十六回，有回目，无序跋。回目依次为：第一回　述战事人民悲惨澹　骂男爵情迹镇离奇；第二回　蒙大耻娇女失欢情　赎前愆丈夫成素志；第三回　乡关朴朴抱恨终天　锄耒丁丁尽忠故主；第四回　仇逢狭路分外眼明　身困重围几遭敌难；第五回　拒葬礼老教徒说法　尽孝思小男爵举丧；第六回　痴女子奋身救幼主　贤姨母遗嘱让家财；第七回　赌美酒村长说乡民　送棉衾主人怜弱婢；第八回　冒危机欧丽送情书　谈往迹约西翻旧恨；第九回　翻战记克郡长审案　藐勋章梅千总挥刀；第十回　落落丈夫不畏权势　依依主婢重返家园；第十一回　古战场洒泪吊忠魂　小吊桥开箱得密信；第十二回　莽村民脱帽慑军威　男男爵下马作露布；第十三回　醉千总违令受严刑　痴婢子牵衣惊恶兆；第十四回　梅村长巧激穆斯克　福姑娘哀恳史约西；第十五回　小男爵笑遣薄情人　老木工枪毙亲生女；第十六回　死生不辱返素归真　忠孝两全鞠躬尽瘁。

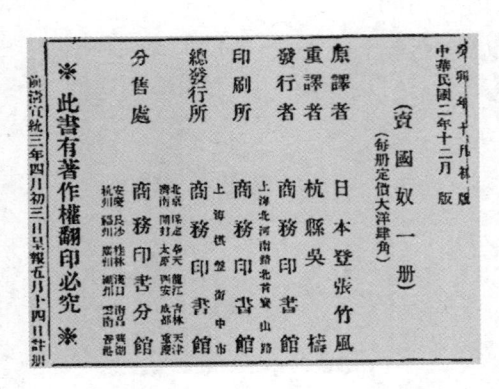

《卖国奴》叙述"一德国世爵因愤本国之虐待波兰,遂阴输款于其敌国法兰西,遣一小婢夜引法兵潜袭其所封之城。事为土人所知,遽爇其居,群痛诋为卖国,讫其死,憾不已。尼之俾不得归葬先茔,私瘗后圃。世爵有子忠愤英武,以父故并为世所弃,众厄之所欢绝之,坎坷终身,仅余一引敌之小婢与之并命。后卒为国殇,以自湔雪。世爵之冒不韪,实误于见理之不明。初非处心积虑,甘心叛国,如长乐老之所为,乃忍垢没世,累及后人,其食报竟如是。世之类是或较甚于是者,可以鉴矣"。

原著者为德国的苏德曼(Hermann Sudermann,1857—1928),苏德曼出生于德国东普鲁士省,地近俄国,多山林水泽,风景幽森。苏德曼是德国自然主义巨擘,其戏剧小说多以其故乡作背景。据日本学者中村忠行考证,原著名为 Katzen Steg,今译作《猫桥》,是 20 世纪最早被译成中文的德语文学作品之一,吴梼根据日本登张竹风的译本译出,译文沿用了日译本的标题《卖国奴》(参见《樽氏目录》第 2189 页)。

原译日本登张竹风生平事迹不详,待考。

寅半生《小说闲评》对《卖国奴》作了这样评述:

> 写约西初次回家,一片瓦砾,踽踽独行,凄凉情状,令人不堪卒读。
>
> 欧丽一无知女子耳,乃实心为主,生死以之,其一种天真烂漫

处，令人可怜，亦复可敬。

梅村长确是市侩暴发，虽是封翁，不脱村夫气派，其聚众集议时，处处留心酒杯酒壶，为之绝倒。

第九回郡长审问约西，村众虎视眈眈，欲得甘心。乃至展读勒书，忽授金鵄勋章，不独村众愕然，即约西亦出诸意外。此时情形最难描写，作者却能面面都到，绝无遗漏。约西有约西神情，郡长有郡长神情，教士有教士神情，梅克戴有梅克戴神情，村民有村民神情。百忙里又插入穆斯克痛打欧丽，纷纭嘈杂中竟能一丝不乱，此为全书最占胜处。①

《桑伯勒包探案》

《桑伯勒包探案》，侦探小说，商务印书馆编译所译述，上海商务印书馆出版发行。被编入三种"小说丛书"系列，即一为《说部丛书》十集系列第三集第六编，二为《说部丛书》四集系列初集第二十六编，三为《小本小说》系列之一（根据《樽目第九版》第3767页，出版时间为1912年8月）。十集系列再版本，光绪三十一年（1905）十二月首版，光绪三十三年（1907）七月再版。发行者、印刷所与总发行所均为商务印书馆，外埠分售处有商务印书馆分馆十二家。全一册，104页，每本定价大洋贰角。四集系列再版本，封面题"侦探小说"。丙午年（1905）二月初版，民国二年（1913）十二月三版，民国三年（1914）四月再版。发行者、印刷所、总发行所均为商务印书馆，分售处为全国各地乃至海外的商务印书分馆二十七家。全一册，104页，每册定价大洋贰角。三者目次相同，依次为：墨摄、还珠、枕诡、艇诈、庞证、婚变、医妒、盗仇、币泄、师绐、勾蟊、友残等12篇。无序跋。

---

① 阿英：《晚清文学丛钞：小说戏曲研究卷》，中华书局1960年版，第476—497页。

464　商务印书馆《说部丛书》叙录

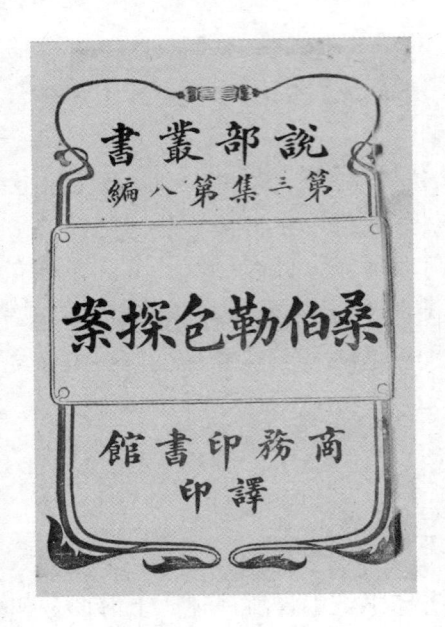

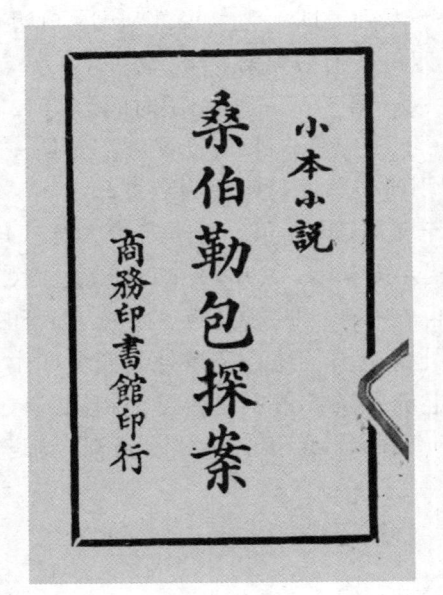

【左上】
说部丛书
第三集第八编
桑伯勒包探案
商务印书馆印译

【右上】
光绪三十一年十二月首版
光绪三十三年七月再版
翻印必究
（桑伯勒包探案）
（每本定价大洋贰角）
译述者　商务印书馆编译所
发行者　商务印书馆
印刷所　商务印书馆
总发行所　商务印书馆
分售处　商务印书馆分馆
（上海北河南路北首悦宾楼西）
（上海棋盘街中市）
（京师　奉天　天津　太原　济南　开封　重庆　成都　汉口　长沙　贵阳　福州）

【左下】
小本小说
桑伯勒包探案
商务印书馆印行

【右下】
说部丛书
初集第二十八编
桑伯勒包探案
侦探小说
上海商务印书馆发行

原著者与汉译者不详，待考。

《桑伯勒包探案》有两则广告，其一："是书凡十二则，为大侦探家桑伯拉所办诸案，如琴畔之经、烟包之印，反致扃室之疑，催眠术之假手，皆发摘无形，令人拍案叫绝，华生包探案不能专美于前。译笔叙述，具见筋节，凡措辞渊雅，迥绝恒蹊。有桑波拉之奇妙手段，正不可无此峭辣之笔。每之（部）洋装一册，定价大洋二角"。其二："书凡十二则，如琴畔之经、烟包之印，反扃室之疑，催眠术之假手。发摘无形，华生包探案不能专美于前。定价一角"。

《澳洲历险记》

《澳洲历险记》，未署原著者，日本樱井彦一郎原译、绍兴金石、海宁褚嘉猷重译，上海商务印书馆出版。该译作编入二种系列，即一为《说部丛书》十集系列第四集第六编，二为《说部丛书》四集系列初集第三十七编。十集系列版本，题"冒险小说"。光绪三十二年（1906）二月首版，光绪三十二年丙午（1906）九月二版。版权页署原译者日本樱井彦一郎、重译者绍兴金石、海宁褚嘉猷。发行者中国商务印书馆，印刷所中国商务印书馆（上海北福建路第二号），总发行所中国商务印书馆（上海棋盘街中市）。一册，70页，定价每本大洋一角五分。四集系列版本，题"冒险小说"。版权页署丙午年（1906）四月初版、民国三年（1914）四月再版。原著者日本樱井彦一郎、重译者绍兴金石、海宁褚嘉猷。译述者商务印书馆编译所。发行者、印刷所、总发行所均为商务印书馆。分售处为全国各地乃至海外的商务印书分馆，凡27处。全一册，70页。每册定价大洋贰角。

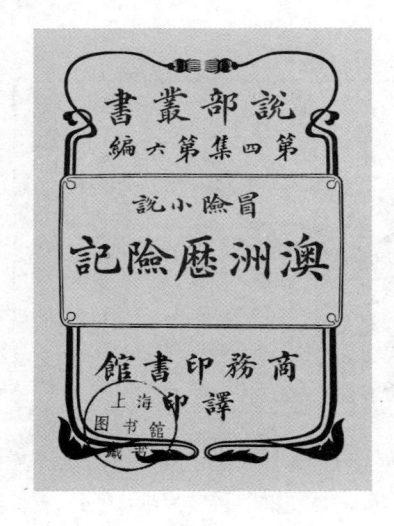

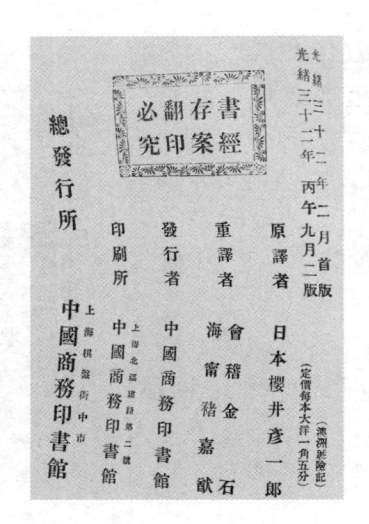

此外，根据《樽目第九版》第 237 页，《澳洲历险记》还被编入《小本小说》，上海商务印书馆 1915 年 4 月出版。

以上三者内容相同，凡十九节，无节目。无序跋。

《樽目第九版》第 235 页记载，Lady Broome（ed.）"Harry Treverton" 1889。樱井彦一郎（鸥村）译《殖民少年》（世界冒险谭第 7 编），文武堂、博文馆 1901 年 2 月 10 日。由此可知，原著者为 Mary Anne Barker, Lady Barker（1831—1911）。根据维基网可知，其国籍待考，出生于西班牙，在英国接受教育。1852 年，她与皇家炮兵部队的乔治·罗伯特·贝克上尉结婚。婚后有两个孩子，贝克被授予爵士。八个月后，贝克去世。1865 年，她又与 Frederick Napier Broome 结婚，易名 Mary Anne Broome，或 Lady Broome，二人均为记者。1884 年，Frederick Napier Broome 被授予爵士。同年，她出版了自己的著作《殖民地回忆录》，署名"Lady Broome"。

译者樱井鸥村（1872—1929），日本评论家、翻译家、儿童文学者、教育者、实业家。出生于松山。本名彦一郎，樱井忠温之兄。1892 年 6 月，于明治学院普通学部本科卒业。后任女学校教员，《女子杂志》文艺栏记者。译作有《世界冒险谭》全十二卷。①

《澳洲历险记》叙述"显礼以一十六龄童子抱殖民志，远跡澳洲，历种种危险劳苦，几濒于死，卒能坚忍激昂，于困厄中增长智识。读之令人色舞眉飞，不能自已。至修辞之典雅，描摹点缀之工，洵非名手不办。想青年慰志者，尤必以早睹此编为快也"。

《侠黑奴》

《侠黑奴》，署日本尾崎德太郎原著，钱塘吴梼译述，上海商务印书馆出版。该译作编入三种系列，即一为《说部丛书》十集系列第六集第二编，二为《说部丛书》四集系列初集第五十二编。十集系列版本，题"义侠小说"。光绪三十二年（1906）岁次丙午季夏首版，署原著者日本尾崎德太郎，印刷所为中国商务印书馆（上海北福州路第二号），总发行所为中国商务印书馆（上海棋盘街中市），分售处为中国商务印书馆在京师、奉天、天津、开封、汉口、重庆、成都、广州、福州的分馆，凡 9 处。封面题"义侠小说"。全一册，54 页。定价每本大洋一角。四集系列版本，题"侠义小说"。版权页署上海商务印书馆丙午年（1906）六月初版、民国三年（1914）四月再版。原著者日本尾崎德太郎，译述者钱塘吴梼，发行者、印刷所、总发行所均为商务印书馆。分售处为全国各地乃至海外的商务印书分馆二十七家。全一册，54 页。每册定价大洋壹角。二者内容相同，共六节，无节目，无序跋。

---

① 参见日本近代文学馆小田切进编《日本近代文学大事典》（第二卷）（日文），东京：株式会社讲谈社，昭和五十二年（1977），第 99 页。

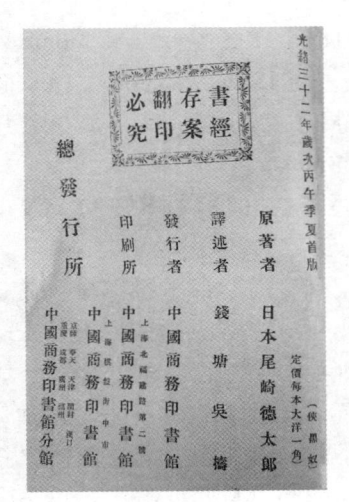

《樽氏目录》第3733页记载，（渡边浩司）尾崎红叶《少年文学第19编　侠黑儿》博文馆1893年6月。Maria Edgeworth "The Grateful Negro"（"Popular Tales" 1804）。据笔者进一步考证，原著者Maria Edgeworth，今译为玛丽亚·埃奇沃斯（1768—1849），是具有盎格鲁血统的爱尔兰女作家。其母是英国人，其父是爱尔兰人。她五岁时，母亲就去世了，遂跟随父亲到爱尔兰继承产业。她是多产作家，是儿童文学领域中的现实主义作家，对欧洲小说的现代演进产生了重要影响。

译述者吴梼，生卒年不详，号亶中，懂日语，在商务印书馆任职，是中国译介欧俄文学的先驱者。他译介的外国著作较多，如《中国新文学大系·翻译文学集》收入的他翻译的俄国溪崖霍夫（契诃夫）的《黑衣教士》、德国苏德蒙（苏德曼）的《卖国奴》（现译《猫桥》）和波兰显科伊梯（显克微支）的《灯台守》等。他还翻译了俄国莱门忒甫（莱蒙托夫）的《银钮碑》（即《当代英雄》上部）、英国勃拉锡克的《车中毒针》、日本尾崎红叶的《寒牡丹》、日本押川春浪的冒险小说《侠女郎》、日本坂口瑛次郎的《支那帝国主人第一：成吉思汗少年史》、日本尾崎德太郎的义侠小说《侠黑奴》与立志小说《美人烟草》，以及刊在《绣像小说》杂志上除《灯台卒》外的《山家奇遇》[不分回 马克多槐音（美国马克·吐温）著、〔日〕抱一庵主人译、钱塘吴梼重演]、《理想美人》（10节　葛维士著、〔日〕文学士中内蝶二译、钱塘吴梼重演）、《斥候美谈》（15目 科楠岱尔著、〔日〕高须梅溪译意、中国钱塘吴梼重演）等。

《侠黑奴》叙述西印度哲美加岛有两个英国人，"一白人名郗菲里，刻薄寡恩，视黑奴如牛马，另一白人名爱德华，天性仁慈，视奴婢如一体。有黑奴西查夫妇，郗菲里日加鞭挞，爱德华见之不忍，遂买归，驭之以恩。后郗氏之奴有海克道者，不堪其虐，纠集黑人，欲尽杀白人以雪愤，西查劝之不听。及起事，西查力护其主，至以身死"。① 该作前幅叙侠奴受旧主之苦，后幅叙侠奴感新主之德，始终恩怨分明，百折不回。篇幅虽短，用笔有波涛汹涌之势，真奇观也。

《天方夜谭》

《天方夜谭》，未署原著者与译者，上海商务印书馆出版发行。该译作编入二种系列，即一为《说部丛书》十集系列第六集第四编，二为《说部丛书》四集系列初集第五十四编。十集系列版本，丙午年（1906）六月初版。四集系列再版本，封面题"述异小说"。丙午年（1906）六月初版，民国三年（1914）四月再版。发行者为商务印书馆，印刷所也为商务印书馆（上海北河南路北首宝山路）。总发行所为位于上海棋盘街中市的商务印书馆，分售处为全国各地乃至海外的商务印书分馆二十七家。全一册，117页。每册定价大洋贰角伍分。

《樽目第九版》第4272页指出：《天方夜谭》原载《绣像小说》11—

---

① 阿英：《晚清文学丛钞：小说戏曲研究卷》，中华书局1960年版，第495页。

55期，癸卯年九月一日，刊年不记〔乙巳年七月一日〕（1903.10.20—〔1905.8.1〕とするは误り）第55期实际の刊年は推定丙午1906闰四月 Edward Forster, M. A. 系 "The Arabian Nights' Entertainments" George Routledge and Sons, London 1877。

《天方夜谭》共包括50个故事，系据英文本"Arabian nights"选译。编入《说部丛书》四集系列，作为初集第四十七编，封面题"述异小说"。全书分为四册，上卷（即第一册）172页，第二册182页，第三册179页，第四册166页。笔者所见的缺版权页，出版时间与定价不详。封面题"述异小说"。此外，奚若译的《天方夜谭》（后来叶绍钧加注）还作为王云五主编的万有文库之一种，也是商务印书馆出版发行，民国十九年（1930）四月初版，定价不详。仍然分为四册，第一册155页，第二册139页，第三册113页，第四册165页。

第一册篇目依次为：缘起、鸡谈、枣核弹、鹿妻、犬兄、记渔父、记宝本、头颅语、四色鱼、泪宫记、二黑犬、生圹记樵遇、说驴、金门马、麦及教人化石、蛇仙杯水记、谈瀛记、苹果酿命记。第二册篇目依次为：橐驼、断臂记、截指记、讼环记、折足记、薙匠言、薙匠述弟事一、薙匠述弟事二、薙匠述弟事三、薙匠述弟事四、薙匠述弟事五、薙匠述弟事六、龙穴合窆记、荒塔仙术记、墨继城大会记。第三册篇目依次为：波斯女、海陆缔婚记、报德记、魔媒记、杀妖记、非梦记。第四册篇目依次为：神镫记、加利弗挨力斯怯得轶事、盲者记、记虐马事、致富术、记玛奇亚那杀盗事、橄榄案、异马记、求珍记、能言鸟。

第五章　其他诸国与地区作品叙录　471

卷首"佚名者"撰写于光绪三十二年（1906）的序，序文为：

《天方夜谭》，亦曰《一千一夜》，为阿剌伯著名说部。既不传撰人姓氏，故论者多聚讼纷如。德国赫摩氏，尝取译自波斯之掌故千则，及福拉撒薛慕司所著诸书，与此书参考。中叙苏丹史加利安及史希罕拉才得与印度诸王事，若合符节，遂断此书出波斯或印度，后始译为阿剌伯文。法人狄赛雪，则谓所言皆阿剌伯人口吻，事迹又多涉回教，大率出诸近代，其地或在埃及，而冷氏亦谓是书所志各地风俗民情，与十世纪迥异（即著《掌故千则》之时），而与埃及十四及十六世纪时相同，则著者自必际此时代，特其取材，多刺掇于波斯之《掌故千则》耳。当译为阿剌伯文时，疑或以阿剌伯故事，易其相类者；又所述地，多言报达或伯色拉，当由著者尝取报达盛时之小说为蓝本，如述加利弗挨力斯怯得诸事，尤章章可见者也。且如叙白青红黄四色鱼，为四种教徒，考纪元千三百一年，驻埃及之回教王尝命各教徒，各以首巾之色为表识，则实非断虚之说。而薙匠自叙，谓彼时为六百五十三年，按回教纪元，起于西历纪元后六百二十二年，故当为耶教纪元后千二百五十五年。兼埃京开罗诸地名，又非九世纪时所有，知书必近时所作无疑。冷氏之言如是。要之，此书为回教国中最古之说部，而回部之法制教俗，多足以资考证。所列故事，虽多涉傲诡奇幻，近于搜神述异之流。而或穷状世态，或微文刺讥，读者当于言外得其用意。至星柏达之七次航海探险，舍利之日夜求报，卒能恢复故国，缝人谓噶棱达专谈虚理，不求实学，易一饼且不可得，皆足针砭肤学，激刺庸愞（懦），安得以说部小之？嗟乎！今日者，阿剌伯陵夷衰微矣，而当年轶事，仅仅见此说部中，则德国批评家谓为阿剌伯信史者，由今而观，不尤足喟然感叹，浏览不置者乎？若夫翻译各本，自法人葛兰德译为法文，实是编输入欧洲之始。后英人史各脱魏爱德取而重译，踵之者为富斯德氏。至一千八百三十九年，冷氏则复取阿剌伯原本译之，并加诠释，为诸译本冠。外尚有汤森氏、鲍尔敦氏、麦克拿登氏、巴士鲁氏、巴拉克氏诸本，然视冷氏本皆逊之。今所据者为罗利治刊行本，原于冷氏，故较他本为独优。译竟，复讨论润色，必期无漏无溢，不敢稍参以卤莽俚杂之词。谨以质诸当世知言君子。既述此书之缘起，遂弁诸简端。校者识。

《大陆》杂志1903年第六号上有《一千一夜·序》，其文为：

《一千一夜》者，欧美著名之说部，即妇孺亦能道之，犹我国之《三国志》、《水浒传》也。其书言波斯王解利亚，以其宠妃与奴私，杀之，后更娶，御一夕，天明辄杀无赦，以是国中美人几尽。后宰相之女，有名翕海拉才德者，自言愿为王妃，父母禁之不可，乃为具盛饰进御。夜中鸡既鸣，白王尝为女弟亭那才德道一古事，愿得毕其说就死，王许之。为迎其女弟宫中，听姊复理前语，乃其言既诡奇可喜，更抽绎不穷，一时不能尽其说，遂请王赐一夕之命，以续前语。入后愈胜，王甚乐之。如是者，至一千有一夜尔。时翕海拉才德已有三子，卒免于死，故名其书曰《一千一夜》，亦曰《天方夜谈》，以译自亚剌伯文也。今读其书，见其所道故事，时而述魑魅魍魉灵奇变怪不可思议之迹时，而摹惊涛骇浪荒漠绝岛无可如何之境，时而写古英杰雍容慷慨复仇冒险之业，时而状女子小人机械变诈之态，时而演僧徒官吏欺惑愚众贪墨不职诸状，莫不如铸鼎象物，使读者不知手之舞之足之蹈之，宜解利亚之听而忘倦也。顾读者或仅以此书为齐谐志怪之属，则亦有未尽然者。盖书中多识回部之制度、风俗、教理、民情，足以资学者之考镜。且所述亚剌伯轶事，如名王亚尔拉希德时之故事，有足信者。昔德国批评家谓此类轶事，半为亚剌伯之信史，非虚语也。至此书作者，则姓氏不传，或云亚剌伯人所自著，或云出自波斯，又或云出自印度，今不可考。而要为回教国中极古之书，其输入欧洲，在西历一千七百四年，由法人谷兰德译为法文。自后各国争译其书，一时纸贵全欧。谷氏为著名之东方学者，曾任巴黎大学之亚剌伯教授，尝至君士旦丁。此书原本即得自土京者也。谷氏所著书尚多，今亡矣，惟是编则巍然独存。盖有天演之理存焉。至一千八百十一年，此书始流入英国，尔时始译其书者，为斯谷德氏。其后有福斯多氏本、伦氏本，皆佳本也。今所译者，则为党孙氏。本其书多取材于斯谷德氏，而较之谷兰德原本则为精密，较之福斯多氏本则为简洁，较之伦氏本则为平易，盖彼土通行本也。抑余读其书，不禁重有慨者。亚剌伯当西历八九十世纪之顷，为世界文明之中心点，其著名贤王如亚尔蛮萨、亚尔拉希德、亚尔马蒙等皆汲汲焉，以振兴学艺为事。当时招致四方贤士翻译希腊、叙利亚图籍，设立学校图书馆，甚者不惜纳黄金八千斤，以聘希腊之贤士利奥，且愿与希腊皇永结盟好。其热心向学，有如此者，故当时学艺卓绝，如哲学、诗学、神学、物理、医学、解剖、天文、算学、地理、历史等学，皆为一世师表。欧西学士，皆联袂奔走，游学于西班牙，沐其教育，以开今日科学之世界，何其盛也？乃何以一转瞬间，而拔格达之风流已矣。科度伐之陈迹空留，茫茫者亚剌伯之荒漠，狉狉者亚剌伯之土人。昔也为欧人之师，今也为欧人之奴；昔也在当世学界实执牛耳，今也在当世学界竟无复亚剌伯人之地位焉。而足以增后人之感慨，动妇孺之歌泣者，仅余区区《一千一夜》之说部而已。呜呼！此岂其教有以使然耶？抑其种有以使然耶？否则，嘉律甫专制之政，固有所不可长久。抑领土益广，纯族益散，而失尚武之精神，国民之观念者，固有所不足自立耶？或曰后二说得之。

《天方夜谭》有则广告，其文为："是书一名《一千一夜》，为阿剌伯著名最古之说部，惜搜者姓名不传。所载故事虽多倜诡奇幻，近于《搜神》、《述异》，然天方教徒之法制教俗，多足以资考证，其余或穷状世态，或微文刺护。若星柏达之七次航海探险，舍利之日夜求报，卒能恢复故国，缝人诺阳棱达专谈虚理，不求实学，易一饼且不可得，皆足针砭虚学，激刺庸儒，不得以说部小之。原书风行欧洲，转译殆遍吾国。亦有重译之本，惟系零篇断简，不能窥见全豹，阅者多以为憾。本馆觅得泠氏英文译本，重译既竟，复讨论润色，期于无误无漏，以餍观者之望。"洋装四大册，定价大洋一元五角。

《希腊神话》

《希腊神话》，署巴德文著，商务印书馆编译所译述，上海商务印书馆出版发行。该译作编入二种系列，即一为《说部丛书》十集系列第七集第九编，二为《说部丛书》四集系列初集第六十九编。十集系列初版本，丁未年（1907）六月初版。发行者、印刷所与总发行所均为中国商务印书馆。外埠发行处商务印书馆分馆十家。全一册，90页，每册定价大洋贰角。未见。四集系列1913年再版本，封面题"神怪小说"。丁未年（1907）六月初版，民国二年（1913）十二月再版。发行者、印刷所、总发行所均为商务印书馆。分售处为全国各地乃至海外的商务印书分馆二十七家。全一册，90页，每册定价大洋贰角。四集系列1914年再版本，除了版权页上的"中华民国三年（1914）四月再版"外，其他信息与1913年再版本完全相同。

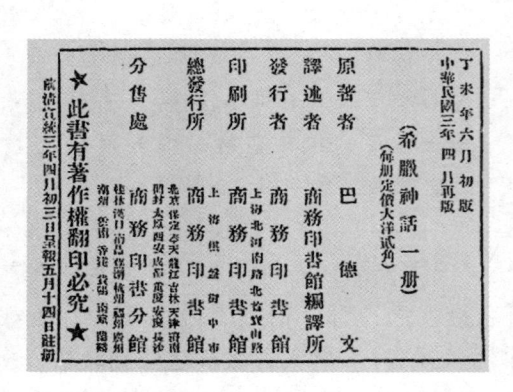

原著者与原著，根据《樽目第九版》第4641页记载，根岸宗一郎考证为James Baldwin "Old Greek Stories"，樽本先生认为James Baldwin是英国人。

凡四十八篇，有篇目，无序跋。篇目为：开端第一、金世第二、原火第三、祸世第四、致罚第五、鸿水第六、变牛第七、竞职第八、孪生第九、中央第十、化树第十一、谎报第十二、复仇第十三、牧奴第十四、驾车第十五、还魂第十六、访妹第十七、先知第十八、屠龙第十九、蓺人第二十、浮海第二十一、试履第二十二、缺第二十三、遁形第二十四、箴妖第二十五、海兽第二十六、救母第二十七、误中第二十八、熊母第二十九、炉炭第三十、巇谴第三十一、猎哄第三十二、金果第三十三、开化第三十四、橄榄第三十五、别嘱第三十六、违母第三十七、剧盗第三十八、角力第三十九、铁床第四十、朝父第四十一、杀侄第四十二、去国第四十三、飞遁第四十四、问罪第四十五、入贡第四十六、诛怪第四十七、黑飙第四十八。

《希腊神话》有则广告，其文为："世界幼稚时代，人每喜谈奇说怪，口道而心信之，不自知其可哂也。是书载希腊古时所传神奇之说，如言古有大神名周彼得，宰制天地，威力甚猛，一点首，天为之昏，日掩其面。一名尼布坦，一怒则海水山立，大地陆沈。种种怪诞不经，较之《西游记》、《封神传》尤甚，盖上古之世，人之迷信，中外皆然。由今观昔，足以见世界进化有序矣。"每册二角。

《航海少年》

《航海少年》，原著者未署，日本樱井彦一郎原译，商务印书馆编译所重译，上海商务印书馆出版发行。该译作编入二种系列，即一为《说部丛书》十集系列第八集第五编，二为《说部丛书》四集系列初集第七十五编。十集系列版本，光绪三十三年（1907）八月初版。发行者中国商务印书馆，印刷所中国商务印书馆（上海北福建路第二号），总发行所中国商务印书馆（上海棋盘街中市）。分售处商务印书分馆十二家。全一册，92页，每本定价大洋贰角。四集系列版本，题"冒险小说"。版权页署原译者日本樱井彦一郎，重译者商务印书馆译编译所，丁未年（1907）八月初版，民国二年（1913）六月三版。发行者、印刷所、总发行所均为商务印书馆。分售处为全国各地乃至海外的商务印书分馆二十七家。全一册，92页。每册定价大洋贰角。

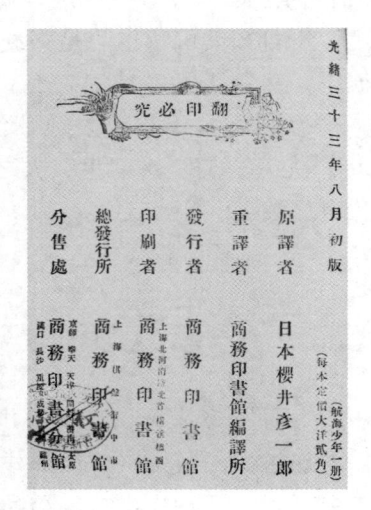

二者内容相同，全书凡19章，无章目，无序跋。

《樽氏目录》第4256页记载，James Grant "Jack Manly: His Adventures by Sea and Land" 1861。樱井彦一郎（鸥村）译《航海少年》（世界冒险谭第8编）文武堂发兑、博文馆发卖1901年4月30日［民外1201］のTom Bevan "The 'Polly's' Apprentice" 1900とは别物。

原著者James Grant，待考。

《航海少年》叙述"一英国少年富有冒险精神，锐意航海，遍历重洋，足迹遍寒带北冰洋、热带非洲，经历曲折，所遇一切奇奇怪怪之事，可怖可愕。英国少年约克与友人哈德从英属加拿大牛芬兰岛圣约翰港御利德号船前往北冰洋行猎。约克十七岁,好新奇;船长哈德二十五岁,勇猛刚毅。全船二十四人,除约克与哈德外,还有正副舵手包鲁与亨世、修理师哈马、刚果黑奴庖人曰木王非,其余大半为爱尔兰猎师。船行走途中,有时狂风怒号,浪花喷雪,有时风平浪静,海水清澈。忽然遇黑色海盗船,海盗发射飞炮,击中利德号中桅。船长哈德号令大家奋力御敌,一阵激烈枪战,约克船友一死一伤,避敌而去,以便救治伤员。船抵约翰岬一小村,遇一老人,言少女岛停泊一黑色海盗船,人数甚众,屡屡骚扰对岸之若溪村。哈德判断此船就是所遇之海盗船,决定智战,乘夜色假装若溪村民,迫近贼船,击杀书人,并以火攻之,贼船被焚毁。船继续南行,始抵几尼亚,继而入雅彭河口。两岸皆山脉,绵亘不绝,气候恶劣,不宜居人。鳄鱼甚多,毒蛇猛兽更不计其数。倍利士率领其夫人、约克、哈德以及数名水手,乘一小舟前往邦哥斯小岛,觅黑人以购买象牙、豹皮等物,并携带小壶、药罐、刀鞘、快利军铳及弹药,以防不虞。小舟抵达一土村落,未及上岸,就被埋伏的黑人擒获,身体遭受重创。三位水手被黑人用大绳悬诸绝崖,断绳坠之,使其命丧黄泉。俄而,无数飞翔空中的鸷鸟纷纷下集,夺食争鸣,顷刻食尽。其余人被充奴籍。倍利士与哈德为蛇河王之奴,约克为土王之弟阿姆酋长之奴,他们被迫服繁重劳役,且不得逃遁,否则被处死。约克不甘为奴,时时寻找机会逃跑。通过接触,他觉得与残忍的蛇河王相比,阿姆之妻比较通人情,这使他产生逃跑的巨大希望。于是,他尽量献媚,获取好感,创造机会。此地多狒狒,一狒崽为猎人所获,母狒逐山寻子,误抱酋长幼子。约克英勇果断,迅速出击,抢救幼子。他攀乔木,越荆棘,入洞穴,与狒狒奋勇格斗,不仅顺利救出幼子,而且还让他完好无损。虽然酋长夫妻感激有加,但并没有释放约克逃走的想法,只不过好感加深而已。酋长夫妻对约克并没有严加看管,约克不停实施潜逃计划。在潜逃途中,他择机砸死了土王,可不久又被黑人抓获,并送到监狱。在一间简陋的囚室中,他与哈德相遇。当得知他们这些囚犯马上就要为土王殉葬时,他十分恐惧,急忙与哈德商量对策。某夜晚,风雨大作,监狱受损,他们与狱卒、守城兵斗智斗勇,历经磨难,才得以逃出。适有英国西伯罗克号自好望角以归伦敦,途中受损,停泊修缮,得遇获救。"

根据樱井彦一郎的日译本《世界冒险奇谭》翻译成汉语的冒险小说还有不少,如:

《二勇少年》（冒险小说）18 回，南野浣白子述译，《新小说》1—7号，1902.11—1906.9，上海广智书局 1905 年。樱井彦一郎（鸥村）译《二勇少年》《世界冒险奇谭第 3 编》文武堂、博文馆 1900 年 10 月 8 日。

《海外天》，〔英〕马斯他孟立特著，东海觉我（徐念慈）译，小说林社，光绪二十九年（1903）初版，光绪三十三年（1907）再版。樱井彦一郎译述《绝岛奇谭》（第 12 编），博文馆 1902 年 7 月。

《青年镜》（冒险小说）18 回，南野浣白子述译，上海广智书局，光绪三十年（1904），樱井彦一郎（鸥村）译《二勇少年》之改订版。

《澳洲历险记》19 节，〔日〕樱井彦一郎著，（金石、褚嘉猷重译），商务印书馆 1906 年，1914 年再版。

樱井彦一郎（鸥村）译《殖民少年》《世界冒险奇谭》（第 7 编）文武堂、博文馆 1901 年 2 月 10 日。

《朽木舟》〔日〕樱井彦一郎著，商务印书馆编译所译述，商务印书馆出版，光绪三十三年（1907），作为"说部丛书百种"第 8 集第 10 种，还作为"说部丛书"初集第 80 编，1914 年再版。樱井彦一郎（鸥村）译《朽木乃舟》（第 10 编），文武堂 1901 年 9 月。

《新飞艇》

《新飞艇》，署尾楷忒星期报社原著，商务印书馆编译所译述，上海商务印书馆出版发行。《说部丛书》十集系列第十集第一编。《说部丛书》四集系列初集第九十一编。十集系列初版本，封面题"科学小说"，光绪三十三年（1907）十二月初版，发行者、印刷所与总发行所均为商务印书馆，外埠分售处有商务印书馆分馆十三家。全一册，156 页，每本定价大洋叁角伍分。四集系列再版本，封面题"科学小说"，版权页署戊申年（1908）正月初版，民国三年（1914）四月再版。发行者为商务印书馆，印刷所也为商务印书馆（上海北河南路北首、宝山路）。总发行所为位于上海棋盘街中市的商务印书馆，分售处为全国各地乃至海外的商务印书分馆，共 27 处。全一册，156 页，每册定价大洋叁角伍分。二者内容相同，凡三十五章，无章目，无序跋。

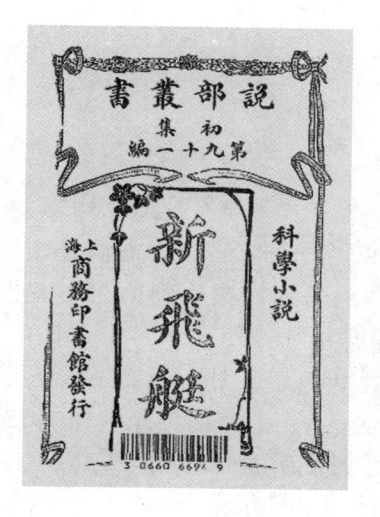

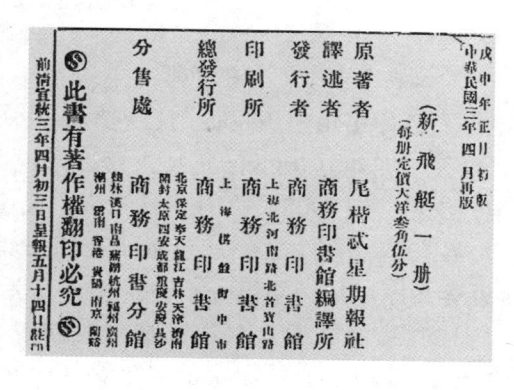

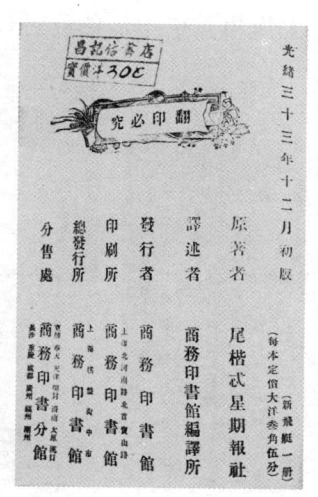

此外，《新飞艇》还被编入《小本小说》系列，商务印书馆 1912 年 11 月出版（《樽目第九版》第 4900 页）。

《新飞艇》叙述"伊特那以新法制飞艇，吸收电气，游行空中，其穷理制器，足补格致家之所未及，有著名侦探冒险得此艇而返，事极诙奇可喜"。

《匈奴奇士录》

　　《匈奴奇士录》，匈加利（今译为匈牙利）育珂摩耳原著，周作人译，上海商务印书馆出版发行。《欧美名家小说》系列之一，上海商务印书馆光绪三十四年（1908）九月出版。《说部丛书》四集系列第二集五十一编，戊申年（1908）九月八日初版，民国四年（1915）十月十六日再版。《世界文学名著》之一，上海商务印书馆1933年9月一版。王云五主编《万有文库》第一集第一千种（汉译世界名著），上海商务印书馆1933年12月初版，155页。《说部丛书》四集系列再版本封面题"言情小说"。全一册，180页，每册定价大洋肆角。发行人为印有模，印刷人为鲍咸昌。总发行所为位于上海棋盘街中市的商务印书馆，分售处为全国各地乃至海外的商务印书分馆。

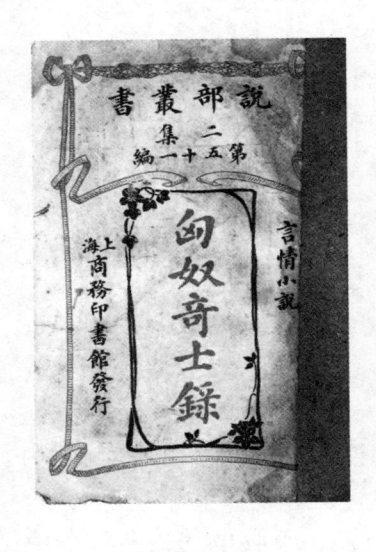

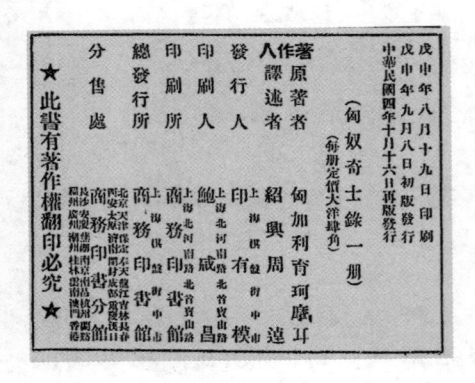

　　凡二十八章，无章目。
　　原著者与原著，樽本先生考证，为 Jókai Mór "Egy az Isten"（"One is The Lord" 1876）。Maurus Jókai 著、Percy Favor Bicknell 英译 "Manasseh: A Romance of Transylvania" 1901。他还指出，周作人在《夜续抄》中这样的记述存在问题："由我传译成中文的此外有一部《匈奴奇士录》，原名《神是一位》（*Egy as Isten*），英译改为 *Midst The Wild Carpathians*——《黄

第五章 其他诸国与地区作品叙录

蔷薇》的英译者为丹福特女士（Beatrice Danford），这书的英译者是倍因先生（R. Nisbet Bain）《匈奴奇士录》上有我的戊申五月的序，大约在一九〇九年出版，是《说部丛书》里的一册。"樽本先生认为，这里的英译名、英译者都有误。而止庵先生不加辨别，认为《匈奴奇士录》是根据 Robert Nisbet Bain 英译本传译，可谓一误再误（《樽目第九版》第5055页）。

《匈奴奇士录》叙述"一摩陀尔人有妹为金壬所诱，终至被弃，而爱情至死不灭，不许其兄报仇。此金壬又诱惑一公爵思攘其夫人，设种种奸谋不得遂，公爵夫人终嫁与摩陀尔人"。

卷首有周逴于光绪三十四年（1908）撰写的"小引"，兹录如下：

> 育珂名摩耳，匈加利人也，以一千八百二十五年二月，生于科摩伦，就学巴波大学，进为博士，四十八年匈加利独立之战，育珂亦与，为奥人所甚，及维拉戈思战败，则物色之。遂窜迹山林中，数月不出，事平归蒲陀沛思德著书。六十一年，推为议员，至一千九百五年卒。所作小说，都二百五十余卷，别有国史及自传等甚多。其国人理特耳着《匈加利文史》，言氏为小说，长于创造，益以意象挺拔，作之藻采，故每成一书，情态万变，且秾丽富美，妙夺人意，自《天方夜谭》以来，鲜雠对也。今此所译，为七十七年作，原名 Egy az Isten，义云神一也。盖匈加利一神宗徒之号，其教非三灵一体之说，而信天帝为独尊，一千五百六十八年顷，始入脱阑锡尔跋，后益曼衍。书记一千八百四十八年事。今述数言，以当疏注。匈加利故黄人，而民殊杂糅，中以摩陀尔人为主，什克勒义云边人，亦其近族，古匈奴也，其民自称阿帖拉之众。阿帖拉者，匈加利语曰遏谛来，匈奴之长，四百五十一年哈仑斯战败，遂永居东脱阑锡尔跋，匈语曰遏耳兑黎，义云林地，其邻即扶剌赫，义曰异人，自称路曼，即罗马之变，盖古达奇亚之民，及罗马皇帝忒剌扬遗众也。独立之战，摩陀尔及什克勒为主，于是非匈族诸部，莫不猜忌，意他日事成，必独利二族，而奥国复阴慭之，扶剌赫乃叛。克洛谛亚暨塞尔维亚又戴叶剌契支为渠和之，脱阑锡尔跋一带摧残特甚。此书中本事也。匈加利人先姓后名，正同中国，故译亦仍之。又本书间引他国文字一二言，译之有伤其意，故留原文，附识于此。戊申五月会稽周逴记。

《清宫二年记》

《清宫二年记》，德菱（Princess Der Ling）著。《东方杂志》第十卷第一至七号（1913年7月至1914年1月）连载，（陈）冷汰、（陈）贻先译（即东方杂志社译本）。《说部丛书》四集系列第二集六十编，民国三年（1914）二月二十七日初版，民国四年（1915）十月十三日再版，民国十三年（1924）十一月五版。上海商务印书馆1937年7月重排一版，陈贻先、陈冷汰译。顾秋心译本，1948年3月第1版。

《说部丛书》四集系列再版本、1937年版本以及1948年版本均可见到。前者封面题"历史小说"，发行人为印有模，印刷人为鲍咸昌。总发行所为位于上海棋盘街中市的商务印书馆，分售处为全国各地乃至海外的商务印书分馆，凡二十八处。全一册，177页，每册定价大洋伍角。

凡二十章，无章目。有序有跋，陈贻先的序文为：

前数年西人勃兰德及白克好司二氏（Messrs. Bland and Backhouse）曾著一名曰《慈禧太后之中国》（China Under The Empress Dowager），名传一时。后读辜鸿铭君著论，极称裕庚之女德菱（译音）所著《宫中二年记》之善（Two Years in the Forbidden City, By Princess Der Ling）。因购读之，其中所载，一得之身历目睹之余，日常琐碎，纤悉必录。宫闱情景，历历如绘，不独阅之极饶趣味，而隐微之中亦可以觇废兴之故焉。至于一支一节，足备掌故之资者，更复不鲜。间尝窃叹昔在帝制之世，宫府隔绝，吾民之视皇宫，若瑶池琼岛之可望而不可即。虽或传闻一

二，亦惝恍而莫得其真。今得是书，一旦尽披露于前，不亦快欤？爰每日口译千余字，历二月而成书。不用文言，恐失其真也。余既译是书，已复将译勃氏之著，以质于世，与之相印发焉。

《清宫二年记》冷汰撰写于宣南之洗心阁的"跋"为：

  余与贻先译《清宫二年记》，其先本用文言，以不能传其真，且味同嚼蜡。遂改用俗语，北京内外城语言本不相同，内城贵族妇女说话清脆、甜俊，虽以太史公之文笔亦不能达。惟曹雪芹庶几可耳！再者，宫中称谓，各有等差，而原书亦但就英文所有者代之，不无错误，容异日访诸识者，改正之。此书所述，皆宫中寻常琐碎之事，极饶趣味。虽译笔甚拙，尚可以掩盖焉。商务印书馆重印单行之本，为书数语寄之。

民国二十六年（1937）七月重排本第一版，把"跋"移到卷末，其他未变。148 页。

1948 年，顾秋心译述本，有两幅精美插图。无序跋。154 页。

《西班牙宫闱琐语》

《西班牙宫闱琐语》，西班牙公主欧里亚自述，澍生原译，铁樵、蕚农、虚舟、谥萧译述，载《小说月报》第五卷第 1 号至 5 号（1914 年 4 月 25 日至 8 月 25 日）。上海商务印书馆出版发行单行本，作为《说部丛书》四集系列第二集第八十编，封面题"历史小说"。内署西班牙公主欧里亚自述、商务印书馆编译，民国四年（1915）四月初版，民国四年（1915）十月再版。发行人为印有模，印刷人为鲍咸昌。总发行所为位于上海棋盘街中市的商务印书馆，分售处为全国各地乃至海外的商务印书分馆，凡二十八处。全一册，80 页，定价不详。

不分章节，无序跋。

原著者与原著，根据《樽目第九版》第 4633 页记载，渡边浩司考证的结果为 H. R. H. The Infanta Eulalia of Spain "The Memoirs of A Princess of The Blood Royal" Ⅰ-Ⅴ ["The Strand Magazine" 46-275（1913.11）- 47-279（1914.3）揭载]。

《西班牙宫闱琐语》乃自叙"其一身小史者。二十年前，西班牙国家多故，自专制立宪，立宪而共和，共和而君主"。

笔者查阅沈石岩所著的煌煌五十万言的《西班牙文学史》（上下册，北京大学出版社 2006 年版），难以找到线索。于是根据译作前面关于西班牙政体不断更替的历史内容，查阅许昌财编著的六十多万言的《西班牙通史》，可见西班牙政界充满自由派与保守派的斗争，乃至从君主专制到共和制转变，即 1868 年革命，"这时候，伊萨贝尔二世已经十分孤立，追随和支持伊萨贝尔二世的议员、大臣已经寥寥无几。为了挽救封建王朝，一些亲信建议伊萨贝尔二世退位，将王位让给阿方索王子。9月30日，伊萨贝尔二世携家属逃往法国"①。这里的"伊萨贝尔二世""阿方索王子"分别是译作中的"以萨伯第二（Isabella）""亚方朔十二（Alfanso）"。1874年12月19日，"伊萨贝尔二世之子阿方索王子"被保皇派将领加泰罗尼亚总督阿塞尼奥·马丁内斯·坎波斯在萨贡托宣布拥立为西班牙国王。"1868年革命、阿梅奥德一世所谓的民主君主制和第一共和尝试的失败，说明西班牙革命者始终没有找到一条彻底推翻封建专制制度的道路。"②《西班牙宫闱琐语》所涉及的历史与这里的记载比较吻合。

《断雁哀弦记》

《断雁哀弦记》，天笑、毅汉同译，上海商务印书馆总发行。《小说月报》第五卷第七号至第六卷第十二号（1914年10月至1915年12月）连载。《说部丛书》四集系列二集第九十一编，民国四年（1915）十月五日初版发行，同年十月二十三日再版发行。《说部丛书》四集系列初版本，封面题"哀情小说"，发行人为印有模，印刷人为鲍咸昌。总发行所为位于上海棋盘街中市的商务印书馆，分售处为全国各地乃至海外的商务印书分馆，凡二十八处。分上下两卷，每卷一册，上册117页，下册118页。每部定价大洋陆角。

---

① 许昌财编：《西班牙通史》，世界知识出版社2009年版，第428页。
② 同上书，第432页。

上卷十一章，下卷十二章，凡二十章，无章目，无序跋。

该作尽管书名署天笑、毅汉著，但实际上是译作。

《时谐》

《时谐》，未署原著者，商务印书馆编译所编译。《东方杂志》第六年第六期至第七年第十二期（1909年7月至1911年1月）连载。《小本小说》系列之一，出版时间不详。《说部丛书》四集系列第二集第九十二编，民国四年（1915）六月二十八日初版发行。《说部丛书》四集系列初版本，封面题"短篇小说"，发行人为印有模，印刷人为鲍咸昌。总发行所为位于上海棋盘街中市的商务印书馆，分售处为全国各地乃至海外的商务印书分馆，凡二十八处。分上下两卷，每卷一册，上册115页，下册101页。每部定价大洋伍角伍分。

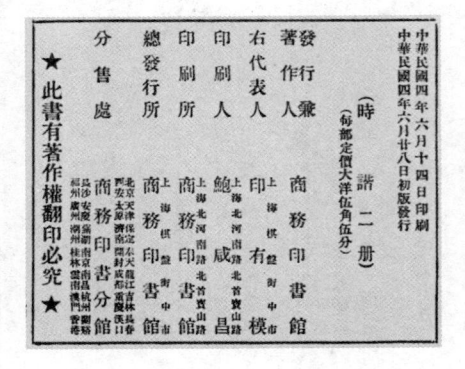

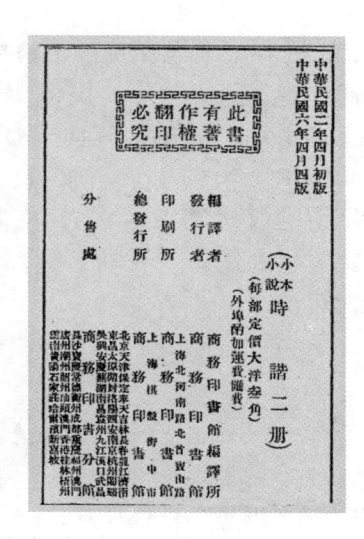

第五章　其他诸国与地区作品叙录　487

原著者与原著，根据《樽目第九版》第 3971 页记载，古二德考证，为 M. M. Grimm 著、Edgar Taylor 编著 "*German Popular Stories*" 1823/1869 年再版。

上卷篇目依次为："一、韩斯侥幸；二、伶部；三、狐；四、渔家夫妇；五、鹊与熊战；六、十二舞姬；七、玫瑰花萼；八、汤拇；九、感恩之兽；十、赵灵德及赵灵台；十一、奇伶；十二、三公主；十三、雀复仇；十四、佛雷段律及葛达琳；十五、有福儿郎；十六、丑髯大王；十七、牝牡鸡；十八、雪霙；十九、屦工；二十、芜菁；二十一、萨潞敦；二十二、狮王；二十三、莽中之犹太人；二十四、金山大王；二十五、金鹅；二十六、狐夫人；二十七、韩赛露及葛律德露；二十八、金发三茎之硕人；二十九、蛙；三十、狐及马；三十一、伦贝史铁根；三十二、鹅女；三十三、忠义约翰。"

下卷篇目依次为："三十四、青灯；三十五、阿育伯德路；三十六、少年硕人；三十七、纫工；三十八、三鸦；三十九、丕伟德；四十、韩斯及其妇葛乐达鲁；四十一、樱桃；四十二、浩路娘娘；四十三、救生之水；四十四、彼得牧人；四十五、聪慧之四子；四十六、高珊莫；四十七、菜；四十八、鼻；四十九、五仆；五十、金发公主；五十一、盗婿；五十二、三懒汉；五十三、七鸦；五十四、罗仑及五月鸟；五十五、鼠鸟腊肠；五十六、杜松树。"

原著者格雷门，今译为格林，德国著名作家。雅可布·格林（J. Grimm）和威廉·格林（W. Grimm）兄弟。格林兄弟是指兄雅科布·

格林（1785—1863）与弟威廉·格林（1786—1859），兄弟俩都是德国民间文学研究者、语言学家、民俗学家、德国语言学的奠基人。他们曾同浪漫主义者交往，思想却倾向于资产阶级自由派。他们注意民间文学，搜集民间童话，亲自记录，加以整理，汇集成《儿童和家庭童话集》，即通常所谓的《格林童话》，其中有许多幻想丰富的神奇故事表达出人民的愿望。代表作如《青蛙王子》《灰姑娘》《白雪公主》《小红帽》等均脍炙人口。

《名优遇盗记》

《名优遇盗记》，未署原著者，郭演公编译，泠风校订，上海商务印书馆出版发行。《说部丛书》四集系列三集第六编，封面未题小说类型，民国五年（1916）四月初版。发行者为商务印书馆，印刷者为位于上海北河南路北首宝山路的商务印书馆，总发行所为位于上海棋盘街中市的商务印书馆，分售处为全国各地乃至海外的商务印书分馆，凡四十五处。全一册，83页。每册定价大洋贰角。

凡十七章，无章目，无序跋。

原著者与汉译者均待考。

《真爱情》

《真爱情》,未署原著者,莲心、雏燕编译,泠风校订,上海商务印书馆出版发行。《说部丛书》四集系列三集第九编,封面未题小说类型,正文题"言情小说"。民国五年(1916)七月初版,民国九年(1920)八月再版。发行者为商务印书馆,印刷者为位于上海北河南路北首宝山路的商务印书馆,总发行所为位于上海棋盘街中市的商务印书馆,分售处为全国各地乃至海外的商务印书分馆,凡四十五处。全一册,95页,每册定价大洋贰角伍分。

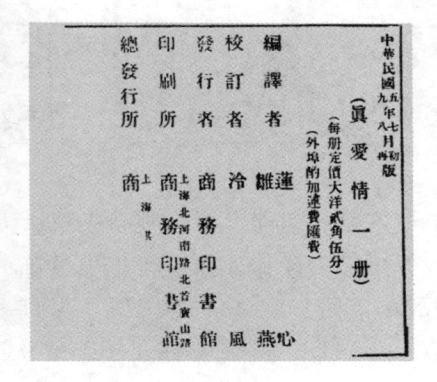

凡十六章,无章目,无序跋。

原著者不详,待考。

《真爱情》写"情兼写社会,以贫富贵贱得意蹭蹬,两辆相形,衬出情字真际。处处在情理之中,处处出意想之外。其得力处,全在以伏笔为起笔,故能层层脱卸,层层回护,细意慰贴,绝无针线可寻。译笔亦明双无疵,抑扬轻重之间,尤能斟酌饱满"。

《战场情话》

《战场情话》,史久成编著,泠风校订,上海商务印书馆出版发行。

《说部丛书》四集系列三集第十编,封面未题小说类型。民国五年(1916)八月初版。发行者为商务印书馆,印刷者为位于上海北河南路北首宝山路的商务印书馆,总发行所为位于上海棋盘街中市的商务印书馆,分售处为全国各地乃至海外的商务印书分馆,凡四十五处。全书二册,上册97页,下册112页,每部定价大洋贰角伍分。

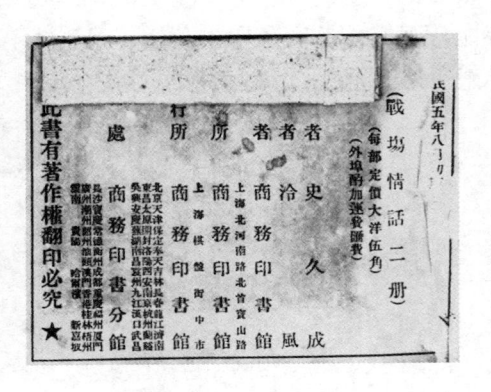

上册八章,下册九章,凡十七章,无章目,无序跋。

该作可能为译作,原著者生平事迹不详,待考。

《战场情话》叙述"美国医士某游历柏林,值打开战幕,德国戒严,不得自由。一日,逆旅中有女子,冒认某为夫,某因同在患难中,怜之,虚与委蛇。女子为法国间谍,盗得德政府秘柬者也。某旋于战地被捕,赖女得脱,卒上书霞飞将军,受上赏,后为夫妇"。

《树穴金》

《树穴金》,未署原著者,丹阳束凤鸣编译,上海商务印书馆出版发行。《说部丛书》四集系列三集第十一编,封面未题小说类型。民国五年(1916)九月初版。发行者为商务印书馆,印刷者为位于上海北河南路北首宝山路的商务印书馆,总发行所为位于上海棋盘街中市的商务印书馆,分售处为全国各地乃至海外的商务印书分馆,凡45处。全一册,101页,每册定价大洋贰角伍分。

凡九章,无章目,无序跋。

原著者生平事迹不详,待考。

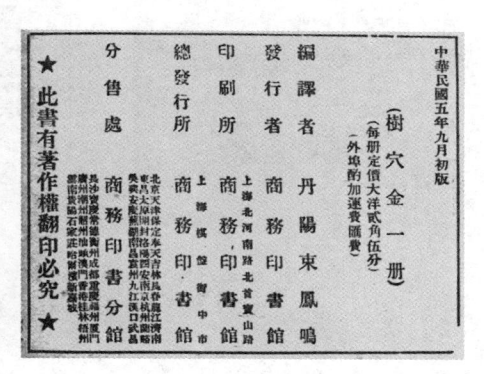

《冰原探险记》

《冰原探险记》,原著者不详,王无为编纂,上海商务印书馆出版发行。《说部丛书》四集系列第三集第十四编,民国五年(1916)十一月初版,民国十三年(1924)十一月三版。初版本封面未题小说类型,发行者为商务印书馆,印刷者为位于上海北河南路北首宝山路的商务印书馆,总发行所为位于上海棋盘街中市的商务印书馆,分售处为全国各地乃至海外的商务印书分馆,凡45处。全一册,87页,每册定价大洋贰角。

凡十二章,无章目,无序跋。

原著者生平事迹不详,待考。

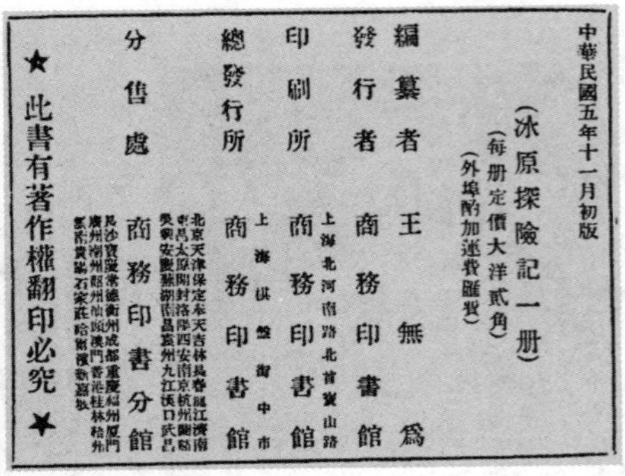

《血痕》

　　《血痕》，未署原著者，生可编译，泠风校订，上海商务印书馆出版发行。《说部丛书》四集系列第三集第十五编，民国五年（1916）十一月初版，民国七年（1918）二月再版。再版本封面未题小说类型，发行者为商务印书馆，印刷者为位于上海北河南路北首宝山路的商务印书馆，总发行所为位于上海棋盘街中市的商务印书馆，分售处为全国各地乃至海外的商务印书分馆，凡45处。全一册，78页，每册定价大洋贰角。

凡十三章，无章目，无序跋。

原著者生平事迹不详，待考。

《蛮花情果》

《蛮花情果》，无锡王卓民编纂，武进泠风校订，上海商务印书馆出版发行。《说部丛书》四集系列第三集第十六编，民国五年（1916）十二月初版，民国九年（1920）八月再版。再版本封面未题小说类型，发行者为商务印书馆，印刷者为位于上海北河南路北首宝山路的商务印书馆，总发行所为位于上海棋盘街中市的商务印书馆，分售处为全国各地乃至海外的商务印书分馆，凡45处。全书二册，上册125页，下册125页，每部定价大洋陆角。

上册二十四章，下册十八章，凡四十二章，无章目，无序跋。

原著者生平事迹不详，待考。

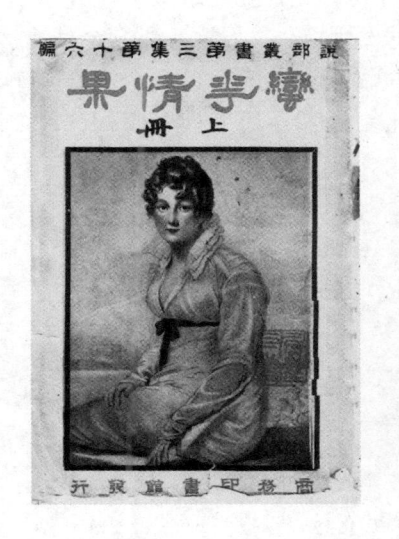

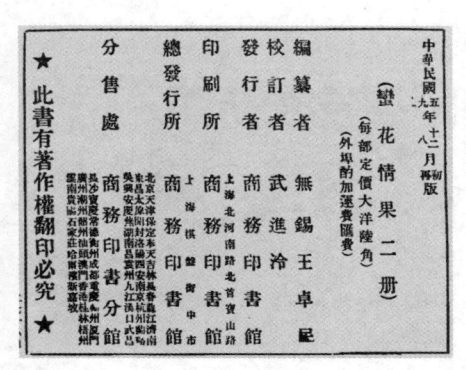

《诗人解颐语》

《诗人解颐语》，英国倩伯司原著，林纾、陈家麟译述，上海商务印书馆出版发行。《说部丛书》四集系列三集第十七编，封面未题小说类型，民国五年（1916）十二月初版，民国九年（1920）八月再版。发行者为商务印书馆，印刷者为位于上海北河南路北首宝山路的商务印书馆，总发行所为位于上海棋盘街中市的商务印书馆，分售处为全国各地乃至海外的商务印书分馆，凡45处。全书二册，上册91页，下册84页，每部定价大洋伍角伍分。

据马泰来先生考证，《诗人解颐语》原著者为 W. &R. Chambers，Ltd.。共收笔记205则。疑原著为 Chambers's Complete Tales for Infants 一类儿童读物。寒光、朱羲胄、曾锦漳、韩迪厚皆谓"倩伯司"为 Chamberce（第79页）。然而，马泰来先生、寒光等人说得并不透彻。

根据维基网，William Chambers of Glenormiston or William Chambers（1800—1883）是苏格兰出版商与政治家。Robert Chambers Frsefgs（1802—1871）是苏格兰出版商、地质学家、进化论思想家、作家和杂志编辑。兄弟二人是商业伙伴，并在19世纪中期的科学界和政界具有重要影响。Chambers还是早期颅相学者，是某杂志的匿名作者，由于争议很大，直到他去世其作者身份还没有得到确认。

短篇小说集收205则故事，有故事目录，无序跋。前20则故事目录为：雪中起僵、辨土觅金、狱囚消遣、求饮脱死、盗窃王钟、金钱愈疾、狗觅主人、拿破仑微服、彼得行治、凉亭藏仇、亲王悔过、金刚石、解剖瘟尸、村人馈牛、麦田供客、亚剌伯以礼复仇、弄巧成拙、商妇失钏、英人行猎、驼夫行诈。

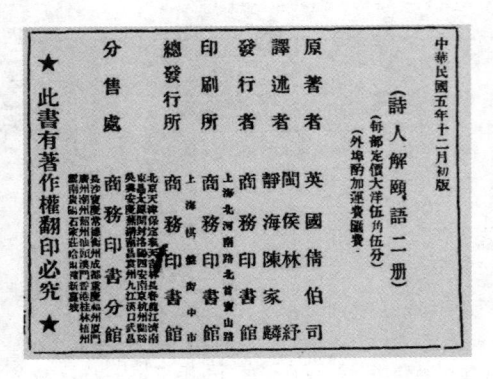

《怪手印》

《怪手印》，原著不详，丁宗一、陈坚编译，泠风校订，上海商务印书馆出版发行。《说部丛书》四集系列三集第二十一编。封面未题小说类型，民国六年（1917）四月初版。总发行所为位于上海棋盘街中市的商务印书馆，分售处为全国各地乃至海外的商务印书分馆。全书二册，上册116页，下册98页，每部定价大洋伍角。

上册八章，下册六章，凡十四章。有简要章目，无序跋。简要章目依次为：怪手、昏睡、失宝、冻箱、毒室、吮血、双阱、潜声、死光、电疗、三时、血晶、魔教、辨奸。

原著者不详，待考。

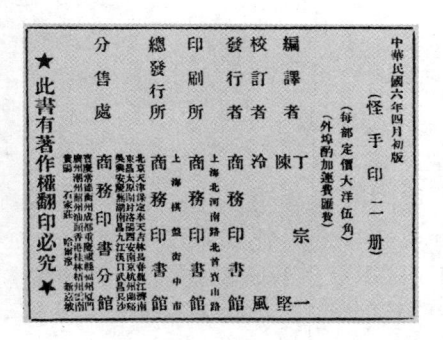

《奇婚记》

《奇婚记》，昌平刘幼新编纂，武进恽铁樵校订，上海商务印书馆出版发行。《说部丛书》四集系列三集第二十八编，封面未题小说类型，民国六年（1917）七月初版。发行者为商务印书馆，印刷者为位于上海北河南路北首宝山路的商务印书馆，总发行所为位于上海棋盘街中市的商务印书馆，分售处为全国各地乃至海外的商务印书分馆，凡45处。全一册，101

页，每册定价大洋贰角伍分。

凡二十章，无章目，无序跋。

原著者生平事迹不详，待考。

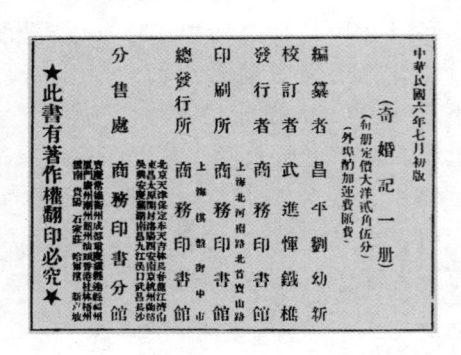

《地狱礁》

《地狱礁》，原著者不详，卓呆译述，泠风校订，上海商务印书馆出版发行。《说部丛书》四集系列三集第三十编，封面未题小说类型，民国六年（1917）七月初版。发行者为商务印书馆，印刷者为位于上海北河南路北首宝山路的商务印书馆，总发行所为位于上海棋盘街中市的商务印书馆，分售处为全国各地乃至海外的商务印书分馆，凡四十五处。全书二册，上册90页，下册85页，每部定价大洋肆角伍分。

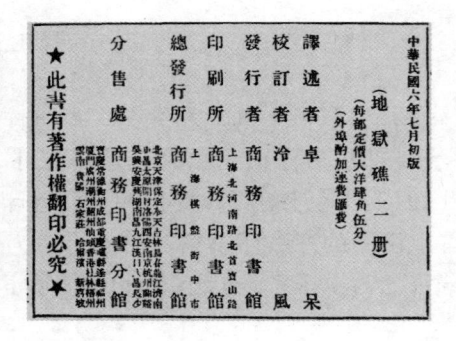

上册二十二章（除发端一、发端二外），下册二十八章，凡五十章。无章目，无序跋。

原著者生平事迹不详，待考。

《古国幽情记》

《古国幽情记》，原著不详，寒蕾编纂，泠风校订，上海商务印书馆出版发行。《说部丛书》四集系列第三集三十二编，民国六年（1917）九月初版，民国十年（1921）一月再版。再版本封面未题小说类型，发行者为商务印书馆，印刷者为位于上海北河南路北首宝山路的商务印书馆，总发行所为位于上海棋盘街中市的商务印书馆，分售处为全国各地乃至海外的商务印书分馆，凡四十五处。全书三册，上册115页，中册99页，下册84页。每部定价大洋捌角。

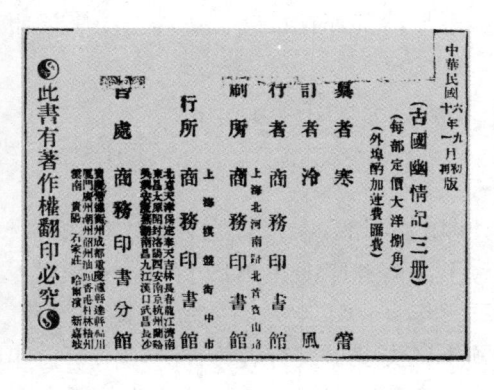

上册为第一篇与第二篇，前者六章（除楔子外），后者七章。中册为第三篇，七章。下册为篇，八章。凡二十八章。均有章目，无序跋。章目依次为：楔子，第一篇　定策长征及途中情景。第一章　谭公之奇癖，第二章　耐德倭凯脱倩影，第三章　希腊僧遗阡，第四章　阇碧丝峰，第五章　坎德国门，第六章　日神寺，第二篇　坎德都城曼尼佛。第七章　民望胥归，第八章　耐德倭凯脱公主之使，第九章　曼尼佛之法庭，第十

章　甘诗塔之狱，第十一章　坎德之冕，第十二章　虹影符，第十三章　结仇（以上上册）。第三篇　耐德倭凯脱宫。第十四章　耐德倭凯脱主游珊蕾，第十五章　窃符，第十六章　危险，第十七章　述梦，第十八章　夜游，第十九章　别后相思，第二十章　旅病（以上中册）。第四篇　丹涅斯。第二十一章　奇异之婚礼，第二十二章　佛罗之死，第二十三章　胁后，第二十四章　奸谋，第二十五章　结婚，第二十六章　出险，第二十七章　最后之胜利，第二十八章　白迷迭香长毋相忘（以上下册）。

原著者生平事迹不详，待考。

卷有楔子，其文为："埃及覆亡久矣。彼开尼罗河、建金字塔之文明黎庶，留贻此伟大之纪念品，徒供后人于荒烟夕照中，为唏嘘凭吊之资。城郭犹是，人民已非，孰不为此数千年前之古国悲。今试有人焉，谓此古国者，昔日所亡，乃其旧壤。其遗民实建新邦于流沙荒漠之表，人迹罕到之地。其所擅长之雕刻建筑，以及各种技术文学，且骎而为上。则闻此言者，谁不张口瞠目，心怀犹疑，谓为无征不信哉。然而，予友谭可威者，振奇好古士也，凭其理想，演成事实。绝大漠，渡流沙，作汗漫游，为发此数千年古国之哥伦布。且也珠宫贝阙之中，几谐鸳侣，无怀葛天之众，奉若神明。妙趣环生，逸情云上。兹游之记，又乌可以已也。所惜者，自经予辈一度探访，竟前无古人，后无来者，遂使此古国终在若无若有之间。上界清都耶？世外桃源耶？予不得而知已。"

《秘密军港》

《秘密军港》，未署原著者，南通范况、丹徒张逢辰编纂，武进泠风校订，上海商务印书馆出版发行。《说部丛书》四集系列第三集三十三编，民国六年（1917）八月初版，民国九年（1920）十月再版。初版本封面未题小说类型，发行者为商务印书馆，印刷者为位于上海北河南路北首宝山路的商务印书馆，总发行所为位于上海棋盘街中市的商务印书馆，分售处为全国各地乃至海外的商务印书分馆，凡45处。全一册，112页，每册定价大洋叁角。

原著者生平事迹不详，待考。

凡十二章，有章目，无序跋。章目依次为：奇谍、劫箱、炸桥、秘港、海线、水帘洞、毒弹、探光铳、活绳、电光摄影、电席、破敌。

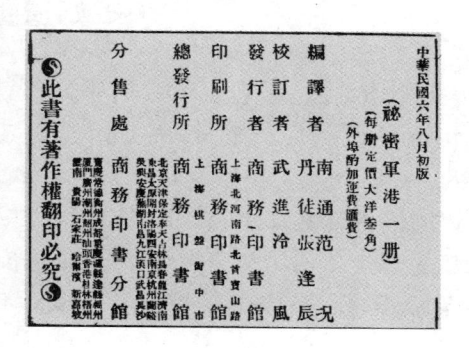

《红粉歼仇记》

《红粉歼仇记》，原著不详，李拜兰编纂，泠风校订，上海商务印书馆出版发行。《说部丛书》四集系列第三集第三十五编，民国六年（1917）十一月初版，民国九年（1920）八月三版。三版本封面未题小说类型，发行者为商务印书馆，印刷者为位于上海北河南路北首宝山路的商务印书馆，总发行所为位于上海棋盘街中市的商务印书馆，分售处为全国各地乃至海外的商务印书分馆，凡45处。全一册，81页，每册定价大洋贰角伍分。

凡八章，无章目，无序跋。

原著者生平事迹不详，待考。

《妒妇遗毒》

　　《妒妇遗毒》，原名《妻乎财乎》，黄静英编纂，泠风校订，上海商务印书馆出版发行。《说部丛书》四集系列第三集第四十编，民国七年（1918）一月初版，民国九年（1920）八月再版。再版本封面未题小说类型，发行者为商务印书馆，印刷者为位于上海北河南路北首宝山路的商务印书馆，总发行所为位于上海棋盘街中市的商务印书馆，分售处为全国各地乃至海外的商务印书分馆，凡45处。全一册，118页，每册定价大洋叁角。

　　原著者与原著，根据《樽目第九版》第876页，为 E. A. Rowlands "Money of Wife"。

　　凡二十六章，无章目，无序跋。

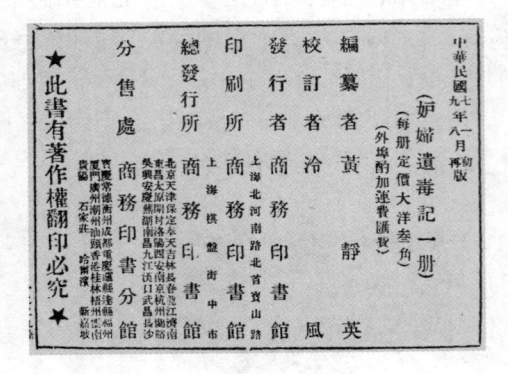

《孝友镜》

　　《孝友镜》，比利时恩海贡斯翁士原著，林纾、王庆通译述，上海商务印书馆出版发行。《林译小说丛书》第二集第三十编，上海商务印书馆出版，时间不详。《说部丛书》四集系列第三集第四十八编，民国七年

(1918)八月初版,民国九年(1920)十月再版,次年(1921)九月三版。《林译小说丛书》版本缺版权页,《说部丛书》四集系列初版本有版权页。后者封面未题小说类型,发行者为商务印书馆,印刷者为位于上海北河南路北首宝山路的商务印书馆,总发行所为位于上海棋盘街中市的商务印书馆,分售处为全国各地乃至海外的商务印书分馆,凡45处。全书两卷,每卷一册,上册70页,下册73页。每部定价大洋伍角。

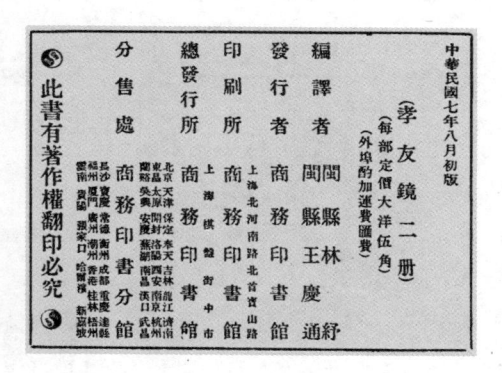

上卷五章,下卷六章,凡十一章,无章目。

马泰来先生考证,原著者为比利时的 Hendrick Conscience(1812—1883),原著为 De arme edelman(1851),或曰 Le gentilhomme pauvre。疑据法译本重译。(第94页)

原著者待考。

卷首有林纾于戊午(1918)二月二十日撰写的"译余小识",其文为:"林纾曰,此书为西人辨诬也。中人之习西者,恒曰男子二十一外必自立,父母之力,不能笼约而拘挛之,兄弟各立门户,不相恤也。是名社会主义,国因以强。然近年所见,家庭革命,逆子叛弟,接踵而起,国胡不强?是果真奉西人之圭臬?亦凶顽之气中于腑焦,用以自便其所为,与西俗胡涉。此书为比国贵族急其兄弟之难,倾家以救,至于破产无依,而其女能食贫居贱,曲意承顺其父,视听皆出于微渺中,孝之至也。父以友传,女以孝传,足为人伦之鉴矣。命曰《孝友镜》,亦以醒吾中国人,勿诬人而打妄语也。"

《当炉女》

《当炉女》，王卓民编纂，上海商务印书馆出版发行。《说部丛书》四集系列三集第四十九编，封面未题小说类型，民国七年（1918）七月初版。发行者为商务印书馆，印刷者为位于上海北河南路北首宝山路的商务印书馆，总发行所为位于上海棋盘街中市的商务印书馆，分售处为全国各地乃至海外的商务印书分馆，凡45处。全书三卷，每卷一册，上册89页，中册95页，下册87页，每部定价大洋柒角。

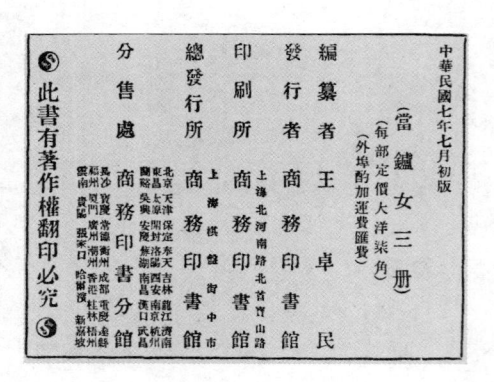

上卷九章，中卷九章，下卷九章，凡二十七章，无章目。

该作可能是译作，原著者与原著均不详，待考。

卷首有《当炉女提要》，其文为："是书叙一贤淑高洁之女郎，为继父所抛弃，沦落于当炉卖浆之家。一贵族军官怜其境遇，任侠尚义，力欲排除众议，脱之苦海之中，娶以为妻，已订婚约矣。而女郎因成婚后，恐不利于军官，作书辞之。军官亦为其母兄沮格，致复女书，为兄所匿，彼此遂生误会，受尽悲楚。同时有一贫士，亦爱女郎，见其婚不成，乃尽情爱护，而军官亦为一贵族之女所眷，因有签约，格不能成。其后军官渐知寄书未达，所以生误会之由，不肯居薄幸之名，仍坚持前议。而女郎亦不肯负军官之义，勉允其言，将结婚矣。忽是时军官之友有未婚妻，亦素爱女郎，而深知其情实者，发现二人缔婚之心，一则出于怜才，一则出于报恩，皆非真爱情，而所谓真爱情者，乃别有在。遂竭力设法，为二人解释。于是军官卒娶贵族之女，贫士骤富，女郎亦卒嫁之。诸人结婚，皆得爱情之真谛，光明磊落，所谓有情人都成眷属也。书中写女郎遭运迍邅，为人所欺，令人掩卷悲叹。至危难时，为人所救，又可破涕为笑，侠义爱情兼而有之。至于叙事则离合悲欢，回环往复，有云连峰断，柳暗花明之妙。行文则芳馨悱恻，清丽缠绵，尤其余事，诚可为举世求真爱情者之名言，亦可为举世误认爱情者之宝筏也。"

《傀儡家庭》

《傀儡家庭》，英译名 *Doll's House*，挪威易卜生（Ibsen）原著，陈嘏据英译本转译，上海商务印书馆出版发行。《说部丛书》四集系列三集第五十一编，三幕剧，民国七年（1918）十月初版。发行者为商务印书馆，印刷者为位于上海北河南路北首宝山路的商务印书馆，总发行所为位于上海棋盘街中市的商务印书馆，分售处为全国各地乃至海外的商务印书分馆，凡45处。全一册，130页，每册定价大洋叁角伍分。

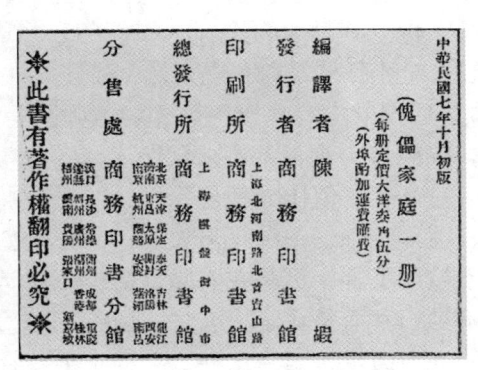

凡三幕，无幕目，无序跋。

《傀儡家庭》另两种译本，其一，〔挪〕易卜生（H. Ibsen），芳信译。

上海金星书店1940年6月初版。易卜生戏剧曲全集，多幕剧。三幕剧；卷首有威廉·阿奇的序（占12页），评介作者及其作品。全一册，186页，每册定价大洋玖角。其二，《易卜生选集1·玩偶夫人》，沈子复译，上海：永祥印书馆，民国三十七年（1948）六月。

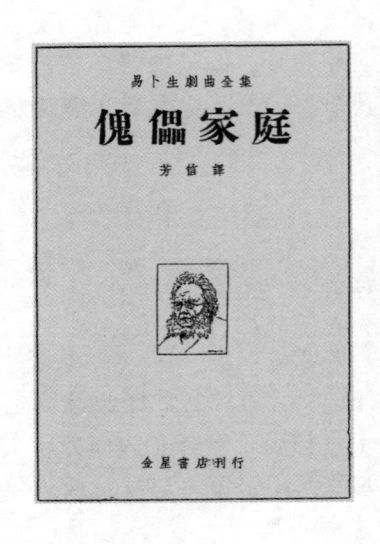

约翰·易卜生（Henrik Johan Ibsen，1828—1906），生于挪威希恩一个富裕的木材商人家庭，家道中落，早年在贫穷中度过，后来为了生活不得不挣钱谋生。人情冷暖、世态炎凉，使他变得越来越内向自卑、过度敏感。尖锐的批判性思维，崇高的人都注意，号召人们为解放而斗争，这一切使易卜生作为一个表现"人的精神革命"与"道德焦虑"的剧作大师而闻名于世。其早期剧作有《布朗德》《培尔·金特》，中期剧作有《青年同盟》《皇帝与盖利利恩人》《社会支柱》《玩偶之家》《群鬼》《人民公敌》，后期剧作有《野鸭》《建筑师》等。他是一位影响深远的挪威剧作家，被称为"现代戏剧之父"。①

易卜生在创作《傀儡家庭》之前就指出："世界上有两种精神上的法律，两种良心，一种是男人的，一种是妇女的，彼此各不相同。男女双方并不被此了解，可是在实际生活中，总是用男人的法律来判断妇女，好象她不是妇女而是一个男人。"还说："在今天的社会里，妇女无法保持她自己的本来面目，因为这社会纯粹是男权社会，一切法律都由男人制定，现

---

① 陈世雄：《现代欧美戏剧史》，四川教育出版社1994年版，第53—60页。

行裁判制度总是从男性的观点决裁判妇女的行为。"①

易卜生具有世界意义,"在易卜生的浪漫主义历史剧、现实主义问题剧以及一些带有象征主义特色的戏剧中,强烈的批判精神和浓厚的理想色彩始终融合在一起。易卜生批判社会现存秩序,追求真正的自由王国;批判极端的利己主义,提倡有益的自我牺牲精神;批判小市民的停滞生活,鼓舞人们做既有理想又讲求实际的高尚的人。易卜生主义在彻底否定国家、社会、宗教的弊病和一切虚伪的口号时,也过分强调了绝对个人主义、宣扬了缺乏具体内容与措施的空想社会主义,鼓吹通过人的精神反叛进行毁灭全世界的'整体革命'等等。但无论易卜生主义有怎样的弱点,无论它的人道主义核心具有何等明显的阶级局限性,它具有鲜明特色的独立的精神和破旧立新的坚定性,仍有巨大的社会意义。易卜生说过,他的工作是提出问题,他对这些问题没有答案。尽管他对他所提出来的问题不作具体的回答,或者没有指出解决问题的正确途径,但他所提出来的问题确实切中时弊,能激励人们进行社会改革。这是时代赋予剧作家的神圣任务,易卜生的伟大就在于他为了出色地完成这一任务,不断地开辟新道路,迈向新高度"②。易卜生及其戏剧带来了世界性的社会革命。

《傀儡家庭》的主题是现代社会中资产阶级家庭与妇女地位问题,成功地塑造了敢于反抗、敢于追求自我而毅然走出家庭的娜拉形象。有的批评家认为该剧的主旨是号召人们为妇女解放而斗争,易卜生却说:"谢谢你们的祝愿。但我不能接受自觉促进妇女运动的荣誉。我甚至没有完全搞清楚它的实质。妇女为之奋斗的事业,在我看来是全人类的事业。"③ 实际上,该剧本一经问世,就由不得作者了,做何种阐释是批评家的自由,有的阐释可能与易卜生并不完全吻合。

《科学家庭》

《科学家庭》,未署原著者,天笑生译述,上海商务印书馆出版发行。《说部丛书》四集系列第三集第五十八编,民国八年(1919)一月初版,民国十三年(1924)十一月三版。初版本发行者为商务印书馆,印刷者为

---

① 陈瘦竹:《易卜生"玩偶之家"研究》,新文艺出版社1958年版,第37—38页。
② 王忠祥:《易卜生》,华夏出版社2002年版,第87—88页。
③ 陈世雄:《现代欧美戏剧史》,四川教育出版社1994年版,第89页。

位于上海北河南路北首宝山路的商务印书馆，总发行所为位于上海棋盘街中市的商务印书馆，分售处为全国各地乃至海外的商务印书分馆，凡四十五处。全书两卷，每卷一册，上册125页，下册134页，每部定价大洋陆角。

上卷五章，下卷九章，凡十五章。无章目，无序跋。

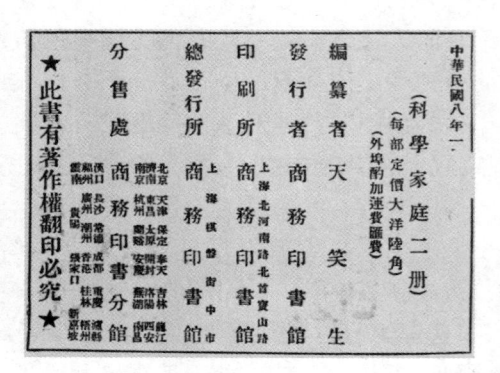

《双雏泪》

《双雏泪》，未署原著者，吴县包天笑编纂，上海商务印书馆出版发行。《教育杂志》（商务印书馆出版发行）第十卷第一号（1918年1月20日）至第十一卷第五号（1919年5月20）刊载（《樽目第九版》第4048页）。《说部丛书》四集系列第三集第六十八编，民国八年（1919）六月初版，民国九年（1920）十月再版，民国十三年（1924）十一月三版。《说部丛书》四集系列初版本封面未题小说类型，发行者为商务印书馆，印刷者为位于上海北河南路北首宝山路的商务印书馆，总发行所为位于上海棋盘街中市的商务印书馆，分售处为全国各地乃至海外的商务印书分馆，凡四十五处。全一册，86页，每册定价大洋贰角。

原著者与原著，根据《樽目第九版》第4048页的记载，张治考证为Mrs. Henry Wood "Parkwater" 1876。

凡八章，无章目，无序跋。

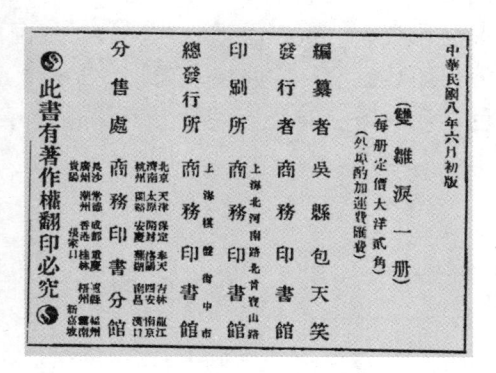

《俄罗斯宫闱秘记》

　　《俄罗斯宫闱秘记》，未署原著者，张叔严编纂，王蕴章校订，上海商务印书馆出版发行。《说部丛书》四集系列第三集第七十二编，民国八年（1919）七月初版，民国十三年（1924）十一月三版。《说部丛书》四集系列三版本封面未题小说类型，发行者为商务印书馆，印刷者为位于上海北河南路北首宝山路的商务印书馆，总发行所为位于上海棋盘街中市的商务印书馆，分售处为全国各地乃至海外的商务印书分馆，凡四十五处。全书两卷，每卷一册，上册62页，下册66页。每部定价大洋叁角，外部酌加运费汇费。

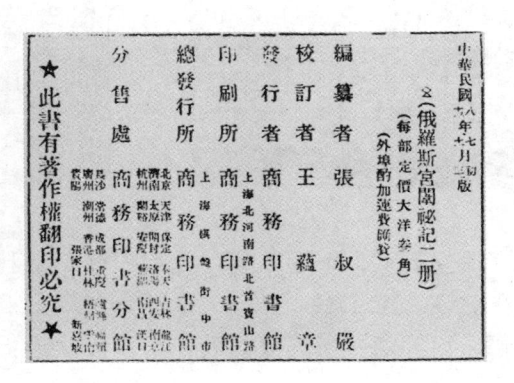

不分章节，无序跋。

《俄罗斯宫闱秘记》有份广告，其文为："此书著作于十五年前。奉派至俄留学时。正值李文忠专使至俄。与俄国订立密约之日。故于当时外交情形洞若观火。重以居俄既久。故于俄国皇族与民党之互相水火双方之势力消长如数家珍。中间述及谒见大文豪托尔斯泰一段。议论警辟尤为全书特色，今俄国已四分五裂欲知其来由此书不可不读也。"全书二册，定价三角。

《白羽记》（三编）

《白羽记初编》，原著者不详，沈步洲编纂。《说部丛书》四集系列第三集第七十四编，民国八年（1919）七月初版，民国十年（1921）十月再版。初版本封面未题小说类型，发行者为商务印书馆，印刷者为位于上海北河南路北首宝山路的商务印书馆，总发行所为位于上海棋盘街中市的商务印书馆，分售处为全国各地乃至海外的商务印书分馆，凡四十五处。全书两卷，每卷一册，上册55页，下册68页。每部定价大洋叁角伍分。

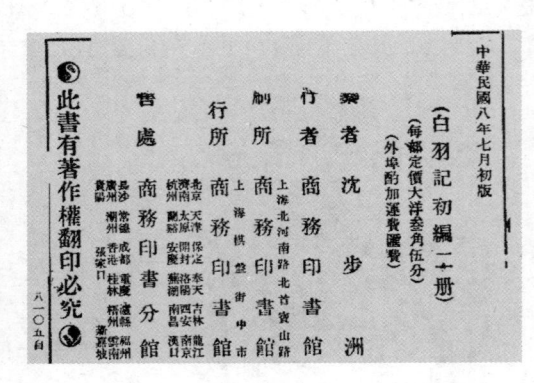

上卷五章，下卷六章，凡十一章。卷上章目依次为：第一章　克瑞弥纪念之夜，第二章　一电飞来，第三章　乘骑游公园，第四章　来能府之跳舞，第五章　负心人。卷下章目依次为：第六章　倾心告长者，第七章巡行东苏丹，第八章　侦访前事，第九章　格兰奈拉，第十章　哇拔克群井，第十一章　顾无相忆。

《白羽记续编》，沈步洲编纂，上海商务印书馆出版发行。《说部丛书》四集系列三集第八十三编，封面未题小说类型，民国八年（1919）十月初版。发行者为商务印书馆，印刷者为位于上海北河南路北首宝山路的商务印书馆，总发行所为位于上海棋盘街中市的商务印书馆，分售处为全国各地乃至海外的商务印书分馆，凡四十五处。全书两卷，每卷一册，上册74页，下册67页。每部定价大洋肆角伍分。

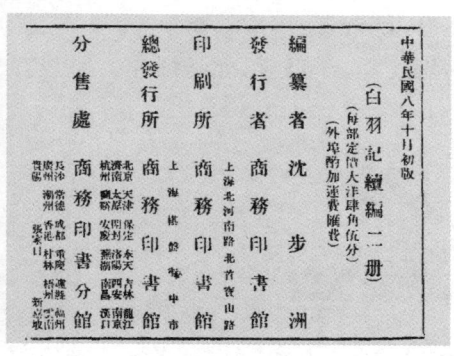

该作可能是译作，原著者不详，待考。

卷上五章，卷下六章，凡十一章（与初编连续编章）。有章目，无序跋。卷上章目依次为：第十二章　神思顿说，第十三章　暗幕渐揭，第十四章　有客自远方来，第十五章　第一羽归赵，第十六章　逐客。卷下章目依次为：第十七章　梅露沁之乐，第十八章　音回，第十九章　吹绉一池春水，第二十章　好友同罹苦厄，第二十一章　得意忘形，第二十二章　寻根究底。

《白羽记三编》，沈步洲编纂，上海商务印书馆出版发行。《说部丛书》四集系列第三集第九十六编，民国九年（1920）五月初版，民国十一年（1922）三月再版。封面未题小说类型。全书两卷，每卷一册，上册62页，下册75页。缺版权页，其他版权页信息不详。上卷五章，下卷七章，凡十二章。有章目，无序跋。

卷上章目依次为：第二十三章　谢罪，第二十四章　尼罗河上，第二十五章　精神犹似少年时，第二十六章　地下先人今无怼矣，第二十七章　石室。卷下章目依次为：第二十八章　恨不能插翅飞去，第二十九章　强作解人，第三十章　南斗依稀，第三十一章　还乡，第三十二章　喁喁情话，第三十三章　旧调重弹，第三十四章　老兴未阑。

《风岛女杰》

《风岛女杰》，罗文亮编纂，上海商务印书馆出版发行。《说部丛书》四集系列三集第七十六编，封面未题小说类型，民国八年（1919）七月初版。全一册，57页，每册定价大洋贰角。

不分章节，无序跋。

笔者推测，该作可能是译作，原著者与原著均不详，待考。

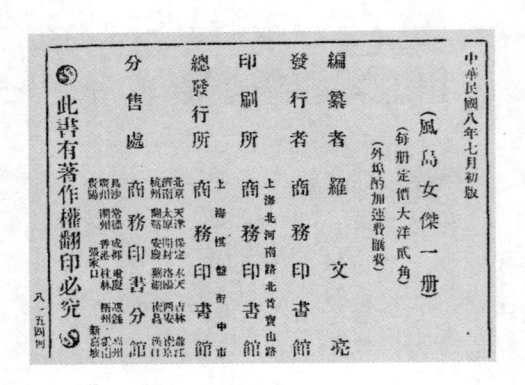

《蜘蛛毒》

《蜘蛛毒》，未署原著者，徐慧公编纂，上海商务印书馆出版发行。《说部丛书》四集系列第三集第七十七编，民国八年（1919）十月初版，民国九年（1920）十月再版，民国十三年（1924）十一月三版。初版本封面未题小说类型。全一册，102 页，每册定价大洋贰角伍分。

凡十章，有章目，无序跋。章目为：设计、蜘蛛、友访、夜劫、中酒、初诱、再败、会场、胜利、结果。

原著者为美国通俗小说家 Johnston Mc Culley（1883—1958），《蜘蛛毒》为 1918 年 9 月 10 日发表在杂志上的 The Spider' Venom。[1]

《碧玉串》

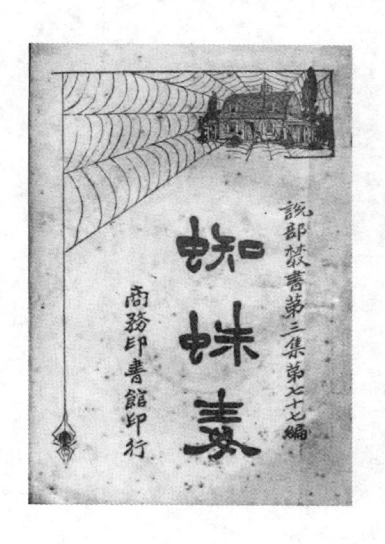

《碧玉串》，未署原著者，尤玄甫编纂，上海商务印书馆出版发行。《说部丛书》四集系列第三集第八十编，民国九年（1920）二月初版，民国十年（1921）十月再版。初版本封面未题小说类型，发行者为商务印书馆，印刷者为位于上海北河南路北首宝山路的商务印书馆，总发行所为位于上海棋盘街中市的商务印书馆，分售处为全国各地乃至海外的商务印书分馆，凡 45 处。全一册，115 页，每册定价大洋叁角。

凡十二章，无章目，无序跋。

---

[1] 张治：《再谈商务印书馆"说部丛书"里的原作》。

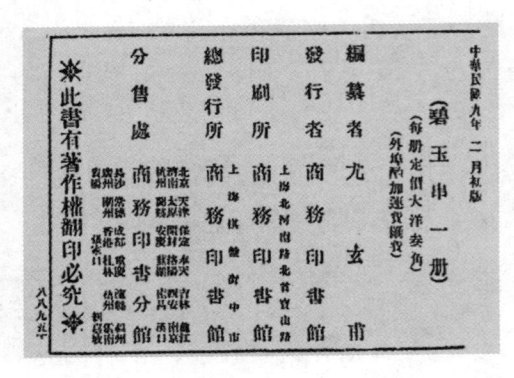

《四字狱》

　　《四字狱》，未署原著者，徐慧公编纂，上海商务印书馆出版发行。《说部丛书》四集系列第三集第八十一编，民国八年（1919）十月初版，民国十年（1921）十月再版。初版本封面为题小说类型。全一册，94页，每册定价大洋贰角伍分。

　　凡十一章，无章目，无序跋。

　　原著者不详，待考。

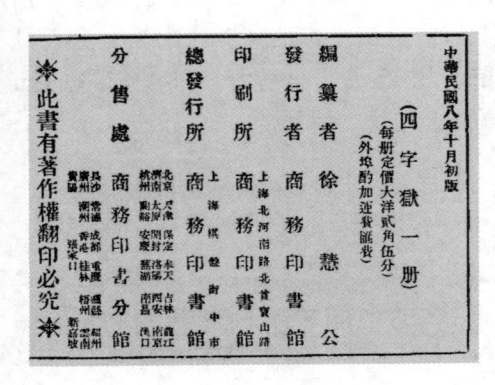

《菱镜秋痕》

《菱镜秋痕》，未署原著者，廖鸣韶编译，上海商务印书馆出版发行。《说部丛书》四集系列第三集第八十五编，民国九年（1920）二月初版，民国十一年（1922）一月再版。《说部丛书》四集系列初版本，封面未题小说类型，发行者为商务印书馆，印刷者为位于上海北河南路北首宝山路的商务印书馆，总发行所为位于上海棋盘街中市的商务印书馆，分售处为全国各地乃至海外的商务印书分馆，凡45处。全书两卷，每卷一册，上册102页，下册99页。每部定价大洋伍角。

上卷十四章，下卷二十章（除叙结），凡三十四章。无章目，无序跋。

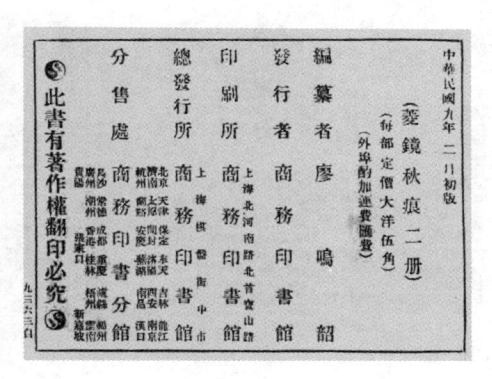

原著者为英国作家爱德华·利顿（Edward Bulwer Lytton, 1803—1873），《菱镜秋痕》出自爱德华·利顿的《夜与晨》（Nightand Morning, 1841年）。①

《菱镜秋痕》描绘的是远离闹市的偏僻一隅，即英国威尔斯远背官道的一个矮村的景象，犹如世外桃源。乡村牧师白兰思，为人和善，喜与人往，薪俸虽微，也悠然自乐。博斐烈是白兰思昔日同窗，偶来村游，与之同居。

---

① 张治：《再谈商务印书馆"说部丛书"里的原作》。

《苦海双星》

　　《苦海双星》，蒋炳然、廖鸣韶编译，上海商务印书馆出版发行。《林译小说丛书》第二集第十九编，上海商务印书馆出版发行，时间不详。《说部丛书》四集系列第三集第八十八编，民国九年（1920）一月初版，民国十年（1921）十月再版。《说部丛书》四集系列初版本封面未题小说类型。全书两卷，每卷一册，上册 84 页，下册 80 页，每部定价大洋伍角。

　　上卷五章，下卷三章（包括叙结），凡八章。无章目，无序跋。

　　原著者不详，待考。

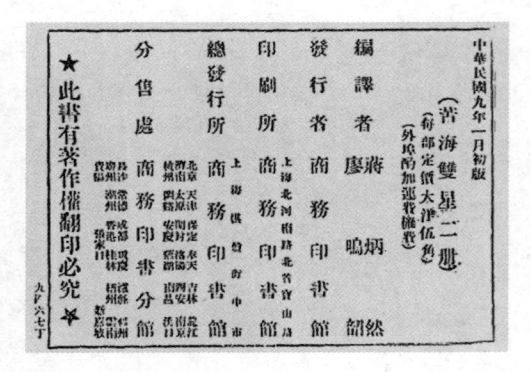

《童子侦探队》

　　《童子侦探队》，未署原著者，包天笑编纂，原载商务印书馆创办的《教育杂志》第九卷第一号至第十卷第十二号（1917 年 1 月 20 日至 1918 年 12 月 20 日），期间略有间断，题"教育小说"。后上海商务印书馆出版发行，《说部丛书》四集系列第三集第九十编，民国九年（1920）三月初版，民国十三年（1924）十一月三版。初版本封面未题小说类型。全书两卷，每卷一册，上册 92 页，下册 92 页，每部定价大洋伍角。

上卷六章，下卷六章，凡十二章。无章目，无序跋。

原著者生平事迹不详，待考。

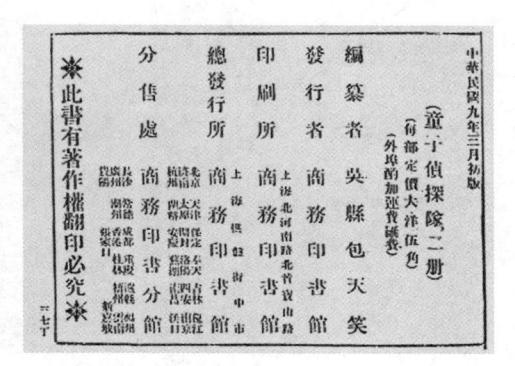

《鹫巢记》（三编）

《鹫巢记》及其续编，瑞士鲁斗威司原著，林纾、陈家麟译述，原载《学生杂志》第六卷第一期至第十二期（1919年1月至12月）。后上海商务印书馆出版单行本，《说部丛书》四集系列三集第九十二编，封面未题小说类型。发行者为商务印书馆，印刷者为位于上海北河南路北首宝山路的商务印书馆，总发行所为位于上海棋盘街中市的商务印书馆，分售处为全国各地乃至海外的商务印书分馆，凡45处。全书两卷，每卷一册，上册92页，下册89页。缺版权页，出版时间与定价均不详。

凡三十章。无章目，无序。

原著者为瑞士 Johann David Wyss（1743—1818），原著为 *Der schweizerische Robinson*（1813），英文名为 *Swiss Family Robinson*，可能根据英译本重译。《鹫巢记》及其续编与《小仙源》是同一原著的不同译本。原著者与原作介绍参考《小仙源》。

《鹫巢记续编》，瑞士鲁斗威司原著，林纾、陈家麟译述，上海商务印书馆出版发行。《说部丛书》四集系列三集第一百编，封面未题小说类型，民国九年（1920）六月初版。发行者为商务印书馆，印刷者为位于上海北河南路北首宝山路的商务印书馆，总发行所为位于上海棋盘街中市的商务印书馆，分售处为全国各地乃至海外的商务印书分馆，凡 45 处。全书两卷，每卷一册，上册 84 页，下册 89 页。每部定价大洋伍角伍分，外部酌加运费汇费。

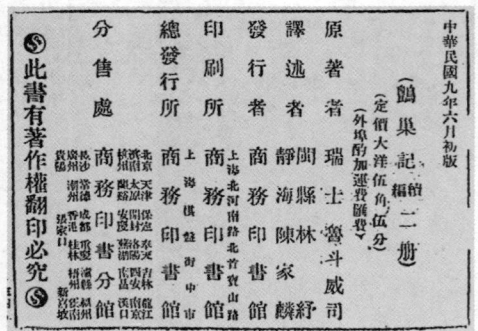

上卷二十一章，下卷十六章，凡三十七章。无章目，无序跋。

鹞鸟是是鹞鹰，学名叫雀鹰，北方叫它鹞子。《诗经》中称为"晨风"。《孟子·离娄上》上说："为渊驱鱼者，獭也。为丛驱爵者，鹞也。"即替深水赶来鱼的，是水獭；替树丛赶来鸟雀的，是鹞鹰。译作命名为《鹞巢记》，是把儿童比作鹞鸟，深得原作意蕴。

《红鸳艳牒》

《红鸳艳牒》，署 J. U. Gieiy 原著，陈大悲译述，西神润词，原载《小说月报》第九卷第一号至第二号（1918 年 1 月至 2 月）。后上海商务印书馆出版单行本，《说部丛书》四集系列第三集第九十五编，民国九年（1920）六月初版，民国十年（1921）十月再版。全二册，每部定价大洋肆角。

全书分两册，上册 104 页，下册 65 页，各册十三章，合计二十六章，无章目，无序跋。

原著者生平事迹不详，待考。

《隅屋》

《隅屋》，原著者不详，长沙瞿宣颖编纂，无锡王蕴章校订，上海商务印书馆出版发行。《小说月报》第十卷第一号至第十一卷第二号（1919年1月至1920年2月）连载。《说部丛书》四集系列第三集第九十八编，民国九年（1920）六月初版，民国十一年（1922）四月再版。《说部丛书》四集系列初版本封面未题小说类型。全书两卷，每卷一册，上册82页，下册74页，每部定价大洋肆角。

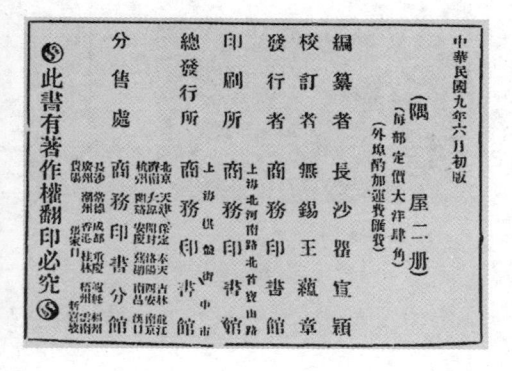

上卷三十节，下卷三十一节，凡六十一节。无节目，无序跋。

原著者为 Frederick Merrick White（1859—1935），《隅屋》为 The Corner House（1905）。译者瞿宣颖为瞿兑之（1894—1973），早年学过多门外语，翻译小说是偶尔为之，并非其志业。①

《恩怨》

《恩怨》，未署原著者，王卓民编纂，上海商务印书馆出版发行。《说

---

① 张治：《再谈商务印书馆"说部丛书"里的原作》。

部丛书》四集系列第三集第九十九编,民国九年(1920)五月初版,民国十一年(1922)四月再版。初版本封面未题小说类型,发行者为商务印书馆,印刷者为位于上海北河南路北首宝山路的商务印书馆,总发行所为位于上海棋盘街中市的商务印书馆,分售处为全国各地乃至海外的商务印书分馆,凡45处。全一册,113页,每册定价大洋叁角。

全书不分章节,无序跋。

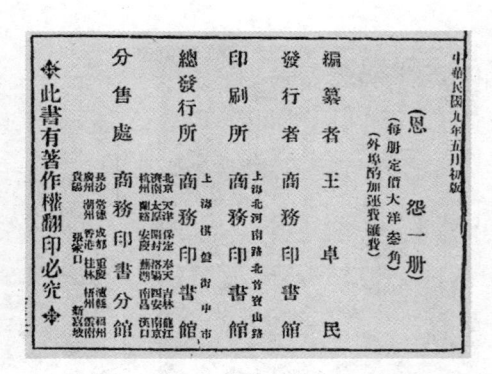

《社会柱石》

《社会柱石》,挪威易卜生原著,周瘦鹃译述,上海商务印书馆出版发行。原载《小说月报》第11卷3—12号,1920.3.25—12.25(《樽目第九版》第3855页)。《说部丛书》四集系列第四集第五编,民国十年(1921)十月初版。全书两卷,每卷一册,上册124页,下册103页,每部定价大洋伍角伍分。此外还有《社会栋梁》,孙煦译,商务印书馆,民国二十七年(1938)四月初版。"世界文学名著"之一。

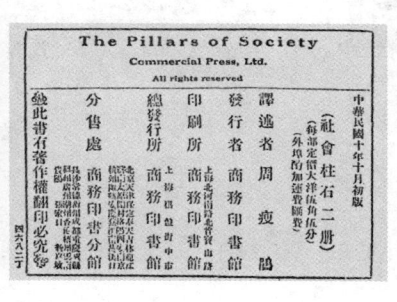

第五章 其他诸国与地区作品叙录 519

《社会柱石》多幕剧，上卷二幕，下卷二幕，共四幕，无幕目。

原著者亨利克·约翰·易卜生（挪威语：Henrik Johan Ibsen, 1828—1906），是19世纪挪威杰出剧作家、诗人，在世界戏剧史上占据着重要地位，被称为"现代戏剧之父"。这位使挪威人、斯堪的纳维亚人乃至全人类永远又惊又喜的文化巨人，为世界文库留下了二十五部戏剧（不包括有争议的《圣约翰之夜》），以及丰富的诗歌、书信、文艺散文。其作品实际上是激变、前进中的文化巨人对社会生活和时代精神的审美反映。代表著作有《玩偶之家》《人民公敌》等。①

原著名为 The Pillars of Society。（《樽目第九版》第3855页）

《社会柱石》的主人公博尼克，作为社会活动家，被认为是道德高尚的坚实的社会支柱，其实，他只是一个唯利是图、不管别人死活的商人，一个骗子、伪君子、犯罪分子。由这样腐朽的柱子支撑的腐败社会，还能维持多久？易卜生还通过其他人物之口提出说真话、不撒谎、不吹牛、冲破传统束缚、求索自由之路的主张，把"真理的精神和自由的精神"当作真正可靠的社会支柱。剧作家向那些顽固守旧势力和伪装进步的自由主义者发动了猛烈的进攻，并且击中要害，因而受到左右两方而反对派的夹击。②

卷首有张舍我于1921年5月28日在上海撰写的"序"，其文为：

> 近代戏剧家的责任，是在乎引起社会上人的责任心，去改革社会，视社会上的罪恶，为社会自身所造成。社会是许多个人组织成功

---

① 王忠祥：《易卜生》，华夏出版社2002年版，第1页。
② 同上书，第109页。

的，故欲攻击社会的罪恶，先欲攻击早就罪恶的份子——便是个人。欲攻击个人，必须暴露他的罪恶于一般人，使作恶犯罪的人见了，好像丑人临镜，照见自己的丑陋，不觉自生羞恶之心，自生"改善"之心。这种主义便是近世所说的写实主义；这种戏曲便是写实派的文学，因称其作者为写实派作家。

　　写实派文学，到易卜生而诣绝顶，这是大家都晓得的了。他的主义和哲理如何，说的也很多。我想会读易卜生脚本的，必定有点知道了。所以我在这里也不必多说，我要说的，就是他的剧本构造之精致慎密，笔力之雄伟发扬和我们戏曲文学，正在萌芽的中国有何关系？

　　除宋元戏曲外，中国从没有剧本文学。到了现在，真正新剧尚未发见。有主义问题的创作剧本极少。有文学价值的，我还没有看见。翻译的剧本，却一天多似一天。借给我们研究的资料，自然也一天多一天。然而，有的是自然派文学，有的是神秘派文学。我国新剧，既没经过写实派的阶级，如何可以躐等谈自然神秘。所以自然和神秘派的剧本，只可供我们的参考比较，而不能供我们的研究。依我的目光，以中国的社会和中国的剧本文学程度而论，我们现在当从事于写实文学，创作写实派的剧本。欲创作写实派剧本，自宜研究写实派作家的作品。写主义最佳最妙的作家，既然是易卜生，所以我们要研究易卜生的作品。

　　易卜生的剧本，虽然不合于中国，不能表演于中国的舞台上。然而，他剧本的美点（如何解决人生问题等）、剧本中的章法结构，我们何尝不可采择运用于我们的剧本中。

　　易卜生的剧本，我也曾译过一篇，叫做《遗恨》（*The Wariors at the Helegeland*）是讨论恋爱问题的。此篇是他少年时的作品，是第二篇行世的剧本。然而，我与读者已警他的章法之严谨，结构之精密。今我们若读他的《社会柱石》——他写实主义的结晶体之一——一般人自然有一般人的感想。研究剧本文学和要创作真的新剧本的，却大可"借镜"大可研究——剧本中的如何表现个性和章法构造。

　　今《社会柱石》由周瘦鹃翻译出来了，瘦鹃享文名，为时已很久。他文字的价值，可无庸我来多说。我要说的，就是读者不但能领略他文学上的兴味，还要那创作新的剧本的同志，注意研究易卜生的剧本构造学，以为创作中国写实派剧本的好基础，这便是我的希望了。

　　鲁迅在《奔流》编校后记中指出："但何以大家偏要选出 IBsen 来

呢？……因为要建设西洋式的新剧，要高扬戏剧到真文学底地位，要以白话来兴散文剧，还有，因为事已亟矣，便只好先以实例来刺戟于天下读书人的直感：这自然是确当的。但我想，还因为 Ibsen 敢于攻击社会，敢于独战多数，那时的介绍者，恐怕是颇有孤军而被包围于旧垒中之感的罢，现在细看墓碣，还可以觉到悲凉，然而意气是壮盛的。"①

《梅孽》

《梅孽》，署"挪威伊卜森原著"，闽县林纾、吴县毛文钟同译，上海商务印书馆出版发行。《说部丛书》四集系列第四集第十三编，民国十年（1921）十一月初版。全一册，60 页，每册定价大洋贰角。

凡十七章，无章目，无序跋。

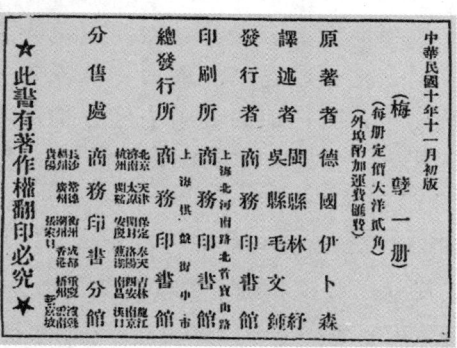

原著者简介参见第三集第五十一编《傀儡家庭》。原著为《梅孽》（*Ghosts*）（原著：Gengangere；1881），今译《群鬼》。

马泰来先生考证指出，《梅孽》为话剧，译为小说；还云，原署"德国伊卜森原著"有误，其国籍不是德国而是"挪威"（第95页）。樽本先生则指出："林紓らが底本に使用したのは、DRAYCOT M. DELL

---

① 《鲁迅全集》第七卷，人民文学出版社 2005 年版，第 171 页。

'IBSEN'S "GHOSTS" ADAPTED AS A STORY' 1917。イプセン戯曲を直接小説化したというのは誤り。原文は HENRIK IBSEN 'GHOSTS'。原著 'GENGANGERE' 1881。"（《樽目第九版》第 2876 页）换言之，林纾是根据杰克得·德尔（Draycot M. Dell）改写之小说 GHOSTS 转译的，而非译自剧本。这一结论非常重要，因为林纾遭到误解，被误认为他不辨小说与戏剧，随意把易卜生的戏剧翻译成小说。樽本先生通过考证，替林纾作了有力的辩白。

卷首有"发明"，其文为："此书用意甚微，盖劝告少年，勿作浪游。身被隐疾，肾宫一败，生子必不永年。亚丁之父，不检人也。冒色而疾中于肾宫。既生亚丁，固有聪慧之才，乃不久二疾作，脑力昏敝，神思尽蠲，竟至咄嗟而死。全书不过万余语，吾恐读者不解，故弁以数言。"署名为辛酉二月畏庐老人书。

文后有校者志："此书曾由潘家洵先生编为戏剧，名为《群鬼》。然该书系用语体，本书则用文言，互相参看，获益良多。"

《梅孽》是关于一位妇女的故事。"她忠心地充当了贤妻良母，在每一件事上都无私地牺牲自己。她的丈夫对感官享受具有相当大的容量相胃口。可社会要求他尽理想主义的责任而不是享乐，这迫使他只得以欺诈和不正当的方法去寻欢。他与模范妻子结婚后，妻子忠于本分，却仅仅使生活令他更难忍受。最后，他躲入一位不忠于本份然而美丽的女仆的爱抚之中，听任他的妻子去经办他的事务，满足她自己灼良心。而他却阅读小说、饮酒，如前所说的那样调戏女仆，尽情地满足自己的欲望。"①

《梅孽》具有强烈的社会批判意义。阿尔文太太没有勇气离开堕落的丈夫，顺从了曼德牧师抽象的道德说教，不敢和群鬼作斗争，做了旧礼教的殉道者和淫乱社会的牺牲品。戏剧的批判意义在于这样迫害妇女的吃人礼教非破除不可，这样的腐化社会非改造不可。②

此外还有沈子复所译的《易卜生选集 2·鬼》，上海：永祥印书馆，民国三十七年（1948）六月。

---

① 高中甫编选：《易卜生评论集》，外语教学与研究出版社 1982 年版，第 44 页。
② 王忠祥：《易卜生》，华夏出版社 2002 年版，第 119 页。

《魔侠传》

　　《魔侠传》，西班牙西万提司原著，闽县林纾、静海陈家麟同译，上海商务印书馆出版发行。《说部丛书》四集系列第四集第十八编，未题小说类型，民国十一年（1922）三月初版。全书二卷，每卷一册，上册189页，下册204页，每部定价大洋壹元。

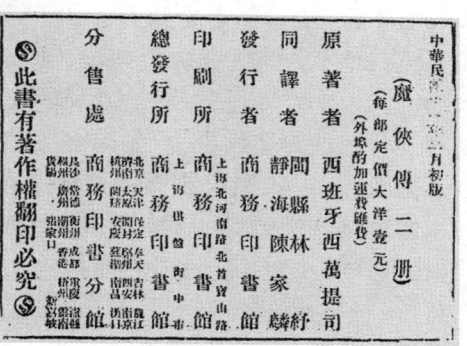

　　上卷分三段，第一段共八章，第二段共六章，第三段共十三章。下卷一段，共二十五章。无段目与章目，无序跋。

　　《魔侠传》还有另一种版本，上海商务印书馆出版发行一册，285页。1937年出版。中国国家图书馆藏。内封署原著者英文名"S. M. Cervantes"，内容与初版完全相同，也无序跋。

　　原著者西万提司（S. M. Cervantes）今通译为塞万提斯。米盖尔·台·塞万提斯·萨阿维德拉（Miguel de Cervantes Saavedra，1547—1616）是西班牙最伟大的小说家，也是西班牙国际声望最高、影响最大的作家之一。可是他生前只是一个贫困的军士、潦倒的文人。他出生于一个穷医生家庭，深受当时的人文主义影响。1588年，他得到一个差使，为"无敌舰队"在安达路亚西境内当采购员，1594年当税员，他在贫困中挣扎，曾几度入狱；《堂吉诃德》的第一部就是在塞维利亚的监狱里动笔的。他要靠写作为生，也很艰苦。1605年，塞万提斯五十八岁，《堂吉诃德》第一部出版，一时风行。1614年，他的第二部才写到五十九章，忽见别人写的《堂吉诃德》续篇出版，就赶紧写完自己的第二部，于1615年出版。这部小说虽然在一般读者里享有盛名，作者并没有获得实惠，依然还是个穷文人，在高雅的文坛上，也没有博得地位。他患水肿病，1616年4月23日去世。没人知道他的坟墓所在。其作品除《堂吉诃德》外，还有牧歌体传奇《咖拉泰》（1585）；剧本如《努曼西亚》（1584）、《未上演的八个新戏和八个新插曲》（1615）；短篇小说集《模范故事》（1613）；长诗《巴拿素神山赡礼记》（1614）；以及遗作《贝尔西雷斯和西希斯蒙达》（1617）等。①

根据马泰来先生先生考证，《魔侠传》原著为 Miguel de Cervantes Saavedra（1547—1616），今译为《堂吉诃德》。他还认为，疑据 P. Motteux 英译（有 Everyman's Library 本）重译。林译分四段，章次独立，与 Motteux 本同。所见其他英译本，虽亦分四段，但章次连续。（第95页）

雨果认为，塞万提斯是天才，他采取了史诗式的嘲讽。在中世纪与现代之间、封建的野蛮时期之后，"有两份喜剧式的荷马，一是拉伯雷，一是塞万提斯"。用"笑"来概括种种可恶的现象，这并不是"温和"的手段。拉伯雷是这样做的，塞万提斯也是这样做的。"但塞万提斯的嘲讽不像拉伯雷那样哈哈大笑。在神父的欢笑之后，是绅士的取乐。在塞万提斯的作品里，丝毫没有粗俗的踪影。即使是优雅的玩世不恭，也表现得十分含蓄。讥讽者细心、尖刻、彬彬有礼、分寸恰当，几乎带点儿殷勤；有时在含蓄中甚至有些自我贬损，如果不是有文艺复兴深刻的诗歌风格的话。绅士风度挽救了优雅。塞万提斯的想像力有意料不到的种种伟大。除此而外，还有对内心世界的直觉，以及一种不可方竭的哲学：它仿佛为人类心灵绘制了幅新的'全图'。塞万提斯看到了人的内在世界。这种哲学与喜剧和小说的本能结合在一起。因此有意想不到的情节，时时刻刻冲入他的人物、故事和风格中去，不期而至。了不起的冒险。要让人物的后一贯。但也要让故事和思想围绕人物旋转不已。要使主题思想无休无止地更新；让带来闪电的疾风不断吹拂，这便是伟大作品的规律。塞万提斯是一位斗士，他有自己的论点，他写的是社会问题著作。这类诗人是精神领域的战士。……塞万提斯作为诗人，有三项主要才能：创造，由此产生典型人

---

① 杨绛：《译本序》，塞万提斯：《堂吉诃德（上）》，杨绛译，人民文学出版社1983年版，第1—2页。

物,使思想变得有血有肉;发明,让情欲与事件相撞击,使人面对命运迸发出火花,并产生戏剧情节;想像力,它如同太阳一样,使画面上处处有了明暗对比,并且因为有棱有角,就注入了活力。观察力是可以取得的,与其说是才能,不如说是一种素质,可以包括在创作之中。"①

屠格涅夫说:"《堂吉诃德》却由于它的任务特异,由于它那好似被南国的太阳所照耀的极其明晰的叙述,解释就少些了。……我们常常把'堂吉诃德'这几个字简单地理解为小丑,'堂吉诃德性格'这几个字在我们这儿足与荒唐、愚蠢这几个字意义相等的。可是,我们应当承认在堂吉诃德的性格中有着崇高的自我牺牲的因素,只不过是从滑稽的方面来理解罢了。"② 还说:"我感到《堂吉诃德》与《哈姆莱特》的同时出现是值得注意的。我觉得,这两个典型体现着人类天性中的两个根本对立的特性,就是人类天性赖以旋转的轴的两极。我觉得,所有的人都或多或少地属于这两个典型中的一个,我们几乎每一个人或者接近堂吉诃德,或者接近哈姆莱特。诚然,现在哈姆来莱比堂吉诃德要多得多,但堂吉诃德也还没有绝迹。"③

---

① 〔法〕维克多·果:《威廉·莎士比亚》,丁世忠译,团结出版社 2001 年版,第 58—60 页。
② 中国社会科学院外国文学研究所编:《莎士比亚评论汇编(上)》,中国社会科学出版社 1979 年版,第 465—466 页。
③ 同上书,第 466 页。

附录 商务印书馆《说部丛书》作品一览

（依四集系列原序排列，分初集、二集、三集、四集，各编作品依原序号编号，如第一编序号为001，依次类推。）

初　集

001.《天际落花》、002.《剧场奇案》、003.《梦游二十一世纪》、004.《华生包探案》、005.《小仙源》、006.《案中案》、007.《环游月球》、008.《吟边燕语》、009.《美洲童子万里寻亲记》、010.《黄金血》、011.《金银岛》、012.《回头看》、013.《迦茵小传》、014.《降妖记》、015.《珊瑚美人》、016.《卖国奴》、017.《埃及金塔剖尸记》、018.《忏情记》、019.《夺嫡奇冤》、020.《英孝子火山报仇录》、021.《双指印》、022.《鬼山狼侠传》、023.《昙花梦》、024.《指环党》、025.《巴黎繁华记》、026.《斐洲烟水愁城录》、027.《撒克逊劫后英雄略》、028.《桑伯勒包探案》、029.《一束缘》、030.《车中毒针》、031.《寒桃记》、032.《玉雪留痕》、033.《鲁滨孙飘流记》、034.《鲁滨孙飘流续记》、035.《洪罕女郎传》、036.《白巾人》、037.《澳洲历险记》、038.《秘密电光艇》、039.《蛮荒志异》、040.《阱中花》、041.《寒牡丹》、042.《香囊记》、043.《三字狱》、044.《红柳娃》、045.《红礁画桨录》、046.《海外轩渠录》、047.《帘外人》、048.《炼才炉》、049.《七星宝石》、050.《血蓑衣》、051.《旧金山》、052.《侠黑奴》、053.《美人烟草》、054.《天方夜谭》、055.《铁锚手》、056.《雾中人》、057.《蛮陬奋迹记》、058.《橡湖仙影》、059.《波乃茵传》、060.《尸楼记》、061.《二俑案》、062.《神枢鬼藏录》、063.《空谷佳人》、064.《秘密地窟》、《秘密地窟》、065.《双孝子噀血酬恩记》、066.《世界一周》、067.《真偶然》、068.《毒药鳟》、069.《希腊神话》、070.《指中秘录》、071.《圆室案》、072.《宝石城》、073.《双冠玺》、074.《画灵》、075.《航海少年》、076.《多那文包探案》、077.《一万九千镑》、078.《红星佚史》、079.

《金丝发》、080.《朽木舟》、081.《冢中人》、082.《爱国二童子传》、083.《盗窟奇缘》、084.《鬼士官》、086.《苦海余生录》、087.《复国轶闻》、088.《情侠》、089.《媒孽奇谈》、090.《一仇三怨》、091.《新飞艇》、092.《冰天渔乐记》、093.《三人影》、094.《橘英男》、095.《铁血痕》、096.《化身奇谈》、097.《新天方夜谭》、098.《双乔记》、099.《双鸳侣》、100.《海卫侦探案》

二　集

001.《孝女耐儿传》、002.《块肉余生述前编》、003.《块肉余生述后编》、004.《拊掌录》、005.《电影楼台》、006.《冰雪因缘》、007.《蛇女士传》、008.《芦花余孽》、009.《歇洛克奇案开场》、010.《髯刺客传》、011《大食故宫馀载》、012.《黑太子南征录》、013.《金凤铁雨录》、014.《西奴林娜小传》、015.《贼史》、016.《离恨天》、017.《旅行述异》、018.《西利亚郡主别传》、019.《玑司刺虎记》、020.《剑底鸳鸯》、021.《三千年艳尸记》、022.《滑稽外史》、023.《不如归》、024.《天囚忏悔录》、025.《脂粉议员》、026.《藕孔避兵录》、027.《贝克侦探谈初编》、028.《贝克侦探谈续编》、029.《十字军英雄记》、030.《恨绮愁罗记》、031.《玉楼花劫前编》、032.《玉楼花劫后编》、033.《大侠红蘩蕗传》、034.《彗星夺婿录》、035.《双雄较剑录》、036.《薄倖郎》、037.《蟹莲郡主传》、038.《涧中花》、039.《罗刹因果录》、040.《残蝉曳声录》、041.《鱼海泪波》、042.《漫郎摄实戈》、043.《哀吹录》、044.《罗刹雌凤》、045.《义黑》、046.《假跛人》、047.《侠女郎》、048.《侠隐记》、049.《续侠隐记》、050.《八十日》、051.《匈奴奇士录》、052.《血泊鸳鸯》、053.《孤星泪》、054.《露惜传》、055.《亚媚女士别传》、056.《笑里刀》、057.《续笑里刀》、058.《黑楼情孽》、059.《博徒别传》、060.《清宫二年记》、061.《遮那德自伐八事》、062《遮那德自伐后八事》、063.《雪花围》、064.《钟乳骷髅》、065.《卢宫秘史》、066.《劫花小影》、067.《模范町村》、068.《白头少年》、069.《青衣记》、070.《美人磁》、071.《青藜影》、072.《海外拾遗》、073.《洪荒鸟兽记》、074.《拿破仑忠臣传》、075.《错中错》、076.《雪市孤踪》、077.《堕泪碑》、078.《希腊兴亡记》、079.《苦儿流浪记》、080.《西班牙宫闱琐语》、081.《骠骑父子》、082.《城中鬼蜮记》、083.《法宫秘史前编》、084.《法宫秘史后编》、085.《秘密室》、086.《孤士影》、087.《稗苑琳琅》、088.《秘密怪洞》、089.《飞将军》、090.《外交秘事》、091.《断雁哀弦记》、092.《时谐》、093.《合欢草》、094.《玉楼惨语》、095.《不测之威》、096.《侠女破奸记》、097.《后不如归》、098.《爱儿小传》、099.《壁上血书》、100.《娜兰小传》

三　集

001.《享利第六遗事》、002.《冰蘖余生记》、003.《情窝》、004.《海天情孽》、005.《香钩情眼》、006.《名优遇盗》、007.《奇女格露枝小传》、008.《大荒归客记》、009.《真爱情》、010.《战场情话》、011.《树穴金》、012.《铜圜雪恨录》、013.《橄榄仙》、014.《冰原探险记》、015.《血痕》、016.《蛮花情果》、017.《诗人解颐语》、018.《魔冠浪影》、019.《慧劫》、020.《天女离魂记》、021.《怪手印》、022.《社会声影录》、023.《烟火马》、024.《毒菌学者》、025.《蓬门画眉录》、026.《贤妮小传》、027.《乡里善人》、028.《奇婚记》、029.《女师饮剑记》、030.《地狱礁》、031.《历劫恩仇》、032.《古国幽情记》、033.《蛇首党》、034.《秘密军港》、035.《红粉歼仇记》、036.《墨沼疑云录》、037.《续贤妮小传》、038.《围炉琐谈》、039.《再续贤妮小传》、040.《妒妇遗毒》、041.《鹦鹉缘》、042.《鹦鹉缘续编》、043.《拉哥比在校记》、044.《鹦鹉缘三编》、045.《绿光》、046.《贼博士》、047.《孤露佳人》、048.《孝友镜》、049.《当炉女》、050.《金台春梦录》、《金台春梦录》、051.《傀儡家庭》《傀儡家庭》、052.《痴郎幻影》、053.《现身说法》、054《洪荒鸟兽记》、055.《模范家庭》、055.《牝贼情丝记》、056.《孤露佳人续编》、057.《桃大王因果记》、058.《科学家庭》、059.《玫瑰花》、060.《黑伟人》、061.《再世为人》、062.《恨缕情丝》、063.《赝爵案》、064.《鬼窟藏娇》、065.《玫瑰花续编》、066.《模范家庭续编》、067.《荒村奇遇》、068.《双雏泪》、069.《西楼鬼语》、070.《明眼人》、071.《莲心藕缕缘》、072.《俄罗斯宫闱秘记》、073.《铁匣头颅》、074.《白羽记初编》、075.《情天异彩》、076.《风岛女杰》、077.《蜘蛛毒》、078.《重臣倾国记》、079.《还珠艳史》、080.《碧玉串》、081.《四字狱》、082.《铁匣头颅续编》、083.《白羽记续编》、084.《赂史》、085.《菱镜秋痕》、086.《金梭神女再生录》、087.《欧战春闺梦》、088.《苦海双星》、089.《戎马书生》、090.《童子侦探队》、091.《泰西古剧》、092.《鹊巢记》、093.《妄言妄听》、094.《焦头烂额》、095.《红鸳艳牒》、096.《白羽记三编》、097.《欧战春闺梦续编》、098.《隅屋》、099.《恩怨》、100.《鹊巢记续编》

四 集

001.《俄宫秘史》、002.《洞冥记》、003.《怪董》、004.《炸鬼记》、005.《社会柱石》、006.《厉鬼犯跸记》、007.《僵桃记》、008.《鬼悟》、009.《情海疑波》、010.《沧波淹谍记》、011.《马妒》、012.《双雄义死录》、013.《梅孽》、014.《埃及异闻录》、015.《以德报怨》、016.《沙利沙女王小纪》、017.《矐目英雄》、018.《魔侠传》、019.《情翳》、020.《地亚小传》、021.《天仇记》、022.《情天补恨录》

参考文献

(根据作者姓氏音序排列)

一 著作类

北京图书馆编：《民国时期总书目（1911—1949）》（外国文学分册），书目文献出版社 1986 年版。

陈建华：《人生真谛的不倦探索者：列夫·托尔斯泰传》，重庆出版集团 2007 年版。

陈平原、夏晓虹编：《二十世纪中国小说理论资料》（第一卷），北京大学出版社 1997 年版。

陈世雄：《现代欧美戏剧史》，四川教育出版社 1994 年版。

陈瘦竹：《易卜生"玩偶之家"研究》，新文艺出版社 1958 年版。

高中甫编选：《易卜生评论集》，外语教学与研究出版社 1982 年版。

侯维瑞、李维屏：《英国小说史（上册）》，译林出版社 2005 年版。

侯维瑞：《现代英国小说史》，上海外语教育出版社 1985 年版。

黄恽：《也说〈说部丛书〉》，黄恽：《蠹痕散辑》，上海远东出版 2008 年版。

金东雷：《英国文学史纲》，《民国丛书 第三编 57 文学类》，商务印书馆 1937 年初版，上海书店影印。

赖干坚：《狄更斯评传》，学林出版社 2012 年版。

李璜编：《法国文学史》，上海中华书局有限公司，民国十二年（1923）订正再版。

梁启超：《梁启超全集》，北京大学出版社 1999 年版。

梁启超：《饮冰室合集》文集之十三，中华书局 1989 年版。

梁启超：《饮冰室合集》文集之十一，中华书局 1989 年版。

梁启超：《饮冰室合集》专集之二，中华书局 1989 年版。

柳鸣九主编：《法国文学史》下册，人民文学出版社1991年版。
陆昕：《〈说部丛书〉搜寻记》，网络与书编辑部编《书的迷恋》，现代出版社2006年版。
陆昕：《从〈说部丛书〉谈搜书所见》，陆昕：《闲话藏书》，学苑出版社2002年版。
陆昕：《说〈说部丛书〉》，载《藏书家》第三辑，齐鲁书社2001年版。
马泰来：《林纾翻译作品全目》，钱钟书等：《林纾的翻译》，商务印书馆1981年版。
彭建华：《现代中国的法国文学接受》，中国书籍出版社2008年版。
日本近代文学馆小田切进编：《日本近代文学大事典》（第一卷）（日文），株式会社讲谈社，昭和五十二年（1977）。
商务印书馆编：《商务印书馆图书目录（1897—1949）》，商务印书馆1981年版。
上海图书馆编：《中国近现代丛书目录》，上海图书馆印行1979年版。
谭晶华主编：《日本文学辞典·作家与作品》，复旦大学出版社2013年版。
童炜钢编著：《狄更斯（1812—1870）英国文学家》，海天出版社1998年版。
王晓平：《近代中日文学交流史稿》，湖南文艺出版社1987年版。
王智量等主编：《托尔斯泰览要》，贵州人民出版社2006年版。
王忠祥：《易卜生》，华夏出版社2002年版。
文美惠编选：《司各特研究》，外语教学与研究出版社1982年版。
许昌财编著：《西班牙通史》，世界知识出版社2009年版。
严复：《严复学术文化随笔》，中国青年出版社1999年版。
张人凤、柳和城编：《张元济年谱长编》上卷，商务印书馆2008年版。
张若英（阿英）：《中国新文学运动史资料》，光明书局1934年版。
张岩峰、胡凯、张晓春等编著：《简明日本文学辞典》，东北师范大学出版社1989年版。
张元济：《张元济全集》第4卷，商务印书馆2008年版。
张元济：《张元济全集》第5卷，商务印书馆2008年版。
张治：《蜗耕集》，浙江大学出版社2012年版。
张治：《中西因缘：近现代文学视野中的西方"经典"》，上海社会科学院出版社2012年版。
郑振铎编：《晚清文选》（下卷），中国社会科学出版社2002年版。
中国社会科学院外国文学研究所编：《莎士比亚评论汇编上》，中国社会科学出版社1979年版。

朱宝宸、何茂正编著：《凡尔纳》，辽海出版社1998年版。

邹振环：《影响中国近代社会的一百种译作》，中国对外翻译出版公司1996年版。

樽本照雄编：《清末民初小说目录》，清末小说研究会2015年版。

樽本照雄编：《清末民初小说目录第九版》，清末小说研究会2017年版。

樽本照雄编：《新编增补清末民初小说目录》，齐鲁书社2002年版。

〔奥〕茨威格：《托尔斯泰传》，申文林译，浙江文艺出版社2009年版。

〔俄〕康·洛穆诺夫：《托尔斯泰传》，李桅译，天津人民出版社1981年版。

〔俄〕亚·波波夫金：《列夫·托尔斯泰传》，李未青、辛守魁译，黑龙江人民出版社1987年版。

〔法〕安德烈·莫洛亚：《雨果传》，程曾厚、程干泽译，人民文学出版社1989年版。

〔法〕亨利·克鲁阿尔：《文学巨匠大仲马》，梁启炎译，湖南人民出版社1985年版。

〔法〕让·儒勒—凡尔纳编著：《凡尔纳传（上册）》，刘扳盛译，湖南科学技术出版社1983年版。

〔法〕维克多·果：《威廉·莎士比亚》，丁世忠译，团结出版社2001年版。

〔美〕本杰明·史华兹：《寻求富强：严复与西方》，江苏人民出版社1996年版。

〔美〕弗兰克·哈斯顿：《莎士比亚及其悲剧人生》，许昕等译，江西教育出版社2013年版。

〔日〕升曙梦：《现代俄国文艺思潮》，陈俶达译，上海华通书局1929年版。

〔日〕长山靖生：《日本科幻小说史话》，王宝田等译，南京大学出版社2012年版。

〔苏联〕伊瓦肖娃：《狄更斯评传》，蔡文显等译，广东人民出版社1983年版。

〔英〕德拉布尔（M. Derabbe）编：《牛津英国文学辞典》（第6版）（英文版），外语教学与研究出版社2005年版（2011年3月重印）。

二 论文类

崔文东：《翻译国民性：以晚清〈鲁滨孙飘流续记〉中译本为例》，《中国翻译》2010 年第 5 期。

崔文东：《义与利的交锋：晚清〈鲁滨孙飘流续记〉诸译本对经济个人主义的翻译与批评》，《汉语言文学研究》2012 年第 4 期。

崔文东：《晚清 Robinson Crusoe 中译本考略》，《清末小说から》第 98 号 2010.7.1。

付建舟：《商务印书馆〈说部丛书〉考述》，《汉语言文学研究》2015 年第 4 期。

付建舟：《谈谈〈说部丛书〉》，《明清小说研究》2009 年第 4 期。

张治：《林译小说底本补考》，《现代中文学刊》2012 年第 6 期。

张治：《再谈商务印书馆"说部丛书"里的原作——中西文学交流琐谈之五》，《南方都市报》，2017 年 9 月 17 日，AA13 版。

郑方晓：《清末民初商务版〈说部丛书〉研究》，复旦大学中文系博士论文，2013 年。

〔日〕神田一三（樽本照雄）：《〈说部丛书〉元版はタンポポ文様》，《清末小说から》第 126 号 2017.7.1。

〔日〕神田一三（樽本照雄）：《商务版〈说部丛书〉试行本》，《清末小说から》第 125 号 2017.4.1。

〔日〕神田一三（樽本照雄）：《商务印书馆版〈说部丛书〉の成立》，《清末小说》第 5 号 2002.12.1。

〔日〕神田一三（樽本照雄）：《新しい〈说部丛书〉研究》，《清末小说から》第 124 号 2017.1.1。

〔日〕中村忠行：《商务版〈说部丛书〉について——书志学的なアプローチ》，《野草》第 27 号 1981.4.20。

〔日〕樽本照雄：《商务版〈说部丛书〉研究の昔と今 1》，《清末小说から》第 103 号 2011.10.1。

〔日〕樽本照雄：《商务版〈说部丛书〉研究の昔と今 2》，《清末小说から》第 104 号 2012.1.1。

〔日〕樽本照雄：《商务版〈说部丛书〉研究の昔と今 3（上）——改组の时期》，《清末小说から》第 115 号 2014.10.1。

〔日〕樽本照雄：《商务版〈说部丛书〉研究の昔と今 3（下）——改组の时期》，《清末小说から》第 116 号 2015.1.1。

后　　记

　　我对商务印书馆《说部丛书》的关注由来已久。2009 年，我以《〈说部丛书〉研究》为题申报教育部人文社科基金青年项目，获得立项。匿名评审专家的肯定进一步激发了我对该课题研究的动力。预计三年完成的课题，结果五年才结项，结项成果没有时间修改而至今未出版。清末民初的《说部丛书》有很多种。这里的《说部丛书》是指商务印书馆出版的，而不是指其他机构出版的，课题改为《商务印书馆〈说部丛书〉研究》就更加准确。2017 年，我以《商务印书馆〈说部丛书〉叙录》为题，申报国家社科基金后期资助项目，获得立项。匿名评审专家的意见使我受益匪浅，书稿根据专家意见进行了一定程度的修改，比此前完善许多。

　　商务印书馆《说部丛书》跨度时间很长，从 1903—1924 年，前后长达 22 年之久。该馆《说部丛书》主要有四集系列和十集系列两种，作品数量很多，总数有 324 种。与此同时，商务版《说部丛书》中的作品还与该馆出版的其他小说系列如《林译小说丛书》《小本小说》《欧美名家小说》等中的作品相重复，情况十分复杂，至今学界还不是十分清楚，因此搞清楚这些作品的版本并非易事，这也是《商务印书馆〈说部丛书〉叙录》迟迟未与读者见面的一个重要原因。

　　日本著名学者樽本照雄先生研究清末民初小说成就卓著，他不断更新的《清末民初小说目录》对《商务印书馆〈说部丛书〉叙录》有很大的帮助。由于相同的研究领域，我与樽本先生往来已久，经常用电子邮件进行学术交流。我每出版一本著作，就寄一本给他，至今有十余种，而樽本先生每看一本就能发现书中校对方面的错误，并一一列出，用电子邮件发送给我。这使我十分汗颜，也令人充满敬畏。其严谨的学术态度使我想起鲁迅笔下的藤野先生，值得我辈学习。不仅如此，樽本先生长期致力于清末民初小说研究，成果丰硕，令人钦佩。最难能可贵的是，樽本先生以一己之力长期出版《清末小说研究》与《清末小说かち（通讯）》两种期刊，尽管前者现已停刊，而后者却仍在编辑。承蒙他的抬爱，我撰写的一些论文屡屡见诸《清末小说かち（通讯）》。我每次阅读刊发在《清末小说かち（通讯）》上的拙文，每次阅读他发给我的电子邮件，都感受到一股鼓励力量，十分畅快。本书修改后，我冒昧敬请樽本先生写篇序言，他欣然答应，不久三千余言的序言发给我，令人十分感激。他的序言不仅使拙著大为增色，而且更促进我在学术研究上继续努力前行。

另外，先后由梅新林教授、陈玉兰教授及李圣华教授负责的浙江省属社科重点研究基地浙江师范大学江南文化研究中心长期以来对我的大力支持与关心，使我不断成长，在此特表谢忱！我的同事曾礼军副研究员给予了很大帮助，十分感谢！

课题组成员浙江师范大学外国语学院王昕讲师参与了英美翻译小说作品的叙录工作，我的博士生张雪花、颜梦寒，硕士生林烈、许立新、王深会、李京桦、王艺参加了本书的校对工作，在此表示感谢！

该书有大量图片，颇费周折，中国社会科学出版社的安芳编辑不辞辛劳，为本书的出版尽心尽力，在此特意致谢！

付建舟于听雨斋

补记：

2018 年 11 月 9 日，樽本照雄先生给我发 e-mail，声称：关于《赂史》的底本有一个新发现，底本不是马泰来所说的"The Phantom Torpedo-Boats"（1905）而是相同的别名"The International Spy: Being A Secret History of The Russo-Japanese War."他还让我看以下内容：

赂史 2 卷 上下册
〔法〕亚波倭得著 林纾、陈家麟同译
上海·商务印书馆 1920 年 2 月　说部丛书 3 = 84
Allen Upward "The International Spy: Being A Secret History of The Russo-Japanese War." New York: G. W. Dillingham Company, 1905（Open Libraryによる。常方舟）が底本。马泰来の指摘するAlla [e] n Upward "The Phantom Torpedo-Boats"（1905）は别名の同一书。ただし细部に异动があり林译の定本ではない

由于书稿已经排版，图片甚多，难以随意改动，只好把这一重要发现放在书末，以供学界研究之用。